LaVyrle Spencer

Vergib, wenn du kannst

Roman

Aus dem Amerikanischen
von Elke Bartels

Blanvalet

Die amerikanische Originalausgabe erschien unter dem Titel
»Home Song« bei G. P. Putnam's Son, New York.

Umwelthinweis:
Alle bedruckten Materialien dieses Taschenbuches
sind chlorfrei und umweltschonend.
Das Papier enthält Recycling-Anteile.

Blanvalet Taschenbücher erscheinen im Goldmann Verlag,
einem Unternehmen der Verlagsgruppe Bertelsmann

Taschenbuchausgabe Mai 1998

Umschlaggestaltung: Design Team München
Umschlagfoto: Zefa/SIS
Satz: Uhl + Massopust, Aalen
Druck: Elsnerdruck, Berlin
Verlagsnummer: 35011
Redaktion: Sabine Dolt
MD · Herstellung: sc
Made in Germany
ISBN 3-442-35011-5

1 3 5 7 9 10 8 6 4 2

Für
Deborah Raffin Viner
und
Michael Viner

Ich liebe euch beide,
weil ihr mein Leben um so vieles bereichert habt,
nicht zuletzt auch um eine Freundschaft,
die ich sehr schätze.

Home Song

von Henry Wadsworth Longfellow

Bleib, bleib zu Hause, mein Herz, und schöpfe Kraft;
Herzen, die sich ihr Heim bewahren, sind am glücklichsten;
Denn jene, die wandern und nicht wissen, wohin,
Sind voller Sorge und voller Schmerz;
Bleib zu Hause, so ist's am besten.

Müde und bekümmert und von Heimweh geplagt,
Wandern sie nach Osten, wandern nach Westen,
Verwirrt und besiegt und in alle Richtungen zerstreut
Von den wilden Stürmen des Zweifels;
Bleib zu Hause, so ist's am besten.

Deshalb bleib zu Hause, mein Herz, und schöpfe Kraft;
Der Vogel ist am sichersten in seinem Nest;
Denn auf jene, die ihre Schwingen spreizen und davonfliegen,
Wartet der Habicht am Himmel;
Bleib zu Hause, so ist's am besten.

1. KAPITEL

Minnesota lag grün und strahlend da, erfrischt von einem nächtlichen Regen, der die Luft rein gewaschen und dem Augusthimmel eine aquarellblaue Farbe verliehen hatte. Östlich von St. Paul, wo die Vororte an Washington County angrenzten, spreizten sich neue Straßen wie Finger in die ausgedehnten Flächen reifen Getreides hinein, und neue Häuser sprossen wie Pilze aus dem Boden, wo es zuvor nur Felder und Wälder gegeben hatte.

Dort, wo die Stadt auf Ackerland traf, breitete ein modernes Schulgebäude aus Backstein seine U-förmigen Schwingen aus. Im Norden und Osten wurde es von asphaltierten Parkplätzen eingerahmt, im Süden von einem Sportplatz. Hinter den Zuschauertribünen behauptete sich zwar noch immer ein breiter Streifen wogenden Kornfelds gegen die Ausdehnung der Stadt, aber sein Schicksal war unverkennbar: Auf den Hügeln in der Ferne war bereits weitere Bebauung zu sehen.

Gegenüber dem Highway lag eine kleine Ansiedlung älterer Häuser verstreut. Sie waren in den fünfziger und sechziger Jahren erbaut worden und befanden sich in Rufweite der Landstraße, wo die Geschwindigkeitsbeschränkung herabgesetzt worden war, als man die Schule vor fünf Jahren errichtet hatte. Es waren damals auch Bürgersteige angelegt worden, obwohl einige Steuerzahler behaupteten, sie führten nirgendwohin, verlören sich in Gegenden, wo immer noch Traktoren das Land bearbeiteten. Der Schulbezirk wuchs jedoch in alarmierendem Tempo, und das schon seit Jahren.

An diesem Mittwochmorgen, sechs Tage vor Beginn des neuen Schuljahres, bog ein leuchtend aquamarinblauer Lexus auf den Besucherparkplatz auf der Nordseite der Hubert H. Humphrey High-School ein. Eine Frau und ein Junge stiegen aus und näherten sich dem Gebäude auf einem langen Stück Gehsteig. Die Elfuhrsonne hatte den Beton bereits aufgeheizt, doch die Hausmeister hatten die breiten Eingangstüren des Gebäudes weit geöffnet, um den Luftzug hereinzulassen.

Die Frau trug ein strenges graues Kostüm, eine Seidenbluse von etwas blasserem Grau und Pumps – schlicht, aber teuer –, dazu einen Schal in gedämpftem Burgunderrot. Ihr mit Strähnchen aufgehelltes blondes Haar war zu einem konservativen ohrläppchenlangen Bob geschnitten und von einem Seitenscheitel aus zurückgefönt. Ihr einziger Schmuck, ein Paar winziger goldener Ohrstecker, schien lediglich ein Zugeständnis an die Weiblichkeit, die ihr Stil in jeder anderen Hinsicht herunterspielte.

Der Junge war einen guten Kopf größer als sie, breitschultrig, schmalhüftig und von athletischer Statur, in Jeans und T-Shirt gekleidet. Er hatte dunkles Haar und atemberaubende braune Augen in einem Gesicht, das weibliche Wesen veranlassen würde, sich bewundernd nach ihm umzudrehen – sein Leben lang. Zwei Generationen früher hätten ihn die jungen Mädchen einen Herzensbrecher genannt; die Generation seiner Mutter hätte ihn als tollen Kerl bezeichnet. Heute kamen zwei sechzehnjährige Mädchen genau in dem Moment aus dem Schulgebäude, als er hineingehen wollte, und eins der Mädchen blickte über ihre Schulter zurück und meinte begeistert zu ihrer Freundin: »Wow, ein *heißer* Typ!«

Das Büro der Humphrey High befand sich genau in der Mitte des Gebäudes, eingezwängt zwischen Glaswänden. Die Vorderseite blickte über die Haupthalle auf den Besucherparkplatz hinaus und auf den riesigen Pflanzkübel aus Backstein, der die Schulfarben – Rot und Weiß – in einem Beet von Petunien demonstrierte. Die Rückseite des Büros ging auf eine hübsche Anpflanzung diverser Bäume und Gehölze hinaus, die von Mr. Dorffmeiers Gartenbauschülern in Ordnung gehalten wurde.

Kent Arens hielt seiner Mutter die Bürotür auf.

»Lächle«, sagte Monica Arens liebenswürdig, als sie an ihm vorbei in den kühlen Luftstrom der Klimaanlage trat.

»Wozu denn?« fragte der Junge, während er ihr folgte.

»Du weißt, wie wichtig der erste Eindruck ist.«

»Ja, Mutter«, erwiderte er trocken, als sich die Tür hinter ihnen schloß.

Im Gegensatz zum Schulgelände bot das Büro ein Bild des Chaos: Leute, in Jeans und T-Shirts gekleidet, hantierten überall geschäftig herum, verglichen Unterlagen, beantworteten Telefonanrufe, arbeiteten an Computern oder klapperten auf Schreibmaschinen. Zwei Hausmeister strichen die Wände, während ein anderer einen Transportwagen hereinrollte, mit einem Berg von Kartons beladen. Der blaue Teppichboden war kaum zu sehen unter den Stapeln von Büchern, hohen Stößen von aufgeschichteten Ordnern und dem allgemeinen Treibgut der Instandsetzungsarbeiten.

Monica und Kent bahnten sich einen Weg durch das Durcheinander zu einer vier Meter langen, halbmondförmigen Empfangstheke – eine Barriere, die sämtliche Besucher daran hinderte, weiter vorzudringen. Von einem der zahlreichen Schreibtische dahinter erhob sich eine Sekretärin und kam auf sie zu. Sie hatte ein ziemlich rundliches Gesicht, volle Brüste und kurzes braunes Haar, das gerade zu ergrauen begann.

»Hallo. Kann ich Ihnen behilflich sein?«

»Ich bin Monica Arens, und dies ist mein Sohn Kent. Wir sind gekommen, um ihn zum Unterricht anzumelden.«

»Entschuldigen Sie die Unordnung, aber so ist es hier immer kurz vor Schulanfang. Ich bin Dora Mae Hudak. Man nennt mich allgemein ›Dora Mae‹, und Sie sind bei mir genau an der richtigen Stelle.« Sie lächelte dem Jungen zu. »Du bist hier neu.«

»Ja, Ma'am. Wir sind gerade von Austin, Texas, hergezogen.«

Sie taxierte seine Größe. »Du wirst die Senior-Klasse besuchen, schätze ich mal.«

»Ja, Ma'am.«

Dora Mae hielt einen Moment verdutzt inne; sie war es nicht gewohnt, von den Oberstufenschülern mit »Ma'am« angeredet zu werden. Die meisten nannten sie Dora Mae. Einige sprachen sie mit »Hey, Lady« an, und gelegentlich kam es auch mal vor, daß einer sie »He! Sie da... Sekretärin!« titulierte.

»Ich liebe diese Südstaatenmanieren«, bemerkte sie, als sie nach einem Anmeldeformular und einer Einführungsbroschüre für Schüler griff. »Weißt du schon, welche Kurse du belegen willst?«

»Ziemlich viele. Wenn Sie sie alle anbieten.«

»Dann hast du unsere Liste von Wahlfächern also noch nicht gesehen?«

»Nein, Ma'am.«

Sie legte die Broschüre und ein blaues Blatt Papier auf den Tresen. »Die Kurse sind hier aufgelistet, und dies ist das Anmeldeformular, aber wir legen Wert darauf, daß alle unsere neuen Schüler erst mit einem Beratungslehrer sprechen, bevor sie sich zu Kursen anmelden. Unsere Oberstufenschüler werden von Mrs. Berlatsky betreut. Warte eine Sekunde, ich will gleich mal nachsehen, ob sie da ist.«

Dora Mae steckte den Kopf in eines der Nebenbüros und kehrte kurz darauf mit einer Frau in den Vierzigern zurück, die einen schenkellangen blauen Pullover und Keilhosen trug.

»Hi, ich bin Joan Berlatsky.« Sie streckte die Hand aus. »Kent, willkommen in Minnesota. Hallo, Ms. Arens. Möchten Sie in mein Büro mitkommen, wo wir uns unterhalten können?«

Sie folgten Joan Berlatsky in ihr Büro, während sich diese für das Durcheinander entschuldigte. »So ist es jedes Jahr bei uns. Die Hausmeister versuchen, alles wieder in Ordnung zu bringen, nachdem die Sommerschulteilnehmer endlich fort sind. Es sieht nie so aus, als würde das Gebäude rechtzeitig fertig werden, aber irgendwie, wie durch ein Wunder, schaffen sie's dann doch. Bitte ... nehmen Sie Platz.«

Sie hatten eine freundliche Unterhaltung miteinander, während die Beratungslehrerin erfuhr, daß Kent einen Notendurchschnitt von 2,0 hatte und später aufs College sollte und daß er sich für Naturwissenschaften und Mathematik interessierte und so viele Kurse wie möglich belegen wollte, um den »Honours Degree« zu erwerben. Seine Mutter hatte sich bereits an seine frühere High-School gewandt und darum gebeten, seine Zeugnisse herzuschicken, aber sie waren noch nicht eingetroffen. Joan ließ Kurslisten auf ihrem grünen Computermonitor erscheinen, und innerhalb einer halben Stunde hatten sie Kents Stundenplan für die Senior-Klasse ausgearbeitet.

Alles verlief glatt, bis Monica Arens sagte: »Oh, und an wen sollten wir uns wenden, um Kent im Footballteam anzumelden?«

Joan wandte sich von ihrem Computerbildschirm ab und erwiderte: »Damit könnte es eventuell Probleme geben. Die Mannschaft trainiert bereits seit zwei Wochen, und es ist möglich, daß Trainer Gorman den Teamplan schon fertig aufgestellt hat.«

Kents Brauen zogen sich zusammen. Er beugte sich besorgt vor. »Aber ich war schon festes Teammitglied in meiner alten High-School in Austin, sowohl im Sophomore – als auch im Juniorjahr. Ich hatte damit gerechnet, auch in meinem Seniorjahr zu spielen.«

»Wie ich schon sagte, die Mannschaft trainiert seit Mitte August, aber …« Joan runzelte nachdenklich die Stirn, bevor sie nach dem Telefonhörer griff. »Nur eine Minute. Laß mich mal eben dort anrufen und hören, ob Trainer Gorman da ist.« Während das Telefon im Umkleideraum der Sporthalle klingelte, meinte sie: »Du weißt wahrscheinlich schon, daß Sport hier ganz groß ankommt. Unser Footballteam hat letztes Jahr bei den Staatsmeisterschaften den zweiten Platz gemacht, und unser Basketballteam war zweimal Staatschampion. Wie ärgerlich, es scheint nicht so, als würde er an den Apparat gehen.« Sie legte auf. »Einen Moment noch. Ich werde mal eben zu Mr. Gardner, unserem Rektor, gehen. Er möchte sowieso gern alle neuen Schüler persönlich kennenlernen. Bin gleich zurück.«

Sie war kaum um die Ecke verschwunden, als sie erneut den Kopf zur Tür hereinstreckte. »Möchtest du Dora Mae um den Computerausdruck deines neuen Stundenplans bitten, während ich fort bin? Der Drucker steht hier draußen.«

Das Paar folgte ihr ins äußere Büro, wo sie vor dem halbmondförmigen Tresen warteten, während ein Drucker ratterte und Kents Stundenplan ausspuckte.

Tom Gardner saß an seinem Schreibtisch, mit dem Gesicht zur offenen Tür seines Büros, einen Telefonhörer ans Ohr gepreßt, während er vernünftig mit einem Schulbuchvertreter zu reden versuchte; es waren nur noch drei Geschäftstage bis zum Beginn des neuen Schuljahres, und die längst bestellten Englischbücher für die zehnten Klassen waren nirgends aufzutreiben.

Bei Joans Eintreten bedeutete er ihr mit einer Geste zu bleiben, hielt einen Zeigefinger hoch, während er sein Telefongespräch fortsetzte. »Unser Verkaufsvertreter hat die Bücher im Januar letzten Jahres bestellt... Sind Sie sicher?... Wann?... Im Juli! Aber wie konnte eine solche Menge an Lehrbüchern einfach verschwinden?... Mr. Travis, mein Problem ist, daß nächsten Dienstag fünfhundertneunzig Zehntkläßler durch diese Türen hereinströmen werden, und Englisch ist Pflichtfach für jeden einzelnen von ihnen.« Nach einer längeren Pause notierte er sich die Nummer eines Konnossements. »In den Frachthafen? Wie groß waren denn die Kartons?« Er ließ seinen Bleistift fallen, rieb sich über die Stirn und sagte: »Ich verstehe. Ja, danke, ich werde der Sache nachgehen. Falls sich die Bücher nicht einfinden sollten, haben Sie noch mehr davon auf Lager?... Gut, das werde ich, danke. Goodbye.«

Tom legte auf und stieß einen tiefen Atemzug aus, der seine Wangen aufblähte. »Verschwundene Lehrbücher. Was kann ich für dich tun, Joan?«

»Ich habe draußen einen Jungen, der an unsere Schule überwechseln will. Er ist in der Oberstufe und möchte Football spielen. Würdest du dich der Sache annehmen?«

»Sicher«, erklärte er, schob seinen Stuhl zurück und stand auf. Sosehr er seine Arbeit als Rektor der HHH liebte, so haßte Tom doch diese letzte Woche vor Beginn des neuen Schuljahres. Während dieser verrückten Tage bestand seine Tätigkeit in erster Linie darin, alle möglichen und unmöglichen Probleme zu lösen und mit dem Chaos fertig zu werden, das von der Sommerschulbelegschaft hinterlassen wurde, die Dinge bewegte, die sie nicht bewegen sollte, Ausrüstung versteckte, die ihnen im Weg war, und hereinkommende Materialien an die unwahrscheinlichsten Orte räumte. Elektriker installierten gerade eine neue Deckenbeleuchtung, und irgendein Wirrkopf hatte die Kabel verwechselt und einen Kurzschluß verursacht, deshalb gab es kein Licht im Hauswirtschaftsflügel. Eine Physiklehrerin, die Tom schon im letzten Mai eingestellt hatte, hatte am Tag zuvor angerufen und erklärt, sie hätte ein besseres Angebot in einem anderen Schulbezirk angenommen und würde gar nicht erst zur Arbeit hier erscheinen. Und jetzt behaupteten diese Lehrbuchleute, eine Speditionsfirma hätte dreißig Kartons Bücher am fünfzehnten Juli auf einem Ladedock vor dem Distriktlagerhaus abgeliefert, aber niemand hier hatte sie jemals zu Gesicht bekommen.

Tom Gardner verbarg all diese Probleme hinter einer ruhigen, gelassenen Miene und konzentrierte sich auf die Seite seines Jobs, die er als die wichtigste betrachtete: die Schüler.

Dieser neue Schüler wartete mit seiner Mutter auf der anderen Seite des Tresens – ein großer, dunkelhaariger, gutaussehender Junge mit athletischem Körperbau, der Football spielen wollte.

Joan ging voraus und machte sie miteinander bekannt.

»Dies ist Kent Arens. Kent wird dieses Jahr bei uns die letzte Klasse besuchen. Kent, unser Rektor Mr. Gardner.«

Tom tauschte einen Händedruck mit dem Jungen und fühlte eine harte Pranke mit viel Muskelkraft dahinter.

»Und dies ist Kents Mutter Monica.«

Die beiden schüttelten sich die Hände, so mechanisch wie alle Fremden, doch mitten in der gegenseitigen Vorstellung durchzuckte Tom eine Ahnung.

»Monica?« fragte er, während er sie genauer musterte. »Monica Arens?«

Ihre Augen weiteten sich ungläubig.

»Tom?« sagte sie. »Tom Gardner?«

»Donnerwetter, das ist aber eine Überraschung!«

»Du bist das? Mr. Gardner… der Rektor hier?« Ihr Blick schweifte zu dem Namensschild aus Messing neben seiner Bürotür.

»Genau, das bin ich. Ich bin jetzt seit achtzehn Jahren an dieser Schule, zuerst als Lehrer und später als Rektor.« Er ließ ihre Hand los, denn es war unbequem, sie über den ellenbogenhohen Tresen hinweg zu halten. »Offensichtlich wohnst du in diesem Schulbezirk.«

»Ich ... ja ... wir ...« Sie war nervös geworden, und ihr Gesicht überzog sich mit Röte. »Ich bin gerade hierher versetzt worden. Ich bin Ingenieurin bei 3M. Ich hätte ja niemals ... ich meine, ich hatte keine Ahnung, daß du hier irgendwo in der Nähe lebst. Ich kannte den Namen des Rektors noch nicht einmal, bis Mrs. Berlatsky ihn vor einer Minute erwähnte.«

»Tja, so geht das manchmal«, erwiderte Tom mit unbekümmertem Grinsen. »Wege kreuzen sich, nicht wahr?« Er hakte die Daumen in den Gürtel seiner Hose und ließ seinen Blick freundlich auf ihr ruhen. Sie blieb nervös und erwiderte sein Lächeln nicht, vermittelte nur den Eindruck, daß sie sich angestrengt bemühte, eine ziemliche Verlegenheit zu überwinden. »Und du hast jetzt eine Familie ...« Er wandte seine Aufmerksamkeit wieder dem Jungen zu.

»Nur einen. Nur Kent.«

Er war ohne Zweifel ein gutaussehender junger Mann, so groß wie Tom.

»Sie kennen meine Mutter?« fragte Kent, überrascht über die Entdeckung.

»Liegt schon lange zurück«, erwiderte Tom. »Wir haben uns neunzehnhundertfünfundsiebzig kennengelernt.«

»Aber seitdem haben wir uns nicht mehr gesehen«, fügte Monica hastig hinzu.

»Schön, jetzt erst mal genug über uns. Wir haben dich irgendwie aus der Unterhaltung ausgeschlossen, stimmt's, Kent? Hört zu, warum kommt ihr beide nicht mit in mein Büro, wo nicht soviel Chaos und Lärm herrscht. Wir können uns dort weiter unterhalten.«

In seinem Büro mit dem Blick auf die Baumschule und das Footballfeld saßen sie einander an seinem Schreibtisch gegenüber. Die Vormittagssonne stand über dem Ostflügel des Schulgebäudes und schien auf das südliche Fensterbrett, wo eine Reihe von Fotos der Familie Gardner stand, mit der Vorderseite zu Toms Schreibtisch ausgerichtet.

Tom lehnte sich in seinem Drehstuhl zurück, verflocht locker die Hände und sagte: »Du möchtest also Football spielen?«

»Ja, Sir.«

Der Junge kam ihm seltsam bekannt vor. »Du hast früher schon gespielt? In deiner letzten Schule?«

»Ja, Sir. Ich habe im Sophomore – und auch im Juniorjahr gespielt, und letztes Jahr war ich im Auswahlteam.«

»In welcher Position hast du gespielt?«

»Verteidiger.«

Tom war selbst eine Zeitlang Trainer gewesen; er wußte, welche Fragen man stellen mußte, um zu erkennen, ob der Junge ein Team-Mann war oder ein *Ich*-Mann.

»Wie war dein Team?«

»Einfach super. Ich hatte ein paar echt gute Blocker, die clever waren, und sie verstanden wirklich was vom Spiel. Das machte es leicht für uns zu spielen, weil wir irgendwie... na ja, Sie wissen schon, wir hatten einen Draht zueinander und wußten immer, was der andere tat.«

Tom gefiel die Antwort des Jungen. »Und dein Trainer?«

Kent antwortete schlicht: »Er wird mir fehlen« und beeindruckte Tom damit noch mehr. Wieder hatte er den starken Eindruck, den Jungen von irgendwoher zu kennen. Nicht nur seine Gesichtszüge, auch sein Ausdruck hatte etwas eigenartig Vertrautes.

»Erzähl mal, was hast du für Ziele?« fragte Tom, um den Jungen weiter auszutesten.

»Kurzfristig oder langfristig?«

»Beides.«

»Also...« Kent stützte die Ellenbogen auf die Armlehnen seines Stuhls und verschränkte die Hände, während er sich seine Antwort überlegte. »Kurzfristig möchte ich gern dreihundert Pfund auf der Gewichtbank stemmen.« Er schenkte Tom ein winziges Grinsen, halb schüchtern, halb stolz. »Zur Zeit schaffe ich zweihundertsiebzig.«

»Wow«, meinte Tom und erwiderte das Grinsen erfreut. »Und deine langfristigen Ziele?«

»Ich möchte Ingenieur werden wie Mam.« Kent wandte den Kopf zu seiner Mutter, wobei sein Gesicht für einen Augenblick dem direkten Sonnenlicht ausgesetzt wurde. Etwas erregte Toms Aufmerksamkeit, etwas, worauf er bisher nicht geachtet hatte, etwas, was eine Alarmglocke in seinem Hirn schrillen ließ und ein warnendes Kribbeln durch seinen Körper schickte: Ein winziger Wirbel genau in der Stirnmitte von Kent Arens' schwarzem, kurzgeschnittenem Haar, ein schmaler Keil, der den Eindruck erweckte, als wüchse kein Haar an der äußersten Spitze des Haaransatzes.

Genau wie bei ihm, Tom.

Die Erkenntnis kam und traf Tom Gardner wie ein Schlag in die Magengrube, während der Junge zu sprechen fortfuhr.

»Ich würde gern zur Stanford University gehen, weil sie eine großartige technische Fakultät haben und auch ein super Footballteam. Ich glaube, ich bin gut genug, um vielleicht ein Football-Stipendium zu bekommen ... das heißt, wenn ich dieses Jahr wieder spielen kann, damit mich die Talentsucher sehen können.«

Der Junge wandte Tom wieder sein Gesicht zu und schaute ihn an. Die Ähnlichkeit war geradezu unheimlich. Alarmierend!

Tom blickte weg, um sich von der grotesken Vorstellung zu befreien. Er streckte seine Hand über den Schreibtisch aus. »Macht es dir was aus, wenn ich mal einen Blick auf deinen Stundenplan werfe?«

Er konzentrierte sich auf das blaue Blatt Papier, in der Hoffnung, wenn er wieder aufschaute, würder er zu dem Schluß kommen, daß alles nur ein Irrtum war. Der Junge hatte ein umfangreiches Programm gewählt: Differential- und Integralrechnung, Fortgeschrittenenkurse in Chemie und Physik, Sozialwissenschaften, Gewichtstraining und Leistungskurse in Englisch, um mit dem »Honours Degree« abzuschließen.

Honours Degree ... diesen Unterricht erteilte Toms Frau, Claire.

Sein Blick blieb länger als nötig auf das Papier gesenkt. *Es kann nicht sein. Es kann einfach nicht sein.* Aber als er den Blick erneut hob, sah er Züge, die zu sehr jenen glichen, die er jeden Morgen im Spiegel vor sich sah – ein langes Gesicht mit sonnengebräuntem Teint, braune Augen mit dunklen Brauen darüber, deren Schwung ganz ähnlich dem seiner Brauen war, eine leicht gebogene Nase, ein gut geschnittenes, festes Kinn mit einer schwachen Kerbe und diese winzige kahle Stelle an seinem Haaransatz, die er sein Leben lang gehaßt hatte.

Tom wandte seine Aufmerksamkeit Monica zu, aber sie betrachtete ihre Knie, ihre Lippen zu einer schmalen Linie zusammengepreßt. Er erinnerte sich, wie nervös sie gewesen war, als Joan sie in dem äußeren Büro einander vorgestellt hatte, wie Röte in ihre Wangen gekrochen war. Großer Gott, wenn es tatsächlich wahr sein sollte, warum hatte sie ihm nichts davon gesagt, damals, vor siebzehn oder achtzehn Jahren?

»Nun, das ...«, begann Tom, aber seine Stimme brach, und er mußte sich räuspern. »Das ist wirklich ein beeindruckender Stundenplan ... schwierige Kurse. Und obendrein willst du noch Football spielen. Bist du sicher, daß du all das bewältigen kannst?«

»Ich glaube schon. Ich habe immer eine hohe Stundenzahl gehabt, und ich habe immer Sport gemacht.«

»Wie sind deine Zensuren?«

»Ich habe einen Durchschnitt von zwei Komma null. Meine Mutter hat schon in meiner alten Schule Bescheid gesagt, sie sollen meine Zeugnisse herschicken, aber ich schätze, sie sind wohl noch nicht hier angekommen.«

Ein Unwohlsein erfaßte Tom, eigenartige, zischende Ströme sausten durch seine Adern, als er sich in seinem Stuhl vorbeugte und sprach, wobei er hoffte, man würde seinem Gesicht nichts von dem Tumult in seinem Innern anmerken.

»Mir gefällt, was ich sehe, und mir gefällt auch, was ich höre, Kent. Ich denke, du solltest dich mit Trainer Gorman unterhalten. Die Mannschaft trainiert zwar schon seit zwei Wochen, aber dies sollte die Entscheidung des Trainers sein.«

Monica ergriff das Wort, blickte zum ersten Mal direkt in

Toms Augen, seit sie sein Büro betreten hatte. Sie hatte sich inzwischen wieder gefaßt, doch ihre Miene blieb unbewegt. Wenn sie zuvor tatsächlich errötet war, so bot sie jetzt den Anblick einer Frau, die sich wieder in der Gewalt hatte.

»Er wird auf jeden Fall aufs College gehen«, stellte sie fest, »aber wenn er in seinem Senior-Jahr keine Möglichkeit zum Spielen bekommt, weißt du ja sicher, wie es um seine Chancen für ein Stipendium bestellt sein wird.«

»Ich verstehe, und ich werde persönlich mit Trainer Gorman sprechen und ihn bitten, Kent zu einem Probespiel zuzulassen. Kent, glaubst du, du könntest heute nachmittag um drei zum Footballfeld kommen? Das Team wird dann trainieren, und ich kann dich dem Trainer vorstellen.«

Ken schaute seine Mutter an. Sie meinte: »Ich wüßte nicht, warum das nicht möglich sein sollte. Du kannst mich zu Hause absetzen und anschließend den Wagen benutzen.«

»Gut«, sagte Tom.

In dem Moment steckte Joan Berlatsky den Kopf zur Tür herein und unterbrach sie. »Entschuldige die Störung, Tom. Ich habe vergessen, Kent zu sagen ... wir haben eine Gruppe für die Neuankömmlinge, die sich jeden Donnerstagmorgen vor dem Unterricht trifft. Nette Art, die Kids kennenzulernen, wenn du Lust hast, dich anzuschließen.«

»Danke, das werde ich vielleicht tun.«

Als Joan verschwunden war, erhob Tom sich von seinem Stuhl, und die anderen taten es ihm nach. »Also, Kent ...« Er streckte seine Hand über den Schreibtisch, und Kent erwiderte den Händedruck. Als Tom jetzt das attraktive dunkle Gesicht des Jungen auf so kurze Entfernung musterte und seine Hand einen Moment fest in seiner umschlossen hielt, schien sein Verdacht sogar noch glaubhafter. »Willkommen in der HHH. Falls ich irgendwas für dich tun kann, um dir die Eingewöhnung bei uns zu erleichtern, laß es mich einfach wissen, okay? Ich bin jederzeit für die Schüler da. Selbst wenn du einfach nur reden möchtest.«

Tom ging um den Schreibtisch herum und schüttelte Monicas

Hand. »Monica, es war nett, dich wiederzusehen.« Er suchte in ihren Augen nach einem Hinweis, aber ihr Ausdruck war nicht zu entziffern.

Sie heftete ihren Blick auf irgendeinen Gegenstand hinter seiner linken Schulter und blieb kühl und distanziert. »Hat mich auch gefreut, dich mal wiederzusehen.«

»Dasselbe gilt übrigens auch für dich. Falls du Hilfe brauchst bei irgendwelchen schulischen Problemen deines Sohns, ruf einfach an. Mrs. Berlatsky oder ich werden uns nach besten Kräften bemühen, behilflich zu sein.«

»Danke.«

Sie trennten sich an seiner Tür, und er schaute ihnen nach, wie sie durch das chaotische äußere Büro gingen, wo jemand die Flurtüren offen gehalten hatte, um den starken Farbgeruch abziehen zu lassen. Ein Radio spielte einen Rod-Stewart-Song. Ein Kopiergerät lief mit rhythmischem *schd-schd-schd*-Geräusch, während es gelbe Papierseiten ausspuckte. Sekretärinnen tippten an ihren Schreibtischen, während einige Lehrer ihre Postfächer durchstöberten und miteinander schwatzten – jeder ging seiner Aufgabe nach, und keiner von ihnen ahnte, welch lebensverändernder Schock gerade den Mann getroffen hatte, der sie alle führte. Er beobachtete, wie Monica Arens und ihr Sohn das Büro verließen, die Halle durchquerten und durch die weit offene Eingangstür in den sonnigen Augustmorgen hinaustraten. Er konnte sehen, daß sie sich miteinander unterhielten, als sie den Bürgersteig entlangmarschierten, vom Bordstein traten und auf einen neuen Lexus in leuchtendem Aquamarinblau zustrebten. Der Junge glitt hinter das Lenkrad, der Motor wurde angelassen, und die Sonnenstrahlen glitzerten auf der sauberen, auffällig blauen Karosserie des Wagens, als er zurücksetzte, wendete und aus Toms Blickfeld verschwand.

Erst dann erwachte Tom Gardner aus seiner Starre.

»Ich möchte eine Weile nicht gestört werden«, sagte er zu Dora Mae, als er sein Büro betrat. Er schloß die Tür, die normalerweise offen blieb, es sei denn, er unterhielt sich mit einem Schüler. Endlich allein, lehnte Tom sich mit dem Rücken flach gegen die fensterlose Tür und ließ seinen Kopf zurückfallen. Er fühlte sich innerlich völlig verkrampft und spürte einen Druck auf seiner Brust, als wäre ein Baumstamm auf seinen Brustkorb gefallen. Drohende Furcht zog seinen Magen zu einem Knoten zusammen. Er schloß die Augen, versuchte mit aller Kraft, die Furcht ins Unterbewußtsein zurückzudrängen.

Es funktionierte nicht.

Tom stieß sich wieder von der Tür ab, öffnete die Augen und fühlte sich tatsächlich schwindelig.

Er trat ans Fenster und stand in den schrägen Strahlen der Vormittagssonne, eine Hand auf dem Mund, die andere auf seine Rippen gepreßt. Draußen in der Baumschule warf die Sonne ein streifenförmiges Muster auf das gemähte Gras, sprenkelte die sorgfältig gestutzten Bäume mit Lichttupfen und ließ die altmodischen hölzernen Picknicktische verblassen; in der Ferne skizzierte sie einen zweiten, flachliegenden Maschendrahtzaun zu Füßen des einen, der um die Tennisplätze herum lief, schnitt große, trapezförmige Schatten aus der sichtbaren Hälfte der Zuschauertribüne heraus und tauchte das wogende Kornfeld dahinter in goldenen Glanz.

Tom Gardner starrte blicklos hinaus und sah nichts von alledem.

Statt dessen sah er in Gedanken das attraktive Gesicht von Kent Arens vor sich und das erschrockene, verlegen gerötete von Kents Mutter. Dann später ihren verschlossenen Ausdruck und die Miene kühler Distanz, als sie Toms Blick sorgfältig auswich.

Gott im Himmel, konnte der Junge sein Sohn sein?

Die Daten stimmten überein. Die dritte Woche im Juni 1975, die Woche seiner Heirat mit Claire, die zu der Zeit mit Robby schwanger gewesen war. Während Tom weiter blicklos zum Fenster hinausstarrte, bereute er erneut diesen einen Verstoß wider die Vernunft von vor achtzehn Jahren, diese einmalige Untreue am Vorabend seiner Hochzeit, bereute bitter jene Sünde, für die er während der Anfangszeit ihrer Ehe schweigend gebüßt hatte, bis sie nach und nach in Vergessenheit geraten war, als die Beziehung zwischen ihm und Claire immer enger wurde und ihn

Jahre absoluter Treue von diesem einmaligen Abenteuer trennten.

Er zog seine Hand von seinem erhitzten Gesicht zurück und fühlte einen Kloß in der Kehle, der dort wie ein hartes Stück Bonbon festsaß, wenn er schluckte. Vielleicht war der Junge noch nicht siebzehn. Vielleicht war er sechzehn... oder achtzehn! Schließlich war nicht jeder Schüler der Abgangsklasse siebzehn Jahre alt!

Aber die meisten waren es, und der gesunde Menschenverstand sagte ihm, daß Kent Arens für einen Sechzehnjährigen zu groß und zu gut entwickelt war. Es schien, als rasierte er sich bereits täglich, und seine Schultern und Brustmuskeln waren die eines jungen Mannes. Darüber hinaus schien die geradezu verblüffende Ähnlichkeit mit ihm selbst Toms schrecklichen Verdacht nur zu bestätigen.

Sein Blick schweifte über die Fotos seiner Familie. Er berührte sacht die Rahmen. Seine Familie: Claire, Chelsea und Robby.

Keiner von ihnen wußte auch nur das geringste über die Nacht seiner Junggesellenabschiedsparty.

O Gott, bitte, laß diesen Jungen nicht mein Sohn sein.

Abrupt fuhr Tom herum und riß seine Tür auf. »Dora Mae, haben Sie Kent Arens' Anmeldeformular schon abgeheftet?«

»Noch nicht, es liegt genau vor mir.« Sie nahm das Formular vom Schreibtisch und reichte es ihm. Tom kehrte damit in sein Büro zurück, ließ sich auf seinen Schreibtischstuhl fallen und las sorgfältig jedes Wort.

Tatsache, Kent war siebzehn: geboren am 22. 3. 1976, exakt neun Monate nach Tom Gardners unverantwortlichem Akt der Rebellion gegen eine Ehe, für die er sich noch nicht bereit fühlte.

Name der Mutter: Monica J. Arens; kein Vater aufgeführt.

Tom durchforstete seine schwache Erinnerung nach jener Nacht, aber sie lag schon so lange zurück, und er hatte damals getrunken – eine Menge –, und Monica war nichts weiter als dieses Mädchen gewesen, mit dem er sich auf irgendeiner Party flüchtig unterhalten und das an jenem bewußten Abend Pizzas in seine Hotelsuite geliefert hatte. Hatte einer von ihnen irgendwelche Verhütungsmittel benutzt? Tom hatte keine Ahnung, ob Monica daran gedacht hatte. Und er? Wahrscheinlich nicht, denn zu jener Zeit war Claire bereits schwanger gewesen, deshalb war keine Geburtenkontrolle notwendig. Vorher hatte sie die Pille genommen, aber sie hatte vergessen, sie zu einem Wochenendskiausflug nach Colorado mitzunehmen, und wie die meisten geilen jungen Welpen hatten sie und Tom sich für unverwundbar gehalten, und so war es zu Claires Schwangerschaft gekommen.

Unverantwortlich? Ja, sicherlich, aber die gesamte Nacht seiner Junggesellenabschiedsparty war ebenfalls unverantwortlich gewesen, von der Alkoholmenge an, die er konsumiert hatte, über die Pornofilme, die seine Verbindungsbrüder gezeigt hatten, bis hin zu seinem unüberlegten Sex mit einem Mädchen, das er so gut wie überhaupt nicht kannte.

Und alles das, weil er in eine Ehe getrieben wurde, die sich – auf die Dauer – als das Beste erwiesen hatte, was ihm jemals im Leben passiert war.

Als Tom so in seinem Büro saß und grübelnd Kent Arens' Anmeldeformular in der Hand hielt, seufzte er tief und beugte sich in seinem Stuhl vor. Konnte der Junge ihm so sehr ähnlich sehen und trotzdem nicht sein Sohn sein? Unter den gegebenen Umständen zweifelte er daran. Und wenn er die Ähnlichkeit so mühelos entdeckt hatte, dann konnte es jeder andere auch: die Mitarbeiter im Büro, Chelsea, Robby ... Claire.

Der Gedanke an seine Frau ließ plötzliche Panik in ihm aufsteigen, bis ihm schwindelig vor Angst war, und er schoß von seinem Stuhl hoch, ließ das Formular achtlos liegen, während ihn der Instinkt geradewegs zu ihr trieb, um zu schützen, was auch immer in Gefahr sein mochte.

»Ich bin oben in Raum zwei-dreißig-zwei, falls jemand nach mir fragt«, erklärte er Dora Mae, als er an ihrem Schreibtisch vorbeieilte.

Wie im Hauptbüro, so herrschte auch in den Korridoren zu den Klassenräumen ein heilloses Durcheinander. Überall stapelte sich Unterrichtsmaterial, die Fußböden waren mit Plastikfolie ausgelegt, ein strenger Farbgeruch hing in der Luft. Aus einem der Klassenräume ertönte gedämpfte Radiomusik, während Lehrer in Arbeitskleidung dabei waren, ihre Räume in Ordnung zu bringen. Die für audiovisuelles Unterrichtsmaterial zuständige Lehrerin kam auf Tom zugetrottet, einen mit Tonbandgeräten und Kassettenrecordern beladenen Karren vor sich herschiebend, den sie mühsam durch den vollgestellten Flur manövrierte.

»Hi, Tom«, grüßte sie.

»Hi, Denise.«

»Ich muß demnächst mit dir über die neue Fotoklasse sprechen, die ich unterrichten werde. Wir werden zwischen uns und den Leuten von der Schulzeitung einen Benutzungsplan für die Dunkelkammer ausarbeiten müssen.«

»Komm in mein Büro, und wir werden uns irgendwas einfallen lassen.« Er ärgerte sich bereits über die Störung schulischer Angelegenheiten und spürte einen Stich von Schuldbewußtsein, weil er zuließ, daß seine persönlichen Sorgen die Wichtigkeit der Arbeit in den Hintergrund drängten, für die er bezahlt wurde. Aber im Moment zählte nichts so sehr wie seine Beziehung mit Claire.

Als er sich ihrem Raum näherte, fühlte er einen Anflug panischer Angst, als könnte man ihm seine Indiskretion von vor achtzehn Jahren irgendwie am Gesicht ansehen, und Claire würde ihn anschauen und sagen: *Wie konntest du nur, Tom? Zwei Frauen gleichzeitig!*

Ihr Raum lag nach Süden wie sein Büro. Auf einem Namensschild neben ihrer Tür stand *Mrs. Gardner.* Obwohl es in der Schule keine Regel gab, die den Schülern untersagte, die Lehrer mit Vornamen anzusprechen, legte Claire Wert darauf, daß ihre Schüler die förmliche Anrede benutzten, denn sie war der Meinung, der Respekt, der dieser Anrede innewohnte, übertrüge sich auch auf den Respekt für sie im Klassenraum. Und Claire genoß durchaus Respekt bei ihren Schülern.

Tom blieb in der offenen Tür stehen und fand seine Frau über einen Karton gebeugt, einen dicken Stapel Mappen im Arm. Ihre Kehrseite zeigte in Toms Richtung; sie trug blaue Denimsteghosen und ein rotes Football-Sweatshirt, das ihr fast bis zu den Knien reichte. Die Sonne fiel in schmalen Streifen auf ihr blondes Haar und ihre Schultern, als sie sich stöhnend aufrichtete und den schweren Papierstapel auf dem Tisch ablegte. Sie strich sich das Haar hinter die Ohren, stemmte beide Fäuste in die Taille und beugte sich weit zurück. Während Tom sie so beobachtete – ohne daß sie sich seines prüfenden Blicks bewußt war, mit der Arbeit beschäftigt, die sie seines Wissens besser als jeder andere Lehrer tat, immer noch in Form und gepflegt und hübsch nach achtzehn Jahren Ehe und zwei Kindern –, krampfte ein plötzliches Gefühl der Furcht sein Herz zusammen, Furcht, daß er Claire möglicherweise verlieren könnte.

»Claire?« sagte er, und sie drehte sich beim Klang seiner Stimme lächelnd zu ihm um. Sie war gebräunt vom sommerlichen Golfspiel. Ein Paar gedrehter goldener Ohrringe hob sich schimmernd gegen ihre goldbraune Haut ab.

»Oh, hi. Wie läuft es unten?«

»Immer noch ziemlich chaotisch.«

»Hast du schon die neuen Englischbücher gefunden?«

»Noch nicht. Ich arbeite noch daran.«

»Ich bin überzeugt, früher oder später werden sie irgendwo auftauchen. Das tun sie immer.«

Die fehlenden Lehrbücher hatten jede Bedeutung verloren, als Tom den Raum betrat und mit schlurfenden Schritten vor ihr stehenblieb.

»Claire, ich habe mir überlegt…«

Ihre Miene verdunkelte sich. »Tom, was ist los?«

Er nahm sie in die Arme.

»Was hast du, Tom?«

»Laß uns Samstag abend ausgehen, vielleicht sogar irgendwo übernachten, nur wir beide. Vielleicht könnten wir Vater bitten, zu uns zu kommen und auf die Kinder aufzupassen.«

»Irgendwas *ist* nicht in Ordnung!«

Er konnte die plötzliche Sorge in ihrer Stimme hören, konnte fühlen, wie sich ihre Schultern leicht verkrampften.

»Unsinn, ich habe das einfach gebraucht« – er wich zurück,

um in ihr Gesicht zu sehen, während er seine Hände locker um ihren Hals schlang – »und ich denke, wir könnten beide einmal ein Wochenende ganz für uns gebrauchen, bevor die Schule wieder anfängt und die Dinge noch hektischer werden.«

»Ich dachte, wir hätten ein Abkommen – nichts Persönliches im Schulgebäude.«

»Das haben wir auch, aber ich bin der Rektor, und ich kann die Regeln ab und zu brechen, wenn ich es für angebracht halte.« Er beugte den Kopf und küßte sie mit einer weitaus leidenschaftlicheren Kundgebung von Gefühl, als er manchmal in ihrem Schlafzimmer zu Hause bewies. Er liebte diese Frau mit einer Innigkeit, zu der er sich früher nicht für fähig gehalten hätte. Sicher, er hatte sie notgedrungen geheiratet und hatte zu jener Zeit tiefen Groll gehegt, zu diesem Schritt gezwungen zu sein, ein junger Mann, frisch aus dem College, der geplant hatte, sich erst eine sichere Ausgangsposition zu schaffen, bevor er sich eine Ehefrau und Kinder zulegte. Aber Claire war schwanger geworden, und er hatte getan, was man zur damaligen Zeit als »ehrenhaft« propagierte. Liebe kam für ihn erst später, nachdem Claire Robby zur Welt gebracht und er gesehen hatte, wie sie ihn bemutterte, und dann ein Jahr später Chelsea, und als sie innerhalb von zwei Jahren wieder in ihren Beruf zurückgekehrt und so bewundernswert mit beiden Aufgaben fertig geworden war.

Sie war intelligent und arbeitete hart, und sie hatten so vieles gemeinsam – beide waren sie Erzieher –, daß Tom sich nicht vorstellen konnte, mit einer anderen Frau verheiratet zu sein. Sie waren auch gute Eltern, nachdem sie fast tagtäglich hier an ihrer eigenen Schule erlebten, welch katastrophale Folgen mangelnde elterliche Fürsorge haben konnte. Scheidung, Mißbrauch, Alkoholismus, Vernachlässigung – sie saßen häufig in Konferenzen mit Eltern von Kindern, die unter derartigen häuslichen Situationen litten. Folglich wußten Tom und Claire, was eine starke Familie aufbaute; sie sprachen darüber, hielten ihre eigene Beziehung stark und liebevoll und präsentierten ihren Kindern eine geeinte Front, wenn es um Entscheidungen ging. Sie schätzten sich glücklich, daß ihre Erziehungsmethoden und ihre offenkundige Liebe für ihre Kinder bis jetzt so gute Ergebnisse gebracht hatten. Die Kinder hatten sich großartig entwickelt.

Ob er Claire liebte? Zum Teufel, ja, er liebte sie. Nach all diesen Jahren und all ihren Bemühungen war ihre Beziehung zu der sicheren Festung geworden, von der aus sie beide ihr aktives, ausgefülltes Leben bewältigten.

Ein Mädchen mit langem, blondem Haar kam zur Tür herein und blieb abrupt beim Anblick des Rektors stehen, der eine der Englischlehrerinnen küßte. Sie lächelte, lehnte sich mit einer Schulter gegen den Türrahmen, kreuzte ihre Arme und Fußgelenke und stützte die Spitze eines ihrer abgenutzten Turnschuhe auf den Fußboden. Chelsea Gardner beobachtete, wie sich die Hände ihrer Mutter auf dem Rücken ihres Vaters spreizten, und wurde von einem Gefühl der Sicherheit und der Wärme durchflutet. Obwohl sie ihre Zuneigung zu Hause offen zeigten, hatte Chelsea noch nie erlebt, daß ihre Eltern dies auch hier taten.

»Ich dachte, wir hätten in dieser Schule eine Regel über Knutschen in den Korridoren.«

Ihre Köpfe fuhren mit einem Ruck herum, aber Toms Hände blieben auf Claires Rücken liegen.

»Oh, Chelsea… hi«, sagte er.

Chelsea stieß sich lässig vom Türrahmen ab und kam grinsend auf sie zu. »Ihr könntet einen Verweis dafür bekommen, wißt ihr. Und habe ich nicht am Abendbrottisch schon tausend Klagen über Zeugs wie das hier zu hören gekriegt? Über all die *Fummler*, die sich gegenseitig gegen die Schließfächer drücken und sich unter der Treppe betatschen?«

Tom räusperte sich. »Ich habe deine Mutter eingeladen, übers Wochenende mit mir wegzufahren. Was hältst du davon?«

»Ihr wollt wegfahren? Wohin?«

»Ich weiß nicht. Vielleicht in eine kleine Pension. Irgendwo.«

»Eine Pension?« rief Claire aufgeregt. »Oh, Tom, ist das wirklich dein Ernst?«

Chelsea meinte: »Ich dachte, du hättest nichts für diese Kinkerlitzchen übrig, Paps.«

»Das dachte ich auch«, warf Claire ein, während sie ihn neugierig beäugte.

»Na ja, ich dachte nur...« Tom zuckte die Achseln und ließ Claire los. »Ich weiß nicht, du bist immer hinter mir her. Vielleicht ist es an der Zeit, daß ich ausnahmsweise mal versuche, mich loszueisen, denn du weißt ja, wie hektisch mein Stundenplan nach diesem Wochenende wird. Unser beider Stundenpläne.«

Chelsea grinste. »Also, ich finde, es ist eine super Idee.«

»Ich werde Großvater bitten, ob er Samstag das Haus hüten kann.«

»Großvater! Ach, nun komm schon, Paps, bitte... wir sind alt genug, um allein zu bleiben.«

»Du kennst meine Gefühle bezüglich Eltern, die ihre Kinder allein lassen.«

Allerdings, die kannte Chelsea. Sie hatte auch davon am Abendbrottisch gehört. An den Montagvormittagen kam es besonders häufig vor, daß die Polizei in der Schule erschien, und zwar hauptsächlich wegen Kindern, die von ihren Eltern das Wochenende über allein gelassen wurden. Abgesehen davon war ihr Großvater wirklich in Ordnung.

»Ja, ich weiß«, gab Chelsea zu. »Na schön, was immer ihr wegen Großvater entscheidet ist okay, schätze ich. Aber hört zu, Leute, ich hab's ziemlich eilig. Ich bin nur hergekommen, weil ich Geld für ein neues Paar Tennisschuhe brauche. Diese hier sind total abgelatscht.«

»Wieviel?« fragte Claire, während sie zu ihrem Pult ging, um ihre Tasche zu holen.

»Fünfzig Dollar?« fragte Chelsea, das Gesicht zu einem hoffnungsvollen Grinsen verzogen.

»Fünfzig Dollar!«

»Alle von uns Cheerleaders bekommen dieselbe Sorte Schuhe.«

Es stellte sich heraus, daß Tom und Claire ihr Bargeld zusammenlegen mußten, um die von Chelsea benötigte Summe aufzubringen, aber sie zog mit den vollen fünfzig Dollar ab, um die sie gebeten hatte.

An der Tür blieb sie unvermittelt wieder stehen, wirbelte zu ihren Eltern herum und sagte lächelnd: »Wißt ihr was? Als ich hier hereinkam und euch dabei ertappte, wie ihr euch geküßt habt, hatte ich dieses echt sensationelle Gefühl, und ich dachte – Wahnsinn! – ich bin das glücklichste Mädchen auf der Welt, weil meine Mam und mein Paps sich super verstehen und nichts jemals mit unserer Familie schiefgehen kann.«

Ihre Worte durchbohrten Toms Inneres wie ein glühender Draht. Er starrte auf die offene Tür, nachdem sie verschwunden war. *Lieber Gott, laß es wahr sein, dachte er. Laß niemals zu, daß irgend etwas mit unserer Familie passiert.*

Aber selbst als er dieses stumme Stoßgebet zum Himmel sandte, wußte er, daß ihre Schwierigkeiten bereits begonnen hatten.

2. KAPITEL

Um drei Uhr an diesem Nachmittag ging Tom auf das Footballfeld hinaus, wo das Team gerade Aufwärmübungen machte. Kent Arens – pünktlich zur Stelle, wie Tom bemerkte – wartete bereits auf einem der unteren Tribünenplätze.

Sogar noch bevor sein Verdacht hundertprozentig bestätigt war, fühlte Tom einen ganzen Schwall von Emotionen auf sich einstürmen beim Anblick des Jungen, als sich dieser – hochgewachsen, kraftvoll und muskulös – von der Metallbank erhob. Das Gefühl traf ihn mit einer Wucht, die er nicht erwartet hatte, während er sich dabei ertappte, wie er unwillkürlich die Qualität von Monica Arens' Erziehung und mütterlicher Fürsorge abzuschätzen versuchte. Die ersten Eindrücke ließen darauf schließen, daß sie ihre Aufgabe hervorragend gemeistert hatte.

»Hallo, Mr. Gardner«, sagte Kent.

»Hi, Kent.« Es kostete Tom Anstrengung, sich ruhig und gelassen zu geben, wenn sein Herz so wild hämmerte. »Hast du schon mit Trainer Gorman gesprochen?«

»Nein, Sir. Ich bin gerade erst gekommen.«

»Na schön, dann komm... dann wollen wir ihn gleich mal festnageln.« Sie marschierten nebeneinander am Spielfeldrand entlang, Tom gefesselt von der Nähe des Jungen, von dem Gefühl, Kents nackten Arm so dicht neben seinem zu spüren, von seiner Vitalität und seinem durchtrainierten jungen Körper. Lediglich neben ihm herzugehen löste eine starke körperliche Reaktion in Tom aus, nicht unähnlich jener in seiner frühen Pubertät, als er Mädchen zum allerersten Mal bewußt als sexuelle Wesen wahrgenommen hatte, obwohl dieses hier väterlich war, rein und stark. Es hatte etwas bezwingend Pathetisches an sich, Kent so nahe zu sein, zu glauben, daß er sein Sohn war, überzeugt, daß kein Irrtum vorlag, wenn Kent keine Ahnung von ihrer Beziehung hatte. *Bist du es? Bist du mein Sohn?* Die Frage quälte sein Hirn, unablässig wie eine Litanei, zusammen mit anderen Fragen, die er würde stellen wollen, wenn sich sein Verdacht als wahr erwies.

Wie bist du als Kind gewesen? Warst du wütend darüber, keinen Vater zu haben? Hast du dich jemals gefragt, wie ich aussehen würde? Wo ich lebte? Was ich beruflich machte? Hattest du irgendeine Vaterfigur in deinem Leben? Hast du dir Geschwister gewünscht? Bist du immer so höflich und ernst gewesen?

Die mühsam unterdrückten Fragen bildeten einen schmerzhaften Kloß in Toms Kehle, als er pflichtbewußt von anderen Dingen sprach.

»Ziemlich hart, zu Beginn deines letzten Schuljahres einen Umzug wie diesen zu machen.«

»Ja, Sir. Aber wir sind früher schon umgezogen, deshalb weiß ich, daß ich mich anpassen kann. Und überhaupt, wenn man an eine neue Schule kommt, merkt man, daß die Leute im allgemeinen ziemlich entgegenkommend sind und einem gerne helfen.«

»Und Sport treiben ist sicherlich eine gute Möglichkeit, um bald neue Freunde zu finden. Du hast andere Sportarten neben Football erwähnt.«

»Basketball und Leichtathletik in der Schule. Tennis und Golf in meiner Freizeit. In Austin haben wir in der Nähe eines Golfplatzes gewohnt, deshalb ergab es sich eigentlich fast automatisch, daß ich's mal mit Golf probiert habe.«

Alles waren Sportarten, die Tom ebenfalls zum einen oder anderen Zeitpunkt ausgeübt hatte, obwohl sein Leben jetzt kaum noch Raum für Hobbys und Freizeitvergnügen ließ. Die Erwähnung des Golfplatzes brachte ihn zu dem Schluß, daß Monica recht gut verdient haben mußte, um sich ein Haus in einer vornehmen Wohngegend leisten zu können. Eine seltsame Gier erfaßte ihn, alles über den Jungen zu erfahren und Parallelen zwischen sich und Kent zu entdecken.

»Bist du in Basketball und Leichtathletik auch im Auswahlteam gewesen?«

»Ja, Sir.«

»Früher, als ich als Lehrer anfing, habe ich auch Mannschaften trainiert«, erklärte er Kent. »Ich denke, ich habe ein ziemlich gutes Auge für einen überdurchschnittlich begabten Sportler. Ich wäre wirklich sehr überrascht, wenn Trainer Gorman dir keine Uniform gibt.«

»Hoffentlich nimmt er mich.«

In Wahrheit brauchte Tom als Rektor nur ein Wort darüber fallenzulassen, daß er einen Schüler in einer Mannschaft haben wollte, und schon wäre die Sache erledigt. In diesem Fall schienen die Zensuren, die Ziele und die Persönlichkeit des Jungen für sich selbst zu sprechen; er hegte keine Zweifel, daß auch Gorman dies sehen würde.

Sie näherten sich dem Mittelfeld und schauten zu, wie die Mannschaft Zehn-Yards-Sprints und Liegestütze übte. In dem Gewimmel von roten Trainingsanzügen hob der Spieler mit der Nummer zweiundzwanzig seinen Arm und winkte. Tom winkte zurück und erklärte: »Mein Sohn Robby.« Der Trainer wurde auf den Rektor aufmerksam und verließ das Team, um sich ihm anzuschließen.

Bob Gormans Figur erinnerte stark an einen Fleischklotz mit Armen. Er trug graue Trainingshosen, ein weißes T-Shirt und eine rote Baseballkappe mit den Schulinitialen *HHH*, in Weiß aufgedruckt. Als er an der Seitenlinie stehenblieb, tat er es in

James-Cagney-Manier, die Füße gespreizt, seine kanonenrohrförmigen Arme vom Körper abgewinkelt, zu muskelbepackt, um locker an den Seiten zu hängen.

»Tom«, meinte er zur Begrüßung, wobei er gleichzeitig dem Jungen zunickte und seinem Mützenschirm einen unnötigen Schubs nach hinten versetzte.

»Wie läuft es, Trainer?«

»Gar nicht mal so schlecht. Sie sind ein bißchen eingerostet nach den Ferien, aber ein paar von ihnen haben den ganzen Sommer über trainiert und sich wirklich in Form gehalten.«

»Trainer, dies ist Kent Arens. Er ist Senior und gerade an unsere Schule übergewechselt, und er möchte Football spielen. Ich habe ihm gesagt, ich würde ihn herbegleiten und sie beide zusammenbringen und Ihnen die endgültige Entscheidung überlassen. Er hat die beiden letzten Jahre in Austin, Texas, gespielt, und vergangenes Jahr war er im Auswahlteam. Er möchte nach Stanford und Ingenieurwesen studieren, vielleicht mit einem Football-Stipendium.«

Der Trainer betrachtete den gut einen Meter zweiundachtzig großen Jungen abschätzend, der ihn um einiges überragte. »Kent«, sagte er und streckte ihm seine fleischige Pranke hin.

»Freut mich, Sie kennenzulernen, Sir.«

»Was spielst du?«

»Verteidiger.«

Während der Trainer fortfuhr, Kent Fragen zu stellen, kam Nummer zweiundzwanzig über das Spielfeld gejoggt und blieb keuchend an der Seitenlinie stehen.

»Hey, Paps«, rief Robby Gardner atemlos.

»Hi, Robby.«

»Bist du nach dem Training noch hier? Chelsea ist mit dem Wagen zum Einkaufen gefahren, deshalb habe ich niemanden, der mich nach Hause mitnimmt.«

»Tut mir leid, dann bin ich schon fort. Ich muß, äh...« Tom rieb sich die Unterseite seiner Nase mit dem Fingerknöchel. »Muß noch eine Besorgung erledigen.« Er sagte sich, daß es nur eine Ausflucht war, keine Lüge. Bis er die Wahrheit über Kent

Arens herausgefunden hatte, war eine gewisse Vorsicht angebracht. »Was ist mit dem Schulbus?«

»Ich soll mit dem ätzenden Schulbus fahren? Nein, danke! Ich finde schon eine Mitfahrgelegenheit.«

Als Robby wieder kehrtmachte, rief Tom: »Oh, Robby, eine Minute noch.« Es war ein merkwürdiger Moment verwirrender Gefühle, ein Moment, in dem Tom sich fragte, ob er vielleicht seine beiden Söhne einander vorstellte. Hätte er die Wahl gehabt, hätte er die Vorstellung gänzlich umgangen, aber das Protokoll verlangte, daß er als Rektor alles tat, um dem neuen Schüler die Aufnahme in diese neue Gemeinschaft auf jede erdenkliche Weise zu erleichtern. »Ich möchte dich mit Kent Arens bekannt machen. Kent geht ebenfalls in die letzte Klasse, und er ist neu hier dieses Jahr. Vielleicht kannst du ihn mit einigen von deinen Freunden zusammenbringen.«

»Klar, Paps«, sagte Robby und wandte sich ab, um den Neuankömmling zu mustern.

»Kent, dies ist mein Sohn Robby.«

Die beiden Jungen tauschten einen unsicheren Händedruck.

Einer war blond, der andere dunkelhaarig. Tom widerstand der Versuchung, in der Nähe zu bleiben und sie weiter miteinander zu vergleichen. Wenn sich sein Verdacht als wahr herausstellte, würde er in der Zukunft zweifellos noch viel zuviel Zeit damit verbringen, Vergleiche anzustellen. »Also, Kent, ich überlasse dich jetzt dem Trainer. Viel Glück.«

Er schenkte dem Jungen ein freundliches Lächeln, das erwidert wurde, bevor er das Spielfeld verließ und zu seinem Wagen strebte, im Vorbeigehen den aquamarinblauen Lexus erblickte, der Monica Arens gehörte. Beim Anblick des Wagens durchzuckte es ihn heiß – ein Gefühl, ganz ähnlich dem, das er als Teenager erlebt hatte, wenn irgendein Mädchen, für das er schwärmte, im Wagen ihres Daddys an seinem Haus vorbeifuhr. Aber dieses Durchzucken hatte nichts mit Schwärmerei zu tun. Ihn plagten Schuldgefühle wegen eines Jungen, der möglicherweise sein Sohn war, und er war unsicher, wie er mit der Situation umgehen sollten, wenn es wahr war.

Die Fenster seines roten Taurus waren hochgekurbelt in der warmen Augustsonne. Tom saß einen Moment lang da, mit weit offenen Türen und laufendem Motor, während er überlegte, was er als nächstes tun sollte. Immer wieder stieg das Bild der beiden händeschüttelnden Jungen vor seinem inneren Auge auf, als er sich fragte: *Sind sie Halbbrüder? Sind sie's tatsächlich? Und werde ich es bald herausfinden?*

Als die Klimaanlange kühle Luft zu produzieren begann, knallte er die Türen zu und zog Kents grüne Anmeldekarte aus seiner Brusttasche. Dort stand die Adresse, in sorgfältigen Druckbuchstaben geschrieben, die eine gewisse Ähnlichkeit mit Toms eigener Druckschrift auswiesen: *1500, Curve Summit Drive.* Es war ein Neubaugebiet, eine Unterabteilung mit noblen Häusern in den Hügeln oberhalb des Westufers des Lake Haviland im westlichen Vorort von St. Paul Heights, Minnesota. Nach achtzehn Jahren kannte Tom die Adressen in seinem Schulbezirk fast so gut wie die Polizei.

Er fühlte sich wie ein verdammter Schürzenjäger, als er losfuhr, um das Haus zu finden, wobei seine emotionale Seite sich wünschte, Monica Arens würde gar nicht zu Hause sein, während sein vernunftbetonteres Ich erkannte, daß es keinen Sinn hätte, das Unausweichliche immer weiter hinauszuzögern: Was auch immer die Wahrheit war, er mußte sie wissen, und je eher er sie herausfand, desto besser.

Das Haus war beeindruckend, ein zweistöckiges Gebäude, aus eierschalenfarbenen und grauen Klinkern erbaut, mit einem asymmetrischen Dach und einer Garage für drei Autos. Es stand auf einem Hügelkamm, und die Einfahrt verlief in ziemlich steilem Winkel aufwärts.

Tom parkte am Fuß der Einfahrt und stieg langsam aus, hielt noch einen Moment inne, eine Hand auf der offenen Wagentür, als er zu dem Haus hinüberschaute. Das Grundstück war noch nicht mit Grassoden gedeckt, aber der Garten war bereits angelegt und mit Bäumen und Büschen bepflanzt – einer Menge ziemlich großer Bäume und Strauchrabatten, die zu kaufen und herzuschaffen eine Stange Geld gekostet haben mußte. Die Einfahrt war aus Beton gegossen und leuchtete weiß in der Sonne, parallel dazu schlängelte sich ein frisch angelegter Fußweg aufwärts, der vor der Eingangstür endete.

Monica Arens schien tatsächlich ein sehr gutes Einkommen zu haben.

Tom warf die Wagentür ins Schloß und näherte sich zögernd dem Haus, während alle seine Instinkte ihn drängen, zu seinem Wagen zurückzukehren, wegzufahren und die Sache ruhen zu lassen.

Aber er konnte es nicht.

Statt dessen klingelte er an der Haustür und wartete, den Schlüsselring über einen Zeigefinger gehängt... fürchtete sich vor dem Moment, wenn sie die Tür öffnen würde, kämpfte gegen die schreckliche Erkenntnis an, daß die nächste Stunde sein Leben für immer verändern könnte.

Monica öffnete die Tür und starrte Tom in verblüfftem Schweigen an. Sie trug Segeltuchschuhe und ein locker sitzendes Kleid im Jumper-Stil, das gerade herunterfiel und bis zur Hälfte ihrer Waden reichte, eine formlose Mode, die Tom nie zu mögen gelernt hatte, eine, die Claire umgangen hatte, nicht wegen seines Mißfallens, sondern weil sie ihr selbst nicht zusagte.

»Hallo, Monica«, sagte er schließlich.

»Ich bin mir nicht sicher, ob du hier sein solltest.«

»Ich denke, wir sollten uns unterhalten.« Er behielt seine Schlüssel griffbereit in der Hand, für den Fall, daß sie ihm die Tür vor der Nase zuknallte. Sie sah alles andere als erfreut aus über sein Erscheinen und stand da, eine Hand am Türknauf, bewegte keinen Muskel, ihr Gesicht bar jeden Ausdrucks, der auch nur entfernt einer freundlichen Begrüßung ähnelte.

»Meinst du nicht, daß wir miteinander reden sollten?« Er hatte Mühe, die Worte um den Kloß von Furcht in seiner Kehle herumzubringen.

Sie stieß einen Seufzer aus und sagte: »Ja, vermutlich hast du recht.« Als sie zurücktrat, wußte er, sie ärgerte sich, zu dieser Unterredung gezwungen zu sein.

Er betrat ihr Haus und hörte die Tür hinter sich zufallen,

machte ein paar Schritte in ein Foyer, das in einen riesigen Raum mündete, eine Kombination aus Wohn- und Eßzimmer. Die Westwand dominierte ein großer Kamin, zu beiden Seiten von zweiflügeligen Terrassentüren flankiert, die auf eine Terrasse aus Redwoodholz hinausgingen, die die gesamte Sonnenseite des Hauses einnahm. Es roch nach frischer Farbe und neuen Teppichböden, und obwohl die Fenster noch gardinenlos waren, ließ der Raum zukünftigen Luxus erahnen. Umzugskartons der »North American Van Lines« füllten viel von dem Zwischenraum zwischen den Möbeln. Monica ging voraus zum linken Ende des Raums, wo ein Eßzimmertisch und Stühle eine einigermaßen große Insel aufgeräumter Fläche schufen. Der Tisch schien frisch poliert zu sein, denn der zitrusartige Duft von Möbelwachs hing in der Luft, und die schrägen Strahlen der Sonne, die durch die nächste Terrassentür hereinfielen, enthüllten schwache Wischspuren auf der Tischplatte. Die Fenster hinter ihnen boten einen Ausblick auf den noch rasenlosen Hinterhof und ein neues, noch im Bau befindliches Haus in gut zweihundert Metern Entfernung.

»Setz dich«, sagte sie.

Tom zog einen Stuhl heraus und wartete. Sie ging um die Tischecke und setzte sich, wobei sie reichlich Platz zwischen ihnen ließ. Als sie saß, ließ er sich ebenfalls auf seinem Stuhl nieder.

Die Anspannung war fast greifbar. Tom bemühte sich angestrengt, die richtigen Worte zu finden, seine Verlegenheit darüber zu unterdrücken, daß er überhaupt hier war. Monica – so schien es – hatte beschlossen, ihren Blick auf die nackte Tischplatte zu heften und ihn nicht mehr zu heben.

»Nun...« sagte er. »Ich schätze, ich frage einfach geradeheraus... ist Kent mein Sohn?«

Sie drehte den Kopf weg, starrte einen Moment über ihre ineinander verkrampften Hände hinweg auf den sanft hügeligen Hintergarten und sagte dann ruhig.: »Ja, das ist er.«

Tom stieß zitternd den Atem aus und flüsterte: »Oh, Gott.« Die Ellenbogen auf die Tischplatte gestützt, vergrub er sein Gesicht einen Moment lang in beiden Händen. Adrenalin schoß wie ein Stromstoß durch seine Adern, ließ seine Kopfhaut und seine Achselhöhlen feucht vor Schweiß werden. Er ballte eine Hand zur Faust und preßte seine Daumenknöchel hart gegen den Mund. Während er Monica musterte, eingehüllt in ihren Panzer der Indifferenz, fragte er sich ratlos, wie er weiter vorgehen sollte. Das Leben, so schien es, schuf keinen Präzedenzfall für eine Situation wie diese – zwei Menschen, die sich im Grunde völlig fremd waren, saßen zusammen, um über den Sohn zu sprechen, von dessen Existenz der eine von ihnen nie etwas gewußt hatte.

»Das…« Er mußte sich räuspern und noch einmal von vorn anfangen. »Das habe ich befürchtet. Man braucht kein Genealoge zu sein, um die Ähnlichkeit zwischen uns zu entdecken.«

Monica erwiderte nichts.

»Warum hast du es mir nicht gesagt?«

Sie verdrehte genervt die Augen und meinte: »Ist das nicht offensichtlich?«

»Nein, ich fürchte, das ist es nicht. Jedenfalls nicht für mich. Also, warum?«

Sie warf ihm einen ärgerlichen Blick zu. »Als ich merkte, daß ich schwanger war, warst du schon mit ihr verheiratet. Was hätte es für einen Zweck gehabt, es dir zu sagen?«

»Aber ich bin sein Vater! Meinst du nicht, ich hätte es erfahren sollen?«

»Und wenn du es erfahren hättest, was hättest du dann getan – na sag schon, was?«

Tom erwiderte aufrichtig: »Ich weiß es nicht. Aber ich gehöre nicht zu der Sorte Mann, die es ausschließlich dir überlassen hätte, für das Kind zu sorgen. Ich hätte dich nach besten Kräften unterstützt, und wenn es auch nur finanziell gewesen wäre.«

Sie schnaubte verächtlich. »Ach ja? Hättest du das? Wenn ich mich richtig erinnere, erwartete deine Verlobte bereits ein Baby, als ihr geheiratet habt. Ich war ebensowenig Teil deiner Zukunft, wie du Teil meiner warst. Ich konnte einfach nicht einsehen, was es Gutes bringen würde, wenn ich dir davon erzählte, also habe ich es gelassen.«

»Aber hast du … hast du das nicht als falsch, als betrügerisch empfunden?«

»Also, bitte …« Sie schob ihren Stuhl zurück und erhob sich mit deutlich sichtbarem Tadel in der Haltung ihrer Schultern. Sie bewegte sich vom Tisch fort und stellte sich inmitten der Umzugskartons im Wohnzimmer hinter ihm auf. Tom fuhr auf seinem Stuhlsitz herum und folgte ihr mit seinem Blick, einen Arm auf die Stuhllehne gelegt.

»Wir hatten bereits einen Fehler gemacht«, fuhr sie fort. »Wozu noch einen zweiten machen? Du hast mir in der Nacht deiner Junggesellenabschiedsparty erzählt, daß du sie zwar gezwungenermaßen heiraten würdest, sie aber nichtsdestotrotz heiraten würdest. Wenn ich dich später aufgesucht hätte und dir gesagt hätte, daß ich schwanger bin, hätte ich vielleicht deine Ehe zerbrochen, und welchem Zweck hätte das wohl gedient?« Sie schlug sich mit einer Hand vor die Brust. »*Ich* wollte dich ganz sicherlich nicht heiraten.«

»Nein«, erwiderte Tom und errötete leicht. »Nein, natürlich nicht.«

»Wir waren einfach … diese Nacht war nur …« Sie zuckte die Achseln und fiel in Schweigen.

Nur eine heißblütige Juninacht, die niemals hätte passieren dürfen. Achtzehn Jahre später wußten sie es beide und litten unter den Folgen.

Sie gestand: »Es war ebensosehr mein Fehler wie deiner. Vielleicht sogar noch eher meine Schuld, weil ich keinerlei Verhütungsmittel benutzte, und ich hätte darauf bestehen sollen, daß du irgend etwas benutztest. Aber du weißt ja, wie man in dem Alter ist – man denkt: ›Ach, Unsinn, mir wird das nie passieren. Nicht von einem einzigen Mal.‹ Und als ich zu der Party ging, hätte ich mir nie träumen lassen, daß so etwas geschehen würde. Wie ich schon sagte, wir sind beide gleichermaßen verantwortlich.«

»Aber du warst nicht diejenige, die am folgenden Wochenende heiraten wollte.«

»Vielleicht nicht, aber ich wußte von deiner bevorstehenden Hochzeit. Also, wer von uns beiden ist mehr schuldig?«

»Ich.« Er stand auf und folgte ihr ins Wohnzimmer, wo er sich ein gutes Stück von ihr entfernt mit einer Hüfte gegen einen Stapel Kartons stützte und sie eindringlich anschaute. »Es war ein Akt der Rebellion, schlicht und einfach. Sie war schwanger, und ich wurde zu dieser Heirat gezwungen, für die ich noch nicht bereit war. Zum Teufel, die Tinte auf meinem Collegediplom war ja noch nicht einmal getrocknet! Ich wollte eine Weile unterrichten, ein paar Jahre der Freiheit genießen, ein neues Auto kaufen und mir ein Apartment mit Swimmingpool mieten, mit meinen Freunden ein bißchen Spaß haben. Statt dessen suchte ich Gynäkologen mit ihr auf und versuchte, genug Geld zusammenzukratzen, um die Kaution für unser Einzimmerapartment aufzubringen. Mußte mir einen Smoking anschaffen, den ich noch nicht mal tragen wollte, Herrgott noch mal! Ich... ich war einfach noch nicht für die Ehe bereit.«

»Ich weiß«, erwiderte sie ruhig. »Ich wußte all das schon, bevor du und ich in jener Nacht miteinander geschlafen haben. Du brauchst dich also nicht vor mir zu rechtfertigen.«

»In Ordnung. Dann wüßte ich gern mal, warum *du* mit *mir* ins Bett gegangen bist.«

»Wer weiß?« Sie wandte sich ab und blieb mit dem Rücken zu Tom vor der offenen Terrassentür stehen, die Arme abwehrbereit unter ihren Brüsten verschränkt. »Aus einer verrückten Laune heraus. Nenn es zeitweiligen Irrsinn, wenn du willst. Die Gelegenheit war da. Ich war niemals das, was man ein Betthäschen nennt, deshalb hatte ich noch nicht viel Erfahrung mit Männern. Du warst ein gutaussehender Typ, mit dem ich mich auf einigen Partys unterhalten und ein bißchen herumgealbert hatte... und dann habe ich diese Pizzas in die Hotelsuite geliefert, wo du mit all deinen verrückten Freunden warst... ich weiß nicht. Warum tut irgend jemand etwas?«

Tom hockte sich auf den Stapel Kartons, erneut von Reue und Gewissensbissen überwältigt. »Es hat mein Gewissen geplagt, noch lange, nachdem ich verheiratet war...«

Sie warf ihm einen Blick über ihre Schulter zu. »Aber du hast es ihr nie gesagt?«

Er kämpfte eine Weile mit einer weiteren Portion von Schuldgefühlen, bevor er heißer antwortete. »N…« Er räusperte sich. »Nein.«

»Und die Ehe – hat sie gehalten?«

Er nickte langsam. »Achtzehn Jahre, jedes einzelne von ihnen ein bißchen besser als das vorangegangene. Ich liebe sie sehr.«

»Und das Baby, das sie damals erwartete?«

»Robby. Er ist Senior an der HHH.«

Die volle Tragweite seiner Worte zeigte sich in der Bestürzung auf ihrem Gesicht, bevor sie langsam den Atem ausstieß. »Oje«, murmelte sie.

»Richtig. Oje.« Tom erhob sich von dem Kartonstapel und wanderte zu einer anderen Stelle im Raum. »Genau in diesem Moment sind die beiden zusammen auf dem Footballfeld. Und Claire – nun, Claire unterrichtet Englisch in den Oberklassen, unter anderem auch die Kurse, die mit dem Honours Degree abschließen, für die sich dein Sohn – äh, unser Sohn – offenbar ebenfalls angemeldet hat.«

»Oje«, wiederholte Monica tonlos. Ihre fest vor der Brust verschränkten Arme lockerten sich zum ersten Mal leicht.

»Claire und ich haben auch eine Tochter, Chelsea. Sie ist im vorletzten Schuljahr. Unsere Familie ist sehr glücklich.« Er hielt einen Moment inne und fügte dann hinzu: »Auf Kents Anmeldekarte ist kein Vatername aufgeführt, deshalb nehme ich an, du bist Single.«

»Ja.«

»Nie verheiratet gewesen?«

»Nein.«

»Was glaubt Kent denn, wer sein Vater ist?«

»Ich habe ihm die Wahrheit gesagt, daß du jemand warst, den ich eines Abends auf einer Party kennenlernte und mit dem ich eine kurze Affäre hatte, daß du aber kein Mann warst, den ich jemals zu heiraten vorhatte. Ich habe ihm ein gutes Leben geboten, Tom. Ich habe damals meinen Collegeabschluß gemacht und ihm ein stabiles Zuhause geschaffen, mit all der Liebe und Zuwendung, die sich ein Kind wünschen kann.«

»Das kann ich sehen.«

»Ich brauchte keinen Mann. Ich wollte auch keinen.«

»Es tut mir leid, wenn ich dir das angetan habe, dich verbittert gemacht habe.«

»Ich bin nicht verbittert.«

»Du klingst aber verbittert, benimmst dich so.«

»Behalte deine Spekulationen für dich«, gab Monica scharf zurück. »Du kennst mich nicht. Du weißt nicht das geringste über mich. Ich bin leistungsorientiert, und das ist mir immer genug gewesen. Das und Kent. Ich arbeite hart in meinem Job und bemühe mich nach Kräften, eine gute Mutter zu sein, und Kent und ich sind immer sehr gut miteinander ausgekommen.«

»Tut mir leid. Ich wollte nicht kritisch klingen, und glaub mir, bei meinem Beruf wäre ich wirklich der letzte, der eine alleinerziehende Mutter kritisieren würde, nicht, wenn sie ihr Kind so aufgezogen hat, wie du es getan hast. Ich sehe so viele gestörte Familien, wo die Eltern nur um der Kinder willen zusammenbleiben. Diese Kinder gehen tagtäglich in meinem Büro ein und aus, und die Betreuungslehrer und die Polizei und ich versuchen ständig, sie wieder auf die richtige Bahn zu bringen... in den meisten Fällen erfolglos. Wenn ich mich angehört habe, als wäre ich der Meinung, du hättest deine Sache nicht gut gemacht, dann tut es mir leid. Das war wirklich nicht meine Absicht. Kent ist...« Tom strich sich mit einer Hand über den Hals, von neuem aufgewühlt über das wenige, was er von Kent Arens wußte. Er blickte Monica an und machte eine weit ausholende Geste. »Er ist der Traum eines Erziehers. Gute Zensuren, Ziele, Collegepläne, eine breite Palette außerschulischer Interessen – ich stelle mir vor, er muß auch der Traum einer Mutter oder eines Vaters sein.«

»Das ist er.«

Tom stand immer noch neben einem Stapel von Kartons. Monica stand noch immer neben einem anderen. Ihre anfängliche Antipathie gegen Tom hatte im Laufe der Unterhaltung beträchtlich nachgelassen, aber keiner von ihnen fühlte sich inzwischen ungezwungener in Gegenwart des anderen.

»Ich habe ihn auf eine katholische Grundschule geschickt.«

»Katholisch«, sagte er, während er geistesabwesend seine Brust berührte, als rückte er eine Krawatte zurecht.

»Das hat ihm eine solide Ausgangsbasis verschafft.«

»Ja… ja, natürlich, das ist richtig.«

»Und der Sport hat ihm auch geholfen… und seine High-School in Austin hatte einen sehr guten Ruf.«

Tom starrte sie eine Weile an, erkannte, daß sie sich verteidigte, obwohl sie gar keinen Grund dafür hatte. Eine Frage drängte sich ihm auf, für so vieles relevant, dennoch zögerte er einen Moment, bevor er sie stellte.

»Was ist mit Großeltern?« fragte er, unfähig, sich zurückzuhalten.

»Ich hatte nur noch meinen Vater, aber er starb vor neun Jahren, und er lebte hier in Minnesota, deshalb hat Kent ihn nie besonders gut gekannt. Warum fragst du?«

»Ich haben einen Vater, der noch lebt. Er wohnt weniger als zehn Meilen von hier entfernt.«

Ein Moment des Schweigens, dann meinte sie: »Ich verstehe.« Monica ließ die Arme sinken und blickte ihn weiterhin unverwandt an, als sie sich erkundigte: »Tanten? Onkel?«

»Eine Tante und ein Onkel, plus einem Vetter und zwei Kusinen. Und auf deiner Seite?«

»Ich habe eine Schwester hier. Kent kennt sie allerdings auch nur flüchtig. Meine Familie hat nicht direkt Freudenfeuer entzündet, als ich verkündete, ich würde ein uneheliches Baby bekommen und hätte vor, es allein aufzuziehen.«

Die Anspannung forderte ihren Tribut. Tom fühlte eine schmerzhafte Verkrampfung in Rücken und Schultern und kehrte ins Eßzimmer zurück, wo er sich müde auf einen Stuhl fallen ließ, eine Hand auf der polierten Nußbaum-Tischplatte ausgestreckt. Während Monica im Wohnzimmer stehenblieb, saß er schweigend da; jeder von ihnen war in seine einsamen Grübeleien versunken.

Nach einer Weile seufzte auch Monica auf und kehrte an den Tisch zurück, um sich zu setzen.

»Ich weiß nicht, was ich tun soll. Ich bin mir nicht sicher, was in einer solchen Situation das Richtige wäre.«

»Ich weiß es auch nicht.«

Von einer Baustelle ein Stück weiter entfernt drang das Klopfen von Hämmern und das Kreischen einer Säge herüber, während das Paar stumm am Tisch saß und sich eine vernünftige Lösung all dieser Probleme zusammenzureimen versuchte.

»Was mich angeht...«, begann sie, »also, mir wäre es am liebsten, wenn alles so bliebe, wie es ist. Kent braucht dich nicht. Wirklich nicht.«

»Mir wäre das auch am liebsten, aber ich frage mich immer wieder, was ihm gegenüber gerecht ist.«

»Ja, ich weiß.«

Wieder breitete sich Schweigen aus, dann zeigte sie plötzlich einen unerwarteten Ausbruch von Gefühl, bedeckte ihr Gesicht mit beiden Händen und stützte die Ellenbogen auf den Tisch. »Wenn ich doch nur vorher in deiner Schule angerufen und mich erkundigt hätte!« Sie warf in einer hilflosen Geste die Hände hoch. »Aber wie um alles in der Welt hätte ich wissen sollen, daß du dort arbeitest? Ich wußte ja noch nicht einmal, daß du Lehrer werden wolltest, geschweige denn Rektor! Ich meine, wir haben uns nicht direkt gegenseitig unsere Lebensgeschichte erzählt in den paar Stunden, die wir zusammen verbracht haben, nicht?«

Für die Dauer eines Seufzers schloß er die Augen und ließ seine Schultern erschöpft gegen die Stuhllehne sinken. Dann setzte Tom sich aufrecht hin und traf eine Entscheidung.

»Ich denke, wir sollten den Dingen fürs erste einfach ihren Lauf lassen. Kent hat im Moment reichlich genug damit zu tun, sich in einer neuen Schule einzugewöhnen und neue Freunde zu finden. Wenn sich eine Situation ergibt, wo wir es ihm sagen müssen, dann werden wir ihm reinen Wein einschenken. In der Zwischenzeit werde ich für ihn tun, was ich kann. Ich werde dafür sorgen, daß er ins Footballteam kommt, obwohl ich annehme, daß das bereits geregelt ist. Wenn es soweit ist, daß er sich für Stanford bewerben muß, werde ich ihm einen Empfehlungsbrief schreiben, und was irgendwelche Stipendien angeht, so wird er keines brauchen. Denn das habe ich auf jeden Fall vor – für seine Collegeausbildung zu zahlen.«

»Du kennst ihn nicht, Tom. Ich könnte sein Studium ebenfalls bezahlen, aber er will nicht, daß ich es tue. Er will das Stipendium, nur um sich selbst zu beweisen, daß er es bekommen kann, deshalb möchte ich es ihn versuchen lassen.«

»Nun, das kann man immer noch im Laufe des Schuljahres besprechen. Aber hör zu ... falls sich irgendwelche Probleme ergeben, falls du irgend etwas brauchst, oder falls er etwas braucht ... egal, was ... kommst du zu mir, okay? Komm einfach in mein Büro in der Schule. Es kommen ständig Eltern zu mir, deshalb wird sich niemand etwas dabei denken.«

»Danke, aber ich kann mir nicht vorstellen, warum ich das müßte.«

»Na schön, dann ...« Er legte seine Handflächen flach auf den Tisch, als wollte er sich abstoßen und aufstehen, überlegte es sich dann jedoch anders, als ein Schwall von Emotionen auf ihn einstürmte, keine von ihnen beruhigend. »Ich fühle mich so ...«

»Wie?«

»Ich weiß es nicht.«

»Schuldig?«

»Ja, das auch, aber – es ist schwer zu beschreiben – so verwirrt und zusammenhanglos, schätze ich. Als gäbe es noch etwas, was ich tun sollte ... ich weiß nur nicht, was. Ich gehe von hier weg und sehe ihn tagtäglich in der Schule und sage niemandem, daß er mein Sohn ist? Ist es das, was ich tun soll? Verdammt, Monica, das ist wirklich eine Strafe! Ich habe sie verdient, ich weiß, aber es ist dennoch eine Strafe.«

»Ich möchte nicht, daß er es weiß. Ich will es wirklich nicht.«

»Es ist ein Wunder, daß er es nicht schon vermutet hat. Als wir in mein Büro gegangen sind und ich ihn aus kürzester Entfernung betrachtet habe, hat mich die Ähnlichkeit fast vom Stuhl gerissen.«

»Er hat keinen Grund, Verdacht zu schöpfen, weshalb sollte er dann Vermutungen anstellen?«

»Hoffen wir, daß du recht hast.« Tom stieß sich vom Tisch ab, und Monica erhob sich ebenfalls, um ihn zur Tür zu begleiten. Dort blieben sie einen Moment unsicher stehen, als wären sie verpflichtet, ein paar freundliche Worte zu wechseln, um ihr Gefühl der Distanz zu mildern. Ihre völlige Fremdheit zueinander fühlte sich irgendwie fehl am Platz an angesichts der Tatsache, daß sie einen gemeinsamen siebzehnjährigen Sohn hatten.

»Du bist also Ingenieurin bei 3M«, sagte er.

»Ja, in der Forschungs- und Entwicklungsabteilung. Ich arbeite zur Zeit daran, eine elektronische Schaltvorrichtung für das Bell-Telefonsystem zu verbessern. Der Prototyp wird gerade produziert, und wir werden ihn hier testen, danach werde ich das Projekt bis zum Abschluß weiter überwachen, bis die Maschinen für die Serienproduktion fertig sind und wir marktfähige Stücke herstellen.«

»Also ... ich muß schon sagen, ich bin beeindruckt. Es ist klar, daß Kent seine mathematischen und naturwissenschaftlichen Fähigkeiten von dir hat.«

»Du bist nicht gut in Mathe?« wollte sie wissen.

»Ich könnte ganz bestimmt keine elektronische Schaltvorrichtung entwerfen, wenn es das ist, was du wissen willst. Ich bin jemand, der gern mit Menschen zusammen ist, der die Kommunikation sucht. Es sind die jungen Leute, die ich liebe, die Arbeit mit ihnen. Es macht mir Freude zu beobachten, wie sie sich während der drei Jahre, die sie in der High-School sind, von unbeholfenen Jugendlichen zu aufgeweckten, gebildeten jungen Erwachsenen entwickeln, bereit, sich der Welt zu stellen und sie herauszufordern. Das ist es, was mir an meiner Arbeit so gefällt.«

»Nun«, sagte sie. »Ich glaube, er hat auch etwas von deiner Kommunikationsfähigkeit mitbekommen. Er ist sehr aufgeschlossen und kann gut mit Menschen umgehen.«

»Ja, das habe ich gesehen.«

Sie standen da und suchten nach weiteren höflichen Details, aber es fiel ihnen nichts mehr ein.

Monica öffnete die Haustür. Tom drehte sich um und schüttelte ihre Hand. »Na dann, viel Glück«, sagte er.

»Dir auch.«

Sie ließen ihre Hände sinken. Er fühlte ein fast unvernünftiges Widerstreben, dieses Haus zu verlassen, mit dem Wissen, das er darin gewonnen hatte. Wenn er erst einmal hinausgegangen war, würde es niemanden geben, mit dem er über diesen traumatischen Tag in seinem Leben reden könnte.

»Es tut mir leid«, sagte er.

Sie zuckte die Achseln. »Ich werde dafür sorgen, daß er morgen in dieser Einführungsveranstaltung für neue Schüler ist. Wer spricht zu ihnen?«

»Unter anderem auch ich.«

»Dann wirst du Glück brauchen, nicht?«

Sie standen an der offenen Tür, unfähig, eine passende Abschiedsbemerkung zu finden. »Also, ich muß jetzt gehen.«

»Ja, ich werde mich auch wieder an die Arbeit machen. Ich muß noch einen Haufen Kartons auspacken.«

»Du hast ein schönes Haus. Es gibt mir ein gutes Gefühl zu wissen, daß er hier lebt.«

»Danke.«

Er wandte sich ab und ging den gewundenen Fußweg hinunter, der ihn zu seinem Wagen brachte. Als er die Fahrertür öffnete, blickte er noch einmal zum Haus hinauf, um zu sehen, daß Monica die Tür bereits geschlossen hatte und ins Innere zurückgekehrt war.

Tom war zu aufgewühlt, um direkt nach Hause zu fahren. Statt dessen fuhr er zur Schule und parkte dicht vor der Vordertür, neben der ein kleines Metallschild mit der Aufschrift *Mr. Gardner* hing. Das Footballtraining war um halb sechs beendet gewesen, und der Bus, der die Schüler der Nachmittagskurse nach Hause brachte, hatte bereits das Gelände verlassen. Er fragte sich, ob Robby gezwungen gewesen war, mit dem Bus zu fahren. Seit sie den Wagen für die Kinder angeschafft hatten, hatten sich Tom und Claire oft darüber amüsiert, wie empört sie reagierten, wenn sie den Schulbus nehmen mußten, wie sie es jahrelang zuvor getan hatten.

Die Haupteingangstüren waren nicht zugesperrt. Als Tom

hindurchging, schlossen sie sich hinter ihm mit dem vertrauten Zischen und Klicken. Im Inneren roch das Gebäude nach frischer Farbe, erinnerte ihn daran, wie wenig er sich heute um die dringenden Angelegenheiten eines Schuljahres gekümmert hatte, das offiziell bereits am nächsten Dienstag begann. Irgendwo in der Ferne waren die Hausmeister – Toms größter Segen – immer noch dabei, die Wände zu streichen, und würden ohne zu murren noch bis elf oder zwölf Uhr nachts weiterarbeiten, wie sie es von jetzt an jeden Tag bis zum Labor Day tun würden. Einer von ihnen pfiff »You Light Up My Life«. Es hallte durch die Korridore und hatte eine eigenartig beruhigende Wirkung auf Tom.

Er holte seinen Schlüssel hervor und schloß die Glastür zum Hauptbüro auf. Im Raum herrschte wohltuende Stille. Die Sekretärinnen waren gegangen. Die Telefone schwiegen. Alle Lichter waren ausgeschaltet bis auf die übliche eine Lampe in der gegenüberliegenden Ecke. Die Wände waren makellos gestrichen und ein Großteil der Kartons verschwunden. Jemand hatte sogar den blauen Teppichboden staubgesaugt.

In seinem Büro knipste Tom die Deckenbeleuchtung ein, legte Kent Arens' Anmeldekarte auf seinen Schreibtisch und wählte die Nummer des kleines Büros in der Sporthalle.

Der Trainer meldete sich. »Yo. Hier Gorman.«

»Bob, ich bin's, Tom Gardner. Was halten Sie von dem neuen Jungen?«

»Machen Sie Witze?« Tom hörte das Knarren von Bobs Schreibtischstuhl, als dieser sich gegen die Lehne zurückfallen ließ. »Er zwingt mich dazu, mich zu fragen, was ich mit meinem eigenen Jungen falsch mache.«

»Sie haben ihn auf Herz und Nieren geprüft?«

»Na sicher habe ich das. Der Bursche ist so verdammt vernünftig, daß ich mir fast gewünscht hätte, irgendwas Dummes aus seinem Mund zu hören, nur damit ich wüßte, daß er echt ist.«

»Kann er spielen?«

»Ob er spielen kann? Junge, Junge, und *wie*!«

»Dann gehört er also jetzt zum Team?«

»Er gehört nicht nur dazu, ich habe das Gefühl, er könnte der entscheidende Faktor sein, der uns dieses Jahr zum Sieg verhilft. Er weiß, wie man Anweisungen befolgt, wie man mit einem Ball umgeht und Angreifern ausweicht. Er hat echten Teamgeist und ist obendrein noch hervorragend in Form. Ich bin froh, daß Sie die Vernunft hatten, ihn herzubringen und mit mir reden zu lassen.«

»Schön, das sind ja gute Neuigkeiten. Ein Junge wie er mit Collegeambitionen und einer Masse grauer Zellen zwischen den Ohren ist die Sorte, die unser ganzes Schulsystem gut aussehen läßt. Ich bin froh, daß Sie ihn ins Team aufgenommen haben.«

»Ich bin froh, daß Sie ihn hergebracht haben, Tom.«

Nachdem Tom aufgelegt hatte, saß er noch eine Weile an seinem Schreibtisch, fragte sich, was während dieses Schuljahres passieren würde, welche Veränderungen sein Leben erfahren würde aufgrund all der Dinge, die er heute gehört hatte.

Er hatte noch einen Sohn. Einen intelligenten, sportlichen, aufgeweckten, höflichen, anscheinend glücklichen siebzehnjährigen Sohn. Was für eine Entdeckung in der Mitte des Lebens!

Das Telefon klingelte, und er zuckte schuldbewußt zusammen, als könnte der Anrufer seine Gedanken lesen.

Es war Claire. »Hi, Tom. Bist du zum Abendessen zu Hause?«

Er zwang sich, seine Stimme heiter klingen zu lassen.

»Klar. Ich fahre jetzt los. Hast du Robby abgeholt?«

»Jeff hat ihn in seinem Wagen mitgenommen.« Jeff Morehouse war Robbys bester Freund und ebenfalls im Footballteam.

»Okay. Ich habe ihm erklärt, ich würde nicht mehr da sein, wenn das Training zu Ende ist, aber dann stellte sich heraus, daß ich doch noch wieder in der Schule vorbeischauen mußte. Bin in ein paar Minuten da.«

Auf seinem Weg durch das Sekretariat ließ Tom Kent Arens' Anmeldekarte zum Ablegen auf Dora Maes Schreibtisch zurück.

Tom und Claire Gardner wohnten noch in demselben zweistöckigen Haus im Kolonialstil, das sie gekauft hatten, als die Kinder drei und vier Jahre alt gewesen waren. Die Bäume waren seitdem ein ganzes Stück gewachsen, und als die Abgangsklasse beschloß, ihnen einen Streich zu spielen und ihren Garten mit Schrott und Toilettenpapier zu dekorieren, waren die Aufräumarbeiten schrecklich gewesen. Heute jedoch sah der Garten wieder ordentlich aus, prangte immer noch in sommerlichem Grün, und in den Kübeln aus Redwoodholz neben der Vordertreppe blühten Claires Fleißige Lieschen.

Ihr Wagen stand in der Garage; das Vehikel der Kinder – ein uralter, rostiger, silberner Chevy Nova – parkte direkt dahinter. Tom fuhr in seine gewohnte Box auf der linken Seite, stieg aus und ging auf seinem Weg zur Hintertür um das Heck von Claires Wagen herum.

Er legte eine Hand auf den Türknauf, zögerte es jedoch hinaus, ihn umzudrehen und seiner Familie mit all dem neuen Wissen gegenüberzutreten, von dem sie keine Ahnung hatten.

Er hatte einen unehelichen Sohn.

Seine Kinder hatten einen Halbbruder.

Achtzehn Jahre zuvor war seine schwangere zukünftige Ehefrau von ihrem Auserwählten betrogen worden, eine Woche vor der Hochzeit.

Was würde mit seiner glücklichen Familie geschehen, wenn sie jemals die Wahrheit erführen?

Tom betrat das Haus und ging durch den Flur in die Küche, wo ihn die gemütliche Szene plötzlich mit einem warmen, innigen Gefühl der Liebe erfüllte – seine Frau und seine Kinder in einem Raum, in dem es köstlich nach Abendessen roch, während sie darauf warteten, daß er sich ihnen anschloß und die Familie komplett machte.

Chelsea deckte den Tisch. Robby stand vor der offenen Kühlschranktür und verdrückte ein kaltes Wiener Würstchen, und Claire stand am Herd und füllte Brötchen mit gegrillten Hamburgern.

»Stell auch ein Glas Pickles auf den Tisch, ja, Chels? Und Robby, hör auf, diese Würstchen herunterzuschlingen! Ich habe das Essen fast fertig.« Sie blickte über ihre Schulter zurück, lächelte und fuhr mit ihrer Arbeit fort: »Oh, hallo, Tom.«

Er trat hinter sie, schlang einen Arm um ihre Mitte und küßte sie auf den Hals; er war warm und roch nach Zwiebeln, *Passion*-Parfüm und Schullehrerin. Sie hielt inne, den Löffel in der einen Hand, ein Brötchen in der anderen, und reckte den Kopf, um ihn hinter sich zu sehen. »Meine Güte«, murmelte sie und schenkte ihm ein vertrautes Lächeln. »Zweimal an einem Tag?«

Tom küßte sie lange und ausgiebig auf den Mund, während Robby meinte: »Was soll das jetzt heißen?«

»Ich habe die beiden dabei ertappt, wie sie sich heute morgen in Moms Klassenraum geküßt haben«, warf Chelsea ein. »Und es war auch nicht nur ein bißchen Geknutsche. Er hatte sie voll in der Mangel. Und rate mal – sie fahren übers Wochenende weg und lassen Großvater auf uns aufpassen.«

»Großvater!«

»Setzt euch, ihr zwei«, befahl Claire, wand sich aus Toms Umarmung und trug eine Platte dampfender Sandwiches zum Tisch. »Dein Vater hat vorgeschlagen, daß wir beide vielleicht über das Wochenende irgendwo hinfahren sollten, bevor die Schule wieder anfängt und alles hektisch wird. Es macht dir doch nichts aus, oder?«

»Warum können wir nicht alleine bleiben?«

»Weil wir in dem Punkte eine feste Regel haben. Tom, holst du bitte die Möhren und Selleriestangen aus dem Kühlschrank?«

Tom fand sie, und alle setzten sich an den Tisch. Robby legte sich drei Hamburger auf seinen Teller, bevor er die Platte an seine Schwester weiterreichte.

»Du Freßsack«, sagte sie kritisch.

»Hey, hör zu, du hast deinen Arsch nicht den ganzen Nachmittag auf einem Footballfeld schinden müssen.«

»Stimmt, nicht auf einem Footballfeld, aber drüben bei Erin zu Hause. Wir haben den ganzen Nachmittag für die Cheerleaders geübt.«

»Tolle Sache«, knurrte Robby verächtlich.

»Hey, haben *wir* heute eine miese Laune!«

»Laß mich einfach in Ruhe, okay? Vielleicht habe ich einen Grund dafür.«

»Ach ja? Welchen denn?«

»Paps weiß Bescheid, stimmt's, Paps? Irgendein neuer Typ zieht in die Stadt, hat es noch nicht mal nötig, beim Footballtraining aufzukreuzen – erst *nachdem* wir eine höllische Woche hinter uns haben und unsere Ärscher bei vierzig Grad im Schatten übers Spielfeld bewegen mußten – kommt einfach so angeschlendert, sagt ein paarmal ›Yes, Sir‹ und ›No, Sir‹ mit seinem falschen Südstaatenakzent zum Trainer, und der Trainer erklärt prompt: ›Okay, du bist im Team.‹«

Tom und Claire tauschten einen schnellen Blick, bevor Tom fragte: »Hast du Schwierigkeiten damit, Robby?«

»Na ja, Mann, Trainer Gorman läßt ihn Verteidiger spielen!«

»Irgendwelche Gründe, warum er nicht Verteidiger sein sollte?«

Robby starrte seinen Vater an, als könnte er seinen Ohren nicht trauen. Dann platzte er heraus: »Allerdings. *Jeff spielt Verteidiger!*«

Tom bediente sich mit einem Hamburger. »Dann wird Jeff eben einfach besser als Arens spielen müssen, richtig?«

»Ach, nun komm schon, Paps! Jeff ist hier, seit er in der ersten Klasse war!«

»Und das gibt ihm automatisch das Recht, Verteidiger zu sein, selbst wenn ein anderer vielleicht besser spielen kann?«

Robby verdrehte genervt die Augen. »Jesus, ich glaub's einfach nicht.«

»Und ich weiß nicht, was plötzlich in dich gefahren ist, Robby. Du hast sonst immer Teamgeist bewiesen. Wenn der neue Bursche gut ist, läßt er eure ganze Mannschaft besser aussehen, das weißt du.«

Robby hörte auf zu kauen und starrte seinen Vater an. Seine Mundwinkel waren mit Barbecuesoße verschmiert. Zwei rote Flecken erschienen auf seinen sauberen, glänzenden Wangen. Chelsea ließ ihren Blick neugierig von ihrem Bruder zu ihrem Vater wandern. Sie griff nach ihrem Glas Milch, nahm einen Schluck und fragte: »Wer ist dieser neue Typ überhaupt?«

Tom legte sein Sandwich auf den Teller und erklärte: »Er heißt

Kent Arens. Er ist gerade von Austin, Texas, an unsere Schule übergewechselt.«

»Sieht er gut aus?« wollte sie wissen.

Adrenalin strömte durch Toms Adern, erhellte seine Miene, während er eine aufrichtige Antwort zu finden versuchte. Claire hatte sich unterdessen in ihrem Stuhl zurückgelehnt und ließ die gesamte Unterhaltung ohne sich einzumischen weiterlaufen, hörte jedoch aufmerksam zu.

»Ja, ziemlich gut«, sagte Tom schließlich, als hätte seine Antwort einige Überlegung erfordert.

»Himmel!« murmelte Robby, zutiefst angewidert, während er sich hinter seinem Milchglas versteckte. Dann knallte er das Glas wütend auf den Tisch und sagte: »Du erwartest hoffentlich nicht von mir, daß ich ihn überall mit hinschleppe, wo ich mit meinen Freunden hingehe, Paps.«

»Überhaupt nicht. Ich erwarte lediglich von dir, daß du höflich zu ihm bist und ihn so behandelst, wie du gern behandelt würdest, wenn du neu an der Schule wärst.«

Robby wischte sich den Mund mit seiner Serviette ab, schob seinen Stuhl zurück und erhob sich mit seinem schmutzigen Geschirr. Die Haltung seiner Schultern sagte der ganzen Familie, daß ihm das heutige Tischgespräch ganz und gar nicht paßte. »Weißt du, manchmal hasse ich es echt, der Sohn des Rektors zu sein.« Er spülte seinen Teller und sein Glas ab und stellte die Teile in den Geschirrspüler, dann schlurfte er aus der Küche.

Als er verschwunden war, wandte sich Claire an ihren Mann. »Tom, was geht hier eigentlich vor?«

»Nichts. Ich habe den neuen Jungen zum Footballfeld mitgenommen, um ihn Bob Gorman vorzustellen, und ich habe Robby gebeten, ihn mit seinen Freunden bekannt zu machen, das ist alles. Aber anscheinend hat ein Gespenst der Eifersucht seinen häßlichen Kopf erhoben.«

»Das ist gar nicht Robbys Art«, erwiderte sie.

»Ich weiß. Aber Jeff Morehouse ist immer der Top-Mann unter den Verteidigern gewesen, und du weißt, wer immer an ihn übergeben hat. Dieser neue Junge, denke ich, wird eine Bedrohung für Jeff darstellen. Es ist nur natürlich, daß Robby böse auf ihn ist, wenn er ins Spiel kommt und seinen besten Freund von seinem Platz verdrängt.«

»Es könnte vielleicht ganz gut für Robby sein. Könnte ihm eine kleine Lektion erteilen.«

»Das glaube ich auch. Hör mal, was unser Wochenende betrifft... ich werde mich darum kümmern, Vater anzurufen, und du versuchst, irgendeinen netten Ort zu finden, wo du gern hinfahren würdest, okay?«

Sie standen beide auf und strebten zur Küchenspüle. »Ich dachte, ich spreche mal mit Ruth«, sagte Claire. »Sie und Dean haben früher oft ein Wochenende in einer kleinen Pension verbracht.«

»Gute Idee.«

Sie spülten jeder ihre Teller ab, und Claire räumte sie in den Geschirrspüler. Tom, der hinter ihr stand und ihren schlanken Rücken betrachtete, fühlte plötzlich eine Woge von Panik über sich hinwegrollen. Nichts hatte jemals zuvor ihre Ehe bedroht, aber auf einmal war die Sorge da, hing wie ein Damoklesschwert über seinem Kopf, ängstigte ihn zu Tode.

»Claire?« sagte er, als sie sich wieder aufrichtete.

»Hmm?« Sie war damit beschäftigt, drei Dinge gleichzeitig zu tun: nach dem Geschirrhandtuch zu greifen, den Wasserhahn aufzudrehen und das Becken mit heißem Wasser auszuspülen. Sie drehte sich um und blickte zu ihm auf, während ihre nassen Hände noch immer über den Rand der Spüle wischten. Er wollte sagen: *Ich liebe dich,* aber es schien, als hätte ihm seine plötzliche Panik diese Worte eingegeben, und auf einmal kam es ihm unehrenhaft vor. Er wollte Claire leidenschaftlich küssen, die Male in der Vergangenheit ausgleichen, wo er es möglicherweise im Schlafzimmer an Leidenschaft hatte mangeln lassen, wollte sie als seinen unauslöschlichen Besitz markieren, die Ehefrau, die er liebte und immer lieben würde.

Aber Chelsea stand jetzt ebenfalls vom Tisch auf und trug ihr schmutziges Geschirr zur Spüle.

»Was ist denn, Tom?« flüsterte Claire.

Er brachte seinen Mund dicht an Claires Ohr und flüsterte die Worte, die weit von dem entfernt waren, was er wirklich meinte. »Denk dran, ein sexy Nachthemd für Samstag nacht einzupacken, okay?«

Als Tom aus dem Raum ging, folgte Claires Blick ihm. Ihre Lippen verzogen sich zu einem nur sehr flüchtigen Lächeln, denn in ihrem Inneren rief ihm eine beunruhigte Stimme nach: *Was ist los, Tom? Was ist nicht in Ordnung?*

3. KAPITEL

Ruth Bishops Haustür war offen, als Claire durch den Garten zum Haus nebenan ging. Sie klopfte an das Fliegengitter und rief: »Ruth, bist du da?« Nach einer halben Minute spähte sie in den Eingang hinein und rief noch einmal: »Ruth?« Keine Stimmen, Geschirrklappern oder Anzeichen, daß die Familie beim Abendessen saß. Die Türen der Doppelgarage standen offen, und Ruths Wagen war dort, obwohl der ihres Ehemannes Dean fehlte.

Claire klopfte noch einmal.

»Ruth?« rief sie.

Schließlich kam Ruth von links – aus der Richtung der Schlafzimmer – zur Tür geschlurft und öffnete sie lustlos. Sie sah zerzaust und niedergeschlagen aus. Ihr langes, dichtes braunes Haar, immer ziemlich widerspenstig, stand wie korkenzieherförmige Weinranken in allen Richtungen vom Kopf ab. Unter ihren rotgeränderten Augen zeichneten sich violette Schatten ab. Ihre Stimme klang rauher als gewöhnlich. »Hi, Claire.«

Claire warf nur einen Blick auf Ruth und fragte sofort: »Was ist los?«

»Ich weiß es nicht genau.«

»Aber du hast geweint.«

»Komm herein.«

Claire folgte Ruth in die Küche.

»Hast du einen Moment Zeit, dich zu mir zu setzen?«

»Natürlich. Erzähl mir einfach, was los ist.«

Ruth holte zwei Gläser aus dem Küchenschrank und füllte sie mit Eis und 7-Up, ohne Claire zu fragen, was sie trinken wollte. Sie trug die Gläser zum Tisch und ließ sich dann mit hängenden Schultern auf einen Stuhl sinken. »Ich glaube, Dean betrügt mich.«

»Oh, Ruth, nein!« Claire legte ihre Hand auf die ihrer Freundin und drückte sie flüchtig.

Die Glasschiebetür stand offen, und Ruth starrte bedrückt hinaus auf die Terrasse aus Redwoodholz, die um einen mächtigen Ahornbaum herumgebaut war. Ihre blauen Augen füllten sich mit Tränen, und sie strich mit den Fingern durch ihr wirres Haar. Sie schniefte und blickte in ihr Glas. »Irgend etwas geht da vor. Ich weiß es einfach. Es fing im letzten Frühjahr an, gleich nachdem Sarah und ich Mutter besucht hatten.« Ruth und ihre Schwester Sarah hatten eine Fahrt nach Phoenix unternommen, um ein Wochenende mit ihren Eltern zu verbringen, die ein Haus in Sun City kaufen wollten.

»Was fing an?« wollte Claire wissen.

»Nun, Kleinigkeiten ... Änderungen im Tagesablauf, neue Kleidung, sogar ein neues After-shave. Manchmal, wenn ich unser Schlafzimmer betrat, telefonierte er gerade mit jemandem, und er legte bei meinem Erscheinen sofort auf. Wenn ich ihn dann fragte, wer am Apparat war, erklärte er nur: ›Jemand aus dem Büro.‹ Zuerst habe ich mir nicht viel dabei gedacht, aber diese Woche ist es mir zweimal passiert, daß ich ans Telefon ging und daß gleich wieder aufgelegt wurde, und beide Male wußte ich, am anderen Ende der Leitung war jemand, weil ich Musik im Hintergrund hören konnte. Gestern abend sagte Dean dann, er wolle nur eben zum Laden fahren, um eine neue Batterie für seine Uhr zu besorgen, und als er zurückkam, habe ich den Meilenzähler in seinem Wagen überprüft. Er war eine Strecke von fünfundzwanzig Meilen gefahren und fast eineinhalb Stunden fortgeblieben.«

»Aber du hast ihn doch gefragt, wohin er gefahren ist?«

»Nein.«

»Meinst du nicht, du solltest es tun, bevor du voreilige Schlüsse ziehst?«

»Ich glaube nicht, daß ich voreilige Schlüsse ziehe. Es ist ja nicht über Nacht passiert, es geht schon den ganzen Sommer über so. Er hat sich *verändert.*«

»Ach, Ruth, nun komm schon, das sind doch alles keine handfesten Beweise. Ich denke wirklich, du solltest ihn einfach fragen, wo er gestern abend war.«

»Aber was, *wenn* er mit einer anderen Frau zusammen war?«

Claire, die während ihrer Ehe niemals auch nur einen Moment an ihrem Mann gezweifelt hatte, empfand großes Einfühlungsvermögen für ihre Freundin. »Du willst es in Wirklichkeit gar nicht wissen, ist es das, was du sagen willst?«

»Würdest du es wollen?«

Würde ich das? fragte Claire sich. Keine leicht zu beantwortende Frage, wenn man genauer darüber nachdachte. Ruth und Dean waren sogar noch länger als sie und Tom verheiratet. Sie hatten zwei Kinder im College, ihr Haus war fast abbezahlt, der Ruhestand in Sicht, und mit ihrer Ehe gab es – nach Claires bestem Wissen – keine offenen Probleme. Ihre Situation war ganz ähnlich der von Claire und Tom. Die bloße Vorstellung, daß eine derart stabile Ehe an den Rändern ausfransen könnte, beunruhigte Claire. Sie konnte sich gut vorstellen, wie sehr es Ruth erschrecken mußte und wie stark das Bedürfnis ihrer Freundin war, von weiteren Nachforschungen Abstand zu nehmen. Dennoch arbeitete Claire in einer Atmosphäre, die auf Kommunikation und soziale Beratung als Mittel zur Problemlösung setzte.

»Doch, ich glaube, das würde ich«, antwortete sie. »Ich denke, ich würde die Wahrheit wissen wollen, damit wir uns mit den Problemen auseinandersetzen könnten.«

»Nein, das würdest du nicht.« Ruths energischer Widerspruch verblüffte Claire. »Das denkst du nur, weil du nicht davon betroffen bist. Aber wenn es dir jemals passiert, wird dir anders zumute sein, glaub mir. Wenn etwas an der Sache dran ist, wirst du inständig hoffen, daß er einfach zur Vernunft kommt und die Affäre beendet, damit es niemals offen zur Sprache kommen muß.«

»Das ist es also, was du vorhast? Du willst Ahnungslosigkeit vortäuschen und nichts sagen?«

»Ach Gott, Claire, ich weiß es nicht.« Ruth ließ die Stirn auf ihre Hände sinken, während sie mit den Fingerspitzen durch ihr wirres Haar fuhr. »Er hat sich die Haare gefärbt. Ist dir das klar?« Sie hob den Kopf und wiederholte aggressiv: »Er hat sein Haar gefärbt, und wir alle haben ihn damit aufgezogen, aber was hat ihn dazu veranlaßt? Mir hat es ganz sicherlich nichts ausgemacht, als er zu ergrauen begann, und ich habe ihm das auch gesagt. Denkst du nicht auch, daß es eigentlich gar nicht seine Art ist, so etwas zu tun?«

Claire gab ihr im stillen recht, entschied jedoch, daß es Ruth nur noch mehr deprimieren würde, wenn sie ihr zustimmte.

»Ich glaube, dieses letzte Jahr ist für euch beide hart gewesen, nachdem Chad nun auch auf dem College ist. Keine Kinder mehr im Haus, man nähert sich den mittleren Jahren – der Übergang ist nicht leicht zu bewältigen.«

»Aber andere Männer schaffen es, ohne sich eine Geliebte zuzulegen.«

»Nun komm, Ruth, sag das nicht. Du weißt nicht, ob es stimmt.«

»Letzte Woche ist er einen Abend nicht zum Essen nach Hause gekommen.«

»Na und? Wenn ich Tom jedesmal vorgeworfen hätte, mich zu betrügen, wenn er es nicht rechtzeitig zum Abendessen geschafft hat, dann wäre unsere Ehe schon vor Jahren zu Ende gewesen.«

»Das ist etwas anderes. Seine Arbeit hält ihn oft länger in der Schule auf, und du weißt, daß es ein legitimer Grund ist.«

»Aber ich muß ihm trotzdem viel Vertrauen entgegenbringen, nicht?«

»Nun, ich habe nicht das Gefühl, daß ich Dean noch länger vertrauen kann. Zu viele Dinge stimmen einfach nicht.«

»Hast du schon mit jemand anderem über diese Sache gesprochen? Mit deiner Mutter? Oder Sarah?«

»Nein, bisher nur mit dir. Ich will nicht, daß meine Familie etwas davon erfährt. Du weißt, wie sehr sie Dean mögen.«

»Ich habe einen Vorschlag«, meinte Claire.

»Was?«

»Fahr übers Wochenende mit ihm weg. Nimm ihn irgendwo mit hin, wo es romantisch ist, wo ihr beide ganz für euch allein seid und du dich darauf konzentrieren kannst... nun ja, eure Ehe ein bißchen aufzufrischen.«

»Das haben wir früher häufig getan, aber das ist praktisch auch auf der Strecke geblieben.«

»Weil Dean es immer als eine Überraschung für dich geplant hatte. Vielleicht ist er es überdrüssig geworden, all die Überraschungen zu planen, und jetzt bist du an der Reihe.«

»Gibst du mir etwa die Schuld an...«

»Nein, das tue ich nicht. Ich will damit nur sagen, daß es Arbeit erfordert. Je länger man verheiratet ist, desto mehr Bemühungen sind erforderlich, für uns alle. Dasselbe alte Gesicht jeden Morgen auf dem Kopfkissen neben einem, dieselben alten Körper, die hier und da zu erschlaffen beginnen, dieselbe Routine, wenn man sich liebt, oder noch schlimmer – das bringt es nicht. Wie steht es eigentlich in dieser Beziehung mit euch?«

»Beschissen, besonders seit die Kinder ausgezogen sind.«

»Siehst du?«

»Es liegt nicht an mir. Sondern an ihm.«

»Bist du sicher?« Claire hob beschwichtigend die Hände, als Ruth in Rage geriet. »Nun geh nicht gleich auf die Barrikaden. Denk einfach mal darüber nach, das ist alles, was ich damit sagen will. Und sprich um Himmels willen mit ihm! Wo ist er jetzt?«

»Er ist einem Fitneßclub beigetreten – und das ist noch so eine Sache! Ganz plötzlich, wie aus heiterem Himmel sagte er, er müsse sich in Form bringen, und wird Mitglied bei diesem Club. Jetzt geht er mehrere Abende in der Woche dorthin. Zumindest behauptet er, er ginge in den Club.«

»Warum bist du nicht mit ihm zusammen eingetreten?«

»Weil ich es nicht will. Ich bin müde, wenn ich von der Arbeit nach Hause komme. Ich habe keine Lust, in irgendein verdammtes Studio zu gehen und mich eine Stunde lang auf einem

Laufband abzurackern, wenn ich den ganzen Tag auf den Beinen gewesen bin.«

Obwohl Claire und Ruth gute Freundinnen waren, war Claire durchaus nicht blind gegenüber Ruths Fehlern. Die Frau war störrisch und weigerte sich oft, die Wahrheit zu akzeptieren, wenn sie ihr förmlich ins Gesicht starrte. Sie war selbstzufrieden als Ehefrau, und Claire hatte lange gedacht, Ruth nähme ihren Ehemann als selbstverständlich hin. Sie war bei vielen Gelegenheiten streitsüchtig und uneinsichtig, wenn Claire der Ansicht war, sie sollte besser auf einen Rat hören, so wie jetzt.

»Ruth, bitte hör mir zu. Dies ist eine Zeit, in der du *mit* Dean arbeiten mußt, nicht gegen ihn. Du solltest mit ihm zusammensein, sooft sich die Gelegenheit ergibt, und – wer weiß? – wenn ihr gemeinsam im Club trainiert, könnte das eurer Beziehung neuen Schwung und Dynamik verleihen, ganz zu schweigen von dem gesundheitlichen Nutzen, den ein bißchen körperliche Betätigung bringt.«

Ruth seufzte und ließ die Schultern hängen. »Ach, ich weiß nicht...«

»Laß es dir einfach mal durch den Kopf gehen.« Claire erhob sich, um zu gehen, und Ruth begleitete sie zur Tür, wo sie sich einen Moment fest umarmten. »Wer weiß? Möglicherweise verhält es sich völlig anders, als du denkst. Dean liebt dich, das weißt du.« Am Ende brachte Claire nicht die Herzlosigkeit auf, von dem Thema anzufangen, das zu besprechen sie gekommen war. Wie konnte sie Ruth bitten, ihr eine romantische kleine Pension für das Wochenende zu empfehlen, wenn es mit Ruths Ehe bergab ging? Claire beschloß, statt dessen eine ihrer Kolleginnen anzurufen.

Tom war fort, als Claire nach Hause zurückkehrte. Er war noch einmal in die Schule gefahren auf einen Anruf der Hausmeister hin, die glaubten, sie hätten das Rätsel der vermißten Englischlehrbücher möglicherweise gelöst.

Kurz nach zehn Uhr an diesem Abend war Claire gerade dabei, sich auszuziehen, um eine Dusche zu nehmen, als Tom das

Schlafzimmer betrat, die Tür schloß und sich mit dem Rücken dagegenlehnte, während er sie mit trägem Interesse beobachtete.

»Hallo ... du bist zurück«, sagte sie, ohne sich zu ihm umzudrehen. »Hast du die fehlenden Lehrbücher gefunden?«

»Nein. Wir glauben inzwischen, daß irgend jemand sie direkt von einem Ladedock weggeworfen hat, wohin sie geliefert wurden.«

»O nein, Tom! Was wirst du jetzt tun?« Als keine Antwort kam, hielt Claire inne, die Daumen in den Taillenbund ihres Strumpfhalters gehakt, und blickte ihn über die Schulter hinweg an. Er hatte seine Haltung nicht verändert, stand immer noch lässig gegen die Tür gelehnt. »Was wirst du tun?« fragte sie eine Spur weicher.

»Die Bücher vom letzten Jahr benutzen.« Er klang, als interessierten ihn die verschwundenen Bücher im Moment nicht sonderlich.

Ihre Blicke trafen sich und hielten einander fest, und selbst quer durch den Raum konnte sie eine Regung in ihm spüren. »Was ist?« fragte sie, während ein Lächeln um ihre Mundwinkel spielte. »Seit du vorhin von der Arbeit nach Hause gekommen bist, hast du mich schon so angeschaut wie jetzt.«

»Wie denn?«

»So wie du es früher getan hast, als wir uns kennengelernt haben.«

Er grinste, stieß sich mit den Hüften von der Tür ab, zog den Bauch ein und begann, sein Hemd aus dem Hosenbund zu ziehen. »Du willst duschen? « fragte er, kurz bevor sein Kopf in seinem Pullover verschwand.

»Ich brauche dringend eine Dusche«, erwiderte Claire, während sie fortfuhr, sich zu entkleiden. »Es war so heiß heute in meinem Raum, und ich hasse die Auspackerei. Man wird immer so schmutzig dabei.«

Tom schleuderte sein Hemd fort und hakte seinen Gürtel auf, während er beobachtete, wie Claire sich nackt vorbeugte, ihre schmutzigen Kleider vom Boden aufsammelte und mit dem Bündel zum Wäschekorb im Badezimmer strebte. Er schlenderte ihr nach, öffnete im Gehen Knöpfe und zog den Reißverschluß seiner Hose herunter und betrat gerade im Moment das Bad, als Claire die Dusche aufdrehte, wobei ein Bein hinter der offenen Tür hervorschaute und der Rest ihres Körpers verschwommen durch die geriffelte Glasscheibe schimmerte.

Die Dusche spritzte und pladderte eine halbe Minute lang, bevor Claire unter den Wasserstrahl trat und die Tür schloß. Tom betrachtete sie durch das beschlagene Glas, ihre Gestalt ein zuckender pastellfarbener Geist, der sein Gesicht hob, seine Arme, sich langsam im Kreise drehte und mit den Händen über die Brust strich, das warme Wasser genießend.

Tom entledigte sich seiner restlichen Kleider und trat zu Claire in die Duschkabine.

Bei seiner Berührung riß sie überrascht die Augen auf. »Oh... hallo, großer Junge«, sagte sie mit sinnlicher Stimme, ging mit einer Direktheit auf seine augenblickliche Stimmung ein, die er an ihr liebte.

»Hallo, Schöne.« Die Berührung ihrer Bäuche ließ den Wasserstrahl sich zu einem »Y« gabeln. »Sind wir uns nicht schon mal irgendwo begegnet?«

»Hmmm... heute morgen, in der Hubert H. Humphrey High-School, in Raum zwei-dreißig-zwei?«

»Ach ja, genau, da war's.«

»Und dann noch einmal an der Küchenspüle, gegen halb sieben heute abend.«

»Dann warst du das tatsächlich?« Seine Hüften rieben sich herausfordernd an ihren.

»Allerdings, das war ich... die Frau, der du heute bei zwei höchst eigenartigen Gelegenheiten einen Zungenkuß gegeben hast.«

»Eigenartig?«

»Na ja, vielleicht war es nur die eine Gelegenheit. Du mußt zugeben, daß es schon etwas seltsam für eine verantwortungsvolle Person wie dich ist, eine Frau mitten in ihrem Arbeitstag und mitten an ihrem Arbeitsplatz heiß zu machen.«

»War nur eine kleine Aufwärmübung für das Wochenende,

das ist alles.« Er tastete blindlings nach der Seife und begann, ihr damit den Rücken und den Po einzuschäumen. Claire blieb still stehen, schloß die Augen und seufzte zufrieden.

Er seifte ihre Brüste ein und zog Claire zu einem leidenschaftlichen Kuß an sich, der so glatt und feucht wurde wie die Berührung ihrer beider Körper. Als er endete, liebkoste Tom sie zwischen den Schenkeln, wo er sie schon unzählige Male berührt und im Laufe der Zeit ihre intimen Vorlieben erforscht hatte.

»Hast du einen Ort für das Wochenende gefunden?« murmelte er rauh.

»Ja. Hast du deinen Vater angerufen?«

»Ja. Er wird kommen.«

Er strich ihr das nasse Haar aus dem Gesicht zurück und biß sanft in ihren linken Nasenflügel, ihre Oberlippe und knabberte dann an ihrer Unterlippe. Während er ihren seifig glatten Hals mit einer Hand umfaßt hielt, küßte er sie, als leckte er ein Honigglas aus, derweil das heiße Wasser auf ihren Nacken herabprasselte und ihre Haut mit Röte überzog.

Dicht an ihrem Mund murmelte er: »Und? Wo fahren wir hin?«

Claire wich leicht zurück, schlang ihre Arme um seinen Hals und schmiegte die Kurve ihres Bauchs an die Wölbung seines Magens. »Ich habe Linda Wanamaker angerufen, und sie erzählte mir von einer Pension oben in Duluth. Möchtest du nach Duluth fahren?«

»Zum Teufel, ich würde auf der Stelle nach Hawaii fliegen, wenn du mich darum bitten würdest.«

Sie lachten zusammen, vertraut mit diesem Lachen nach Jahren gemeinsamen Lachens in Augenblicken genau wie diesen, die ein unsichtbares Band zwischen ihnen schufen, noch bevor sie ins Schlafzimmer hinübergingen.

»Laß uns hier rausgehen und uns abtrocknen.«

Als sie vor der Duschkabine standen, vier Schritte voneinander entfernt, und ihre Rücken und Bäuche, Beine und Zehen abtrockneten, trafen sich ihre erwartungsvollen Blicke, trennten sich und trafen sich erneut. Sie schmunzelten im Einklang miteinander – ungeduldig und wissend –, während sie das vertraute Terrain des Vorspiels durchquerten, das ihnen unmißverständlich sagte: *Diesmal wird es besonders schön werden.*

Und so war es.

Ihr Liebesspiel befriedigte sie beide, sexuell und gefühlsmäßig, weil sie in den frühen Jahren ihrer Ehe mit großem Eifer daran gearbeitet hatten zu lernen, wie man eine solche Befriedigung erlangte. Sie hatten darüber gesprochen. Sie hatten Bücher darüber gelesen. Bisweilen hatten sie versagt, andere Male hatten sie gekämpft. Aber sie waren zu dem Punkt gelangt, wo sie wußten, daß nicht jede sexuelle Begegnung so vollkommen befriedigend und erfüllend sein konnte wie die, die sie an diesem Abend erlebt hatten.

»Für mich war es heute das reinste Dynamit«, sagte Claire danach wohlig seufzend. Sie rollte sich auf den Rücken und schloß die Augen.

»Das habe ich gemerkt. Die Kinder haben es wahrscheinlich auch mitbekommen.«

Sie riß die Augen auf. »*So* laut war ich doch wohl hoffentlich nicht, oder?«

»Nur vorher, bevor ich dir das Kopfkissen auf den Mund gelegt habe.«

Wieder lächelten sie und nahmen sich dann erneut locker in die Arme, so daß ihr Gesicht an seiner Brust ruhte und sein Kinn auf ihrem Haar.

»Na, mein Lieber, du warst aber auch nicht besonders leise«, meinte Claire.

»Ich weiß, aber ich habe mich zumindest bemüht, meine Ausbrüche auf den Rhythmus von Robbys Stereoanlage abzustimmen.« Durch die gemeinsame Wand konnten sie das schwache Hämmern eines Rocksenders hören, der jede Nacht spielte, wenn Robby zu Bett ging.

Claire seufzte und streichelte Toms Brust. »Hast du schon jemals daran gedacht, wie herrlich es sein wird, wenn die Kinder auf dem College sind und wir das Haus ganz für uns haben können?«

»Ja... herrlich und gleichzeitig schrecklich.«

»Ich weiß.« Sie lagen in Schweigen versunken da, erstaunt, wie schnell sich der bewußte Zeitpunkt näherte.

»Noch zwei Jahre«, sagte sie mit einem wehmütigen Beiklang von Traurigkeit, »weniger als zwei Jahre.«

Er rieb über ihren Arm und drückte einen Kuß auf ihr Haar. Unter ihrem Ohr hörte sie tröstlich sein Herz klopfen.

»Aber wenigstens werden wir beide uns noch haben. Nicht jeder hat dieses Glück.«

»So?« Tom wich zurück, um in ihr Gesicht zu schauen, gewarnt von einem Unterton in ihrer Stimme, der ihm sagte, daß sie über irgend etwas beunruhigt war.

»Ruth glaubt, daß Dean sie betrügt.«

»Ach, tatsächlich?«

»Sie sammelt Beweise. Es sind mehr oder weniger Indizien, aber sie ist überzeugt, daß sie recht hat.«

»Ich schätze, es würde mich nicht überraschen.«

»Nicht?«

»Dean und ich sind ebenfalls ziemlich gute Freunde. Er hat sich nie offen darüber geäußert, aber ich habe aus seinen Andeutungen den Eindruck gewonnen, daß Ruth irgendwie das Interesse verloren hat, nachdem die Jungs aufs College gegangen sind.«

Ein Klopfen ertönte an ihrer Schlafzimmertür, und Tom zog rasch die Bettdecke bis zu ihren Achselhöhlen herauf. »Komm rein«, sagte er, wobei er seinen Arm um Claires Schulter liegen ließ.

»Hi.« Chelsea steckte den Kopf zur Tür herein, nahm ihre Haltung im Bett mit einem Blick in sich auf und wiederholte unsicher: »Oh... hi. Ich, äh, ich wollte euch nicht stören, tut mir leid.«

»Nein, es ist schon in Ordnung.« Tom setzte sich auf und lehnte sich gegen die Kissen zurück. »Komm ruhig herein, Liebes.«

»Ich wollte dir nur sagen, daß Mrs. Berlatsky angerufen hat, und sie sind knapp an Leuten, die sich morgen um die neuen

Schüler kümmern, deshalb hat sie mich dafür genommen. Aber sie hat vergessen, mir zu sagen, wann wir da sein sollen.«

»Um halb zwölf in der Bücherei.«

»Alles klar. Na dann, gute Nacht.« Sie lächelte ihren Eltern zu und zog gerade den Kopf zurück, als Tom rief: »Chels?« Ihr Gesicht erschien erneut im Türspalt. Es zeigte einen erwartungsvollen Ausdruck. »Ja?«

»Danke, daß du eingesprungen bist.«

»Klar. Nacht, Paps. Nacht, Mam.«

»Gute Nacht«, erwiderten sie einstimmig und tauschten dann einen beifälligen Blick. »Ziemlich großartig, unsere Tochter, findest du nicht?« sagte er.

»Darauf kannst du wetten. Wir haben nichts als großartige Kinder aufgezogen.«

Zurück in ihrem eigenen Zimmer zog Chelsea die gerüschten Tafthaarbänder aus ihren Rattenschwänzen. Sie waren einer über dem anderen aufgetürmt gewesen hinter steil hochgeföhnten Ponyfransen, die wie ein Feuerwerk über ihrem Gesicht aufragten. Sie bürstete ihr Haar, machte sich zum Schlafengehen fertig und kroch dann ins Bett, um in der Dunkelheit zu liegen und noch einen Augenblick lächelnd an ihre Eltern zu denken. Sie taten *es* noch – dessen war sie sich ziemlich sicher. Es war keine Angelegenheit, über die Chelsea sie jemals befragt hatte, aber das brauchte sie auch nicht. Es hatte eine Regel gegeben, was das Betreten des Elternschlafzimmers ohne anzuklopfen betraf, seit Chelsea in der ersten Klasse gewesen war, und heute abend waren Mams Schultern nackt gewesen, und sie hatten sich aneinandergekuschelt, als wäre da *etwas* im Gange.

Chelsea machte sich Gedanken über den *Akt*, fragte sich, wie es möglich war, eine solche Sache mit Würde und Anmut durchzuführen. Wie oft taten verheiratete Leute es, und wie gingen sie das Ganze eigentlich an? *Sagten* sie einfach etwas? Oder taten sie es automatisch an Tagen, wenn sie miteinander geflirtet hatten, so wie ihre Eltern es heute getan hatten? Sie wußte, sie duschten manchmal zusammen, und sie hatte ihre Eltern einmal dabei beobachtet, als sie dreizehn gewesen war, aber sie hatte so große Angst davor gehabt, erwischt zu werden, wie sie durch die beschlagene Tür der Duschkabine starrte, daß sie auf dem Absatz kehrtgemacht hatte und verschwunden war, bevor man sie entdeckte.

Sex … diese seltsame, ehrfurchtgebietende Macht. Sie hatte in letzter Zeit immer häufiger darüber nachgedacht, besonders seit ihre beste Freundin Erin ihr anvertraut hatte, daß sie und Rick diesen Sommer bis zum Letzten gegangen waren. Aber Chelsea war niemals so lange Zeit fest mit einem Jungen gegangen, wie Erin mit Rick gegangen war. Oh, sicher, es hatte Jungen gegeben, die sie mochte, und sie war angefaßt worden und hatte einige stark in Versuchung geführt. Aber niemals bis zu dem Punkt, wo sie auch nur in Erwägung gezogen hätte, das *schmutzige Ding* zu tun, wie sie und Erin es jahrelang genannt hatten.

Als sie so in ihrem Bett lag in dieser lauen Augustnacht – ihr Bruder in seinem Zimmer, wo die leise Musik aus seinem Radio schließlich verstummte, und ihre Eltern im Schlafzimmer auf der anderen Seite des Korridors, mit einem neuen Paar Tennisschuhe für die Cheerleadertruppe in ihrem Kleiderschrank und der erfreulichen Aussicht auf ein super Schuljahr – hoffte Chelsea Gardner, kein Junge würde jemals so wichtig für sie werden, daß sie sich zu unvernünftigen Dingen hinreißen ließe, nichts, solange sie noch auf der High-School war. Sie wollte aufs College gehen, einen interessanten Beruf ausüben und dann eine Ehe führen wie ihre Mutter und ihr Vater, eine Ehe, in der sie die einzigen füreinander waren und auch nach Jahren noch ineinander verliebt. Sie wünschte sich ein Heim und eine Familie wie diese, wo jeder den anderen liebte und respektierte. Chelsea hatte das Gefühl, ein sicherer Weg, all dies aufs Spiel zu setzen, war, sich mit einem Jungen einzulassen und schwanger zu werden.

Sie konnte warten. Sie *würde* warten.

Und bis dahin würde sie dankbar sein, daß sie jeden Abend ins Bett gehen und sich sicher fühlen konnte in dem Wissen, daß sie die beste Familie auf der Welt hatte.

Am folgenden Morgen fand Tom sich immer wieder von Gedanken an Kent Arens abgelenkt. Während er sich rasierte, seine Wangen mit After-shave betupfte und sein Haar kämmte, ertappte er sich dabei, wie er sein Spiegelbild betrachtete und sich ins Gedächtnis zurückrief, wie sehr Kent ihm ähnelte. Etwas geschah in seinem Inneren, wann immer sich der Junge in seine Gedanken einschlich: Er spürte ein Gefühl der Enge ums Herz, ein Prickeln und Erröten, das teilweise von Furcht, teilweise von einem plötzlichen Hochgefühl herrührte. Er hatte noch ein Kind, ein drittes Kind, eines, das anders war als die beiden, die er bisher gekannt hatte, ein Kind, das eine andere Mischung von Genen in die Zukunft einbringen, andere Dinge erreichen, an andere Orte gehen würde, vielleicht eines Tages Kinder haben würde. Die Tatsache, daß Kent ihn nicht als seinen Vater kannte, verlieh Toms Besorgnis um den Jungen zusätzliche Tiefe. Das Wissen, daß Kent Arens sein Sohn war, hatte etwas Kostbares an sich, während es gleichzeitig Alarm in seinem Inneren auslöste bei dem Gedanken an die Ungewißheiten, denen seine Zukunft unterworfen sein würde, nachdem Kent in sein Leben getreten war.

Gegen halb zwölf, als sich die neuen Schüler in der Bücherei versammelten, ging Tom mit derart intensiver Erwartung zu dem Treffen, daß es tatsächlich seinen Pulsschlag beschleunigt hatte. Einen Raum zu betreten und einen Blick auf einen jungen Mann von siebzehn zu werfen, während man zum ersten Mal ohne jeden Zweifel wußte, daß er der eigene Sohn war…

Sieh dich vor, Tom. Achte auf deine Reaktionen. Geh nicht geradewegs auf ihn zu, mustere ihn nicht zu intensiv, zeig ihm gegenüber keine offene Vorliebe; es werden noch andere Mitglieder des Kollegiums im Raum sein.

Und so war es. Eine Anzahl von Kollegen war bereits versammelt und begrüßte Schüler an der Tür, als Tom dazukam. Die Schulbibliothekarin, Mrs. Haff, war dort, zusammen mit der stellvertretenden Rektorin Noreen Altmann, des weiteren drei Beratungslehrer, eine davon Joan Berlatsky, und ein halbes Dutzend Trainer. Einige der Schüler, die heute als Führer für die

Neuankömmlinge fungierten, standen ebenfalls in der Nähe der Tür.

Tom begrüßte sie freundlich, doch seine Aufmerksamkeit wurde sofort abgelenkt, als er sich suchend nach Kent Arens umschaute.

Er entdeckte die hochgewachsene, schlanke Gestalt, die die meisten anderen um sich herum um einen halben Kopf überragte, auf Anhieb. Kent war zu einem Bücherregal gegangen und blätterte in einem Buch, sein dunkler Kopf gebeugt, seine Schultern beeindruckend breit und kräftig in einem blaukarierten kurzärmligen Hemd mit frischen Bügelfalten in den Ärmeln.

Mein Sohn, dachte Tom, während sein Herz zu rasen begann und sein Gesicht heiß wurde. *Heilige Mutter Gottes … der Junge da ist mein Sohn!* Wie lange würde es wohl dauern, bevor er ihn ohne all diese körperlichen Reaktionen ansehen konnte? *Mein Sohn, dessen ganzes Leben ich bis jetzt verpaßt habe.*

Kent blickte auf, merkte, daß er beobachtet wurde, und lächelte.

Tom lächelte ebenfalls und bewegte sich langsam auf ihn zu, während Kent das Buch ins Regal zurückstellte.

»Hi, Mr. Gardner.« Er streckte Tom die Hand hin.

»Hi, Kent. Wie ist es mit Trainer Gorman gelaufen?« Wie erwachsen er ist, dachte Tom, erneut erstaunt über die Manieren, die man diesem jungen Mann beigebracht hatte. Als Tom seine Hand umschloß, fühlte er einen unleugbaren Ansturm von Gefühlen. Wenn es so etwas wie Vaterliebe gab, dann fühlte er sie in diesem Moment, als er die Hand seines Sohnes berührte: die Gemütsbewegung, die das bloße Wissen von Elternschaft begleitet.

Der Handschlag war kurz.

»Ich bin als Verteidiger ins Team aufgenommen worden.«

»Schön für dich. Freut mich zu hören.«

»Nochmals vielen Dank, daß Sie mich aufs Spielfeld begleitet und dem Trainer vorgestellt haben. Es hat mir eine Menge geholfen.«

Die beiden unterhielten sich noch immer, als Chelsea Gardner das Mediencenter betrat und lächelnd einige der Lehrer begrüßte.

Mrs. Berlatsky sagte: »Hi, Chelsea. Nett von dir, daß du uns heute aushilfst.«

»Oh, sicher. Kein Problem.«

»Bedien dich mit Keksen und Limonade.«

»Danke, Mrs. Berlatsky.« Sie spähte zu dem Tisch mit Erfrischungen in der Mitte des Raums hinüber und setzte sich in Bewegung. In ihrem kurzen weißen Hosenrock und auf dem pinkfarbenen Tanktop sah Chelsea aus, als wäre sie auf dem Weg zum Tennisplatz. Ihre Haut war gebräunt, ihr Make-up unaufdringlich. Ihre Nägel waren nicht lackiert. Ihr schulterlanges Haar war an den Seiten mit Kämmen hochgesteckt, ihre Ponyfransen mit Spray hochgebürstet. Sie bewegte sich auch mit der Schnelligkeit und Beweglichkeit einer Tennisspielerin, als sie eine eisgekühlte Dose Orangenlimonade vom Tisch nahm und den Verschluß aufriß, während sie ihren Blick neugierig über die Menge schweifen ließ. Sie hatte gerade den ersten Schluck getrunken, als sie ihren Vater mit einem großen, dunklen, gutaussehenden Jungen sprechen sah, den sie noch nie zuvor in der Schule gesehen hatte. Sie setzte die Limonadendose langsam von den Lippen ab.

Wow! dachte Chelsea bewundernd und ging augenblicklich auf die beiden zu.

»Hi, Paps«, sagte sie mit breitem Lächeln.

Tom wandte sich um, verdrängte gewaltsam seine schreckliche Angst beim Erscheinen seiner Tochter. Als sie am Abend zuvor den Kopf zu ihrer Schlafzimmertür hereingesteckt und verkündet hatte, daß sie dazu herangezogen worden war, heute die neuen Schüler zu betreuen, war ihm keine logische Ausrede eingefallen, um sie zu bitten, nicht zu erscheinen. Es wäre so oder so sinnlos gewesen: Er konnte Chelsea nicht unbegrenzt lange davon abhalten, Kent Arens zu begegnen.

Tom legte einen Arm um ihre Schultern und sagte: »Hallo, Liebes.« Aber sie schaute ihn noch nicht einmal an. Sie war ganz auf Kent konzentriert und schenkte ihm ihr gewohnt strahlendes, liebenswürdiges Lächeln.

»Dies ist meine Tochter Chelsea. Sie ist Junior hier. Chelsea, dies ist Kent Arens.«

Chelsea streckte ihre Hand aus. »Hi.«

»Hi«, sagte Kent, als sie sich die Hand gaben.

»Kent komm aus Austin, Texas«, warf Tom ein.

»Oh, dann bist du derjenige, von dem Paps gestern abend beim Essen gesprochen hat.«

»Tatsache?« Kent blickte Tom an, überrascht, daß er das Gesprächsthema im Haus seines Rektors gewesen war.

»Wenn wir beim Abendessen zusammensitzen, dreht sich unsere Unterhaltung häufig um die Schule«, erklärte Tom. »Du kannst dir sicher vorstellen, wie das ist... wir alle vier in diesem Gebäude.«

»Sie alle vier?«

»Meine Frau unterrichtet ebenfalls Englisch hier.«

»Oh... na klar, *die* Mrs. Gardner. Sie wird meine Lehrerin sein«, erwiderte Kent.

»Dann willst du also den Honours Degree in Englisch machen«, meinte Chelsea.

In dem Moment griff Mrs. Berlatsky zum Mikrophon und sprach hinein. »Guten Morgen, alle miteinander! Ihr dürft euch gerne mit Keksen und Limonade bedienen, und dann nehmt bitte Platz, damit wir anfangen können.«

»Ich sollte mich besser noch mit einigen anderen unterhalten«, sagte Tom und zog weiter.

»Möchtest du eine Dose Limonade?« fragte Chelsea Kent. »Oder einen Keks?«

»Vielleicht eine Dose Limonade.«

»Welche Sorte? Ich hole dir eine.«

»Oh, das brauchst du aber nicht.«

»Das ist unser Job, es den neuen Schülern so angenehm wie möglich zu machen. Ich bin einer der offiziellen Betreuer heute. Also, welche Sorte?« Sie hatte sich schon zum Gehen gewandt.

»Pepsi«, rief er ihr nach.

Sie kehrte augenblicklich zurück und reichte ihm eine gekühlte Dose.

»Danke«, sagte Kent.

»Keine Ursache. Komm, setzen wir uns.«

Sie saßen an einem Büchereitisch und nippten ihre Limonade, doch bevor sie sprechen konnten, nahm Mrs. Berlatsky erneut das Mikrophon zur Hand und begann das offizielle Programm.

»Ich möchte alle neuen Schüler an der Hubert H. Humphrey High-School willkommen heißen und all den alten Schülern danken, die heute gekommen sind, um als Partner und Betreuer zu dienen. Wir wissen eure Hilfe wirklich zu schätzen. Für alle von euch, die mich noch nicht kennen... ich bin Joan Berlatsky, eine der Beratungslehrerinnen.« Sie stellte den Rest des anwesenden Kollegiums vor und endete mit Tom. »...und zum Schluß möchte ich euch allen Mr. Gardner vorstellen, euren Rektor, der hier ist, um euch heute morgen offiziell zu begrüßen.«

Chelsea beobachtete ihren Vater, wie er nach vorne kam und das Mikro ergriff. Sie fühlte Stolz in sich aufwallen, so wie es ihr jedesmal erging, wenn sie Zeugin wurde, wie er seine Pflichten als Rektor der Schule erfüllte. Es gab zwar viele Jugendliche, die ihn mit Schimpfwörtern belegten und häßliche Dinge über ihn an die Wände der Toilettenkabinen kritzelten, aber dies waren in erster Linie die Spinner, die Fixer, die Gesetzesbrecher, die Versager. Viele Jugendliche in Chelseas Kreis waren durchaus der Meinung, daß ihr Vater ein gerechter Mann war, daß er alles für seine Schüler tun würde, was in seiner Macht stand, und sie mochten ihn. Und er war auch nicht fett oder schludrig geworden wie einige andere Leute in mittleren Jahren. Er war immer noch schlank und zog sich wirklich modisch an, obwohl er heute nur ein gelbes Poloshirt und braune Popelinehosen trug – um den Neuen die Befangenheit zu nehmen, wie Chelsea wußte. Er muß einfach erfolgreich sein, dachte sie, als ihr Vater dort vorn stand, eine Hand in der Hosentasche, und mit einem liebenswürdigen Ausdruck auf dem Gesicht ins Mikrophon sprach, während er seinen Blick über die Anwesenden schweifen ließ.

»Ich möchte alle Neuankömmlinge noch einmal herzlich willkommen heißen. Ich vermute, es müssen heute zwischen fünfzig oder sechzig von euch hier sein, die im Laufe des Sommers aus anderen Schulbezirken und anderen Staaten hierhergezogen sind. Ich kann mir vorstellen, daß ihr euch alle fragt, wie eure neue Schule wohl ist, wie es für euch sein wird, fünf Tage in der Woche herzukommen... oder auch an mehreren Abenden. Wir sind heute morgen hier, um eure Fragen zu beantworten, euch das Gebäude zu zeigen, Informationen über unser Lehr- und Sportprogramm zu vermitteln... und euch eine Chance zu geben, uns ein bißchen kennenzulernen, und für uns die Möglichkeit zu nutzen, euch kennenzulernen.«

Tom und die anderen übernahmen es abwechselnd, die neuen Schüler über die Schulordnung zu belehren, über wichtige Aktivitäten des Jahres, Lunchpausen, Vorschriften, die vorgezogene Entlassung betrafen, Brandschutzübungen, Arbeitsräume, Parkregeln für Schüler und die Schulpolitik in bezug auf sexuelle Belästigung. Die Trainer sprachen über Teilnahmeregeln, die Minnesota State High-School-Liga und das HHH-Sportprogramm.

Nach der Frage-und-Antwort-Stunde erklärte Mrs. Berlatsky: »Wir werden euch jetzt entlassen. Jeder von euch hier wird mit einem Schüler oder einer Schülerin zusammengebracht, und der- oder diejenige wird euer persönlicher Betreuer sein und euch das Schulgebäude zeigen. Wir haben dieses Partnerprogramm organisiert, um den neuen Schülern dabei zu helfen, sich vom ersten Tag an weniger wie Neuankömmlinge und mehr wie ein Teil dieser Schulgemeinschaft zu fühlen. Eure Partner werden euch nicht nur heute helfen, sondern den gesamten ersten Monat hindurch. Darf ich all jene bitten, die sich freiwillig als Betreuer gemeldet haben, kurz aufzustehen?«

Chelsea stand auf, blickte sich zu den anderen um, die sich erhoben hatten, und winkte einem von Robbys Freunden verstohlen mit zwei Fingern zu.

Mrs. Berlatsky fuhr fort: »Wenn sich jetzt alle Neuen mit einem der Freiwilligen zusammentun wollen, werden wir euch mit der Führung durch das Gebäude weitermachen lassen. Und noch eine Bitte an die Betreuer: Vergeßt nicht, euren Partnern eine Ausgabe des Schülerhandbuchs zu geben, und nehmt euch etwas

Zeit, um sie mit dem Mediencenter vertraut zu machen, obwohl es ein bißchen eng sein wird, wenn ihr alle hier anfangt. Deshalb schlage ich vor, einige von euch gehen erst in die anderen Teile des Gebäudes und kommen anschließend hierher zurück.«

Füßescharren und Stühlerücken war im Raum zu hören, als sich die Neulinge von ihren Plätzen erhoben. Tom griff erneut zum Mikrophon. »Und noch etwas, Leute... Mrs. Altmans und meine Tür stehen immer für euch offen. Wir sind eure Schulleiter, aber das bedeutet nicht, daß wir unerreichbar sind. Zögert nicht, jederzeit zu uns oder zu euren Beratungslehrern zu gehen, wenn ihr irgendwelche Sorgen oder Anliegen habt. So, und jetzt viel Spaß bei eurem Rundgang, und wir sehen uns dann am Dienstag morgen wieder.«

Als Kent Arens aufstand, sagte Chelsea: »Okay, ich weiß, ich bin kein Senior, aber ich werde deine Partnerin sein, wenn du willst.« Sie sprach hastig weiter. »Ich meine, die meisten Seniors wollen einen Senior, aber es haben sich nicht genügend von ihnen gemeldet, deshalb haben sie mich herangezogen. Und ich bin kein Junge, deshalb kann ich dir die Umkleideräume der Jungs nicht zeigen, aber ich kann dich überall sonst herumführen.«

»Ich habe die Umkleideräume schon gesehen, danke. Okay, geh vor.«

Tom Gardner beobachtete, wie seine Tochter Kent Arens aus der Bücherei führte, und fühlte Panik in sich aufsteigen. Sie winkte Tom flüchtig zum Abschied zu, und Tom winkte zurück. Aber seine Hand sank langsam herab, als er die beiden zur Tür hinausgehen sah. *Es ist nichts, redete er sich beschwichtigend ein. Joan hat Chelsea für die Aufgabe herangezogen, und sie ist nur zufällig zu mir gekommen, als ich mich mit Kent unterhalten habe. Und es ist nur Zufall, daß sie zusammengesessen haben. Chelsea hat sich schon immer für die Schule engagiert, und dies ist nur eine weitere außerplanmäßige Aufgabe, die sie übernommen hat, weil sie weiß, daß es ihre Mutter und mich freut.*

Es ist nichts.

Aber das Gefühl der Panik wollte nicht weichen. »Dein Vater ist nett«, meinte Kent, als er Chelsea aus der Bücherei folgte.

»Danke. Das finde ich auch.«

»Aber es muß seltsam sein, den eigenen Vater als Rektor zu haben.«

»Eigentlich gefällt es mir ganz gut so. Er hat einen Spiegel auf der Innenseite einer Schranktür in seinem Büro, und er läßt mich eine Dose Haarspray dort aufbewahren und einen Lockenstab, und ich kann dort hineingehen, wann immer ich will, und meine Haare machen. Und wir dürfen den Kühlschrank in der Küche benutzen für Aktivitäten nach dem Unterricht. Ich meine, manchmal habe ich zum Beispiel Training für irgend etwas gleich nach der Schule, und am Abend findet dann noch ein Kurs statt, deshalb bleibt mir keine Zeit mehr, zwischendurch nach Hause zu fahren. Also bringe ich mir meinen Lunch mit und stelle ihn in den Kühlschrank im Lunchraum. Aber das Stärkste ist, daß wir immer genau wissen, was in der Schule so vorgeht, weil beide, meine Mam und mein Paps, zu Hause darüber sprechen.«

»So, wie ihr gestern abend über mich gesprochen habt?«

Sie warf ihm einen Blick von der Seite zu, als sie den Korridor hinunterstrebten. »Es war nur Gutes, das kann ich dir versichern. Paps war sehr von dir beeindruckt.«

»Er hat mich auch beeindruckt.« Nach einer Pause fügte er hinzu: »Aber sag ihm das nicht. Ich möchte nicht, daß er denkt, ich wollte mich bei ihm lieb Kind machen oder so.«

»Ich sag schon nichts.« Sie führte ihn durch eine Tür. »Dies ist dein Klassenraum, hier findet die erste Stunde am Morgen statt. Hallo, Mr. Perry.«

»Oh, Chelsea… hallo.«

Während sie von Raum zu Raum gingen, meinte Kent: »Jeder kennt dich. Du mußt das hier ziemlich oft machen.«

»Es macht mir Spaß, und meine Eltern legen Wert darauf, daß wir uns ernsthaft für die Schule engagieren. Wir dürfen keinen Job annehmen, erst nach dem Schulabschluß.«

»Das darf ich auch nicht.«

»Die Gelehrsamkeit hat Vorrang«, erklärte Chelsea grinsend.

»Ja, das ist so ziemlich das gleiche, was meine Mutter sagt.«

»Dann gehst du also auch gern zur Schule.«

»Ich habe nie Schwierigkeiten beim Lernen gehabt. Es fällt mir irgendwie leicht.«

»Wirst du aufs College gehen?«

»Nach Stanford, hoffe ich.«

»Ich habe mich noch für kein bestimmtes entschieden, aber ich weiß, daß ich studieren werde.«

»Mam sagt, Stanford hat die beste Fakultät für Ingenieurwesen, und ich möchte auch Football spielen, also scheint es eine logische Wahl.«

»Du willst Ingenieur werden?«

»Ja, wie meine Mam.«

»Und was macht dein Vater?«

Kent zögerte einen Moment, bevor er erwiderte: »Meine Mutter ist nie verheiratet gewesen.«

»Oh.« Chelsea gab sich Mühe, ihre Überraschung nicht zu zeigen, aber sie fühlte sie innerlich. Sie hatte den Ausdruck »nichtherkömmliche Familie« seit Jahren gehört – ihre Eltern neigten dazu, in den Begriffen zu sprechen, die die Beratungslehrer in der Schule benutzten –, aber die Vorstellung einer Mutter, die nie verheiratet gewesen war, löste einen Schock in ihr aus.

Eine verlegene Pause trat ein, bevor Kent sagte: »Sie hat aber dafür gesorgt, daß ich alles hatte, was ich brauchte.«

Die Versicherung löste in Chelsea eine Lawine von Mitleid aus: Wie schrecklich es sein mußte, keinen Vater zu haben. Sie hatte zu Hause so viele traurige Geschichten gehört über diverse Schüler, die sehr darunter litten, daß sie in zerrütteten Familienverhältnissen lebten oder nur mit einem Elternteil; wie eine Scheidung negative Auswirkungen auf das emotionale und schulische Wohl eines Jugendlichen haben konnte; wie einige Kids im Büro der Beratungslehrer über ihre bedrückende Situation zu Hause weinten.

Was konnte trauriger sein als ein Zuhause ohne Vater?

»Hey, hör zu«, sagte sie und veranlaßte Kent mit einer leichten Berührung am Arm, stehenzubleiben. »Vielleicht sollte ich das nicht sagen, aber mein Paps hat es ernst gemeint mit seiner Bemerkung, daß seine Bürotür offenstände. Er ist wirklich ein fairer Mann, und er liebt seine Schüler. Falls du mal jemanden zum Reden brauchst, kannst du dich jederzeit an ihn wenden. Und was ich vorhin über Mam und Paps gesagt habe, daß sie zu Hause über Schulangelegenheiten reden – also, das bedeutet nicht, daß sie uns vertrauliche Sachen sagen. Du könntest mit ihm über alle möglichen persönlichen Dinge reden, und es würde ausschließlich unter euch bleiben. Er würde nie ein Wort davon verlauten lassen. Meine Freunde finden ihn echt großartig.«

Chelsea glaubte, einen flüchtigen Ausdruck der Abwehrbereitschaft in Kents gebräuntem Gesicht zu erkennen.

»Ich hab's dir doch schon gesagt ... meine Mam hat dafür gesorgt, daß ein Elternteil genug war.«

Der Klang seiner Stimme hatte sich verändert. Sie hatte sich nicht getäuscht ... er versuchte eindeutig, seine Familie zu verteidigen. Als sie zu ihm aufschaute, überkam sie das eigenartige Gefühl, sie sähe jemanden vor sich, den sie von früher her kannte, jemanden, den sie sehr gut gekannt hatte. Vielleicht aus der Grundschule. Dennoch wollte ihr kein Name einfallen. Sie hatte niemals irgendeinen Mitschüler gehabt, der wie Kent aussah, hatte niemals mit Jungen gespielt, die ihm ähnelten, noch nicht einmal, als sie klein gewesen war Aber sein Aussehen gefiel ihr sehr, und er klang, als wäre er wirklich ein vernünftiger Typ, der mit beiden Beinen auf der Erde stand.

»Na, dann bist du ja gut dran«, meinte sie jetzt. »Komm mit, ich bringe dich zum Klassenraum meiner Mutter, und ich gebe dir gleich vorweg einen Tip als Warnung. Vielen Lehrern macht es nichts aus, wenn du sie mit Vornamen ansprichst, aber meine Mam stört das sehr. Sie ist ›Mrs. Gardner‹ für alle ihre Schüler, und ich rate dir, das niemals zu vergessen.«

Claire Gardner blickte von ihrem Tisch auf, als Chelsea den neuen Schüler hereinführte, und ihr schoß sofort der gleiche Gedanke durch den Kopf: *Wer ist dieser Junge? Ich bin ihm schon einmal begegnet.*

»Hallo, Mama. Dies ist einer deiner neuen Schüler, Kent Arens.«

»Natürlich. Tom hat gestern abend beim Essen von dir gesprochen. Hallo, Kent.« Sie erhob sich von ihrem Tisch und trat vor, um ihm die Hand zu schütteln.

»Freut mich, Sie kennenzulernen«, sagte Kent höflich.

»Du bist aus Texas an unsere Schule übergewechselt, richtig?«

»Ja, Ma'am, aus Austin.«

»Was für eine schöne Stadt. Ich bin einmal dort gewesen, um an einem Seminar teilzunehmen. Es hat mir in Austin auf Anhieb gefallen.«

Während sie sich unterhielten, schlenderte Chelsea weiter durch den Klassenraum ihrer Mutter und blieb wie jedesmal, wenn sie hier war, vor der Galerie von gerahmten Fotos auf einem halbhohen Schrank direkt hinter ihrem Schreibtisch stehen. Dies waren alles ihre ehemaligen Schüler; einige von ihnen posierten Arm in Arm in ihren Barretts und Talaren, einige waren in Kostümen bei Schulaufführungen zu sehen, einige zeigten ihre Collegediplome, andere waren in Brautkleidern und Smokings fotografiert, ein paar hielten sogar stolz ihr Baby im Arm. Chelseas Mutter war eine jener Lehrerinnen, die von ihren Schülern geliebt und nie vergessen wurden, und Claire stellte diese Fotos – sozusagen die Preise, die sie errungen hatte – mit einem Stolz und einer Liebe zur Schau, die weit darüber hinausging, Zertifikatskurse zu unterrichten und Gehaltsschecks zu empfangen. Von allen ihren Leistungen zählte diese am allermeisten, so wie sie auch zu Hause stolz die Fotos ihrer eigenen Kinder aufstellte.

Chelsea verließ den Klassenraum ihrer Mutter und rief über ihre Schulter zurück: »Bye, Mam, bis nachher.«

Im Korridor sagte Kent: »Hey, ich muß schon sagen... deine Mutter ist auch unheimlich nett.«

»Ja, ich hab Glück«, erwiderte Chelsea. Sie gingen eine Weile schweigend weiter, während sie über ihre Unterhaltung kurz zuvor nachdachte. »Hör zu«, begann sie. »Ich glaube, ich habe dich vorhin verärgert, als ich nach deinem Vater fragte. Tut mir leid, das wollte ich nicht. War nur so eine Annahme, verstehst du? Und wenn es eines gibt, was ich wissen müßte, nachdem ich mit

Eltern lebe, die im Schulsystem arbeiten, dann, daß man keine voreiligen Schlüsse über Familien ziehen sollte, weil es heutzutage alle Arten von Familien gibt, und ich weiß, eine Menge Familien mit einem alleinerziehenden Elternteil funktionieren besser als viele reguläre. Tut mir echt leid, okay?«

»Ist schon in Ordnung«, erwiderte Kent. »Vergiß es einfach.«

Als sie ihre Tour fortsetzten, fühlte Chelsea sich besser. Sie zeigte ihm das Mediencenter, das Zimmer der Schulschwester, den Lunchraum und die Baumschule, wo die Schüler bei schönem Wetter an Picknicktischen essen durften.

Nachdem der Rundgang beendet war, gingen sie zu den Eingangstüren, die offen waren, um einen warmen Luftzug in das Gebäude hereinzulassen. Sie blieben auf einem Metallrost stehen, während der hereinströmende Wind an ihren Kleidern zerrte und ihr Haar zerzauste.

»Also …«, meinte Chelsea. »Ich weiß, es ist hart, die Schule zu wechseln, aber ich hoffe, es läuft hier alles gut für dich.«

»Danke. Und danke für den Rundgang.«

»Oh, sicher … kein Problem.« Es folgte eine Pause. Das Schweigen sagte ziemlich deutlich, daß sie es genossen hatten, zusammenzusein. »Wie kommst du nach Hause? Hast du einen fahrbaren Untersatz oder so?«

»Ja. Ich hab meine Mutter zur Arbeit gebracht, deshalb habe ich ihren Wagen.«

»Oh. Na okay, dann …« Es gab keinen Grund, noch länger zu bleiben. »Wo arbeitet sie?«

»Bei 3M.«

»Und wo wohnst du?«

»In einem neuen Viertel, das Haviland Hills heißt.«

»Oh, ich weiß, es ist schön da oben.«

»Und du? Wo wohnst du?«

»In der Richtung da.« Sie machte eine entsprechende Geste. »Ein paar Meilen von hier. Dasselbe Haus, in dem ich so ziemlich mein ganzes Leben gewohnt habe.«

»Also …« Kent zeigte auf den sonnigen Parkplatz hinaus. »Schätze, ich mach mich jetzt besser auf den Weg.«

»Ja, ich auch. Ich will noch eben in Paps' Büro vorbeischauen und mich verabschieden.«

»Okay... vielleicht sehen wir uns am Dienstag.«

»Ich komme kurz vor der ersten Stunde in deinen Raum und sehe, ob du vielleicht etwas brauchst.«

»Okay.« Er lächelte. »Ja, das wäre super.«

»Also, dann wünsche ich dir ein schönes Wochenende.«

»Ich dir auch. Und nochmals danke.«

Chelsea schaute ihm nach, als er sich zum Gehen wandte, fühlte die Vibrationen seiner Schritte, als er über den Metallrost ging und zu dem Fußweg auf der schattigen Seite des Gebäudes strebte. Ihr Blick folgte seiner hochgewachsenen, kräftigen Gestalt auf ihrem Weg in das Sonnenlicht und ein ganzes Stück weiter bis auf den Parkplatz, wo er einen Wagen von einem sehr intensiven Aquamarinblau aufschloß und hinter das Lenkrad glitt. Sie hörte seinen Motor in der Ferne anspringen und sah dann den Wagen rückwärts aus der Parklücke heraussetzen und langsam davonfahren.

Was hatte Kent Arens nur an sich, das sie veranlaßte, noch eine Weile dort stehenzubleiben und zuzuschauen, wie er wegfuhr? Das Gesicht, genau. Was für ein Gesicht! Sie konnte es einfach nicht aus ihrem Kopf verdrängen, ebensowenig wie das lächerliche Gefühl, daß sie ihn früher schon gekannt hatte. Was fiel ihr eigentlich ein, hier zu stehen und von einem Jungen zu schwärmen, den sie seit knapp zwei Stunden und fünfzehn Minuten kannte, wenn sie sich gerade erst gestern abend geschworen hatte, sich niemals von einem Jungen so den Kopf verdrehen zu lassen, daß es ihren Zielen im Weg stehen könnte?

Chelsea verbannte Kent Arens energisch aus ihren Gedanken und eilte zum Büro, um sich von ihrem Vater zu verabschieden.

4. KAPITEL

Das Bild von Kent Arens, wie dieser den Raum verließ, in ein lebhaftes Gespräch mit Chelsea vertieft, war noch frisch in Toms Erinnerung, als er aus der Bücherei zurückkehrte und sein Büro betrat, um die vollständige Akte des Jungen auf seinem Schreibtisch vorzufinden.

Tom starrte auf den Ordner, holte tief Luft und blies seine Wangen auf, fühlte die enorme emotionale Belastung der Situation, noch bevor er die Akte aufgeschlagen hatte. Er legte vier Fingerspitzen auf den steifen Pappeinband, dann schaute er hoch und sah Dora Mae an ihrer Schreibmaschine arbeiten. Sein Schreibtisch war genau in ihrem Blickfeld.

Er durchquerte sein Büro und schloß die Tür, dann kehrte er an seinen Schreibtisch zurück und öffnete dieAkte.

Zuoberst auf einem dicken Stapel von Papieren lag ein Kindergartenfoto seines Sohns. Es traf ihn mitten ins Herz und schnürte ihm die Kehle zu, dieses Farbfoto eines lächelnden kleinen Jungen in gestreiftem T-Shirt, mit weißen Mausezähnen, großen braunen Augen und langen Ponyfransen, die sich in der Mitte teilten und den Wirbel mit der winzigen kahlen Stelle am Haaransatz enthüllten.

Tom ließ sich in seinen Schreibtischstuhl fallen, als hätte er eine Ladung Schrot in die Kniekehlen bekommen. Gute dreißig Sekunden lang starrte er auf das Bild, bevor er schließlich danach griff. Das Gesicht ähnelte so sehr seinem eigenen in jenem Alter. Er versuchte sich vorzustellen, wie der Kleine aufgeregt in eine Küche stürmte, um zu berichten, daß er eine Raupe gefunden oder eine Handvoll Löwenzahn gepflückt hatte. Wie mochte Kent damals gewesen sein? Er war jetzt so höflich und vernünftig, daß es Tom schwerfiel, das Kind auf dem Foto mit dem fast erwachsenen jungen Mann in Verbindung zu bringen. Bedauern überkam ihn, immenses Bedauern, daß er ihn niemals als kleinen Jungen gekannt hatte. Und auch Schuldgefühle, weil er ein abwesender Vater gewesen war.

Er drehte das Foto um, sah die Aufschrift in Druckbuchstaben auf der Rückseite, die von irgendeiner früheren Kindergärtnerin stammte: *Kent Arens, Klasse K.*

Als nächstes fand Tom ein Muster von Kents eigener Druckschrift, mit einem blauen Buntstift ausgeführt, etwas schief geraten, aber durchaus lesbar: *Kent Arens, Kent Arens, Kent Arens* – die ganze linke Seite eines blaulinierten Stück Schreibpapiers hinunter. Es folgte ein Blatt Papier, auf dem Kents Kindergartenfähigkeiten in makellosen Druckbuchstaben aufgeführt waren, wieder von seiner Kindergärtnerin:

Weiß seine Adresse
Weiß seine Telefonnummer
Kennt sein Geburtsdatum
Kann rechts und links unterscheiden
Kann die Wochentage benennen
Kann seine Schuhe zubinden
Kann Treueeid aufsagen
Kann seinen Namen schreiben: *Kent Arens*
(Dieser Name war wieder von Kent selbst geschrieben worden.)

Als nächstes kam sein Vorschulzeugnisblatt, dessen Kopfzeile lautete: *Heritage Elementary School, Des Moines, Iowa.* Eine Serie von Prüfvermerken waren alle unter der »Bestanden«-Spalte eingetragen.

Danach entdeckte Tom eine Karte mit Bemerkungen über die Lehrer-Eltern-Konferenzen – zwei in jenem Jahr. Seine Mutter hatte beide besucht. Die Bemerkungen lauteten: »Kann das Alphabet aufsagen und in Druckbuchstaben schreiben. Kann Zahlen bis zweiundvierzig schreiben. Gute Zahlenkenntnisse. Kennt kein Oval. Vorfall mit Kaugummi.«

Tom fragte sich, was das für ein Vorfall gewesen war, und fühlte sich betrogen, weil er es niemals wissen würde. Inzwischen hatten wahrscheinlich Kent und auch seine Mutter die Sache vergessen, was sicher auch für vieles andere in dieser Akte galt.

Es folgten weitere Schulfotos, und jedesmal, wenn Tom eines in die Hand nahm, durchzuckte ihn ein Gefühl des Wiedererkennens und ein scharfer Stich von Bedauern, und eine intensive Zuneigung erfüllte ihn, die sehr der Liebe ähnelte, die er für seine ehelichen Kinder empfand. Lange Zeit war er in den Anblick der Fotos versunken. Der Haarschnitt änderte sich im Laufe der Jahre, aber der kleine Wirbel am Haaransatz blieb derselbe.

Und immer wieder stieß Tom auf Testergebnisse bei Durchsicht der Akte – den *Otis Test* in der sechsten Klasse, den *California Achievement Test* in der siebten, einen Test der Berufsberatung in der neunten Klasse, der deutlich Kents Interesse an Naturwissenschaften und Mathematik belegte. Der Ordner enthielt auch Berichte über körperliche Fitneß, in denen aufgelistet war, wie viele Liegestützen Kent geschafft hatte, wie oft er sich aus der Rückenlage aufsetzen konnte, und seine Ergebnisse beim Weitsprung. Seine Lehrerin in der fünften Klasse hatte geschrieben: »Kann gut vom Blatt lesen«, und am Ende des Jahres: »Möge der Herr über dich wachen. Du wirst uns allen fehlen.« (Kent war damals in einer Grundschule, die St. Scholastica hieß, und der Name seiner Lehrerin war Schwester Margaret.)

Seine High-School-Zeugnisse zeigten die Geschichte eines Schülers, der große Sympathie bei seinen Lehrern genoß. Die Bemerkungen am Ende des jeweiligen Schuljahres glichen sich alle: »Ein vorbildlicher Schüler. Ein netter junger Mann, der bei seinen Mitschülern beliebt ist. Ein eifriger Arbeiter, der sehr ziel- und leistungsorientiert ist.«

Seine Zensuren waren durchweg mit Eins und Zwei angegeben. Seine Sportzeugnisse zeigten, daß er wahren Sportsgeist besaß und im vergangenen Jahr in Football, Basketball und Leichtathletik im Auswahlteam gewesen war.

Es war auch klar ersichtlich, daß Kent nicht nur ein vorbildlicher Schüler war, sondern Monica auch eine vorbildliche Mutter. Die Akte war angefüllt mit Angaben, daß sie die Eltern-Lehrer-Konferenzen während seiner gesamten Schulzeit regelmäßig besucht hatte. Unter anderem fand Tom auch die Fotokopie eines Briefes von ihr an einen Lehrer namens Mr. Monk, der Bände über die positive Bestätigung sprach, die sie dem Schulsystem gegeben hatte.

»Lieber Mr. Monk,

da das Schuljahr zu Ende geht, dachte ich, Sie sollten wissen, wie sehr Kent es genossen hat, Sie als Lehrer zu haben. Er hat von Ihnen nicht nur eine Menge über Geometrie gelernt, er hat Sie auch als Mensch bewundert. Ihre Bewältigung der Situation betreffs des mexikanischen Jungen, der ständig von dem anderen Leichtathletiktrainer diskriminiert wurde, hat Sie zu einem Helden in Kents Augen macht. Danke, daß Sie die Art von Rollenvorbild sind, das junge Menschen in unserer heutigen Welt der schwindenden Werte so dringend brauchen.

Monica Arens«

Als Lehrer und Erzieher wußte Tom, wie selten derart positive Rückmeldungen waren. Meistens gaben Eltern einen Strom von Klagen von sich – Lob und Komplimente tröpfelten dagegen sehr spärlich. Wieder ging ihm auf, daß Kent Arens eine ausgesprochen gute Mutter hatte.

Dennoch tat der Gedanke wenig, um Tom aufzuheitern.

Als er die gesamte Akte durchgesehen hatte, kehrte er zu Kents letztem Klassenfoto zurück und starrte lange Zeit darauf, während er sich zunehmend einsam und verlassen fühlte, als wäre *er* eher ein unerwünschter Vater gewesen, als Kent ein vaterloses Kind. Er stützte einen Ellenbogen auf die offene Akte und starrte zum Fenster hinaus auf das frische grüne Gras der Baumschule.

Ich sollte es Claire jetzt gleich sagen.

Der Gedanke versetzte ihn in Angst. Er war eine Woche vor seiner Hochzeit mit einer anderen Frau ins Bett gegangen, während Claire mit ihrem ersten Kind schwanger gewesen war. Es würde sie demütigen und herabsetzen, das zu erfahren, ganz gleich, wie stark ihre Ehe jetzt war. Und wenn die Wahrheit erst einmal enthüllt war, konnte er sie nie mehr zurücknehmen. Angenommen, Claire konnte nicht damit leben, konnte ihm kein Vertrauen mehr entgegenbringen, was würde dann mit ihrer Ehe passieren? Das Ergebnis wäre zumindest eine Phase enormer seelischer Anspannung und emotionaler Belastung, und wie sollte er es den Kindern erklären? Seine Schuld zugeben und sich durchackern: das war die logische Antwort, denn er ahnte jetzt schon, daß ihm sein Gewissen unerträglich zusetzen würde, bis er seiner Frau reinen Wein eingeschenkt hatte.

Andererseits war jetzt wohl nicht der richtige Zeitpunkt, es Claire zu sagen. Er würde es am Wochenende tun. Welchen günstigeren Zeitpunkt konnte es geben, als wenn sie beide ganz für sich allein auf einem romantischen Wochenendtrip waren? Ob sie es leichter akzeptieren würde in einer Situation, die die Stärke und Beständigkeit ihrer Ehe bestätigte und die Tatsache, wie sehr er Claire zu lieben gelernt hatte?

Toms Blick schweifte von dem Rasen zu den gerahmten Fotos auf dem Fensterbrett. Aus dieser Entfernung waren die Bilder nicht richtig zu erkennen, aber er kannte sie so gut, daß er die Details der lächelnden Gesichter deutlich vor seinem inneren Auge sah. Er starrte gedankenverloren auf die Fotos von Claire, während er sich fragte – wenn sie es herausfand, bestand dann auch nur die geringste Chance, daß sie so verletzt war, daß er sie verlieren würde?

Sei nicht albern, Gardner. Mehr Vertrauen hast du nicht in deine Ehe? Du sagst es ihr, und zwar schnell.

Aber was war mit den Wünschen von Monica Arens?

Er starrte wieder auf Kents Fotos. Der Junge hatte ein Recht darauf zu wissen, wer sein Vater war. Es gab Dutzende von Gründen dafür, von praktischen bis hin zu emotionalen, von zukünftigen Gesundheitsfragen bis hin zu zukünftigen Kindern. Schließlich hatte Kent zwei Halbgeschwister, und ihre Beziehung könnte sich noch über Jahre hinziehen. Kents Kinder würden die Vettern und Kusinen von Robbys und Chelseas Kindern sein. Sie würden Onkel und Tanten haben. Kent selbst hatte einen Großvater, der noch gesund und munter war und *allen* seinen Enkelkindern eine Menge zu geben hatte – indem er ihnen ein Freund war, alte Familienüberlieferungen weitergab und sie nach Kräften unterstützte, so wie er es dieses Wochenende tat, wenn er bei den Kindern blieb. Und was war, wenn Kent als Erwachsener mit dem Verlust seines einzigen anerkannten Elternteils konfrontiert wurde? In Zeiten wie jenen war die Unterstützung durch Geschwister von unschätzbarem Wert. War es fair, ihm das Wissen um die Existenz eines Bruders und einer Schwester vorzuenthalten, wenn es so aussah, als hätte er wenig Chancen, jemals durch seine Mutter zu Geschwistern zu kommen?

Während Tom immer noch einen inneren Kampf mit sich ausfocht, klingelte das Telefon auf seinem Schreibtisch. Es war Dora Mae.

»Jemand vom Rotary Club ist am Apparat und möchte wissen, ob sie die Schulsporthalle im nächsten Frühjahr für eine Wohltätigkeitsveranstaltung benutzen dürfen.«

»Und was für eine Veranstaltung soll das sein?« fragte Tom.

»Ein Basketballspiel, berühmte Persönlichkeiten und Esel.«

Tom unterdrückte einen Seufzer. Politik, wieder mal. Dem Rotary Club eine Absage erteilen, hieße, Kritik herauszufordern, und dennoch, als er das letzte Mal Tiere in der Sporthalle zugelassen hatte, war es der amerikanische Hundeclub gewesen, und die Hunde hatten ein Chaos verursacht, hatten nicht nur einen unangenehmen Geruch hinterlassen, sondern auch Beschädigungen auf dem Holzfußboden, die Beschwerden vom Leiter der Abteilung Sport und von den Hausmeistern gleichermaßen eingebracht hatten. Tom schloß Kent Arens' Akte und griff nach dem Telefonhörer, um eine von den Hunderten von Verwaltungsangelegenheiten zu regeln, die seine Geduld bisweilen auf die Probe stellten und nicht das geringste mit seinem Bildungsauftrag zu tun hatten.

Das neue Heim der Arens' kam allmählich zum Vorschein unter den Kartons, die bis in Schulterhöhe aufgestapelt gewesen waren an dem Tag, als der Umzugswagen davonfuhr. Am Donnerstag nachmittag, nachdem sie und Kent nach Hause gekommen waren, stellte Monica eine Papiertüte mit chinesischen Außer-Haus-Gerichten auf der Küchenanrichte ab und ging in ihr Schlafzimmer, um sich umzuziehen. Als sie in die Küche zurückkehrte, in einen weiten Baumwollhänger mit bäuerlichem Muster gekleidet, stand Kent an der offenen Terrassentür mit den

Händen in den Gesäßtaschen seiner Jeans und starrte auf den rasenlosen Garten und das noch im Bau befindliche Haus in der Ferne.

»Warum hast du nicht schon ein paar Teller herausgeholt?« fragte sie und blickte durch den Türdurchgang, der die Küche mit dem Eßzimmer verband.

Kent benahm sich, als hätte er sie nicht gehört. Sie öffnete die Schränke und nahm Teller, Bestecke und zwei Leinensets heraus und legte sie auf den Eßzimmertisch, den ein neuer Strauß cremefarbener Seidenblumen schmückte. Im Wohnzimmer standen die Möbel inzwischen an Ort und Stelle, und von den neuen Fensterscheiben waren die Etiketten entfernt worden.

»Das Haus kommt so nach und nach in Ordnung, nicht?« bemerkte Monica, während sie in die Küche zurückging, um die Behälter aus weißem Karton zu holen und sie auf den Eßzimmertisch zu stellen. Sie klappte die Deckel auf, ließ das Aroma von gekochtem Fleisch und Gemüse in die Luft entweichen. Kent stand immer noch mit dem Rücken zu ihr an der Tür und starrte ausdruckslos hinaus.

»Kent?« fragte sie, verwirrt durch seine Schweigsamkeit.

Er ließ sich Zeit, bevor er sich zu ihr herumdrehte, und das mit einer Langsamkeit, daß sie sofort spürte, etwas bekümmerte ihn.

»Was ist los?«

»Nichts«, erwiderte er und setzte sich mit der schlaksigen, distanzierten Art von Teenagern, die oft besagen sollte: *Lies meine Gedanken.*

»Ist heute irgendwas schiefgelaufen?«

»Nein.« Er tat sich eine große Portion auf und reichte ihr dann den Behälter, ohne ihrem Blick zu begegnen.

Monica bediente sich und sprach erst wieder, als ihre Teller gefüllt waren und Kent zu essen begonnen hatte.

»Vermißt du deine Freunde?« erkundigte sie sich.

Kent zuckte zur Antwort nur mit den Achseln.

»Sie fehlen dir, stimmt's?«

»Vergiß es einfach, Mama.«

»Was heißt hier, vergiß es? Ich bin deine Mutter. Wenn du nicht mit *mir* sprechen willst, mit wem denn dann?« Als er weiteraß, ohne ihr auch nur einen Blick zu gönnen, streckte sie den Arm aus und legte ihre Hand auf seine Linke auf dem Tischtuch. »Weißt du, was für eine Mutter am schlimmsten mitanzuhören ist?« sagte sie ruhig. »Diese Antwort – *nichts* –, wenn ich genau weiß, daß etwas nicht stimmt. Also, warum sagst du es mir nicht?«

Kent stand abrupt auf, schlängelte sich um die Stuhllehne herum und strebte in die Küche, um sich ein Glas Milch einzuschenken. »Möchtest du auch ein Glas?« rief er.

»Ja, danke.«

Monicas Blick folgte ihm, während er zwei Gläser zurückbrachte und wieder Platz nahm. Er trank die Hälfte seiner Milch und setzte dann das Glas auf dem Set ab.

»Ich habe heute ein wirklich nettes Mädchen kennengelernt – tatsächlich ist es Mr. Gardners Tochter. Sie war meine Begleiterin bei dem Rundgang durch die Schule, und du weißt ja, wie es ist, wenn man jemanden kennenlernt... man stellt sich gegenseitig Fragen, um höflich zu sein. Sie fragte, ob ich aufs College gehen würde, und ich sagte, ich wollte Ingenieur werden wie meine Mutter, und eins führte zum anderen, und kurz darauf erkundigte sie sich nach meinem Vater.«

Monicas Gabel hielt mitten in der Bewegung inne und schwebte sekundenlang über ihrem Teller. Sie hörte auf zu kauen und richtete ihren Blick mit einem seltsamen Ausdruck der Erschrockenheit auf ihren Sohn. Als sie schließlich schluckte, schien der Bissen nur mit Mühe ihre Kehle hinunterzurutschen.

Kent fuhr fort zu sprechen, während er das Essen auf seinem Teller betrachtete. »Es ist lange her, seit ich auf eine neue Schule übergewechselt bin und mir neue Freunde suchen mußte. Irgendwie hatte ich in der Zwischenzeit wohl vergessen, wie hart es ist, Fragen von Mitschülern zu beantworten, wenn sie etwas über meinen Vater wissen wollen.«

Monica begann sich wieder zu bewegen und konzentrierte sich anscheinend ganz auf ihr Essen. Einen Moment lang fragte Kent sich, ob sie versuchte, das Thema zu umgehen, dann erklärte sie sehr ruhig: »Was hat das Mädchen gefragt?«

»Ich weiß es noch nicht mal mehr genau, nur, was mein Vater beruflich macht, schätze ich. Aber diesmal ist es mir echt schwergefallen zu sagen, daß ich keinen Vater habe. Und ich habe deutlich gemerkt, daß sie sich wie ein Idiot vorkam, weil sie danach gefragt hatte.«

Monica legte ihre Gabel beiseite, wischte sich den Mund ab und griff nach ihrem Milchglas, starrte dann jedoch aus dem Fenster, statt einen Schluck zu trinken.

»Ich nehme an, du willst nicht, daß ich dich über ihn ausfrage, oder?« meinte er.

»Nein, ich glaube nicht.«

»Warum nicht?«

Sie wandte sich mit einem Ruck wieder zu ihm um. »Warum ausgerechnet jetzt?«

»Ich weiß nicht. Es gibt viele Gründe. Weil ich siebzehn bin, und ganz plötzlich fängt es an, mich zu beunruhigen. Weil wir jetzt wieder in Minnesota leben, wo du gelebt hast, als ich geboren wurde. Er ist von hier, nicht?«

Sie seufzte und heftete ihren Blick wieder auf die Terrassentür, gab aber keine Antwort.

»Er ist aus dieser Gegend, richtig?«

»Ja, aber er ist verheiratet und hat eine Familie.«

»Weiß er von mir?«

Monica erhob sich und begann, das Geschirr abzuräumen. Kent folgte ihr, wobei er unablässig weiter Druck auf sie ausübte. »Komm schon, Mama, ich habe ein Recht darauf, es zu wissen! Weiß er von mir?«

Sie spülte gerade ihren Teller unter dem Wasserstrahl ab, als sie antwortete. »Ich habe ihm niemals etwas davon gesagt, als du geboren wurdest.«

»Dann wäre ich also eine Blamage für ihn, wenn er es jetzt herausfinden würde, ist es das?«

Sie fuhr herum, um ihn anzusehen. »Kent, ich liebe dich. Ich wollte dich. Ich habe dich immer gewollt, vom ersten Moment an, als ich erfuhr, daß ich schwanger war. Ein Kind zu erwarten hat mich niemals in meiner Energie beeinträchtigt. Ich habe einfach weiter auf meine Ziele hingearbeitet, und ich war glücklich, daß ich dich hatte, für den zu arbeiten sich lohnte. Ist das nicht genug für dich gewesen? Bin ich keine gute Mutter gewesen?«

»Darum geht es jetzt nicht. Es geht darum, daß ich irgendwo in dieser Stadt einen Vater habe. Und vielleicht ist es an der Zeit, daß ich ihn kennenlerne.«

»Nein!« rief sie heftig.

In der Stille, die ihrem Ausbruch folgte, starrte Kent sie durchdringend an, während sich ihre Wangen rot färbten.

Monica erkannte ihren Fehler augenblicklich und schlug sich die Hand vor den Mund. Tränen brannten in ihren Augen. »Bitte, Kent«, bat sie leise, »nicht jetzt.«

»Aber warum nicht?«

»Darum.«

»Hör dich nur an, wie du sprichst, Mama«, sagte er vernünftig und wieder etwas ruhiger.

»Es ist für uns beide kein günstiger Zeitpunkt. Du bist… weißt du, dieser Umzug in eine fremde Stadt, eine neue Schule, das Problem, neue Freunde zu finden… du hast im Moment wirklich genug zu bewältigen. Warum willst du dir noch mehr aufladen, indem du jetzt von diesem Thema anfängst?«

»Hast du gedacht, ich würde nie davon anfangen?«

»Ich weiß nicht mehr, was ich gedacht habe. Vermutlich dachte ich… nun ja, wenn du alt genug wärst, eigene Kinder zu haben, dann vielleicht.«

Er blickte sie mit einem fragenden Ausdruck in seinen braunen Augen an und sagte: »Würdest du mir etwas über ihn erzählen?«

»Ich weiß nicht viel über ihn.«

»Du bist nicht mit ihm in Verbindung geblieben, nachdem ich geboren wurde?«

»Nein.«

»Aber er lebt hier?«

»Ich… ich glaube, ja.«

»Hast du ihn gesehen, seit wir hierhergezogen sind?«

Es war das erste Mal, daß sie ihren Sohn jemals belog. »Nein.«

Er starrte sie mit einem düsteren Ausdruck auf dem Gesicht an, während seine Gedanken arbeiteten und sich ihm Hunderte von Fragen aufdrängten.

»Ich möchte ihn kennenlernen, Mama«, sagte er nach einem Moment ruhig.

Vor allem anderen erkannte sie, daß er ein Recht darauf hatte. Darüber hinaus schien es, als hätte das Schicksal ihn und seinen Vater zu dem einzigen Zweck an denselben Ort geführt, um ihre Begegnung zu erzwingen. War es möglich, daß irgendeine unerklärliche Macht am Werke war, wenn die beiden zusammen waren, die auf mysteriöse Weise Protonen und Neutronen in der Atmosphäre hin- und herschob und Kent einen sieben Sinn über seinen Vater eingab? Konnte das Blutsband so stark sein, daß es irgendeine abstruse Gedankenverbindung zwischen den beiden herstellte? Wenn nicht, warum hatte Kent dann ausgerechnet jetzt nach seinem Vater gefragt?

»Kent, ich kann es dir jetzt nicht sagen. Bitte akzeptiere das vorläufig.«

»Aber, Mama...«

»Nein! Nicht jetzt! Ich sage damit nicht, daß ich es dir niemals erzählen werde. Das werde ich, aber du mußt mir vertrauen. Es ist jetzt einfach nicht der richtige Zeitpunkt.«

Sie beobachtete, wie sich sein Ausdruck verhärtete, dann stürzte er aus der Küche und lief in sein Zimmer.

Kent knallte die Tür auf die Art und Weise zu, wie man ihm vor Jahren beigebracht hatte, *nicht* mit den Türen zu knallen, dann warf er sich der Länge nach auf sein Bett und verschränkte die Hände hinter dem Kopf. Durch einen Schleier wütender Tränen starrte er an die Zimmerdecke.

Seine Mutter hatte keinerlei Recht, ihm die Tatsachen seiner Abstammung vorzuenthalten! Keine einzige! Er war ein Mensch, oder? Und ein Mensch entstammte der Vereinigung zweier Menschen, und eine Menge von dem, was diese Person war und fühlte und hoffte und wonach sie sich sehnte, ging auf diejenigen zurück, von denen sie abstammte. Jeder andere wußte, wer sein Vater war, nur er nicht! Und das war nicht fair, absolut nicht fair! Und seine Mutter wußte auch, daß es ungerecht war, sonst wäre sie jetzt hier hereingeplatzt und hätte ihn ausgeschimpft, weil er so gewaltsam die Tür zugeknallt hatte.

Sein ganzes Leben lang hatte seine Mutter besondere Anstrengungen unternommen, um ihn dafür zu entschädigen, daß er keinen Vater hatte, und sein ganzes Leben lang hatte er, Kent, so getan, als machte es ihm nichts aus. Aber das tat es, und er wollte über seinen Vater Bescheid wissen. Seine Mutter hatte einen Vater gehabt, deshalb wußte sie nicht, was es damals in der Grundschule für ein Gefühl gewesen war, als alle Kinder Bilder von ihren Familien malten und sein Bild nur zwei Figuren aufwies. Sie wußte nicht, was es für ein Gefühl war, in einem Kreis von Jungen zu stehen und zuzuhören, wenn einer von ihnen erzählte, wie sein Vater supercoole neue Lenker an sein Fahrrad geschraubt oder ihn zum Angeln mitgenommen oder ihm gezeigt hatte, wie man mit einem Lötkolben umgeht. Kent erinnerte sich an einen Jungen namens Bobby Jankowski, damals, als sie noch in Iowa gewohnt hatten, dessen Vater alles mögliche mit ihm unternommen hatte. Er hatte Bobby beigebracht, wie man einen Baseball fängt, hatte ihn zum Camping mitgenommen, ihm geholfen, ein Seifenkistenauto zu bauen und in einem Rennen damit zu fahren. Und eines besonders schönen Tages, als die Schule wegen eines Schneesturms ausfiel, hatte Bobbys Vater sogar eine zweistöckige Schneehöhle gebaut, mit einer Treppe, Fenstern aus Hartplastik und Möbeln aus festgestampftem Schnee. Er brachte eine Laterne heraus und ließ die Kinder bis nach Einbruch der Dunkelheit in dem Schneehaus spielen, und als sie fragten, ob sie draußen in ihren Schlafsäcken übernachten dürften, hatte Mr. Jankowski gesagt: »Natürlich.« Alle Jungen bis auf Kent durften in dem Haus schlafen. Sicher, nach einer Stunde waren sie alle wieder in ihre eigenen Häuser zurückgekehrt, aber Kents Mutter hatte von vornherein energisch »nein!« gesagt. Noch lange Zeit danach war er überzeugt gewesen, hätte er einen Vater gehabt, hätte dieser ihm erlaubt, in dem Schneehaus zu schlafen. Jetzt, wo er älter war, begriff Kent, daß alle jene Mütter und Väter sehr wohl gewußt hatten, daß die

Jungen es bestimmt nicht lange in der Kälte aushalten würden… aber die Chance, an dem Abenteuer teilzuhaben, und wenn es auch nur für eine Stunde war – das war es, was Kent vermißt hatte.

Bobby Jankowski: Der glücklichste Junge, den Kent jemals gekannt hatte.

Und dann heute, dieses Mädchen, Chelsea…

Als ihr Vater einen Arm um ihre Schultern gelegt und sie Kent vorgestellt hatte, und später, als sie sagte, wie stolz sie auf ihn sei, weil alle ihre Freunde fänden, er wäre ein gerechter Mann – verdammt, seine Mutter konnte sich überhaupt nicht vorstellen, was für ein sonderbares Gemisch von Gefühlen das in ihm, Kent, ausgelöst hatte. In der Hauptsache war es eine Art schmerzlicher Sehnsucht, mit einer Spur von Bedauern vermischt, heute gefolgt von Wut und einer starken Entschlossenheit, herauszufinden, wer sein Vater war, und den Mann kennenzulernen.

Und ganz gleich, was geschah, genau das würde er tun.

Wesley Gardner fuhr einen neun Jahre alten Ford Pick-up mit mehr als achtzigtausend Meilen auf dem Buckel, trug formlose Hosen mit weiten, ausgebeulten Beinen und eine schmutzige blaue Anglermütze. Er ernährte sich hauptsächlich von Rehfleisch und Fisch in jeder Form, liebte ein Bier vor dem Abendessen und brachte ein Lächeln auf die Gesichter seiner Enkelkinder, als er am späten Freitag nachmittag ihr Haus betrat.

»Hallo, Großvater!« sagte Chelsea begeistert, als er sie zur Begrüßung umarmte.

»Hallo, mein Fischchen.«

Sie streckte eine Hand aus, um den schiefen Sitz seiner metallgefaßten Brille zu korrigieren. »Deine Brillenbügel sind schon wieder verbogen, Großvater; was soll ich nur mit dir tun?«

Er nahm seine Brille ab und warf sie achtlos auf die Küchenanrichte, wo sie von den Behältern mit Zucker und Mehl abprallte und mit den Gläsern nach unten liegenblieb. »Na dann bieg die verdammten Dinger wieder gerade. Sie stören dich anscheinend immer mehr als mich selbst. Hier, Robby, sieh mal, was ich für uns beide mitgebracht habe.« Wesley drückte seinem Enkel eine mit einem Clipverschluß zugebundene Plastiktüte in die Hand, die ein großes Stück weißen Fleisches enthielt. »Hecht. Wir werden ihn in Bierteig backen, so wie du ihn magst.«

»Hecht. Hey, super. Sie haben da draußen angebissen?«

»Hab diesen hier gestern in der Nähe der Sandbank gefangen. Ein Vierpfünder. Dachte, du würdest diese Woche mal zu mir rauskommen und mit mir angeln gehen.«

»Das wollte ich auch, aber bis auf heute hatte ich jeden Nachmittag Footballtraining.«

»Und? Werdet ihr Blaine dieses Jahr schlagen oder nicht?« Das Team der Blaine High-School waren die Erzrivalen der HHH *Senators*.

»Wir werden alles dransetzen.«

»Das solltet ihr auch besser, zum Teufel, weil ich mich mit Clyde auf eine Wette eingelassen habe.« Clyde war Wesleys Bruder und nächster Nachbar. Sie lebten draußen am Eagle Lake, Seite an Seite, in zwei Blockhäusern, die sie gebaut hatten, als sie jungverheiratete Männer gewesen waren. Jetzt waren beide Witwer, zufrieden damit, auf ihren Vorderveranden zu sitzen und auf den See hinauszuschauen, wenn sie gerade nicht in ihren Fischerbooten darauf herumschipperten.

»Chelsea, lauf mal schnell zu meinem Wagen raus und hol die Tomaten, die ich mitgebracht habe. Es sind auch ein paar neue Kartoffeln dabei. Ich habe heute morgen den ersten Hügel umgegraben, und ich muß schon sagen, sie sehen köstlich aus. Wir werden uns ein Abendessen kochen, das einen König neidisch machen würde.«

Tom kam durch die Küche, einen Kleidersack und eine kleine Reisetasche in den Händen. »Hallo, Vater.«

»Na, wenn das nicht Romeo persönlich ist...« Wesley lächelte, als Claire Tom in die Küche folgte. »Und da kommt ja auch Julia.«

Sie küßte ihn im Vorbeigehen auf die Wange. »Guten Tag, Vater.«

»Wo fahrt ihr zwei Turteltauben denn hin?«

»Nach Duluth.«

»Also, ihr braucht euch um nichts hier Sorgen zu machen. Ich werde schon darauf achten, daß die zwei nicht aus der Reihe tanzen.« Zu den Kindern sagte er: »Ich erinnere mich, als eure Großmutter noch lebte, habe ich sie einmal in die Nähe von Duluth mitgenommen, während der Stint-Saison, und... Junge, Junge, es gab so reichlich Stinte, daß wir sie waschkörbeweise aus dem Fluß rausgeschöpft haben. Hab noch nie wieder ein Jahr erlebt, in dem es so viele Stinte gab. Jedenfalls, eure Großmutter, die mochte keinen Stint, haßte es, die Fische auszunehmen, aber sie war keine Spielverderberin und hat trotzdem mitgemacht. Wir haben in der Nacht damals in einem Zelt geschlafen, und am nächsten Morgen, als ich aufstand und meine Füße in meine Stiefel steckte, da zappelte irgendwas darin herum. Sie hatte ein paar Stinte in jeden meiner Stiefel gesteckt, und, *hey!*, als die Viecher an zu zappeln fingen, da habe ich die Stiefel so weit weggeschleudert, daß die Fische nur so flogen, und eure Großmutter, die hat vielleicht gelacht!« Die Erinnerung ließ ein liebevolles Lächeln um seine Mundwinkel spielen. »Ja, eure Großmutter, mit der konnte man Pferde stehlen. Sie wußte, wie man trotz harter Arbeit noch seinen Spaß haben konnte, und laßt euch gesagt sein, diese Stinte auszunehmen war weiß Gott harte Arbeit.«

Tom kam in die Küche zurück, nachdem er die Kleider zum Wagen gebracht hatte. »Bist du wieder mal dabei, diese uralte Stint-im-Stiefel-Geschichte zu erzählen, Vater?«

»Nicht dir, ganz bestimmt nicht. Du sieh lieber zu, daß du von hier fortkommst und uns drei allein läßt, damit wir Fisch braten können. Robby, ich habe einen Sechserpack Bier im Wagen. Du kannst es schon mal hereinholen und für mich in den Kühlschrank legen, aber laß eine Dose draußen, damit ich den Teig anrühren kann.«

»Sicher, Großvater.«

»So, ich schätze, Mama und ich haben alles eingepackt«, sagte Tom und führte die Prozession die Einfahrt hinunter, wo sich alle zum Abschied umarmten. Tom umarmte seinen Vater als letzten. Es war eine richtige Umarmung, mit vier starken Armen und liebevollem Rückenklopfen. »Danke, daß du auf die Kinder aufpaßt.«

»Machst du Witze? Ich wünschte, ich könnte es öfter tun. Hält mich jung. Und amüsier dich gut mit deiner Braut!«

»Das werde ich.«

»Und, Claire«, fügte Wesley hinzu, »wenn er nicht spurt, steck ihm einfach einen Fisch in den Stiefel. Ein Mann braucht ab und zu einen Fisch in seinem Stiefel, damit er auf dem Teppich bleibt und sich vor Augen führt, was für eine gute Frau er hat.«

Tom brauchte keinen Fisch in seinem Stiefel. Er wußte durchaus, was für eine gute Frau er hatte, und erwies ihr die längst vergessene Höflichkeit, die Wagentür für sie aufzuhalten.

»Wow«, sagte sie, als sie auf den Sitz glitt. »Das gefällt mir jetzt schon.«

Er schlug die Tür zu, stieg ein, und sie fuhren rückwärts aus der Einfahrt heraus und winkten zum Abschied. Claire winkte noch einen halben Block die Straße hinunter, dann lehnte sie sich in den Sitz zurück und sagte zur Wagendecke hinauf: »Ich kann einfach nicht glauben, daß wir tatsächlich wegfahren!« Impulsiv schlang sie einen Arm um Toms Hals und drückte einen Kuß auf seine Wange. »Ich habe mir das schon so lange gewünscht. Du wirst noch sehr, sehr glücklich darüber sein, daß du diese Idee hattest.«

Sie ließ eine Fingerspitze an seinem Adamsapfel in den offenen Kragen seines Hemds hinuntergleiten, dann lächelte sie vor sich hin und lehnte sich wieder zurück.

Claire und Tom kamen eine Stunde vor Sonnenuntergang in der Hafenstadt an und fanden *The Mansion* ohne Schwierigkeiten. Es lag nördlich der Innenstadt in der London Road, einer baumbestandenen Durchgangsstraße, wo zu Beginn des Jahrhunderts, während Duluths Glanzzeit, die elegantesten Häuser der Gegend erbaut worden waren. Das Haus mit fünfundzwanzig Zimmern, ursprünglich das Heim eines reichen Eisenerzmagneten, stand hoch oben auf einem Kap über dem Lake Superior, war von Bäumen und Rasenflächen umgeben und von der Straße durch ein weitläufiges, dichtbepflanztes Grundstück getrennt, auf dem es auch einen Teich mit einer Schar zahmer Enten gab. Die Enten kamen alle flügelschlagend angewatschelt, auf der Suche nach Leckerbissen, als Tom und Claire aus ihrem Wagen stiegen.

Im Inneren des Hauses wurden sie in das riesige südliche Gästezimmer geführt, einen Raum mit einer breiten Front bleiverglaster Fenster, in soliden Messingrahmen verankert, einem Badezimmer, das eine Stufe tiefer lag, und einem antiken Himmelbett, das so hoch war, daß man es in den meisten modernen Häusern nicht hätte unterbringen können. Der Ausblick war wundervoll, fast ehrfurchtgebietend. Vor den Fenstern dehnten sich sechs Hektar smaragdgrüner Rasenflächen, die am Rande der hohen, zerklüfteten Felsen über dem See endeten. Draußen auf dem Wasser produzierten einlaufende Öltanker und auslaufende Getreideschiffe dünne Rauchfahnen am Horizont. Das Anwesen war von uralten Kiefern gesäumt, und weiter zur Rechten führten die Überreste eines sechzig Jahre alten Gartens zu terrassenförmigen Stufen, die in einen alten Obstgarten abfielen, und von dort aus gelangte man über hundert mit Geländer versehene Treppenstufen, die sich an die Felswand schmiegten, zum Seeufer ein ganzes Stück weiter unten.

Als der Gastwirt aus dem Zimmer gegangen war, trat Claire sofort ans Fenster, öffnete einen Flügel und hauchte ehrfürchtig: »Wow.«

Eine landwärts wehende Brise brachte den Duft von Kiefern und Geißblatt mit sich, das auf der Terrasse unter ihnen rankte. Der Messingrahmen des Fensters war kühl unter ihren Handflächen, als sie sich daraufstützte und die heitere Gelassenheit der Szene auf sich einwirken ließ.

»Wow«, sagte sie noch einmal, als Tom seine Autoschlüssel auf einen mit einer Marmorplatte versehenen, geschnitzten Frisiertisch fallen ließ.

Er trat hinter sie und legte seine Hände auf ihre Schultern. *Sag es ihr,* ermahnte ihn eine innere Stimme. *Sag es ihr jetzt und bring die Sache hinter dich, damit du den Rest deiner Zeit hier mit ihr genießen kannst.* Aber er wußte, sobald er es ihr gestanden hatte, wäre diese fast mystische Perfektion zerstört. Claire war so glücklich, daß er ihr das jetzt nicht antun wollte. Oder sich selbst.

»Soll ich den Wein öffnen?« fragte er – mit dem Hintergedanken, daß es mit Wein vielleicht leichter sein würde.

»Mmmm... ja. Wein, gib mir Wein«, sagte sie euphorisch, schlang die Arme um ihren Körper und wirbelte in seine Umarmung herum. »Aber zuerst mußt du mich küssen.«

Sie war seine einzige Geliebte gewesen, achtzehn Jahre lang; es war wirklich außergewöhnlich, daß er das erotische Knistern immer noch fühlen konnte, nach so langer Zeit, aber es kehrte in einer phantastischen Woge zurück, die sie durch eine Folge von Küssen trug, zum Einschenken und Trinken von Wein, zum Entkleiden und dann auf das Bett – innerhalb von Minuten nach ihrer Ankunft. Was im Bett passierte, verblüffte sie beide gleichermaßen mit seiner Intensität, und es verbannte die Idee, sein Geheimnis zu enthüllen, zeitweilig aus Toms Gedächtnis. Als es endete, sagte Claire: »Hast du jemals gedacht, daß es nach all diesen Jahren noch so sein würde?«

»Nein«, flüsterte er mit fast versagender Stimme. »Das hätte ich nie gedacht.«

»Ich liebe dich.«

»Ich liebe dich auch.«

Sie berührte behutsam sein Gesicht. »Und trotzdem hast du so eine düstere Miene. Tom... was hast du? Ich habe in letzter Zeit immer das Gefühl, daß etwas nicht stimmt. Du bist oft so geistesabwesend.«

Er lächelte ihr zuliebe, nahm ihre Hand und küßte die Innenseite ihrer Finger, dann kroch er aus dem Bett, um eine Minute später mit ihren frisch gefüllten Weingläsern zurückzukehren. Er klopfte sein Kopfkissen zurecht und setzte sich neben sie.

Dann prostete er ihr zu. »Trinken wir auf dich und mich. Und auf ein erfolgreiches neues Schuljahr.«

Sie tranken, und er stützte sein Glas auf ein hochgezogenes

Knie und starrte über das Fußende des Bettes hinweg zum Fenster hinaus, während er im stillen verschiedene Versionen probte, wie er ihr von Monica und Kent Arens erzählte, voller Angst davor, das Thema anzuschneiden, und doch wohl wissend, daß kein Weg daran vorbeiführte.

Claire kuschelte sich an ihn und ließ den Fuß ihres Weinglases über seine Brust gleiten. »Weißt du, was sich gut zum Abendessen anhört? Chinesisch. Linda Wanamaker sagte, sie hätten in einem Restaurant namens ›Chinesische Laterne‹ gegessen, und sie bereiten Hummer auf irgendeine exotische Art zu, die dich aus den Socken haut. Bist du in Stimmung für Hummer?«

Als keine Antwort kam, sagte sie: »Tom?« Dann wich sie zurück und wiederholte irritiert: »Tom, hörst du mir zu?«

Er räusperte sich und setzte sich aufrechter hin. »Tut mir leid, Liebes.«

»Ich habe dich gefragt, ob du heute abend in Stimmung für chinesisches Essen bist.«

»Chinesisch... ja, sicher.«

»Also, wie klingt Hummer?«

»Großartig!« erwiderte er mit aufgesetzter Heiterkeit. »Einfach super.«

Aber Claire ließ sich nicht täuschen. Er machte sich wegen irgend etwas Sorgen, und sie wußte nicht so recht, ob sie ihn zum Reden bringen oder besser in Ruhe lassen sollte. Sie hatte sich wieder eine Weile an ihn geschmiegt und den Kopf an seine Brust gelehnt, als er schließlich tief Luft holte und begann: »Claire...«

Ein Klopfen ertönte an der Tür. »Nachmittagstee«, rief jemand auf dem Gang. »Ich lasse das Tablett hier draußen stehen.«

Tom rollte sich aus dem Bett und griff nach seinem Morgenmantel, und was immer er hatte sagen wollen, war durch die Unterbrechung abrupt abgeschnitten worden.

Sie gingen chinesisch essen und verzehrten ein exotisches Mahl, das in enormen Portionen serviert wurde. Anschließend brachen sie ihre Glücksplätzchen auseinander. Tom rechnete halb damit, daß auf Claires Zettel stände: *Ihr Ehemann wird Ihnen bald ein*

Geheimnis erzählen, das Sie sehr verletzen wird. Aber er sagte es ihr in dieser Nacht nicht. Er lag wach im Bett, während das Geheimnis in seinem Inneren brannte und all die Freude stahl, die er auf diesem wundervollen Wochenendtrip mit Claire hätte haben sollen. Furcht war etwas Neues für ihn. Abgesehen von den gelegentlichen Beinaheunfällen im Straßenverkehr oder den Zeiten, als die Kinder noch klein gewesen waren und man ständig damit rechnen mußte, daß sie sich irgendwo verletzten, war sein Leben relativ angstlos verlaufen. Zögern und Dinge hinauszuschieben war seinem Wesen ebenfalls fremd. Er war ein Mann, dessen bloße Position als Rektor einer großen Schule ihn schon dazu zwang, täglich Entscheidungen zu treffen, und er tat es mit Umsicht und Selbstvertrauen. Die Erkenntnis, daß er Angst hatte und zauderte, enthüllte Tom Gardner eine Seite seines Ichs, die er bisher nicht gekannt hatte, eine, die ihm gar nicht gefiel. Ganz gleich, wie oft ihn eine innere Stimme drängte: »Nun sag es ihr« – wenn er Luft holte, um die Worte auszusprechen, ließ ihn irgendeine stärkere Macht schweigen.

Irgendwann im Laufe der Nacht drehte Claire sich im Bett herum und streckte einen Arm nach Tom aus. Das Laken war kalt auf seiner Seite des Bettes. Sie rollte sich auf den Rücken und schlug die Augen auf, begriff, daß sie nicht zu Hause war, sondern in Duluth, in einem Gasthof. Sie sah Toms Profil am Fenster und hob verwundert den Kopf vom Kissen. »Tom?« flüsterte sie, aber er hörte sie nicht. Ihm hätte nur noch eine Zigarette gefehlt, um das Bild eines gequälten Mannes zu vervollständigen, das wie eine Szene aus einem alten Dana Andrews Bild wirkte – seine Silhouette ein schwarzer Scherenschnitt gegen den vom Mondlicht erhellten Himmel hinter dem offenen Flügelfenster. Claire setzte sich auf und stützte sich auf eine Hand, und ihr Herz raste plötzlich, als sie Tom dort bewegungslos stehen und auf den nächtlichen See hinausstarren sah.

»Tom?« fragte sie. »Was ist?«

Dieses Mal hatte er sie gehört und fuhr herum. »Oh, Claire,

entschuldige, ich wollte dich nicht wecken. Ich konnte nicht schlafen. Muß das fremde Bett sein.«

»Bist du sicher, daß das alles ist?«

Er durchquerte das Zimmer in der Dunkelheit, legte sich wieder neben sie ins Bett und zog sie an sich, dann rutschte er ein wenig herum, bis er eine bequeme Lage gefunden hatte, und strich ihr Haar glatt, damit es ihn nicht an der Nase kitzelte. »Schlaf weiter«, sagte er, seufzte und küßte sie auf den Haaransatz.

»Worüber hast du dort am Fenster nachgedacht?«

»Über eine andere Frau«, erklärte er, während er ihren Rücken rieb und eines seiner Beine zwischen ihre schob. »So, bist du nun zufrieden?«

Sie würde Geduld haben und hoffen müssen, daß er es ihr sagen würde, wenn er soweit war.

Tom sagte nichts am folgenden Morgen, als sie sich im hellen Licht der breiten Ostfenster erneut liebten, dann in dem riesigen formellen Speisezimmer frühstückten, anschließend auf dem Grundstück spazierengingen und die vielen Stufen zu dem Aussichtspunkt hinunterkletterten, wo sich die Brandungswellen des Lake Superior donnernd am Ufer brachen und die Luft mit Regenbögen sprenkelten.

Er sagte es Claire auch nicht am Nachmittag, als sie den North Shore Drive weiter hinauffuhren und anhielten, um rauschende Wasserfälle zu bewundern und Flüsse, in denen gewaltige Felsbrocken verstreut lagen, während er sich fragte, in welchem sein Vater damals Stinte geangelt hatte. Sie sprachen über andere Dinge, wie oft sie einen solchen Wochenendtrip unternehmen würden, wenn die Kinder erst einmal aus dem Haus waren. Sie stellten Vermutungen an, welches College Robby wählen würde, und wie sich die neuen Lehrer an ihrer Schule machen würden. Beide gestanden, wie sehr ihnen vor dem Dienstag grauste, jenem schrecklichen ersten Schultag, wenn sich das ganze Gebäude in ein Chaos verwandelte.

Doch zwischen den Unterhaltungen stellte Claire immer wieder fest, daß Tom abgelenkt und mit seinen Gedanken in seiner eigenen Welt war. Einmal erklärte sie: »Tom, ich wünschte wirklich, du würdest mir sagen, was dich bekümmert.«

Er blickte sie an, und sie sah Liebe in seinen Augen, aber auch noch etwas anderes. Etwas, das einen scharfen Stich von Furcht in ihr auslöste, als sie all die vielen Kleinigkeiten zu einem Ganzen zusammenfügte – seine häufige Abgelenktheit, seine Schlaflosigkeit und offensichtliche Bedrückung, seine höfliche Geste, ihr die Autotür aufzuhalten, was er schon so lange nicht mehr getan hatte, die Art, wie er sie in ihrem Klassenraum geküßt hatte, dieses ganze romantische Wochenende, das er plötzlich vorgeschlagen hatte, nachdem er so viele Jahre zu beschäftigt für einen Wochenendausflug gewesen war. Er benahm sich wie ein Mann, der wegen irgend etwas Schuldgefühle hatte.

Es war kurz bevor sie zum Gasthof zurückfuhren, daß sie der erschütternde Gedanke mit voller Wucht traf: *O Gott, vielleicht steckt wirklich eine andere Frau dahinter.*

5. KAPITEL.

Es regnete am ersten Schultag. Chelsea und Robby holten Erin Gallagher von zu Hause ab, parkten den Nova auf dem Schülerparkplatz und rannten durch den strömenden Regen, ihre Mappen schützend über die Köpfe gehalten. Bis sie im Inneren des Gebäudes waren, hingen Chelseas Ponyfransen ihr kläglich in die Stirn, ihre Denimbluse war feucht, und die Säume ihrer weißen Jeans waren mit Schmutz bespritzt.

»Oh, Mist!« Sie stampfte mit den Füßen auf das Metallrost hinter der Eingangstür auf. »Sieh dir meine Jeans an! Und meine Haare – ächz!« Sie zupfte mißmutig an ihren Ponyfransen und ging weiter in die Halle hinein, als Horden von Schülern hinter ihr nachdrängten. Am Schnittpunkt der Korridore neben dem vorderen Büro stand ihr Vater an seiner gewohnten Stelle und beaufsichtigte die Eingangshalle, wie es alle Lehrer zwischen den

Unterrichtsstunden taten. Chelsea hielt kaum inne, als sie an ihm vorbeieilte.

»Hallo, Paps. Ist es okay, wenn ich den Spiegel in deinem Büro benutze?«

»Sicher, Liebes. Hallo, Erin. Na, was ist das für ein Gefühl, als Junior zurückzukommen?«

»Ein tolles Gefühl, Mr. Gardner! Jetzt sind wir die Großen.«

Robby hob grüßend eine Hand, als er in der Nähe seines Vaters um die Ecke bog. Die Mädchen liefen ins Büro.

»Hi, Dora Mae. Hi, Mrs. Altman.«

»Guten Morgen, Chelsea, Erin. Ein bißchen feucht draußen, was?«

»Das kann man wohl sagen! Wir wollen uns schnell die Haare machen.«

In Toms Büro steckten sie einen Lockenstab in die Steckdose und öffneten seine Garderobenschranktür.

»Oh, nein, sieh dir meine Haare an! Ich habe heute den halben Morgen damit zugebracht, sie zu fönen, und jetzt das!« jammerte Chelsea.

»Okay, aber du kannst wenigstens wieder Locken in deine Haare *reinmachen.* Wenn es regnet, kriege ich bei mir die Krause nicht mehr *raus*!«

Sie standen abwechselnd vor dem Spiegel.

»Komm, wir wollen uns beeilen und sehen, ob wir Judy finden«, sagte Erin. Judy Delisle war ihre gemeinsame Freundin.

»Ich kann nicht.«

»Wieso nicht?«

»Ich muß noch was erledigen.«

»Was?«

»Es geht um diesen Jungen, von dem ich dir erzählt habe.«

»Welcher Junge?«

»Na, der Typ, den ich in der Schule herumgeführt habe. Ich habe ihm gesagt, ich würde heute morgen in seinem Klassenraum vorbeischauen ... nur um zu sehen, ob er irgendwas braucht. Ich meine, könnte ja sein, daß ... daß er ein paar Fragen hat, oder vielleicht fühlt er sich auch ein bißchen eingeschüchtert, so ganz allein in diesem Haufen fremder Kids, oder … egal, was auch immer.«

Erin stieß ihre Freundin spielerisch mit der Schulter an. »Chelseeea! Ist *das* der Grund, weshalb du ungefähr eine Tonne Spray auf dein Haar sprühst und fast ausrastest, weil deine Jeans naß geworden sind?«

»Nein, du Knallkopf.«

»Nun komm schon. Du kannst es mir sagen.«

»Es ist nichts, und ich bin auch nicht ausgerastet. Und meine Jeans sind mehr als naß.« Chelsea winkelte ein Knie an und schaute sich die Rückseite ihres Hosenbeins an. »Sie sind mit Dreck bespritzt, und das wird Flecken hinterlassen.« Sie zog den Lockenstab aus der Steckdose, dann gingen sie aus dem Raum.

»Wie ist sein Familienname? Kent … und wie weiter?«

»Arens.«

»Ach ja. Erzähl mir in der Mittagspause über ihn. Bist du bei Gruppe A?«

»Ja, aber ich soll ihm den Ablauf im Lunchraum zeigen – gehört zu meinem Job, verstehst du?«

»Was dir nicht das geringste ausmacht, das merkt doch ein Blinder.« Sie trennten sich in der Halle, während Erin rückwärts ging und ihrer Freundin in einer Art Singsang nachrief: »Viel Glü-ück!«

Die Luft in den Gängen war klamm und roch nach feuchtem Denim. Das Quietschen nasser Gummisohlen auf den frisch gebohnerten Fußböden untermalte das Gewirr junger Stimmen. Ein Junge stieß einen gellenden Pfiff aus und rief seinem Freund nach: »Hey, Troy, warte!« Einige Mädchen, die gerade durch den Regen gelaufen waren, zogen wahre Parfümfahnen hinter sich her. Ungefähr achtzehn Mädchen und Jungen begrüßten Chelsea, als sie zu Mr. Perrys Raum strebte. Erwartungsvoll blieb sie an der Tür stehen.

In Mr. Perrys Klassenraum war die Hälfte der Tische besetzt, während Gruppen von Schülern im Gang standen und sich lautstark unterhielten. Einer von Robbys Freunden, Roland Lostetter, entdeckte Chelsea in der Tür und hob zur Begrüßung eine prankenartige Hand. Er war ein großer, stämmig gebauter Junge mit einem Babygesicht und braunen Kringellocken, die ziemlich kurz geschnitten waren. »Hey, Chelsea! Du bist in der falschen Klasse, Mädchen. Dies hier ist Sozialkunde für *Seniors*!«

»Hi, Pizza. Will nur mal eben reinschauen.«

Als Kent Arens Chelseas Namen hörte, fuhr er herum und sah sie im Eingang stehen, während Pizza Lostetter einen Notizblock auf einen freien Tisch warf und zu ihr schlenderte. »Und? Was machst du hier?« fragte er grinsend – ganz der Oberstufenschüler, der Nachsicht mit der kleinen Schwester seines Freundes zeigt.

»Ich gehöre zum Partnerkomitee, das neuen Schülern dabei helfen soll, sich in der Schule zurechtzufinden. Und dies ist derjenige, dem ich helfe. Hallo, Kent.« Auch Kent war zur Tür gegangen und stand wartend daneben.

»Hallo, Chelsea.«

»Kennt ihr beide euch schon?«

»So ähnlich.« Pizza zuckte die Achseln. »Wir sind uns im Footballteam begegnet.«

»Kent Arens, dies ist Roland Lostetter, besser bekannt als Pizza.«

Der eine sagte: »Hi, wie geht's?«, der andere meinte: »Hallo«, und sie gaben sich die Hand.

»Entschuldige uns einen Moment, Pizz'. Ich muß mit Kent reden.«

»Klar.«

Als sie allein in der Tür standen, lächelte sie und sagte: »Und? Wie läuft es so?«

»Ganz gut, schätze ich. Ich habe meinen Klassenraum gefunden.« Kent warf einen Blick über seine Schulter in den Raum hinein und schaute dann wieder Chelsea an.

Sie mußte den Kopf heben, um in seine Augen zu sehen. Sein Hemd wies ebenfalls feuchte Flecken auf, aber sein Haar war zu kurz, um im Regen Schaden zu nehmen. Es stand zu beiden Seiten eines kleinen Wirbels in der Stirnmitte hoch, als hätte er es mit Styling-Gel bearbeitet.

»Brauchst du vielleicht irgendwas?«

»Ja.« Er zog eine kleine blaue Karte aus seiner Hemdtasche und zeigte mit einem kurzgeschnittenen, gepflegten Daumennagel auf ein Wort. »Kannst du mir sagen, wie man den Namen dieses Lehrers ausspricht?«

»Bruhl«, antwortete sie.

»Ach ja, richtig. Danke.« Er ließ den Stundenplan wieder in seine Hemdtasche gleiten.

»Du wirst heute ein Schließfach zugeteilt bekommen, und jeder muß sich sein eigenes Schloß kaufen. Mein erster Kurs ist gleich um die Ecke, in Raum eins-zehn. Ich kann nach der ersten Stunde vorbeikommen und dir helfen, dein Schließfach zu finden, wenn du willst, dann treffen wir uns in der Mittagspause wieder dort. Zu meinem Job gehört auch, dir die Routine im Lunchraum zu zeigen. Die Essensausgabe ist hier mehr oder weniger automatisiert, deshalb wirst du dich heute mittag wahrscheinlich damit abfinden müssen, mit mir zusammen zu essen«, sagte sie scherzhaft.

»Klingt nicht schlecht«, erwiderte Kent lächelnd. »Wann ist Mittagspause?«

»Wir sind in Gruppe A – Viertel vor zwölf. Dadurch ist der Nachmittag zwar ziemlich lang, aber das Essen ist wenigstens noch heiß.«

Er hatte unglaubliche braune Augen mit dichten, dunklen Wimpern, deren Blick sie innerlich unsicher machte, aber sie verbarg ihre Befangenheit gut und gab sich nach außen hin keß. »So, ich schätze, jetzt kommst du erst mal alleine klar. Wir sehen uns dann nach der ersten Stunde.«

»Ja, bis dann. Und danke, Chelsea.«

Sie wandte sich ab, überlegte es sich dann jedoch anders. »Oh, und übrigens… Pizza Lostetter ist wirklich in Ordnung. Du kannst ihn alles fragen, was du wissen mußt.«

»Danke, ich werde dran denken.«

Sie winkte Pizza zum Abschied zu, als sie Mr. Perrys Raum verließ.

Als die Klassen nach der ersten Stunde auseinandergingen,

wartete Kent bereits an der Tür seines Raums. Während Chelsea sich einen Weg durch das Gedränge zu ihm bahnte, stellte sie fest, daß sie mit der zurückhaltenden Art seiner Begrüßung bereits vertraut war: nicht mehr als die Andeutung eines Lächelns, während er seinen Blick auf sie heftete und beobachtete, wie sie näher kam. Es sollte nicht sexy sein, und doch war es das. Es gab eine bestimmte Art und Weise, wie Jungs auf Mädchen in der Halle warteten, die Chelsea viele Male miterlebt hatte: Der Junge stand bewegungslos da und schaute zu, wie sich das Mädchen näherte, lächelte, wenn sie vor ihm stand, dann drehte er seine Schulter mit einer knappen Bewegung hinter ihre und blickte auf sie herunter, während sie zum ersten Mal miteinander sprachen und ihren Weg gemeinsam fortsetzten. Kent Arens machte es genauso, in der Art, wie es Jungen mit ihren festen Freundinnen taten. Und Chelsea schwelgte einen Moment in der Phantasievorstellung, fest mit ihm zu gehen.

»Wie war deine erste Stunde?« erkundigte er sich.

»Durchorganisiert wie eine militärische Übung. Mrs. Tomlinson ist bekannt dafür. Ich werde sie sehr mögen. Und wie war deine?«

»In Ordnung. Scheint, als müßten wir dieses Jahr eine Menge Zeitungsartikel lesen, wenn wir in dem Kurs gute Noten bekommen wollen.«

Sie bummelten weiter in einem Meer von Schülern.

»Was ist deine Schließfachnummer?« wollte Chelsea wissen.

»Zehn-achtzig-acht.«

»Das ist hier entlang.« Sie ging voraus, machte einen kleinen Bogen um eine Gruppe von Schülern, die ihr entgegenkamen. Sophomores rannten. Seniors bummelten gemächlich. Lehrer standen neben den offenen Türen ihrer Klassenräume. Claire Gardner stand vor ihrem Raum und lächelte, als die beiden in ihr Blickfeld kamen.

»Hallo, Kent. Hallo, Chelsea.«

»Hi, Mam.«

»Morgen, Mrs. Gardner.«

»Kümmert sie sich auch gut um dich, Kent?«

»Ja, Ma'am.«

»Schön. Wir sehen uns dann in der fünften Stunde.« Die beiden gingen weiter, und Chelsea führte Kent zu seinem Schließfach, in der Mitte von fünf langen Reihen von Schließfächern gelegen, die in einem L-förmigen Anbau untergebracht waren, der von der Haupthalle abzweigte. Am Ende jeder Reihe blickte ein hohes, schmales Fenster auf das geteerte Dach hinaus. Regen rann in langen Strömen über die Scheiben und beeinträchtigte den Blick nach draußen. Neonröhren an der Decke setzten Kents schwarzem Haar bläuliche Glanzlichter auf.

Er öffnete Schließfach Nummer 1088. »Leer.« Seine Stimme hallte in dem metallenen Fach wider, als sich andere Schüler hinter ihnen hereindrängten. Ein Mädchen kam den schmalen Gang hinunter, drehte sich seitwärts, um sich an ihnen vorbeizuzwängen, rempelte Chelsea dabei an – »Huch, entschuldige« – und stieß sie gegen Kents Rücken.

Als sich ihre Brüste gegen seinen Rücken preßten, spähte er über seine Schulter.

»Tut mir leid«, sagte sie und wich verlegen zurück.

»Ziemlich voll hier«, bemerkte er und klappte seine Schließfachtür zu, während sich ein Dutzend anderer um sie herum öffneten oder schlossen.

Chelsea trat ohne zu erröten zurück, aber er verbarg sein Gesicht aus dem gleichen Grund wie sie.

Bis zur Mittagspause war ihr das Verhaltensmuster noch vertrauter geworden – Kent, der über Köpfe hinwegspähte und nach ihr Ausschau hielt. Chelsea lächelte in der Menge, als sie auf ihn zukam.

Auf ihrem Weg in die Cafeteria fragte sie: »Hast du deine PIN-Nummer bekommen?«

»Meine was?«

»Deine persönliche Identifizierungsnummer. Du hättest sie in der ersten Stunde bekommen müssen.«

»Ach, die. Ja.«

»Und du hast auch einen Scheck von zu Hause mitgebracht?«

»Ja.«

»Gut, weil hier nämlich alles über Computer läuft.« In der Cafeteria roch es nach Spaghetti, und es herrschte ein Gewimmel wie auf einem Ameisenhaufen. »Heute ist der einzige Tag, an dem du deinen Scheck zur Mittagszeit abgibst. Später solltest du ihn am Morgen bringen, bevor der Unterricht anfängt. Die Köche sind jeden Tag dreißig Minuten vor dem ersten Klingeln da, und du gibst ihnen deinen Scheck, und sie deponieren ihn auf deinem PIN-Konto. Der Computer registriert dann laufend, was du täglich für Essen ausgegeben hast, und sagt dir, wieviel du noch übrig hast. Hi, Mrs. Anderson«, sagte Chelsea zu einer molligen, rotblonden Frau in einer weißen Uniform und Haarnetz. »Dies ist ein neuer Schüler, Kent Arens.«

»Hallo, Kent.« Mrs. Anderson nahm seinen Scheck und seine PIN-Karte und drückte Knöpfe auf ihrer Maschine. »Bei Chelsea bist du in guten Händen.«

»Ja, Ma'am«, erwiderte er ruhig, und wieder spürte Chelsea leichtes Herzklopfen und fühlte sich intensiv zu ihm hingezogen.

Sie erklärte ihm, wie die Essensausgabe geregelt war. »Es gibt vier Reihen und vier Computer. Hauptgerichte, à la carte Gerichte, Getränke- und Süßspeisenbar und Salatbar. Du kannst durch so viele Reihen gehen, wie du möchtest, und nachdem du dein Essen ausgewählt hast, gibt der Koch die Gesamtsumme deiner Speisen in den Computer ein, und du tippst deine PIN-Nummer ein. Auf diese Weise braucht niemand mit Wechselgeld fertigzuwerden.«

Sie gingen getrennte Wege, um ihre Mahlzeit zusammenzustellen, und trafen sich dann in der Mitte des lärmenden Raums wieder, jeder mit einem Tablett in der Hand.

»Willst du das wirklich alles essen?« Die Menge von Speisen auf Kents Tablett ließ Chelseas Lunch kümmerlich erscheinen.

»Willst du wirklich von dem bißchen existieren?«

Jemand rief: »Hey, Chelsea, hier!«

»Das ist meine Freundin Erin. Macht es dir was aus, wenn wir uns zu ihr setzen?«

»Überhaupt nicht.«

Chelsea stellte die beiden einander vor und setzte sich. Zu Chelseas Bestürzung begaffte Erin Kent mit offenem Mund, offensichtlich sehr von ihm angetan. Sie bemerkte, daß auch andere Mädchen neugierige Blicke auf ihn warfen.

Erin begann sofort zu schnattern. »Ich habe gehört, du bist aus Texas, und du spielst Football, und du wohnst in dem protzigen neuen Viertel draußen am Lake Haviland, und du hast Chelseas Mutter in Englisch, und du hast eine Menge Leistungskurse belegt und willst mit einem Footballstipendium nach Stanford, und du fährst einen echt coolen aquamarinblauen Lexus.«

Kent hörte verdutzt zu essen auf, eine Gabel Spaghetti zwei Zentimeter von seinem Mund entfernt. Er blickte von Erin zu Chelsea und wieder zurück.

»Er-*in!*« sagte Chelsea und dann zu Kent: »Ich habe ihr das nicht alles erzählt, ehrlich nicht.«

»Hey, er ist schießlich neu hier an der Schule. Die Mädchen werden neugierig sein«, gab Erin zurück.

»Erin, wirklich, reg dich ab, ja?«

Erin zuckte beleidigt die Achseln, vertiefte sich in ihr Essen, und die Mahlzeit verlief unter einem Deckmantel angespannten Schweigens. Als Erin schließlich fertig war und mit ihrem leeren Tablett wegging, meinte Chelsea: »Ich habe ihr nicht all das Zeug erzählt, Kent, ehrlich nicht. Ich weiß nicht, von wem sie es gehört hat.«

»Laß dir deswegen keine grauen Haare wachsen. Was sie gesagt hat, stimmt. Neue Schüler werden immer zuerst genau unter die Lupe genommen, und was spielt es schon für eine Rolle, wo sie es gehört hat?«

»Aber sie hat dich in Verlegenheit gebracht. Tut mir leid.«

»Nein, hat sie nicht.«

»Okay, aber *mir* war es peinlich!«

»Vergiß es, Chelsea. Sie war diejenige, nicht du.«

»Dann glaubst du mir also?«

Er legte den Kopf zurück und trank den Rest seiner Milch aus, dann wischte er sich mit dem Handrücken über die Lippen. »Sicher«, erwiderte er und drehte den Kopf, um ihr in die Augen zu sehen, während seine Hände damit beschäftigt waren, den Milchkarton zusammenzudrücken.

Auf der entgegengesetzten Seite des Raums stand Tom Gardner am Ende der Salatbar und ließ seinen Blick durch den Lunchraum schweifen. Er versuchte täglich, zwei von drei Lunchpausen in der Cafeteria zu verbringen; denn seiner Meinung nach war es wichtig, daß ein Rektor so oft wie möglich anwesend sein sollte, um eine gute Beziehung zu seinen Schülern aufzubauen. Seine Angewohnheit, in den Fluren und in der Cafeteria Aufsicht zu führen, war ein großer Teil seiner Präsenz.

Hier hatten die Jugendlichen das Gefühl, sie konnten ihn zwanglos ansprechen.

Hier scherzten sie mit ihm auf eine Weise, wie sie es bei anderen Gelegenheiten nicht tun würden.

Hier hörte er Unterhaltungen mit, die ihm viel über ihr häusliches Leben verrieten.

Hier konnte er häufig Schwierigkeiten in den Griff bekommen, bevor sie größere Ausmaße annahmen.

Aber das Problem, das er heute beobachtete, entzog sich vielleicht schon seiner Beeinflussung. Chelsea und Kent Arens. Sie saßen bereits zusammen, obwohl – dem Himmel sei Dank – Chelseas Freundin Erin dabei war. An dem Tisch ging keine sonderlich lebhafte Unterhaltung vor sich. Trotzdem, wie um alles in der Welt hatte Chelsea es fertiggebracht, sich gleich vom ersten Moment an mit Kent zusammenzutun? Warum mußte es von all den neuen Schülern am Einführungstag in der Bücherei ausgerechnet er sein? Sicher, es ließ sich nicht abstreiten: Der Junge war attraktiv, athletisch, gut gebaut und gepflegt gekleidet und frisiert. Welches Mädchen würde da keinen zweiten Blick riskieren? Und Chelsea war ebenfalls hübsch. Welcher Junge würde nicht das gleiche tun? Als Erin aufstand und die beiden Seite an Seite allein am Tisch zurückblieben, beobachtete Tom augenblicklich eine Änderung in ihrem Verhalten. Sie schauten sich gegenseitig offener an. Sie begannen zu sprechen, und allem Anschein nach redeten sie nicht über ihre Nachmittagskurse.

Vielleicht machten ihn seine Schuldgefühle bereits paranoid.

Schließlich hatten sie sich erst am letzten Donnerstag kennengelernt, und sie hatten sich seitdem exakt zweimal gesehen.

Andererseits – wenn die Chemie stimmte, reichten zweimal.

So beiläufig wie möglich näherte sich Tom dem Tisch und stand hinter ihnen in seiner üblichen Lunchraumhaltung, die Arme verschränkt, die Schultern entspannt.

»Scheint, als hättet ihr zwei euer Essen genossen.«

Wie ein Spiegel und sein Spiegelbild warfen beide einen Blick über ihre Schulter zurück.

»Oh, hallo, Mr. Gardner.«

»Hi, Paps.«

»Wie läuft es an deinem ersten Tag, Kent?«

»Wirklich gut, Sir. Chelsea bewahrt mich davor, mich ständig zu verlaufen.«

Chelsea erklärte: »Sie hatten kein Computersystem in seiner letzten Schule, deshalb habe ich ihm gezeigt, wie es hier in der Cafeteria funktioniert.«

Tom schaute auf die große Uhr an der Wand. »Ihr solltet jetzt wohl besser gehen. In vier Minuten fängt der Unterricht wieder an.«

»Oh!« Sie sprang auf und griff nach ihrem Tablett. »Das habe ich überhaupt nicht gemerkt! Komm, Kent, ich zeige dir, wo du dein schmutziges Geschirr abstellen kannst.«

Sie eilten ohne einen Gruß davon, während Tom dastand und ihnen nachstarrte und sich fragte, ob er möglicherweise überängstlich reagierte in seiner Besorgnis, es könnte sich irgendeine Form von Teenagerliebe zwischen ihnen anbahnen. Fünf Tage. Sie kannten sich seit fünf Tagen, und Chelsea war noch nie der Typ gewesen, der sich auf der Stelle in einen Jungen verknallte. Wenn überhaupt, dann war sie vernünftiger als die meisten ihrer Klassenkameradinnen. Tom und Claire hatten oft darüber gesprochen, wieviel Glück sie hatten, daß ihre Tochter nicht der Typ war, der verrückt nach Jungen war und ihr Urteilsvermögen und ihre Zensuren davon beeinträchtigen ließ.

Dennoch, als Tom hinter ihnen gestanden und sie angesprochen hatte, waren beide zusammengezuckt.

Tom verbrachte den Rest seines Tages damit, eine Reihe schulischer Probleme zu regeln. Er engagierte eine vorläufige Vertretung für die Lehrerin, die anderswo das bessere Jobangebot bekommen hatte, und sprach mit dem Distriktbüro über die Lieferung von zusätzlichen Tischen für Mrs. Roses Raum. Er nahm einen Anruf von einem Reporter der Lokalzeitung entgegen, gab Kommentare über das kommende Schuljahr ab und erklärte sich bereit, den Rest des Schuljahres über in Kontakt mit der Zeitung zu bleiben und Angaben für weitere Artikel zu liefern. Ein Polizeibeamter schaute herein und berichtete über Beschwerden von Hausbesitzern in der Nähe der Schule, die sich darüber ärgerten, daß Schüler immer wieder die Parkverbote in ihren Straßen ignorierten. Und zwischen all diesen Pflichten brachte Tom es fertig, mit achtzehn Schülern zu reden, die aus tausend verschiedenen Gründen in sein Büro geschickt wurden – von unerlaubtem Rauchen auf der Toilette bis hin zu Bitten um eine Schülerparkgenehmigung. Um 15.02 Uhr, als die siebte und letzte Stunde endete, drehte Tom seine Aufsichtsrunde in der Halle, dann kehrte er in sein Büro zurück, wo zwei Elternpaare warteten, um mit ihm zu sprechen. Um zwanzig vor vier kam er zehn Minuten zu spät zu einem Treffen der Abteilung Sozialkunde, anschließend setzte er sich wieder an seinen Schreibtisch und tätigte eine halbe Stunde lang Telefonanrufe, einschließlich eines Rückrufs bei Trainer Gorman, der die Idee hatte, die Football-Auswahlspiele im örtlichen Gemeinde-Kabelkanalsender übertragen zu lassen.

Gegen Ende der Unterhaltung bemerkte Gorman: »Dieser neue Junge, Kent Arens? Er macht sich wirklich gut, Tom. Was für ein dynamischer Bursche! Muß von jemandem trainiert worden sein, der was von seinem Job verstand, weil der Junge ein echter Arbeiter ist. Mann, er hat der ganzen Verteidigungslinie Feuer unterm Hintern gemacht! Danke, daß Sie ihn zu mir geschickt haben, Tom. Er wird das gesamte Team herausreißen.«

»Nun, Bob, ich selbst war auch einmal Trainer. Wir haben gewöhnlich einen Blick für die guten Leute, nicht?«

Nachdem er aufgelegt hatte, saß Tom eine Weile an seinem

Schreibtisch und starrte auf die Fotos auf seinem Fenstersims, während er sich Chelsea und Kent im Lunchraum ins Gedächtnis zurückrief, in eine intensive Diskussion vertieft. Zum Teufel, der Junge würde sich wahrscheinlich als Held auf dem Footballfeld entpuppen, was ihn doppelt so attraktiv für Chelsea machen würde. Und sie gehörte zu den Cheerleaders. Wie um alles in der Welt konnte er die beiden daran hindern, zusammenzusein, wenn tatsächlich eine gegenseitige Anziehung zwischen ihnen aufkeimte?

Er seufzte, strich sich mit einer Hand übers Gesicht und lehnte sich in seinem Stuhl zurück, müde nach dem hektischen Tag, während er sich Sorgen um dieses persönliche Dilemma machte, zusätzlich zu all den Schwierigkeiten und Problemen, die die erste Woche eines neuen Schuljahres unweigerlich mit sich brachte.

Er blickte auf seine Uhr und erkannte erschrocken, daß es bereits zehn nach sechs war. Er rief zu Hause an, und Claire meldete sich.

»Hi, ich bin's.«

»Hi.«

»Tut mir leid, ich habe gerade auf meine Uhr geschaut. Hab gar nicht gemerkt, daß es schon so spät war.«

»Fährst du jetzt los?«

»Ja, ich bin in ein paar Minuten da. Okay?«

»Okay, aber ... Tom?«

»Ja?«

»Kannst du heute abend zu Hause bleiben?«

»Tut mir leid, Liebes, ich muß um sieben wieder in der Schule sein. Heute abend findet eine Sitzung des Elternbeirats statt.«

»Oh ... na, dann.« Er konnte Enttäuschung in ihrer Stimme hören.

»Es tut mir wirklich leid, Claire.«

»Ist schon in Ordnung. Ich verstehe.«

»Ich bin in ein paar Minuten da. Bis gleich.«

Er seufzte tief, stieß sich von seinem Schreibtisch ab, knipste die Neonbeleuchtung aus und fuhr nach Hause. Claire hatte mit dem Abendessen auf ihn gewartet und füllte gerade Nudeln in eine Servierschüssel, als er zur Tür hereinkam. Er hängte sein Jackett über die Lehne seines Stuhls, trat dicht hinter sie und küßte sie auf den Hals. »Hallo, Liebling. Was gibt es zum Abendessen?«

»Huhn mit Fettucine. Setz dich.« Sie erhob ihre Stimme, als sie sich umdrehte und die Schüssel zum Tisch trug. »Kinder! Das Essen ist fertig.«

Tom lockerte seine Krawatte und nahm seinen gewohnten Platz an einer Schmalseite des Tisches ein. Als alle saßen und die Schüsseln herumgereicht wurden, sagte Tom heiter: »So ... und wie war euer erster Tag?«

»Meiner war super!« erwiderte Chelsea voller Begeisterung.

»Ich habe diesen Schwachkopf Mr. Galliaupe in politischer Bildung bekommen.« Robby machte gerade eine negative Phase durch, die jedermanns Geduld auf die Probe stellte.

»Warum sagst du, er sei ein Schwachkopf?« wollte Tom wissen.

»Himmel, Paps, das wissen doch alle, nur du nicht! Du brauchst dir nur anzusehen, was er für Klamotten trägt. Und er spricht wie ein Spinner.«

»Nicht jeder Mann zieht sich so cool an wie Paps«, warf Chelsea ein. »Stimmt doch, Mam, nicht?«

»Ja, stimmt.« Claires Blick blieb auf ihrem Mann haften. »Wie war dein Tag?« erkundigte sie sich.

»Ziemlich hektisch, wie das am ersten Schultag so ist, aber ansonsten ganz gut«, erwiderte Tom. »Und wie ist es dir ergangen?«

»Ich hatte genug Tische für alle, niemand hat mich ›he, Sie‹ genannt, und ich glaube, ich habe einige ziemlich intelligente Schüler in meiner Klasse.«

»Und? Was hältst du von Kent Arens?« wollte Chelsea wissen.

Robby mischte sich ein. »Jeder weiß, was *du* von ihm hältst, richtig? Ich habe gehört, du hast bereits beim Lunch mit ihm zusammengesessen.«

Eine subtile Änderung in Toms Haltung ließ Claire aufmerksam werden – ein kaum wahrnehmbares Straffen seiner Schultern, eine Pause, als er die Hand nach der Butterdose ausstreckte, ein schneller Blick auf sie, Claire, und ein noch schnellerer Blick in eine andere Richtung. In diesen zwei kurzen Sekunden hätte sie schwören können, daß es Furcht war, was sie bei ihm spürte, und dennoch: Wovor hätte er sich denn fürchten sollen? Sie hatten doch nur über einen neuen Schüler gesprochen, den Tom selbst letzte Woche besonders gelobt hatte.

Claire füllte ihren Teller mit Nudeln, während sie das Thema Kent Arens wieder aufgriff. »Er hat hervorragende Manieren, er scheint sehr intelligent zu sein, und er hat keine Angst, sich am Unterricht zu beteiligen. Soviel habe ich bereits herausgefunden.«

Chelsea konnte es nicht lassen, ihrem Bruder zuzusetzen. »Was ist denn schon dabei, wenn ich mit ihm zum Lunch war? Ich bin schließlich seine offizielle Partnerin, du Dämellack.«

»Klar, und bald wirst du wahrscheinlich auch seine inoffizielle Partnerin sein. Paß besser auf, Chels.«

»Paps, würdest du deinem Sohn bitte sagen, was es bedeutet, Partner in dieser Schule zu sein? Nicht, daß er jemals Zeit damit verbracht hätte, es selbst herauszufinden. Dafür ist er zu sehr damit beschäftigt, im Gewichtsraum zu trainieren, um seinen Hals so dick wie seinen Kopf zu machen.«

Wieder beobachtete Claire ihren Mann sorgfältig, überrascht über seine Reaktion. Sie kannte Tom zu gut, um die Röte in seinem Gesicht falsch zu deuten, das typische Vorstrecken seines Kinns, als paßte sein Hemdkragen nicht richtig. Er tat dies immer, wenn er wegen irgend etwas Schuldgefühle hatte. Als Tom sie dabei ertappte, wie sie ihn forschend musterte, konzentrierte er sich auf seinen Teller und sprach mit den Kindern. »In Ordnung, ihr zwei, das reicht jetzt. Chelsea, es ist wirklich noch ein bißchen früh im Schuljahr für… nun ja, Pärchenbildung. Deine Mutter und ich waren immer so froh darüber, daß dir die Schule wichtiger ist als Jungs. Ich hoffe, das wird sich dieses Jahr nicht ändern.«

»Papa!« Chelseas Augen und Mund waren ganz rund vor Empörung. »Ich kann einfach nicht glauben, was ich da höre!

Alles, was ich getan habe, ist, ihm zu zeigen, wie man die Computer im Lunchraum bedient! Gibt es vielleicht irgendwas daran auszusetzen?«

»Nein, Liebes, natürlich nicht. Es ist nur … also …« Toms Blick schweifte zu Claire, dann schaute er hastig weg. »Vergiß es.«

»Er scheint wirklich ein netter Junge zu sein, Tom«, warf Claire ein. »Du hast es selbst gesagt.«

»Okay, okay!« Er sprang auf die Füße und eilte zur Spüle, um seinen Teller abzuspülen. »Ich habe gesagt, vergiß es!«

Um Himmels willen, dachte Claire, *sein Gesicht ist ganz rot!*

»Es gibt noch Nachtisch«, sagte sie und folgte ihm mit ihrem Blick.

»Für mich bitte keinen.« Er eilte davon in Richtung Badezimmer, dieser Mann, der eine Schwäche für Desserts hatte, und ließ Claire mit dem deutlichen Eindruck zurück, daß er die Flucht ergriff.

Um Viertel nach sieben fuhr Tom zu der Versammlung in der Schule. Robby fuhr zur Woodbury Mall, um verschiedenes für die Schule zu besorgen, und Chelsea ging zu Erin, um Pompoms für die Cheerleaders anzufertigen.

Claire erledigte in der Zwischenzeit ihre Hausarbeit, faltete einen Haufen Wäsche, die noch im Trockner gelegen hatte, bügelte ein paar zerknitterte Blusen und setzte sich dann an den Küchentisch, um die vierzeiligen Gedichte zu lesen, die sie die Schüler ihres Leistungskurses heute über einen beliebigen Tag während ihrer Sommerferien hatte schreiben lassen.

Das erste lautete:

Ich bestieg eine Rakete
Auf einem Fluß
Und sauste damit bis auf den Grund,
Ohne jemals naß zu werden.

Sie nahm an, der Schüler war draußen im Valleyfair-Vergnügungspark gewesen.

Sie hatte erst dieses eine gelesen, bevor sie sich dabei ertappte, wie sie die Zettel durchblätterte auf der Suche nach Kent Arens' Gedicht, während sie sich fragte, ob sie in seinen Zeilen vielleicht einen Hinweis darauf fände, was Tom so aufgebracht hatte.

Eintausend einsame Meilen weit weg
Wartet ein neues Haus. Mir graust vor diesem Tag.
Achtzehn Räder und ein großer blauer Umzugswagen
Lassen mich vom Jungen zum Mann werden.

Ein einsamer Junge, der seine Freunde und alles Vertraute zurückläßt und sich am Umzugstag Gedanken über sein zukünftiges Zuhause macht. Es erweckte ein gewisses Mitgefühl für Kent, enthielt aber keinen Hinweis darauf, was es war, was Tom so nervös gemacht hatte.

Claire las ein Dutzend weiterer Gedichte, dann nahm sie sich Kents noch einmal vor und las es dreimal, bevor sie vom Tisch aufstand und in der Küche hantierte, auf den Regen draußen horchend, während sie sorgenvollen Gedanken nachhing.

Warum war Tom so aufgebracht und verstört gewesen?

Das Haus war still, der Regen rauschte unablässig. Tropfen sammelten sich an den Fliegengittern und machten den Ausblick auf den dämmrigen Garten verschwommen. Die Luft war feucht und drückend. Sie schien die schwachen Essensgerüche im Raum festzuhalten, bis sie an den Wänden, den Vorhängen, ja sogar an Claires Kleidern hafteten.

Achtzehn Jahre war sie nun mit Tom verheiratet, und sie kannte ihn so gut wie sich selbst. Was ihn in Duluth bekümmert hatte, machte ihm auch heute zu schaffen, nur daß es noch schlimmer geworden war. Tom Gardner hatte irgend etwas getan, was ihm Schuldgefühle eingab: Sie wußte es so sicher, wie sie wußte, daß der beste Teil des Abendessens für ihn der Nachtisch war.

Wenn es eine andere Frau war, was würde sie dann tun?

Um halb neun rief sie Ruth an. »Ruth, bist du beschäftigt? Bist du allein? Kann ich kurz zu dir kommen?«

Ruth hatte im Haus nebenan gewohnt, seit die Kinder klein gewesen waren, hatte auf Robby und Chelsea aufgepaßt, als Claire damals wieder zu arbeiten begonnen hatte, war mit tröstlichen Umarmungen und Rat und Tat zur Stelle gewesen, als Claires Mutter starb. Ruth hatte in sechzehn Jahren nicht einen von Claires Geburtstagen verpaßt, hatte Glückwunschkarten und sorgfältig ausgesuchte Geschenke mitgebracht. Einmal, als Claire mit einer schlimmen Grippe im Bett hatte liegen müssen, hatte Ruth zwei Wochen lang jeden Abend ein fertiges Essen herübergebracht.

Und noch wichtiger: Ruth war die einzige Person, die wußte, daß Claire einmal drauf und dran gewesen war, sich mit John Handelmann einzulassen, als sie zusammen die Klassenaufführung geleitet hatten, und daß Claire manchmal wünschte, Tom hätte einen anderen Beruf, wenn die Schule fast seine gesamte Zeit beanspruchte, und daß sie große Mühe hatte, ihren Ärger hinunterzuschlucken wegen der vielen Abende, die er dort verbringen mußte. Claire hatte Ruth auch die Tatsache anvertraut, daß sie schwanger gewesen war, als sie Tom heiratete, und daß sie aus diesem Grund noch heute an einer tiefsitzenden Unsicherheit litt, die sie vor dem Rest der Welt verbarg.

Ruth Bishop war jene Person, mit der Claire ein Band der Freundschaft geknüpft hatte, das sehr elastisch war. Was auch immer ihr Bedürfnis war, egal, zu welcher Tageszeit, Ruth Bishop war für sie da.

Sie saßen rechts und links auf einem schwarzen Sofa in Ruths Wohnzimmer, während die Stereoanlage leise Chopin spielte und Ruth an einer Stickerei arbeitete.

»Wo ist Dean?« fragte Claire.

»Trainiert im Club … behauptet er.«

»Habt ihr zwei schon miteinander geredet?«

»Nein.«

»Warum nicht?«

»Weil ich mir jetzt über die andere Frau sicher bin. Ich bin zum Fitneßcenter gefahren und habe dort im Auto gewartet, bis er mit ihr herauskam. Ich habe gesehen, wie er sie zum Abschied küßte, bevor sie in ihren Wagen stieg und wegfuhr.«

»Oh, Ruth…« Claires Stimme brach. »Ich hatte so gehofft, daß alles nur in deiner Einbildung existiert.«

»Tja, das tut es leider nicht. Es ist verdammt wirklich.«

»Und du hast nichts zu Dean gesagt?«

»Nein, und das werde ich auch nicht. Soll er doch von dem Thema anfangen, wenn er Mann genug ist. Wenn er es nicht ist, laß ihn ruhig mit mir leben und leiden. Ich hoffe, daß er leidet, weil ich nämlich weiß, wie mir zumute ist.«

»Oh, Ruth, das kann nicht dein Ernst sein. Du kannst nicht einfach so weitermachen, wenn du von einer solchen Sache weißt, und nie ein Wort darüber verlieren.«

»O doch, das kann ich, wie du deutlich siehst. Ich will nicht wie die Geschiedenen enden, die ich kenne, will nicht all diesen Aufruhr bei Gericht durchmachen, Besitztümer aufteilen, mein Heim und meinen Ehemann verlieren und meine Kinder zwingen müssen, sich für einen von uns zu entscheiden. Es sind noch nicht mal mehr zehn Jahre, bevor wir in den Ruhestand gehen, Dean und ich, und wo werde ich landen, wenn ich ihn verliere? Ich werde eine einsame alte Frau sein, die niemanden hat, mit dem sie verreisen kann, niemanden, der mit ihr ißt oder schläft oder irgend etwas unternimmt, ganz zu schweigen davon, daß ich dann von einer einzigen Rente leben müßte. Ich denke, mit ein wenig Glück wird diese Affäre nur eine vorübergehende Sache sein. Wenn Dean seinen Spaß mit der Frau gehabt hat, wird er sie vielleicht bald wieder aufgeben, und die Kinder werden niemals davon erfahren müssen. Ich will nicht, daß sie es wissen, Claire. Ich will nicht, daß sie aufhören, ihn zu lieben, ganz gleich, was er getan hat. Kannst du das verstehen?«

»Natürlich verstehe ich das. Es gibt sogar einen Teil meines Ichs, der es am liebsten verdrängen würde, der möchte, daß alles perfekt für dich und Dean ist, so wie es früher war. Aber so ist es nun mal nicht, und ich glaube auch nicht, daß sich das Problem von selbst löst, indem man es einfach ignoriert.«

»Ich möchte nicht mit dir darüber diskutieren, Claire, aber du arbeitest an dieser Schule, wo alle glauben, ein Problem ließe sich nur auf eine mögliche Art lösen, nämlich, indem man sich ihm stellt. Nun, das gilt nicht für uns alle. Ich hatte lange genug Zeit, um mir ein Bild von der Situation zu machen und zu entscheiden, was ich tun soll. Ich meine, ich habe schon vor Monaten etwas geahnt. Vor Monaten! Und ich habe entschieden, falls ich jemals herausfinden sollte, daß Dean eine Affäre hat, dann müßte er derjenige sein, der es mir sagt, und nicht umgekehrt.«

»Was meinst du damit, du hast etwas geahnt?«

»Oft wirkte Dean abgelenkt – du weißt schon. Wenn du den größten Teil deines Lebens mit einem Mann verbracht hast, und plötzlich fängt er an, sich anders zu benehmen, dann schaltet sich deine weibliche Intuition ein. Manchmal ist es nicht das, was er tut, sondern die Art, wie er es tut. Der Ausdruck auf seinem Gesicht, das Gefühl, daß er meilenweit entfernt ist, selbst wenn er mit dir zusammen ist, und er ...« Ruth brach mitten im Satz ab und musterte ihre Freundin prüfend.

»O nein, Claire, nicht du auch! Ist es Tom? Hat Tom auch eine andere Frau?«

»Tom? Um Himmels willen, Ruth, sei nicht albern.«

»Du solltest deinen Gesichtsausdruck sehen. Was ist los?«

»Was los ist? Was soll denn sein? Wir haben letztes Wochenende einen romantischen Trip nach Duluth gemacht, erinnerst du dich?«

»Eine List.«

»Ach, nun komm schon, Ruth, du solltest es wissen, daß ich Tom ohne Umschweife fragen würde, was los ist, wenn ich auch nur eine Minute dächte, er hätte etwas vor mir zu verbergen.«

»Und? Hast du ihn gefragt?«

Ruths eindringlicher, forschender Blick ließ Claire unsicher werden, und ihre gespielte Tapferkeit schwand dahin. Sie beugte sich vor, stützte die Ellenbogen auf die Knie und vergrub ihr Gesicht in den Händen. »Es ist nichts«, behauptete sie mit gepreßter Stimme, in der Hoffnung, daß es den Tatsachen entsprach. »Es existiert nur in meiner Einbildung, das ist alles.«

»Das habe ich mir auch eingeredet, als für mich alles anfing.«

Claire hob den Kopf. Sie umfaßte eine Hand mit der anderen. »Aber er ist so liebevoll! Noch mehr als jemals zuvor! Ruth, ich lüge dich nicht an – die Reise nach Duluth war einfach perfekt, und in letzter Zeit kommt er zu den ungewöhnlichsten Zeiten zu mir und küßt mich, und er berührt mich und benimmt sich so zärtlich. Wir hatten immer diese Übereinkunft – nichts Persönliches im Schulgebäude, aber er ist sogar eines Tages in meinen Klassenraum gekommen und hat mich geküßt. Und ich meine damit nicht nur einen kleinen Schmatz auf den Mund. Es war ein durch und durch leidenschaftlicher Kuß. Nun frage ich dich, warum tut er das wohl?«

»Das habe ich dir ja schon gesagt, es ist eine List. Vielleicht versucht er, dich einzulullen. Es gab ein paar Male, wo ich verdammt gut wußte, daß Dean mich nur zu beschwichtigen versuchte. Ich glaube, ich weiß sogar genau, wann er das erste Mal mit der anderen ins Bett gegangen ist, weil er mir Blumen schickte, und es war mitten im Sommer, als ich alle Blumen, die ich brauchte, direkt hier in meinem eigenen Garten hatte. Männer benehmen sich nun einmal so, wenn sie etwas angestellt haben.«

Claire sprang vom Sofa auf, trat ans Fenster und starrte durch die regenbespritzte Fensterscheibe in den Garten hinaus. »Ach, Ruth, das ist so zynisch.«

»Du sprichst von jemandem, der gerade beobachtet hat, wie der eigene Ehemann eine andere Frau küßt! Ich habe ein Recht darauf, zynisch zu sein! Was hat Tom noch getan?«

»Nichts. Absolut nichts.«

»Aber das ist der Grund, weshalb du heute abend hergekommen bist, stimmt's? Um über ihn zu sprechen, weil etwas anders ist als sonst, nicht wahr?«

»Ich habe nur dieses unbestimmte Gefühl, daß etwas nicht stimmt, mehr ist es nicht.«

»Aber du hast ihn nicht gefragt? Hast ihn nicht damit konfrontiert?«

Claire stand schweigend da, mit dem Rücken zu Ruth,

während Regentropfen an der Scheibe herabrannen. Draußen gingen die Straßenlampen an und hinterließen einen verschwommenen goldenen Widerschein auf Ruths regennasser, schwarz geteerter Auffahrt.

»Du hast ihn nicht zur Rede gestellt, so wie du mir ständig sagst, ich sollte Dean zur Rede stellen?«

Ruth erwartete keine Antwort und bekam auch keine. Claire stand unbeweglich am Fenster, mit hängenden Schultern, während Chopins traurige Musik gedämpft durch den Raum perlte.

Kurz darauf ging Claire nach Hause. Sie umarmte Ruth an der Tür besonders fest, während Ruth flüsterte: »Frag ihn nicht. Hör auf mich. Frag ihn nicht, denn wenn du es erst einmal weißt, wird nichts mehr wie vorher sein.«

Claire schloß die Augen und sagte gepreßt: »Ich muß es tun, verstehst du das denn nicht? Ich bin nicht wie du. Ich muß es wissen.«

Ruth drückte sie zum Abschied noch einmal an sich. »Dann wünsche ich dir viel Glück.«

Zu Hause waren die Kinder inzwischen zurückgekehrt und hielten sich in ihren Zimmern auf. Claire lehnte sich einen Moment mit Händen und Stirn an die geschlossenen Türen von Chelseas und Robbys Zimmern, zog Trost aus dem Wissen um ihre Anwesenheit. Aus Robbys Raum drang das gedämpfte, rhythmische Stampfen von Rockmusik, während unter Chelseas Tür ein Streifen von Licht durchschimmerte.

Claire klopfte leise an und steckte den Kopf zur Tür hinein.

»Hallo, Liebes. Ich bin zurück. Ich war eine Weile bei Ruth.«

»Hallo.« Chelsea hatte sich weit in der Taille vorgebeugt und bürstete ihr Haar vom Ansatz zu den Spitzen. »Weck mich um Viertel nach sechs, ja, Mam?«

»Sicher.«

Welche Sorgen auch immer sie mit sich herumtrug, Claire wußte, sie konnte nicht die Kinder damit belasten. Sie schloß Chelseas Tür und ging in ihr eigenes Schlafzimmer, schleuderte ihre Schuhe von den Füßen und wanderte unruhig auf und ab. Der Teppich fühlte sich klamm an, aber sie widerstand dem

Drang, die Heizung anzudrehen. Es war die herbstliche Übergangszeit zwischen dem Himmel des heißen Augusts und der Hölle des kalten Oktobers. Sie knipste ein winziges Licht neben einigen Büchern auf einer Kommode aus Zedernholz an, zog einen Sommerpyjama an und fand ein altes gehäkeltes Umhängetuch, das sie früher gern getragen hatte. Sie schlang es sich um die Schultern und nahm eine dramatische Pose vor dem Spiegel ihres Frisiertisches ein. Ihr Spiegelbild sah ausgesprochen traurig aus, ihre Mundwinkel waren herabgezogen wie die Zipfel eines Zelts, ihre Augen nur von dem schwachen Lichtschein erhellt, der von unten und hinten kam.

Sie verließ das Zimmer und eilte mit tänzerischer Anmut in den entgegengesetzten Teil des Hauses, um dem Regen Gesellschaft zu leisten.

Als Tom nach Hause kam, hockte Claire in einem Schaukelstuhl aus Korbgeflecht auf der überdachten Veranda vor dem Wohnzimmer, ihre hochgezogenen Knie in das braune Fransentuch gewickelt. Eine einzelne Kerze brannte in einer Sturmlaterne auf dem Tisch neben ihr. Hinter den Glaswänden sammelte sich Regenwasser am Rand der Dachschindeln und tropfte in den Lilien in dem Beet hinunter. Oben spielte immer noch Robbys Radio, aber hier draußen schien die feuchte, dunkelblaue Nacht alle Geräusche zu dämpfen.

Tom blieb an der offenen Verandatür stehen. Er hatte kein Geheimnis aus seiner Ankunft gemacht. Claire wußte, er war da. Dennoch fuhr sie fort, langsam vor- und zurückzuschaukeln, während sie in den dunklen Garten hinter der Glaswand starrte, auf der die Feuchtigkeit ein Muster wie auf einer Kreuzstichdecke hinterlassen hatte.

Er seufzte und stand eine Weile schweigend da. Schließlich fragte er ruhig: »Möchtest du darüber reden?«

Sie schaukelte zweimal, dreimal, viermal, wischte mit einer Faust, die in den kratzigen Schal gehüllt war, unter ihren Lidern entlang. »Ich weiß es nicht.« Der Korbstuhl knirschte und ächzte wie alte Knochen, während sie hin- und herschwang und ausdruckslos durch die Glaswand starrte.

Immer noch in seinem Anzug, die Krawatte gelockert, stand Tom auf der Schwelle der Schiebetür, die Hände in seinen Hosentaschen vergraben. Sie hatte eine Vorliebe für Dramatik, diese Englischlehrerin, seine Ehefrau, die bei Schulaufführungen Regie führte und für eine Vortragsweise im Klassenraum bekannt war, die in sich selbst oft ans Dramatische grenzte. Er hatte schon vor langer Zeit aufgehört, ihr Vorwürfe zu machen, daß sie diesen überentwickelten Sinn für Dramatik auch in ihre Auseinandersetzungen mit einbrachte. Er verstand, daß es ihr zur zweiten Natur geworden war. Er verstand auch, daß die Umgebung, die sie gewählt hatte – die feuchte, ungemütliche Nacht, die flackernde Kerze, der Schaukelstuhl und das Fransentuch – so ausgesucht war, wie sie vielleicht eine Kulisse für eine ihrer Schulaufführungen auswählen würde.

Er seufzte noch einmal und ließ die Schultern hängen. »Wir sollten besser darüber reden, meinst du nicht?«

»Vermutlich.«

Die morschen Dielen des Verandabodens knirschten unter seinen Schuhen, als er vier müde Schritte zum Tisch machte, einen Korbstuhl herauszog und sich setzte. Ihr Schaukelstuhl stand schräg abgewinkelt, verschaffte Tom einen von Kerzenschein erhellten Blick auf ihre linke Schulter und die Seite ihres Gesichts. Er beugte sich vor, stützte die Ellenbogen auf die Knie und wartete schweigend.

Sie schniefte einmal unterdrückt.

»In Ordnung«, sagte er und zwang Geduld in seine Stimme. »Du kannst es mir ebensogut sagen.«

»Irgend etwas stimmt nicht. Ich weiß es, seit wir in Duluth waren.«

Er saß da, vorgebeugt, wollte es sich von der Seele reden und hatte dennoch schreckliche Angst davor, ihr die Wahrheit zu gestehen. Zum ersten Mal schaute sie ihn über ihre Schulter hinweg an, drehte dabei den Kopf wie in einer Zeitlupenaufnahme. Das Kerzenlicht verlieh ihren Augenhöhlen Tiefe und ließ ihre Iris schimmern. Sie trug kein Make-up, und ihr Haar hing lose herab.

»Würdest du es mir sagen, Tom, wenn du eine Affäre hättest?«

»Ja.«

»Hast du eine?«

»Nein.«

»Was, wenn ich sagen würde, daß ich dir nicht glaube?«

Es fiel ihm leichter, Wut auf Claire aufzubringen, als das zu sagen, was zu sagen er gekommen war. »Das ist lächerlich, Claire.«

»Ist es das?«

»Um Himmels willen, was hat dich nur auf diese Idee gebracht?«

»Warum bist du mit mir nach Duluth gefahren?«

»Weil ich dich liebe und weil ich wollte, daß wir beide mal ein ungestörtes Wochenende verbringen konnten!«

»Aber warum jetzt?«

»Du weißt auch das – weil meine Zeit nicht mehr mir gehört, sobald die Schule wieder beginnt. Du siehst doch selbst, daß die Hektik schon wieder angefangen hat! Es ist zehn Uhr abends, und ich komme jetzt erst nach Hause, aber ich bin in der *Schule* gewesen, nicht bei irgendeiner anderen Frau!« Er war müde. Er hatte einen anstrengenden Tag hinter sich, und er wußte, er konnte die stundenlangen Runden von Tränen und Beschuldigungen nicht ertragen, die höchstwahrscheinlich ausgelöst würden, wenn er ihr jetzt von Kent erzählte. Außerdem war es soviel leichter, der Ankläger zu sein, statt der Angeklagte.

»Seit mindestens fünf Jahren habe ich davon gesprochen, mal ein Wochenende wegzufahren, aber du konntest dich nie dazu aufraffen. Ganz plötzlich begeisterst du dich für die Idee, und dann, als wir endlich dort waren, hast du dich so geistesabwesend benommen, daß ich manchmal das Gefühl hatte, du hättest vergessen, daß ich mit dir im Bett lag.«

Er sprang auf die Füße. »Ich *habe* keine Affäre!«

»Pssst! Dämpfe deine Stimme, Tom.«

»Ist mir scheißegal, wenn mich die Nachbarn am Ende des Blocks hören! Ich habe keine Affäre! Mit wem zum Teufel sollte ich denn eine haben? Und kannst du mir vielleicht mal verraten, wo ich die Zeit dafür hernehmen sollte? Ich bin den ganzen Tag lang in der Schule, und fünf Abende noch obendrein. Tolle Affäre, die ich da haben könnte! Aber ich weiß, wer dir diesen Unsinn in den Kopf gesetzt hat!« Er zeigte zum Nachbarhaus. »Du hast mit Ruth gesprochen, stimmt's? Was habt ihr zwei gemacht, Notizen verglichen? Sie glaubt, Dean hätte eine Affäre, also muß ich natürlich auch eine haben. Großer Gott, ich werde wohl nie begreifen, wie Frauenhirne funktionieren!« Er hob seinen Stuhl hoch, stellte ihn hart an exakt der Stelle ab, wo er gestanden hatte, und schob ihn dann mit steifem Arm unter den Tisch zurück, während er innerlich vor Wut kochte.

»Du bist derjenige, der gesagt hat: ›Wir sollten darüber reden‹, Tom.«

»Ich konnte ja nicht ahnen, daß du mir einen derart an den Haaren herbeigezogenen Schwachsinn vorwerfen würdest! Ich habe ein Recht darauf, wütend zu werden!«

»Ich hatte dich gebeten, deine Stimme zu dämpfen.«

»Wenn du soviel Wert darauf legst, daß keiner etwas von diesem Streit mitbekommt, dann hättest du nicht die Veranda für den ersten Akt aussuchen dürfen! Und bilde dir nur nicht ein, ich merkte nichts von der sorgfältig arrangierten Szenendekoration hier.« Seine Hand schnitt in einer scharfen Geste durch die Luft. »Die trübsinnige Beleuchtung und der Regen und die verletzte Ehefrau in ihr Wolltuch eingehüllt, mit hängenden Haaren und ohne Make-up. Du unterschätzt mich, Claire.«

Hinter ihm ertönte Chelseas ängstliche Stimme. »Papa?«

Er fuhr herum und befahl barsch: »Geh ins Bett, Chelsea.«

»Aber ihr streitet euch.«

»Ja, das tun wir. Ehepaare tun das ständig. Mach dir keine Sorgen, bis morgen früh werden wir alles wieder in Ordnung gebracht haben.«

»Aber ... ihr streitet euch doch sonst nie!«

Er ging ins Wohnzimmer und legte einen Arm um ihre Schultern. »Ist schon okay, Liebes.« Sein Herz hämmerte immer noch, als er sie auf die Stirn küßte. »Gib Mama einen Gutenachtkuß, und dann geh ins Bett.«

»Aber ich habe gehört, was sie gesagt hat ... daß du eine Affäre hast, Paps.«

Verärgert zog er seinen Arm zurück. »Ich *habe* keine Affäre!« Er legte den Kopf in den Nacken, schloß die Augen und versuchte, sich wieder zu sammeln. »Chelsea, würdest du bitte tun, was ich dir sage? Gib Mama einen Kuß und geh ins Bett. Wir werden beide auch morgen früh noch hier sein, und wir alle werden morgen wieder wie gewohnt in der Schule sein. Es hat sich nichts geändert!«

Chelsea trat in den flackernden Kerzenschein und beugte sich herab, um Claires Wange zu küssen. »Gute Nacht, Mama«, flüsterte sie.

Claire hob ihr Gesicht und strich ihrer Tochter über die Schulter. »Du solltest das hier nicht hören, Chelsea. Bitte mach dir keine Sorgen. Bis morgen, mein Schatz.«

Als Chelsea in dem dunklen Haus verschwunden war, kam Tom wieder auf die Veranda hinaus und pustete die Kerze aus. »Komm«, sagte er. »Laß uns ins Bett gehen.«

Tom ging ohne Claire ins Schlafzimmer. Er stand mit dem Rücken zur Tür und zog sich gerade aus, als sie hereinkam und die Tür hinter sich schloß. Sie beobachtete ihn, erkannte Wut in jeder seiner Bewegungen. Er hängte seine Hosen auf, zerrte sich das Hemd über den Kopf und knallte es in den Wäschekorb im Badezimmer, dann kehrte er ins Schlafzimmer zurück, ohne ihr einen Blick zu gönnen.

Claire legte sich ins Bett und wartete.

Tom kam ins Bett, knipste die Lampe aus und drehte sich auf seine Seite, weg von ihr.

Eine Minute angespannten Schweigens verstrich, dann noch eine und noch eine, bis Claire schließlich sprach.

»Tom, du mußt verstehen.«

»Verstehen? Was?«

Sie bemühte sich verzweifelt, nicht in Tränen auszubrechen. »Du hast recht. Ich habe tatsächlich mit Ruth gesprochen. Sie hat Dean mit einer anderen Frau gesehen, aber sie wird ihn nicht damit konfrontieren, denn wenn sie es erst einmal tut, werden sie sich mit dem Problem auseinandersetzen und eine Lösung finden müssen. Ich bin nicht so wie Ruth – *wir* sind nicht so, Tom; wir müssen uns in der Schule ständig mit Auseinandersetzungen befassen und irgendwie damit fertig werden. Was für eine Sorte Erzieher wären wir, wenn wir den Kindern beibrächten, daß Verleugnen und Verdrängen die beste Art ist, mit Problemen umzugehen? Glaubst du, ich hätte heute abend keine Angst davor gehabt, meine Befürchtungen auszusprechen? Aber was hätte ich denn sonst tun sollen? Ich hatte einen gewissen Verdacht, also habe ich ihn dir dargelegt. Ich dachte, ich täte das Richtige.«

»In Ordnung.« Er warf sich auf den Rücken herum, achtete sorgfältig darauf, daß kein Quadratzentimeter seiner Haut ihre berührte. »Du hast deinen Teil gesagt, und jetzt laß mich meinen sagen. Wenn ich dich betrogen hätte, wäre ich jetzt vielleicht nicht so verdammt wütend. Aber du hast mich wirklich mit deinen Vorwürfen überrumpelt. Zuerst einmal: Ich liebe dich, und ich dachte, ich hätte uns beiden etwas Gutes getan, indem ich mit dir nach Duluth gefahren bin. Dann hast du dich plötzlich um hundertachtzig Grad gedreht und es mir ins Gesicht geschleudert, und das tut weh. Als ich dich geheiratet habe, habe ich dir Treue geschworen, und bei Gott, ich bin dir treu gewesen. Wenn du die Wahrheit wissen willst: Ich habe nie auch nur *Phantasien* über eine andere Frau gehabt! Es heißt, es sei gesund, aber an mir könnte man diese These nicht beweisen. Und es kotzt mich wirklich an, die Vorstellung, daß Ruth Bishop dir diese Dinge in den Kopf gesetzt hat. Ruth Bishop braucht einen Psychiater, jawohl, den braucht sie wirklich, und wenn du das nächste Mal zu ihr gehst und sie wieder anfängt, über Dean zu klatschen, dann vergleiche mich bitte nicht mit ihm, weil es weh tut, verdammt!«

Zwei Tränen kullerten über ihre Wangen herab, während er fortfuhr.

»Was noch mehr schmerzt, ist, daß du das Thema auf der Veranda zur Sprache gebracht hast, wo Chelsea es hören konnte.«

»Du bist derjenige, der zu brüllen angefangen hat, Tom.«

»Was glaubst du wohl, wie lange sie den Vorfall im Gedächtnis behält? Wenn jemals wieder etwas zwischen uns schiefgeht, glaubst du nicht, daß sie sich dann automatisch wieder daran erinnert und sich fragt, ob ich wirklich eine Affäre hatte?«

»Ich werde ihr morgen früh sagen, daß ich mich geirrt habe.«

Tom rollte sich wieder auf die Seite, fort von ihr. »Ja, tu das nur, Claire.«

Er wußte, wann sie hinter ihm zu weinen anfing, weil er das schwache Zittern durch die Matratze fühlen konnte. Er hörte sie ein Papiertaschentuch aus der Pappschachtel auf ihrem Nachttisch nehmen, aber sie war zu stolz, um sich die Nase zu schneuzen, und unterdrückte ihre Schluchzer statt dessen. Tom selbst hatte ebenfalls Gefühle zu beherrschen – ein wahres Durcheinander von Emotionen. Seine Tochter hatte mitbekommen, wie Claire ihm ungerechtfertigterweise Untreue vorwarf, obwohl er seine Frau *verehrte* und ihr keinen Anlaß gegeben hatte, an ihm zu zweifeln, niemals, nicht während der letzten achtzehn Jahre! Was er mit Monica Arens getan hatte, war geschehen, bevor er sein Ehegelöbnis gesprochen hatte, und das war eine Sache, die auf einem anderen Blatt stand! Aber jene Sünde aus seiner Vergangenheit meldete sich wieder, um ihn zu wurmen und mit Schuldgefühlen zu erfüllen; schließlich war er derjenige, der hier ein Geständnis ablegen sollte, statt sie so zornig abzukanzeln.

Und so lagen sie schweigend da, Rücken an Rücken, kämpften mit Desillusionierung und Liebe.

Das Fenster auf Claires Seite des Bettes stand ein paar Zentimeter offen. Die Luft, die über Toms entblößten Arm strich, fühlte sich kalt an, aber er lag bewegungslos da, wollte verdammt sein, wenn er auch nur einen Muskel bewegen würde. Er verstand nicht, warum er den Zwang verspürte, absolut still zu liegen, aber so war es nun einmal. *Laß sie nicht merken, daß du wach bist. Riskiere es nicht, dich zu bewegen und sie zu berühren. Es spielt keine Rolle, daß sie ebenso schlimm verletzt ist wie du; laß sie ruhig eine Weile daliegen und sich elend und unglücklich fühlen, so wie sie dich unglücklich gemacht hat.*

Claire putzte sich die Nase, und er dachte: *Na mach schon, heul du nur! Warum sollte ich versuchen, dich zu trösten, wenn du mich auf so schäbige Weise verletzt hast?* Durch mehrere

Wände hindurch hörte er den Wasserhahn im Badezimmer rauschen und nahm an, es war Chelsea, beunruhigt und unfähig zu schlafen, von dem unnötigen Trauma belastet, das ihr durch diesen bedauernswerten Vorfall aufgezwungen worden war. *In Ordnung, ich war derjenige, der gebrüllt hat, aber verdammt, welcher Mann hätte das in dem Fall nicht getan?*

Hinter ihm verlagerte Claire ihre Füße so verstohlen, daß Tom merkte, auch sie litt unter dem bizarren Zwang, sich möglichst nicht zu rühren. Unerklärlich und dumm, aber so war es manchmal – Liebende, die sich stritten, taten unerklärliche und dumme Dinge.

Sein Körper revanchierte sich auf heimtückische Weise für die erzwungene Ruhe. Tom verlagerte einen Arm, so verstohlen wie Claire, ließ seinen Handrücken langsam über das kühle Kopfkissen gleiten, bis er sich den Nasenrücken kratzen konnte, der tief innen fürchterlich juckte.

Wie konnte sie mich so völlig falsch verstehen! Wie konnte sie auch nur einen Augenblick daran zweifeln, wie sehr ich sie liebe! Fühlt sie das denn nicht?

Eine einzelne heiße Träne tropfte von seinem linken Auge auf das Kopfkissen und hinterließ eine nasse Stelle, die sich schnell von warm in kalt verwandelte.

Claire zuckte einmal leicht, und er merkte, daß sie schließlich in den Schlaf hinüberglitt. Was sollte er am Morgen zu ihr sagen? Würde dieses beengende, einschnürende Gefühl bis dahin aus seiner Brust gewichen sein? Ihre Augen würden geschwollen sein, und sie haßte das, haßte es, in die Öffentlichkeit zu gehen, nachdem sie geweint hatte.

Sie hatten relativ selten in ihrem Leben wirklich heftig miteinander gestritten. In jenen Phasen aufgezwungener Enthaltsamkeit während Claires Schwangerschaften und danach hatte es die üblichen Zankereien zwischen ihnen gegeben, wie es bei den meisten Ehepaaren vorkam. Bei dem schlimmsten Streit, den sie je gehabt hatten, war es um eine Lehrerin in der Schule gegangen, Karen Winstead, die im Jahr nach ihrer Scheidung mit Tom geflirtet hatte. »Ich will nicht, daß diese Frau in deinem Büro ist!«

hatte Claire geschrien, und er hatte zurückgebrüllt, daß er Karen wohl kaum ihr zuliebe aussperren könnte – schließlich mußten sich Lehrer über alle möglichen Dinge mit ihrem Rektor beraten. Die ganze Situation hatte sich noch verschärft, indem Tom John Handelman aus Claires Abteilung ins Spiel brachte, der in den Pausen nur zu gerne in ihren Klassenraum kam und mit ihr plauderte, und am Ende hatten sie jenen langen, durch Eifersucht erzeugten Streit gehabt.

Damals waren ihre Augen auch geschwollen gewesen.

Mitten in der Nacht erwachte Tom plötzlich, von der absoluten Gewißheit aufgeschreckt, daß Claire wach hinter ihm war. Sie hatte sich nicht bewegt oder gesprochen, dennoch wußte er, auch sie lag mit offenen Augen da. Nachdem er achtzehn Jahre lang im selben Bett mit ihr geschlafen hatte, spürte er es einfach.

Im Schlaf hatte er sich tief unter der Decke vergraben, und unter ihr schien sich sein Herz mit jedem Schlag von einer Körperseite zur anderen zu wiegen, in dieser übertriebenen Art, wie sie einem die Einbildung manchmal mitten in der Nacht vorgaukelte. Tom schlug nur die Augen auf. Ansonsten rührte er keinen Muskel.

Aber Claire wußte ebenfalls, daß er wach war.

Sie lagen Rücken an Rücken, ihre Haut auf die Nähe des anderen eingestimmt, ihre Einsamkeit und Unnahbarkeit eine nicht enden wollende Qual.

Nach Minuten gab Claire schließlich auf und bewegte sich.

»Tom?« flüsterte sie und berührte behutsam seinen Rücken.

Er rollte sich herum wie ein Faß, das von einem Wagen fällt, über seinen Arm hinweg, um sie anzusehen und sie an seinen leeren Körper zu pressen, der sich plötzlich vom Herzen ausgehend wieder zu füllen schien.

»Claire... oh, Claire«, flüsterte er, während er sie umschlungen hielt, krank vor Kummer, weil er sie so kalt behandelt und sie ausgeschlossen und ihr Vorwürfe gemacht hatte, obwohl seine eigene Schuld die eigentliche Ursache für ihre Schwierigkeiten war.

»Es tut mir leid. O Gott, ich liebe dich so«, schluchzte sie.

»Ich liebe dich auch, und es tut mir auch leid.«

Ihre Glieder schienen trotz all des angewandten Drucks angesichts dieser Emotionen nicht genug Kraft zu haben. Sie konnten sich einfach nicht fest genug in den Armen halten.

»Ich weiß das… ich weiß es ja… bitte verzeih mir. Ich kann es nicht« – ein Schluchzen brach aus ihr heraus und schnitt ihre Worte in zwei Hälften – »kann es nicht ertragen, n-neben dir zu schlafen und zu wissen, daß ich dich verletzt habe… ich weiß nicht, wie ich irgend et-etwas ohne dich tun könnte.«

Er küßte sie erneut, schnitt ihre Bitten ab, bis sie nach Luft ringen mußte. Sie löste ihren Mund fast gewaltsam von seinem, und er hörte ihr leises Keuchen neben seinem Ohr, als ihre Hände in den Taillenbund seiner Pyjamahose glitten, um seine Pobacken zu umfassen. Augenblicke später war Claire nackt von der Taille an abwärts, und er drang in sie ein, während sie ihre Fersen und Waden um ihn schlang und ein Herz um seine Hüften bildete. Alles, was sie achtzehn Jahre lang zusammengeschmiedet hatte, schmiedete sie auch jetzt wieder zusammen: die Ehegelöbnisse, die sie an ihrem Hochzeitstag abgelegt hatten, die Meinungsverschiedenheiten der Vergangenheit und dieses Abends, die gelegentliche Eifersucht, die sie daran erinnerte, wie innig und aufrichtig sie sich liebten, die Liebe, die sie ihren Kindern entgegenbrachten, und der Wunsch, daß ihr Sohn und ihre Tochter das Beste vom Leben erfahren würden und daß sie ganz sicherlich niemals um ihrer Eltern willen würden leiden müssen. Sie hatten hart an ihrer Ehe gearbeitet, an ihrem Beruf, hatten sich nach besten Kräften bemüht, gute Eltern zu sein. Sie hatten gelernt, sich aus allen diesen Gründen gegenseitig zu respektieren und zu lieben, und als ihre Verbindung bedroht gewesen war, hatten sie beide Furcht empfunden.

Die Furcht schwand nun dahin, wurde vertrieben durch diesen Akt, der soviel mehr als Sex war. Er war Entschuldigung, Erneuerung und Versprechen.

Als sie sich danach erschöpft umschlungen hielten, streckte Claire eine Hand aus und berührte Tom an der Wange.

»Verlaß mich niemals«, flüsterte sie.

»Warum sollte ich dich verlassen?«

»Ich weiß es nicht.« Ein schwacher Druck ihrer Hand warnte ihn, daß ihre Angst echt war. »Ich weiß es nicht. Versprich mir einfach, daß du es nicht tun wirst.«

»Ich verspreche dir, ich werde dich nie verlassen.« Manchmal sagte sie diese Dinge, wie aus heiterem Himmel, und er hatte keine Ahnung, woher ihre Unsicherheit kam. Er legte eine Hand auf ihr Haar und streichelte ihre Wange mit seinem Daumen.

»Claire, warum sagst du solche Dinge?«

»Ich weiß nicht. Vielleicht, weil du mich heiraten mußtest. Ich kann das anscheinend nie vergessen.«

»Ich habe dich geheiratet, weil ich es wollte.«

»Ich weiß das, wirklich, aber tief in meinem Inneren … ach, ich weiß es nicht, Tom.« Sie war niemals fähig gewesen, es ihm verständlich zu machen, so wie sie es Ruth verständlich gemacht hatte, dieses Vermächtnis der Unsicherheit, das diese voreheliche Schwangerschaft hinterlassen hatte. Einmal, vor Jahren, hatte Tom ihr gesagt, es sei verletzend für ihn zu wissen, daß sie so empfand, und sie hatten sich deswegen heftig gestritten. Claire wollte nicht, daß dies heute abend wieder zwischen ihnen stand.

»Tom, ich bin so müde … laß uns nicht mehr davon sprechen.«

Sie taten es nicht. Sie drehten sich auf die linke Seite und paßten ihre Körperrundungen einander an, wie zwei Streifen Band. Tom umfaßte ihre Brüste. Sie seufzten tief. Claire schlang einen Arm rückwärts um seine Hüfte. Und so aneinandergeschmiegt schliefen sie schließlich ein.

6. KAPITEL

Am Freitag abend gegen Viertel vor sieben, vier Tage nach Beginn des neuen Schuljahres, herrschte im Umkleideraum der HHH ein Lärm wie bei einem Pfadfindertreffen, wenn die Hot dogs serviert werden. Das erste Heimspiel der Saison, und alle siebzig Mitglieder des Footballteams waren startbereit und barsten förmlich vor Energie. Stimmen redeten aufgeregt durcheinander. Türen knallten. Metallverstärkte Schuhsohlen klackten auf dem Zementboden, Schulterpolster klapperten. Das Rot und Weiß der Trikots verlieh der feuchten, von Neonröhren erhellten Luft einen rötlichen Schimmer. Jungen saßen rittlings auf lackierten Bänken und umwickelten ihre Hände mit Bandagen. Selbst ein Blinder hätte den Raum an seinem Gemisch von Gerüchen erkannt – Schweiß, Dampf, Klebeband und Zement, von Wasser durchdrungen, das niemals ganz trocknete.

Robby Gardner schob seine Hüftpolster in seine Hosen und zog die Hosenbeine straff. Er entwirrte die elastischen Schnüre, die seine Schulterpolster miteinander verbanden, und begann, sie festzubinden, während zehn Schritte von ihm entfernt Jeff Morehouse etwas zu Kent Arens sagte und ihm einen spielerischen Boxhieb gegen die Schulter versetzte, worauf die beiden laut lachten. Robby wußte nicht, was es war, was ihm an diesem neuen Jungen so auf die Nerven ging, aber es paßte ihm nicht, wenn sein bester Freund zu dicke mit Arens wurde. Auch Pizza Lostetter hatte angefangen, mit Kent herumzuhängen, und mehr als einmal hatte Robby seine Schwester Chelsea neben Kents Schließfach stehen und mit ihm reden sehen.

Trainer Gorman kam aus seinem Büro, ein Klemmbrett in der Hand. Er trug dunkelblaue Hosen, eine rot-weiße Jacke mit Reißverschluß und eine rote Kappe mit den HHH-Initialen über dem Schirm. Er stieß einen schrillen Pfiff auf seiner Trillerpfeife aus und bellte: »Okay, Leute, alle mal herhören!« So gedrungen und kompakt wie ein Mülleimer, stand er mit gespreizten Beinen da, den Rand des Klemmbretts gegen den Bauch gestützt. »Das erste Heimspiel der Saison, und wir wollen heute abend für uns selbst einen Maßstab setzen. Ihr habt alle hart gearbeitet, aber ihr werdet noch sehr viel härter arbeiten, bis diese Saison vorbei ist. Blaine ist unser zähester Gegner, ist es immer gewesen. Wir werden einen smarten Angriff und eine erstklassige Verteidigung brauchen, um sie zu schlagen. Ihr fragt euch alle schon eine Weile, wer den Job machen wird, wer spielen wird, deshalb will ich euch nicht länger auf die Folter spannen. Hier ist die Mannschaftsaufstellung für heute abend.

Gardner, Quarterback; Baumgartner, linker Halfback; Pinowski, linker Fullback…« Während er die Namensliste verlas, sanken einige Schultern enttäuscht herab, andere strafften sich, doch es blieb still im Raum. »Arens, Verteidiger«, las Gorman weiter vor, und Robbys Blick wanderte zu Jeff Morehouse hinüber, der diese Position letztes Jahr im Junior-Auswahlteam gespielt und gehofft hatte, dieses Jahr beim ersten Spiel wieder dabeizusein. *Lies Jeffs Namen! Los, lies ihn vor,* dachte Robby, aber als die Liste beendet war, war Jeffs Name nicht darunter. Es fiel Robby schwer, sich vorzustellen, an jemand anderen zu übergeben, wenn er aus der Mitte zurückwich und zu rennen begann. Er hatte an Jeff übergeben, seit die beiden in der dritten Klasse in der Anfängerliga gespielt hatten.

Der Trainer las die Mannschaftsaufstellung zu Ende vor und begann mit seinem üblichen Sermon vor jedem Spiel, erinnerte jeden an seine spezielle Aufgabe, die auf Gormans Kundschafterbericht über das gegnerische Team beruhte – eine Wiederholung all dessen, was sie bereits wochenlang beim Training gehört hatten. Robbys Blick schweifte zu Kent Arens, der hoch aufgerichtet wie bei einer Parade dastand und nicht einmal blinzelte während der vier Minuten, die der Trainer sprach. Selbst seine Fähigkeit, ein Problem anzugehen und seine Aufmerksamkeit so vollkommen darauf zu konzentrieren, ärgerte Robby.

»…und jetzt geht raus und zeigt ihnen, wer das bessere Team ist!«

Robby erwachte aus seiner Versunkenheit, um festzustellen, daß Trainer Gormans Rede beendet war. Er griff nach seinem Helm und trottete mit den anderen aufs Spielfeld hinaus, betrachtete stirnrunzelnd Kent Arens' Rücken, der ein paar Schritte vor ihm joggte.

Die Zuschauertribünen waren bereits gefüllt, und die Cheerleaders begannen, das Publikum zu Applaus anzufeuern, als das Team erschien. Die Band schmetterte das Schullied, und der vertraute Marsch pulsierte durch die Abendluft. Robby erhaschte einen Blick auf Chelsea, die mit dem Cheerleaderteam sang und tanzte und sich halb zu Arens umdrehte, als dieser hinter ihr vorbeilief. »Hey, Robby! Viel Glück!« rief sie, als ihr Bruder vorbeirannte, wobei sie ein paar Takte aus dem Schullied aussetzte und gleich darauf wieder in die Melodie einstimmte.

Solange er sich erinnern konnte, hatte Robby Gardner diese Zeit seines Lebens herbeigesehnt: sein Seniorjahr, ein milder Herbstabend, weiches Gras, das unter seinen metallverstärkten Schuhsohlen nachgab, die Tuben, die *humpta-humpta-humpta* machten, während er an der Band vorbeijoggte, überall Fahnen und Trikots in den Schulfarben, seine letzte High-School-Saison vor ihm, mit ihm selbst als Quarterback, und sein Körper durchtrainiert und federnd und bereit für die Herausforderung. Sogar der Anblick von Chelsea, die da hinten mit den Cheerleaders herumwirbelte und ihre Pompoms schwenkte. Ja, auch das gehörte dazu. Aber was gerade im Umkleideraum passiert war, nahm Robbys Befriedigung irgendwie die Vollkommenheit. Wie mußte Jeff jetzt zumute sein – in seinem letzten Schuljahr von irgendeinem Texaner auf die Reservebank verdrängt, der einfach hereinstolziert kommt, ein paarmal *Yes, Sir* säuselt und prompt im ersten Spiel dabei ist?

Jeff holte rechts von Robby auf, und sie joggten ein Stück nebeneinander her.

»Mann, Mann, was für eine Scheiße«, meinte Robby.

»Tja, nun, was soll ich sagen. Der Trainer hat nun mal das Sagen.«

»Ja, aber ich glaube, diesmal irrt er sich.«

»Laß ihn das lieber nicht hören, sonst läßt er das Team twenty-twenties machen.« Twenty-twenties war eine strapaziöse Bestrafung, die kein Mannschaftsmitglied seinen Kameraden aufdrängen wollte.

Sie erreichten die Fünfzig-Yard-Linie, und als Kapitän des angreifenden Teams befahl Robby: »Verteilt euch für Aufwärmübungen! Fangen wir an!« Er ließ seine Truppen antreten und führte sie durch eine energische Runde von Dehn- und Streckübungen.

»Sucht euch einen Partner!« rief er, und die Jungen begannen jeweils zu zweit mit Übungen für die Beinmuskeln. »Hey, Arens, hierher!«

Kent Arens kam herbei, und die Luft schien von Robbys Feindseligkeit zu knistern, als er ohne Vorwarnung seinen Fuß hochwarf, um seine Beinmuskeln nach Art der Ballettänzer zu dehnen. Kent hielt seinen Fuß an der Ferse fest, während Robby sich in der Taille vorbeugte, bis seine Stirn das Knie berührte. Er ließ sich Zeit dabei, streckte erst das rechte Bein, dann das linke. Als er fertig war, vertauschten sie die Rollen. Als Robby auf Arens' Kopf hinunterschaute, fühlte er seine Feindschaft erneut aufflackern.

»Also, was geht zwischen dir und meiner Schwester vor?«

Arens richtete sich auf. »Nichts«, erwiderte er gelassen.

»Ich sehe euch häufig in den Pausen zusammen.«

»Stimmt, sie ist ein nettes Mädchen.«

»Also, was geht da vor? Ich meine, gehst du mit ihr aus oder so?«

Kent wechselte das Bein und schwang den anderen Fuß hoch. »Irgendwelche Einwände, wenn ich es täte?«

»Wüßte nicht, welche. Ich meine, es geht mich ja nichts an... solange du sie anständig behandelst, richtig?«

Kent zog seinen Fuß zurück und stand mit locker herabhängenden Armen da. »Was hast du, Gardner?«

»Nichts.«

»Bist du sicher? Na schön, ich bin neu hier, und vielleicht habe ich einen deiner Freunde aus seiner Startposition verdrängt, okay, aber du und ich müssen zusammen spielen, und wenn du ein Problem damit hast, dann sollten wir besser darüber reden.«

»Quatsch«, erwiderte Robby mit vorgetäuschter Gelassenheit. »Ich habe überhaupt kein Problem damit.«

Doch als er seine Armmuskeln aufzuwärmen begann, schleuderte er Kent den Ball mit soviel Heftigkeit entgegen, wie er aufbringen konnte, traf ihn wieder und wieder gegen die Brust, ohne daß es ihm gelang, Kent auch nur ein Grunzen zu entlocken oder ihn dazu zu bringen, zurückzuweichen oder den Ball fallen zu lassen.

Schließlich warf Kent den Ball mit der gleichen Vehemenz zurück und erwischte Robby in einem Moment der Unachtsamkeit. Als er rückwärts taumelte, um das Gleichgewicht wiederzuerlangen, prallte der Ball auf dem Gras auf. »Was ist eigentlich mit dir los, Gardner?« brüllte Kent. »Warum sparst du's dir nicht für Blaine auf, Mann?«

In den letzten Minuten vor dem Spiel versammelte Trainer Gorman die Jungen noch einmal um sich: »Okay, Leute, zwei Spieler müßt ihr besonders im Auge behalten. Nummer dreiunddreißig bei den Angreifern: Jordahl. Jene von euch, die Leichtathletik betreiben, wissen, wozu er fähig ist. Er kann die vierzig in vier-sieben laufen, also haltet ihn in Schach. Bei der Verteidigung ist es die Nummer achtundvierzig, Wayerson. Er ist einen Meter fünfundachtzig groß mit einer Reichweite wie King Kong, und er weiß, wie man einen Paß niederschlägt. Verteidiger, laßt ihn nicht an den Ball ran, habt ihr das kapiert? Das sind die beiden, die wir stoppen müssen, um das Spiel zu gewinnen. Vergeßt das nicht! Okay, landet eure Treffer und bleibt am Ball!«

Sie schlugen sich gegenseitig auf die Schultern, stießen einen Schlachtruf aus und liefen auseinander.

Nach drei Spielminuten im ersten Viertel forderte der Trainer einen simulierten Kurswechsel, ein Curlingspiel, und Kent schlug einen Bogen, fing den Optionspaß und rannte damit in den Endraum, was der Mannschaft sechs Punkte einbrachte.

Die Zuschauer tobten. Die Band schmetterte das Schullied. Die Cheerleaders sprangen jubelnd hoch. Die Spieler des angreifenden Teams stürzten auf Kent zu und schlugen begeistert auf seinen Helm. »Jjjjaaaa!« brüllten sie mit erhobenen Fäusten. »Ja, ja, ja!«

Robby Gardner sagte gar nichts. Er hielt den Ball für den nächsten Punkt, dann sprintete er zur Seitenlinie und setzte seinen Helm ab, ohne ein Wort der Gratulation an seinen Verteidiger. Er schaute zu, wie auf der Anzeigentafel sieben Punkte erschienen, und stellte sich neben Jeff Morehouse, während er einen Groll fühlte, den kein guter Teammann in einem solchen Moment fühlen sollte.

Kent erzielte erneut Punkte im dritten Spielviertel mit einem blitzschnellen Hechtsprung, der ihn über die Rücken seiner Mitspieler hinweg kopfüber in den Endraum trug.

Und im letzten Viertel blockte er seinen Gegner äußerst geschickt und sorgte so für eine Lücke für den Quarterback, die es Robby gestattete, hindurchzuflitzen und ein Touchdown zu erzielen, das den Punktestand auf siebzehn hinaufschraubte, womit das Spiel für die HHH Senators gewonnen war.

Als sie das Spielfeld verließen und Robby neben Kent herjoggte, bemerkte er, daß seine Teamkameraden alle um sie herumjoggten, und sagte ausdruckslos: »Gut gemacht, Arens.«

»Danke.« Kents Stimme klang ebensowenig begeistert wie das angebotene Kompliment. Keiner der beiden gönnte dem anderen während dieses kurzen Wortwechsels auch nur einen Seitenblick.

Als sich der Umkleideraum fast geleert hatte, näherte sich Trainer Gorman Robbys Schließfach und sagte: »Gardner, ich möchte dich in meinem Büro sehen, wenn du umgezogen bist.«

Robby schaute flüchtig über seine Schulter. »In Ordnung, Trainer.« Er griff nach seiner Jacke mit dem Aufdruck der Schule, stopfte sein schmutziges Trikot in einen Beutel und drückte seine Schließfachtür ins Schloß. »Hey, Jeff!« rief er. »Warte draußen auf mich. Ich muß noch mit dem Trainer sprechen. Hier sind meine Schlüssel.« Er warf Jeff seine Autoschlüssel zu. »Wenn du Brenda siehst, frag sie, ob sie Lust hat, mit uns zu McDonald's zu gehen, okay?«

Trainer Gorman saß bequem zurückgelehnt auf einem ramponierten Schreibtischstuhl, in die Notizen auf seinem Klemmbrett vertieft. »Mach die Tür zu«, sagte er, lehnte sich nach vorn und knallte das Brett auf den Tisch.

Robby schloß die Tür.

»Setz dich.«

Robby setzte sich.

Der Trainer legte bewußt eine Pause ein und ließ ein paar Sekunden des Schweigens verstreichen, während Robby sich in seinem Stuhl vorbeugte, die Ellenbogen auf die Armlehnen gestützt, seine Finger locker ineinander verschränkt. »Also...« knurrte Gorman schließlich. »Hast du irgendwas, worüber du reden möchtest?«

Robby zeigte mit dem Daumen auf seine Brust. »Ich?«

»Irgendwas ist heute abend auf dem Spielfeld da draußen los gewesen. Macht es dir was aus, mir zu sagen, was das war?«

Robbys Miene wurde ausdruckslos. Seine Stimme hatte einen betont munteren, unschuldigen Klang. »Wir haben ein gutes Match gespielt, Trainer. Wir haben gewonnen!«

Der Trainer griff nach einem Bleistift und ließ ihn auf das Klemmbrett fallen. »Nun komm schon, Gardner, mich führst du nicht hinters Licht. Du hegst irgendeinen Groll, und zwar seit dem Tag, als ich Arens ins Team aufgenommen habe. Heute abend war es ganz offensichtlich, daß dich beim Spielen etwas anderes beschäftigt hat.«

»Aber wir haben gewonnen!«

»Es geht hier nicht ums Gewinnen, Gardner, und du weißt es auch! Es geht darum, Teil eines Teams zu sein und als ein Team zusammenzuarbeiten und immer nach dem zu streben, was für das Team das Beste ist.«

»Ja?« Robbys Tonfall besagte: *Ich weiß das alles, also, was soll dieser Sermon?*

»Was ist zwischen dir und Arens?«

»Nichts.«

»Komm schon, Robby, heraus mit der Sprache. Ich bin dein Trainer. Wenn die Einheit der Mannschaft bedroht ist, möchte ich wissen, warum. Könnte es sein, daß du wütend auf Arens bist, weil er deinen guten Kumpel Morehouse übertrumpft hat?«

Robby preßte die Lippen zusammen und starrte auf eine Bücherstütze in Form eines Golfballs auf dem Schreibtisch des Trainers.

»Das ist es, stimmt's? Das und die Tatsache, daß der Rest von euch eine höllisch anstrengende Trainingswoche absolvieren mußte und Arens nicht.«

»Entschuldigen Sie, Trainer, aber Jeff hat hart gearbeitet, um ins erste Spiel hineinzukommen.«

»*Ich* bin der Trainer hier!« bellte Gorman. »*Ich* entscheide, wer spielen wird und wer nicht, und meine Entscheidung richtet sich danach, wer das Team dazu anspornen wird, optimale Leistungen zu bringen. Du dagegen scheinst vergessen zu haben, daß es das Team ist, das darunter leidet, wenn du aufhörst, ein Teamspieler zu sein. Wo waren die Gratulationen und das Schulterklopfen, als Arens heute abend seinen ersten Touchdown machte? Und den zweiten?«

Robby senkte den Kopf und betrachtete angelegentlich seine Daumennägel.

Gorman schlug einen vertraulichen Ton an, beugte sich vor und verschränkte seine Unterarme auf der Tischplatte. »Das ist doch sonst gar nicht deine Art, Gardner. Und Arens ist gut. Er ist verdammt gut. Alle im Team spielen besser, seit er dabei ist, und heute abend, als er den Gegner blockte und dir damit Gelegenheit verschaffte, in den Endraum zu kommen, hatte ich erwartet, du würdest mit ihm feiern.«

»Tut mir leid, Trainer«, murmelte Robby.

Gorman lehnte sich zurück und legte ein Fußgelenk auf ein Knie. »Wenn es irgendwas Persönliches zwischen euch gibt, dann tragt es nicht auf dem Spielfeld aus. Du bist ein zu guter Spieler, um eine solche Regel zu vergessen, und ein zu guter Quarterback, um auf der Reservebank zu landen. Stell meine Geduld nicht auf die Probe, Robby, weil ich jederzeit tun werde, was das Beste für das Team ist, okay?«

Robby nickte stumm.

Gorman schlenkerte mit einer Hand in Richtung Tür. »In Ordnung, dann mach, daß du rauskommst. Ein schönes Wochenende, und wir sehen uns dann am Montag beim Training.«

Robby hatte Football gespielt, seit er so jung gewesen war, daß sein Kopf kaum einen Helm ausfüllte. Niemals in all diesen Jahren war er derart von seinem Trainer zusammengestaucht worden. Zusammen mit seinem Team, das schon. Aber er allein? Nie.

Als er Gormans Büro verließ, fühlte er mehr Feindseligkeit als jemals zuvor gegenüber Kent Arens.

Im Umkleideraum der Mädchen streifte Erin Gallagher nach dem Spiel ihren roten Pullover über den Kopf und meinte: »Ich würde meinen Schneidezahn dafür geben, wenn Kent Arens mich fragen würde, ob ich mit ihm ausgehe!«

»Ziemlich uncool, Erin«, erwiderte Chelsea. »Was ist mit Rick?«

»Rick gehört nicht zum Footballteam. Und außerdem ist er mir zu rechthaberisch!«

»Aber Erin« – Chelsea dämpfte die Stimme – »wie kannst du so was sagen, wo du und Rick …« Sie machte eine vage Handbewegung und flüsterte: »… du weißt schon.«

»Rick und ich hatten heute nach der Schule einen Streit.«

»Streit? Weswegen?«

»Wegen Kent. Er hat mich nach der fünften Stunde in der Halle mit Kent reden sehen. Chelsea, ich glaube, Kent fängt an, mich zu mögen. Du bist mit ihm befreundet. Würdest du ihm vielleicht unauffällig beibringen, daß ich ihn echt scharf finde und daß ich mit ihm ausgehen würde, wenn er mich fragen würde?«

»Scharf? Erin, wie kann ich so etwas zu ihm sagen? Ich würde vor Verlegenheit sterben!«

»Na ja, du weißt schon, was ich meine. Laß einfach mal eine Andeutung fallen, daß ich ihn mag.«

»Aber, ich weiß nicht, Erin …«

»Erzähl mir nicht, daß du selbst in ihn verknallt bist!«

»Nicht direkt.«

»Und ob du das bist! O Mist, Chels, bist du wirklich hinter ihm her? Ich dachte, du hättest ihn nur herumgeführt, weil es dein Job war.«

»Er ist wirklich nett, Erin. Ich meine, er hat tolle Manieren, und er ist nicht so laut wie die meisten Jungs. Er ist nicht der Typ Junge, den man als ›scharf‹ bezeichnen würde.«

Erins Hochstimmung verflog. »Okay, ich dachte nur, ich

könnte ja mal fragen. Mann, ich wußte ja nicht, daß du selbst ein Auge auf ihn geworfen hast.«

»Ich habe kein Auge auf ihn geworfen, und sprich nicht so laut! Du weißt, wie der Klatsch anfängt.«

Als die Mädchen sich geduscht und umgezogen hatten, sagte Chelsea: »Ich will meine Uniform zu meinem Schließfach bringen, Erin. Wir treffen uns dann am Vordereingang.«

»In Ordnung. In drei Minuten, okay?«

Sie trennten sich im Gang, während sie ihre roten Pullover und Röcke auf Bügeln über der Schulter trugen. Bei den Schließfächern im Erdgeschoß um die Ecke herum herrschte gedämpfte Beleuchtung, die Klassenraumtüren waren verschlossen. Es schien so anders hier am Abend als während des Tages, so still. Chelsea konnte sogar das Klicken des Kombinationsschlosses hören, als sie es mit ihrem Daumen drehte. Ihre Schließfachtür hallte wie ein Gong in der Stille, als sie sie öffnete und ihre Uniform aufhängte. Sie nahm eine kleine Tasche heraus und legte frischen Lippenstift auf, dann schlang sie sich den schmalen Riemen über die Schulter, klappte die Schließfachtür zu und eilte zum Vordereingang. Auf dem Weg dorthin kam sie an fünf langen, schmalen Reihen vorbei, wo die Seniors ihre Schließfächer hatten. Aus der Dunkelheit zwischen den Reihen sagte jemand: »Hallo, Chelsea, bist du das?«

Sie ging ein Stück zurück und spähte den mittleren Gang hinunter.

»Kent?« Er stand neben seinem offenen Schließfach, in eine grüne Windjacke, Jeans und eine Baseballmütze gekleidet, die locker auf seinem Hinterkopf saß.

»Hallo«, sagte sie leise in einem Ton freudiger Überraschung und bewegte sich auf ihn zu. »Du hast phantastisch gespielt.«

»Danke.«

»Ich kann sehen, warum du gleich ins erste Spiel hineingekommen bist.«

»Ich hatte gute Trainer in Texas.«

»Mmmm… nein, ich glaube, es ist mehr als das. Mein Vater sagt immer: ›Man kann den Leuten die Spielregeln beibringen, aber man kann keine Geschicklichkeit lehren.‹« Sie lehnte sich mit einer Schulter gegen das Schließfach und beobachtete, wie er das Kompliment mit liebenswerter Verlegenheit abblockte: »Hey, das ist doch nichts, was dir peinlich sein müßte«, fügte sie hinzu.

»Es ist mir nicht peinlich. Es ist nur...« Er zuckte die Achseln, und beide lachten. Schweigen breitete sich zwischen ihnen aus.

»Ab und zu habe ich zu den Seitenlinien rübergeschaut und dich dort mit den Cheerleaders gesehen, und dabei habe ich gedacht: ›Hey, ich kenne sie. Da drüben ist Chelsea.‹ Hat mir gefallen, dich dort zu sehen.«

Wieder herrschte Schweigen, während sich ihre Blicke trafen und wieder trennten, trafen und wieder trennten, beide noch unsicher und leicht verlegen angesichts der gegenseitigen Anziehungskraft, die sie zu fühlen begannen.

»Wie ist das, fährst du mit deinen Freundinnen nach Hause oder wie?«

»Manchmal. Manchmal fahre ich selbst, aber heute abend hat Robby den Wagen. Was ist mit dir?«

»Meine Mutter ist zum Zuschauen zu dem Spiel gekommen, aber sie wollte nicht so lange warten, bis ich mich geduscht und umgezogen hatte, deshalb ist sie nach Hause zurückgefahren. Sie meinte, ich sollte sie anrufen, falls sie mich abholen müßte. Pizza hat gesagt, ich könnte mit ihm fahren, wenn ich will.«

»Oh.« Chelsea war plötzlich intensiv damit beschäftigt, mit dem Daumennagel an der Zahlenscheibe eines Kombinationsschlosses zu kratzen.

Kent klappte die Schließfachtür zu und stellte das Schloß ein, aber sie blieben, wo sie waren; keiner von ihnen machte Anstalten, den schwach beleuchteten Gang zu verlassen.

»Wie weit von hier wohnst du?« wollte er wissen.

»Ungefähr zwei Meilen.«

»In der Richtung?« Er wies in die Richtung, die sie ihm einmal gezeigt hatte.

»Ja, in der Richtung.«

Er stellte sich vor sie hin, die Beine gespreizt, beide Hände in den Taschen seiner Windjacke vergraben. »Ich könnte dich zu Fuß nach Hause bringen«, schlug er vor.

»Das wäre aber ein langer Fußmarsch zurück nach Hause für dich.«

»Macht mir nichts aus. Es ist ein schöner Abend.«

»Bist du sicher?«

Er zuckte die Achseln und grinste. »Ist gut für den Kreislauf.«

Erin kam um das Ende der Schließfachreihe herumgeflitzt.

»Hier steckst du also, Chelsea! Wieso brauchst du so lange, um... oh!«

»Ich habe mich gerade mit Kent unterhalten.«

»Hi, Kent.«

»Hi, Erin.«

»Okay, kommst du nun, Chelsea, oder was?«

»Nein, geh du ruhig schon. Kent bringt mich nach Hause.«

Erins Ausdruck, von einem plötzlichen Stich von Eifersucht gedämpft, verlor seine Lebhaftigkeit. Ihre Lippen wurden schmal. »Du willst nicht mit uns zu McDonald's gehen?«

»Das nächste Mal, okay?«

Erin sah immer noch etwas betreten über das Glück ihrer Freundin aus. Als die Sekunden verstrichen, ohne daß einer von ihnen ein Wort sagte, zuckte sie die Achseln und meinte: »Na ja, dann... aber ruf mich morgen an, okay, Chels?«

»Klar, mach ich.«

»Okay. Bye.«

»Bye«, sagten Chelsea und Kent wie aus einem Mund.

Als Erins Schritte verhallten, sagte Chelsea: »Sie mag dich.«

Kent erwiderte: »Sie ist ganz in Ordnung, aber sie ist nicht direkt das, was ich meinen Stil nennen würde.«

Sie wandten sich ab und schlenderten mit dem gemächlichen Schritt von zwei jungen Menschen den Gang hinunter, die nahe daran waren, Entdeckungen zu machen, und die alle Zeit der Welt dafür zur Verfügung hatten.

»So? Und was ist dein Stil?«

»Darüber bin ich mir noch nicht sicher. Wenn ich mich entschieden habe, werde ich's dir sagen.«

Das leere Schulgebäude schuf eine Intimität, umgab sie mit seiner ungewohnten Stille und den flüsternden Geräuschen ihrer eigenen Bewegungen, als sie seine Korridore hinuntergingen. Kent öffnete die schwere Eingangstür und ließ Chelsea an sich vorbei in den warmen Herbstabend hinaustreten. Draußen verließen immer noch einige Wagen den Parkplatz, und jemand hupte und winkte ihnen aus einem offenen Wagenfenster fröhlich zu. Die Flutlichter über dem Footballfeld waren ausgeschaltet, aber die Lampen auf dem vorderen Parkplatz schufen Inseln von Helligkeit am Rande des Schulgebäudes. Als sie die Straße überquerten, warf der Mond ein mildes, milchiges Licht über die Welt, verwandelte die Bürgersteige in blasse Bänder und malte dichte Schatten unter die Bäume in den Wohngebieten, durch die sie gingen. Irgendwo in der Ferne bellte ein Hund. Chelsea und Kent spazierten ohne Eile durch die milde, mit Licht und Schatten gesprenkelte Nacht – ein junges Pärchen, das seine neu gefundene Freundschaft erforschte, eine Freundschaft, die erahnen ließ, daß mehr daraus erwuchs.

»Vermißt du Texas?« fragte sie.

»Ich vermisse meine Freunde, besonders meinen besten Freund Gray Beaudry.«

»Gray Beaudry. Südstaatler haben so romantische Namen, nicht?«

»Gray Richard Beaudry. Ich habe ihn ›Rich‹ genannt, das war ein kleiner Scherz unter uns, weil er nämlich wirklich reich war. Die Familie seiner Mutter hieß Gray, und sie hatten irgendwie Geld mit Öl gemacht. Du hättest ihr Haus sehen müssen. Swimmingpool, Gästehaus … all solche Sachen.«

»Möchtest du eines Tages reich sein?«

»Ich weiß nicht. Wäre nicht schlecht, oder? Und du?«

»Nicht wirklich. Ich würde lieber glücklich sein.«

»Na ja, sicher, wer wäre das nicht gern? Ich meine, was nützt einem das viele Geld, wenn man unglücklich ist?«

Sie sprachen über den relativen Reichtum ihrer eigenen Eltern und über deren Vorstellung von Glück. Kent sagte, etwas zu erreichen hätte seine Mutter immer glücklich gemacht, und sie hätte wirklich hart gearbeitet, und ihr neues Haus sei eine wichtige Leistung und eine Quelle des Stolzes für sie. Chelsea erwiderte, das träfe wahrscheinlich auch auf ihre Eltern zu, und sie bekäme so ziemlich immer alles, was sie sich wünschte, deshalb nähme sie an, ihre Mutter und ihr Vater ständen sich finanziell wahrscheinlich recht gut. Sie hätte auch immer gewußt, daß ihre Eltern glücklich miteinander wären. Kent meinte, er hätte es immer etwas seltsam gefunden, daß seine Mutter vollkommen glücklich war, obwohl sie niemals verheiratet gewesen sei. Chelsea sagte daraufhin, ob er es nicht auch witzig fände, wie verschieden die Menschen seien, weil sie nicht glaubte, daß ihre Mutter und ihr Vater auf irgendeine andere Art glücklich sein könnten als verheiratet.

Abrupt wechselte Kent das Thema: »Stimmt das eigentlich, was ich gehört habe, wie Pizza zu seinem Spitznamen gekommen ist?«

»Er hat es dir erzählt?«

»Er selbst nicht. Jemand anders hat es mir gesagt. Er traut sich immer noch nicht, es zuzugeben.«

»Aber es ist wahr, und alle wissen es. Vor zwei Jahren, am letzten Schultag, rief er bei Domino's Pizza an und benutzte den Namen von meinem Paps und ließ sieben große Pizzas zu uns nach Hause schicken.«

»Und dein Vater hat für die Pizzas bezahlt?«

»Was hätte er tun sollen?«

»Mann, das ist wirklich kaum zu fassen.« Sie lachten beide. »Dein Vater muß ein ziemlich ausgeglichener Typ sein, um so etwas zu tun. Hat er denn nicht versucht, herauszufinden, wer dahintersteckte?«

»Oh, er hatte sofort einen bestimmten Verdacht. Roland war dabei erwischt worden, wie er mit dem Wagen auf den Bürgersteigen der Leute herumkurvte, und er mußte gegen Ende des Schuljahres häufig nachsitzen. Mein Paps war ziemlich sicher, daß er derjenige war. Und so ist Paps im letzten Jahr jedesmal, wenn es in der Schule Pizza zu Mittag gab, zu Rolands Tisch gegangen und hat sich hinter ihn gestellt – du weißt ja, wie er das manchmal so macht – und hat ihn gefragt: ›Na, wie schmeckt die Pizza heute, Roland?‹ Und es passierte wirklich was Seltsames. Roland fing an, meinen Paps so zu mögen, daß er dieses Jahr in den Ferien einen Sommerjob angenommen und für den Schulbezirk gearbeitet hat – Rasenmähen und Instandsetzungsarbeiten und so. Mein Paps hatte ihm geholfen, den Job zu bekommen.«

Sie gingen eine Weile schweigend nebeneinander her, bevor Kent meinte: »Kann ich dir etwas sagen?«

»Was?«

»Ich beneide dich um deinen Vater. Ich glaube, es klang, als hätte ich einen Komplex – neulich, als du mich nach meinem Vater gefragt hast –, aber seit dem Tag habe ich gesehen, wie Mr. Gardn… ich meine, wie dein Vater zu dir in den Lunchraum kommt und dich begrüßt und wie du ab und zu in seinem Büro vorbeischaust… und er mag die Kids ziemlich gerne, das merkt man deutlich. Ich finde, er ist in Ordnung.«

»Danke«, erwiderte Chelsea erfreut. »Ich finde das auch.«

Sie bogen um eine Ecke, und Chelsea sagte: »Das ist meine Straße. Das vierte Haus links.«

Ihre Schritte wurden unwillkürlich langsamer. Kent hakte die Daumen in die Gesäßtaschen seiner Jeans, so daß sein gebeugter Arm hinter ihrem war. Manchmal ließen sie ihre Ellenbogen einander streifen. Sie schauten hinunter, beobachteten, wie sich ihre Füße langsam den Straßenrand entlang bewegten, unter Baumschatten, die blau auf dem Asphalt wirkten.

Als sie fast an Chelseas Einfahrt angekommen waren, fragte er: »Und? Gehst du mit jemandem oder so?«

»Nein.«

Er warf ihr einen verstohlenen Blick von der Seite zu und schaute dann weg. »Gut.«

»Und was ist mit dir? Gibt es irgendein Mädchen in Texas, dem du schreibst?«

»Nein«, erwiderte er. »Niemanden.«

»Gut«, wiederholte sie mehr als erfreut.

Sie wandten sich um und gingen die Auffahrt herauf. Die geschlossenen Garagentüren versperrten den Zutritt durch den Familienraum, deshalb führte Chelsea Kent den Gehweg entlang zur Haustür, wo sie am Fuß von zwei Stufen, die zu einer betonierten Treppe hinaufführten, zögernd innehielt. Sie blickte zu Kent auf. »Danke, daß du mich nach Hause gebracht hast. Tut mir leid, daß du so weit zurückgehen mußt zu deinem Haus.«

»Kein Problem.« Er stand da, die Hände in den Taschen seiner Windjacke, und stemmte die Sohle eines Schuhs gegen den Rand der Stufe hinter ihr, engte sie damit bewußt ein. »Tut mir leid, daß ich keinen Wagen hatte, um dich herzufahren. Meine Mam will einen für mich kaufen, aber sie hat noch keine Zeit dafür gefunden, seit wir umgezogen sind.«

»Ist schon in Ordnung. Ich fand es schön, zu Fuß zu gehen.« Sie schaute zum Himmel hinauf und zuckte unbekümmert die Achseln. »Es ist ein herrlicher Abend, nicht?«

Kent blickte ebenfalls zum Mond hinauf. »Ja, wirklich herrlich.«

Ihre Blicke kehrten wieder zur Erde zurück und trafen sich. Kents Fuß glitt von der Treppenstufe ab.

»Also…«, sagte sie mit einer Kopfbewegung in Richtung Haus, die besagte: *Ich sollte jetzt besser reingehen.*

Sie standen unbeweglich da, verlockt von der Idee eines Kusses, gefangen in jenem wundervollen Augenblick der Erwartung, der immer wieder als unvergeßliches Erlebnis in Mädchentagebüchern festgehalten wird.

Kent verlagerte sein Gewicht und beugte sich zu ihr vor, in der zögernden, fragenden Art eines Jungen, der dem Mädchen die Wahl überläßt. Chelsea wartete mit erhobenem Gesicht. Er beugte den Kopf tiefer und küßte sie, während er seine Hände in den Taschen behielt, nichts für selbstverständlich nahm. Seine Lippen waren weich, unschuldig und geschlossen. Ihre desgleichen.

Als er sich wieder aufrichtete, lächelten beide, und er sagte ruhig: »Bis bald.«

»Ja… bis bald.«

Er ging mehrere Schritte rückwärts, bevor er sich abwandte, um die Auffahrt hinunterzumarschieren.

7. KAPITEL

Es kam nur selten vor, daß Tom samstags morgens zu Hause blieb. Das Schulgebäude stand auch für Aktivitäten der Gemeinde zur Verfügung, und wenn eine Veranstaltung stattfand, hatte Tom das Gefühl, sein Platz sei dort. Die Leute benutzten das Gebäude für alle möglichen Zwecke: Pfannkuchenfrühstücke der Seniorenbetreuung in der Cafeteria, freies Schwimmen im Schwimmbad, Tanzproben und Gymnastikkurse in der Sporthalle und alles andere, von Gartenclubs bis hin zu Gruppentreffen des Vereins »Erwachsene Kinder von Alkoholikern« in den Klassenräumen.

Der Samstag nach dem ersten Footballspiel der Saison bildete keine Ausnahme. Kurz nach halb neun an diesem Morgen machte Tom sich bereit, das Haus zu verlassen.

»Was machst du heute?« fragte er Claire, als er seine Kaffeetasse ausspülte. Seit der Nacht ihres heftigen Streits hatten sie ihre Beziehung als etwas Zerbrechliches und Kostbares behandelt und waren besonders freundlich und rücksichtsvoll miteinander umgegangen.

»Vorräte einkaufen, das Haus saubermachen und anschließend Unterrichtsvorbereitung. Wenn du nach Hause kommst, könntest du dir dann mal den Wasserhahn an der Spüle ansehen und versuchen, ob du ihn reparieren kannst?«

»Sicher.« Er küßte sie im Vorbeigehen. »Bis später.«

Sie hielt ihn zurück für einen intensiveren Kuß, und sie trennten sich zögernd, zärtlich lächelnd.

»Bis nachher«, flüsterte sie.

»Ich komme zurück, sobald ich kann.«

Ihr Lächeln war bedeutungsvoll. Sie tauschten eines, das sexuelle Freuden für später versprach.

Tom verbrachte den Vormittag in seinem Büro, genoß die Ruhe, während er den Haushaltsplan der Schule überprüfte und Platz darin zu finden versuchte für einen Russischsprachkurs, der zusammen mit vier anderen Schulbezirken von Minnesota durch interaktives Fernsehen unterrichtet und über ein Kabelsendenetz ausgestrahlt werden sollte.

Kurz vor Mittag kam Robby herein, mit einem Trainingsanzug und schmutzigen knöchelhohen Turnschuhen bekleidet.

»Morgen, Paps.«

»Morgen«, sagte Tom. Er legte seinen Bleistift weg und streckte sich in seinem Stuhl. »Hast du im Gewichtsraum trainiert?«

»Ja, aber jetzt will mein Wagen nicht anspringen. Ich glaube, die Batterie ist im Eimer.«

»Nun, ich bin auch bereit, nach Hause zu fahren.« Tom sammelte seine Papiere ein und häufte sie zu einem ordentlichen Stapel auf. »Laß uns rausgehen und uns den Schaden mal ansehen.«

Es war fast Mittag, die verschiedenen Aktivitäten im Gebäude waren größtenteils beendet. Tom verschloß die Glastür zum äußeren Büro, machte einen Abstecher in die Cafeteria und fand sie verlassen, warf einen prüfenden Blick in die Korridore im Erdgeschoß und fand diese ebenfalls menschenleer. Irgendwo im Gebäude arbeiteten die Hausmeister: Er konnte Cecils Radio leise im Westflügel spielen hören. Die Eingangstüren waren wieder geöffnet.

Draußen war der Septembertag perfekt, der Himmel ein blasses Blau. Die Ahornbäume neben dem vorderen Gehweg und die gewaltigen Ulmen in den Gärten der umliegenden Häuser zeigten immer noch ein sattes, intensives Grün. In einer Einfahrt auf der gegenüberliegenden Seite der Straße wusch ein Mann ein rotes Auto. Das Schulgelände lag ungewöhnlich still da. In Zeiten wie diesen empfand Tom eine eigenartige Leere; dieser Ort konnte einem so einsam und verlassen vorkommen ohne die Geräuschkulisse junger Stimmen und den Trubel von Geschäftigkeit, für den er gemacht war. Tom hatte immer das Bedürfnis, möglichst schnell nach Hause zu kommen, wenn er den Parkplatz leer vorfand.

Tom und Robby stiegen in Toms Wagen auf dem reservierten Abschnitt in der Nähe der Eingangstür und fuhren um das Gebäude herum zu dem Parkplatz, der für Schüler ausgeschildert war. Der Nova stand ganz allein auf dem riesigen Platz, seine angerostete, schmutzige Karosserie wirkte so glanzlos und stumpf wie ein alter galvanisierter Eimer. »Hat sich irgendwas getan, als du ihn zu starten versucht hast?«

»Nichts. Wollte noch nicht anspringen.«

»Dann kann ich auch ebensogut gleich die Starthilfekabel herausholen.«

Tom fuhr Nase an Nase an den Nova heran, zog den Griff, der die Haube öffnete, und fand seine Starthilfekabel im Kofferraum. Während er sie an die Batterie anklemmte, schlenderte Robby herbei und lehnte sich neben ihn an den Kotflügel.

»Ich schätze, ich kann es dir auch gleich jetzt sagen«, meinte er, »weil du es sowieso herausfinden wirst. Der Trainer hat mich gestern abend zur Schnecke gemacht.«

»Ach ja?« Tom hielt sein Gesicht abgewandt.

»Es geht um Arens. Gorman glaubt, ich hätte was gegen ihn.«

Tom warf einen Blick über seine Schulter zurück. »Und? Stimmt das?«

»Ich weiß nicht.« Robby zuckte die Achseln und machte ein mürrisches Gesicht.

Tom zog seinen Kopf unter der Haube hervor und rieb sich den Schmutz von den Händen. »Sprich mit mir. Ich werde dich nicht zur Schnecke machen. Sag mir einfach, was du hast.«

»Na ja, Menschenskind, Paps, Jeff hat seinetwegen auf der Reservebank gesessen!«

Tom merkte deutlich, daß Robby große Schwierigkeiten hatte, herauszufinden, wie er mit der Situation umgehen sollte; dies war nicht der geeignete Zeitpunkt für Predigten.

»Und wie hat Jeff es aufgenommen?«

»Ich weiß es nicht. Er hat nicht viel gesagt.«

Tom zögerte einen Moment. »Also hast du es für ihn gesagt?«

»Nicht direkt. Aber ich habe mit Jeff Football gespielt, seit wir zusammen in der dritten Klasse waren!« Robby klang leicht bockig, als er herumfuhr und sich mit der Kehrseite gegen den Kotflügel stützte. Tom betrachtete einen Moment seine Schultern, wischte sich die Hände an seinem Taschentuch sauber und trat dann zu seinem Sohn. Seite an Seite, die Arme vor der Brust verschränkt, lehnten sie gegen den warmen Stahlkotflügel und richteten ihren Blick auf den Mann in der Einfahrt gegenüber dem Parkplatz, der gerade sein Auto mit klarem Wasser nachwusch. Die Mittagssonne wärmte ihre Schultern und Hinterköpfe. Die ausgedehnte Fläche des mit Kies bestreuten Asphalts vor ihnen vermittelte das Gefühl, sie wären die einzigen beiden Menschen auf einer Insel.

»Du vergißt, daß ich gestern abend ebenfalls bei dem Spiel war«, sagte Tom nach einer Weile. »Ich glaube, ich weiß, worüber der Trainer aufgebracht war. Und übrigens – was zwischen dir und Bob Gorman im Umkleideraum vorgeht, ist streng vertraulich. Ich fragte nicht danach, und er sagt mir auch nicht, wie er es für richtig hält, euch zu trainieren.«

Robby schaute ihn an, gab aber keine Erwiderung von sich.

Ein ganzes Stück entfernt bei der Feuerwehrzentrale ertönte eine Mittagssirene. Über den Bäumen nördlich des Parkplatzes erhob sich eine Schar Krähen, bildete ein Muster wie schwarzes Konfetti gegen den Himmel und verschwand dann erneut im Laubwerk der Bäume.

»Das Leben ist Veränderungen unterworfen«, sagte Tom grübelnd. »Du hast alles so eingerichtet und organisiert, wie du es gern haben willst, und dann tritt plötzlich etwas ein, was sich deiner Kontrolle entzieht und dich aus dem Gleichgewicht wirft. Wie schön wäre es, wenn man alles so haben könnte, wie man es möchte, und sagen könnte: ›So, und jetzt bleib so!‹ Aber nichts bleibt, wie es ist. Du wirst erwachsen, findest Freunde, verlierst Freunde, gehst aufs College, verlierst Leute aus den Augen, lernst neue kennen, und manchmal fragst du dich, warum das so ist. Aber alles, was ich dir sagen kann, ist, daß dich jede einzelne Erfahrung, die du auf diese Weise erlebst, in gewisser Weise verändert. Jeder neue Mensch, der in dein Leben tritt, verändert dich. Jedes moralische Dilemma oder jede emotionale Erfahrung, die du durchmachst, verändert dich. Es ist deine Aufgabe zu entscheiden, *wie* dich diese Dinge verändern. Auf diese Art formt sich der Charakter.«

Robby kickte mit der Spitze seines Turnschuhs einen losen

Stein fort, dann blickte er über die Straße hinweg. »Du willst also damit sagen, daß das Team an erster Stelle steht, vor Jeff.«

»Ich will damit sagen, daß du das selbst entscheiden mußt.«

Robby starrte auf die Krähen, die laut krächzend wieder aufflogen und ein sich ständig veränderndes Bewegungsmuster am Himmel bildeten. Tom legte seinem Sohn eine Hand auf die Schulter und stieß sich vom Kotflügel ab. »Komm. Laß uns zusehen, daß wir diesen Schrotthaufen in Gang kriegen.«

Wenig später fuhren sie in zwei Wagen zu Hause vor. Tom parkte in der Garage und Robby am Ende der Einfahrt. Als er versuchte, den Nova erneut zu starten, geschah nichts. Tom stand daneben und horchte auf das Geräusch des Anlassers, der vergeblich mahlte und orgelte, während er im Geist den Preis einer neuen Batterie berechnete.

Robby knallte die Wagentür zu und sagte: »Nichts zu machen. Das Ding ist mausetot.«

»Das habe ich erwartet. Zumindest ist es vor dem Winter passiert.«

Sie betraten gemeinsam das Haus. Der Staubsauger lag auf dem Fußboden im Flur, und in der Küche herrschte ein ziemliches Durcheinander, als wäre Claire beim Einräumen der Vorräte mittendrin unterbrochen worden.

Claire rief von der Veranda herüber. »Wir sitzen hier draußen und essen Suppe! Bringt ein paar Teller und Löffel mit!«

Tom öffnete eine Schranktür, Robby zog die Besteckschublade auf, und sie gingen durch das Wohnzimmer zur sonnigen Seite des Hauses.

Auf der Veranda saßen Claire und Chelsea an dem runden Gartentisch, wo sich ein Kochtopf und eine Schachtel Kräcker den Platz mit der Post des Tages teilten. Chelsea, in ein übergroßes T-Shirt mit einem grünen Papagei auf der Brust gekleidet, lackierte ihre Fußnägel. Sie lackierte einen Nagel fertig, aß einen Löffel Suppe und machte sich dann an den nächsten Nagel. Claire, die Jeans, ein Flanellhemd und eine Baseballkappe trug, legte ihren Löffel am Tellerrand ab und sagte: »Bedient euch.«

Toms Hand glitt über ihre Schulter, als er hinter ihrem Stuhl vorbeiging. »Was gibt es Neues?«

»Mmmm... nicht viel. Dein Vater hat angerufen. Nichts Wichtiges, er wollte nur mal guten Tag sagen. Und was gibt es Neues bei euch beiden?«

»Der Nova braucht wahrscheinlich eine neue Batterie. Wir mußten ihn bei der Schule an meine Wagenbatterie anschließen, und jetzt will er partout nicht wieder anspringen.«

Robby hob den Deckel von dem Suppentopf und spähte hinein. »Was für eine Sorte?«

»Brokkolicremesuppe mit Schinken.«

»Mit Käse?« fragte er mit hochgezogenen Brauen.

»Natürlich.«

»Hey, Klasse, Mama! Ich bin halb verhungert.«

»Mal ganz was Neues«, bemerkte sie trocken, als die beiden Männer ihre Teller mit Suppe füllten und sich an den Tisch setzten. »Hier, nehmt ein paar Kräcker dazu.« Claire schob ihnen die Schachtel zu.

Robby bröckelte ein paar Kräcker in seine Suppe und rührte sie mit seinem Löffel unter, während er einen spöttischen Blick auf seine Schwester warf. »Wozu lackierst du dir die Fußnägel? Das ist das Dämlichste, was mir je untergekommen ist.«

»Tja nun, was weißt du auch schon davon, Dickhals?«

»Hey, weißt du, wie viele Stunden Gewichtheben es mich gekostet hat, um meinen Hals so stark zu machen? Und wer sieht deine Zehennägel überhaupt?«

Sie warf ihm einen Blick zu, der besagte: *Man sieht dir deine Dummheit förmlich an.*

»Findet Kent Arens lackierte Fußnägel gut, oder was?«

»Und selbst wenn – das geht dich gar nichts an.«

»Ich habe gehört, er hat dich gestern abend nach dem Spiel zu Fuß nach Hause begleitet.«

Toms Hand mit dem Löffelvoll Suppe hielt auf halbem Weg zu seinem Mund mitten in der Bewegung inne.

»Auch das geht dich nicht das geringste an«, gab Chelsea bissig zurück.

»Kann der Milchbubi noch kein Auto fahren, oder was?«

»Meine Güte, das macht dich ja sooo männlich, wenn du andere herunterputzt, auf die du neidisch bist.« Chelsea pustete an ihrem Schienbein entlang, damit ihre Zehennägel schneller trockneten.

»Den Tag möchte ich erleben, an dem ich neidisch auf Kent Arens bin! Quatscht wie ein Konföderierter, und man versteht nicht die Hälfte von dem, was er sagt.«

»Nun, ich mag es zufällig, wie er redet, und, ja, er hat mich gestern abend nach Hause begleitet. Gibt es vielleicht sonst noch was, was du wissen möchtest?«

»In Ordnung, ihr zwei, das reicht jetzt«, fuhr Tom dazwischen, während er das Flattern in seinem Magen zu unterdrücken versuchte und das heiße Gefühl von Furcht, das in ihm aufwallte. »Ich schwöre zu Gott, nach dem, wie ihr miteinander redet, könnte man glatt denken, ihr wärt Todfeinde. Und, Robby, vergiß nicht, worüber wir in der Schule gesprochen haben.«

Chelsea fragte: »Worüber habt ihr denn in der Schule gesprochen?« – ihre Haltung und Stimme plötzlich wachsam vor typisch geschwisterhafter Neugier.

»Chelsea, bitte!« schalt Tom.

»Okay, okay.« Sie hatten Regeln, was die Privatsphäre des anderen betraf; diese Familie, die praktisch vierundzwanzig Stunden am Tag zusammen war. Tom und Claire hatte diese Regeln schon frühzeitig festgelegt. »Aber sag Robby, er soll sich ja hüten, Kent Arens vor den Kopf zu stoßen. Kent ist wirklich nett, und ich mag ihn sehr.«

Chelseas Worte trafen Tom mit voller Wucht.

Seine Suppe schien in seinem Magen einen harten, unverdaulichen Kloß zu bilden.

Großer Gott, was hatte er getan? Feige, wie er war, hatte er die Wahrheit für sich behalten, und jetzt war Chelsea wahrscheinlich in ihren eigenen Bruder verliebt.

Tom mußte von hier fort, mußte allein sein und über dies nachdenken. Er erhob sich, um seinen Suppenteller in die Küche zu bringen.

Claire sah, wie er aufstand und ging. »Tom, du hast ja kaum etwas gegessen.«

»Tut mir leid, Liebes, ich habe keinen Hunger.«

In der Küche spülte er seinen Teller ab. Er hätte seine Missetat gleich vor eineinhalb Wochen gestehen sollen, an dem Tag, als er Kent Arens das erste Mal zu Gesicht bekommen hatte. Alle diese Leben – sechs Leben –, die von seiner Vater-Sohn-Beziehung betroffen waren, und er hatte ewig lange gezögert, das Ehrenhafte zu tun. Über das Geräusch des laufenden Wassers hinweg rief er: »Hör zu, Liebling, ich werde mal eben zu Target fahren und eine neue Batterie für den Nova besorgen. Ich kümmere mich dann später um den Wasserhahn in der Küche, ja?«

»Aber solltest du dir nicht zuerst den Hahn ansehen, falls du noch irgendwelche Ersatzteile kaufen mußt?«

Er ging zu Claire auf die Veranda hinaus und drückte einen Kuß auf ihren Haaransatz, krank vor Sorge über die Katastrophe, die er angerichtet hatte.

»Das Auto ist im Moment wichtiger. Ich bin bald wieder zurück, okay?«

Er fuhr zum Target Greatland Einkaufszentrum an der Woodbury Mall und rief Monica Arens von einer Telefonzelle in der Kundenserviceabteilung aus an. Sie meldete sich beim dritten Klingeln.

»Hallo, Monica. Hier ist Tom Gardner.«

Eine überraschte Pause, dann: »Oh«, als schaute sie dabei mißtrauisch auf eine andere Person im Raum. Wahrscheinlich Kent, dachte Tom.

»Ich muß mit dir sprechen.«

Sie erwiderte nichts.

»Sofort.«

»Ich kann jetzt nicht.«

»Es ist wichtig.«

»Ich bin hier gerade mittendrin beim ...«

»Monica, es interessiert mich nicht, womit du gerade beschäftigt bist! Das hier duldet keinen Aufschub! Kent hat meine Tochter Chelsea nach dem Spiel gestern abend nach Hause begleitet!«

Wieder entstand eine kurze Pause, dann murmelte sie: »Ich verstehe.« Er spürte, wie sie angestrengt nach verschlüsselten Worten suchte, bevor sie eine Frage stellte, so tat, als spräche sie mit jemandem in ihrer Firma. »Ist die Eingangstür im Empfangsbereich samstags geöffnet?«

»Er ist mit dir im selben Zimmer, richtig?«

»Ja.«

»Wird er dir abkaufen, daß du an deine Arbeitsstelle gerufen worden bist?«

»Ja.«

»Ich bin in der Woodbury Mall. Kannst du gleich hierherkommen?«

»Ja, ich denke schon, aber ich kann nicht sehr lange arbeiten. Ich bin immer noch beim Einrichten, und es ist noch soviel im Haus zu tun.«

»Weißt du, wo die Mall ist?«

»Ja.«

»Wie bald kannst du mich hier treffen?«

»In Ordnung. Ich bin in einer Viertelstunde da.«

»Es gibt hier ein Restaurant namens Ciatti's, das ganz allein steht. Ich fahre einen roten Taurus. Ich werde auf der Nordwestseite des Gebäudes parken. Wir treffen uns dann in einer Viertelstunde.«

»Ja, in Ordnung, bis dann.«

Tom erinnerte sich nicht daran, wie er die Batterie kaufte, durch den Kassenbereich ging und einen Scheck ausstellte. Er tat es rein mechanisch, während er sich in erster Linie eines stechenden Schmerzes zwischen seinen Schulterblättern bewußt war, eines dicken Kloßes in seiner Kehle und pochender Kopfschmerzen an der Schädelbasis. Es war Samstag. Im Einkaufszentrum herrschte reger Betrieb. Er konnte hier überall einem seiner Schüler über den Weg laufen. Hatte er das Richtige getan, als er Monica bat, ihn auf dem Parkplatz zu treffen? Er blickte auf seine Uhr – fünf nach halb zwei – in der inständigen Hoffnung, die Mittagsgeschäfte würden ablaufen und der Parkplatz des Restaurants würde nicht mehr allzu voll sein, bis Monica dort erschien.

Er fuhr zu dem vereinbarten Treffpunkt, parkte, stellte den Motor ab und saß wartend da. Die Sonne schien grell durch die Windschutzscheibe und verwandelte das Innere des Wagens in einen Ofen. Der Parkplatz war ungefähr zur Hälfte gefüllt, aber selbst als er ankam, fuhren zwei Wagen davon. Er kurbelte das Fenster herunter, stützte einen Ellenbogen auf den Rand des Fensters, kaute nervös auf seiner Unterlippe und starrte auf die Ziegelmauer des Restaurants, während sich seine Gedanken überschlugen.

Der blaue Lexus bog in die Lücke zu seiner Rechten ein, und Tom fühlte sich plötzlich schuldig, weitaus mehr auf dem Gewissen zu haben als einen vorehelichen Seitensprung von vor achtzehn Jahren. Zwei Autos, Seite an Seite, eine Frau, die aus dem einen ausstieg und in das andere einstieg – die Szene erweckte den Anschein eines heimlichen Techtelmechtels. Tom sprang aus seinem Wagen, als Monica aus ihrem stieg – eine Anstrengung, um sein Gefühl, etwas Unehrenhaftes zu tun, zu beschwichtigen – und wartete, um zu sehen, was sie tun würde.

Sie bewegte sich auf das Heck des Wagens zu, und er tat das gleiche.

Keiner von ihnen sagte etwas. Sie standen neben den Stoßstangen ihrer Autos, suchten nach einem unverfänglichen Ort, um ihren Blick darauf zu heften, bemühten sich um Würde inmitten dieses beunruhigenden Debakels.

»Danke, daß du gekommen bist«, sagte Tom.

»Ich wußte nicht, was ich sonst hätte tun sollen. Kent war genau dort in dem Zimmer mit mir, als das Telefon klingelte.«

»Ich wußte auch nicht, was ich tun sollte, außer, dich anzurufen.«

Sie trug eine Sonnenbrille und eine Tasche über der Schulter, einen Daumen in den Umhängeriemen gehakt. Ihr Kleid war wieder eines dieser sackartigen, formlosen Dinger, die Tom froh machten, daß er eine Frau mit einem kesseren Modegeschmack geheiratet hatte. Er wagte einen Blick auf Monica, aber ihre Körpersprache und die Richtung, in die ihre dunkle Sonnenbrille wies, deuteten an, daß sie verdammt sein wollte, wenn sie zurückschauen würde.

Die Herbstsonne prallte auf den Asphalt nieder, und die leuchtende Farbe ihrer beiden Autos reflektierte die Strahlen und blendete sie in den Augen.

»Sollten wir uns in meinen Wagen setzen, um zu reden?«

Ihre Sonnenbrille wandte sich in seine Richtung. Ihre Lippen blieben schmale, farblose Bänder. Ohne zu antworten, ging sie zur Beifahrertür des Taurus und stieg ein.

Als Tom neben Monica hinter das Lenkrad glitt, saßen sie eine Weile in lastendem Schweigen da. Jedem von ihnen war es peinlich, überhaupt hier zu sein. Hätten sie so etwas wie Sentimentalität wegen ihrer Vergangenheit gefühlt, wären sie vielleicht etwas ungezwungener miteinander umgegangen, aber sie empfanden nur Bedauern und konnten sich kaum noch an die kurze Intimität von vor achtzehn Jahren erinnern, die schließlich das heutige Treffen notwendig gemacht hatte.

Schließlich räusperte Tom sich und sagte: »Weißt du, ich stand unter starkem inneren Druck, als ich dich anrief. Ich habe mir nicht wirklich Gedanken darüber gemacht, wie oder wo wir uns treffen würden. Ich habe einfach den Telefonhörer abgenommen und deine Nummer gewählt. Wenn du irgendwo hingehen möchtest, wo wir etwas trinken können und ...«

»Nein, ist schon in Ordnung. Du hast gesagt, Kent hätte deine Tochter gestern abend nach dem Spiel nach Hause begleitet.«

»Ja, ich habe es vor knapp einer Stunde erfahren.«

»Dann nehme ich also an, du willst deiner Familie sagen, wer er wirklich ist.«

»Ich muß es tun! Ich weiß die Wahrheit erst seit zehn Tagen, und seitdem ist das Leben einfach die Hölle für mich. Ich bin nicht gut darin, Geheimnisse vor meiner Frau zu haben.«

Monica senkte schweigend den Kopf. Ihre Arme waren über der Tasche auf ihrem Schoß verschränkt, deren Lederriemen sich gelockert hatte und von ihrer Schulter herabgerutscht war.

Tom sagte: »Der einzige Grund, weshalb ich es ihnen heute mittag nicht gesagt habe, war, weil ich dachte, du und ich sollten erst darüber sprechen. Du solltest es Kent auch irgendwann an diesem Wochenende sagen, damit sie es alle zur gleichen Zeit erfahren. Ich möchte nicht, daß es ihm eines meiner Kinder in der Schule sagt.«

»Nein, das wäre nicht gut.«

Die Zeit verstrich, große Brocken von Schweigen, während sich jeder von ihnen in Gedanken ausmalte, wie er es seiner Familie beibrachte.

»Ich bin ziemlich in Panik geraten, als ich hörte, daß Kent sie nach Hause gebracht hat.«

»Ja«, erwiderte sie – ziemlich distanziert, wie Tom fand. Sie schien eine sehr nüchterne, leidenschaftslose Frau zu sein, sorgfältig beherrscht, eine Frau, deren Gesichtsausdruck oder der Klang ihrer Stimme nur wenig von dem verriet, was in ihrem Inneren vorging.

»Hat er Chelsea überhaupt mal erwähnt?«

»Einmal.«

»Was hat er gesagt?«

»Nicht viel.«

»Nichts über sie persönlich?«

»Nein.«

Er dachte darüber nach, wie verschlossen Teenager sein konnten. »Es ist geradezu unheimlich, wie sie aufeinander reagiert haben. Ich habe sie die ganze Woche über beobachtet, wie sie sich vor dem Unterricht bei ihren Schließfächern getroffen und in der Mittagspause nebeneinander im Lunchraum gesessen haben. Ich hatte zuerst noch gehofft, dies wäre so, weil Chelsea die Aufgabe hatte, ihn in der Schule herumzuführen, aber... nun ja, schön wär's.«

Jemand kam aus dem Restaurant heraus, stieg in einen Wagen, der zwei Parklücken entfernt zu ihrer Linken stand, und fuhr fort, hinterließ somit freie Fläche rund um ihre beiden Autos.

»Hör zu«, sagte Monica und rutschte auf ihrem Sitz herum, als wäre ihr ziemlich unbehaglich zumute. »Ich habe dir gerade eben nicht die Wahrheit gesagt. Kent hat tatsächlich mehr über Chelsea gesagt.«

»Was?«

Sie warf ihm einen Blick zu, so kurz wie ein Blinzeln, bevor sie wieder gerade durch die Windschutzscheibe starrte. »Daß er sie darum beneiden würde, einen Vater zu haben.«

Tom nahm die Nachricht wie einen Fausthieb in die Nieren auf. Eine Minute lang hatte er Schwierigkeiten, normal zu atmen.

Monica fuhr fort. »Wir hatten einen Streit deswegen, was wirklich selten bei uns vorkommt. Ich habe dabei erkannt, wie wichtig es für ihn ist, über dich Bescheid zu wissen. Es ... es ist wohl an der Zeit, daß ich es ihm sage.«

»Dann wirst du es also tun? Bevor die Schule am Montag anfängt?«

»Was bleibt mir anderes übrig?«

»Weißt du«, meinte Tom nachdenklich, »mein Sohn Robby ist nicht direkt freundlich zu Kent auf dem Footballfeld gewesen. Wenn du die Wahrheit wissen willst – ich glaube, Robby ist neidisch. Ich weiß nicht, wie sich diese Neuigkeit hier auf die beiden auswirken wird.«

»Sei ehrlich, Tom. Wir wissen nicht, wie es sich auf irgendeinen der Beteiligten auswirken wird, mit Ausnahme von mir vielleicht. Mein Leben wird wahrscheinlich so weiterlaufen wie bisher. Ihr anderen seid es, die wegen dieser Sache ein Chaos von Gefühlen werdet bewältigen müssen.«

Tom dachte darüber nach und seufzte. Er rutschte tiefer in seinem Sitz und ließ seinen Kopf gegen die Kopfstütze zurückfallen.

»Es ist seltsam. Ich hatte heute mit Robby diese Unterhaltung darüber, wie jeder Mensch, den du im Laufe deines Lebens kennenlernst, dich verändert, wie jedes moralische Dilemma, das du durchmachst, deinen Charakter formt. Vielleicht habe ich es um meinetwillen gesagt und bin bis eben gar nicht dahintergekommen.«

Ein Wagen fuhr zu ihrer Linken in die Parklücke. Seine Fenster waren heruntergekurbelt, sein Radio spielte. Tom schaute genau in dem Moment hinüber, als sich die Fahrerin vorbeugte, um das Radio abzustellen. Die Frau sah ihn, lächelte und winkte.

»Hi, Tom«, rief sie durch ihre beiden geöffneten Fenster hindurch.

Er richtete sich in seinem Sitz auf. Hitze schoß durch seinen Körper. »Hallo, Ruth.«

Sie stieg aus ihrem Wagen und strebte in seine Richtung.

»Oh, Scheiße«, murmelte er.

»Wer ist das?«

»Meine Nachbarin.«

Ruth stand jetzt vor seinem offenen Fenster und bückte sich. »Hi, Cl... oh... Entschuldigung, ich dachte, Claire säße neben dir.«

»Monica Arens, dies ist meine Nachbarin Ruth Bishop.«

Ruth lächelte flüchtig, ihre Augen glänzten vor Neugier. »Bin nur schnell hergekommen, um ein paar von den Brotstangen fürs Abendessen zu besorgen. Dean mag sie so gern, und er wird ausnahmsweise mal zum Abendessen zu Hause sein.« Sie beugte sich vor und musterte Monica mit unverhülltem Interesse, selbst während sie mit Tom sprach. »Ist Claire zu Hause?«

»Ja. Sie macht heute das Haus sauber.«

»Oh.« Ruth schien auf mehr zu warten, eine Erklärung vielleicht, aber als nichts kam, ließ sie ihre Hand vom Fensterrahmen gleiten und fuhr heiter fort: »Na schön, ich setze mich jetzt wohl besser in Trab und hole die Brotstangen. War nett, dich zu sehen, Tom. Und grüß Claire von mir.«

»Mach ich.«

Während Tom ihr nachschaute, wie sie auf das Restaurant zueilte, sagte er: »So, damit ist der Fall erledigt. Wenn ich es Claire nicht sofort sage, wird Ruth es für mich tun.«

»Und ich muß jetzt auch nach Hause und es Kent sagen.« Monica schob den Lederriemen ihrer Tasche über die Schulter zurück, machte aber keine Anstalten, auszusteigen. »In Augenblicken wie diesen weiß ich nie, was ich sagen soll. Ich komme mir irgendwie so unbeholfen und verlegen vor.«

»Ich mir auch.«

»Dann sollte ich wohl sagen, viel Glück, wenn du es deiner Familie erzählst.«

»Ich wünsche dir auch viel Glück.«

Sie blieben immer noch unbeweglich sitzen.

»Sollen wir uns noch einmal unterhalten?« fragte sie.

»Warten wir erst mal ab, wie sich die Dinge entwickeln.«

»Ja ... ja, vermutlich hast du recht.«

»Ich glaube, es wird unvermeidlich sein.«

Nachdem Monica sich die Bemerkung einen Moment durch den Kopf hatte gehen lassen, erwiderte sie: »Es ist doch das Richtige, was wir tun, nicht wahr, Tom?«

»Absolut.«

»Ja ... absolut«, wiederholte sie, als versuchte sie, sich selbst zu überzeugen. »Warum fällt es mir dann so schwer, nach Hause zu fahren und es zu tun?«

»Furcht«, sagte er.

»Ja, wahrscheinlich.«

»Es ist nicht gerade lustig, nicht?«

»Nein. Es ist schrecklich.«

»Ich habe damit gelebt, seit dem Tag, als du in mein Büro gekommen bist, und um die Wahrheit zu gestehen, es wird eine Erleichterung für mich sein, es endlich loszuwerden und mich dem zu stellen, was es auch immer an Problemen geben wird. In meinem Kopf hat seitdem ein furchtbares Chaos geherrscht.«

»Ja ... na dann ...«

»Da kommt sie schon wieder.« Ruth Bishop kam auf sie zu, in der Hand eine weiße Papiertüte. Tom beobachtete sie den ganzen Weg über.

»Ist deine Ehe stark, Tom?« fragte Monica, während auch ihr Blick der Frau folgte.

»Ja, sehr.«

Ruth Bishop ging zu ihrem Wagen, schwenkte die Tüte, so daß man sie über das Dach hinweg sehen konnte, und rief: »Ich habe ein ganzes Dutzend gekauft! Dean sollte besser dafür sorgen, daß er jetzt nach Hause kommt!«

Tom schenkte ihr der Form halber ein flüchtiges Lächeln und winkte zur Bestätigung.

Monica sagte: »Gut, denn das wirst du auch brauchen.« Als

Ruth weggefahren war, fügte sie hinzu: »Ich sollte jetzt wohl wirklich besser gehen. Ich möchte diesen Tag möglichst schnell hinter mich bringen.«

»Viel Glück«, sagte er noch einmal. »Und danke, daß du gekommen bist.«

»Sicher.«

Ihr Abschied hatte eine gewisse Traurigkeit an sich, die Traurigkeit zweier Menschen, deren Vergangenheit sie eingeholt hat, und die sich – obwohl sie keine gegenseitige körperliche Anziehung empfinden – aufgrund ihres ähnlichen Schicksals zueinander hingezogen fühlen. Sie würde zu ihrer Familie gehen und er zu seiner. Beide hatten ein Geständnis vor sich, eine Bloßlegung ihres Gewissens, die ihr Leben für immer verändern würde. Als sie den Parkplatz verließen und in verschiedenen Richtungen davonfuhren, fühlten sie erneut ein melancholisches Bedauern, denn sie hatten nicht eine einzige warme Erinnerung an das flüchtige Abenteuer von vor achtzehn Jahren, die als Trost gedient hätte für den Aufruhr, den ihrer beider Leben zu erfahren im Begriff war.

Kent sprach gerade in das tragbare Telefon, als seine Mutter nach Hause zurückkehrte. Sie kam durch das Wohnzimmer, wo er sich auf das breitlehnige Sofa geflegelt hatte, mit einem Schuhabsatz auf dem Kaffeetisch, während sein Fuß hin- und herwackelte wie ein Scheibenwischer. Sein Kinn ruhte auf seiner Brust, und er grinste breit.

Als Monica den Raum durchquerte, sagte sie: »Nimm den Fuß vom Tisch.«

Er zog seinen Fuß zurück und legte ihn auf das andere Knie, ließ sich jedoch in seiner Unterhaltung nicht stören. »Nein, ich hab's dir doch gesagt, kaum jemals. Du wirst es mir also beibringen? ... Nein, wo? ... Nein, bei uns gab es nie Schulbälle. Ein paarmal hatten wir Riesenfeten bei Beaudry zu Hause, mit Live-Bands und allem Schnickschnack, und Rich hat mich eingeladen, aber wir haben mehr oder weniger dabei zugeschaut, wie die älteren Leute tanzten, weil wir dort die jüngsten waren...

Wie bitte? ... Schulbeginn? ... Wer behauptet, daß man unbedingt tanzen muß, nur weil ein neues Schuljahr angefangen hat?«

Seine Mutter kam aus der Küche, trocknete sich die Hände an einem Leinenhandtuch ab. »Kent, ich muß mit dir reden. Könntest du jetzt bitte Schluß machen mit deinem Gespräch?«

Er legte eine Hand über die Sprechmuschel und sagte leise: »Ich spreche mit einem Mädchen, Mama.«

»Bitte mach Schluß jetzt«, wiederholte sie und ging hinaus.

Er nahm seine Hand von der Sprechmuschel und erklärte: »Tut mir leid, Chelsea. Ich muß jetzt aufhören. Meine Mutter braucht mich für irgendwas. Hör zu, wirst du nachher noch zu Hause sein? Vielleicht rufe ich dann noch mal an... ja, klar. Du auch... bye.«

Er stemmte sich vom Sofa hoch, sprang auf die Füße und nahm das Telefon mit. »Hey, Mama«, rief er, als er um die Ecke in die Küche schlenderte und das Telefon von einer Hand in die andere warf. »Was gibt es denn so Wichtiges, daß ich nicht zuerst mein Gespräch beenden kann?«

Monica arrangierte völlig unnötig Früchte in einer weißen, durchbrochenen Glasschale, schob nervös Früchte, Bananen und Äpfeln hin und her.

»Wer war das Mädchen?« fragte sie.

»Chelsea Gardner.«

Sie richtete ihren Blick auf ihn, während eine ihrer Hände noch in der Schale ruhte und einen grünen Apfel umschlossen hielt, und sie wirkte plötzlich so still und bedrückt, daß Kent sich fragte, ob sie vielleicht ihre Arbeit verloren hätte.

Er hörte auf, mit dem Telefon zu jonglieren, und sagte betroffen: »Mama, was ist los?«

Unbewußt nahm sie den Apfel mit und sagte: »Laß uns ins Wohnzimmer gehen, Kent.«

Er setzte sich auf das Sofa, wo er wenige Minuten zuvor gesessen hatte. Monica nahm im rechten Winkel von ihm Platz, in einem tiefen Gobelinsessel, beugte sich vor, beide Ellenbogen auf ihre fest zusammengedrückten Knie gestützt, und drehte nervös den Apfel zwischen den Fingerspitzen.

»Kent«, begann sie. »Ich werde dir von deinem Vater erzählen.«

Er wurde sehr still; alles in seinem Inneren krampfte sich zusammen, so wie während jener letzten paar Sekunden, bevor er zum ersten Mal vom höchsten Sprungbrett hinabtauchte.

»Von meinem Vater?« wiederholte er, als wäre das Thema etwas völlig Neues.

»Ja«, erwiderte sie. »Du hattest recht. Es wird Zeit.«

Er schluckte hart und heftete seinen Blick auf sie, packte das Telefon, als wäre es der Haltegriff in einem Achterbahnwagen. »In Ordnung.«

»Kent, dein Vater ist Tom Gardner.«

Sein Unterkiefer fiel herab; er schien den Mund einfach nicht schließen zu können. »Tom Gardner? Du meinst... Mr. Gardner, mein Rektor?«

»Ja«, sagte sie ruhig und wartete. Sie hatte aufgehört, den Apfel in ihren Händen zu drehen. Er baumelte jetzt lose von ihren Fingerspitzen herab.

»Mr. Gardner?« flüsterte er heiser.

»Ja.«

»Aber er ist... er ist Chelseas Vater.«

»Ja«, erwiderte sie ruhig. »Das ist er.«

Kent ließ sich gegen die Sofalehne zurückfallen, die Augen geschlossen, hielt das Telefon immer noch mit seiner rechten Hand umklammert, den Daumen so fest dagegengepreßt, daß sich der Nagel durchbog.

Mr. Gardner, einer der nettesten Männer, die er je getroffen hatte, der ihn jeden Tag in dieser Woche auf dem Korridor begrüßt und ihn freundlich angelächelt hatte und der manchmal eine Hand auf seine Schulter legte, ein Mann, den er von der ersten Minute an gemocht hatte, teilweise wegen der Art, wie er seine Kinder behandelte, teilweise aufgrund dessen, wie er mit seinen Schülern umging. Ein Mann, den er am Montag sehen würde und an jedem einzelnen Schultag für den Rest des Jahres. Der Mann, der ihm sein Abschlußzeugnis überreichen würde.

Chelseas Vater.

Und, großer Gott, er hatte Chelsea am Abend zuvor geküßt.

Die Reaktionen stürzten zu schnell auf ihn ein, als daß er sie hätte bewältigen können. Der Schock ließ ihn am ganzen Körper zittern. Er öffnete die Augen und sah die Zimmerdecke durch eienn Tränenschleier vor seinen Augen verschwimmen.

»Ich habe Chelsea gestern abend nach dem Spiel nach Hause begleitet.«

»Ja, ich weiß. Ich habe mich vorhin mit Tom getroffen, vor einer knappen Viertelstunde. Er hat es mir gesagt.«

Kent setzte sich auf. »Du hast Mr. Gardner getroffen? Bist du... ich meine, ist er...?«

»Nein, er ist nichts für mich, abgesehen von der Tatsache, daß er dein Vater ist. Wir hatten uns nur getroffen, um über diese Sache zu sprechen, darüber, daß wir unseren Familien sagen müssen, wie ihr beide miteinander verwandt seid. Das ist alles.«

»Dann weiß er also über mich Bescheid. Du hast mir gesagt, er wüßte es nicht.«

»Ich weiß, und es tut mir leid, Kent. Ich habe es mir bestimmt nicht zur Angewohnheit gemacht, dich zu belügen, aber du siehst ja selbst, warum ich der Ansicht war, daß du es besser nicht wissen solltest. Nicht, bis diese Sache mit Chelsea aufkam.«

»Also, es ist nichts zwischen uns passiert, okay?« erklärte er leicht aggressiv.

»Natürlich nicht«, meinte Monica und senkte ihren Blick auf den grünen Apfel.

Kent konnte sehen, daß sie erleichtert war, das zu hören, obwohl er ihr niemals einen Grund zu der Annahme geliefert hatte, er hätte sich mit allen möglichen Mädchen herumgetrieben. Das hatte er nicht.

»Und wie lange weiß er schon von mir?« wollte er wissen.

»Seit dem Tag, als ich dich in der Schule angemeldet habe. Ich hatte keine Ahnung, daß er der Rektor dort war, bis er aus seinem Büro herauskam.«

»Er hat also vorher nie von meiner Existenz gewußt?«

»Nein.«

Kent beugte sich vor und ließ den Kopf auf die Hände sinken, wobei das Telefon sein Haar über einem Ohr platt an den Kopf drückte. Vollkommene Stille breitete sich im Zimmer aus. Monica legte den Apfel so vorsichtig auf dem Kaffeetisch ab, als wären beide Teile aus hauchdünnem Glas gemacht. Sie saß fast züchtig da, die Hände locker verschränkt und beide Handgelenke nach oben gedreht, während sie auf ein Rechteck von Sonnenlicht auf dem Wohnzimmerteppich starrte. Auch in ihren Augen schimmerten Tränen.

Nach mehr als einer Minute des Elends hob Kent wieder den Kopf.

»Was hat dich dazu veranlaßt, es ihm zu sagen?«

»Er hat dich erkannt und nach dir gefragt.«

»Er hat mich *erkannt*?«

»Du siehst ihm sehr ähnlich.«

»Ach, tatsächlich?« Die Vorstellung sank langsam in sein Bewußtsein ein und erschütterte ihn.

Sie nickte mit gesenktem Kopf.

Das Übermaß an Gefühlsregungen machte sich in einem plötzlichen Ausbruch von Zorn Luft, den Kent nicht verstand. »Mein ganzes Leben lang habe ich kein Sterbenswort von alldem erfahren, und jetzt, ganz plötzlich, erzählst du mir nicht nur, wer mein Vater ist, du sagst mir auch, daß er der Mann ist, den ich mag, und daß ich ihm sogar ähnlich sehe!« brüllte er. Er hielt einen Moment inne und rief dann wütend: »Okay, Mama, sprich! Erzähl mir, wie es passiert ist. Zwing mich nicht dazu, vierundsechzigtausend Fragen zu stellen!«

»Es wird dir nicht gefallen.«

»Glaubst du, daß es mir inzwischen noch etwas ausmacht? Ich will es wissen!«

Monica ließ sich eine Weile Zeit, um sich zu sammeln, bevor sie begann. »Er war ein Junge, den ich manchmal auf dem Collegegelände sah. Wir hatten einen Kurs zusammen – ich erinnere mich noch nicht mal mehr, welcher Kurs das war. Ich fand deinen Vater immer attraktiv, aber wir sind nie miteinander ausgegangen. Ich kannte ihn im Grunde kaum. In meinem Seniorjahr arbeitete ich bei Mama Fiori's Pizza als Botin, und eines Abends im Juni erhielten wir eine telefonische Bestellung über ein halbes Dutzend Pizzas, die zu einer Junggesellenabschiedsparty geliefert werden sollten. Ich lieferte die Pizzas ab, und Tom Gardner war derjenige, der auf mein Klingeln öffnete. Er…« Sie drehte ihre verschränkten Finger nach innen und zuckte die Achseln. »Ich weiß nicht… er packte mein Handgelenk und zog mich in das Apartment hinein. Es herrschte enormer Lärm, und sie hatten natürlich getrunken. Es standen Bierfässer im Raum, und sie hatten ein paar ziemlich spärlich bekleidete Mädchen bei sich. Tom Gardner erinnerte sich an mich und trieb ein recht großzügiges Trinkgeld von all den Jungs ein und sagte, ich sollte doch wieder herkommen, sobald ich mit meiner Arbeit fertig sei, und ein Bier mit ihnen trinken. Ich hatte nie… nun, ich hatte so etwas noch nie zuvor getan. Ich war das, was du wahrscheinlich eine Streberin nennen würdest. Sehr gradlinig und diszipliniert. Sehr zielorientiert. Ich kann nicht sagen, warum ich es tat, aber nach der Arbeit ging ich zu der Party zurück und trank ein paar Biere, und eins führte zum anderen, und ich landete im Bett mit ihm. Zwei Monate später stellte ich fest, daß ich schwanger war.«

Kent brauchte eine Minute, um zu begreifen, während er sie zornig anstarrte. »Eine Junggesellenabschiedsparty«, sagte er mit gepreßter Stimme. »Ich wurde bei einer Junggesellenabschiedsparty empfangen.«

»Ja«, flüsterte sie. »Aber das ist noch nicht alles.«

Er wartete nur schweigend.

»Es war *seine* Abschiedsparty.« Eine leise Röte kroch in Monicas Wangen.

»Seine?«

»Er hat die Woche darauf geheiratet.«

Es dauerte nur den Bruchteil einer Sekunde, um alle Einzelheiten zu einem Bild zusammenzufügen. »Du willst mir doch wohl nicht erzählen…« Ihre Blicke trafen sich – seiner verzweifelt, ihrer verlegen. »Ach, nun komm schon… etwa Mrs. Gardner, meine *Englischlehrerin*?«

Monica nickte stumm und senkte den Blick, während sie die Nagelhaut eines Daumens mit dem Ballen des anderen rieb. Kent schleuderte das Telefon aufs Sofa, wo es einmal aufprallte, dann sank er gegen die Polster zurück, einen Unterarm über die Augen gelegt.

»Ein one-night stand«, murmelte er tonlos.

Seine Mutter beobachtete, wie sein Adamsapfel auf- und abhüpfte, und erwiderte: »Ja«, ohne einen Versuch zu ihrer Verteidigung zu unternehmen.

»Weiß sie es?«

»Keiner von ihnen hat es bisher gewußt. Tom sagt es ihnen gerade.«

Er fuhr fort, sich hinter seinem Arm zu verbergen, während Monicas Blick über seinen langen, schlanken Körper schweifte, in Bluejeans gekleidet; über den Mund, dessen Lippen zusammengepreßt waren, als wollte er ein Schluchzen unterdrücken, das energische Kinn und die Wangen mit dem ungleichmäßigen Bartwuchs, der jetzt jeden Tag rasiert werden mußte, die Kehle, die jedesmal pulsierte, wenn er seine Tränen hinunterschluckte.

Sie streckte den Arm aus und streichelte den rauhen blauen Denim, der sein Knie bedeckte. »Kent, es tut mir leid«, flüsterte sie erstickt.

Seine Lippen bewegten sich. »Ja, Ma'am, ich weiß.«

Sie fuhr fort, sein Knie zu reiben; sie wußte nicht, was sie sonst hätte tun sollen.

Kent sprang mit einem Ruck auf die Füße, wie um ihrer Berührung zu entfliehen, und rieb sich schniefend mit dem Handrücken unter der Nase entlang. »Hör zu, Mama.« Er strebte zur Tür. »Ich muß einfach mal für eine Weile hier raus. Ich muß... ich weiß nicht... in meinem Kopf ist ein einziges Chaos. Ich muß gehen, okay? Mach dir keine Sorgen. Ich muß einfach eine Weile weg von hier.«

»Kent!« Sie rannte zu dem Geländer, das auf das Entrée hinausging, aber er war die Treppenstufen in drei gewaltigen Sätzen hinuntergestürmt, und die Haustür schloß sich bereits hinter ihm. »Kent!« Sie rannte die Treppe hinunter und riß die Tür auf. »Kent, warte! Bitte, Liebling, nimm nicht den Wagen! Wir können uns noch weiter unterhalten... wir können in aller Ruhe...«

»Geh du ins Haus zurück, Mama!«

»Aber, Kent.«

»Du hast achtzehn Jahre gebraucht, um dich an die Tatsache zu gewöhnen! Gib mir wenigstens ein paar Stunden!«

Die Wagentür fiel mit Karacho ins Schloß, der Motor heulte auf, und Kent setzte so schnell aus der Einfahrt zurück, daß der Auspuff des Wagens auf dem Bordstein aufschlug und die Reifen eine Gummispur auf dem Pflaster hinterließen, als er davonbrauste.

8. KAPITEL

Für Tom war die Rückfahrt vom Parkplatz des Ciatti's nach Hause die reinste Reise durch die Hölle. Wie sollte er es Claire sagen? Wie würde sie reagieren? Wie würde er es den Kindern beibringen? Würden sie ihn für einen unmoralischen Schwächling halten? Einen Betrüger? Einen Lügner, der ihrer Mutter am Vorabend ihrer Eheschließung ein Unrecht angetan und es all die Jahre über feige verborgen hatte?

Claire sollte es als erste erfahren – das war er ihr schuldig –, bevor er seinen Kindern die Neuigkeit schonend beibrachte und alle vier ihm eine heftige Szene lieferten, die ganz sicherlich folgen würde. Claire verdiente es, unter vier Augen informiert zu werden, und es stand ihr zu, ihn zu schlagen, ihm Vorwürfe zu machen, ihn anzubrüllen, zu weinen, ihn mit Schimpfnamen zu belegen oder wonach auch immer sonst ihr der Sinn stand, ohne daß ihre Kinder Zeugen der Szene wurden.

Als Tom nach Hause kam, waren die Kinder damit beschäftigt, ihre Zimmer sauberzumachen, und der Staubsauger brummte im obersten Stockwerk. Er fand Claire auf Händen und Knien im Wohnzimmer, wo sie das untere Bord eines Beistelltisches staubwischte. Wie arglos sie war, wie verletzlich, während sie so vor sich hin arbeitete, in dem sicheren Glauben, sie hätte ihre Differenzen am Abend zuvor bereinigt, indem sie sich gegenseitig verziehen und sich leidenschaftlich geliebt hatten. Wie wenig sie doch wußte.

Tom ging hinter ihr in die Hocke, bedauerte zutiefst, wie sehr er ihr weh tun mußte.

»Claire?«

Beim Klang seiner Stimme fuhr sie abrupt hoch und stieß sich hart den Kopf.

»Autsch!« rief sie und rieb sich den Schädel durch den Stoff der Baseballkappe, zuckte erneut zusammen, als sie sich umdrehte und rückwärts auf den Teppich sinken ließ.

»Entschuldige, das wollte ich nicht. Ich dachte, du hättest mich hereinkommen gehört.«

»Nei-i-n, hab ich nicht. O Mann, das tut weh!«

Sie sah wie fünfundzwanzig aus in ihrer alten HHH-Kappe, den Jeans und dem zerknitterten Hemd. Er fühlte, wie sein Herz vor unleugbarer Liebe anschwoll, und spürte erneut einen Stich von Schuldbewußtsein.

Er drückte ihren Arm. »Alles in Ordnung?«

»Ich werd's überleben.«

»Claire, es ist etwas eingetreten, worüber ich mit dir sprechen muß… aber nicht in Gegenwart der Kinder. Würdest du eine kurze Autofahrt mit mir machen?«

Sie ließ langsam ihre Hand sinken. »Was ist denn, Tom? Du siehst schrecklich aus.« Sie erhob sich auf die Knie und blickte ihn besorgt an. »Was ist passiert?«

Er ergriff ihre Hand und zog sie auf die Füße. »Laß uns mit dem Wagen wegfahren. Komm.«

Er rief die Kinder. »Robby? Chelsea? Kommt mal eine Minute her.« Als sie erschienen, sagte er: »Mama und ich werden eine Stunde oder so fort sein. Wenn wir zurückkommen, möchte ich, daß ihr hier seid, okay?«

»Sicher, Paps. Wo fahrt ihr denn hin?« wollte Chelsea wissen.

»Ich erkläre euch alles, sobald wir wieder zurück sind. Räumt eure Zimmer weiter auf und sorgt dafür, daß ihr zu Hause seid, verstanden? Es ist wichtig.«

»Klar, Paps…«

»Klar, Paps …«

Ihre Stimmen spiegelten verwirrten Gehorsam wider.

Im Auto sagte Claire: »Tom, du erschreckst mich zu Tode. Willst du mir nicht endlich sagen, was los ist?«

»In einer Minute, Liebes. Laß uns erst zur Valley Elementary fahren. Der Schulhof sollte um diese Zeit leer sein. Dort können wir ungestört reden.«

Sie saß neben ihm auf dem Beifahrersitz, ganz starr, als trüge sie eine Rüstung, deren einziger beweglicher Teil das Kopfstück war, als sie Toms Profil musterte, während er zu dem nahe gelegenen Gebäude fuhr und auf der Rückseite hielt, wo die asphaltierte Straße an den Spielplatz grenzte. Hier waren ihre Kinder zur Grundschule gegangen, hatten Kästchen für Himmel-und-Hölle-Spiele aufs Pflaster gemalt, auf Klettergerüsten herumgeturnt und an Sportfesten teilgenommen. Der Anblick des Gebäudes und des Spielplatzes, in spätnachmittäglichen Sonnenschein getaucht, brachte eine Woge wehmütiger Erinnerungen mit sich.

Tom stellte den Motor ab und sagte: »Komm, laß uns einen kleinen Spaziergang machen.«

Claire folgte widerstrebend; sie spürte deutlich, daß eine Katastrophe auf sie wartete. Tom nahm ihre Hand. Sie trotteten über eine Grünfläche und eine Ecke eines Softballplatzes, und ihre Schritte wirbelten kleine Wolken von Staub auf dem inneren Feld auf. Hinter dem Spielfeld bildete eine gedrungen wirkende Ansammlung von Spielplatzgeräten ein geometrisches Muster gegen den violetten Himmel, während hinter ihnen die Stunde des Sonnenuntergangs nahte. Sie gingen zu den Turngeräten und setzten sich Seite an Seite auf Schaukeln, die wie Hufeisen geformt waren. Die Sitze hingen ziemlich tief, der Boden darunter war mit Holzscheiben gepflastert, die sich im Laufe der Jahre so abgenutzt hatten, daß in den Trittspuren die blanke Erde darunter hervorschaute.

Claires Hände umschlossen die kalten Stahlketten; Tom hatte sich vorgebeugt und die Unterarme auf die Knie gestützt, wie ein Basketballspieler auf der Reservebank.

Keiner von ihnen schaukelte. Sie saßen eine Weile schweigend da, schnupperten den an Wald und Harz erinnernden Geruch der sonnenerwärmten Holzscheiben und fühlten die Schaukelketten gegen ihre Hüften drücken.

Schließlich räusperte sich Tom. »Claire, ich liebe dich. Das ist das allererste, was ich dir sagen möchte. Den Rest zu sagen fällt mir sehr viel schwerer.«

»Was immer es ist, sag es einfach, Tom, weil dies hier nicht zum Aushalten ist!«

»In Ordnung, das werde ich, ohne Umschweife.« Er holte tief Luft. »Sechs Tage vor Schulanfang kam eine Frau in mein Büro und meldete einen Jungen zum Unterricht an, der mein Sohn ist, wie sich herausstellte. Ich habe bis zu jenem Tag nie von seiner Existenz gewußt. Sie hat es mir niemals gesagt, deshalb hatte ich keinen Grund, Vermutungen anzustellen. Sein Name ist Kent Arens.«

Ihre Blicke trafen sich, als er endete. Tom nahm an, er würde wohl niemals den Schock und die Bestürzung in Claires Augen vergessen, den entsetzten Ausdruck, die Ungläubigkeit. Sie bewegte nicht einen Muskel, während sie ihn mit weit aufgerissenen Augen anstarrte und ihre Hände die Ketten umklammerten.

»Kent Arens…«, flüsterte sie, »… ist dein Sohn?«

»Ja, Claire, das ist er.« Er sagte es so behutsam wie möglich.

»Aber… aber das würde bedeuten…« Sie mühte sich mit den Daten ab.

»Ich will es dir leichter machen. Er ist siebzehn Jahre alt, im gleichen Alter wie Robby. Er wurde im Juni 1975 empfangen.«

Dieses Mal brauchte sie sich nicht anzustrengen. »In dem Monat, in dem wir geheiratet haben?«

»In der Woche, in der wir geheiratet haben.«

Ein winziges, qualerfülltes Wort kam aus ihrem Mund. »Oh…« Und dann noch einmal, während sich ihre Augen weiteten und Tränen darin glänzten. »Oh…«

»Ich werde dir genau sagen, was passierte, weil mir Kents Mutter niemals etwas bedeutet hat, nichts, gar nichts. Das mußt du mir vor allem glauben.«

»Oh, Tom«, stieß sie tonlos hervor und bedeckte ihre Lippen mit drei Fingern.

Er stählte sich innerlich und fuhr fort, entschlossen, die ganze Geschichte offen und ehrlich zu erzählen, denn nur in absoluter Wahrheit konnte er ein Mindestmaß an Würde sehen. »Ich erinnere mich zwar nur noch verschwommen an die Wochen vor unserer Hochzeit, an die tatsächlichen Ereignisse, die zu jener Zeit stattgefunden haben. Aber eines ist mir noch glasklar in Erinnerung: Ich war noch nicht bereit zu heiraten, und ich fühlte mich – es tut mir leid, daß ich das sagen muß, Claire –, ich fühlte mich irgendwie, als ob man mich in eine Falle gelockt hätte. Ich war sogar ein bißchen verzweifelt. Manchmal kam ich mir regelrecht vor, als … setzte man mir die Pistole auf die Brust. Ich hatte gerade vier Jahre Collegestudium hinter mir, und ich hatte Pläne für die nächsten paar Jahre geschmiedet. Ich wollte den Sommer über Urlaub machen, zum Herbst eine Lehrerstelle annehmen, mit meinen Freunden zusammensein und eine Weile meine Freiheit genießen nach all den Jahren der Disziplin und des Lernens. Ich wollte mir einen neuen Wagen kaufen und ein paar nette Kleidungsstücke leisten und Ferien in Mexiko und vielleicht ab und zu ein Wochenende in Las Vegas verbringen.

Statt dessen wurdest du schwanger, und ich verbrachte meine Zeit damit, Ehevorbereitungskurse zu besuchen, Ringe auszusuchen und Kaffee- und Tafelservice und einen Smoking zu leihen. Alles schien einfach zu … nun ja, es überrollte mich einfach! Die Wahrheit ist, daß ich eine Weile total verängstigt war. Dann, nachdem sich der erste Schock gelegt hatte, wurde ich wütend.

Das war wahrscheinlich die Stimmung, in der ich mich damals in der Nacht meiner Junggesellenabschiedsparty befand, als dieses Mädchen, das ich kaum kannte, eine Ladung Pizzas ablieferte. Ich habe sie dazu gebracht, mit mir ins Bett zu gehen, und es war schlicht und einfach Rebellion, nichts weiter. Sie ging davon, um ihr Leben zu leben, und ich lebte meines, und wir haben uns niemals wieder getroffen … bis sie letzte Woche mit ihrem Sohn in meinem Büro erschien.«

Claires tränenfeuchte, traurige Augen ruhten auf seinem Gesicht, dann schweifte ihr Blick ab, während die Schockwellen durch ihren Körper strömten. Sie machte Anstalten, sich von der Schaukel zu erheben.

»Nein, bleib hier.« Tom hielt sie am Arm fest. »Ich bin noch nicht fertig. Das ist das Schwierige daran, wenn man etwas wie dies hier erzählt. Ich möchte nichts auslassen, aber ich muß mich durch all die schlimmen Dinge hindurcharbeiten, um zum Wichtigsten zu kommen, und das ist die Tatsache, daß ich mich geändert habe. Nachdem ich dich geheiratet hatte, wurde ein anderer Mensch aus mir.« Weich fügte er hinzu: »Ich habe gelernt, dich sehr, sehr zu lieben, Claire.«

»Laß das!« Sie befreite mit einem Ruck ihren Arm aus seinem Griff und drehte die Schaukel herum, bis sie ihm den Rücken zukehrte und nach Westen blickte, ihr Gesicht dem leuchtendorangefarbenen Himmel zugewandt. »Komm mir nicht mit Platitüden. *Wage* es nicht, mich mit Platitüden abzufertigen, nach all dem, was du mir gerade erzählt hast!«

»Es sind keine Platitüden. Ich fing an zu erkennen, was ich an dir hatte, an dem Tag, als Robby geboren wurde, und seitd...«

»Und du bildest dir ein, das würde mir ein besseres Gefühl geben?«

»Du hast mich nicht ausreden lassen. Und seitdem wurde jedes Jahr besser als das vorangegangene. Ich stellte fest, daß ich es liebe, Vater zu sein; ich liebe es, Ehemann zu sein, ich liebe dich.«

Am Zittern ihrer Schultern merkte er, daß sie weinte.

»Du hast das getan... mit einer anderen Frau... in derselben Woche, in der wir geheiratet haben?«

Er hatte gewußt, daß diese Tatsache schwerer wiegen würde als alles andere und daß er Geduld mit ihr haben müßte, während sie damit fertig zu werden versuchte.

»Claire... Claire, es tut mir so leid.«

»Wie konntest du das tun?« Ihre Stimme klang schrill und gepreßt vor unterdrückten Emotionen. »Wie konntest du so etwas tun und eine Woche später mit mir vor den Altar treten?«

Tom stützte die Ellenbogen auf die Knie und ließ den Kopf hängen, die Füße gespreizt, während er auf die Erde und die

Holzscheiben zwischen ihnen starrte. Seit er über Kent im Bilde war, hatte er seine eigenen Gefühle sorgfältig in Schach gehalten, aber jetzt brannten Tränen in seinen Augen, als er erkannte, wie tief er Claire verletzt hatte. Er ließ die Tränen sich ansammeln und zwinkerte sie fort, nur um festzustellen, daß sich seine Augen sofort wieder füllten. Er war ein Mann, der keinerlei Entschuldigung für sein Tun anzubieten hatte, also versuchte er auch gar nicht erst, sich zu rechtfertigen, als der Nachmittag verstrich und sie jeder auf ihrer Schaukel saßen und in verschiedene Richtungen blickten, sie nach Westen und er nach Norden.

Claire weinte noch immer, als sie sagte: »Ich habe niemals gewußt, wie … widerwillig du warst, mich zu heiraten.«

»Vergangenheit, Claire, ehrlich, das ist alles Vergangenheit. Ich habe dir gesagt, daß ich mit der Zeit begriffen habe, wie glücklich ich mich schätzen kann.«

Sie war zu tief verletzt, um sich beschwichtigen zu lassen. »Sollte man nicht annehmen, daß eine Frau so etwas an ihrem Hochzeitstag spürt? Ich nehme an, ich war einfach so froh darüber, daß mich der V-Vater meines Babys heiratete, daß ich … daß ich …« Sie begann hörbar zu weinen, dämpfte den Laut mit ihrer Hand.

Tom streckte den Arm aus und drückte ihre Schulter. Ihr Körper bebte unter ihren Schluchzern; es zerriß ihm das Herz. »Claire, bitte weine nicht«, murmelte er, ebenso erschüttert und gequält wie sie. »Großer Gott, Claire, ich wollte dich nicht so verletzen.«

Sie schüttelte seine Hand ab. »Das hast du aber getan. Ich bin sehr verletzt, und zwar d-deinetwegen, und ich hasse dich in diesem M… Moment, weil du uns dies antust.« Sie wischte sich mit der Handkante die Nase. Er reichte ihr sein Taschentuch.

Sie schneuzte sich die Nase und sagte noch: »Du hast dich in letzter Zeit so eigenartig benommen. Ich wußte, irgend etwas stimmte nicht, aber ich bin nicht dahintergekommen, was es war.«

»Ich habe versucht, es dir in Duluth zu sagen, aber ich war einfach ...« Seine Stimme erstarb, und er fügte nach einer Pause leise hinzu: »Ach, verdammt.«

Stille legte sich auf sie, schwer und lastend, ließ sie bewegungslos dasitzen und ihren bedrückenden Gedanken nachhängen. Kummer fesselte sie an ihre Schaukelsitze und machte jeden zum Gefangenen des anderen und dieses grausamen Fehlers, mit dem sie in der Mitte ihres Lebens konfrontiert wurden, zu einem Zeitpunkt, als sie so gelassen und selbstgefällig gewesen waren. Der Abend senkte sich langsam herab, die letzten Strahlen der Sonne verblaßten am Horizont und verliehen dem Himmel eine blutrote Färbung. Ein kühler Luftzug wehte über den Spielplatz.

Nach langen Minuten fragte Claire schließlich: »Weiß er es?«

»Sie sagt es ihm heute.«

Er merkte, wie sie die Einzelheiten zu einem Ganzen zusammenfügte und die falsche Schlußfolgerung zog. Die ganze Zeit hatte sie ihm den Rücken zugekehrt, die Ketten ihrer Schaukel über ihrem Kopf gekreuzt. Sie ließ ihre Schaukel wieder nach vorn schwingen, um Toms Gesicht sehen zu können. Obwohl ihr Ausdruck von Kummer abgestumpft war, schien ihr Blick klar und scharf bis in sein Innerstes zu dringen.

»Du hast sie gesehen, nicht wahr? Du hast dich mit ihr getroffen, als du gesagt hast, du wolltest die Autobatterie kaufen.«

»Ja, aber ...«

»Hast du sie schon des öfteren getroffen?«

»Hör mir zu, Claire. Kent hat sein ganzes bisheriges Leben lang nicht gewußt, wer sein Vater ist. Ich konnte dir nicht von ihm erzählen ohne ihre Erlaubnis, und das ist es, worüber wir heute gesprochen haben, über die Entscheidung, allen zur gleichen Zeit die Wahrheit zu sagen, damit es keiner von irgendeinem anderen erfahren müßte.«

»Du hast meine Frage nicht beantwortet. *Hast du sie schon des öfteren getroffen?*»

Einige Muskeln spannten sich an, veränderten die Linien seines Kiefers, spiegelten Bewegung an seinen Schläfen wider. »Einmal. An dem Tag, als ich herausfand, daß er mein Sohn ist.«

»Wo?«

»In ihrem Haus. Aber alles, was wir getan haben, war, miteinander zu reden, Claire, wirklich.«

Claire sagte lange Zeit nichts, starrte ihn nur mit geschwollenen, roten, mißtrauischen Augen an. Schließlich senkte sie ihren Blick. »Sie muß hier irgendwo in der Gegend wohnen.«

»In dem neuen Viertel, Haviland Hills. Sie ist aus Texas hierhergezogen, kurz bevor die Schule anfing. Als sie das Büro betrat, um Kent anzumelden, hatte sie keine Ahnung, daß ich der Rektor war. Claire, ich beantworte alle diese Fragen, weil ich nichts mehr zu verbergen habe. Jene eine Nacht, damals im Jahre 1975, das war alles. Ich schwöre bei Gott, es hat niemals eine andere Frau für mich gegeben außer dir seit dem Tag, als ich mein Ehegelöbnis abgelegt habe.«

Sie ließ ihre Schultern hängen und verflocht ihre Hände locker zwischen den Knien. Ihre Augen schlossen sich, und ihr Kopf sank rückwärts, ließ den Schirm ihrer Baseballmütze zum Himmel hinaufzeigen. Sie stieß einen Seufzer aus – einen tiefen, geräuschvollen Seufzer, bei dem ein Zittern durch ihren Körper lief – und saß dann bewegungslos da, das Bild eines Menschen, der nur den einen Drang verspürt, alldem zu entfliehen. Sie gab sich einen winzigen Ruck und setzte die Schaukel in Bewegung, nur ein klein wenig, als wollte sie sich irgendwo in den Tiefen ihres Bewußtseins einreden, sie wäre jenseits von alldem hier. Der lose Saum ihres Hemds hing hinter ihr auf den Boden herab, und ihre gekreuzten Schienbeine ließen die Außenseite ihrer Tennisschuhe im Schmutz schleifen.

Tom wartete, elend vor Kummer, weil er ihr soviel Verzweiflung verursacht hatte.

»Nun«, sagte sie schließlich und hob den Kopf, als sammelte sie all ihre Kräfte, »wir haben schließlich auf ein paar Kinder Rücksicht zu nehmen, nicht?« Die Schaukel fuhr fort, in zittrigen, schleifenförmigen Bewegungen vor- und zurückzuschwingen, dann kam sie abrupt zum Stillstand, als Claire sich eine Hand vor den Mund schlug und sich abwandte, während wieder Tränen in ihren Augen aufstiegen. »O Gott, was für ein Durcheinander.« Ihre Stimme klang matt und erschöpft.

Was sollte er sagen? Was konnte er tun? Geben? Anbieten? Sein Elend war so vollkommen wie ihres.

»Ich hatte niemals die Absicht, einen von euch zu verletzen, weder dich noch die Kinder, niemals, Claire. Es ist vor so langer Zeit passiert. Es war ein Vorfall aus meiner Vergangenheit, den ich ganz einfach vergessen hatte.«

»Für dich ist es lange her, ist es Vergangenheit, aber für uns ist es Gegenwart. Wir müssen *jetzt* damit fertig werden, und es ist so verdammt ungerecht, die Kinder damit zu belasten.«

»Glaubst du vielleicht, ich wäre mir darüber nicht im klaren?«

»Ich weiß es nicht. Hast du darüber nachgedacht?«

»Natürlich habe ich mir den Kopf darüber zerbrochen! Claire, du tust, als wäre ich plötzlich herzlos geworden wegen dieser einen Sache. Kannst du nicht sehen, daß ich ebenfalls leide? Daß ich es bereue und daß ich mir wünschte, ich könnte es ungeschehen machen? Aber das kann ich nicht. Alles, was ich tun kann, ist, absolut ehrlich in allen Punkten zu sein und zu hoffen, allen Beteiligten auf diese Weise das geringste Maß an Schmerz zu bereiten. Und was die Kinder betrifft... ich habe die Absicht, es ihnen heute zu sagen. Ich kann dies allein tun, oder du kannst dabei sein, was immer du willst.«

»Chelsea wird so... so...« Claire machte eine unbestimmte Geste. »Wer weiß, was zwischen den beiden vorgefallen ist? Ich weiß, daß sie in ihn verliebt ist.«

»Nichts ist zwischen ihnen vorgefallen, darauf würde ich mein Leben verwetten.«

»Herrgott noch mal, das weiß ich!« gab Claire wütend zurück. »Bei einem ersten Spaziergang, der noch nicht mal eine richtige Verabredung war? Man sollte doch wohl annehmen, daß wir eine Tochter aufgezogen haben, die ein paar mehr Skrupel hat! Nein, ich spreche von Küssen. Wenn er sie *geküßt* hat... und Jugendliche in diesem Alter werden sich doch sicherlich küssen!«

»Nun, das werden wir nie herausfinden, weil ich sie ganz bestimmt nicht danach fragen werde.«

»Nein, natürlich nicht. Aber sie wird trotzdem nicht weniger aufgebracht sein. Und was ist mit Robby? Er ist jetzt schon feindselig gegen Kent gesinnt... sie müssen zusammen Football spielen, und *ich* muß ihm am Montag im Klassenraum gegenübertreten.«

»Ich muß ihm ebenfalls gegenübertreten.«

»Oh, bitte entschuldige vielmals, wenn ich nicht allzuviel Mitgefühl für dich aufbringe wegen der Dinge, denen du dich stellen mußt!« sagte sie spitz.

Claire stand von ihrer Schaukel auf und lehnte sich mit einer Schulter gegen die diagonalen Streben. Mit den Händen in den vorderen Hüfttaschen ihrer Jeans starrte sie blicklos nach Westen, dorthin, wo die Sonne gerade untergegangen war. Tom spürte tatsächlich ein Gefühl der Übelkeit im Magen, als er ihren Rücken musterte. Sie schien ihm jetzt immer nur noch den Rücken zuzukehren. Furcht hatte einen kalten Kloß in seinem Inneren gebildet. Ein schmerzliches Bedürfnis stieg in ihm auf, das Bedürfnis, Claire zu berühren, sie in seinen Armen zu halten und sich getröstet zu fühlen, daß sie all dies hier gemeinsam bewältigen würden.

Er verließ seine Schaukel und trat hinter Claire, wagte es nicht, sie zu berühren, und hatte gleichzeitig Angst, es nicht zu tun, fühlte sich hin- und hergerissen in seiner Unsicherheit. Er starrte auf den unordentlichen Pferdeschwanz, den sie durch die rückwärtige Öffnung in der Kappe gezogen hatte, auf die sonnengebleichten Spitzen ihrer Haare, die Ärmel ihres alten, verwaschenen Hemds, dessen Knitterfalten im letzten Licht des Tages den Eindruck erweckten, sie wären mit Staub überpudert. Ihre jugendliche Kleidung und Unordentlichkeit verliehen ihr eine kindliche Schutzlosigkeit.

»Claire...« Er legte seine Hände auf den weichen Stoff unter ihrem Kragen.

»Nicht!« Sie wand sich heftig aus seiner Berührung und lehnte sich erneut gegen das Schaukelgerüst. »Ich will jetzt nicht von dir berührt werden. Das solltest du eigentlich wissen.«

Hilflos ließ er die Hände sinken und wartete.

Und wartete.

Und blickte schweigend in dieselbe Richtung wie Claire,

während ihre Schatten länger wurden und sich Verzweiflung wie ein schwerer Mantel über ihre Ehe legte.

»Es ist der Verrat, der am meisten schmerzt«, sagte Claire schließlich tonlos. »Zu denken, daß man jemanden kennt, um dann herauszufinden, daß man ihn überhaupt nicht kennt.«

»Das ist nicht wahr, Claire. Ich bin immer noch derselbe Mensch, der ich war.«

»Nicht in meinen Augen. Jetzt nicht mehr.«

»Ich liebe dich immer noch.«

»Man tut so etwas nicht dem Menschen an, den man liebt. Man geht nicht in das Haus einer anderen Frau. Besonders nicht zu einer Frau, die ein Kind von dir hat.«

»Ach, nun komm schon, Claire, ich habe dir gesagt, daß diese Sache mit ihr im Jahre 1975 passierte. Inzwischen ist sie eine völlig Fremde für mich!«

Claire schnaubte leise und stand mutlos da, den Blick auf ihre Füße gerichtet. Schließlich drehte sie sich herum, und der Ausdruck in ihren Augen ließ Tom frösteln.

»Ich hätte nie für möglich gehalten, daß ich so wie jetzt für dich empfinden könnte. Niemals. Ich dachte, was wir zusammen aufgebaut hatten, wäre unantastbar, habe fest geglaubt, wir führten die Art von Ehe, die nichts zerstören könnte, weil wir so hart daran gearbeitet haben. Aber in diesem Moment, Tom Gardner, hasse ich dich. Ich möchte dich am liebsten schlagen und dir weh tun, weil du uns und unserer Familie dies antust.«

»Wenn es dir irgendwie Erleichterung verschafft, dann tu's. Schlag mich. Gott weiß, daß ich es verdiene.«

Sie holte mit ihrer rechten Hand aus und schlug ihm so hart ins Gesicht, daß er das Gleichgewicht verlor. Erschrocken sprang sie zurück und schnappte nach Luft, als ihr aufging, was sie getan hatte. Seine Wange war brennend rot an der Stelle, wo ihre Hand ihn getroffen hatte. Niemals in den achtzehn Jahren ihrer Ehe hatte einer von ihnen den anderen geschlagen.

Tom wich zurück; beide waren peinlich berührt und schwankten leicht. Langsam kroch die Zornesröte in sein Gesicht und vermischte sich mit dem roten Fingerabdruck auf seiner Wange.

»Was soll ich denn deiner Meinung nach tun, Claire? Es soll geschehen. Es ist Geschichte. Was willst du von mir? Was soll ich tun?«

»Sag es deinen Kindern. Sag ihnen, ihr Vater ist nicht die Sorte Mann, für den sie ihn bisher gehalten haben. Versuche, Robby zu erklären, warum du Sex mit einer anderen Frau hattest, als ich mit ihm schwanger war. Versuch, Chelsea begreiflich zu machen, warum sie sich nicht mit Jungs einlassen darf, obwohl es für dich ganz in Ordnung war, dich mit einer anderen Frau einzulassen, weil du ihre Mutter gar nicht wirklich heiraten wolltest!« Claire zeigte mit einem Finger in die Richtung, in der ihr Haus lag. »Fahr du dorthin zurück und sag es ihnen, Tom Gardner, und brich ihnen das Herz, weil dies wesentlich mehr ist als nur die Ankündigung, daß sie einen Halbbruder haben! Dies ist Verrat, schlicht und einfach Verrat, und bilde dir nicht ein, daß sie es als weniger betrachten werden!«

Sie hatte natürlich das Wesentliche an seiner Schuld gegenüber den Kindern herausgegriffen. Er haßte es, dies zu hören.

»Du klingst, als wolltest du sie auffordern, sich für einen von uns zu entscheiden. Tu das nicht, Claire!«

»Ach, sei nicht so verdammt selbstgerecht!« fauchte sie. Sie ballte die Hände zu Fäusten, und es kostete sie offensichtlich Mühe, sie nicht gegen Tom zu erheben. Es schien, als lägen ihr noch eine ganze Reihe von Zurückweisungen und Beschuldigungen auf der Zunge, aber dann wandte sie sich ab, als traute sie sich selbst nicht, und marschierte zum Wagen.

Claire knallte die Beifahrertür vehement hinter sich zu und schlang ihre Arme ganz fest um ihren Leib, als müßte sie ihre Haut davor bewahren abzufallen. Sie heftete ihren Blick auf die losen Schottersteinchen am Rande der asphaltierten Fahrbahn, wo das Gras plattgetreten war. Diese Linie, wo Schwarz auf Grün traf, schien sich plötzlich schlängelnd zu bewegen, von neuen Tränen in ihren Augen verzerrt, als Selbstmitleid sie überwältigte.

In der Woche unserer Hochzeit…

Er wollte mich niemals wirklich heiraten...

Er hat gesagt, ich hätte ihm die Pistole auf die Brust gesetzt...

Tom war noch dort draußen auf dem Spielplatz, stand mit hängendem Kopf unter dem Schaukelgerüst; wahrscheinlich versuchte er, damit ihr Mitgefühl und ihr Verständnis zu gewinnen. Nun, sie hatte keines übrig, nicht für ihn. Nicht heute, nicht morgen oder irgendwann in absehbarer Zukunft. Kein Ehemann konnte eine solche Last auf seine Frau abladen und von ihr erwarten, daß sie darauf reagieren würde wie das verliebte Mädchen, das sie einmal gewesen war.

Sie war diejenige, der hier unrecht geschehen war. *Sie*, nicht er!

Ihr ganzes Eheleben hindurch hatte sie auf ein Ideal hingearbeitet, nicht nur in ihrer Beziehung mit Tom, sondern auch, was die Beziehung der Familie als Ganzes betraf. Herauszufinden, daß Tom diese Heirat nie gewollt hatte, daß er damals das Gefühl gehabt hatte, in die Enge getrieben worden zu sein und ein erstes Kind aufgehalst zu bekommen, machte all die harte Arbeit und die Gefühle, die sie in diese achtzehn Jahre investiert hatte, zum Gespött.

Achtzehn Jahre ... und jetzt dies.

Claire kam sich wie eine Idiotin vor, niemals argwöhnisch gewesen zu sein, und gab Tom die Schuld daran, plötzlich diese Gefühle in ihr auszulösen, zu einem Zeitpunkt ihres Lebens, wo sie sich nichts weiter als Frieden und Harmonie wünschte. Aber wenn sie bisher keinen Verdacht geschöpft hatte, so tat sie es jetzt. Die Frau, die ihn eine Zeitlang von seinen Verpflichtungen entbunden und ihm eine Gnadenfrist eingeräumt hatte, war wieder in der Gegend, immer noch unverheiratet, die Mutter seines Sohnes. Und er hatte sie zugegebenermaßen mehr als einmal gesehen.

Welcher intelligente Mann, der riskierte, Heim und Familie zu verlieren, würde es *nicht* abstreiten, wenn er etwas Verbotenes getan hatte?

Der Gedanke versetzte Claire in Angst, während er gleichzeitig Wut in ihr aufwallen ließ.

Ich will keine Frau sein, die sich mit Argwohn und Verdächti-

gungen herumschlägt! Ich will nicht eines jener bemitleidenswerten Geschöpfe sein, über die im Lehrerzimmer geflüstert wird. Ich will die Frau sein, die ich noch vor einer Stunde war!

Zorn und Selbstmitleid tobten immer noch in ihrem Inneren, als sie Toms Schritte auf der Straße näher kommen hörte.

Er stieg ein und knallte die Tür zu. Steckte den Zündschlüssel ins Schloß. Aber emotionale Benommenheit ließ ihn bewegungslos dasitzen. Er ließ die Hand sinken und starrte blicklos durch die Windschutzscheibe. »Claire, ich weiß nicht, wie ich es ihnen sagen soll.«

»Das weiß ich auch nicht«, sagte sie zu dem Asphalt, nicht einen Funken von Mitgefühl in ihrer Stimme.

»Ich nehme an, ich sollte es einfach geradeheraus sagen, so wie ich es dir gesagt habe.«

»Vermutlich.«

»Möchtest du dabeisein?«

»Um die Wahrheit zu sagen: Ich möchte jetzt am liebsten in Puerto Rico sein. Oder in Kalkutta oder Saudi Arabien ... ganz egal, wo, nur nicht hier, und das hier durchmachen müssen!«

Schweigen dehnte sich zwischen ihnen aus, wurde immer bedrückender.

Schließlich startete Tom den Wagen und fuhr nach Hause, während Claire ihn kein einziges Mal anschaute oder mit ihm sprach. Er parkte in der Garage und folgte ihr ins Haus, innerlich völlig verkrampft vor Angst, es seinen Kindern sagen zu müssen und an Respekt in ihren Augen zu verlieren.

Er hängte seine Autoschlüssel in der Küche an einem Hakenbrett auf, das Robby einmal in der Grundschule im Werkunterricht gefertigt hatte. Er ging zur Küchenspüle, um einen Schluck Wasser zu trinken, und fand dort einen roten Kaffeebecher, auf dem *Papa* stand – ein Geschenk von Chelsea zum letzten Vatertag. Überall um ihn herum Beweise ihrer Liebe und ihres Respekts für ihn. Er füllte den Becher und trank langsam, um den Augenblick hinauszuzögern, wo er endgültig in Ungnade fallen würde, den Augenblick, vor dem ihm grauste und der ihm dennoch nicht erspart bliebe.

Er kippte den Rest Wasser ins Becken und drehte sich um, um zu sehen, daß Chelsea in die Küche gekommen war und abwartend an der gegenüberliegenden Wand stand, sich wie angeordnet bereithielt für was immer es auch sein mochte, was passieren würde. Robby stand neben ihr, und beide schwiegen und blickten Tom fragend an. Claire war verschwunden.

»Setzen wir uns«, sagte Tom. »Ich habe euch etwas zu sagen.«

Sie setzten sich an den Küchentisch, schauten erst ihren Vater an und tauschen dann untereinander einen Blick, in dem sich Verwirrung und Beklemmung widerspiegelte.

»In den letzten eineinhalb Wochen sind einige Dinge geschehen, die ... nun, die unser Leben bis zu einem gewissen Grad verändern werden. Nicht« – Tom machte eine Handbewegung, als rührte er die Luft über einer Kristallkugel auf – »nicht unser Familienleben als solches, aber es wird sich in gewisser Weise auf jedes einzelne Familienmitglied auswirken, weil es uns alle betrifft.«

Er hielt einen Moment inne. »Und bevor ich noch mehr sage, sollt ihr wissen, daß Mama und ich bereits darüber gesprochen haben. Wir klären die Sache zwischen uns, okay? Es gibt also nichts, wovor ihr Angst haben müßtet.«

Er räusperte sich. »Es geht um Kent Arens.«

»Kent?« wiederholte Chelsea überrascht.

Claire erschien schweigend hinter den Kindern und lehnte sich gegen den Türrahmen, wo nur Tom sie sehen konnte. Er verflocht seine Finger auf der Tischplatte und preßte die Daumenspitzen aneinander.

»Kent Arens ist mein Sohn.«

Keiner rührte sich oder sprach. Aber das Blut schoß in Chelseas Gesicht, und Robbys Lippen öffneten sich. Er lehnte sich gegen den Küchenstuhl zurück und umklammerte mit seinen großen Händen die Kanten des Stuhlsitzes. Chelsea starrte ihren Vater lediglich ungläubig und verblüfft an.

»Ich kannte seine Mutter, als ich damals auf dem College war, aber ich habe nie gewußt, daß sie Kent hatte, nicht bis zu dem Mittwoch vor Beginn der Schule, als sie ihn herbrachte, um ihn zum Unterricht anzumelden.«

Lange Zeit herrschte absolutes Schweigen.

Robby sprach als erster. »Bist du sicher?«

Tom nickte stumm.

»Aber ... aber wie alt ist er?«

»So alt wie du.«

»O Mann«, flüsterte Robby, und nach einer winzigen Pause: »Weiß Mam davon?«

»Ja, sie weiß es.«

»Wow«, flüsterte Robby.

»Es gibt ein paar Dinge in dieser Angelegenheit, die nur eure Mutter und mich etwas angehen und besser zwischen uns bleiben sollten, aber ich denke, einige Dinge müssen wir alle wissen und verstehen. Kent hat bisher nie erfahren, wer sein Vater ist, aber seine Mutter wird es ihm heute sagen, damit es keine Mißverständnisse über unsere Beziehung gibt, wenn einer von uns ihm das nächste Mal begegnet. Niemand in der Schule weiß davon, deshalb ist es eure Sache – unsere Sache – zu ...« *Die Wahrheit zu sagen oder sie zu verschweigen?* »... zu ... nun, den Ton unserer zukünftigen Beziehung mit ihm festzusetzen. Ich selbst weiß ebensowenig wie ihr, wie diese Beziehung sich gestalten wird. Aber ich bitte euch zu verstehen, daß es Schwierigkeiten für uns alle geben wird. Für uns, aber auch für ihn. Ich schreibe euch nicht vor, wie ihr auf diese Neuigkeit reagieren sollt. Ich sage nicht: ›Er ist euer Bruder, ihr müßt ihn lieben oder zumindest mögen.‹ Chelsea, ich weiß, daß du dich bereits mit ihm angefreundet hast, und es tut mir leid, wenn dich dies in große Verlegenheit bringt. Robby, ich kenne auch deine Gefühle. Dies wird nicht leicht sein, und es tut mir leid, daß ich euch damit belasten muß. Aber bitte ... wenn ihr mit euren Gefühlen nicht zurechtkommt, dann sprecht mit Mama und mir darüber. Werdet ihr das tun?«

Einer von ihnen murmelte etwas, aber beide weigerten sich, ihren Blick von der Tischplatte zu heben.

»Ihr solltet beide wissen, daß das, was ich getan habe, sehr falsch war. Ich habe immer euren Respekt für mich als Vater zu schätzen gewußt und bin stolz darauf gewesen. Euch die Wahrheit über diese Sache zu gestehen, war…« Tom schluckte hart. »Ich muß gestehen, es waren die schlimmsten eineinhalb Wochen meines Lebens. Ich wußte, ich mußte es euch sagen. Aber ich hatte Angst, eure Meinung von mir würde sich dadurch ändern. Was ich getan habe, war falsch, und ich nehme die Verantwortung dafür auf mich. Ich bitte euch um Verzeihung, denn indem ich eurer Mutter ein Unrecht angetan habe, habe ich auch euch unrecht getan. Es gibt keine Entschuldigung für unehrenhaftes Verhalten, aber ich liebe euch beide sehr, und das letzte auf der Welt, was ich jemals tun würde, ist, euch oder eure Mutter bewußt zu verletzen. Weil ich euch alle liebe… sehr liebe.« Er hob seinen Blick zu Claire. Sie stand noch immer da, an den Türrahmen gelehnt, ihr ausdrucksloses Gesicht so unbeweglich und erstarrt, als wäre es aus Ton gebrannt. Keines der Kinder hatte bisher aufgeschaut.

Tom richtete erneut das Wort an sie. »Es gibt noch etwas, was ich zu dieser Sache sagen muß. Es hat mit Moral zu tun.« Er bemerkte erst jetzt, daß er seine verschränkten Hände hart gegen seinen Bauch gepreßt hielt. Seine Eingeweide schienen heftig zu zittern. »Bitte… folgt nicht meinem Beispiel. Ihr seid immer anständige, aufrichtige Kinder gewesen. Bleibt so… bitte.« Sein letztes Wort kam ein wenig rauh über seine Lippen.

Stille folgte, wieder eine jener langen Zeitspannen des Schweigens und der Qual, die an diesem alptraumhaften Tag zur Regel zu werden schienen.

»Gibt es irgend etwas, was ihr sagen möchtet… oder fragen?« wollte Tom wissen.

Chelsea, ernst und tiefrot im Gesicht vor Verlegenheit, flüsterte: »Was sollen wir unseren Freunden sagen?«

»Die Wahrheit, wenn ihr müßt. Ich würde euch niemals darum bitten, für mich zu lügen. Kent ist mein Sohn, und es scheint absurd zu glauben, daß in dem Umfeld, wo wir alle vier – alle fünf – fünf Tage pro Woche verbringen, die Wahrheit nicht bekannt wird. Kent wird ebenfalls einige Dinge bewältigen müssen, vergeßt das nicht. Ich könnte mir vorstellen, daß er sich an seine Beratungslehrerin wenden wird, damit diese ihm hilft, mit seinen

Gefühlen zurechtzukommen. Das gleiche könnte vielleicht auch für euch gelten.«

Chelsea stützte ihre Ellenbogen auf den Tisch und vergrub ihr Gesicht in den Händen. »Es wird so peinlich sein. Unser Vater... der Schulleiter.«

»Ich weiß, und es tut mir aufrichtig leid, Chelsea.«

Tom wollte über die Tischecke greifen und tröstend ihren Arm drücken, aber er hatte irgendwie das Gefühl, das Recht darauf verwirkt zu haben. Robbys Verlegenheit schien abgeebbt zu sein, von einem nachdenklichen Stirnrunzeln ersetzt. »Also, was sollen wir tun? Ich meine, wird er hier herumhängen, oder was?«

»Hier herumhängen? Nein, das denke ich nicht. Ich meine... Robby, das ist schwer zu beantworten. Kent findet heute heraus, daß er nicht nur einen Vater hat, der nur wenige Meilen von ihm entfernt wohnt, sondern auch einen Halbbruder und eine Halbschwester und sogar Tanten und Onkel und einen Großvater, von deren Existenz er nie etwas gewußt hat. Ich könnte mir vorstellen, daß eine Zeit kommt, wo er neugierig auf uns alle sein wird.«

Robby biß die Zähne zusammen. Sein Ausdruck war hart. Auch er hatte seine Hände vor dem Bauch verschränkt, aber die Haltung seiner Schultern strahlte Unversöhnlichkeit aus.

»Also, was geht zwischen dir und Mam vor? Hast du es ihr erst heute gesagt, oder was?«

»Ja, ich habe es ihr gerade gesagt. Mam ist ziemlich aufgebracht. Sie hat geweint.« Aus den Augenwinkeln sah er Claire von ihrem Platz an der Tür zurückweichen und um die Ecke schlüpfen. Robby schwang gerade in dem Moment herum, als ihr Hemdzipfel aus seinem Blickfeld verschwand. Ganz offensichtlich hatte er nicht gewußt, daß sie dort gestanden und zugehört hatte, und es war ebenso unverkennbar, daß er Todesängste ausstand, als er fortfuhr, seinen Vater auszufragen.

»Und? Was ist zwischen dir und dieser Frau? Ich meine, läuft da irgendwas zwischen euch?«

»Nichts läuft zwischen uns. Sie ist jetzt eine völlig Fremde für mich, und es läuft absolut nichts zwischen uns. Ich will es ganz unverblümt ausdrücken; ihr seid beide alt genug – keine Affäre, nichts Sexuelles, okay? Ich habe sie ein paarmal gesehen und mit ihr gesprochen, aber ausschließlich zu dem Zweck, um Verschiedenes wegen Kent zu klären und gemeinsam mit ihr zu überlegen, wie wir die Sache handhaben werden.«

»Warum hat Mam dich dann neulich abends gefragt, ob du eine Affäre hättest?« warf Chelsea ein.

Robbys Kopf fuhr mit einem Ruck zu seiner Schwester herum. »Wann? Das hast du mir nie erzählt!«

»Paps?« Ihre Aufmerksamkeit blieb auf Tom konzentriert. »Warum?«

»Ich weiß nicht, warum. Weil ich nervös und abgelenkt war, deshalb vermutlich. Ich hatte gerade von Kent erfahren und wußte, es war nur noch eine Frage der Zeit, bis ich es euch würde sagen müssen, und ich hatte Angst. Eure Mutter hatte mein Verhalten falsch gedeutet, das war alles. Wenn ich aufrichtig mit ihr gewesen wäre und ihr gleich die Wahrheit erzählt hätte, nachdem ich sie herausgefunden hatte, läge dies alles hier schon eine Woche hinter uns, und ihr hättet jene Unterhaltung nie gehört.«

Ihr Gespräch wurde plötzlich unterbrochen, als ein Auto mit kreischenden Reifen in ihre Einfahrt einbog und direkt neben dem Küchenfenster zum Halten kam. Man hörte die Wagentür zuknallen und hastige Schritte den Weg zum Vordereingang heraufkommen; gleich darauf klingelte es an der Haustür.

Als Robby seinen Stuhl zurückschob, klingelte es wieder und wieder, und die Türklingel schrillte ohne Unterlaß weiter, bis er die Tür erreicht hatte und verblüfft anhielt, während er durch das Fliegengitter starrte.

Kent Arens stand dort und funkelte ihn wütend an. »Ich möchte deinen Vater sehen.« Er wartete nicht erst ab, bis er zum Eintreten aufgefordert wurde, sondern stieß die Fliegentür auf und kam herein, gerade als Tom und Claire aus zwei verschiedenen Richtungen im Eingang erschienen. Chelsea drückte sich ein paar Schritte entfernt im Flur herum und beobachtete die Szene stumm, und Robby trat zurück, um Kent Platz zu machen.

Vater und Sohn standen sich in der spannungsgeladenen Stille gegenüber, Ebenbilder, trotz des Altersunterschiedes. Kent starrte ihn wortlos an, sah die dunkle Haut, die braunen Augen und die geschwungenen Brauen, den vollen Mund und die gerade Nase. Den Wirbel am Haaransatz.

Seine herausfordernden Augen katalogisierten alle Einzelheiten, während er dastand, mit deutlichem Zorn in seiner Haltung. Kein Lächeln, keine Bewegung milderten sein Gebaren.

»Ich wollte mich nur mit eigenen Augen überzeugen«, sagte er und stürmte so wutentbrannt wieder hinaus, wie er gekommen war.

»Kent!« rief Tom, stürzte ihm nach und stieß mit beiden Handflächen gegen die Tür. »Warte!« Als er die Vordertreppe herunterrannte und den Gehweg entlang, stand Kent auf der anderen Seite des Lexus, die Fahrertür geöffnet, und blickte ihm mit harten, unversöhnlichen Augen entgegen.

»Du hast nie auch nur versucht, sie zu finden! Du hast dich noch nicht einmal gefragt, was mit ihr war!« schrie er. »Du hast sie einfach gebumst und bist danach abgehauen! Okay, ich bin vielleicht ein Bastard, aber selbst ein Bastard hat mehr Skrupel, als so was zu tun!«

Die Wagentür knallte zu, und der Lexus brauste die Einfahrt hinunter und fuhr mit halsbrecherischer Geschwindigkeit davon.

Tom schaute ihm seufzend nach, fühlte sich fast erdrückt von dem Gewicht emotionaler Erschöpfung. Dieser Tag, wann würde er endlich ein Ende haben? Er hatte eine heftige Konfrontation nach der anderen mit sich gebracht, bis ihm tatsächlich wieder nach Weinen zumute war. Statt dessen galt es, sich der Verantwortung zu stellen, und er straffte die Schultern, um ins Haus zurückzugehen und zu tun, was seine Pflicht war.

Die Kinder standen noch an derselben Stelle, wo er sie zurückgelassen hatte.

»Wo ist eure Mutter?«

»Oben.«

»Claire?« rief er vom Fuß der Treppe. »Claire, komm bitte herunter!«

Er ging die Hälfte der Stufen hinauf, bis seine Augen auf gleicher Höhe mit dem oberen Flur waren. Claire kam aus ihrem Schlafzimmer und stand am anderen Ende des Korridors, die Arme gekreuzt, als wäre sie an einen Pfahl gebunden. Es schien, als hätte sie die ganzen letzten beiden Stunden hindurch ihre Arme auf diese Weise gekreuzt gehalten.

»Was ist?«

Er erhob seine Stimme, damit ihn die Kinder ebenfalls hören konnten. »Kent ist vollkommen außer sich. Ich muß seine Mutter anrufen, und nur damit es keinen Zweifel an dem gibt, was ich tue, sage ich es dir zuerst, euch allen! Ich habe zu lange mit Jugendlichen gearbeitet, um nicht zu erkennen, in welch gefährlicher emotionaler Verfassung er sich befindet.« Er eilte zum Telefon in der Küche und kam auf dem Weg dorthin an Chelsea und Robby vorbei. »Ihr könnt alle dabeistehen und zuhören, wenn ihr wollt, aber ich *werde* sie anrufen.«

Er wählte die Nummer, und Monica meldete sich nach einem einzigen Klingeln.

»Monica, hier ist Tom.«

»Oh, Tom, Gott sei Dank. Kent ist mit meinem Wagen weggefahren und...«

»Ich weiß. Er war gerade hier. Er ist hereingestürmt und hat mich angestarrt, dann ist er wieder hinausgelaufen und wie ein Wahnsinniger davongebraust. Es wäre vielleicht das beste, wenn du die Polizei anrufen würdest, damit sie ihn anhalten, nur zu seiner eigenen Sicherheit. Er ist wirklich in heller Aufregung.«

»Das habe ich befürchtet.« Sie überlegte einen Moment. »In Ordnung, ich rufe die Polizei an. Hat er geweint, Tom?«

»Nein, ich glaube nicht. Er war wütend.«

»Ja, das war er auch, als er von hier wegging. Wie hat deine Familie es aufgenommen?«

»Nicht gut.«

Nach einer Pause sagte sie: »Also, ich mache jetzt besser Schluß... um diesen Anruf zu machen. Danke, Tom.«

»Keine Ursache. Würdest du mich zurückrufen, wenn er nach

Hause kommt, und mich wissen lassen, daß alles mit ihm in Ordnung ist?«

»Sicher.«

Als er aufgelegt hatte, senkte sich wieder eine trübsinnige, begräbnishafte Stimmung über das Haus, während jeder stumm auf seinem Platz verharrte, sorgfältig darauf bedacht, Abstand zu den anderen zu wahren, und von dem Drang beseelt, sich in sich selbst zu verkriechen. Nach einer Weile schlichen die Kinder still auf ihre Zimmer. Claire verzog sich in das Elternschlafzimmer, während Tom in der Küche zurückblieb und auf den roten Kaffeebecher starrte, der die Aufschrift *Papa* trug.

Er hatte es hinter sich. Das Geheimnis war gelüftet. Die Schuld eingestanden. Aber jetzt kam diese hoffnungslose Übergangszeit, die ihm das Gefühl vermittelte, alles wäre verloren und die Einheit seiner Familie würde sich niemals wiederherstellen lassen. Das Haus blieb still – kein Fernseher lief, keine Musik, keine Schritte waren zu hören, keine Türen, die geöffnet oder geschlossen wurden, kein Wasserrauschen, nichts. Nur Stille. Beklemmende Stille. Was taten sie, diese drei Menschen, die er liebte? Lagen sie auf ihren Betten zusammengerollt, von Haß für ihn erfüllt?

Chelsea saß auf ihrem Kopfkissen, den Rücken gegen das Kopfteil des Bettes gelehnt, die Knie hochgezogen, einen roten Cheerleader-Pompon in ihrem Schoß. Mit grüblerischer Miene entwirrte sie die Kreppapierstreifen, strich sie mit dem Nagel ihres Mittelfingers flach, als wären es Haare. Der Ballen ihres Daumens hatte sich rot verfärbt. Ein paar Streifen Kreppapier waren versehentlich abgerissen. Sie sammelten sich an ihrer Hüfte in einem zitternden Häufchen, während sie an dem Pompom zog … wieder … und wieder … und blicklos vor sich hin starrte … sich erinnerte … tödlich verlegen.

Sie hatte ihren eigenen Bruder geküßt.

Was sollte sie zu ihm sagen, wenn sie ihn das nächste Mal sah? Wie konnte sie ihm jemals wieder unter die Augen treten? Und würde sie dazu gezwungen sein, manchmal vielleicht sogar hier, in ihrem Haus, nachdem er jetzt wußte, daß sie denselben Vater hatten? Es würde schon schlimm genug sein, ihn in der Schule zu sehen, ohne daran denken zu müssen, daß er wieder hierherkommen würde. Sie sah sich in Gedanken am Montagmorgen das Schulgebäude betreten und an seiner Schließfachreihe vorbeigehen, während sie seinen Blick über die Köpfe der anderen hinweg auf sich fühlte und versuchte, sich normal zu benehmen. Aber was war normal in einer Situation wie dieser? Und wie sollte sie es ihren Freunden beibringen? Ihr Vater war ihr Rektor. Ihr Rektor! Die Person, zu der sie aufblickten, die sie respektieren sollten. Ob sie sich ihren Freunden anvertraute oder nicht, es würde sich ohne Zweifel herumsprechen. Es mußte einfach so kommen – so wie Kent sich aufführte, wutentbrannt in ihr Haus stürzte, ihren Vater anstarrte und ihm Beschuldigungen entgegenschleuderte. Bald würden alle ihre Freunde herausfinden, daß ihr Vater ein uneheliches Kind hatte, für das er nie die Verantwortung übernommen hatte. Es spielte keine Rolle, wie die besonderen Umstände lagen; er hatte zwei Söhne im selben Jahrgang, und nur einer davon war ehelich.

Chelsea schlang die Arme um die Knie und ließ ihre Stirn darauf sinken. Ihr Atem bewegte die Papierstreifen in ihrem Schoß. Sie raschelten wie Wind durch herbstliche Blätter, und das Geräusch vermittelte ebensowenig Trost.

Was würde mit ihrer Familie geschehen? Wenn sie selbst durch die Neuigkeit über Kent aufgebracht und verwirrt war, dann mußte ihre Mutter am Boden zerstört sein.

Sie wußte, wann der Hochzeitstag ihrer Eltern war. Sie hatten im Juni geheiratet, und Robby war im Dezember zur Welt gekommen. In welchem Monat war Kent geboren? Aber es tat kaum etwas zur Sache, in welchem Monat. Wenn es im selben Jahr war – und es deutete alles darauf hin –, dann hatte ihr Vater einige Erklärungen abzugeben. Chelsea versuchte, sich in ihre Mutter hineinzuversetzen, ihre Gefühle nachzuempfinden, in dem Augenblick, als sie die Nachricht hörte, aber die Vorstellung von der Treulosigkeit ihres Vaters war zu immens, um darüber nachzudenken. Die Eltern anderer Kinder hatten Affären. Ihre nicht.

Bitte, flehte Chelsea innerlich, bitte laß Mam und Paps darüber hinwegkommen. Laß nicht zu, daß es unsere Familie auseinanderreißt, denn wir haben niemals zuvor Probleme gehabt, und ich weiß nicht, was ich tun soll, wenn irgend etwas zwischen meinen Eltern schieflaufen würde. Sag mir, was ich tun soll, um es leichter für Mam zu machen, und ich werde es tun. Ganz egal, was, ich werde es tun.

Aber ihre Mutter hatte sich in ihrem Zimmer auf der gegenüberliegenden Seite des Korridors verschanzt, und ihr Vater wanderte in einem anderen Teil des Hauses ruhelos auf und ab. Und obwohl er gesagt hatte, sie sollten sich keine Sorgen machen, hätte man schon ein Idiot sein müssen, um nicht zu sehen, wie elend ihrer Mutter zumute war, und wie dies bereits für Tränen und Schmerz und Distanz zwischen ihnen gesorgt hatte. Verdammt, zwischen allen Familienmitgliedern.

Robby saß auf einem harten Stuhl aus Ahornholz in seinem Zimmer und ließ unablässig einen Football in seinen Händen kreisen. Deckenhohe Regale umgaben seinen Schreibtisch, wo ein Computer seinen schwarzen Bildschirm in den stillen Raum reckte. Das Bett war frisch gemacht, der blaue Teppichboden staubgesaugt, sämtlicher Krimskrams auf den Bücherregalen und der Kommode verstaut und in den Ecken aufgestapelt. Seine Jacke mit dem Aufdruck der Schule hing an einem Lochbrett hinter der Tür. Obwohl die Dunkelheit hereingebrochen war, hatte Robby kein Licht angemacht.

Er saß jetzt ganz ähnlich da, wie sein Vater wenige Stunden zuvor auf der Schaukel gesessen hatte, vornübergebeugt, die Ellenbogen auf die Knie gestützt, während sich der Football ununterbrochen in seinen übergroßen Jungenhänden drehte.

Ein Bruder. Nein, ein Halbbruder. Im gleichen Alter. Empfangen, wann? Unter welchen Umständen? Hatte den größten Teil seines Lebens weit weg von hier verbracht und seinen Vater nie gekannt. Und was jetzt, nachdem er ihn gefunden hatte? Was würde er tun? Die Leute dazu bringen, daß sie tuschelten, Anspielungen machten, alle Arten von Fragen stellten, auf die

Robby keine Antwort hatte? Würde Kent sich der Familie aufdrängen und anfangen, hier herumzuhängen, allen ein unbehagliches Gefühl vermitteln? Besser als Robby auf dem Footballfeld sein? Würde er Robby häßliche Seitenblicke zuwerfen, als wollte er ihn beschuldigen, all diese Jahre hindurch einen Vater ganz für sich allein gehabt zu haben, während er, Kent, keinen hatte? Zum Teufel noch mal, es war schließlich nicht seine, Robbys, Schuld, oder?

Aber Paps – Scheiße, wie konnte das passieren? Was war damals zwischen Mam und Paps vorgegangen? Manchmal unterhielten sich die beiden über alte Freundinnen und Freunde, aber den Namen Monica hatte Robby noch nie zuvor gehört.

Er erinnerte sich, wie sein Vater erst an diesem Nachmittag gesagt hatte: »Jeder Mensch, dem du begegnest, verändert dich.« Nun, Kent Arens hatte bereits seine ganze Familie verändert! Und wer wußte schon, wie viele Veränderungen er noch bewirken würde und wie gravierend sie sein würden? All dieses Zeug, das Paps über moralische Dilemmas erzählt hatte und wie sich dadurch der Charakter formte – schön und gut, aber was für eine Art Charakter gab dies seinem Vater? Robby hatte vor langer Zeit herausgefunden, daß seine Mutter schwanger gewesen war, als sie und sein Vater geheiratet hatten. Okay, vielleicht war er ziemlich naiv gewesen, aber er hatte immer angenommen, daß seine Eltern es mit keinem anderen Partner gemacht hatten, nur miteinander. Schien, als wäre seine eigene Generation die einzige, die Vorträge über Verhütung im Unterricht über sich ergehen lassen und sich Sermone über Aids anhören mußte und über die Verwendung von Kondomen und Predigten von Eltern, die ihren Kindern einschärften, *anständig* zu sein. Na toll, und was war *anständig*? Er hatte immer geglaubt, die Generation seiner Eltern sei in ihrer Jugend zwangsläufig braver gewesen als seine eigene, einfach weil es schon so lange her war, zu einer Zeit, als es einem leichter gemacht wurde, anständig zu sein. Er mußte es schließlich wissen. Er und Brenda waren so viele Male so nahe daran gewesen, *es* zu tun, daß er ein Nervenwrack war. Vor seinen Freunden hatte er sogar behauptet, er *hätte* es getan, denn wenn man es nicht tat, galt man als Schwachkopf und Versager. In Wahrheit hatte er eine höllische Angst davor, bis zum Letzten zu gehen, und Brenda ebenfalls, deshalb beschränkten sie sich darauf... nun ja, *ziemlich wild* herumzufummeln.

Aber sein Vater hatte zwei Mädchen zur gleichen Zeit geschwängert. Diese Niete.

Und jeder Mensch mit Keimdrüsen konnte einen Kalender entziffern und sich ausrechnen, wenn Robby und Kent im selben Jahr von zwei verschiedenen Müttern geboren worden waren, daß ihr Vater dann ziemlich eifrig bei der Sache gewesen war.

Robby schleuderte den Football in einen Papierkorb aus Metall und warf sich der Länge nach auf sein Bett.

Kent Arens. Sein unehelicher Bruder. Und er mußte den Football an diesen Burschen abgeben für den Rest der Saison, während Mam von den Tribünen aus zuschaute.

Arme Mam. Verdammt, wie würde ihr zumute sein, wenn sich die Sache in der Schule herumsprach? Und wie war ihr jetzt, in diesem Moment, zumute, eingeschlossen in ihrem Zimmer, während sie über das nachdachte, was heute passiert war?

Claire saß auf der Kante ihres Bettes, eine Schublade des Frisiertisches auf der Tagesdecke neben sich. Sie nahm eine Handvoll ineinander verknäulter Socken heraus, sortierte sie zu Paaren, faltete sie ordentlich und machte säuberliche Stapel. Sie trocknete ihre Augen mit einem Paar dicker weißer Baumwollstrümpfe und fuhr beharrlich fort, Socken, Nylons und Unterwäsche zu sortieren und zu präzisen Stapeln aufzuschichten, als würde sich die neue Ordnung in ihrem Frisiertisch auf ihr Leben übertragen und dort ebenfalls für klare Verhältnisse sorgen.

Such ein passendes Paar Söckchen zusammen, roll sie auf, leg sie zu den anderen; prüfe die Strumpfhose auf Laufmaschen, falte sie auf die Hälfte und roll sie hübsch ordentlich zusammen; leg die BHs gefällig aufeinander, leg sie in eine Ecke des wachsenden Stapels; falte die zerknitterten Nylonslips, drück sie mit der Hand flach, versuche, den Stapel vorm Umkippen zu bewahren, und paß auf, daß nicht alles wieder durcheinandergerät, wie es plötzlich mit deinem Leben passiert ist!

Abrupt beugte sie sich vor und vergrub ihr Gesicht in einem zusammengeknüllten Stück weißer Baumwolle.

Ich kann nicht... ich kann nicht...

Du kannst nicht? Was denn? Es kam keine Antwort, nur ein erneutes Aufflackern des unerträglichen Schocks und das Bild jenes Jungen, der sich wütend vor Tom im Flur aufgebaut und so sehr wie der junge Tom ausgesehen hatte, daß es qualvoll für sie gewesen war, ihn auch nur anzuschauen.

Wie war es möglich, daß ihr die Ähnlichkeit nicht schon vorher aufgefallen war? Wie sollte sie mit alldem jetzt fertig werden? Wie konnte sie in die Küche zurückgehen und ihre Pflichten als Ehefrau und Mutter wieder aufnehmen und eine Atmosphäre der Normalität aufrechterhalten, wenn ihr Vertrauen in ihren Mann plötzlich zerstört worden war? Wie sollte sie das gleiche am Montag in der Schule tun?

Ich kann nicht... ich kann nicht...

Sie hatte keine Ahnung, warum es so wichtig schien, Ordnung in dieser Frisiertischschublade zu schaffen, aber sie richtete sich auf und fuhr fort, den Inhalt zu sortieren und zu stapeln, während ihre Tränen schneller flossen und sie zu schluchzen anfing. Weinend saß sie da, mit hängendem Kopf, und ihre Hände fuhrwerkten in dieser albernen Schublade herum, deren Inhalt seit mindestens zwei Jahren ein Durcheinander war und ebensogut noch weitere zwei Jahre so bleiben konnte, denn wen kümmerte das schon?

Schließlich gab sie die nutzlose Tätigkeit auf und ließ sich seitwärts aufs Bett fallen, ihr Körper um die hölzerne Schublade herum gekrümmt, ihre Stirn gegen das rückwärtige Brett gedrückt, während sich ihrer Kehle ein schriller Wimmerlaut entrang.

Ohhh... ohhh... er wollte mich nicht heiraten... er hat mich nicht gelie-iebt...

Sie wünschte sich, Tom würde hereinkommen und sie in ihrem Elend daliegen sehen, würde begreifen, was er ihr angetan hatte, denn er war aufrichtig und niederschmetternd, dieser Zustand weinender Lethargie.

Andererseits wollte sie ihm jetzt nicht gegenübertreten, weil sie nicht wußte, was sie zu ihm sagen würde, wie sie es überhaupt über sich bringen sollte, ihn anzusehen.

Tom hielt sich jedoch fern, und Claire lag über eine Stunde lang unbeweglich auf dem Bett, während die Dunkelheit hereinbrach und die Straßenlampen angingen. Die Luft, die durch den Fensterspalt hereinströmte, wurde empfindlich kalt und ließ die Kordel, die den Vorhang zusammenhielt, gegen den Fensterrahmen schlagen. Gelegentlich fuhr ein Auto auf der Straße vorbei und einmal ein Motorrad.

Nach einer Zeit, die wie eine Ewigkeit schien, hörte Claire das Telefon klingeln, und sie hob den Hörer ab, im selben Moment, als Tom an den Nebenapparat in der Küche ging. Sie hielt den Atem an und lauschte.

»Tom? Hier ist Monica.«

»Ist er zurück?«

»Ja.«

Ein tiefer Seufzer der Erleichterung. »Gott sei Dank. Und es ist nichts passiert, oder?«

»Nein.«

»Hast du mit ihm gesprochen?«

»Ich habe es versucht, aber er hat kaum ein Wort gesagt. Er ist immer noch zu verletzt und wütend.«

»Ich nehme an, er hat ein Recht darauf, verletzt und wütend zu sein, aber ich habe einfach keine solche Reaktion erwartet. Als er hier hereingestürmt kam, hat es mich regelrecht umgeworfen.«

»Was hat er gesagt?«

»Er nannte mich einen skrupellosen Bastard, der dich nur gebumst hätte und dann verschwunden wäre, ohne sich danach die Mühe zu machen, herauszufinden, ob du schwanger warst.«

»Oh, Tom, das tut mir leid.«

»Aber er hat ja recht. Ich hätte dich wenigstens anrufen sollen.«

»Oder ich hätte dich anrufen sollen.«

»Ach, Monica, zum Teufel …« Wieder ein erschöpfter Seufzer. »Wer weiß, was wir hätten tun sollen.«

Während des darauffolgenden Schweigens stellte Claire sich vor, wie jeder der beiden seinen Telefonhörer umklammert hielt. Sie fragte sich, wie Monica Arens wohl aussah, wie ihr Haus aussah und in welchem Teil des Hauses Tom gewesen war.

»Ich nehme an, für deine Familie ist es die reinste Hölle.« In ihrer Stimme schwang sehr viel Mitgefühl mit.

»Es bringt sie um. Es ist … ach, Scheiße!« Er klang zu emotional, um weiterzusprechen.

»Tom, es tut mir so leid. Zum großen Teil ist es auch meine Schuld.« Sie klang, als läge er ihr sehr am Herzen. »Glaubst du, es wird alles wieder in Ordnung kommen?«

»Ich weiß es nicht, Monica. Im Moment weiß ich es wirklich nicht.«

»Wie hat deine Frau es aufgenommen?«

»Sie hat geweint. Sie ist wütend geworden. Hat mich geschlagen. Und jetzt hüllen sich alle hier im Haus in Schweigen.«

»Ach, Tom …«

Claire hörte zu, wie die beiden eine Weile seufzten und bedrückt schwiegen, dann räusperte Tom sich und sagte rauh: »Ich schätze, Claire hat es am besten ausgedrückt. Sie sagte: ›O Gott, was für ein Durcheinander.‹«

»Ich weiß nicht, was ich an diesem Punkt tun kann, aber wenn es irgend etwas gibt …«

»Versuch einfach, Kent zum Reden zu bringen, und wenn du irgendwelche Anzeichen von Gefahr erkennst, ruf mich an. Du weißt, worauf du achten mußt – Depressionen, Rückzug in sich selbst, wenn er zu rauchen oder zu trinken anfängt oder abends später nach Hause kommt, als ihr ausgemacht habt. Ich werde ihn von diesem Ende aus beobachten und ein Auge auf seine Zensuren behalten.«

»In Ordnung. Und, Tom?«

»Ja?«

»Du kannst mich anrufen, weißt du. Jederzeit.«

»Danke.«
»Nun, ich schätze, ich mache jetzt besser Schluß.«
»Ja, ich muß auch Schluß machen.«
»Also dann, Tom, viel Glück.«
»Danke, dir auch.«

Als sie aufgelegt hatten, tat Claire das gleiche, um sich wieder auf das Bett zurückfallen zu lassen, während ihr Herz so heftig klopfte, daß es ihren gesamten Körper durchrüttelte. Ich hätte nicht lauschen sollen, dachte sie, denn jetzt ist die andere wirklich. Jetzt habe ich ihre Zuneigung für Tom in ihrer Stimme gehört. Ich habe sie sprechen hören, mit Pausen dazwischen, so vielsagend wie ein Dialog. Ich bin stumme Zeugin der Tatsache geworden, daß Kent tatsächlich ihr gemeinsamer Sohn ist, und ich kann es niemals leugnen: Es wird immer dieses Band zwischen ihnen geben.

Und jetzt weiß ich, dies wird nicht das letzte Gespräch sein, das sie geführt haben.

Sie wartete darauf, daß Tom hereinkommen und ihr von dem Anruf berichten würde. Als er es nicht tat, wuchs ihre Gewißheit, daß es Gefühle zwischen ihm und Monica gab. Wie konnte es auch keine geben, wenn sie all dies zusammen durchmachten?

Eine ganze Weile später fuhr wieder ein Auto vorbei, und das Motorengeräusch riß Claire aus ihrer Lethargie. Sie richtete sich langsam auf und fühlte sich zittrig, während sie auf der Bettkante hockte, ihre Hüfte gegen die Frisiertischschublade drückte und auf die blauen Leuchtziffern der Nachttischuhr starrte. Noch nicht mal neun Uhr. Zu früh, um schon ins Bett zu gehen, aber sie würde sich hüten, in Toms Hälfte des Hauses zu gehen und zu riskieren, ihm dort irgendwo zu begegnen und eine Entscheidung darüber treffen zu müssen, wie sie sich verhalten sollte.

Im matten Licht der Nachttischuhr schob Claire die Schublade wieder in den Frisiertisch, zog ihre Jeans und Schuhe aus, behielt ihre Söckchen und ihr Hemd jedoch an. Sie konnte einfach nicht genug Energie aufbringen, um ein Nachthemd herauszusuchen und sich umzuziehen, und so kroch sie in ihren Kleidern unter die Decke, rollte sich zu einem Ball zusammen und schob ihre Hände zwischen die Knie, wobei sie Toms Seite des Bettes den Rücken zukehrte.

Wenig später hörte sie ihn an die Türen der Kinder klopfen – erst an die eine, dann an die andere – und hineingehen, um mit beiden zu reden, seine Stimme nur ein Murmeln, bevor er die Tür zu Claires und seinem Schlafzimmer öffnete und eintrat.

Auch er zog sich im Dunkeln aus und streckte sich dann neben Claire auf dem Rücken aus, ohne sie zu berühren, als schlüpfte er in eine Kirchenbank neben jemanden, der tief im Gebet versunken ist.

Wieder kehrte die absolute Reglosigkeit zurück, die unerklärliche Notwendigkeit, ganz still dazuliegen und so zu tun, als wäre der andere nicht da, selbst wenn Knochen und Muskeln stumm gegen die aufgezwungene Bewegungslosigkeit protestierten.

Das viele Weinen hatte Claire Kopfschmerzen gemacht, aber sie starrte auf die Uhr auf dem Nachttisch und beobachtete, wie die Zahlen wechselten, bis ihre Lider schwer wurden.

Irgendwann in der Nacht erwachte sie von dem Gefühl von Toms Hand auf ihrem Arm, während er sie flehend streichelte und sie herumzudrehen versuchte. Aber sie schlug seine Hand wütend weg und zog sich noch ein Stück weiter auf ihre Seite des Bettes zurück.

»Laß das«, murmelte sie.

Mehr nicht.

9. KAPITEL

Claire erwachte im dunstigen Licht des neuen Morgens. Es war Sonntag, kurz nach acht Uhr.

Draußen zerrissen Nebelschwaden und lösten sich auf, hinterließen von Feuchtigkeit blankpolierte Blätter. Die Sonne kam zögernd zwischen den Wolken hervor und tauchte den Garten in einen kupferfarbenen Schein. Tom glitt aus dem Bett, bewegte sich leise über den Teppich zum Bad und schloß die Tür hinter sich.

Claire horchte auf das Rauschen des Wassers, innerlich immer noch wie betäubt von den Ereignissen des vorherigen Tages. Sie rief sich noch einmal die Dialoge vom Tag zuvor ins Gedächtnis zurück, und mitten während dieser Aufarbeitung fühlte sie Wut tief in ihrem Inneren aufsteigen und ihre emotionale Mattigkeit verdrängen. Jedes Geräusch, jedes Pladdern von Wasser, das durch die Badezimmertür zu hören war, fachte diesen Zorn noch mehr an, als sie sich Tom vorstellte, wie er seinen allmorgendlichen Verrichtungen im Bad nachging. Er benahm sich, als wäre nichts geschehen, machte einfach weiter, so als wäre alles noch wie früher.

Nichts war mehr wie früher.

Im Inneren der Ehefrau, die sich voll und ganz und auf jede nur denkbare, gesunde Art für ihre Ehe eingesetzt hatte, hob eine Fremde ihren häßlichen Kopf, eine störrische, zutiefst gedemütigte, rachsüchtige Frau, wo einmal eine liebevolle, verzeihende gewesen war. Alles in ihr drängte danach, Tom so tief zu verletzen, wie er sie verletzt hatte.

Er kam aus dem Bad und ging zum Kleiderschrank, wo das leise Rascheln von Stoff durch das Klirren metallener Kleiderbügel untermalt wurde, als er ein Hemd aussuchte und es anzog. Claire beobachtete seine Routine vom Bett aus, als er sich im Zimmer bewegte, lag mit offenen Augen da, ihre Wange an das Kopfkissen geschmiegt, während sie seiner Gestalt mit ihrem Blick folgte.

Er trat ans Bett, noch ohne Anzugshose, damit beschäftigt, seine Krawatte zu binden. »Du solltest jetzt besser aufstehen. Es ist schon fünf vor halb neun. Wir werden zu spät zur Kirche kommen.«

»Ich gehe nicht mit.«

»Nun komm schon, Claire, fang nicht damit an. Es ist wichtig, daß die Kinder eine geschlossene Front sehen.«

»Ich habe gesagt, ich komme nicht mit!« Sie warf die Decke zurück und sprang aus dem Bett. »Mein Gesicht sieht katastrophal aus, und ich bin nicht in Stimmung für den Gottesdienst. Du nimmst die Kinder mit und fährst ohne mich!«

Ein Schwall von Ärger brach wie aus dem Nichts hervor und überraschte selbst ihn. »Hör mal, ich habe gesagt, es tut mir leid.« Er hielt sie am Arm fest, als sie an ihm vorbei ins Badezimmer stürmen wollte. »Ich halte es für sehr wichtig, daß wir den äußeren Schein wahren, bis wir diese Sache geregelt haben.«

»Ich habe dir schon einmal gesagt, faß mich nicht an!« Sie riß sich heftig aus einem Griff frei. Der Ausdruck in ihren Augen schockierte ihn ebensosehr wie die Ohrfeige, die sie ihm gestern versetzt hatte. Er warnte ihn, diesen immensen Berg nicht auf einen Maulwurfshügel zu reduzieren. Tom stand da und starrte auf ihren Rücken, und sein Herz tat einen stummen Aufschrei, als er diese störrische und aggressive Seite ihres Wesens miterlebte, die bisher im Verborgenen geschlummert hatte.

»Claire«, bat er, und er spürte einen schwachen Stich von Furcht. Die Badezimmertür flog krachend ins Schloß. »Was soll ich ihnen sagen?« fragte er durch die geschlossene Tür.

»Du brauchst ihnen überhaupt nichts zu sagen. Ich kann für mich selbst sprechen.«

Eine Minute später kam Claire wieder heraus, ihren Bademantel zubindend, und verließ das Schlafzimmer, immer noch in ihren dicken weißen Socken, die inzwischen unförmige Wulste um ihre Fesseln bildeten. Was immer sie zu den Kindern sagte, Tom hörte es nicht. Als Chelsea und Robby in den Wagen stiegen, spürte er deutlich, daß sie eine ebenso kummervolle Nacht wie er verbracht hatten und daß sie in einen Zustand furchtsamer Verwirrung geraten waren durch das sonderbare und ganz uncharakteristische Zurückscheuen ihrer Mutter zu einem Zeitpunkt, an dem sie früher immer bei ihnen gewesen war.

»Warum ist Mam nicht mitgekommen?« erkundigte Chelsea sich.

»Ich weiß es nicht. Was hat sie dir erzählt?«

»Daß sie gefühlsmäßig nicht darauf vorbereitet sei, heute morgen auszugehen, und daß ich mir keine Sorgen zu machen brauchte. Was soll das heißen, ›gefühlsmäßig nicht vorbereitet‹? Hattet ihr gestern abend Streit?«

»Wir haben uns auf dem Spielplatz unterhalten. Den Rest wißt ihr. Danach ist nichts weiter passiert.«

»Sie hat schrecklich ausgesehen.«

»Sie sieht immer schrecklich aus, wenn sie geweint hat.«

»Aber Paps, sie geht doch sonst immer mit zur Kirche! Wird sie jetzt aufhören, etwas mit uns zu unternehmen, weil sie sauer auf dich ist?«

»Ich weiß es nicht, Chelsea. Ich hoffe nicht. Sie ist im Moment sehr verletzt. Ich glaube, wir müssen ihr Zeit lassen.«

Ein Knoten schien sich um Toms Herz zusammenzuziehen, als er sah, wie sich seine lange zurückliegende Indiskretion auf seine Kinder ausgewirkt hatte, wie tief betroffen sie waren. Chelsea war diejenige, die Fragen stellte, während Robby mit sorgenvollem Ausdruck dasaß, in unbehagliches Schweigen versunken.

»Du liebst sie doch noch, nicht wahr, Paps?« fragte Chelsea.

Sie wußte ja nicht, wie sehr ihm ihre Frage im Herzen weh tat. Er streckte den Arm aus, um beruhigend ihre Hand zu drücken. »Aber natürlich tue ich das, Liebes. Und wir werden diese Sache gemeinsam durchstehen und bereinigen, mach dir keine Sorgen. Ich werde nicht zulassen, daß Mama und mich etwas entzweit.«

Nach der Kirche hatte Claire das Frühstück fertig. Sie war geduscht, angezogen und geschminkt, bewegte sich mit bissiger Tüchtigkeit in der Küche, die sie gleichermaßen als Schild und als Waffe benutzte. Den Kindern zuliebe rang sie sich hier und da ein Lächeln ab. »Na, seid ihr hungrig? Dann setzt euch.«

Aber Chelseas und Robbys Blicke folgten ihrer Mutter unablässig, um zu beobachten, was zwischen ihr und ihrem Vater geschehen würde. Wie ein Insekt vor Insektenschutzmittel wahrte er Distanz zu ihr, summte nur so dicht an sie heran, um dann wieder zurückzuweichen, weil er sich bewußt war, wie sie ihn ostentativ ignorierte, während sie Orangensaft und Kaffee einschenkte und warme Muffins aus dem Ofen nahm. Sie fand eine Schüssel und einen Pfannenwender für das Rührei. Tom machte Anstalten, sie ihr aus der Hand zu nehmen, und sein Herz raste, als er sich ihr näherte. »Laß nur, ich mach das schon.« Claire zuckte zurück, vermied jeglichen Körperkontakt mit ihm, als er die Utensilien in Beschlag nahm. Ihre Abneigung gegen ihn war so offensichtlich, daß sie sich wie eine dunkle, bedrückende Wolke über die gesamte Mahlzeit legte. Claire sprach mit den Kindern, stellte Fragen – wie es in der Kirche gewesen war, was sie heute vorhätten, ob es noch Hausaufgaben zu erledigen gäbe. Sie antworteten gehorsam und wünschten sich dabei nur eines – daß sie ihren Vater anschauen, sich mit ihm unterhalten, ihn anlächeln würde, wie sie es vor dem gestrigen Tag getan hatte.

Es geschah nicht ein einziges Mal.

Claires Unnahbarkeit erfüllte die dreißig Minuten, die sie gemeinsam am Tisch verbrachten. Als sie den Kindern erklärte: »Ich hatte vor, heute nachmittag ins Kino zu gehen. Habt ihr Lust, mitzukommen?«, blickten sie mit trostlosen Gesichtern von ihren Tellern auf, machten Ausflüchte und verdrückten sich dann auf ihre Zimmer, kaum daß das Frühstücksgeschirr abgewaschen war.

Es erstaunte Tom, wie gewandt Claire jeglichen Kontakt mit ihm vermied. Sie sprach mit ihm, wenn sich die Notwendigkeit ergab, beantwortete seine Fragen, wenn er sie stellte, aber er begriff – so deutlich wie noch nie zuvor –, wie einfach es für diese Frau war, in eine Rolle zu schlüpfen und sie konsequent beizubehalten. Sie spielte den Part der verletzten Ehefrau, erwies ihm Höflichkeiten nur um der Kinder willen, und sie spielte diese Rolle mit einem Können, das ihr einen Oscar eingebracht hätte.

Gegen ein Uhr am Mittag fand er Claire im Wohnzimmer vor, mit Stapeln von Schüleraufsätzen rund um sich herum auf dem Sofa, während aus der Stereoanlage gedämpfte Musik erklang. Sie trug eine Halbbrille auf der Nasenspitze und war damit beschäftigt, einen Aufsatz zu lesen und gelegentlich eine Bemerkung an den Rand zu kritzeln. Die Herbstsonne fiel durch die dünnen Vorhänge und warf ein zimtbraunes Viereck auf den Teppich zu ihren Füßen. Sie hatte einen Jogginganzug aus Frottee angezogen und dünne weiße Segeltuchschuhe. Ihre Beine waren übereinandergeschlagen, eine Fußspitze zeigte auf den Fußboden. Tom hatte immer die Linie ihres Fußes bewundert, wenn sie so dasaß, wie der Vorderfuß schärfer nach unten abgewinkelt war als der anderer Frauen in dieser Haltung und so der Wölbung ihres Fußes einen eleganten Schwung verlieh.

Er blieb zögernd in der Tür stehen, weil sie ihm an diesem Morgen schon so viele Male eine Abfuhr erteilt hatte, daß er nicht den Mut hatte, sich irgendwo in ihrer Nähe niederzulassen und zu riskieren, erneut kalt zurückgewiesen zu werden. Mit den Händen in den Hosentaschen beobachtete er sie.

»Können wir miteinander reden?« fragte er.

Sie las einen Absatz zu Ende, kreiste ein Wort ein und erwiderte: »Ich denke nicht«, ohne auch nur einen flüchtigen Blick in seine Richtung zu werfen.

»Wann?«

»Ich weiß es nicht.«

Er seufzte und bemühte sich aufrichtig, nicht ärgerlich zu werden. Diese Frau schien eine Fremde für ihn, und es war erschreckend und beängstigend, daß er sie plötzlich nicht sonderlich gern hatte.

»Ich dachte, du wolltest ins Kino gehen.«

»Um drei.«

»Darf ich mitkommen?« fragte er.

Den Bruchteil einer Sekunde hatte er den Eindruck, ihre Augen hörten auf, über das Papier zu schweifen, bevor sie hochmütig die Brauen hochzog, ihren Blick immer noch auf das Blatt in ihrer Hand geheftet. »Nein, Tom, das möchte ich nicht.«

Er mußte noch stärker an sich halten, um nicht wütend zu werden. »Wie lange willst du mich noch behandeln, als wäre ich nicht in diesem Zimmer?«

»Ich habe mit dir gesprochen, oder etwa nicht?«

Er schnaubte verächtlich und drehte den Kopf, als hätte er Wasser im Ohr. »Ach, das nennst du sprechen?«

Sie schob ein paar aufeinandergeschichtete Blätter zurecht, legte sie beiseite und nahm sich den nächsten Stapel vor.

»Die Kinder sind völlig verängstigt«, sagte Tom, »merkst du das denn nicht? Sie müssen das Gefühl haben, daß wir zumindest *versuchen*, diese Sache zu bereinigen.«

Ihr Blick hielt erneut darin inne, den Aufsatz zu überfliegen, aber sie ließ sich nicht dazu herab, zu Tom aufzuschauen.

»Sie sind nicht die einzigen, die Angst haben.«

Er riskierte es, löste sich von seinem Platz an der Tür, um zu ihr zu gehen und sich auf die Sofakante zu setzen, nur durch einen Stapel Schüleraufsätze von ihr getrennt.

»Dann laß uns darüber reden«, drängte er. »Ich habe auch Angst, damit sind wir also zu viert, aber du mußt mir schon auf halbem Weg entgegenkommen, ich kann es nicht ganz allein tun.«

Mit dem Rotstift in der Hand griff sie nach einem Stoß Blätter und legte ihn in ihren Schoß. Über ihre Halbbrille hinweg musterte sie Tom mit einem Ausdruck leiser Verachtung.

»Ich brauche etwas Zeit. Kannst du das verstehen?«

»Zeit wofür? Um deine schauspielerischen Fähigkeiten zu perfektionieren? Du bist wieder dabei, eine Rolle zu spielen, aber du solltest besser vorsichtig sein, Claire, denn dies ist das wirkliche Leben, und unsere Familie leidet.«

»Wie kannst du es wagen!« fauchte sie. »*Du hast mich* betrogen, und dann wirfst du mir vor, die Verletzte zu spielen, wenn ...«

»So habe ich es nicht gemeint.«

»... wenn ich diejenige bin, die erfahren mußte, daß mich mein Mann nicht heiraten wollte ...«

»... ich habe niemals behauptet, ich wollte dich nicht heiraten ...«

»... und daß du mit einer anderen Frau im Bett warst. Versuch *du* mal, einen solchen Schlag ins Gesicht zu kriegen, und warte dann mal ab, wie du wohl darauf reagierst!«

»Claire, dämpfe deine Stimme.«

»Sag du mir nicht, was ich zu tun habe! Ich schreie, wann es mir paßt, und ich bin verletzt und gedemütigt, wann es mir paßt, und ich werde allein ins Kino gehen, denn im Moment kann ich es einfach nicht ertragen, im selben Zimmer mit dir zu sein, also geh raus und laß mich meine Wunden lecken, wie es mir gefällt!«

Die Kinder waren noch auf ihren Zimmern, und Tom wollte verhindern, daß sie noch mehr hörten, deshalb ging er hinaus, von neuem schmerzlich getroffen von Claires Tiraden. Alles, was er beabsichtigt hatte, war, sie zu warnen, daß sie sich in Ruhe aussprechen müßten, und nicht etwa, ihr vorzuwerfen, sie habe keinen Grund, verletzt zu sein. Sie hatte durchaus Grund, ohne Zweifel, aber ihre Sturheit erschöpfte seine Geduld, und ganz gleich, was sie behauptete, sie *gab* sich einem gewissen Rollenspiel hin. Wann immer es bisher Meinungsverschiedenheiten zwischen ihnen gegeben hatte, hatten sie vernünftig darüber gesprochen, und zwar sofort. Auseinandersetzungen, aber mit Respekt für den anderen, das war es, was ihre Beziehung hatte überdauern lassen. Was war nur in Claire gefahren? Ihn zu schlagen, zu ignorieren, ihn bei jeder sich bietenden Gelegenheit vor den Kopf zu stoßen, sich zu weigern, mit ihm zu reden, und dann einen Wutanfall zu bekommen und ihn hinauszuwerfen.

Claire?

Er ertappte sich dabei, wie er immer noch erschrocken über diese Reaktion war, die er nicht erwartet hatte von einer Frau, die er zu kennen glaubte, so erschrocken, daß er mit jemandem darüber reden mußte.

Das Blockhaus seines Vaters sah aus, als stammte es geradewegs aus den Smoky Mountains. Die Wände hatten die Farbe von Sorghum, der Schornstein war aus grauem Stein, die Vorderveranda unverglast.

Wesleys Stimme ertönte um die Ecke herum, als Tom seine Wagentür öffnete.

»Wer ist da?« rief er.

»Ich bin's, Vater.«

»Ich bin hier auf der Veranda! Komm herum!«

Wesley hatte niemals eine richtige Einfahrt gebaut. Nur die beiden zementierten Reifenspuren, die zur Hintertür hinaufführten und von dort aus weiter zu einem alten Schuppen am

Ufer, wo er sein Boot und den Außenbordmotor im Winter aufbewahrte. Er machte sich auch nicht die Mühe, sein Grundstück allzu häufig zu mähen. Zwei- oder dreimal im Jahr, wenn ihm gerade danach zumute war. Klee und Löwenzahn gediehen prächtig auf dem sonnigen Stück Rasen vor dem Haus zwischen hohen weißen Kiefern, deren Nadelteppich so dicht war, daß der Boden darunter wie Sand unter den Füßen nachgab. Sie strömten einen trockenen, harzigen Geruch aus, der in Tom jedesmal Assoziationen an seine Jugend weckte, an jene Tage, als sein Vater ihm zum ersten Mal eine Angelrute in die Hand gedrückt und erklärt hatte: »Die hier ist für dich, Tommy. Gehört dir allein. Wenn das Holz anfängt, auszubleichen, trägst du ein paar dünne Schichten Politur auf, und sie wird noch jahrelang Fische für dich fangen.«

Es war eine von Wesley Gardners Eigenheiten, daß es ihn nicht störte, ein Leben lang auf einen unkrautübersäten Rasen und eine schlammige Einfahrt hinauszublicken oder Kleider zu tragen, die durchaus etwas regelmäßiger hätten gewechselt werden können, aber seine Angelausrüstung hielt er in tadellosem Zustand, und er verbrachte Stunden damit, sein Boot und den Motor zu pflegen.

Tom fand ihn bei dieser Beschäftigung, als er um das Ende der Veranda herumging, wo Wesley an einer Rute und einer Angelrolle arbeitete, einen offenen Kasten mit Angelzubehör zu seinen Füßen.

»Sieh mal einer an, wer da kommt!«

»Hallo, Vater.« Tom stieg die breiten Stufen hinauf.

»Nimm dir einen Stuhl.«

Tom ließ sich auf einem alten Holzstuhl nieder, für den Farbe nur noch eine Erinnerung war. Er ächzte unter seinem Gewicht.

Wesley saß auf dem passenden Gegenstück, eine Fiberglasrute zwischen den Knien, während er eine dünne Angelschnur von einer Rolle auf die andere spulte, mit einem Stück Watte Reinigungsflüssigkeit auftrug und die Schnur auf Knicke und Unregelmäßigkeiten überprüfte. Er hielt die Watte mit seinem linken Daumen und betätigte die Spule mit seiner rechten Hand. Sie summte leise, während sich der ölige Geruch des Reinigungsmittels mit dem Fischgeruch seiner Kleidung vermischte. Die Beine seiner olivgrünen Hosen waren weit genug, um Platz für drei Männerbeine zu bieten, und kurz genug, um den größten Teil seiner Socken zu enthüllen. Auf seinem Kopf saß die unvermeidliche, leicht verschmutzte dunkelblaue Anglerkappe.

»Was immer dich hierherführt, es ist nichts Gutes«, sagte Wesley mit einem prüfenden Blick auf seinen Sohn. »Das habe ich bereits bemerkt.«

»Du hast recht. Es ist wirklich nichts Gutes.«

»Nun, ich habe noch kein Problem erlebt, das nicht ein bißchen weniger schlimm geworden wäre hier auf der Veranda, mit dem See da draußen, der einem förmlich zulächelt.«

Tom blickte auf das Wasser hinaus, silberblau und glitzernd im Sonnenschein. Dies könnte eines der wenige Male sein, wo sich sein Vater irrte.

Wesley knüllte die Watte zusammen und kippte mehr Reinigungsflüssigkeit darauf. Die Angelrolle summte erneut.

»Vater«, begann Tom. »Könnte ich dich etwas fragen?«

»Nur zu. Fragen kostet nichts.«

»Hast du Mutter jemals betrogen?«

»Nein.« Wesley hielt keine Sekunde in seiner Beschäftigung inne. »Brauchte ich auch nicht. Sie hat mir alles und noch mehr von dem gegeben, was ein Mann braucht. Und noch dazu mit einem Lächeln.«

Dies war eine Sache, die Tom an seinem Vater schätzte: Tom konnte hier sitzen und den ganzen Nachmittag Einleitungen fallenlassen, und Wesley würde kein einziges Mal nachhaken. Er war ein Mensch, der sich so wohl in seiner eigenen Haut fühlte, daß er nicht an der anderer herumzukratzen brauchte, um zu sehen, was unter der Oberfläche war.

»Nie, was?«

»Nein.«

»Ich habe auch keine Seitensprünge auf dem Gewissen. Aber wir haben zu Hause im Moment ein Problem, das noch auf die Zeit zurückgeht, als ich mit Claire verlobt war. Macht es dir was aus, wenn ich dir davon erzähle?«

»Ich habe den ganzen Tag Zeit.«

»Also, es ist folgendermaßen: Ich habe sie damals vor unserer Heirat tatsächlich betrogen, ein einziges Mal, und es scheint – du solltest dich besser auf etwas gefaßt machen, Vater, denn was jetzt kommt, haut dich wirklich um –, es scheint, als hättest du einen unehelichen Enkel, von dessen Existenz du bisher nie etwas gewußt hast. Er ist siebzehn Jahre alt, und er geht auf meine Schule.«

Wesley hörte auf, die Rolle zu drehen. Er warf einen scharfen Blick auf Tom und ließ sich dann in seinem Stuhl zurücksinken. Nach einer halben Minute legte er die Angelrolle beiseite und sagte: »Weißt du, mein Sohn, ich glaube, wir brauchen jetzt erst mal ein Bier.«

Er stemmte sich aus dem tiefen, verwitterten Stuhl hoch und ging ins Haus; sein leicht gekrümmter Rücken erinnerte in gewisser Weise an eine Angelrute, die sich unter dem Gewicht eines Fisches an der Leine durchbiegt. Er kam mit vier Bierdosen zurück, drückte zwei davon Tom in die Hand und setzte sich, stützte sein Gewicht einen Moment auf den knirschenden Armlehnen des Stuhls ab, bevor er sich auf den Sitz sinken ließ.

Sie rissen den Verschluß ihrer ersten Dose auf.

Hörten das zweifache Zischen.

Legten den Kopf zurück und tranken.

Wesley wischte sich den Mund mit seinen Fingerknöcheln, die wie alte Walnüsse aussahen.

»Also … das ist wirklich ein Hammer«, sagte er.

»Ich habe es erst in der Woche vor Schulbeginn erfahren. Gestern abend habe ich es Claire gestanden. Sie ist ziemlich aufgebracht.«

»Das bezweifle ich nicht. Mein altes Herz hat auch einen gewaltigen Schreck bekommen, als du davon angefangen hast.«

»Sie ist verletzt, zutiefst verletzt.« Tom blinzelte auf den See hinaus. »Sie will nicht, daß ich sie berühre. Zum Teufel, sie weigert sich sogar, mich anzusehen.«

»Nun, du mußt ihr ein bißchen Zeit lassen, Sohn. Immerhin ein ganz schöner Schlag, den du ihr da versetzt hast.«

Tom nahm einen Schluck Bier. »Ich habe Angst, Vater. So wie jetzt habe ich sie noch nie erlebt. Gestern hat sie mich ins Gesicht geschlagen, und vor einer Stunde hat sie mich zum Gehen aufgefordert, sagte, sie könnte es nicht ertragen, im selben Raum mit mir zu sein. Ich meine... Herrgott noch mal, Vater, wir behandeln einander nicht auf diese Weise! Wir sind noch nie so miteinander umgegangen!«

»Ich nehme doch nicht an, daß du es verdient hast.«

»Eigentlich schon. Ich weiß, daß ich es verdient habe. Ich habe ein paar Dinge gesagt, die sie wirklich verletzt haben, aber ich mußte doch aufrichtig sein, nicht wahr? Und du weißt, wie es zwischen mir und Claire ist. Wir haben so verdammt hart daran gearbeitet, um die Art von Ehe zu führen, wo der eine den anderen respektiert. Durch dick und dünn. Wir haben immer Respekt für den anderen empfunden. Und jetzt will sie sich noch nicht mal hinsetzen und mit mir reden.«

Wesley ließ sich einen Moment Zeit, um seine Meinung in Worte zu fassen. »Frauen sind zerbrechliche Geschöpfe. Unbeständig.«

»Verdammt! Das kannst du laut sagen. Das Dumme ist nur, daß es mir jetzt erst klar wird!«

»Nun, mein Sohn, du hast sie in eine heikle Lage gebracht. Zwei Jungen, die im selben Jahr geboren wurden...«

»Die andere Frau hat mir nichts bedeutet, niemals. Als sie in der Schule erschien, um Kent anzumelden, habe ich sie zuerst noch nicht mal wiedererkannt. Ich hätte ihr keinen zweiten Blick gegönnt, wenn nicht der Junge gewesen wäre. Leider glaubt Claire mir das nicht. Ich bin mir da ziemlich sicher.«

»Würdest du es glauben?« Wesley trank seine Bierdose aus und stellte sie auf dem Verandaboden ab. »Ich meine, nur um sich irgendwie in ihre Gedanken hineinzuversetzen – würdest du es glauben?«

Tom rieb mit dem Boden der Bierdose über sein Knie. Er trug immer noch die grauen Hose, die er zur Kirche getragen hatte, obwohl seine Krawatte lose unter seinem weißen Hemdkragen hing. »Nein, vermutlich nicht.«

»Siehst du, und das sagt dir, daß du es langsam mit ihr angehen lassen mußt. Du wirst sie ein bißchen umwerben müssen.« Wesley öffnete seine zweite Bierdose. »Der Teil könnte natürlich Spaß machen.«

Tom warf einen Seitenblick auf seinen Vater und stellte fest, daß Wesley das gleiche bei ihm tat. Der Schalk in den Augen des älteren Mannes verschwand abrupt.

»Sein Name ist also Kent, wie?«

Tom nickte mehrmals. »Ja. Kent Arens.«

»Kent Arens...« Wesley kostete den Klang aus. Ruhig fragte er: »Wie ist der Junge?«

Tom schüttelte verwundert den Kopf. »Ach Gott, Vater, er ist einfach unglaublich. Er ist im Süden aufgewachsen, und er hat untadelige Manieren, nennt seine Lehrer »Ma'am« und »Sir«. Hervorragende Zensuren, beeindruckende Schulberichte, Ziele und dergleichen mehr. Und er sieht mir so ähnlich, daß es dich aus den Socken hauen wird. Hat mich selbst fast umgehauen, als ich zwei und zwei zusammengezählt habe.«

»Ich kann es kaum erwarten, ihn kennenzulernen.«

Tom fuhr fort, als hätte Wesley nichts gesagt. »Selbst die Fotos von ihm, bis hin zu seiner Grundschulzeit. Sie waren alle in seiner Akte, und als ich sie durchgesehen habe... also...« Tom schaute zu, wie sein Daumennagel an dem farbigen Aufdruck seiner Bierdose kratzte. »Es war einer der emotionalsten Augenblicke meines Lebens. Ich saß da an meinem Schreibtisch, ganz allein, und schaute mir die Bilder von diesem Jungen an... dem Jungen, der mein Sohn ist. Ich habe ihn nie zuvor gesehen, und ganz plötzlich habe ich das Gefühl, es sind nicht nur Fotos von ihm, sondern von *mir*, die ich da in der Hand halte. Mir war zumute, als sähe ich mich selbst in jenem Alter, verstehst du, Vater? Und ich begriff, daß ich dafür verantwortlich war, daß er auf der Welt ist, und dennoch war ich der Freude beraubt worden, ihn heranwachsen zu sehen und an seinem Leben teilzunehmen, und er war darum betrogen worden, seinen Vater zu kennen. Und ich fühlte mich schuldig und beraubt und traurig. So verdammt traurig, daß ich am liebsten geweint hätte. Ich habe wegen dieser

Sache in den letzten paar Wochen häufiger Tränen in den Augen gehabt als in den letzten zehn Jahren.«

»Weiß Claire das?«

Tom blickte seinen Vater an und zuckte die Achseln. Dann trank er sein Bier aus und stellte die Dose auf dem Boden ab. Sie saßen eine Weile schweigend da, rochen den staubigen, mit Kiefernnadeln vermischten Moder unter den gewaltigen Bäumen und den muffigen Geruch von verrottenden Rohrkolben und Seetang am Ufer, legten die Köpfe in den Nacken, um ein paar Stockenten über den Strand fliegen zu sehen. Die Vögel schrien *quak, quak* und verschwanden aus dem Blickfeld, als das Verandadach die Sicht auf sie abschnitt. Die Sonne wärmte die Hosenbeine der Männer. Das Dach schirmte ihre Köpfe ab. Wesley griff in seine Kiste mit Angelzeug, nahm einen Wetzstein und einen Angelhaken heraus und lehnte sich zurück, um ihn zu schärfen.

Schließlich sagte Tom: »Kent wurde eine Woche vor meiner Hochzeit mit Claire empfangen.«

Wesley schärfte den ersten Haken und nahm sich einen zweiten vor.

»Und Chelsea fing an, für ihn zu schwärmen, und Robby ärgert sich über ihn, wenn sie zusammen Football spielen, weil Kent Robbys besten Freund aus der Mannschaftsliste verdrängt hat. Und auch deswegen, weil er wahrscheinlich ein besserer Spieler als Robby ist. Morgen in der Schule werden wir ihm alle gegenübertreten müssen. Für Claire wird es möglicherweise am härtesten sein, weil sie Kents Englischlehrerin ist.«

Wesley nahm sich einen neuen Angelhaken vor. Er rieb leise sirrend gegen den Stein, wie ein Insekt, das im Garten zirpt. Wesley ließ sich Zeit, betrachtete seine Arbeit aus kurzsichtigen Augen, prüfte die winzige Spitze wieder und wieder, bis er mit dem Ergebnis zufrieden war. Er beendete seine Tätigkeit in aller Ruhe und legte den Haken beiseite, bevor er erneut sprach.

»Ich will dir was sagen …« Er lehnte sich mit weit gespreizten Knien in seinem Stuhl zurück und faltete seine Hände über dem Bauch. »An irgendeinem Punkt seines Lebens legt ein Mann einen Kodex für sich fest, und er lebt danach. Wenn er ein Familienvater ist, vermittelt er seinen Kindern etwas, was ihnen Halt gibt und als Vorbild dient. Wenn er ein Ehemann ist, gibt er seiner Frau etwas, worauf sie sich verlassen kann. Wenn er eine Führernatur ist, vermittelt er seinen Untergebenen Maßstäbe und Normen, um sie zu leiten. Wenn ein Mann ein solches Leben führt, gibt es nichts, dessen er sich schämen muß. Es gibt nicht einen unter uns, der in jüngeren Jahren nicht einige Dinge getan hätte, die er heute nicht mehr tun würde, wenn er zurückgehen und seine Fehler korrigieren könnte. Aber das können wir nun einmal nicht. Mit Fehlern zu leben, das ist eine heikle Sache. Sagt viel über einen Mann aus, wie er damit umgeht. Ich denke, es ist durchaus in Ordnung, sich wegen einiger Dinge ein bißchen schuldig zu fühlen – bringt einen Mann tatsächlich zur Räson –, solange man der Schuld keine übertriebene Macht über sich selbst gibt. Jawohl, diese Schuld ist ein strenger Lehrmeister. Ich würde dir raten, fühle sie und winde dich ein bißchen unbehaglich, wenn du mußt, aber dann schieb sie von dir. Und bemühe dich zu ändern, was du ändern kannst.

Nun, Tom, den ersten Teil von Kents Leben kannst du nicht ändern, aber du kannst den Rest seines Lebens ändern, und nach dem zu urteilen, was ich heute gehört habe, bist du fest entschlossen, deinen Sohn kennenzulernen. Hab Geduld mit Claire. Liebe sie auch weiterhin so, wie du sie immer geliebt hast. Sie wird mit der Zeit über den Schock hinwegkommen, und wenn es soweit ist, wird sie erkennen, daß dieser Junge eine Bereicherung für euer Leben ist – und nicht etwa, daß er euch etwas wegnimmt. *Das* ist der Punkt, an dem euch klar wird, daß es dieses ganze Theater für euch alle wert gewesen ist.

In der Zwischenzeit wirst du dich eben einfach weiter durchkämpfen müssen wie der Rest von uns, und du wirst dir sagen, daß ein einziger großer Fehler keinen Bastard macht, und ich spreche von dir, nicht von deinem neuen Sohn. Bring ihn demnächst mal mit hierher. Ich würde ihn sehr gern kennenlernen. Könnte ihm vielleicht zeigen, wie man Barsche fängt oder diese fetten Hechte da drüben bei den Felsen. Könnte eine ordentliche Portion davon in Bierteig backen und ihm vielleicht erzählen, wie sein Vater als kleiner Junge war. Wäre gut für ihn, meinst du nicht?«

Bis Wesley mit seiner Rede zu Ende war, hatte der Druck auf Toms Brust etwas nachgelassen. Er saß entspannt da, den Kopf gegen die Lehne des Stuhls zurückgelegt, und die Situation zu Hause schien plötzlich eine Idee weniger schrecklich.

»Weißt du was?« fragte er.

Wesley schmunzelte. »Das ist eine gefährliche Frage, die man einem alten Schwätzer wie mir lieber nicht stellen sollte.«

Tom grinste und drehte sein Gesicht zu seinem Vater um. »Jedesmal, wenn ich von hier weggehe, erkenne ich auf einmal, warum ich so ein guter Rektor bin.«

In Wesleys Augen leuchtete Anerkennung auf, doch alles, was er sagte, war: »Willst du noch ein Bier?«

»Nein. Mach weiter.« Tom saß ruhig da, sein Schmerz etwas gelindert, als er seinen Vater beobachtete.

Wesley ließ seinen Blick über den See schweifen, ein leises Lächeln auf den Lippen, und er dachte daran, wie kühl und würzig ein Bier an einem wunderschönen Herbstnachmittag wie diesem schmeckte und wie gut es tat, einen Sohn wie diesen zu haben, der vorbeischaute und sich ihm anvertraute, ein paar Brocken Weisheit aus einem weichen alten Hirn wie seinem lockte und einen alten Trottel wie ihn behandelte, als hätte er immer noch etwas anzubieten. Ja, es war weiß Gott schön, hier auf den Verandastühlen zu sitzen, mit der wärmenden Sonne auf den Beinen und dem Angelzeug wieder tipptopp in Ordnung, und seinen Jungen neben sich zu haben und zu wissen, daß Anne da oben irgendwo wartete. *Jawohl, mein Schatz*, dachte er und hob seinen Blick zu dem strahlend blauen Himmel, den sie ebenso geliebt hatte wie er, *wir haben unsere Sache mit Tom hier gut gemacht. Hat sich zu einem verdammt feinen Kerl entwickelt, unser Junge.*

Die Routine am Montagmorgen änderte sich nie. Tom ging um Viertel vor sieben aus dem Haus, Claire eine halbe Stunde nach ihm. Sie sahen sich dann etwas später bei der Konferenz um halb acht im Lehrerzimmer wieder, bei der Tom den Vorsitz hatte.

An den bedrückenden Zuständen zu Hause hatte sich nichts geändert. Claire hatte auf ihrer Seite des Bettes geschlafen, sich an den äußersten Rand der Matratze zurückgezogen. Sie hatte sich hinter der geschlossenen Badezimmertür angekleidet. Die Kinder waren unzugänglich und still gewesen. Niemand hatte am Tisch gefrühstückt, sondern statt dessen ein Glas Saft oder eine Tasse Kaffee mit auf sein Zimmer genommen. Als Tom Claire aufgesucht und wie gewöhnlich gesagt hatte: »Ich gehe jetzt. Bis nachher«, hatte sie kein Wort erwidert.

Das Haus hatte sich wie eine Folterkammer angefühlt. Und jetzt stand Tom eine weitere bevor.

Als er zum Lehrerzimmer ging, dachte er daran, was für eine Erleichterung es gewesen wäre, heute irgendwo anders zu arbeiten, in der Lage zu sein, sich in Belange und Probleme zu vertiefen, die nichts mit seinem Familienleben zu tun hatten. Statt dessen fühlte er sich jetzt schon erschöpft, während er sich darauf vorbereitete, Claire vor all den Kollegen gegenüberzutreten, mit der Belastung ihrer häuslichen Entfremdung wie einer schier unüberwindlichen Mauer zwischen ihnen.

Bevor sich die Tür hinter ihm schloß, ließ er seinen Blick durch das Lehrerzimmer schweifen auf der Suche nach seiner Frau. Sie saß an einem Tisch am anderen Ende des Raums, zusammen mit einigen Kollegen aus ihrer Abteilung, und trank Kaffee, ohne sich an der Unterhaltung oder dem gelegentlichen Gelächter zu beteiligen. In dem Moment, als Tom eintrat, trafen sich ihre Blicke, dann schaute sie hastig in eine andere Richtung. Tom wandte sich zu der Kaffeemaschine aus Edelstahl um, füllte eine Tasse für sich selbst, erwiderte einige Begrüßungen und versuchte, sein emotionales Gleichgewicht wiederzufinden.

Sie hatten auch in der Vergangenheit ihre Streitigkeiten gehabt, aber es hatte noch niemals eine Feindseligkeit von derartigem Ausmaß zwischen ihnen gegeben, und es war ein unbehagliches Gefühl für ihn, Claires Vorgesetzter zu sein zu einer Zeit, in der seine Schuld offensichtlich war.

Die Köche hatten eine Platte warmer Karamelrollen dagelassen. Tom nahm sich eine und trug seinen Becher dampfenden Kaffees zu seinem üblichen Platz am Kopfende des mittleren Tisches. Trainer Gorman kam herein, in Trainingsanzug und Baseballmütze, und heimste Glückwünsche zu dem Spiel am Freitag abend ein. Als er seinen Kaffee an Toms Stuhl vorbeitrug, sagte auch Tom: »Erstklassiges Spiel, Bob.«

Ed Clifton aus der Abteilung Naturwissenschaften meinte zu Gorman: »Sieht ganz so aus, als hättest du einen neuen Star an der Hand, Bob. Dieser Verteidiger, Arens, könnte glatt Oberligamaterial sein.«

Es war nicht anders als an jedem anderen x-beliebigen Montag nach einem Spiel. Die HHH tat sich speziell in Sport hervor; Bemerkungen wie diese fielen immer bei Personalversammlungen. Aber als sich die Unterhaltung auf Kent Arens konzentrierte, fühlte Tom, wie sich Claires Blick auf ihn heftete und ihn zu durchbohren begann. Der Junge machte Eindruck – das war bereits offensichtlich. Er gehörte zu der Sorte Jungs, die sowohl bei Mitschülern als auch bei Lehrern einige Aufmerksamkeit erregen würde, so daß Claire – wenn und falls Kents Beziehung zu Tom Futter für den Schulklatsch wurde – einer Menge spekulativer Blicke ausgesetzt sein würde, vielleicht sogar unverblümter Fragen von Neugierigen.

Tom erhob sich und rief die Versammlung mit einer gewohnten Ungezwungenheit zur Ordnung. »Na schön, dann wollen wir mal loslegen.« Er wandte sich an den leitenden Hausmeister. »Cecil, wir werden wie gewöhnlich mit Ihnen anfangen.«

Cecil las eine Liste von Vorkommnissen der vergangenen Woche vor, die spezielle Aufmerksamkeit erforderten. Daraufhin warf jemand eine Bemerkung über Schüler ohne Parkerlaubnis ein, die Lehrerparkplätze besetzten, eine sich alljährlich wiederholende Beschwerde, die immer einige Wochen Zeit erforderte, bis sie zur Zufriedenheit aller geregelt war.

Die Leiterin der Abteilung Sozialkunde lud Tom zu einem Bürgertreffen ein und bat das Kollegium, alle Schüler zu ermutigen, sich zu regelmäßigen Besuchen in Seniorenheimen einzufinden, große Brüder und große Schwestern zu werden und andere staatsbürgerlich gesinnte Aufgaben zu übernehmen.

Nacheinander rief Tom alle Leiter oder alle Leiterinnen der einzelnen Abteilungen auf, bis er zu Claire kam.

»Englischabteilung?« sagte er.

»Uns fehlen immer noch Lehrbücher«, erwiderte sie. »Wie steht es damit?«

»Sie sind unterwegs«, erklärte er. »Wir werden bei der morgigen Besprechung wieder darauf zurückkommen. Sonst noch etwas?«

»Ja. Die Theateraufführung der Senior-Klasse. Ich werde sie auch dieses Jahr wieder beaufsichtigen, falls also jemand Zeit hat, mitzuhelfen, würde ich das sehr schätzen. Man braucht nicht in der Englischabteilung zu sein, um zu helfen. Wir weisen niemanden ab. Ich werde zwar mit den Vorsprechproben für die Darsteller nicht vor Ende dieses Monats beginnen, und die Aufführungen werden erst kurz vor Thanksgiving stattfinden, aber es ist nie zu früh, Helfer zusammenzutrommeln.«

Tom fügte hinzu: »Für diejenigen unter Ihnen, die noch neu im Kollegium sind – Claire führt beeindruckende Produktionen auf. Letztes Jahr war es *Der Zauberer von Oz.* Und dieses Jahr wird es …«

Er wandte sich an Claire, die sich ostentativ weigerte, in seine Richtung zu blicken.

»Magnolien aus Stahl«, erklärte sie.

Diejenigen Mitglieder des Kollegiums, die die beiden seit Jahren kannten, konnten die Kälte fühlen, als hätte jemand an einem Tag bei Temperaturen unter null Grad ein Fenster aufgerissen. Die übrigen Anwesenden hatten ihre Antennen ausgefahren, maßen und beurteilten die ungewöhnlichen Spannungen zwischen ihrem Rektor und seiner Frau, besonders die deutliche Feindseligkeit, die von Claire ausging.

Als das Treffen beendet war, kehrte Tom Claire den Rücken zu und unterhielt sich mit jemand anderem, während Claire hinter ihm den Raum verließ und den langen Weg um die Tische herum nahm, um seine Nähe zu meiden.

Mehrere Minuten später stand Tom, immer noch innerlich aufgedreht von der Personalversammlung, auf seinem Posten in der vorderen Halle gleich hinter den Eingangstüren, als die ersten Schulbusse vorfuhren. Durch die Glaswand beobachtete er, wie die Jungen und Mädchen von den Stufen der Busse auf den Bürgersteig sprangen und sich lachend miteinander unterhielten, während sie auf das Schulgebäude zustrebten.

Er sah Kent in dem Moment, als dieser aus dem Bus ausstieg. Als er beobachtete, wie Kent auf das Gebäude zukam, fühlte Tom, wie sein Herz zu rasen begann. Es war keine lebenslange Vater-Sohn-Vertrautheit nötig, um zu erkennen, daß der Junge bekümmert war, eine strenge Miene hatte, mit niemandem sprach. Er ging mit weit ausholenden Schritten, eine Mappe gegen die rechte Hüfte gestützt, die Schultern gestrafft und mit hoch erhobenem Kopf: der Gang eines Athleten. Sein Haar schimmerte in der Morgensonne, dunkel, mit Gel zu einer modischen Frisur gestylt, die die groben Furchen irgendeines breiten Stylingkamms aufwies. Er trug Jeans und eine Nylonwindjacke über einem Hemd mit Paisleymuster, dessen Kragen offenstand. Wie gewöhnlich war seine Kleidung sauber und frisch gebügelt. Sein Äußeres sprach Bände über die Qualität der Pflege, die seine Mutter ihm angedeihen ließ. Unter den Schülern, die aus dem Bus hervorquollen, fiel Kent nicht nur wegen seiner Gepflegtheit auf, sondern auch wegen seines attraktiven dunklen Gesichts und der hochgewachsenen, kräftigen Gestalt. Es traf Tom wie die Spitzen eines Stacheldrahts, die sich in seinen Magen bohrten, dieses rasche Aufkeimen von Stolz, vermischt mit dem ehrfürchtigen Staunen, daß dieser beeindruckende junge Mann sein Sohn sein konnte.

Angst packte ihn, geboren aus der Kompliziertheit ihrer Beziehung, ihrer Vergangenheit, die einer ausführlichen Erörterung bedurfte, und ihrer Zukunft, die ein Fragezeichen blieb. Toms letztes Zusammentreffen mit Kent stieg in lebhaften Einzelheiten in seinem Gedächtnis auf, als er seinen Sohn auf die Tür zumarschieren sah. *Du hast sie nur gebumst und bist dann abgehauen,* hatte der Junge geschrien.

Eine Schülerin eilte an ihm vorbei und sagte: »Morgen, Mr. Gardner.«

Tom fuhr herum und erwiderte: »Hallo, Cindy.« Als er sich wieder zur Tür umdrehte, kam Kent gerade herein und strebte in seine Richtung. Ihre Blicke trafen sich, und Kents Schritt kam ins Stocken. Tom fühlte seinen Puls hoch oben in seiner Kehle klopfen, fühlte, wie er Adern anschwellen ließ, als hätte er seine Krawatte zu fest gebunden. Die Begegnung war unausweichlich; Tom stand am Schnittpunkt zweier Korridore, und Kent mußte einen von ihnen nehmen. Er stürmte vorwärts, als wollte er so schnell wie möglich an Tom vorbei, ohne mit ihm zu sprechen.

Tom hinderte ihn daran. »Guten Morgen, Kent«, sagte er.

»Guten Morgen, Sir«, erwiderte Kent pflichtschuldig, ohne stehenzubleiben.

Toms Stimme hielt ihn auf. »Ich möchte mich heute gern mit dir unterhalten, wenn du ein paar Minuten Zeit hast.«

Kent heftete seinen Blick auf die Rücken der Jungen und Mädchen, die an ihm vorbeiströmten. »Ich habe einen vollen Stundenplan, Sir, und nach dem Unterricht habe ich Footballtraining.«

Tom fühlte die Glut der Verlegenheit sein Gesicht heraufkriechen. Er, der Rektor, bekam von einem seiner eigenen Schüler eine Abfuhr!

»Natürlich. Na gut, dann irgendwann in den nächsten Tagen.« Er trat zurück und erlaubte dem Jungen, an ihm vorbeizugehen, während er ihm eine stumme Botschaft der Entschuldigung und der Bitte nachsandte.

Robby war früh in die Schule gefahren, um vor dem Unterricht im Gewichtsraum zu trainieren, deshalb nahm Chelsea den Bus. Sie sprach mit niemandem, starrte immer wieder minutenlang blicklos aus dem Fenster, registrierte nichts außer traurigen Erinnerungen an zu Hause, während der Sitz unter ihr wackelte und hüpfte. Als der Bus anhielt, schob sie sich mit den anderen hinaus und strebte zum Schulgebäude, inmitten eines Stroms von lachenden, schwatzenden Schülern, und versuchte, ihren Vater hinter der dicken Glaswand zu entdecken. Sie drängte sich durch die breite Eingangstür, und da stand er, so wie immer, genau in der Mitte zwischen zwei Korridoren. Einen Moment lang fühlte sie sich beruhigt von seiner Anwesenheit an der Stelle, wo sie ihn jeden Morgen zu finden gewohnt war. Aber an diesem Wochenende hatte sich alles geändert. Ein schwerer Mantel der Bedrückung lag über jeder simplen Bewegung, die sie früher glücklich gemacht hatte. Panische Angst schnürte ihr die Kehle zusammen.

»Hallo, Paps«, sagte sie leise und blieb vor ihm stehen, ihre gelbe Mappe mit beiden Armen vor die Brust gedrückt.

»Hallo, Liebes.« Die Worte waren vertraut, aber sein Lächeln wirkte gezwungen. Chelsea fühlte sich wie eine Fremde in einem fremden Land, wo die Sitten und Gebräuche anders als die waren, die sie kannte. Schon jetzt haßte sie es, sich so vorsichtig ihren Weg durch die verworrenen familiären Spannungen bahnen zu müssen, für die es kein Protokoll gab, das ihr Hilfestellung vermittelt hätte. Sie, die immer so fröhlich und ungezwungen im Austausch von Gesprächen und Zuneigung mit ihren Eltern gewesen war, wußte jetzt nicht mehr, wie sie sich ihnen nähern, was sie sagen oder tun sollte.

»Papa, was ist… ich meine…« Tränen schossen in ihre Augen. »Wann werdet ihr beide, du und Mama, euch wieder versöhnen?«

Tom legte seinen Arm um ihre Schultern und zog sie fort von dem Gewimmel in der Halle. Er drehte sie so herum, daß sie beide mit dem Gesicht zu einer Wand standen, und beugte seinen Kopf zu ihr.

»Chelsea, Liebes, es tut mir wirklich leid, daß du in all dies hineingezogen wirst. Ich weiß, es ist viel verlangt, aber könntest du bitte einfach so weitermachen wie bisher? Konzentriere dich einfach auf die Schule, so wie du es immer getan hast, und genieße sie, ohne dir Sorgen um uns zu machen. Wir werden die Probleme bereinigen, das schwöre ich dir, aber ich weiß nicht, wann. Und bis dahin… wenn Mama anders reagiert als sonst, bitte verzeih ihr. Und wenn ich anders reagiere als gewohnt, bitte verzeih mir auch.«

»Aber Papa, es ist so verdammt schwer. Ich wollte heute noch nicht mal zur Schule kommen.«

»Ich weiß, Liebes, aber die Gefahr bei einer Sache wie dieser ist, daß sie uns als Familie aller Kraft beraubt, und dabei wünsche ich mir doch genauso sehnlich wie du, daß wir so sind, wie wir immer waren.«

Chelsea ließ den Kopf hängen und versuchte krampfhaft, ihre Tränen zurückzudrängen, um zu verhindern, daß sie ihr Make-up ruinierten. »Aber etwas wie dies hier ist uns noch nie zuvor passiert. Unsere Familie war immer so perfekt.«

»Ich weiß, Chelsea, und das werden wir auch wieder sein. Nicht perfekt. Keine Familie ist perfekt. Ich nehme an, das finden wir gerade heraus. Aber glücklich, so wie wir es früher waren. Ich werde mich wirklich ernsthaft darum bemühen, okay?«

Sie nickte, und ihre Tränen tropften auf ihre gelbe Mappe herunter. Sie standen immer noch mit dem Gesicht zur Wand, Tom mit seinem Arm um ihre Schultern geschlungen, und beide waren sich bewußt, daß neugierige Schüler hinter ihnen vorbeigingen und sie wahrscheinlich anglotzten.

Chelsea versuchte unauffällig, ihre Tränen abzuwischen. »Papa, kann ich den Spiegel in deinem Büro benutzen?«

»Sicher. Ich werde dich begleiten.«

»Nein, ist schon gut. Das brauchst du nicht.«

»Liebes, ich möchte es aber. Du bist die erste, die seit zwei Tagen mit mir gesprochen hat, und es ist ein gutes Gefühl.«

Sie gingen in sein Büro, und Chelsea wandte sich scharf nach rechts, öffnete die Tür seines Schranks und versteckte sich dahinter, wo die Sekretärinnen sie nicht sehen konnten. Sie blickte in den Spiegel und versuchte, ihre verschmierte Wimperntusche abzuwischen, während Tom zu seinem Schreibtisch ging und ein paar Zettel mit telefonischen Nachrichten aufnahm. Nachdem er die Hälfte flüchtig durchgeblättert hatte, legte er sie wieder auf den Tisch und trat hinter Chelsea.

Sie gab den Versuch auf, ihr Make-up zu erneuern, als sich ihre Blicke im Spiegel trafen. Zwei traurigere Spiegelbilder hatte sie in ihrem Leben noch nicht gesehen. »Papa, was soll ich machen, wenn ich Kent begegne? Ich weiß nicht, was ich zu ihm sagen soll, wie ich mich verhalten soll.«

Er drehte sie sanft an den Schultern herum. »Sei ihm eine gute Freundin. Er wird dringend Freunde brauchen.«

»Ich weiß nicht, ob ich das sein kann.« Sie war krank vor Sorge darüber, ihm nach dem Kuß wieder unter die Augen zu treten.

»Dann laß dir Zeit. Er weiß wahrscheinlich auch nicht, wie er dich behandeln soll.«

»Ich weiß noch nicht einmal, was ich zu Erin sagen soll. Sie wird ganz sicher merken, daß etwas nicht in Ordnung ist. Gestern, als sie anrief, habe ich zu ihr gesagt, ich könnte nicht am Telefon mit ihr sprechen.«

»Liebes, ich weiß es im Moment auch nicht. Vielleicht sollten wir uns alle besser ein oder zwei Tage Zeit lassen. Bei dieser Sache spielen eine Menge Gefühle mit hinein und nicht zuletzt auch Kents Gefühle. Ob er will, daß die gesamte Schule erfährt, daß er mein Sohn ist, oder ob er das nicht will, ist seine Entscheidung.«

Sie standen eine Weile da, Tom mit den Händen auf ihren Schultern, Chelsea auf das Muster auf seiner Krawatte starrend. Wie kann sich ein Leben so drastisch, so rapide verändern? fragten sie sich beide. Letzte Woche waren sie noch Teil einer glücklichen Familie gewesen, und was war jetzt aus ihnen geworden? Sie seufzte und wandte sich ab, nahm Eyeliner und Mascara aus ihrer Kosmetiktasche und machte sich daran, sich neu zu schminken, während Tom zu seinem Schreibtisch zurückging und nach den Telefonnotizen griff, sie jedoch gleich wieder aus der Hand legte und erneut zu Chelsea trat.

»Was ... äh ... was denkst du über die ganze Sache?« fragte er ruhig.

Sie blickte ihn im Spiegel an, und ihre Hand mit der Mascarabürste hielt mitten in der Bewegung inne. Dann zuckte sie die Achseln. »Ich weiß nicht.«

»Bist du schockiert?«

Sie starrte auf den Boden. »Ein bißchen.«

»Ja, ich auch.«

Sie standen dicht nebeneinander, überlegten, was sie als nächstes sagen sollten. Tom meinte: »Ich schätze, du bist ziemlich beschissen dran, wenn alle herausfinden, wer Kent ist.« Er benutzte absichtlich den Jargon, den er so oft in den Fluren hörte. Er schien heute durchaus angemessen und stellte sie auf die gleiche Basis.

Mit dem Kinn auf der Brust murmelte sie: »Ja… wahrscheinlich.«

Wieder drehte er sie an den Schultern zu sich herum. »Bist du böse auf mich?«

Als Chelsea sich weigerte, den Kopf zu heben, beugte Tom die Knie und brachte sein Gesicht auf gleiche Höhe mit ihrem. »Ein bißchen vielleicht?«

»Vielleicht«, gestand sie unwillig.

»Ist schon in Ordnung, Chelsea. Ich nehme an, an deiner Stelle wäre ich auch böse.«

Sie schloß die Schranktür und drehte sich zu ihm um. »Weiß Großvater schon davon?«

»Ja. Ich bin gestern nachmittag zu ihm rausgefahren und habe es ihm erzählt.«

»Und? Was hat er gesagt?«

»Ach, du kennst Großvater ja. Er ist mit Schuldzuweisungen immer sehr zurückhaltend. Er sagt, deine Mutter wird mit der Zeit zu der Erkenntnis kommen – wir alle werden zu der Erkenntnis kommen –, daß Kent eine Bereicherung für unser aller Leben ist, statt uns etwas wegzunehmen.«

Sie betrachtete forschend das Gesicht ihres Vaters, seine von Schlaflosigkeit und Sorge gezeichneten Züge. Die Schulglocke klingelte, ein Hinweis, daß der Unterricht in vier Minuten anfangen würde. Am liebsten hätte sie gesagt: Aber er hat uns doch schon etwas genommen, nicht? Er hat uns unser Familienglück genommen. Aber es laut auszusprechen, würde es zu real und bedrohlich machen. Wer weiß, wenn sie es nicht sagte, wäre es vielleicht nicht wahr.

Tom legte eine Hand auf Chelseas Rücken und schob sie behutsam in Richtung Tür. »Du gehst jetzt besser, Liebes, damit du nicht zu spät zur Stunde kommst.«

Plötzlich liebte sie ihren Vater innig, und etwas von ihrer Wut auf ihn schwand dahin. Sie streckte die Arme aus und preßte ihre Wange an seine, einfach nur, weil er so einsam und erschöpft aussah. An der Tür schenkte sie ihm ein wehmütiges Lächeln zum Abschied und ging dann fort, während sie die Erinnerung an seinen Schmerz und sein besorgtes Gesicht mit sich nahm.

10. KAPITEL

Chelsea und Kent gelang es, sich bis zur Pause zwischen der dritten und vierten Stunde aus dem Weg zu gehen. Bis dahin hatte er einen großen Bogen um sein Schließfach gemacht, wo sie sich bisher täglich getroffen hatten, und sie nahm andere Wege als sonst. Aber kurz vor der vierten Stunde brauchte er ein Notizbuch, das er vergessen hatte, und sie – in ziemlicher Eile – wählte den schnellsten Weg zu ihrem Sozialkunderaum, der sie an der Stelle vorbeiführte, wo sie sich immer verabredet hatten, ein Lächeln getauscht und gefühlt hatten, wie sich ihr Puls beschleunigte.

Die Erinnerung daran löste jetzt quälende Verlegenheit in ihnen aus.

Und wie es der Zufall wollte, trabte Chelsea gerade hinter einer Gruppe von Schülern her, als Kent aus seinem Schließfachgang herauskam, und im nächsten Moment standen sie einander gegenüber. Sie hielten abrupt an, machten auf dem Absatz kehrt und ergriffen vor dem anderen die Flucht, so schnell ihre Beine sie trugen. Beide erröteten, und Kent beeilte sich, in die eine Richtung zu verschwinden, während Chelsea das gleiche in die andere Richtung tat.

Beide kamen sich dumm vor.

Und waren verlegen.

Und fühlten sich irgendeines obskuren Vergehens schuldig.

Der Leistungskurs Englisch, fünfte Stunde, war eine harte Tatsache. Mrs. Gardner, Lehrerin, hatte sich ebensosehr davor gefürchtet wie Kent Arens, Schüler. Aber die Uhrzeiger wanderten weiter, die Schulglocke schrillte, und während des Klassenraumwechsels um zehn nach zwölf näherte sich Kent der Tür von Raum 232, wo Claire stand, als ihre Klasse hereinmarschierte.

Sie wußte, sie sollte ihn grüßen, konnte es aber nicht.

Er wußte, er sollte etwas sagen, konnte es aber nicht.

Sie begegneten einander mit dem gesträubten Fell und dem zornigen Blick einer Katze und eines Hundes, die in einem Türdurchgang aufeinandertreffen, wobei jeder wußte, daß er den anderen verletzen – oder von ihm verletzt werden konnte.

Sie sah in ihm den Verrat ihres Mannes.

Er sah in ihr die Frau, die den Verführer seiner Mutter geheiratet hatte.

Jeder Standpunkt hatte seine berechtigten Antagonismen, aber Kent war von klein auf zu Respekt vor Autoritätspersonen erzogen worden, und so nickte er steif, als er an Mrs. Gardner vorbeiging.

Sie zog ihre Mundwinkel ein klein wenig aufwärts, doch kein Lächeln wölbte ihre Wangen oder spiegelte sich in ihren Augen wider. Als sie die Tür schloß, um mit dem Unterricht anzufangen, hatte sich Kent wie alle anderen auf seinen Platz gesetzt. Die ganze Stunde hindurch konzentrierte sie sich darauf, den Blickkontakt mit ihm zu vermeiden, während sie vor ihm stand und von griechischen Theaterstücken und Mythologie sprach, Exemplare der *Odyssee* austeilte und historische Hintergrundinformationen über die Klassiker lieferte. Sie erklärte, warum sie chronologisch an Literatur herangingen, berichtete über die einzelnen Lernabschnitte, empfahl in der Schulbücherei erhältliche Videos und Taschenbücher, dic ihnen die griechischen Klassiker näherbringen würden, und teilte ein Arbeitsblatt aus, das Vorschläge für freiwillige Arbeiten zu dieser Unterrichtseinheit enthielt, die Zusatzpunkte einbringen würden.

Den ganzen Vortrag über hielt Kent seinen frostigen Blick auf Claires Schuhe geheftet. Aus den Augenwinkeln war sie sich dessen bewußt und der Tatsache, daß er dasaß, den Rücken leicht nach rechts gekrümmt, einen Ellenbogen auf dem Tisch und einen Finger auf der Oberlippe, ohne sich während der gesamten zweiundfünfzig Minuten irgendwie zu bewegen. Einmal vergaß sie sich und blickte ihm direkt ins Gesicht, verblüfft, wie sehr er Tom ähnlich sah. Dieser Anblick erweckte ein eigenartiges Gefühl von déjà vu in ihr, als unterrichtete sie den siebzehnjährigen Tom Gardner, den sie tatsächlich niemals gekannt hatte.

Es klingelte zum Ende der Stunde, die Mädchen und Jungen begannen, einer nach dem anderen hinauszugehen, und Claire stand hinter ihrem Tisch, gab sich den Anschein, beschäftigt zu sein, und hielt den Blick auf ihre Unterlagen gesenkt, um sich selbst und Kent einen annehmbaren Vorwand zu liefern, wortlos auseinanderzugehen. Aber er trödelte herum, bis alle anderen den Raum verlassen hatten, und dann stand er plötzlich vor ihrem Tisch wie irgendein muskulöser griechischer Krieger, furchtlos und aufrecht.

»Mrs. Gardner?«

Ihr Kopf kam mit einem Ruck in die Höhe. Ein Kraftfeld negativer Ionen schien zwischen ihnen zu tanzen und sie voneinander abzustoßen.

»Tut mir leid, daß ich so in Ihr Haus reingestürmt bin. Ich hatte kein Recht, das zu tun.«

Abrupt fuhr er herum und eilte auf quietschenden Gummisohlen aus dem Raum, ließ ihr keine Chance für eine Erwiderung, als sie seinen dunklen Kopf und geraden Rücken zur Tür hinaus verschwinden sah.

In dem leeren Raum fiel Claire auf ihren Stuhl, als hätte er zehn Finger auf ihre Brust gelegt und sie gestoßen. Dort saß sie; in ihrem Inneren herrschte ein emotionales Chaos, und ihr Herz hämmerte wie verrückt. Was war es, was sie für diesen Jungen fühlte? Mehr als Groll. Er war Toms Sohn, und sich von dieser Tatsache zu distanzieren war unmöglich. Fühlte sie Mitleid? Nein, noch nicht. Für Mitleid war es noch zu früh, aber sie mußte seine Direktheit und seinen Mut bewundern. Heiße Scham stieg in ihr auf und ließ sie erröten, weil sie ihn gemieden hatte, obwohl sie – als Erwachsene und Lehrerin – diejenige war, die ein gutes Beispiel hätte geben sollen. Statt dessen hatte er, ein Junge von knapp siebzehn Jahren, die schmutzige Arbeit erledigt, als erster das Wort an sie zu richten. Aber was hatte sie eigentlich anderes erwartet? Er war schließlich Toms Sohn, und es war genau das, was Tom in einer solchen Situation getan hätte.

Der Gedanke an Tom ließ ihre Wunden erneut aufbrechen. Sie saß an ihrem Tisch, den Kopf in die Hände gestützt, während sie ihren Groll und ihre Vorwürfe wie Waffen um sich sammelte und sie am Schleifstein ihrer eigenen Treue und Aufrichtigkeit schärfte, die sie ihm in all diesen Jahren ihrer Ehe entgegengebracht hatte.

Während der letzten Unterrichtsstunde des Tages hatte Kent Gewichtstraining bei Mr. Arturo. Er saß rittlings auf einer blau gepolsterten Bank und machte langsame Armbeugen mit einer Fünfzehn-Pfund-Hantel, als ein freiwilliger Helfer aus dem Hauptbüro hereinkam und Mr. Arturo einen Zettel in die Hand drückte. Der Lehrer warf einen Blick auf den Namen auf der Vorderseite, dann trat er auf Kent zu und reichte ihm die Nachricht, zusammengefaltet und ungelesen, zwischen zwei Fingern.

»Vom Büro«, sagte er und ging davon.

Kent streckte seinen rechten Arm und legte die Hantel auf die Bank. Er faltete das Stück Papier auseinander und sah die vorgedruckten Worte »Mitteilung des Rektors«. Einer der Helfer im Büro hatte die Lücken mit der Uhrzeit und der Nachricht »Bitte komm sofort in Mr. Gardners Büro« ausgefüllt.

Kent fühlte sich, als hätte er die Hantel auf seinen Hals fallen lassen. Er war sich ganz und gar nicht sicher, ob er seine eigene Spucke schlucken konnte. Andererseits war sein Adrenalinspiegel so hoch, daß er glaubte, er hätte einen Reifen ohne Wagenheber wechseln können. *Das ist nicht fair!* dachte er. *Nur weil er für diesen Laden hier zuständig ist, bedeutet das noch lange nicht, daß er mich zu etwas zwingen kann, was nichts damit zu tun hat, daß ich Schüler bin und er Rektor. Ich bin nicht bereit, ihm gegenüberzutreten. Ich weiß nicht, was ich ihm sagen soll.*

Er schob den Zettel in eine Innentasche seiner Shorts, griff nach seiner Hantel und fuhr fort, Armbeugen zu machen. Anschließend stemmte er Gewichte, legte eine Runde Seilspringen ein und machte eine Serie von Übungen für die Beinmuskeln, bis die Stunde zu Ende war.

Er ging geradewegs in den Umkleideraum zum Footballtraining und war gerade damit beschäftigt, seine Ausrüstung anzulegen, als Robby Gardner hereinkam. Robbys Schließfach befand sich ungefähr vier Meter von Kents entfernt, am entgegengesetzten Ende einer langen Holzbank. Robby bewegte sich direkt darauf zu, öffnete die Tür mit einer Hand und die Druckknöpfe seiner Jacke mit der anderen, während sich zwischen ihm und Kent vier andere Jungen umzogen und mit metallenen Schließfachtüren knallten.

Spannungen flossen wie elektrische Ströme über die vier Meter Zwischenraum hinweg, die die Halbbrüder trennten.

Robby hängte seine Jacke auf.

Kent band seine Schulterpolster fest.

Robby zog sein Hemd aus dem Hosenbund.

Kent griff nach seinem Trainingspullover.

Beide blickten unverwandt in ihre Schließfächer. Ihre Haltung war vorbildlich. Ihre Profile waren ernst.

Okay, okay, er ist also da. Na und?

Aber jeder der beiden war sich nur zu deutlich der Gegenwart des anderen bewußt. Jeder kämpfte gegen den Drang an, sich umzudrehen und nach körperlichen Ähnlichkeiten zu suchen.

Robbys Kopf fuhr als erster herum.

Dann Kents.

Ihre Blicke trafen sich, fasziniert wider Willen, von Blutsverwandtschaft und einem gemeinsamen Geheimnis angezogen.

Halbbrüder. Im selben Jahr geboren. Wenn es das Schicksal anders gewollt hätte, wären unsere Positionen jetzt vielleicht vertauscht.

Eine leise Röte kroch an ihren Hälsen hinauf, während sie sich gegenseitig musterten und nach Ähnlichkeiten forschten, miteinander verbunden durch Dinge, die ihren Eltern passiert waren in einer Epoche, die zu weit zurückzuliegen schien, um diese gegenwärtige Enthüllung berechtigt erscheinen zu lassen.

Es dauerte nur Sekunden.

Beide drehten gleichzeitig die Köpfe weg und konzentrierten sich wieder aufs Anziehen, ließen die heutige Abneigung wieder ihren Platz zwischen ihnen einnehmen mit all ihren schmerzlichen und verwickelten Beziehungen. In all dem emotionalen Durcheinander dominierte eine Überlegung ihre Gedanken: Jeder von ihnen mußte sich auf wilden Klatsch gefaßt machen, sollte sich die Sache jemals herumsprechen, und beide waren damit beschäftigt, sich die mit dieser Möglichkeit verbundenen Probleme auszumalen.

Sie waren vielleicht der Abstammung nach Brüder, aber auf dem Footballfeld blieben sie Rivalen.

In schweigender Übereinkunft wurde ihre Feindseligkeit während dieser ersten fünf Minuten im Umkleideraum besiegelt: In Ordnung, wir spielen zusammen, aber wir werden uns hüten, uns gegenseitig in die Augen zu sehen; vor dem Team werden wir uns den Anschein der Einigkeit geben, aber prinzipiell unnahbar bleiben; dem Trainer werden wir den Eindruck von Harmonie vermitteln, aber sorgsam darauf achten, daß sich unsere Hände niemals berühren, selbst dann nicht, wenn einer den Ball an den anderen übergibt.

Sie eilten nach draußen zum Training. Der Himmel hatte eine bleigraue Färbung angenommen, Wolken türmten sich am Horizont auf, schwer und prall vor Regen. Das Gras fühlte sich kalt unter ihren Fingerknöcheln an. Ihr Mundschutz schmeckte wie Schimmel. Durch die Ohrlöcher ihrer Helme pfiff der Wind und erzeugte Töne wie auf einer Flöte. Schmutz spritzte auf ihre nackten Waden und schien nie zu trocknen. Gegen halb fünf am Nachmittag, als der Nieselregen einsetzte, sehnten sich alle danach, unter die Dusche zu kommen und nach Hause zu gehen, wo eine warme Küche und ein Abendessen auf sie warten würde.

Das Training war jedoch noch nicht beendet. Wie gewöhnlich teilte sie der Trainer in vier Gruppen ein und brüllte: »Zehn gute Spiele!« was mindestens noch eine weitere halbe Stunde Arbeit bedeutete, bevor er die drei kurzen Pfiffe auf seiner Trillerpfeife ausstoßen würde, die sie entließen.

Sie nahmen gerade Aufstellung für ihr zweites Spiel, als Robby und Kent ihn beide gleichzeitig sahen: ihren Rektor, ihren Vater, der auf der Tribüne stand, mit dem Rücken zum Wind, die Hände tief in den Taschen eines grauen Trenchcoats vergraben, dessen Saum um seine Waden schlug. Sein dunkles Haar wehte ihm in die Stirn, seine Hosenbeine flatterten, aber er stand bewegungslos da, seine Aufmerksamkeit voll und ganz auf das Spielfeld konzentriert.

Ganz allein stand er da, der einzige Zuschauer auf der langen Tribüne aus Aluminium, während Regen seine Schultern dunkel färbte. Einsamkeit und Verzweiflung strahlten von der Haltung seiner Schultern und seiner reglosen Gestalt aus. Die Jungen ertappten ihn dabei, wie er sie beobachtete, und in der trostlosen Atmosphäre des Herbstnachmittags konnten sie seine Reue fast greifbar spüren. Machtlos gegen eine Kraft, die stärker war als ihre unglückliche, grimmige Entschlossenheit, jeden Kontakt miteinander zu vermeiden, wandten sich die Halbbrüder um, und ihre Blicke trafen sich über dem aufgewühlten, schlammigen Boden des Spielfelds hinweg. Und einen kurzen Moment lang, gegen ihr innerstes Streben nach Uneinigkeit, fühlten sie sich vereint durch ein Aufflackern von Mitleid für den Mann, der sie beide gezeugt hatte.

Chelsea kochte an diesem Abend das Essen. Ihr Eifer, ihren Eltern eine Freude zu machen, brach Tom fast das Herz, als sie ihre Versöhnungsgabe präsentierte – spanischen Reis und grünen Wackelpudding mit Birnen – und dann gespannt wartete, während sie hoffnungsvolle Blicke zwischen ihrem Vater und ihrer Mutter hin- und herschweifen ließ, um zu sehen, ob ihr Trick funktionieren würde.

Sie setzten sich an den Tisch. Sie aßen. Sie sprachen miteinander.

Aber als sich ihre Blicke trafen, hatten Toms Augen einen fragenden Ausdruck und Claires einen unversöhnlichen.

Nach dem Essen fuhr Tom wieder in die Schule zurück, weil der Französischclub sein erstes Treffen hatte, um eine Reise nach Frankreich im nächsten Sommer zu besprechen, und sie hatten ihn eingeladen, dabeizusein. Außerdem begannen neue Töpferkurse für Erwachsene in den Werkräumen, und die Beamten der örtlichen Polizei und ihre Ehefrauen veranstalteten ihr gemischtes Volleyballspiel in der Sporthalle, deshalb blieb Tom, bis sich das Gebäude geleert hatte.

Zu Hause beendete Claire ihre Unterrichtsvorbereitungen und wanderte dann unruhig durch das Haus wie ein Tiger im Käfig, versuchte, sich dazu zu bringen, mehr als eine Trommel voll Wäsche zu machen, ließ es dann aber, weil sie das dringende Bedürfnis hatte, ihrer Frustration Luft zu machen.

Sie rief Ruth Bishop an, und Ruth meinte: »Komm rüber.«

Dean war wieder außer Haus, trainierte angeblich im Fitneßclub, und Ruth schrieb einen Brief an ihre Eltern. Sie schob ihr Schreibzeug beiseite und schenkte zwei Gläser Wein ein.

»In Ordnung«, sagte sie über den Küchentisch hinweg. »Sprich dich aus.«

»Es sieht so aus, als hätte mein Eheman einen unehelichen Sohn, aber bis vor kurzem hat es niemand für nötig gehalten, mich davon zu informieren.«

Claire erzählte rückhaltlos alles, weinte zwischendurch, fluchte gelegentlich und trank zwei Gläser Wein, während sie ihre Qual an Ruth abreagierte. Sie berichtete von ihrem ersten Schock, gefolgt von Zorn, und dann von ihrem Verdruß, als sie dem Jungen im Unterricht gegenübergestanden hatte. Schließlich kehrte sie wieder zu dem Augenblick zurück, der am meisten schmerzte.

»Ich wünschte, ich hätte niemals den Hörer abgenommen, als sie zurückrief, aber ich konnte einfach nicht anders. Und jetzt habe ich gehört, wie er mit ihr spricht, und es macht alles so wirklich. Ach Gott, Ruth, weißt du, wie es ist, deinen Ehemann mit einer Frau reden zu hören, mit der er im Bett gewesen ist? Besonders, nachdem er dir erzählt hat, daß er dich nicht heiraten wollte? Weißt du, wie weh das tut?«

»Ich weiß«, sagte Ruth.

»Es war nicht nur, was sie sagten, sondern ebensosehr ihr Schweigen. Manchmal konnte ich sie atmen hören. Einfach… einfach nur atmen, wie… wie Liebende, die sich danach verzehren, sich wiederzusehen; und dann sagte er, sie könne ihn jederzeit anrufen, wenn sie das Bedürfnis habe, und sie versicherte ihm das gleiche. Gott im Himmel, Ruth, er ist mein Mann! Und dann sagt er ihr so etwas?«

»Es tut mir leid, daß du all das durchmachen mußt. Ich weiß genau, wie dir zumute ist, denn ich habe das gleiche erlebt. Ich habe dir ja schon erzählt, daß ich Dean mehr als einmal hastig den Hörer habe auflegen sehen, als ich ins Zimmer gekommen bin. Und dann hat er mich belogen, wenn ich ihn fragte, mit wem er telefoniert hätte. Glaub mir, Claire, alle Männer sind Lügner.«

»Tom behauptet, es wäre nichts mehr zwischen ihnen, aber wie kann ich ihm Glauben schenken?«

Ein angewiderter Ausdruck ließ Ruths Züge scharf wirken. Sie füllte ihr Weinglas mit einer heftigen Bewegung. »Verlaß dich drauf, du wärst eine verdammte Närrin, wenn du's tun würdest.« Ihr Blick schweifte ab, und es schien, als hätte sie einige Dinge unausgesprochen gelassen.

»Ruth, was ist los? Weißt du etwas darüber? Hat Tom mit dir gesprochen… oder mit Dean?«

Ruth überlegte einen Moment, bevor sie antwortete.

»Hat er?« drängte Claire.

»Nicht, weil er es wollte.«

»Ich verstehe nicht. Was soll das heißen?«

»Ich habe sie letzten Samstag zusammen gesehen, zumindest glaube ich, daß sie es war. Monica Arens?«

»O Gott…«, flüsterte Claire und schlug sich eine Hand vor den Mund. »Wo?«

»Vor Ciatti's in der Woodbury Mall.«

»Bist du sicher?«

»Ich bin geradewegs auf seinen Wagen zumarschiert und habe mich zum offenen Fenster heruntergebeugt und mit ihm gesprochen. Zuerst dachte ich, du säßest neben ihm, aber dann sah ich diese Frau, und um ehrlich zu sein, ich kam mir wie eine Idiotin vor. Ich wußte nicht mehr, was ich sagen sollte, nachdem ich erkannt hatte, daß du's nicht warst.«

»Was hat er gesagt?«

»Nichts. Hat uns nur miteinander bekannt gemacht.«

»Wie sah sie aus?«

»Eher unscheinbar. Blondes Haar, Seitenscheitel, kaum Make-up. Lange Nase.«

»Was haben sie getan?«

»Wenn du wissen willst, ob er sie geküßt hat oder etwas in der Art, dann lautet die Antwort: nein. Aber ich muß aufrichtig mit dir sein, Claire. Was glaubst du wohl, was ein Mann und eine Frau tun, wenn sie sich in einem Auto mitten auf einem Parkplatz treffen? Wenn du ihn fragst, wird er es garantiert abstreiten, aber für mich sieht es ganz so aus, als hätte er was mit ihr.«

»O Gott, Ruth, ich wollte es zuerst einfach nicht glauben!«

»Das wollte ich auch nicht, als ich Dean zu Anfang in Verdacht hatte, aber die Beweise häuften sich.«

»Es tut so schrecklich weh«, flüsterte Claire.

»Natürlich tut es das.« Ruth bedeckte tröstend Claires freie Hand. »Glaub mir, ich weiß das.«

»Tom ist im Moment nicht zu Hause, angeblich in der Schule. Er ist so häufig weg. Aber wie soll ich jemals wissen, ob er von jetzt an die Wahrheit sagt? Er könnte überall sein.« Ruth gab keine Antwort, und Claire fühlte ihre Verzweiflung zunehmen, begleitet von einer leichten Benommenheit durch den Wein. »Dies ist also der Augenblick der Wahrheit, vor dem du mich gewarnt hast«, erkannte sie.

»Es macht keinen Spaß zu entscheiden, was man in einer solchen Sache unternehmen soll, nicht?«

»Nein, wirklich nicht.« Plötzlich fühlte Claire einen Bruchteil ihrer Courage zurückkehren, und sie schob ihr noch volles Weinglas energisch von sich. »Aber ich werde keine Ehefrau sein, die das doppelte Spiel schweigend hinnimmt! Er wird mir die Wahrheit sagen, weil ich ihn dazu zwingen werde!« Sie sprang auf die Füße. »Und ich will verdammt sein, wenn ich hier sitzen bleibe und mir deswegen einen Rausch antrinke!«

Die Aufwallung von Zorn fühlte sich sehr viel besser an als die trostlose Verzweiflung, und sie trug ihre Wut nach Hause, wo sie sich in die Aufgabe stürzte, ihr Haar mit einer Blondierung aufzuhellen. Tom kehrte gegen zehn Uhr zurück, und sie hörte ihn die Treppe zu ihrem Schlafzimmer heraufkommen. Er hielt schlurfend vor der Badezimmertür inne und zog müde an seiner Krawatte. Claire fuhr fort, ihre feuchten Locken zu Fragezeichen um ihr Gesicht zu kneten, und weigerte sich, in seine Richtung zu schauen.

»Hallo«, sagte er.

»Hallo«, erwiderte sie kalt und ignorierte den bittenden Unterton in seiner Stimme.

Er zog sein Hemd aus dem Hosenbund und ließ es lose herabhängen. Eine ganze Weile stand er unschlüssig dort, bevor er schließlich seufzte und mit dem herausrückte, was ihm durch den Kopf ging. »Weißt du, ich habe mich seit dem Abendessen mit dieser Frage herumgeschlagen, und ich kann sie nicht länger hinauszögern. Ich muß einfach fragen. Wie ist es heute mit Kent gelaufen?«

Sie fuhr fort, ihre Kopfhaut mit den Fingerspitzen zu massieren und den süßsauren chemischen Geruch des Blondierungsmittels im Raum zu verteilen. »Es ist schwierig. Keiner von uns hat gewußt, wie er damit umgehen sollte.«

»Möchtest du, daß ich ihn aus deiner Klasse herausnehme?«

Sie warf ihm einen scharfen Blick zu. »Meiner ist der einzige Englischkurs für die Oberstufe, der mit dem Honours Degree abschließt.«

»Trotzdem wäre es vielleicht besser, wenn er einen anderen Lehrer hätte.«

»Nicht sehr fair ihm gegenüber, nicht?«

Leise und schuldbewußt erwiderte er: »Nein.«

Sie ließ ihn noch eine Weile leiden, bevor sie fauchte: »Laß ihn in meinem Kurs.«

Tom wandte sich ab und zog sich in das dunkle Schlafzimmer zurück, um seine Kleider abzulegen und eine Schlafanzughose anzuziehen. Claire kam in den Raum und suchte in einer Schublade der Frisierkommode nach einem Nachthemd. Tom ging ins Badezimmer, um sich die Zähne zu putzen. Als er zurückkehrte, lag sie bereits im Bett. Er schaltete das Badezimmerlicht aus und bahnte sich in der Dunkelheit seinen Weg zu seiner Seite des Bettes. Die Decke bis zu den Achselhöhlen hinaufgezogen, lagen sie da, voneinander getrennt wie zwei Eisenbahnschwellen.

Minuten verstrichen, während sich jeder der Wachsamkeit des anderen voll bewußt war.

Schließlich sagte Tom: »Ich habe ihn heute in mein Büro rufen lassen, aber er hat sich geweigert, zu kommen.«

»Kannst du ihm das verübeln? Er ist genauso durcheinander wie der Rest von uns.«

»Ich bin mir nicht sicher, was ich tun soll.«

»Nun, mich brauchst du nicht zu fragen.« Claire legte Schärfe in ihre Worte. »Was sagt sie dazu?«

»Wer?«

»Die *Mutter* des Jungen.«

»Wie soll ich das wissen?«

»Beratschlagt ihr nicht *alles* miteinander?«

»Herrgott noch mal, Claire!«

»Woher hast du ihre Telefonnummer gewußt, Tom?«

»Mach dich nicht lächerlich.«

»Also, woher? Du bist in die Küche gestürmt, hast den Hörer von der Gabel gerissen und in Sekundenschnelle ihre Nummer gewählt. Woher hast du sie gewußt?«

»Sie ist in Kents Akte in der Schule. Du weißt, was für ein gutes Zahlengedächtnis ich habe.«

»Klar«, sagte sie sarkastisch und warf sich auf ihre Seite herum, mit dem Gesicht zur Frisierkommode.

»Claire, sie ist für mich nicht mehr als ...«

»Laß es einfach sein, ja?« Claire fuhr hoch und funkelte ihn über ihre Schulter hinweg an. »Verteidige dich nicht, denn ich weiß nicht mehr, was ich noch glauben soll, und ich habe auch so schon Schwierigkeiten genug. Ich habe heute abend mit Ruth gesprochen, und sie sagte, sie hätte dich letzten Samstag vor dem Ciatti's mit dieser Frau in einem Wagen sitzen sehen.«

»Ich habe dir doch gesagt, daß ich sie an dem Tag gesehen habe.«

»In einem *Auto*, ausgerechnet! Du hast dich mit ihr in einem Auto verabredet wie irgendein… irgendein billiger, heimlichtuerischer Schürzenjäger! In einem *Auto* auf irgendeinem *Parkplatz*!«

»Wo hätte ich sie denn sonst treffen sollen? Würdest du dich besser fühlen, wenn ich gesagt hätte, ich wäre in ihrem Haus gewesen?«

»Verdammt, da bist du ja auch gewesen, richtig? Und wo bist du gestern gewesen?«

»Bei Vater.«

»Pah, darauf wette ich.«

»Ruf ihn doch an, wenn du es mir nicht glaubst.«

»Vielleicht werde ich das auch tun, Tom. Vielleicht werde ich genau das tun.«

»Wir haben auf der Veranda gesessen und ein paar Bier getrunken, und ich habe ihm von Kent erzählt.«

»Und was hat er gesagt?«

»Ich dachte, du wolltest ihn anrufen und ihn selbst fragen. Du würdest es mir ja doch nicht abnehmen, wenn ich es dir erzähle. Du hast es gerade eben gesagt.«

Er warf sich herum und präsentierte ihr ebenfalls seine Kehrseite.

Rücken an Rücken lagen sie da und kochten innerlich vor Zorn, dachten sich scharfe Erwiderungen aus, die noch schneidender und verletzender gewesen wären als die, die sie bereits ausgetauscht hatten, und wünschten, sie hätten getrennte Ehebetten gehabt.

Stunden schienen zu verstreichen, bevor sie in unruhigen Schlaf fielen, zwischendurch immer wieder aufwachten bei jeder noch so kleinen Bewegung auf der anderen Hälfte des Bettes und bei der leichtesten Berührung abrupt auf ihre Seite der Demarkationslinie entlang der Matratze zurückwichen. Doch obwohl beide mehrmals während der Nacht aufwachten und eine Weile hellwach dalagen, gab es keine Erlösung von der Qual, keine innige Umarmung mit geflüsterten Worten der Entschuldigung. Nur zwei Menschen, die sich selbst im Schlaf noch bewußt waren, daß das Morgen wahrscheinlich nicht besser sein würde als das Heute.

Am folgenden Morgen vor dem Unterricht trafen Tom und Claire bei der Besprechung der Englischabteilung zusammen. Wieder fühlte er sich unbehaglich als ihr Vorgesetzter. Wieder spürte er die neugierigen, abschätzenden Blicke der Kollegen, die die Spannungen zwischen ihnen nur zu deutlich spürten. Während Tom anschließend in der Eingangshalle Aufsicht führte und beobachtete, wie die Schüler eintrafen, hielt er angestrengt nach Kent Ausschau, aber der Junge mußte beschlossen haben, durch einen Seiteneingang hereinzukommen und ihm aus dem Weg zu gehen. In der Mittagspause bemerkte Tom, daß Chelsea und Erin allein saßen und Kent auf der entgegengesetzten Seite der Cafeteria an einem Tisch mit Pizza Lostetter und einer Gruppe anderer Footballspieler zusammenhockte. Obwohl Robby sich ihnen gewöhnlich anschloß, saß er heute getrennt von ihnen. Tom folgte seinem üblichen Muster, indem er durch den Lunchraum schlenderte und hier und da stehenblieb, um freundlich zu lächeln und ein paar aufmunternde Worte fallenzulassen, aber um Kents Tisch machte er einen Bogen. Wenig später sah er ihn von seinem Platz aufstehen und seinen Milchkarton im Vorbeigehen in einen Abfallkorb werfen. Als er Kent aus dem riesigen, lärmerfüllten Raum folgte, fühlte Tom wieder dieselbe Sehnsucht in seinem Inneren, ein schmerzliches Ziehen, das sein Herz mit Wehmut erfüllte. Sein Sohn. Sein dunkelhaariger, störrischer, verletzter, ruheloser Sohn, der sich seiner gestrigen Aufforderung widersetzt hatte und Tom bis zum Ende der siebten Stunde mit klopfendem Herzen hatte dasitzen lassen, bis er sich endlich eingestand, daß Kent nicht kommen würde.

Später an diesem Nachmittag, kurz nach zwei Uhr, räumte Tom seinen Schreibtisch auf und machte sich bereit, zum Distriktbüro zu fahren, wo der Oberschulrat die monatliche Beratungssitzung aller sechzehn Rektoren und Konrektoren im Schulbezirk einberufen hatte. Er schloß die Haushaltsbücher, an denen er gearbeitet hatte, legte die Korrespondenz, die abgelegt werden sollte, auf einen Stapel, und versuchte zu entscheiden, wie er den Bericht eines Bewährungshelfers über einen Schüler handhaben sollte, als Dora Mae in seiner Tür erschien.

»Tom?« sagte sie.

»Hm?« Er blickte abgelenkt auf, den Bericht in der Hand.

»Dieser neue Schüler, Kent Arens, steht draußen und möchte Sie sprechen.«

Hätte Dora Mae erklärt: »Der Präsident der Vereinigten Staaten steht draußen und möchte Sie sprechen«, hätte sie Tom nicht stärker durcheinanderbringen können. Das innere Chaos, das ihm zu schaffen machte, war sowohl göttlich als auch entmutigend. Es zeigte sich deutlich in der plötzlichen Röte, die in seine Wangen kroch, seinem verlegenen, linkischen Ausdruck und der uncharakteristischen, fahrigen Bewegung einer Hand zu seiner Krawatte hinauf.

»Ach so ... ja dann ...« Tom erkannte zu spät, daß er sich verriet. Er räusperte sich und fügte hinzu: »Schicken Sie ihn herein.«

Dora Mae ging hinaus und tat wie befohlen, dann flüsterte sie ihrer Kollegin Arlene Stendahl zu: »Was um alles in der Welt ist eigentlich in letzter Zeit mit Tom los?«

Arlene flüsterte zurück: »Das weiß ich nicht, aber alle reden über ihn. Und auch über Claire! Sie behandelt ihn neuerdings wie einen Aussätzigen.«

Kent erschien in der Tür, entschlossen und ernst, doch ebenfalls mit einer leichten, verräterischen Röte auf seinen Wangen. Er trug die Jeans und die Windjacke, die Tom bereits kannte. Der Junge konnte so reglos dastehen, daß es Tom in einen Zustand noch größerer Unruhe versetzte.

»Sie wollten mich sprechen, Sir«, sagte Kent von der Tür her.

Tom erhob sich, seine rechte Hand immer noch auf halber Höhe seiner Krawatte, während sein Herz einen verrückten Tanz in seiner Brust aufführte. »Komm herein ... bitte. Mach die Tür zu.«

Kent tat es und hielt mindestens zehn Schritte Abstand zwischen sich und Toms Schreibtisch, während Tom atemlos wartete. »Setz dich«, brachte er hervor. Der Junge trat vor und setzte sich.

»Es tut mir leid, daß ich gestern nicht gekommen bin«, sagte Kent.

»Ach, das ist schon in Ordnung. Wahrscheinlich war es etwas ungeschickt von mir, dich so herzuzitieren.«

»Ich wußte nicht, was ich zu Ihnen sagen sollte.«

»Ich war mir auch nicht sicher, was ich zu dir sagen sollte.«

Eine verlegene Pause entstand.

»Ich weiß es immer noch nicht.«

»Ich auch nicht.«

Wäre ihre Situation weniger ernst gewesen, hätten sie wahrscheinlich schmunzeln müssen, aber die Atmosphäre war zu spannungsgeladen. Während Kent den Mut aufzubringen versuchte, den nächsten Schritt zu tun, ließ er seinen Blick über allerlei unpersönliche Objekte im Raum schweifen, bis er es schließlich wagte, Tom anzusehen. Vater und Sohn saßen schweigend da und musterten einander – zum ersten Mal *nicht* unter feindseligen Bedingungen, seit man sie beide von ihrer Beziehung in Kenntnis gesetzt hatte. Was sie sahen, erschütterte sie beide. Tom beobachtete, wie der Blick des Jungen zu seinem Haaransatz schweifte, über seine Wangen, Nase, Mund und Kehle, bevor er zu seinen Augen zurückkehrte. Der Raum war strahlend hell vom Nachmittagslicht, gepaart mit der Beleuchtung der Neonröhren an der Decke. Kein Detail entging ihnen bei ihrer intensiven Musterung.

»Am Samstag, als Mam mir sagte, daß…« Der Gedanke blieb unbeendet, als Kent schluckte und auf seine Hände schaute.

»Ich weiß«, sagte Tom mit rauher Stimme. »Für mich war es dasselbe an dem Tag, als du zur Anmeldung gekommen bist und ich herausfand, wer du bist.«

Kent brauchte einen Moment, um sich wieder in die Gewalt zu bekommen. »Hat Ihre Frau Ihnen erzählt, daß ich mich dafür entschuldigt habe, so in Ihr Haus zu stürmen?«

»Nein... nein, das hat sie nicht.«

»Also, es tut mir leid. Und das ist die Wahrheit. Ich war total durchgedreht.«

»Ich verstehe. Mir erging es nicht anders.«

Schweigen trat ein, nur unterbrochen von dem Stimmengemurmel hinter der Tür und dem elektronischen Summen der Büromaschinen.

Schließlich sagte Kent: »Ich habe gesehen, wie Sie mich gestern auf dem Footballfeld beobachtet haben. Ich schätze, da habe ich entschieden, daß ich zu Ihnen kommen und mit Ihnen reden sollte.«

»Ich bin froh, daß du es getan hast.«

»Aber der Samstag war schlimm.«

»Für mich auch. Meine Familie ist mit dem Schock nicht besonders gut fertig geworden.«

»Das habe ich gemerkt.«

»Wenn sie sich dir gegenüber anders benehmen...« Als Toms Stimme stockte, sagte Kent nichts, überließ es Tom, nach passenden Worten zu suchen und den Dialog fortzusetzen. »Wenn du in einen anderen Englischkurs möchtest, dann kann ich das arrangieren.«

»Will sie mich nicht mehr in ihrer Klasse haben?«

»Doch.«

»Ich wette darauf, daß sie mich loswerden will.«

»Nein, so ist es nicht. Wir haben darüber gesprochen.«

Kent ließ sich die Neuigkeit einen Moment durch den Kopf gehen. »Vielleicht sollte ich besser den Kurs wechseln.«

»Das mußt du entscheiden.«

»Ich weiß, ich werde sie schrecklich in Verlegenheit bringen.«

»Kent, hör zu...« Tom beugte sich vor. Sein Arm fiel auf den überdimensionalen Schreibtischkalender. »Ich weiß noch nicht einmal, wo ich anfangen soll. Es gibt so vieles, was wir klären müssen. Mrs. Gardner und ich... wir müssen wissen, was du willst. Wenn du nicht willst, daß es die anderen Schüler wissen, wenn es dir unangenehm ist, dann brauchen sie es nicht zu erfahren. Aber wenn du Wert darauf legst, daß ich mich öffentlich zu dir bekenne, dann bin ich bereit, das zu tun. Unsere Situation hier an der Schule wirft gewisse Probleme auf, die man sonst vielleicht hätte umgehen können. Robby und Chelsea zum Beispiel....«

Er beobachtete, wie Kent rot wurde bei der Erwähnung von Chelsea, und empfand Mitleid mit ihm.

»Wir haben alle zu kämpfen, Kent, aber ich denke, unsere Beziehung – deine und meine – muß als erstes geklärt werden, und während wir dabei sind, werden die anderen unsere Wünsche respektieren müssen.«

»Aber ich weiß nicht, Mr. Gardner...« Als Kent erneut den Blick hob, sah Tom nicht mehr den jungen Mann, der besonders reif für sein Alter schien, sondern einen nervösen, beunruhigten Jungen, der sich in nichts von seinen Altersgenossen unterschied. Die förmliche Art der Anrede mutete etwas seltsam an, bis Kent schließlich gestand: »Verdammt, ich weiß noch nicht mal mehr, wie ich Sie anreden soll.«

»Ich denke, du solltest mich ruhig weiter ›Mr. Gardner‹ nennen, wenn dir wohler dabei ist.«

»Okay... Mr. Gardner...« Er sagte es wie zur Probe, bevor er fortfuhr. »Mein ganzes bisheriges Leben lang habe ich noch nicht mal gewußt, daß ich einen Vater habe, und jetzt sind es nicht nur Sie, sondern auch noch eine Halbschwester und ein Halbbruder. Ich glaube nicht, daß Sie verstehen, wie es ist, wenn man weiß, woher man stammt. Sie glauben ganz sicher, Ihr Vater müßte irgendein Scheißkerl sein... irgendein heimatloser Typ, der von der Wohlfahrt lebt, da er Ihre Mutter nie geheiratet hat. Sie glauben, nur ein wirklich unmoralischer Widerling würde Ihre Mutter schwanger zurücklassen, stimmt's? Und so habe ich siebzehn Jahre lang im Glauben verbracht, wer immer mein Vater ist, er wäre irgendein Trottel, dem ich ins Gesicht spucken würde, falls ich jemals die Gelegenheit dazu hätte. Nur, als ich Sie kennenlernte, waren Sie keiner von der Sorte. Es dauert eine Weile, sich daran zu gewöhnen, und an einen Halbbruder und eine Halbschwester obendrein.«

Toms Gefühle waren in Aufruhr. Es gab noch so viel mehr zu

sagen, während die Zeit verstrich und ihn drängte, zu seiner Besprechung im Distriktbüro aufzubrechen. Oberste Priorität in seinen Gedanken hatte jedoch die Tatsache, daß dieser Junge ihn siebzehn Jahre zu spät kennengelernt hatte, und Tom brachte es nicht über sich, ihre Unterhaltung überstürzt zu beenden.

»Nur eine Minute«, sagte er und griff nach dem Telefonhörer. Den Blick auf Kent gerichtet, sagte er: »Dora Mae, würden Sie Noreen bitte Bescheid sagen, daß ich nicht zu der Besprechung im Distriktbüro gehe? Sagen Sie ihr, da Sie ohne mich hingehen wird, kann sie in ihrem eigenen Wagen fahren.«

»Sie gehen nicht? Aber es ist die Konferenz des Oberschulrats. Sie müssen dabeisein.«

»Ich weiß, aber ich kann heute einfach nicht. Bitten Sie Noreen, Notizen für mich zu machen, seien Sie so gut.«

Nach einer überraschten Pause erwiderte Dora Mae: »In Ordnung.«

Durchaus möglich, daß sich die Büroangestellte in wilden Vermutungen ergehen würde und daß sich die Sache von dort aus unter sämtlichen Kollegen herumsprechen würde, aber Tom war ein Entscheidungsträger, und seine Entscheidung stand innerhalb von Minuten fest, nachdem dieser Junge zu seiner Tür hereingekommen war. Er wäre nie auf die Idee gekommen, hinauszugehen und diese Unterhaltung unbeendet zu lassen.

Er legte auf und lehnte sich in seinem Stuhl zurück. Die Unterbrechung hatte die gespannte Atmosphäre etwas gemildert und ihnen einen neuen Ausgangspunkt verschafft.

Kent machte sich diese Tatsache zunutze. »Könnten wir über Sie und meine Mutter reden?«

»Sicher.«

»Warum haben Sie das getan – sie auf einer Party aufgerissen und einfach so mit ihr... na ja, Sie wissen schon.«

»Was hat sie dir erzählt?«

»Daß ich das Produkt eines flüchtigen Abenteuers wäre. Und daß sie ein Seminar mit Ihnen zusammen hatte und Sie immer irgendwie gemocht hat.«

Tom schwenkte seinen Drehstuhl leicht nach rechts und griff

nach einem gläsernen Briefbeschwerer in Form eines Apfels. Er war durchsichtig, mit einem Muster aus Luftblasen in seinem Inneren und zwei spitzen Messingblättern geschmückt. Tom drückte eines der Blätter gegen seinen Daumenballen, als er sprach. »Nichts von dem, was ich jetzt sage, wird es wiedergutmachen. Nichts entschuldigt einen impulsiven Akt wie diesen, besonders, da ich keinerlei Verhütungsmittel benutzt hatte.«

»Ich möchte es trotzdem wissen.«

Tom überlegte, ob es klug war, einem von Claires Schülern die intime Geschichte ihrer Beziehung zu erklären. Bevor er antworten konnte, fragte Kent: »Ist es wahr, daß Sie in der Woche darauf Mrs. Gardner geheiratet haben?«

Das Messingblatt drückte unangenehm in Toms Daumen. Er legte den Apfel beiseite.

»Ja, das ist richtig.«

»Und Robby ist im gleichen Alter wie ich?«

»Ja.«

»Wann ist sein Geburtstag?«

»Am fünfzehnten Dezember.«

Tom konnte sehen, wie das Mathegenie die Tatsachen in Millisekunden berechnete und offensichtlich sofort über die Verzweigung von Toms Schuld im Bilde war.

»Du hast recht«, gab Tom zu. »Es war ein Akt der Rebellion, schlicht und einfach. Ich war noch nicht bereit zu heiraten. Aber die Rebellion endete genau an dem Punkt. Mrs. Gardner und ich führen eine sehr glückliche Ehe. Ich möchte, daß du das weißt, und ich denke doch, soviel darf ich zu meiner eigenen Verteidigung sagen.«

Kent nahm die Information in sich auf, strich sich mit beiden Händen übers Gesicht und verschränkte sie einen Moment lang hinter seinem Kopf, bevor er sie wieder in den Schoß sinken ließ. »Wow«, murmelte er. »Verdammt große Dose mit Würmern, die ich da aufgemacht habe. Kein Wunder, daß sie mich hassen.«

»Sie hassen dich nicht, Kent.«

»Robby schon.«

»Robby … nun, es ist schwer zu definieren, was Robby fühlt.

Wenn du die Wahrheit wissen willst... ich glaube, als du an diese Schule gekommen bist, war er zuerst neidisch auf dich. Und ich nehme an, jetzt weiß er nicht, wie er dich behandeln soll. Er war das Wochenende über ziemlich deprimiert.«

»Und Mrs. Gardner will nicht mit mir sprechen.«

»Laß ihr Zeit. Sie wird mit dir reden.«

»Ich bin mir nicht sicher, ob ich das möchte. Ich meine, bei diesem ganzen Durcheinander weiß ich gar nicht mehr, wo mein Platz ist. Vorher – als ich keinen von Ihnen kannte –, da wußte ich wenigstens, wohin ich gehöre. Zu meiner Mutter. Nur wir zwei... wir sind miteinander ausgekommen. Vielleicht wußte ich nicht, wer mein Vater war, aber Mam und ich sind gut klargekommen. Mist, ich weiß noch nicht mal, wie ich es ausdrücken soll. Es ist einfach so, daß seit Samstag nachmittag, als meine Mutter mir von Ihnen erzählte, alles anders geworden ist. Nur daß sich im Grunde doch nichts geändert hat. Ich bin immer noch bei meiner Mutter, und Sie sind immer noch bei Ihrer Familie. Also, was tun wir jetzt? Starre ich im Englischkurs weiterhin auf Mrs. Gardners Schuhe? Versuche ich weiterhin, beim Footballtraining zehn Schritte Abstand zu Robby zu halten? Und Chelsea... also, ich bin so durcheinander wegen ihr, daß ich am liebsten immer in die entgegengesetzte Richtung abhauen möchte, wenn ich sie im Flur sehe.«

»Nach dem, was sie zu Hause erzählte, hatte ich den Eindruck, daß ihr zwei euch ziemlich zueinander hingezogen gefühlt habt?«

Kent starrte auf seine Knie. »Könnte man so sagen«, gestand er verlegen.

»Das ist allerdings hart.«

Kent nickte.

»Sie spricht zur Zeit nicht viel zu Hause, aber ich denke, sie fühlt ganz ähnlich wie du. Als hätte ich sie hereingelegt. Und ich muß mir den Vorwurf machen, daß ich diese Sache nicht gleich am ersten Tag zur Sprache gebracht habe, als ich erfuhr, wer du bist. Aber mit der Zeit werdet ihr zwei, du und Chelsea, ein ganz anderes Verhältnis zueinander finden, und auch du und Robby.

Ich denke, wenn du älter wirst, wird dir aufgehen, daß es ein Segen sein kann, einen Bruder und eine Schwester zu haben. Zumindest hoffe ich, daß es so kommen wird. Mein Vater hat etwas in der Art gesagt, als ich gestern mit ihm gesprochen habe.«

Kents Kopf schnellte ruckartig in die Höhe.

»Ihr Vater?«

Tom nickte ernst. »Ja… du hast auch einen Großvater.«

Kent schluckte und starrte Tom verblüfft an.

»Ich habe ihm von dir erzählt, weil ich seinen Rat brauchte. Er ist ein guter Mann, voller altmodischer Moral und mit viel gesundem Menschenverstand.« Tom zögerte einen Moment. »Möchtest du sein Foto sehen?«

»Ja, Sir«, erwiderte Kent ruhig.

Tom beugte sich vor und zog seine Brieftasche aus seiner rückwärtigen Hosentasche. Er klappte sie an der Stelle auf, wo er das Foto von der Silberhochzeit seiner Eltern aufbewahrte, und reichte sie über seinen Schreibtisch. »Wahrscheinlich wirst du ihn nie wieder in Anzug und Krawatte zu sehen bekommen. Er trägt seine Anglerkleidung, wohin er auch geht. Er wohnt in einem Blockhaus draußen am Eagle Lake, neben seinem Bruder Clyde. Die beiden verbringen den größten Teil ihrer Zeit damit, zu angeln und sich zu streiten und Lügen darüber zu erzählen, wer von ihnen im letzten Jahr den größten Fisch gefangen hat. Und das da ist meine Mutter. Sie war das Salz der Erde. Sie starb vor fünf Jahren.«

Kent starrte auf das Bild. Auf seiner Handfläche lag die offene Brieftasche, noch warm von der Körperhitze des Mannes, der ihm gegenüber saß. Sein Blick ruhte auf dem Bild einer Frau, von der er wünschte, er hätte sie gekannt. »Ich glaube, ich habe ihren Mund«, murmelte er.

»Sie war eine sehr hübsche Frau. Mein Vater hat sie angebetet. Und obwohl ich ihn ein- oder zweimal mit ihr habe schimpfen hören, hat er nie seine Stimme gegen sie erhoben. Er gab ihr Kosenamen wie ›meine kleine Petunie‹ oder ›mein kleines Täubchen‹, und er liebte es, sie aufzuziehen. Natürlich hat sie es sich nicht nehmen lassen, ihm seine Scherze auf humorvolle Art heimzuzahlen. Sobald du ihn kennenlernst, wird er dir wahrscheinlich von dem Mal erzählen, als sie Stinte in seine Stiefel gesteckt hat.«

»Stinte?« Kent hob seinen Blick von dem Foto.

»Es ist ein kleiner Fisch, noch nicht mal so groß wie ein Hering, hier in Minnesota beheimatet. Im Frühjahr gibt es besonders viele, und die Leute kommen in Scharen zu den Flüssen weiter oben im Norden, um sie waschkörbeweise herauszuholen. Vater und Mutter sind jedes Jahr zusammen hingefahren.«

Fasziniert von der Geschichte reichte Kent die Brieftasche wieder über den Schreibtisch zurück. Tom klappte sie zusammen und steckte sie weg. »Vater brennt darauf, dich kennenzulernen. Das hat er gleich gesagt.«

Kent begegnete Toms Blick und schluckte hart. Tom sah deutlich, wie ihn die Vorstellung, einen Großelternteil kennenzulernen, mit Gefühlen kämpfen ließ.

»Irgendwie glaube ich nicht, daß Ihren Kindern die Idee gefallen würde, ihren Großvater mit mir zu teilen.«

»Vielleicht ist es nicht ihre Sache, das zu entscheiden. Er ist ebensosehr dein Großvater wie ihrer, und hier müssen die Wünsche einer ganzen Reihe von Menschen berücksichtigt werden.«

Kent überlegte eine Weile und fragte dann: »Wie heißt er?«

»Wesley«, erklärte Tom.

»Wesley.«

»Nach dem Bruder seiner Mutter, der als Kind starb. Ich habe auch einen Bruder. Er wäre dein Onkel Ryan.«

»Onkel Ryan«, wiederholte Kent. Und nach einem nachdenklichen Moment wollte er wissen: »Habe ich auch Vettern und Kusinen?«

»Einen Vetter, Brent, und zwei Kusinen: Allison und Erica. Und eine Tante Connie. Sie leben in St. Cloud.«

»Sehen Sie sie oft?«

»Nicht so oft, wie ich sie gern sehen würde.«

»Gibt es noch irgendwelche anderen Verwandten?«

»Meinen Onkel Clyde, der, der neben Vater am See wohnt. Er ist der einzige.«

Kent dachte eine Zeitlang darüber nach. »Ich hatte einen Großvater, als ich klein war. Aber ich erinnere mich nicht mehr so gut an ihn. Jetzt gibt es eine Tante und einen Onkel, Vettern und Kusinen und sogar einen Großvater.« Er schüttelte verwundert den Kopf. »Junge, Junge«, murmelte er.

Tom wagte ein kleines Lächeln. »Eine ganze Familie an einem einzigen Tag.«

»Ganz schön viel auf einmal.«

Eine Glocke schrillte und zeigte das Ende des Schultages an. Kent schaute auf die Uhr.

»Bleib, wo du bist«, sagte Tom.

»Aber müssen Sie denn nicht in der Halle sein?«

»Ich bin der Rektor hier. Ich stelle die Regeln auf, und dies ist wichtiger als meine Aufsicht in der Halle. Es gibt noch ein paar Dinge, die ich dir erzählen möchte.«

Kent lehnte wieder in seinem Stuhl zurück, offensichtlich überrascht, daß er soviel von der Zeit seines Rektors in Anspruch nehmen durfte. Plötzlich fiel es ihm wieder ein. »Ich habe aber gleich Footballtraining.«

»Darum werde ich mich kümmern.« Tom griff nach dem Telefonhörer und wählte eine Nummer. »Bob, hier ist Tom. Würden Sie Kent Arens bitte entschuldigen, wenn er heute etwas später zum Training kommt? Er ist bei mir in meinem Büro.« Er lauschte auf eine Antwort, bedankte sich und legte auf. »Wo waren wir stehengeblieben?«

»Sie wollten mir noch etwas erzählen.«

»Ach ja. Die Akte mit deinen Schulunterlagen.« Tom schüttelte den Kopf, als könnte er es immer noch nicht ganz fassen. »Das war wirklich etwas. An dem Tag, nachdem ich erfahren hatte, wer du bist, traf deine Schulakte ein, und ich habe hier an meinem Schreibtisch gesessen und jedes Wort gelesen, das über dich geschrieben stand, und habe mir deine Klassenfotos angesehen.«

»Meine Klassenfotos?«

»Die meisten davon waren in der Akte, bis zurück zu deiner Kindergartenzeit.«

»Das wußte ich nicht. Ich meine, daß Lehrer solche Sachen in die Akte legen.«

»Sie legen noch weit mehr als Fotos hinein. Proben deiner ersten Schreibversuche, ein Ostergedicht, das du einmal verfaßt hast, persönliche Beobachtungen der Lehrer und natürlich deine sehr beeindruckenden Zeugnisse. Ich nehme an, was ich an dem Tag fühlte, war sehr ähnlich dem, was du jetzt fühlst, nachdem du gehört hast, daß du einen Großvater und eine Tante und einen Onkel hast. Mir war ein bißchen wehmütig und traurig zumute, weil ich all das verpaßt hatte.«

»Sie haben auch so gefühlt?«

»Natürlich.«

»Ich dachte, es ginge nur mir so.«

»Nein, du bist nicht der einzige, der so empfindet. Wenn ich von dir gewußt hätte, hätte ich darauf bestanden, dich zu sehen. Ich weiß nicht, wie oft wir einander gesehen hätten, aber ich weiß, daß wir Kontakt gehabt hätten, denn ungeachtet der Umstände zwischen deiner Mutter und mir – du bist mein Sohn, und ich nehme diese Verantwortung nicht auf die leichte Schulter. Ich habe deiner Mutter bereits gesagt, daß ich für dein Collegestudium bezahlen möchte. Soviel zumindest kann ich tun.«

»*Das* würden Sie tun?«

»Das stand für mich fest, innerhalb einer Stunde, nachdem ich erfahren hatte, daß ich dein Vater bin. Das Gefühl, von dem wir sprechen« – Tom schlug sich mit einer geballten Faust gegen die Brust – »hier drinnen. Als ich mir deine Schulfotos anschaute, hat mich das fast umgehauen, und ich wußte – ich wußte es einfach –, daß ich versuchen müßte, einen Ausgleich für das zu erschaffen, was uns entgangen ist. Aber das sind viele Jahre, und ich weiß nicht, ob man diesen Verlust jemals wiedergutmachen kann. Ich hoffe es jedoch. Ich hoffe es inständig.«

Es kam fast einer Voraussage über ihre Zukunft gleich. Tom merkte deutlich, daß seine Worte Kent Unbehagen bereiteten, deshalb fuhr er rasch fort.

»Es gibt noch etwas, was ich dir in bezug auf diese Akte sagen möchte. Als ich sie gelesen habe, ist mir klargeworden, wie vorbildlich dich deine Mutter erzogen hat, und ich habe tiefen Respekt für sie empfunden. Alles, was ich in den Unterlagen sah, sagte mir, wie sie für dich *da* war, wie lebhaft sie sich für dein schulisches und privates Leben interessiert hat, wie sie sich für dich einsetzte, dir Werte vermittelte und dich Respekt lehrte, für Erziehung und Erzieher gleichermaßen. Ich muß dir sagen, es gibt nicht mehr viele solcher Eltern. Ich weiß das. Ich habe jeden Tag mit Eltern zu tun, und deine Mutter gehört zu der Art, von der wir mehr gebrauchen könnten.«

Auf Kents Gesicht breitete sich ein noch stärkerer Ausdruck der Verwunderung aus. Ohne Zweifel hatte er unter den gegebenen Umständen eher Feindseligkeit statt Lob für seine Mutter erwartet. Toms anerkennende Worte für sie steigerten Kents Respekt für ihn noch um einiges.

»So ...« Tom stieß seinen Stuhl zurück und streckte seine Arme gegen die Schreibtischkante. »Jetzt habe ich dich lange genug vom Training abgehalten, und wenn ich mich beeile, bekomme ich noch den Rest der Konferenz im Distriktbüro mit.« Er stand auf, schob sein Jackett zurück und zog seinen Hosenbund hoch. Kent erhob sich und trat hinter seinen Stuhl, um die Verabschiedung auf einer unpersönlichen Basis zu belassen.

»Wir können uns jederzeit unterhalten«, bot Tom an.

»Danke, Sir.«

»Du weißt, wo du mich finden kannst.«

»Sie wissen auch, wo Sie mich finden.«

Mit einem Schreibtisch und einem Stuhl zwischen ihnen fühlten sie sich vor dem unwillkommenen Bedürfnis geschützt, sich auf irgendeine Weise zu berühren.

»Kann ich meiner Mutter von unserem Gespräch erzählen?«

»Sicher.«

»Werden Sie Ihrer Familie auch davon berichten?«

»Möchtest du das?«

»Ich weiß nicht.«

»Ich würde es gern tun, mit deiner Erlaubnis.«

»Robby auch?«

»Nur, wenn du es willst.«

»Ich weiß es nicht. Es ist ziemlich schwierig, wenn wir auf dem Footballfeld sind, und nachdem ich jetzt über unsere Geburtstage Bescheid weiß... also, ich möchte ihn nicht noch mehr gegen mich aufbringen.«

»Wie wäre es, wenn ich ein bißchen improvisiere? Wenn ich merke, daß er immer noch eifersüchtig ist oder daß er sich in irgendeiner Weise bedroht fühlt, werde ich ihm nichts sagen.«

Kent zog seine Fingerspitzen von der Rückenlehne des Stuhls zurück, als erteilte er seine Zustimmung, indem er sich zum Gehen wandte.

»Ich bin froh, daß du gekommen bist«, sagte Tom.

»Ja, Sir.«

»Nun...« Tom hob eine Hand. »Dann viel Spaß beim Training.«

»Danke, Sir.«

»Und ich werde bei dem Spiel am Freitag abend ein Auge auf dich behalten.«

»Ja, Sir.«

Kent machte einen Schritt rückwärts in Richtung Tür. Ihre Herzen strebten zueinander hin; ihre Verbindung – die eindeutig auf Vorfahren zurückreichte, die keiner von ihnen jemals gekannt oder gesehen hatte – brachte den Zwang mit sich, sich zu umarmen.

Aber Berührung in irgendeiner Form wäre absurd gewesen; sie waren schließlich immer noch Fremde.

»Okay, dann bis bald«, sagte Kent schließlich und öffnete die Tür.

»Bis bald.«

Er stand da, eine Hand auf dem Türgriff, und blickte zu seinem Vater zurück – eine letzte, impulsive Musterung –, als wollte er sich selbst noch einmal bestätigen, wie sehr sie sich ähnlich sahen, bevor er zum Footballtraining ging.

11. KAPITEL

Homecoming – »Heimkehr«, das alljährliche Fest zu Beginn eines neuen Schuljahres – war für den letzten Freitag im September angesetzt. Tom grauste es jedes Jahr vor der Homecoming-Woche. Sie bedeutete unterbrochene oder ausgefallene Unterrichtsstunden, leicht reizbare Lehrer, Trinkgelage unter den Schülern und eine allgemeine Wildheit, einschließlich Geknutsche in den Fluren. Sie brachte Beschwerden von Hausbesitzern aus der näheren Umgebung der Schule mit sich, deren Vorgärten mit meterweise Toilettenpapier dekoriert, von Reifenspuren aufgerissen oder gelegentlich sogar zum Urinieren benutzt wurden. Sie bedeutete für Tom eine Menge Überstunden in der Schule, wo Festwagen gebaut, die Sporthalle dekoriert und Schilder gemalt wurden.

Homecoming hatte jedoch auch seine guten Seiten. Während dieser Woche kamen Gruppen von Schülerinnen und Schülern in einer wundervollen Kameradschaft zusammen, die viele für den Rest des Schuljahres zusammenschmieden würde. Eine ähnliche Freundschaft blühte zwischen Lehrern und Schülern, die gemeinsam an den diversen Projekten arbeiteten. Das Kollegium bekam Gelegenheit, eine neue und andere Seite der Schüler kennenzulernen, die sich plötzlich als begeistert und erfinderisch entpuppten, während sie sich in Unternehmungen stürzten, die sie lebhaft interessierten. Die Schüler überraschten ihre Lehrer oft, indem sie eine Zuverlässigkeit und einen Einfallsreichtum an den Tag legten, die sie bisher verborgen hatten, und in einigen Fällen auch bemerkenswerte Führungsqualitäten. Während jener Tage, in denen Umzüge, Bälle und Feste geplant und Schilder gemalt wurden, benutzten sie ihre Findigkeit, um Probleme zu lösen, Arbeit zu delegieren und Zeitpläne einzuhalten.

Aber die Homecoming-Woche bescherte der Humphrey High noch etwas anderes, eine Vitalität und Dynamik, die ihr zu anderen Zeiten des Jahres fehlte, ein beschwingtes Tempo, das die gesamte Schule motivierte. Für viele war jedoch nicht das

Footballspiel am Freitag abend das aufregendste Erlebnis, sondern die Krönung des Homecoming-Königs und der Homecoming-Königin am Freitag nachmittag.

Zuerst kam allerdings die Bekanntgabe der Kandidaten für diese Wahl.

Als Tom am Montag nachmittag gleich hinter dem Haupteingang der Sporthalle seinen Posten bezog, um das Fest zu beobachten, fühlte er die Spannung überall – bei den Sekretärinnen, die die Stimmen der Senior-Klasse ausgezählt hatten; bei Nancy Halliday, der Rhetoriklehrerin und dem einzigen Mitglied des Kollegiums, das die Ergebnisse kannte; bei zehn von ihren Schülern, die zur Geheimhaltung verpflichtet worden waren und Ankündigungen vorbereitet hatten, die sie in den nächsten dreißig Minuten vortragen würden; in den Gesichtern der Klassensprecher und -sprecherinnen, den besonders beliebten Jungen und Mädchen, die eine Chance hatten, von einem von Nancys Schülern herausgepickt und zur Bühne geleitet zu werden.

Die Erregung war ansteckend, und die Jugendlichen waren wild und ausgelassen, als sie sich in die Halle drängten. Die Schulband heizte mit flotter Musik ein. Trommelwirbel hallten von der Decke wider. Die Sonne schien durch die Oberlichter und beleuchtete den Hartholzfußboden, tauchte die Halle in goldenes Licht. Rot, Rot überall: auf den Tribünen und den Klappstühlen auf der Hälfte des Hallenbodens, wo die Senior-Klasse sitzen würde – rote Pullover, rote Pompoms, rote Baseballmützen und rote Jacken, auf deren Rücken stolz die drei weißen »H« der Schule prangten.

Als die Jugendlichen an Tom vorbei in die Halle marschierten, wartete er nur darauf, einen Blick auf Claire zu erhaschen.

Zu Hause hatte sich nichts geändert. Der Zustand arktischer Kälte hielt nun schon seit zwei Wochen an, und die Zeit, wenn sie zu Bett gingen, war zu einer Übung in stoischem Gleichmut geworden. Claire hatte an den Abenden für ihre Schulaufführung zu proben begonnen, deshalb sahen sie und Tom sich an den meisten Tagen kaum, bis jeder seine erklärte Hälfte der Matratze mit Beschlag belegte, um steif und angespannt dazuliegen und so zu tun, als wäre der andere nicht da.

Als Claire schließlich die Sporthalle betrat, tat Toms Herz tatsächlich einen Sprung. Er lächelte sie an, aber sie schaute weg, ihr Ausdruck verächtlich, während sie sich mit der Menge weiterbewegte.

Die Festlichkeiten begannen. Die Band spielte das Schullied. Die Cheerleaders feuerten die Zuschauer an. Die beiden Kapitäne des Footballteams sprachen. Sechs der weniger gehemmten Mitglieder der Footballmannschaft stellten sich zu einer Tanzformation auf, mit nackter Taille, ausgestopften Bikinioberteilen und Miniröcken, und schwangen ihre behaarten Beine in einer tölpelhaften Cancan-Parodie.

Einer der Tänzer war Robby.

Tom stand in der Nähe der Wand an einem Ende der Tribüne und lachte über den grotesken Anblick. Die Jungen schwangen herum, präsentierten ihre Hinterteile und wackelten neckisch damit, drehten sich dann wieder zur Tribüne um, faßten sich an den Händen und schwenkten die Beine hoch in die Luft, so anmutig wie eine Herde Büffel. Sie legten die Hände auf die Knie, sprangen vor und zurück und wirbelten herum, bis ihre falschen Busen flogen und bei den Zuschauern ein tosendes Gelächter auslösten, das beinahe die Musik übertönte.

Es war Wochen her, seit Tom aus voller Kehle gelacht hatte. Er wandte sich um, um zur Tribüne hinaufzuschauen und Claire zu sehen. Auch sie lachte herzhaft über ihren Sohn, mit zurückgeworfenem Kopf und offenem Mund, ihre Wangen wie Äpfel gerundet. Ihre Fröhlichkeit schnürte Tom plötzlich das Herz zusammen. Er wollte zurückhaben, was sie besessen hatten, diese Fähigkeit, alles im Leben zu genießen. Sie sollten jetzt zusammensitzen bei diesem Fest, die Freude an ihrem ungehemmten Sohn miteinander teilen, einen Moment lang den Blick von ihm abwenden, um sich anzuschauen und die Heiterkeit in den Augen des anderen zu sehen. Doch Claire saß allein dort oben, saß in der Menge neben einigen anderen Englischlehrern, und Tom stand allein hier unten. *Sieh mich an, Claire,* beschwor er sie in

Gedanken. *Ich bin hier unten, und ich wünsche mir sehnlichst, dieser kalte Krieg zwischen uns würde endlich ein Ende haben. Bitte, schau herunter, während Robby uns all das vor Augen führt, wofür wir kämpfen müssen.*

Aber sie weigerte sich.

Die Parodie endete, und der Sprecher der Senior-Klasse brachte die tobenden Zuschauer zum Schweigen mit einer kurzen Erklärung, nach welchen Kriterien die Kandidaten für die Wahl des Königs und der Königin ausgesucht worden waren. Atemlose Spannung ließ das Stimmengemurmel der Schüler verstummen. Die Ängstlichen lümmelten sich noch ein wenig krummer auf ihren Stühlen, die Führer strafften unwillkürlich die Schultern. Wenige Sekunden später marschierten Nancy Hallidays Schüler in die Mitte der Halle, um die Kandidaten für die Königswürden vorzustellen.

Sabra Booker, ein hübsches und begabtes Mädchen mit einer schönen Altstimme, las eine kurze Biographie des ersten Kandidaten vor: Leistungskursteilnehmer, Mitglied des Schülerrats, ausgezeichneter Athlet in mehreren Sportarten, Mitglied der Jahrbuchredaktion, Mitglied des Matheclubs – die Auszeichnungen hätten auf ein Dutzend Schüler der Abgangsklasse zutreffen können. Als Sabra vom Mikrophon wegtrat, stimmte die Band eine blecherne Version der Titelmelodie von »Die Schöne und das Biest« an. Sabra schlenderte den mittleren Gang zwischen den Reihen von Klappstühlen entlang, blieb stehen, um ihren Blick langsam über mehrere Sitzreihen wandern zu lassen, ging wieder ein Stück zurück, um die Spannung noch ein wenig mehr zu steigern, bis sie schließlich auf den dritten Platz am Mittelgang zusteuerte und einen kräftigen blonden Jungen namens Dooley Leonard aufrief. Als er auf die Füße sprang, überrascht und erfreut und hochrot im Gesicht, spendete die gesamte Schülerschaft donnernden Applaus und stimmte mit erhobenen Fäusten einen Sprechgesang an: *»Duke, Duke, Duke!«*, während er an Sabras Arm zur Bühne hinaufging.

Als nächstes wurde eine Kandidatin für das Amt der Königin nominiert, ebenfalls ein leistungsorientierter Typ namens Madeleine Crowe, die von Jamie Beldower, einem hochgewachsenen Schüler der Senior-Klasse, zur Bühne eskortiert wurde.

Danach trat Terri McDermott vor, die im letzten Jahr Robbys Freundin gewesen war, um einen weiteren Kandidaten auszusuchen. Auch sie zog die spannungsgeladenen Minuten bewußt in die Länge, indem sie den Gang auf und ab ging, zwischendurch immer wieder stehenblieb, um Gruppen von Schülern zu mustern, bevor sie schließlich auf eine Reihe von Jungen zusteuerte mit einem Schritt, der besagte: *Der ist es.*

Sie zeigte geradewegs auf Robby Gardner.

Stolz stieg in Tom auf, während er beobachtete, wie Robby sich von seinem Platz erhob und an seinen Kleidern zupfte mit der typischen Unsicherheit und dem schüchternen Stolz eines ganz normalen Halbwüchsigen. Als Robby sich seinen Weg an sechs Paar Knien vorbeibahnte, warf Tom einen schnellen Blick zu Claire hinauf. Sie war von ihrem Platz aufgesprungen und applaudierte wie ein fanatischer Rockfan. Ihr Blick schweifte zu Tom – die Verlockung war zu groß, die Gewohnheit zu eingefahren, um zu widerstehen –, und Tom fühlte das erste Mal seit Wochen wirkliche Wärme von ihr ausstrahlen. Es verstärkte den Ansturm von Emotionen in seiner Brust, als sie beide dastanden und ihrem Sohn Beifall klatschten, getrennt durch Reihen lärmender Zuschauer, immer noch überrascht von der Erkenntnis, daß der Junge, der in der kurzen Einführung unter anderem als »jemand, der sich in jeder nur vorstellbaren Sportart hervorgetan hat« beschrieben wurde, tatsächlich Robby war.

Chelsea hüpfte begeistert auf und nieder und applaudierte mit den anderen Cheerleaders. Einige Kollegen neben Tom gratulierten ihm, und auch Claire strahlte übers ganze Gesicht, als sie wieder Platz nahm und ihre Aufmerksamkeit den neben ihr Sitzenden zuwandte.

Tom beobachtete Robby, wie dieser mit Terri McDermott, einem Mädchen, das er immer gemocht hatte, zur Bühne hinaufging, wie die beiden miteinander redeten und Robby von seiner überragenden Höhe auf sie herablächelte, während die Schüler im Sprechchor »Rob, Rob, Rob!« riefen.

Danach ertönte erneut »Die Schöne und das Biest« und verhallte wieder, und die Kandidaten schienen an Wichtigkeit zu verlieren, als ihr Rektor zuschaute, wie sie unter ihren Mitschülern ausgewählt wurden für diese Ehre, die sie für den Rest dieses Schuljahres im Rampenlicht stehen lassen und für den Rest ihres Lebens in das Gedächtnis ihrer Mitschüler einprägen würde.

Claire war damals in der High-School ebenfalls Home coming-Königin gewesen, aber zu der Zeit hatte Tom sie noch nicht gekannt. Er hatte jedoch Fotos in ihrem Jahrbuch von ihr gesehen, die ein hübsches Mädchen mit langem, glattem, in der Mitte gescheiteltem Haar zeigten.

Der letzte Kandidat wurde vorgestellt, und die Liste der Auszeichnungen klang wie so viele andere, so daß Tom nur noch mit halbem Ohr zuhörte – Mitglied des Schülerrats, des Matheclubs und des DECA-Clubs, Leistungskursteilnehmer, eine ganze Palette von Sportarten. Dann erregte etwas seine Aufmerksamkeit, die Nennung einer Organisation, die es an der HHH nicht gab, irgendein Club mit einem spanischen Namen, und Tom reckte den Hals, als eine würdevoll auftretende Schülerin namens Saundra Gibbons die spannungsgeladene Suche nach dem richtigen Kandidaten begann.

Noch bevor Saundra im Mittelgang stehenblieb und dann auf einen ganz bestimmten Platz zumarschierte, sagte Tom irgendein Instinkt, daß sie Kent Arens aufrufen würde.

Als sie es tat, brachen die Zuschauer in donnernden Applaus aus. *»K. A.! K. A.! K. A.!«* brüllten sie. Das Footballteam reckte begeistert die Fäuste in die Luft, und die versammelte Schülerschaft jubelte ihrem neusten Spielfeldhelden zu. Eine Stimme über Lautsprecher übertönte die Band. »Ach ja, das haben wir noch vergessen, euch zu erzählen... er hat den größten Teil seines Lebens in Austin, Texas, verbracht und ist erst seit drei Wochen an unserer Schule. Was für eine Art, ihn an der HHH und in Minnesota willkommen zu heißen!«

Kent war zu verblüfft, um sich von seinem Platz zu erheben. Während Saundra immer noch auffordernd eine Hand nach ihm ausstreckte, schoß Tom einen Blick auf Claire ab. Sie war zutiefst schockiert und klatschte so lahm Beifall, als stände sie unter dem Einfluß eines Beruhigungsmittels. Er fand Chelsea, die wie erstarrt dastand, beide Hände vor den Mund gepreßt. Oben auf der Bühne applaudierte Robby pflichtgemäß, unfähig, etwas anderes zu tun, da er den Blicken der gesamten Schule ausgesetzt war. Als Toms Blick Claire erneut gefunden hatte, beugte sie sich gerade in den Hüften, um sich wieder auf ihren Platz zu setzen. Einen Moment lang verschwand sie aus seinem Blickfeld, und er fing den Laserblick auf, den sie in seine Richtung feuerte, ein Blick, so scharf wie eine dünne rote Linie, die in der Lage war, die Netzhaut aus seinen Augen zu schneiden.

Claire schaute als erste weg. Das Lächeln, das sie kurz zuvor gezeigt hatte, hatte nicht mehr Spuren hinterlassen als der Taktstock des Bandleaders. »Die Schöne und das Biest« erklang in einem fort, während Kent die Stufen zur Bühne hinaufkletterte und den anderen Kandidaten die Hand schüttelte. Er kam zu Robby, und selbst aus dreißig Schritt Entfernung konnte Tom ihr Widerstreben fühlen, einander zu berühren. Sie taten, was das Protokoll verlangte, flüchtig und der Form halber, dann nahm Kent seinen Platz neben einer der Kandidatinnen ein, die ihm einen Kuß auf die Wange drückte.

Tom war ihr Rektor. Sie erwarteten seine Glückwünsche, schätzten sie sogar sehr. Er schritt auf sie zu, während Gefühle in seinem Inneren tobten und die Ironie dieses Tages einen Schmerz zwischen seinen Schulterblättern hervorrief, als hätte sich eine Beilklinge in seinen Rücken gebohrt.

Robbys Hand war die dritte, die er schüttelte. Als er lächelnd in die Augen seines Sohnes blickte, sah er die Fragen darin, die andere nicht sahen. Er sah diesen Augenblick des Stolzes und der Ehre, beeinträchtigt durch den Wirrwarr von Beziehungen, der in dieser Sporthalle vertreten war. Und obwohl er Rektor dieser Schule war, ein Mann, von dem man erwartete, daß er niemanden bevorzugte, war er auch ein Vater, und er schlang Robby einen Arm um den Hals und drückte ihn freudig erregt an sich.

»Ich bin so verdammt stolz auf dich«, murmelte er in Robbys Ohr.

»Danke, Paps.«

Tom bewegte sich weiter die Reihe hinunter – Mädchen, Junge, Mädchen, Junge – bis er vor Kent stehenblieb und ihm die Hand reichte, die erste Berührung, die zwischen ihnen stattfand, seit sie von ihrer Blutsverwandtschaft erfahren hatten. Tom bedeckte ihre miteinander verschränkten Hände mit seiner freien linken und fühlte seine eigene mit derartiger Kraft gedrückt, daß sein Ehering schmerzhaft in seinen Finger schnitt. Er war völlig unvorbereitet auf die Vehemenz seiner eigenen Reaktion, das Bedürfnis, Kent in die Arme zu schließen und seine tränenfeuchten Augen in einer väterlichen Umarmung zu verstecken. Aber er wußte, Claire beobachtete ihn von der Tribüne aus mit zornigen Augen, und Chelsea schaute zu, verwirrt und wie hypnotisiert, deshalb konnte er seine Gefühle nur verbergen und hoffen, daß Kent sie in seinen Augen las.

»Herzlichen Glückwunsch, Kent. Wir sind sehr stolz, dich an unserer Schule zu haben.«

»Danke Sir«, antwortete Kent. »Ich bin stolz, hier zu sein, aber ich bin mir nicht sicher, ob ich das hier verdiene.«

»Deine Mitschüler sagen, du verdienst es. Genieße es, mein Sohn.«

Das Wort ließ ihrer beider Seelen erzittern, während dieser erste feste Händedruck noch immer andauerte. Tom sah Überraschung in Kents Augen aufflackern, bevor er schließlich seine Hand aus dessen Griff löste und sich zu den Zuschauern umdrehte, um eine kurze Ansprache zu halten.

Es fiel ihm schwer, seine Gedanken zu sammeln, während seine beiden Söhne hinter ihm standen und seine Frau und Tochter vor ihm, aber er verdrängte seine ganz persönlichen Empfindungen, um seine Arbeit zu tun.

»Ich freue mich jedes Jahr auf diesen Tag, den Tag, an dem ihr Seniors ein Urteil der Anerkennung über zehn eurer Mitschüler abgebt, die das Beste veranschaulichen, was ein Schüler, ein Freund, ein Mitglied der Schulgemeinschaft verkörpern kann.

Für die Vergangenheit mag es vielleicht zutreffen, daß die Wahl eines Homecoming-Königs und einer -Königin nicht mehr als ein Schönheitswettbewerb war. Aber die zehn Mitschülerinnen und -schüler, die heute vor euch stehen, sind Vorbilder, jeder einzelne von ihnen. Es sind Jugendliche, die jede Woche weit mehr als die dreißig vorgeschriebenen Unterrichtsstunden in diesem Gebäude verbringen. Sie repräsentieren Freundschaft, Großzügigkeit, Respekt, akademische und sportliche Qualitäten und noch mehr.«

Tom ließ seinen Blick über die Tribüne schweifen, während er in seiner Ansprache fortfuhr. Gelegentlich blieb sein Blick auf Claire haften, die in den ersten Minuten mit übergeschlagenen Beinen dasaß, einen Unterarm auf ihr Knie gelegt, und die Unterseite ihres Uhrenarmbands anstarrte. Als Tom das nächste Mal zu ihr hochschaute, starrte sie Robby an; sie weigerte sich offensichtlich, ihrem Ehemann in die Augen zu sehen.

Seine Rede endete. Der Trainer sagte noch ein paar verbindliche Worte zum Abschied und dankte den Schülern und Lehrern, die dieses Programm geplant und vorbereitet hatten. Die Cheerleaders führten die Versammlung beim Singen des Schulliedes an, und damit war das Fest beendet.

Unter den zahlreichen Zuschauern, die gleich darauf die Bühne stürmten, befand sich auch Claire. Sie umarmte Robby, machte jedoch einen großen Bogen um Tom. Sein Herz zog sich schmerzlich zusammen, während er sich wünschte, sie würde zu ihm kommen, einen Arm um seine Taille legen und sagen: »Unglaublich, nicht? Was haben wir doch für einen großartigen Sohn!«

Aber ihre gegenseitige Entfremdung war nur noch verstärkt worden durch diese heutige Feier, und Tom blieb sich selbst überlassen, um in der Menge umherzuschlendern und Glückwünsche entgegenzunehmen – von allen, nur nicht von dem Menschen, der ihm am meisten bedeutete.

Dann wandte er sich um, und da stand Chelsea und blickte mit verletzten Augen zu ihm auf. Ihre Wangen wiesen rote Flecken auf, und er spürte sehr deutlich, wie weh es ihr tat, mitanzusehen, wie Claire ihm die kalte Schulter zeigte, ausgerechnet hier, in diesem verdächtigen Moment. Ihre Verwirrung über Kent spiegelte sich unmißverständlich in ihren Augen wider und auch ihr Zögern, ihren Vater zu umarmen. Bevor sie dazu kam, richtete jemand neben Tom das Wort an ihn, und seine Aufmerksamkeit wurde abgelenkt.

Als Chelsea zu ihrem Bruder auf die Bühne ging, fühlte sie sich, als ritte sie auf einem wilden Bullen, in der einen Minute hoch oben in der Luft, in der nächsten durch handfeste Realitäten abrupt wieder auf die Erde geschleudert.

»Robby!« rief sie, streckte die Arme nach ihm aus, umarmte ihn und täuschte ihm zuliebe Freude vor. »Ich bin ja so stolz! Mr. Thronanwärter!«

»Tja, was sagt man dazu?« meinte er und beugte sich herab, um sie in seine Arme zu schließen. Sie hörte den bedrückten Unterton in seiner Stimme und wußte, er empfand die gleiche Gefühlsverwirrung wie sie angesichts ihrer Mutter, die ihren Vater ostentativ ignorierte, und Kent Arens, der ebenfalls hier auf dieser Bühne stand.

Als Robby sich von ihr löste, bildeten Bruder und Schwester eine Insel unterdrückter Emotionen inmitten all der turbulenten Fröhlichkeit. Was geschah mit ihrer Familie? Und wann würden alle in der Schule darüber Bescheid wissen?

»Hör zu«, sagte Chelsea. »Du verdienst es. Ich weiß, du wirst gewinnen.«

Er schenkte ihr ein mattes Lächeln und wandte sich ab, und sie sah sich mit der entmutigenden Vorstellung konfrontiert, im nächsten Moment dem Halbbruder gegenüberzustehen, den sie geküßt hatte. Sie schaute in seine Richtung und ertappte ihn dabei, wie er hastig wegblickte. Sie hatte Szenen wie diese in Filmen gesehen, zwei Menschen im Gedränge, die Gleichgültigkeit vortäuschen, während sie das Gewimmel der Leute um sich herum in ihrer Bewegungsfreiheit hemmt und gleichzeitig aus der Reichweite des anderen fernhält. Kent drehte den Kopf, und ihre Blicke trafen sich über die Stimmen und die Bewegung zwischen ihnen hinweg, aber der Kuß war ein zu betrüblicher, schwerwiegender Fehler gewesen, um ihn zu vergessen, und ihre Verlegenheit zu stark, als daß sie sich darüber hätten hinwegsetzen können.

Chelsea ging fort, ohne Kent zu gratulieren.

Familie Gardner versammelte sich an diesem Abend vollzählig zum gemeinsamen Essen, und sie zogen eine höchst beeindruckende Schau füreinander ab. Aber Chelsea war nicht überzeugt. Die Uneinigkeit war selbst bei diesem Festessen zu Robbys Ehren deutlich zu spüren.

Ihre Bedrohung war offensichtlich in der sorgfältigen Distanz, die Tom und Claire immer zwischen sich hielten, selbst wenn sie wie Bedienungshilfen geschäftig in der Küche hin- und hereilten. Sie war offensichtlich im blitzschnellen Abwenden ihrer Augen von seinen, wann immer sich ihre Blicke kreuzten, und in der Tatsache, daß Kents Name nicht ein einziges Mal fiel, obwohl alle anderen Kandidaten als potientielle Könige oder Königinnen ausführlich diskutiert und seziert wurden.

Gegen Ende der Mahlzeit wandte sich Robby mit einem Ausdruck flehentlicher Liebe in den Augen an Claire und Tom und sagte: »Hört zu, Leute, ich weiß, daß es für jeden Kandidaten Brauch ist, von seinen Eltern in die Krönungszeremonie eskortiert zu werden, und ich möchte nur sichergehen, daß ihr beide dabei sein werdet.«

»Natürlich werden wir dabei sein!« sagten beide wie aus einem Munde.

»Einer rechts von mir, der andere links.«

»Selbstverständlich.«

»Ja.«

»Und ihr werdet zu dem anschließenden Ball kommen, zusammen?«

»Selbstverständlich«, erklärte Tom.

Und nach einer Pause sagte Claire: »Sicher« und blickte schnell auf ihren Teller hinunter.

So war es jetzt immer – jedesmal dieses Stottern und Zögern, wann immer Robby oder Chelsea den Versuch unternahmen, eine Versöhnung zwischen ihren Eltern zustande zu bringen. Tom hätte jede Anstrengung unternommen, um den kalten Krieg zu beenden, und Claire tat, als bemühte sie sich, aber es war nur Fassade.

Keines der Kinder wußte, wie sie sie dazu bewegen sollten, ihrem Vater zu verzeihen.

An diesem Abend saß Chelsea auf ihrem Bett und starrte an die Wand. Auf dem Stuhl in der Ecke warteten ihre Hausaufgaben. Sie verspürte keinerlei Ehrgeiz, ein Buch aufzuschlagen oder einen Bleistift in die Hand zu nehmen. Das Haus war zu still, nachdem ihre Mutter wie gewöhnlich zu den Proben für die Schulaufführung gegangen war und ihr Vater im Wohnzimmer saß, mit irgendwelchen Finanzberichten auf dem Schoß. Robby war zu Brenda gefahren, sobald er sich irgendwie verdrücken konnte, um der gespannten Atmosphäre im Haus zu entkommen, aber Chelsea konnte noch nicht einmal Erin anrufen, um sich auszusprechen, denn wenn sie es tat, würde jeder in der Schule Bescheid wissen, und ihre Familie würde zum Objekt wilden Klatsches werden, von einem Ende des Schulbezirks zum anderen.

Erin hatte in letzter Zeit bohrende Fragen gestellt und Chelsea neugierig beobachtet, besonders dann, wenn Kents Name erwähnt wurde. Sie wußte, daß irgend etwas nicht in Ordnung war.

Nicht in Ordnung ist noch reichlich untertrieben, dachte Chelsea bitter. Ihre Familie war dabei zu zerbrechen, und sie versuchte, ihre Mutter und ihren Vater dazu zu bringen, miteinander zu reden, und weinte nachts heimlich in ihrem Zimmer und versuchte, Kent aus dem Weg zu gehen, und wünschte, sie könnte Erin alles anvertrauen. Aber sie konnte es einfach nicht! Denn im Innersten war sie beschämt über das, was ihr Vater getan hatte, und peinlich berührt über das, was sie mit Kent getan hatte. Und sie wußte nicht, ob es richtig von ihrer Mutter war, ihren Vater zu ignorieren, oder nicht, und ob sie selbst recht daran tat, Kent zu ignorieren, und wie sie ihn behandeln sollte, nachdem sie nun wußte, daß sie verwandt waren. Wenn sie doch nur mit Erin darüber reden könnte. Mit irgend jemandem darüber sprechen könnte! Aber selbst ihre Beratungslehrer in der Schule würden wahrscheinlich eifrig tratschen. Verdammt, ihre Büros lagen gleich neben dem von ihrem Vater, und wenn sie Bescheid wußten, wäre es einfach schrecklich für ihn.

Chelsea rollte sich in ihrem weiten Schulpullover auf dem Bett zusammen und lag ratlos und traurig in der Dunkelheit, ihre Hände in den Ärmeln vergraben.

In der Zwischenzeit – bei den Proben für die Aufführung – überwachte ein vierzigjähriger unverheirateter Englischlehrer namens John Handelman den Bau der Kulissen und beobachtete Claire aufmerksam, schenkte ihr nur hin und wieder ein aufforderndes Lächeln, über das zu sprechen, was sie bedrückte und worüber keiner von ihnen bisher ein Wort verloren hatte.

Am Tag nach der Nominierung der Homecoming-Kandidaten fand Tom einen kurzen Brief in seinem Postfach in der Schule.

Lieber Mr. Gardner,
Mrs. Halliday hat uns Kandidaten erzählt, daß es üblich ist, uns von unseren Eltern zu der Krönungszeremonie begleiten zu lassen. Ich wollte Sie nur wissen lassen, daß ich Sie bitten würde, mich zu eskortieren, wenn das möglich wäre, und daß ich stolz wäre, Sie an meiner Seite zu haben. Aber keine Sorge, ich werde Sie nicht darum bitten, weil ich Ihnen auf keinen Fall Schwierigkeiten machen will. Aber ich wollte es Ihnen nur sagen.

Kent

Toms Augen füllten sich abrupt mit Tränen, und er mußte in den Waschraum der Jungen gehen und sich in einer Toilettenkabine verstecken, bis er sich wieder einigermaßen in der Gewalt hatte.

In dieser Nacht, als Claire von den Proben zurückkehrte, war Tom frisch geduscht und saß aufrecht im Bett, in eine Pyjamahose gekleidet und nach After-shave duftend. Als Claire zwischen die Laken glitt und das Licht ausknipste, legte er eine Hand im Dunkeln auf ihren Körper und versuchte, sie zu küssen, aber sie stieß ihn brüsk von sich und sagte: »Tu das nicht, Tom. Ich kann es einfach nicht ertragen.«

Die Krönungszeremonie fand in der Aula der Schule statt, um zwei Uhr am Freitag nachmittag. Alle Eltern hatten sich in einem Raum auf der Rückseite versammelt, bereit, ihre Kinder zu der Festlichkeit zu begleiten.

Es war das erste Mal, daß Claire Monica Arens zu Gesicht bekam.

Sie war nicht hübsch, aber sie hatte einen Vorstandsetagenschick an sich, der von teurer Kleidung und eleganten, sehr dezentem Schmuck herrührte. Ihre schlichte Frisur tat wenig, um ihrem Gesicht zu schmeicheln, doch man brauchte nur irgendeine noble Modezeitschrift aufzuschlagen und fand sie auf mindestens einem Dutzend Seiten abgebildet. Was ihr an Schönheit mangelte, macht sie mit Haltung und Auftreten wieder wett. Alles an ihr schien zu sagen: Leg dich ja nicht mit mir an.

Claire kehrte Monica und ihrem Sohn bewußt den Rücken zu, tat so, als wären sie nicht im Raum. Sie war sich jedoch darüber im klaren, daß Tom als der Rektor gezwungen war, allen Anwesenden seine Aufmerksamkeit zu schenken und den Eltern *aller* Kandidaten zu gratulieren. Als er mit seiner früheren Geliebten sprach und ihr die Hand schüttelte, konnte Claire nicht gegen den perversen Drang an, die beiden zu beobachten. Eifersucht und Schmerz beraubten sie allen Vergnügens an diesem Tag, und sie gab Tom die Schuld daran, ihr die Freude zu stehlen, die sie an diesem einmaligen Ereignis hätte haben sollen.

Claire strömte nur wenig Wärme aus, als sie mit Robby den Mittelgang hinaufschritt. Sie flankierte ihn links, während Tom an seiner rechten Seite ging. Vor den Stufen zur Bühne küßten sie ihn und nahmen dann nebeneinander in der vordersten Reihe Platz. Während der gesamten Zeremonie hatte Claire kein Wort oder eine Berührung für ihren Mann übrig, sondern konzentrierte sich auf Robby und niemanden sonst.

Neben ihr sitzend, erkannte Tom die kaum unterdrückte Feindseligkeit in ihrer Haltung und in ihren Bewegungen. Sie hielt die Hände zu hoch, als sie applaudierte, und reckte ihr Kinn zu energisch vor, während sie zuschaute. Manchmal warf sie tatsächlich den Kopf in den Nacken. Als Duke Leonard zum Homecoming-König erklärt wurde, spürte Tom Claires Zorn und wußte, sie hatte sich aus einer ganzen Reihe von falschen Gründen gewünscht, Robby würde gewinnen.

Mit einem flauen Gefühl im Magen mußte Tom sich erneut eingestehen, daß er sie gar nicht mochte, wenn sie sich so wie jetzt aufführte. Die vielen anziehenden Eigenschaften, deretwegen er sich damals in sie verliebt hatte, waren verschwunden, und er war derjenige, der sie ihr ausgetrieben hatte.

Sie tanzten zusammen beim Homecoming-Ball, und Tom entdeckte, daß ein Mann die harte Seite einer Frau ablehnen und sie dennoch lieben konnte. Und er liebte seine Frau immer noch. Als er seine Hand auf ihren Rücken legte, fühlte er sich krank vor Sehnsucht nach ihr, und er versuchte, sie fester an sich zu ziehen. Sie zuckte zurück und sagte ruhig: »Ich nehme an, dies ist eine ebenso gute Gelegenheit wie jede andere, um mit dir zu reden, Tom. Ich habe eine Entscheidung getroffen, aber ich wollte sie dir erst nach dem Fest mitteilen, um den Kindern nicht alles zu verderben. Nein, jetzt ist die Homecoming-Zeremonie vorbei, und ich kann nicht länger so weiterleben. Ich möchte eine Trennung.«

Seine Füße hielten mitten im Tanzen inne. Furcht ergriff ihn.

»Nein, Claire, bitte, wir können doch nicht ...«

»Ich dachte, ich würde darüber hinwegkommen, aber ich kann es nicht. Ich fühle mich unglücklich. Verletzt. Mir ist ständig nach Heulen zumute. Ich kann es nicht mehr ertragen, dich jede Nacht im Bett neben mir zu haben.«

»Claire, das kann nicht dein Ernst sein. Man wirft nicht achtzehn lange Jahre weg, ohne es zu versuchen.«

»Ich habe es versucht.«

»Den Teufel hast du! Du bist ...« Ihm wurde bewußt, daß er gebrüllt hatte und daß sich ein junges Pärchen, das neben ihnen tanzte, neugierig zu ihnen herumdrehte und sie anstarrte.

»Komm mit!« befahl er und zog Claire an der Hand hinter sich her und zur Halle hinaus, den Korridor hinunter und am Swimmingpool vorbei bis in den mittleren Teil des Gebäudes, wo er die Glastür zum Büro aufschloß. »Laß mich los!« zischte sie auf halbem Weg dorthin. »Tom, um Himmels willen, du hast uns bereits zum Gespött gemacht, indem du so von dem Ball weggestürmt bist!«

Als sie in seinem Büro waren, knallte er die Tür ins Schloß. »Wir werden uns nicht trennen!« brüllte er.

»Du bist nicht der einzige, der diese Entscheidung trifft!«

»Noch bevor wir es mit Eheberatung oder etwas Ähnlichem versucht haben?«

»Beratung? Wozu denn? *Ich* habe nichts getan!«

»Stimmt, du hast mir noch nicht mal verziehen. Kannst du nicht wenigstens *versuchen*, mir zu verzeihen, Claire?«

»Nicht, solange du eine Affäre mit ihr hast.«

»Ich habe keine Affäre mit ihr! Claire, ich liebe dich!«

»Ich glaube dir nicht.«

»So, du glaubst mir nicht. Und du bist immer noch der Überzeugung, du brauchtest keine Beratung?«

»*Wage* es nicht, mich zu kritisieren!« Sie stieß ihm ihren Zeigefinger in die Brust. »Ich bin nicht diejenige, die untreu war! Ich bin nicht diejenige, die einen Sohn gezeugt hat, dem unsere Kinder verlegen aus dem Weg gehen müssen. Ich bin nicht diejenige, die es achtzehn Jahre lang geheimgehalten hat. Ich habe deine Augen beobachtet, als die Königskandidaten nominiert wurden. Ich habe den Ausdruck in deinen Augen gesehen. Du hast den dringenden Wunsch, ihn anzuerkennen, merkst du das denn nicht? Du brennst darauf, alle Welt wissen zu lassen, daß er dein Sohn ist. Na schön, dann sag es den Leuten! Aber erwarte nicht von mir, mit dir zusammenzuleben, während du dabei bist, die frohe Botschaft zu verkünden. Es ist peinlich genug für mich, in diesem Gebäude mit dir zu arbeiten, Tag für Tag Anweisungen von dir entgegennehmen zu müssen! Hast du schon mal darüber nachgedacht, was für ein Objekt des allgemeinen Mitleids ich werde, wenn diese Sache bekannt wird?«

»Warum sie dann bekannt machen? Arbeite mit mir. Wir werden zusammen zur Eheberatung gehen. Unsere Ehe ist es wert, gerettet zu werden, Claire.«

Sie machte einen Schritt zurück, spreizte beide Hände von sich ab und blinzelte langsam. »Ich muß von dir fort, Tom.«

Seine Panik wuchs.

»Claire, bitte…«

»Nein…« Sie wich noch einen Schritt zurück. »Ich kann so nicht mehr weitermachen. Ich fühle mich betrogen und wütend, und am liebsten möchte ich … möchte ich dir ständig ins Gesicht schlagen! Der Streß ist so entsetzlich, daß ich am Morgen aufwache und nicht weiß, wie ich es schaffen soll, den ganzen Schultag über zu funktionieren. Ich nehme Anweisungen bei den Konferenzen von dir entgegen, wenn ich dich am liebsten mit Flüchen überhäufen würde. Ich sehe dich im Flur stehen, und ich würde zwei Meilen Umweg um das Gebäude herum in Kauf nehmen, um dich zu meiden, wenn ich es irgend könnte. Und ich kann mich einfach nicht länger vor den Kindern verstellen, wenn wir beim Abendessen sitzen.«

»Hör dir nur an, wie du redest! Claire, was ist mit dir los? Früher hast du fair gestritten. Was ist mit dem Respekt, den wir uns immer gegenseitig versprochen haben, wenn wir Auseinandersetzungen hatten?«

»Er ist weg.« Sie sprach jetzt etwas ruhiger. »Das ist es, was mich am meisten an dieser Sache erschreckt, Tom. Ich habe keinen Respekt mehr für dich. Und als ich ihn mehr und mehr schwinden fühlte, wurde mir klar, daß ich all die Jahre über Platitüden von mir gegeben habe. Respekt, na sicher, der läßt sich leicht predigen, wenn deine Ehe niemals eine Zerreißprobe hat aushalten müssen. Nachdem es jetzt dazu gekommen ist, stelle ich fest, daß ich doch etwas anders reagiere.«

»Und ich hasse es!«

»Es oder mich?«

»Ach, nun hör schon auf, Claire, wann habe ich mich jemals so aufgeführt, als haßte ich dich? Es ist die Sprödigkeit, die ich hasse, die brechende Kälte, die du wie einen Wasserhahn aufdrehen kannst, wenn du es willst. Du scheinst deine Freude daran zu haben, mich zu bestrafen. Du behandelst mich, als wäre meine Sünde unverzeihlich.«

»Für mich ist sie das, besonders, wenn ich jeden Tag aufs neue daran erinnert werde, wenn dein Sohn in meinen Klassenraum kommt.«

»Wenn du willst, daß er einen anderen Kurs besucht, dann sorge ich dafür. Das habe ich dir schon einmal angeboten.«

»Ihn in einen anderen Kurs zu stecken, wird seine Existenz nicht auslöschen. Er *ist.* Und er ist *dein* Sohn. Und seine Mutter wohnt hier in diesem Schulbezirk, und du hast sie wiedergesehen, und ich kann damit nicht leben, deshalb will ich weg.«

Tom fletschte regelrecht die Zähne vor Wut. »*Ich habe keine Affäre mit Monica Arens!* Warum willst du mir das nicht glauben?«

»Ich wünschte, ich könnte es, Tom. Ich wünschte wirklich, ich könnte dir glauben. Warum hast du mir nicht erzählt, daß du an dem bewußten Tag mit ihr in deinem Wagen gesprochen hast?«

»Ich ...« Er hob die Arme und ließ sie dann wieder fallen. »Ich weiß es nicht. Ich hätte es tun sollen, aber ich hab's nicht getan. Tut mir leid. Ich hatte Angst.«

»Nun, ich habe auch Angst. Siehst du das denn nicht?«

»Warum läufst du dann vor mir weg?«

»Weil ich Zeit brauche, Tom.« Sie legte eine Hand auf ihr Herz. Ihre Stimme war sanfter geworden. »Ich kann dir nicht verzeihen. Ich kann dir nicht gegenübertreten. Ich kann nicht mit dir schlafen. Ich weiß nicht, was ich zu den Kindern sagen soll. Ich brauche Zeit.«

»Wieviel Zeit?«

»Das weiß ich nicht.«

Ihre langsam schwindende Wut ließ seine Angst eskalieren.

»Claire, bitte, tu es nicht.«

»Ich muß.«

»Nein, das ist nicht wahr.« Er griff nach ihrem Arm, aber sie entwand sich ihm.

»Nicht. Ich habe meine Entscheidung getroffen«, sagte sie ruhig.

»Wir könnten...«

»Mach es nicht noch schlimmer, Tom, bitte.«

Zu Tode erschrocken wandte er sich ab und trat ans Fenster, neben die Galerie von Familienfotos. Die Dunkelheit draußen machte sein Spiegelbild in der Scheibe zu einer Silhouette ohne Kopf. Die Neonlichter hinter ihm rahmten seine Gestalt mit einem blassen Lichtschein ein. In der Scheibe konnte er auch Claires Spiegelbild sehen. Sie stand vor seinem Schreibtisch und starrte auf seinen Rücken, das Kinn energisch vorgestreckt und deutlich sichtbare Entschlossenheit in der Haltung ihrer Schultern.

Er seufzte und fragte bedrückt: »Was ist mit den Kindern?«

»Sie sollten bei demjenigen bleiben, der weiter im Haus wohnt.«

»Du bist nicht bereit, es mit Eheberatung zu versuchen, noch nicht einmal den Kindern zuliebe?«

»Im Moment nicht.«

»Es wird sie umbringen. Besonders Chelsea.«

»Ich weiß. Das ist der härteste Teil an der Sache.«

Tom fühlte sich, als hätte ihm jemand Salzsäure in die Venen gespritzt, fühlte ein Brennen in sämtlichen Adern, das geradewegs vom Herzen ausstrahlte. Bittend drehte er sich zu Claire um. »Dann versuch es, Claire, ihretwegen.«

Wäre ihre Feindseligkeit nicht geschwunden, dann hätte er vielleicht geglaubt, daß noch Hoffnung darin läge, weiter mit ihr zu streiten, aber sie sprach so ruhig und entschieden, als brächte sie ein Kind zu Bett. »Ich kann es nicht, Tom. Um meiner selbst willen nicht.«

»Claire«, bettelte er, streckte die Arme nach ihr aus und machte zwei rasche Schritte auf sie zu, aber ihr kaum merkliches Zurückweichen warnte ihn, sie nicht zu berühren. »Großer Gott«, flüsterte er und bewegte sich um seinen Schreibtisch herum, kämpfte gegen ein bleiernes Gefühl der Niederlage an. Er ließ sich schwer in seinen Stuhl fallen und saß da, einen Ellenbogen auf den Schreibtischkalender gestützt und eine Hand an seinem Gesicht.

Eine Minute verstrich. Zwei. Claire stand noch an derselben Stelle wie zuvor, wartete schweigend, während mit der Vorstellung der Trennung die Ängste aufstiegen, die diese unweigerlich mit sich brachte. Schließlich ließ Tom seine Hand sinken und schaute zu ihr auf. »Claire, ich liebe dich«, sagte er so ernst wie noch nie in seinem Leben. »Bitte, tu es nicht. Bitte.«

»Ich kann nicht anders, Tom. Ich weiß, du wirst es nicht glauben, aber du bist nicht der einzige, der sich fürchtet. Ich selbst habe auch schreckliche Angst.« Sie preßte eine Hand auf ihr Herz. »Ich war immer eine jener Frauen, die so intensiv geliebt hat, habe mich immer mit der unterschwelligen Sorge herumgeplagt, wie ich wohl jemals ohne dich leben könnte. Immer habe ich gedacht: ›Verdammt, er mußte mich heiraten‹, und das war meine Unsicherheit, die ständig an mir genagt hat, die mir immer die Idee eingegeben hat, ich liebte dich mehr als du mich. Und dann erfuhr ich, was du getan hast, und von dem Moment an hat diese ... diese äußerst beängstigende Persönlichkeit in meinem Inneren die Macht übernommen, diese Frau, von der ich bisher gar nicht gewußt hatte, daß es sie gibt ... und sie erhob sich und verlangte, gehört zu werden, und ich dachte: ›Wo ist sie plötzlich hergekommen? Das kann doch nicht *ich* sein, die so spricht und sich so benimmt, oder?‹ und dennoch bin ich es, und im Moment muß ich einfach so sein. Ich muß mich von dir distanzieren, Tom, weil ich so schrecklich leide. Kannst du das verstehen, Tom?«

Er versuchte zu antworten, aber seine Stimme versagte ihren Dienst. »N... nein«, brachte er schließlich heiser hervor.

Sie blieb ruhig, ohne eine Spur von Tränen in den Augen. »Aber wie solltest du das auch verstehen, wenn ich es selbst nicht verstehe?«

Sie ging zum Fenster, um die Bilder auf der Fensterbank zu betrachten – ihre Familie, so glücklich und sorglos, in einer Zeit, die lange vorbei war. Sie berührte einen der Rahmen, so wie sie das feine Haar ihrer Kinder berührt haben mochte, als sie noch Babys gewesen waren.

»Es tut mir leid, Claire. Auf wie viele Arten soll ich es denn noch sagen?«

»Ich weiß, daß es dir leid tut.«

»Warum willst du dann nicht wenigstens ein bißchen einlenken und uns noch eine Chance geben?«

»Ich weiß es nicht, Tom. Ich habe keine Antwort für dich.«

Lange Zeit verharrten sie in völligem Schweigen, das nur von der gedämpften Musik aus der Sporthalle unterbrochen wurde, wo ihre Kinder tanzten. Einmal seufzte Tom auf und wischte sich Tränen aus den Augen. Einmal nahm Claire ein Foto von ihrer Familie auf und studierte es eine Weile, bevor sie es wieder aufs Fensterbrett stellte, sehr vorsichtig, so wie es ein Eindringling tun würde, der wüßte, daß jemand im Nebenzimmer schläft.

Schließlich drehte sie sich um und sagte: »Ich bin durchaus bereit, diejenige zu sein, die geht. Du kannst im Haus wohnen bleiben, wenn du möchtest.«

Er fragte sich, ob ein Mann tatsächlich an gebrochenem Herzen sterben könnte. »Das könnte ich nicht tun. Ich könnte dich nicht bitten zu gehen.«

»Ich bin diejenige, die diese Entscheidung erzwingt. Ich sollte diejenige sein, die auszieht.«

»Es wird auch so schon schlimm genug für die Kinder sein, ohne daß sie dich auch noch verlieren.«

»Dann willst du, daß ich bleibe und du gehst?«

»Ich möchte, daß wir beide bleiben, Claire. Kannst du das nicht verstehen?« Er hatte das Gefühl, jeden Moment in Tränen auszubrechen.

Sie ging zur Tür und sagte ruhig: »*Ich* werde gehen.«

Tom schoß von seinem Stuhl hoch, rannte um den Schreibtisch herum und hielt sie am Arm fest. »Claire… « In seinem ganzen Leben hatte er noch nicht so schreckliche Angst gefühlt. »Großer Gott…« Sie wich noch nicht einmal zurück. Das brauchte sie auch nicht, denn sie hatte sich schon vor Tagen von ihm zurückgezogen. »Wo willst du denn hin?«

Sie zuckte die Achseln und starrte bedrückt auf den Teppich.

Nach einer Weile schaute sie auf und fragte: »Wo würdest du denn hingehen?«

»Zu meinem Vater, nehme ich an.«

Sie senkte den Kopf. »Na ja, vielleicht…«

Und damit war es entschieden: Drei simple Worte und eine Ehefrau, die den Kopf senkte, und Toms Vorgehensweise stand fest.

Sie verließen gemeinsam das Schulgebäude, überließen es ihren Kindern, Jugend und Sieg in einer Sporthalle zu feiern, die vor Leben nur so überschäumte. Nachdem die Entscheidung nun gefallen war, blieb Clarie zugänglich, während sie an seiner Seite auf einen blau beleuchteten Parkplatz hinausging, neben ihm in seinem Wagen saß, als sie die wenigen Meilen nach Hause fuhren, wartete, als er die Haustür aufschloß und sie vor sich ins Haus hineinließ.

Sie blieben im Dunkeln stehen, umgeben von den vertrauten Umrissen der Besitztümer, die sie im Laufe der Jahre gemeinsam erworben hatten – Möbel, Lampen, Bilder an den Wänden – Dinge, die sie zusammen ausgesucht hatten in Zeiten, als ihre Zukunft noch unerschütterlich schien.

»Wann wirst du gehen?« fragte sie.

»Morgen.«

»Dann werde ich heute nacht auf dem Sofa schlafen.«

»Nein, Claire…« Er griff nach ihrer Hand. »Nein, bitte nicht.«

»Nicht, Tom.« Behutsam zog sie ihre Hand zurück, und er hörte sie den Flur hinuntergehen. Er hob das Gesicht, als riefe er Gott an, und atmete tief durch, um sich daran zu hindern, in lautes Schluchzen auszubrechen. Wieder holte er Luft, noch tiefer, schneller, tiefer, schneller, bis er den Drang zu weinen unterdrückt hatte. Dann ging er auf das Licht im Schlafzimmer zu und blieb zögernd in der Tür stehen. Claire war bereits im Nachthemd und lief geschäftig im Zimmer umher, blieb jedoch mißtrauisch stehen, als Tom erschien, als erwartete sie, daß er hereinkommen und Avancen machen würde.

Statt dessen sagte er: »Du kannst hierbleiben. Ich werde auf dem Sofa schlafen.«

Chelsea fand Tom, als sie gegen ein Uhr nachts nach Hause kam, draußen auf der verglasten Veranda in der kalten Nachtluft sitzend vor. Er hockte bewegungslos auf einem Schaukelstuhl und starrte blicklos in die Nacht hinaus.

»Paps, ist alles mit dir in Ordnung?« fragte Chelsea und schob die Tür ein paar Zentimeter auf.

Es dauerte einen kurzen Moment, bevor er antwortete. »Alles in Ordnung, Liebes.«

»Wie kommt es, daß du hier draußen sitzt? Es ist kalt.«

»Ich konnte nicht schlafen.«

»Bist du sicher, daß es dir gutgeht?«

»Ganz sicher. Geh ins Bett, Liebes.«

Sie hielt zögernd inne. »Es war ein schöner Ball, nicht, Paps?«

In der Dunkelheit konnte sie seine Silhouette ausmachen. Er drehte noch nicht einmal den Kopf in ihre Richtung. »Ja, es war ein schöner Ball.«

»Und ich bin stolz auf Robby, auch wenn er nicht gewonnen hat.«

»Ich auch.«

Sie wartete unsicher auf eine Erklärung, die nicht kam.

»Na ja ... dann gute Nacht, Paps.«

»Nacht.«

Chelsea wartete in Robbys Zimmer, als dieser fünfzehn Minuten später zurückkehrte.

»Pssst«, flüsterte sie. »Ich bin's.«

»Chels?«

»Irgendwas stimmt nicht.«

»Was meinst du?«

»Bist du durchs Wohnzimmer gegangen?«

»Nein, warum?«

»Papa sitzt immer noch draußen auf der Veranda.«

»Er und Mama sind ziemlich früh von der Fete weggegangen.«

»Ich weiß.«

Sie grübelten eine Weile besorgt vor sich hin, dann sagte Chelsea: »Er bleibt nie so lange auf. Er sagt immer, der Tag hätte nicht genug Stunden für ihn.«

Wieder hingen sie eine Weile ihren Gedanken nach.

»Tja, Mann…« meinte Robby hilflos. »Ich weiß auch nicht… hast du mit ihm gesprochen?«

»Nur eine Minute.«

»Was hat er gesagt?«

»Nicht viel.«

»Ja, genau das ist das Problem; er und Mama sprechen in letzter Zeit kaum noch.«

Am nächsten Morgen erwachte Chelsea kurz nach neun und stand auf, um ins Bad zu gehen. Als sie an der offenen Tür zum Schlafzimmer ihrer Eltern vorbeikam, sah sie ihren Vater im Raum herumhantieren. Er trug eine alte Hose und ein Sweatshirt, und auf dem Boden standen Kartons, und zwei aufgeklappte Koffer lagen auf dem Bett. Sie blieb barfuß in der Tür stehen und zog nervös an ihrem Dinosaurier-T-Shirt, dessen Saum bis knapp zu den Knien reichte.

»Paps, was machst du da?«

Er richtete sich auf, einen Stapel Unterwäsche in den Händen, dann stopfte er sie in den Koffer und streckte eine Hand nach Chelsea aus. »Komm her«, sagte er sanft.

Vorsichtig kam sie auf ihn zu, legte ihre Hand in seine, und sie setzten sich auf den Rand des zerwühlten Bettes, zwischen die Koffer und Kartons. Er nahm sie in die Arme und lehnte seine Wange an ihr Haar. »Liebes, deine Mutter möchte, daß ich eine Weile fortgehe.«

»Nein!« schrie sie und packte sein Sweatshirt mit einer Faust. »Ich wußte doch, daß es das war! Bitte tu es nicht, Papi!« Seit dem Ende der Grundschulzeit hatte sie ihn nicht mehr Papi genannt.

»Ich werde eine Weile in Großvaters Blockhaus wohnen.«

»Nein!« Sie machte sich gewaltsam aus seinen Armen frei. »Wo ist sie?« schrie sie. »Sie kann nicht verlangen, daß du weggehst!« Zornentbrannt rannte sie aus dem Zimmer und den Flur hinunter, Tom dicht auf ihren Fersen. Sie tobte den ganzen Weg die Treppe hinunter bis ins Erdgeschoß. »Das kannst du nicht von ihm verlangen! Mutter, wo bist du? Was geht hier eigentlich vor, verdammt noch mal? Du bist verheiratet! Du kannst nicht einfach so tun, als wärst du's nicht mehr, und ihn in Großvaters Haus wegschicken!« Claire schnitt ihr am Fuß der Treppe den Weg ab. »Du bist seine Frau, Mutter!« brüllte Chelsea. »Was fällt dir ein?«

Robby kam aus seinem Zimmer gestürzt, durch das laute Rufen unsanft aus dem Schlaf geweckt. »Was ist denn hier los?« Seine Augen waren verquollen, sein Haar wild zerzaust. Verwirrt blickte er seine Schwester an.

»Paps zieht aus, Robby! Sag ihm, daß er das nicht tun kann! Sag Mama, daß sie ihn nicht dazu zwingen kann!« Chelsea war völlig außer sich und schluchzte heftig.

»Chelsea, wir werden uns nicht scheiden lassen.« Claire versuchte, sie zu beruhigen.

»Noch nicht, stimmt, aber es wird dazu kommen, wenn er geht. Mama, laß ihn nicht gehen! Papa, bitte...« Sie wirbelte von einem Elternteil zum anderen. Die Familie schien fehl am Platz in der Eingangshalle, inmitten all der Tränen und dem Gebrüll so früh am Morgen.

Tom bemühte sich um Ruhe. »Deine Mutter und ich haben gestern abend darüber gesprochen.«

»Aber warum wollt ihr euch trennen? Ihr sagt uns ja nie etwas! Ihr tut immer so, als wäre alles in Ordnung, und dabei seht ihr zwei euch noch nicht mal mehr an! Hast du eine Affäre, Papa, ist es das?«

»Nein, ich habe keine Affäre, Chelsea, aber deine Mutter will mir nicht glauben.«

Sie fuhr zu Claire herum. »Warum willst du ihm nicht glauben, Mutter?«

»Es ist mehr als das, Chelsea.«

»Aber wenn er sagt, er hat keine, warum glaubst du ihm dann nicht? Warum sprichst du nicht mit uns? Robby und ich sind auch Teil dieser Familie, und wir sollten auch etwas dazu zu sagen haben. Wir wollen nicht, daß Paps geht, nicht, Robby?«

Robby zögerte, immer noch erschüttert von dem wilden Geschrei, das ihn aus dem Schlaf gerissen hatte. Er stand vor der Tür zur Garderobe und sah unsicher und verwirrt aus in seinem ausgeleierten schwarzen T-Shirt und den grauen Trainingshosen.

»Mama, warum willst du, daß er geht?« Seine etwas beherrschte Haltung bremste die emotionale Gangart der gesamten Szene.

»Ich muß einfach eine Weile allein sein, das ist alles. Die Situation erstickt mich, und ich weiß nicht, was ich sonst tun soll.«

»Aber wenn er geht... was soll dann werden? Chelsea hat recht. Wie wollt ihr die Sache jemals wieder in den Griff bekommen?«

Claire blickte schweigend auf den Teppich.

Robby schaute Tom an. »Papa?«

»Ich werde trotzdem noch hier sein, wann immer ihr mich braucht, oder wenn sie mich braucht, das ist gar keine Frage.«

»Nein, das wirst du nicht. Du wirst bei Großvater wohnen.«

»Ihr könnt jederzeit anrufen, und ich werde herkommen. Und ich werde euch ja auch täglich in der Schule sehen.«

Robby ließ sich gegen den Türrahmen sinken und starrte verzweifelt auf den Boden. »Verfluchte Scheiße«, flüsterte er.

Niemand wies ihn zurecht, so wie sie es früher getan hätten. Die Stille war bedrückend, von Furcht, Verwirrung und Kummer erfüllt. Alle dachten sie an die Schule, wo sie sich gegenseitig über den Weg laufen würden, wo jeder, der sie kannte, neugierige Fragen stellen würde. Sie malten sich die Zukunft aus, wenn ihre Familie auseinandergerissen sein würde, in zwei verschiedenen Häusern lebte.

Schließlich räusperte Tom sich. »Hey, hört zu, ihr zwei...« Er zog jedes Kind mit einem Arm zu sich heran und drückte sie an sich. »Ich liebe euch immer noch. Eure Mutter liebt euch immer noch. Daran wird sich niemals etwas ändern.«

»Wenn ihr uns lieb hättet, würdet ihr zusammenbleiben«, sagte Chelsea.

Tom blickte Claire über die Köpfe der Kinder hinweg in die Augen, doch er spürte deutlich, daß nichts sie umstimmen konnte. Es schmerzte sie wegen der Kinder, sie selbst tat sich leid, aber um ihre Beziehung tat es ihr nicht leid. Sie wollte die Trennung, und nichts und niemand würde sie von dem Entschluß abbringen. Sie hatte eine Körpersprache entwickelt, so lesbar wie ein Schulbuch, und sie besagte: *Bleib weg. Ich kann sehr gut für mich selbst sorgen, und damit basta.* Während Tom seine Kinder im Arm hielt, schaute er durch Claires Bedürfnisse hindurch, sah den Egoismus dahinter und verabscheute sie dafür. Sie stand in der Nähe der Küchentür, hatte wieder mal ihre verdammten Arme vor der Brust verschränkt, während es ihm überlassen blieb, den Kindern das bißchen Trost zu spenden, das er aufbringen konnte. Er funkelte Claire wütend an, und sie bewegte sich endlich von der Stelle, um herzukommen und den Kindern über die Schulter zu streichen.

»Kommt, ihr zwei. Ich mache euch Frühstück.«

Aber es war nicht Frühstück, was sie wollten.

Das Haus zu verlassen war so entsetzlich schmerzlich, daß Tom sich fühlte, als würde ihm das Herz aus der Brust gerissen. Er knallte den Kofferraumdeckel zu und blieb neben seinem Wagen stehen. Ein Samstag im Herbst, ein prachtvoller Tag, in blendendes Sonnenlicht getaucht und von einem leuchtendblauen Himmel überspannt, während sich das Laub der Bäume allmählich gelb verfärbte und hier und dort ein Blatt fiel. Geräusche drangen aus den Nachbargärten herüber, jeder Laut kristallin in seiner Klarheit, selbst das kleinste metallische Klicken von einem Fenster, das hochgeschoben wurde. Die Jahreszeit als solche vermittelte schon eine gewisse Traurigkeit und Wehmut mit ihren letzten Tagen der Wärme und ihren verblühenden Blumen in Kübeln vor Haustüren, auch wenn das Gras immer noch saftig grün erschien.

Tom stieß einen Seufzer aus und zwang seine Beine, ihn ins Haus zurückzutragen, um Abschied zu nehmen.

Die Tür zu Chelseas Zimmer war geschlossen. Er klopfte an. »Chelsea?« Keine Antwort, also trat er ein. Sie saß auf ihrem Bett, einen rosa Teddybär in den Armen, und starrte auf die Gardine am Fenster, ihr Mund zu einer schmalen, abwehrbereiten

Linie zusammengepreßt. Tom setzte sich neben sie auf die Bettkante.

»Ich muß gehen«, stieß er in heiserem Flüsterton hervor und strich ihr eine Haarsträhne hinters Ohr.

Sie weigerte sich, seine Anwesenheit zur Kenntnis zu nehmen. Tränen zitterten auf ihren Unterlidern.

»Du kennst Großvaters Telefonnummer, wenn du mich wegen irgend etwas brauchst. Okay, Liebes?«

Ihr Kinn und ihre Lippen waren starr und unbeweglich, wie ein Gipsabdruck ihrer selbst. Eine dicke Träne quoll aus einem Auge hervor und hinterließ eine glänzende Spur auf ihrer Wange.

»Ich liebe dich, mein Kleines. Und wer weiß, vielleicht hat deine Mutter recht. Vielleicht wird sie wieder zur Besinnung kommen, wenn wir eine Weile getrennt sind.«

Chelsea weigerte sich zu blinzeln, obwohl ihre Augen brennen mußten.

Er erhob sich und wandte sich ab.

»Papa, warte!« Sie schoß vom Bett hoch und warf sich in seine Arme. Er hörte ihre Stimme gedämpft gegen sein Sweatshirt, als sie sich an seinen Hals klammerte. »Warum?«

Er wußte keine Antwort, und so drückte er einen Kuß auf ihr Haar, schob sie sanft von sich ab und ging hinaus.

In der Küche stand Claire am Tisch, vergewisserte sich, daß ein Stuhl zwischen ihnen stand. Mußte sie sich wirklich auf diese Weise schützen? Als wäre ich jemand, der seine Ehefrau verprügelt, dachte Tom. Er liebte sie immer noch, begriff sie das denn wirklich nicht? Merkte sie nicht, daß es ihn umbrachte, all das zu verlassen, was ihm lieb und wert war?

»Die Kinder sollten jetzt nicht so häufig sich selbst überlassen bleiben. Was ist mit den Proben für deine Aufführung? Willst du, daß ich an den Abenden herkomme, wenn ich keine Besprechungen habe?«

»Seit wann hast du abends keine Besprechung mehr?«

»Hör auf, Claire. Ich werde hier nicht stehen und mich weiter mit dir streiten. Du willst, daß ich gehe, also gehe ich. Kümmere dich nur um die Kinder. Sie werden hundert neuen Problemen ausgesetzt sein, und ich will nicht, daß sie noch mehr verletzt werden, als sie es ohnehin schon sind.«

»Du redest, als liebte ich sie nicht mehr.«

»Weißt du, Claire, das frage ich mich allmählich.«

Mit diesem scharfen Verweis ließ er sie stehen und ging durch die Garage hinaus. Robby lehnte gegen den vorderen Kotflügel von Toms Wagen, die Arme gekreuzt, während er mit der Gummispitze seines Turnschuhs in dem Kies der Einfahrt herumbohrte.

Tom holte seine Autoschlüssel heraus und betrachtete sie eine Weile auf seiner Handfläche, dann musterte er den gesenkten Kopf seines Sohnes. »Du hilfst deiner Mutter jetzt, wann immer du Zeit hast. Dies ist auch für sie hart, weißt du.«

Robby nickte stumm.

Herbststimmung umfing sie. Die Strahlen der Vormittagssonne reflektierten auf der Windschutzscheibe. Die Schatten der Bäume wurden mit jedem Tag klarer. Es war noch gar nicht so lange her, da hatten Robby und er sich genauso wie jetzt gegen einen Wagen gelehnt und über moralische Dilemmas gesprochen, die den Charakter eines Menschen formten. Die Ironie jenes Tages schmerzte sie beide, als sie sich daran erinnerten.

»Hör zu, mein Junge.« Tom stieß sich vom Wagen ab und stellte sich vor Robby hin, legte ihm beide Hände auf die Schultern. »Ich werde mir Sorgen um dich und deine Schwester machen. Falls du feststellst, daß sich diese Sache hier in irgendeiner Weise bedrohlich auf sie auswirkt, dann sagst du es mir, verstanden? Ich meine, falls sie anfangen sollte, zu rauchen oder zu trinken oder sich mit verschiedenen Jungs abgibt oder abends zu spät nach Hause kommt – egal, was, okay?«

Robby nickte.

»Und ich werde sie das gleiche über dich fragen.«

Robby gab sein Herumgestochere im Kies auf und gestattete sich, offen seinen Jammer zu zeigen. Große, zittrige Tränen ließen die Umrisse seiner Nikes vor seinen Augen verschwimmen. Seine Nasenflügel blähten sich, und er konnte einfach nicht den Kopf heben und seinem Vater ins Gesicht sehen.

Tom packte ihn und drückte ihn fest an sich.

»Und komm niemals auf den Gedanken, daß es nicht in Ordnung ist zu weinen. Ich selbst habe in letzter Zeit reichlich geweint. Manchmal fühlt man sich danach einfach besser.« Er trat zurück. »Ich muß jetzt gehen. Ruf mich bei Großvater an, wenn du mich brauchst.«

Erst als er sich hinter das Lenkrad gesetzt hatte und das Fenster herunterkurbelte, löste Robby sich vom Kotflügel und schaute Tom an.

Wo wird er hingehen? fragte Tom sich. Mit wem wird er reden? Wie wird es in diesem Haus sein, nachdem ich gegangen bin? Lieber Gott, laß ihn nicht in Depression versinken und sich innerlich von allem zurückziehen wie viele andere Jugendliche, die im Laufe der Jahre durch mein Büro gegangen sind, zerstört durch die Scheidung ihrer Eltern. Laß nicht zu, daß ihn dies kaputt macht. Ihn oder auch Chelsea.

»Hey, Kopf hoch«, sagte Tom mit vorgetäuschter Heiterkeit. »Ich bin noch nicht mit ihr fertig.«

Aber er erhielt kein Lächeln von seinem Sohn, als er den Motor anließ und langsam davonfuhr.

12. KAPITEL

Am See war der Herbst noch prachtvoller und machte diesen für Tom ohnehin schon qualvollen Tag noch schmerzlicher. Das Wasser spiegelte die Uferlinie wie Glas wider. Das Geräusch eines Bootsmotors schallte über eine volle Meile Entfernung zu ihm herüber, während ein kleines Fischerboot durch die spiegelglatte Oberfläche des Sees pflügte und das Wasser wie blaue Rosenblätter kräuselte. Die Sommervögel hatten den Garten verlassen, um ihn in der Obhut einer Schar Wacholderdrosseln zurückzulassen, die sich an den Beerensträuchern am anderen Ende der Veranda gütlich taten.

Tom stieg die beiden breiten hölzernen Stufen hinauf und öffnete die mit Fliegengittern versehene Tür. Sie hatten eine altmodische Feder von der Sorte, in die man seine Finger stecken kann, wenn man ein kleiner Junge ist, der nichts Besseres zu tun hat, als die Tür aufzumachen und mit nervtötendem Quietschen wieder zufallen zu lassen, aufzumachen und wieder zufallen zu lassen, bis seine Mutter herauskommt, um zu sehen, was um alles in der Welt er da treibt. Das Quietschen der Feder versetzte Toms ohnehin schon traurigem Herzen einen nostalgischen Stich.

Er betrat das Vorzimmer seines Vaters und blickte sich in dem kühlen, dämmrigen Raum um.

»Vater?« rief er, blieb einen Moment stehen und lauschte. Vogelgezwitscher, ein herabfallender Kiefernzapfen, der polternd auf dem Dach landete, sonst war nichts zu hören. Das Zimmer hatte sich in dreißig Jahren kaum verändert: ein durchgesessenes Sofa, mit einer indianischen Decke und ein paar quadratischen, grün-orangegemusterten Kissen bedeckt, auf dem sein Vater seinen Mittagsschlaf hielt; an den Holzwänden, die im Laufe der Zeit zur Farbe von Ahornsirup nachgedunkelt waren, ein paar präparierte Barsche mit weit aufgerissenen Mäulern; mit Kissen überhäufte Schaukelstühle neben übervollen Zeitschriftenständern; ein rundes Kniekissen aus toffeebraunem Kunstleder mit einem abnehmbaren Deckel, angefüllt mit den alten Klaviernoten seiner Mutter; das Klavier selbst, ein uraltes und ehrwürdiges Modell mit rissigem, schwarzem Lack und Hunderten von Wasserringen rechts neben dem Notenständer, wo seine Mutter früher ihr Limonadenglas abzustellen pflegte; auf einer Seite des großen Raums ein bedauerlich vergilbter Gasherd, der immer Dämpfe abzusondern schien, derselbe Herd, auf dem seine Mutter Fisch gebraten und Brot gebacken und all die anderen Lieblingsgerichte ihrer Jungen gekocht hatte.

Tom hielt inne, um den Raum in sich aufzunehmen, während sich in seinem Rücken die Tür auf die schattige Veranda hin öffnete, die das Zimmer in mattes Licht hüllte.

»Vater?« rief er noch einmal und bekam wieder keine Antwort.

Hinter sich hörte er das gedämpfte Tuckern des Motorboots

näher kommen, und er ging hinaus, ließ die Feder ihre Serenade singen, als sie die Tür langsam hinter sich zuzog, eilte über das schlangenhohe Gras, durch das ein Pfad in Richtung See getrampelt worden war. Das Blockhaus stand auf einer kleinen Anhöhe: Tom sah das Spiegelbild des Dachfirsts im Wasser, bevor sein Blick auf den Anleger fiel, wo sein Vater gerade sein Boot vertäute.

Wesley hörte Schritte auf den ausgeblichenen hölzernen Stufen, richtete sich langsam auf und schob seine Anglerkappe in den Nacken.

»Die Biester wollen heute partout nicht anbeißen. Alles, was ich gefangen habe, sind drei kleine Fische für die Pfanne. Hilfst du mir, sie aufzuessen?«

»Sicher, warum nicht«, erwiderte Tom, obwohl Essen im Moment nicht den geringsten Reiz für ihn hatte.

Er ging über den morschen Anleger, der unter jedem Schritt erzitterte, und blieb zögernd stehen, blickte auf die schmutzige blaue Kappe und den faltigen Nacken seines Vaters hinunter, während dieser einen Haken von seiner Angelrute abnahm, ihn an der Hose abwischte und in der Kiste mit Angelzubehör verstaute.

»Wie kommt es, daß Onkel Clyde heute nicht mit dir fischen war?«

»Er mußte in die Stadt fahren und sich ein neues Rezept für seine Blutdrucktabletten holen. Hat mir erzählt, er würde anschließend ein Freudenhaus aufsuchen, aber ich hab ihm gesagt: ›Clyde, was um alles in der Welt willst du da? Dein Blutdruck ist überall hoch, nur nicht an der Stelle, wo er hoch sein sollte.‹ Jedenfalls, ich wußte, daß er in den Drugstore gehen würde.« Wesley schmunzelte vor sich hin und erhob sich, eine Angelschnur mit drei großen Sonnenfischen in der Hand. »Komm mit, ich will die hier ausnehmen.«

Tom folgte ihm zur Nordseite des windschiefen Bootshauses, wo Wesley ihm einen blauen Plastikeimer reichte. »Hier, hol mir etwas Wasser aus dem See, mein Junge, ja?«

Während der alte Mann auf einem klobigen Tisch aus wettergegerbtem Holz die Fische ausnahm und säuberte, stand Tom daneben und schaute zu.

»He, du kannst es auch ebenso ausspucken«, sagte sein Vater. »Stehst da mit den Händen in den Hosentaschen wie damals, als du noch klein warst und all die anderen Kinder zum Fröschefangen weg waren und vergessen hatten, dich mitzunehmen.«

Toms Augen begannen plötzlich zu brennen. Er drehte sich rasch um, um auf den See hinauszustarren. Die Fischschuppen hörten auf zu fliegen, und Wesley hob den Kopf, um die breiten Schultern seines Sohnes zu betrachten, die so traurig herabhingen.

»Claire und ich haben uns getrennt.«

Wesleys altes Herz krampfte sich mitleidig zusammen.

»Ach mein Junge...« Er ließ seine Arbeit im Stich und tauchte seine Hände in den Wassereimer, während sein Blick auf Tom gerichtet blieb. Er wischte sich die Hände an den Hosen ab und legte dann eine auf Toms Schulter. »Das ist eine Schande. Es ist einfach eine gottverdammte Schande. Ist es jetzt erst passiert?«

Tom nickte. »Erst heute morgen. Wir haben es den Kindern vor einer knappen Stunde gesagt, und dann habe ich meine Sachen in den Wagen gepackt und bin gegangen.«

Wesley drückte die kräftige Schulter und hielt sich daran fest – ebensosehr, um selbst Halt zu haben, wie um Trost zu spenden. Junge, Junge, wie er Claire liebte. Sie war die beste Ehefrau und Mutter, die Tom sich wünschen konnte.

»Ich nehme an, es geht dabei um diese andere Frau und deinen Sohn Kent.«

Tom nickte – kaum merklich – und starrte weiterhin auf den See hinaus. »Sie kann mir einfach nicht verzeihen.«

»Das ist eine Schande. Wie haben es die Kinder aufgenommen?«

»Nicht gut. Chelsea hat geweint. Robby hat versucht, seine Tränen zurückzudrängen.«

»Das ist ja auch durchaus verständlich. Alles ist mächtig schnell passiert.«

»Du sagst es. Noch vor einem Monat wußte ich überhaupt nichts von Kent Arens' Existenz, und seine Mutter hatte ich völlig vergessen.«

Wesley stieß einen abgrundtiefen Seufzer aus. »Zum Teufel das …« Er stand da, fühlte Schmerz für seinen Sohn, für sie alle, und nach einer Weile fügte er hinzu: »Es ist eine verdammt traurige Sache, wenn eine Familie auseinanderbricht.«

Tom sagte nichts.

»Ich schätze, du wirst einen Ort brauchen, wo du bleiben kannst. Kannst dich ebensogut in meinem alten Zimmer niederlassen.«

»Es macht dir nichts aus?«

»Was heißt hier ausmachen? Wozu ist ein Vater denn da? Nur für die guten Zeiten? Komm mit, ich muß sehen, ob ich ein paar Laken für das Bett finden kann.«

»Aber was ist mit deinen Fischen?«

»Um die kümmere ich mich später.«

»Warum willst du zweimal den ganzen Weg die Stufen herauf machen? Warte, ich helfe dir, die Fische vorzubereiten.«

Wesley machte die Fische zurecht, während Tom sie in dem Eimer abspülte und dann die Innereien vergrub. Sie gingen gemeinsam zum Haus hinauf, Tom mit dem Eimer, Wesley mit seiner Angelrute und der Kiste mit dem Angelzeug. In der gegenwärtigen Situation schien ehrfurchtsvolle Stille angebracht, deshalb sprach Tom leise, als sie nebeneinander herschlenderten.

»Ich hatte gehofft, daß du mich bei dir wohnen lassen würdest. Tatsächlich habe ich Laken und einen Kissenbezug von zu Hause mitgebracht.«

Als der Wagen ausgeladen und das Bett bezogen war, setzten sie sich zu einem schmackhaften Mittagessen nieder. Obwohl Tom angenommen hatte, er könnte keinen Bissen herunterbekommen, aß er mit überraschendem Genuß. Vielleicht war es die Einfachheit der Mahlzeit oder die Tatsache, daß er mit seinem Vater zusammensaß. Vielleicht war es das Bedürfnis, sich in eine sorglosere Zeit zurückzuversetzen, als er noch ein Junge hier in diesem Blockhaus gewesen war und die Sorgen des Lebens noch nicht auf seinen Schultern gelastet hatten. Die einfachen Gerichte, die seine Mutter früher aufgetischt hatte, schienen genau diese Wirkung zu haben.

Mitten während der Mahlzeit erschien sein alter Onkel Clyde. Ohne einen Blick auf die Tür zu werfen, fragte Wesley: »Und wie stehen die Dinge im Freudenhaus?«

»Die Huren sind auch nicht mehr das, was sie früher mal waren.« Clyde setzte sich unaufgefordert an den Tisch.

»Wohl kaum. Früher waren sie knapp zwanzig und verteufelt hübsch. Heutzutage sind die einzigen, die uns alte Knacker noch ansehen würden, etwa siebzig Jahre alt, und ihre Gesichter sehen aus wie die Unterseite von Pilzen. Bist du sicher, daß du im Freudenhaus gewesen bist?«

»Willst du etwa behaupten, ich lüge?«

»Nichts da, hab ich nie behauptet. Ich habe gesagt, ich bin ganz deiner Meinung. Die Huren sind nicht mehr das, was sie früher waren.«

»Und woher willst du das wissen? Du bist doch in deinem ganzen Leben nicht in einem Freudenhaus gewesen!«

»War auch nie in einer Arztpraxis, außer bei dem einen Mal, als mich diese Wespe in den Finger gestochen hatte und ich eine Infektion bekam. Bist du schon mal in einer Arztpraxis gewesen, Clyde?«

»Bin ich nicht!«

»Woher willst du dann wissen, daß dein Blutdruck zu hoch ist, und woher hast du das Rezept für diese Blutdruckpillen, von denen du dir in der Stadt neue besorgen wolltest?«

»Ich habe nicht gesagt, daß mein Blutdruck zu hoch ist. Das hast du gesagt.«

»Ach, dann ist dein Blutdruck zu niedrig?«

»Weder zu hoch noch zu niedrig. Ist genau richtig. Alles an mir ist genau richtig, und diese kleine Hure im Freudenhaus hat vor knapp einer Stunde genau das gleiche zu mir gesagt.«

»War das vor oder nachdem sie aufgehört hat zu lachen?«

»Wesley, mein Junge, laß mich dir eines sagen« – Clyde zeigte mit den Zinken seiner Gabel auf seinen Bruder und lächelte verschmitzt –, »das war kein Lachen, sondern ein Lächeln, und ich sage dir auch, wer dieses Lächeln auf ihr Gesicht gezaubert hat. Ein Mann mit Erfahrung, genau das war's.«

Wesley hob nicht einmal den Blick. »Hast du schon jemals so einen gottverdammten Unsinn gehört?« fragte er seinen Teller, während er Tomatensaft mit einem letzten Stück Brot aufnahm und es sich in den Mund schob. »Kommt hier rein und läßt sich häuslich nieder und ißt meinen Fisch und die letzten Tomaten und Gurken aus meinem Garten und versucht mir weiszumachen, daß sein Lebenssaft immer noch läuft.«

»Er läuft nicht nur, er spritzt!« prahlte der alte Mann. »Tja, genau das ist es, was die kleinen Mädchen zum Lächeln gebracht hat.«

Und so ging es in einer Tour weiter, Tom zuliebe. Sie änderten sich nie, Wesley und Clyde. Sie hatten diese pedantischen, halb scherzhaften, halb boshaften Kleinkriege miteinander ausgefochten, solange Tom sich erinnern konnte, obwohl er nicht wußte, woher sie den Stoff dafür nahmen.

Schließlich sagte er: »Ist schon in Ordnung, Vater. Du kannst es Onkel Clyde ruhig sagen.»

Alle verstummten. Die Stille fühlte sich lastend an nach dem haarsträubenden Palaver der Brüder.

»Wahrscheinlich hast du recht. Er kann es ebensogut erfahren.« Wesley lehnte sich mit düsterer Miene in seinem Stuhl zurück. »Tom hat Claire verlassen«, sagte er. »Er wird für eine Weile bei mir wohnen.«

Clyde war wie vom Donner gerührt. »Nein!«

»Die Trennung war nicht meine Entscheidung«, warf Tom ein. Er erzählte den beiden alten Männern alles, und bevor er geendet hatte, versuchte er, einen scharfen Stich von Schmerz abzuwehren, der wie ein Messer in seinem Magen war.

Er verbrachte den Tag mehr oder weniger mit Nichtstun, ging häufiger als sonst ins Bad und fühlte sich im übrigen von einer überwältigenden Mattigkeit geplagt, wie er sie noch nie zuvor erlebt hatte. Er lag auf seinem Bett, hellwach und schlaflos, obwohl er erschöpft war, die Hände hinter dem Kopf verschränkt, und starrte an die Decke, während er sich das Muster der toten Fliegen an der Lampenhalterung einprägte. Er saß auf einem Gartenstuhl auf dem Anleger, seine lang ausgestreckten Beine gekreuzt, die Finger über seinem Bauch verflochten, und starrte so lange auf den See hinaus, daß Wesley herauskam, um nachzusehen, ob ihm was fehlte. Als sich sein Vater erkundigte, ob er mit ihm zu Abend essen wolle, lehnte Tom ab. Als Wesley fragte, ob er fernsehen, eine Partie Scrabble oder mit ihm ein Puzzle zusammensetzen wolle, lautete die Antwort ebenfalls jedesmal nein. Energie war etwas, was Tom für selbstverständlich gehalten hatte. Zu fühlen, wie sie von Depressionen aufgezehrt wurde, ließ ihn sich fragen, wie er in der Lage sein sollte, einen ganzen Arbeitstag zu überstehen und normal zu funktionieren.

Das Blockhaus seines Vaters trug noch mehr zu seiner Niedergeschlagenheit bei. Als Tom zuerst hereingekommen war, hatte sich das Gefühl der Nostalgie in ihm geregt, doch nachdem er sich in dem Raum mit seinen alten, klumpigen Matratzen und zerkratzten Möbeln und dem schwachen Geruch von Fledermauskot, der durch die Ritzen zum Dachboden hereindrang, eingerichtet hatte, konnte er nicht umhin, all dies mit dem Haus zu vergleichen, das er gerade verlassen hatte, und er fühlte das volle Ausmaß dessen, was er verlieren würde, sollten er und Claire auf Dauer getrennt leben: Alles, was sie gebaut, gekauft und angesammelt hatten – halbiert, verkauft oder beides; ihr behagliches Heim mit all seinen Bequemlichkeiten, Lieblingssesseln, der verglasten Veranda, die sie vor fünf Jahren angebaut hatten, dem Garten, den er so viele Male gemäht hatte, seiner Garage mit all seinen Werkzeugen, die an der Wand hingen; der Stereoanlage, den Schallplatten, Kassetten und CDs, die sie zusammen gekauft hatten und die Lieblingstitel eines ganzen Lebens enthielten.

Wenn sie sich endgültig trennten, würden sie all das aufteilen müssen – nicht nur den Besitz und die Bankkonten, sondern vielleicht sogar die Loyalität ihrer Kinder. Toms Augenlider schlossen sich bei diesem abstoßenden Gedanken. Es sollte nicht passieren, niemals, nicht jemandem, der so hart an seiner Ehe gearbeitet hatte wie er. O Gott, er wollte kein Single sein, ohne festen Halt, einsam und allein. Er wollte zu jemandem gehören, zu seiner Frau und seiner Familie.

Um Viertel nach neun rief Tom zu Hause an. Robby kam an den Apparat.

»Wie läuft es bei euch?« fragte Tom.

»Scheiße.«

Auf eine solche Antwort war Tom nicht vorbereitet. Irgendwie hatte er erwartet, Robby würde Munterkeit vortäuschen, würde die düsteren Aspekte herunterspielen und Witze über die Situation reißen.

»Ich weiß«, erwiderte Tom heiser. Nach einer Weile fügte er hinzu: »Wie geht es Chelsea?«

»Ist für niemanden zu sprechen.«

»Wie geht es Mama?«

»Sie ist verrückt, wenn du mich fragst. Was hat sie eigentlich von der ganzen Sache?«

»Kann ich mit ihr sprechen?«

»Sie ist drüben bei Ruth.«

»Bei Ruth, aha.« Machte wahrscheinlich abfällige Bemerkungen über ihren Ehemann und heimste Applaus dafür ein, weil sie ihn davongejagt hatte. Tom seufzte schwer. »Na schön, dann sag ihr, daß ich angerufen habe, ja? Nur um zu hören, ob bei euch alles in Ordnung ist.«

»Ja, ich werd's ihr sagen.«

»Gehst du heute abend aus?«

«Nein, mir ist nicht danach, Paps.«

Tom verstand ihn voll und ganz. »Ja, ich weiß. Okay, dann sieh zu, daß du etwas Schlaf bekommst. Die letzte Nacht hast du ja kaum Ruhe gefunden.«

»Okay, mach ich.«

»In Ordnung, dann sehe ich dich morgen in der Kirche.«

»Ja, klar.«

»Und sag Chelsea, daß ich sie liebe. Und dich natürlich auch.«

»Ja, ich dich auch, Paps.«

»Also, dann gute Nacht.«

»Na –« Robbys Stimme brach. Er räusperte sich und versuchte es noch einmal. »Nacht, Paps.«

Nachdem Tom aufgelegt hatte, starrte er einen Moment auf das Telefon. Wie pathetisch, den Kindern per Telefon eine gute Nacht zu wünschen. Ein Schwall von Wut stieg in ihm auf, erfrischend nach der tödlichen Ruhe, die ihn den größten Teil des Tages gelähmt hatte. Was zum Teufel dachte Claire sich eigentlich dabei, ihnen dies anzutun? Zur Hölle mit ihr!

Als sich der Abend endlos dahinzog, erlebte er ein Wechselbad der Gefühle; seine Stimmung schwankte von Trägheit zu Wut, dann zu Schmerz und Schuldgefühlen, gefolgt von Frustration und Hilflosigkeit. Manchmal sprang er abrupt auf, als wäre Claire im Zimmer, und in seiner Phantasie feuerte er eine Salve von Schuldzuweisungen und Vorwürfen auf sie ab, während er sich selbst versicherte, daß er nichts Unrechtes getan hatte, seit er sein Ehegelübde abgelegt hatte – nichts! – und daß sie hätte bereit sein müssen, ihm diese eine Sünde vor ihrer Hochzeit zu verzeihen.

Gott verdamme dich, Claire, du kannst uns das nicht antun!

Leider konnte sie es. Hatte es bereits getan.

Tom schlief kaum in dieser Nacht und erwachte am Morgen mit der unerfreulichen Aussicht, sich in der blechernen Duschkabine seines Vaters mit dem seifenverkrusteten Vorhang und den klebrigen Wänden duschen zu müssen. Er hatte die mangelnde Reinlichkeit seines Vaters seit dem Tod seiner Mutter immer entschuldigt, aber vielleicht würde er mal ein Wörtchen mit dem alten Mann reden müssen, wenn er hier auf unbestimmte Zeit leben mußte.

Seine Hosen wiesen Knitterfalten auf, nachdem er sie in den winzigen Schrank neben dem Kamin gestopft hatte, und sein Jackett ebenfalls. Als Tom fragte, wo das Bügeleisen sei, bekam er ein Relikt in die Hand gedrückt, dessen Dampflöcher völlig von Kesselsteinen verstopft waren. Der Zustand des Bügelbrettbezugs ließ ihn grimmig das Kinn vorschieben.

Aber er war zu aufgeregt über die Aussicht, Claire und die Kinder in der Kirche zu treffen, um sich zu beklagen.

Zu seiner Bestürzung waren sie nicht da.

Nach dem Gottesdienst rief Tom zu Hause an und fragte scharf: »Claire, was spielst du da eigentlich für ein Spiel? Warum seid ihr nicht in der Kirche gewesen?«

»Die Kinder waren müde, deshalb habe ich sie bis zu einem späteren Gottesdienst schlafen lassen.«

Sie hatten einen Streit, der zu nichts führte als zu noch mehr Frustration und Toms Stimmung für den Rest des Tages noch tiefer sinken ließ.

Am Montag morgen zog er weitere zerknitterte Kleidungsstücke aus dem Schrank und hatte ebensowenig Erfolg mit dem verrosteten Dampfbügeleisen. Als er sein Spiegelbild musterte, bevor er zur Schule aufbrach, versuchte er erfolglos, eine Beule aus dem Saum seines Jacketts herauszubekommen, indem er den Stoff mit der Hand gegen seinen Schenkel drückte.

»Ach, was soll's«, murmelte er schließlich gereizt und polterte aus dem Haus, während er seinen Vater dafür verfluchte, in so unbeschreiblichen Zuständen zu leben. Ohne Garage hatte sich auf den Fenstern seines Wagens Feuchtigkeit angesammelt, und das Rückfenster mußte trockengerieben werden, bevor er losfahren konnte. Es reizte ihn noch mehr, als er keinen Lappen in seinem Wagen finden konnte und sein Vater keinerlei Papierhandtücher im Haus hatte. Die Suche nach irgendwelchen alten Putzlappen verzögerte Toms Aufbruch beträchtlich. Als er endlich unterwegs war, mußte er daran denken, daß bald Frost kommen würde und daß er jeden Morgen den Rauhreif von den Wagenscheiben würde abkratzen müssen. Er begriff jetzt, warum die Leute sagten, daß es niemals funktionierte, wenn erwachsene Kinder wieder zu ihren Eltern zurückzogen, nachdem sie in einem eigenen Haushalt gelebt hatten.

In der Schule fand wie jeden Montagmorgen die übliche Lehrerkonferenz statt, zu der Tom fünf Minuten zu spät erschien und wo er Claire ohne das beruhigende Gefühl gegenübertreten mußte, tadellos gekleidet zu sein. Als er sie mit verzweifelter Sehnsucht und einem Bedürfnis nach Anerkennung anschaute, gab sie ihm nichts.

Es gelang ihnen, bis zum Ende der Konferenz durchzuhalten, ohne irgendein privates Wort zu wechseln, aber Toms Magen begann augenblicklich seinen nervösen Tanz. Er rannte in das Zimmer der Schulschwester und bat um ein Mittel gegen Magenschmerzen, das er hastig herunterschluckte, weil die Schulbusse bereits vorfuhren, und die schlimmste Katastrophe an diesem Morgen wäre für ihn gewesen, Chelsea zu verpassen, wenn sie zur Eingangstür hereinkam. Robby kam immer schon vor dem Unterricht und trainierte im Gewichtsraum, deshalb war er wahrscheinlich schon irgendwo im Gebäude.

Als Tom zur Eingangshalle stürmte, fühlte er tatsächlich Panik bei der Vorstellung, er hätte Chelsea vielleicht schon verpaßt. Aber das war zum Glück nicht der Fall, und als er sie mit Robby neben sich auf das Gebäude zukommen sah, war ihm zumute, als explodierte sein Herz in seinem Brustkorb. Sie eilten zur Tür herein und strebten geradewegs auf ihn zu, als brauchten auch sie den Kontakt. Ihre Augen waren traurig, ihre Gesichter bedrückt. Er berührte sie beide und fühlte sich elend und von Angst erfüllt, erlebte die gleichen Gefühle, die ihm so viele seiner Schüler geschildert hatten, wenn ihre Familie durch eine Scheidung zerbrach. Man hätte Bände mit den traurigen Geschichten füllen können, die er in all seinen Jahren als Erzieher zu hören bekommen hatte, und dabei hatte er doch nie geglaubt, daß es ihm einmal genauso ergehen könnte.

Tom und Chelsea umarmten sich fest, dort in der Halle, wo die Jungen und Mädchen an ihnen vorbeiströmten, während beide – hilflose Opfer von Claires Entscheidung – fühlten, wie Tränen in ihren Augen brannten.

Tom löste sich von Chelsea und ergriff Robbys Arm. »Kommt mit, ihr zwei, gehen wir eine Minute in mein Büro.«

»Ich kann nicht, Paps«, erwiderte Chelsea, heftig gegen ihre Tränen anblinzelnd. »Ich habe übers Wochende meine Hausaufgaben nicht gemacht, und ich muß schnell noch etwas für den Biokurs zusammenschreiben.«

Tom wandte sich an seinen Sohn. »Was ist mit dir? Hast du deine Aufgaben gemacht?«

»Ich hatte keine auf.«

»Was ist mit deinem Gewichtstraining? Trainierst du nicht gewöhnlich vor dem Unterricht?«

Robby wandte den Blick ab. »Mir ist heute morgen nicht danach.«

Tom haßte es, sie gleich als erstes ermahnen zu müssen, aber er und Claire lebten kaum achtundvierzig Stunden getrennt, und schon zeigten die Kinder Anzeichen von Nachlässigkeit, wie sie typisch für solche Situationen waren.

»Hört zu, ihr zwei, ihr werdet jetzt nicht mit dieser Tour anfangen, habt ihr verstanden? Ganz gleich, was zu Hause passiert, ihr könnt nicht eure Hausaufgaben und eure außerschulischen Aktivitäten vernachlässigen, klar? Ihr macht einfach mit allem so weiter wie bisher... okay?«

Robby nickte verlegen.

»Okay, Chelsea?«

Sie nickte ebenfalls, weigerte sich aber, ihm in die Augen zu sehen.

»In Ordnung, dann lasse ich euch jetzt besser gehen«, sagte Tom, obwohl ihm zumute war, als würde er zusammenbrechen und sterben in der Minute, in der sie aus seinem Blickfeld verschwanden.

Chelsea schien es zu widerstreben, zu ihrem Klassenraum zu gehen.

»Was ist denn?« fragte Tom.

»Ich weiß nicht. Es ist nur... na ja, es ist so verdammt schwer, sich normal zu benehmen, wenn überhaupt nichts mehr normal ist.«

»Was können wir denn sonst tun?«

Sie zuckte die Achseln und blickte ihn bedrückt an. »Können wir es unseren Freunden erzählen, Paps?«

»Wenn ihr müßt.«

»Ich will es meinen Leuten nicht sagen«, erklärte Robby.

Chelsea entschied schließlich, daß sie so früh am Morgen noch nicht damit fertig würde. Sie blinzelte heftig; sie kämpfte mit den Tränen. »Ich muß gehen, Paps.«

Sie ging ohne ein weiteres Wort davon.

»Ich sollte jetzt auch besser gehen, Papa.« Robby klang absolut niedergeschlagen.

»Gut. Dann bis später.« Tom berührte Robbys Rücken und schaute ihm nach, wie er in der Menge verschwand. Und dann ging ihm auf, daß sich keines der Kinder nach seinem emotionalen Zustand erkundigt hatte, danach gefragt hatte, wie es war, draußen bei Großvater zu wohnen, und ob er allein zurechtkäme. Sie waren alle so damit beschäftigt, ihren eigenen Aufruhr der Gefühle zu verarbeiten, daß sie nicht auch noch den Kummer eines anderen Menschen verkraften konnten. Toms geschulter Verstand erkannte, daß dies typisch war, dennoch konnte er nicht dagegen an, sich enttäuscht und verletzt zu fühlen, weil offenbar niemand an *seine* Bedürfnisse dachte.

Als er zu seinem Büro zurückeilte, schwor er sich im stillen, er würde niemals so tief in seinem eigenen Kummer versinken, daß er gegen den der Kinder gleichgültig wurde.

Irgendeine Situation in der Schule würde es erzwingen, mit der Wahrheit herauszurücken, das war unvermeidlich. Die Situation ergab sich nur schneller, als Tom erwartet hatte.

Er ging gerade an den Postfächern der Lehrer vorbei, als ihn der Leiter des Schulorchesters, Vince Conti, anhielt. »Hör mal, Tom... ich wüßte gern, ob ich einen Abend in dieser Woche bei dir vorbeikommen und das Kanu holen könnte. Nächsten Samstag beginnt die Saison für die Entenjagd.«

Vor Wochen hatten er und Tom davon gesprochen, daß Vince sich Toms Kanu ausleihen könne, weil seine halbwüchsigen Jungen den Sport ausüben wollten, den er selbst vor Jahren genossen, aber nach seiner Heirat aufgegeben hatte.

Völlig verdutzt stotterte Tom: »Oh... ja sicher, Vince.«

»Dein Terminkalender ist voller als meiner, also sag du, an welchem Abend ich kommen soll.«

»Nun, das... eigentlich ist mir jeder Abend recht. Ich... äh...« Tom räusperte sich und fühlte Panik auf sich einstürmen bei der Vorstellung, zugeben zu müssen, daß seine Ehe in Schwierigkeiten steckte. Er hätte niemals vermutet, daß es so schwer sein würde oder daß er sich so sehr wie ein Verlierer fühlen würde, wenn er das Geständnis machte. »Die Wahrheit ist, Vince, ich werde Claire sagen müssen, wo die Paddel sind, und du kannst dich dann mit ihr absprechen, wann du kommst und das Boot holst. Ich wohne nämlich nicht mehr dort.«

»Nicht?«

»Claire und ich haben uns für eine Weile getrennt.«

Er sah, wie Vince den Schock verarbeitete und nach einer passenden Antwort suchte. »Großer Gott, Tom… das tut mir leid. Das wußte ich ja nicht.«

»Ist schon in Ordnung, Vince, niemand weiß davon. Du bist der erste, dem ich es gesagt habe. Es ist gerade erst am Wochenende passiert.«

Vince sah ausgesprochen betreten drein. »Tom, es tut mir *wirklich* leid. Du hattest mir angeboten, ich könnte mir dein Kanu ausleihen, und… zum Teufel, ich meine, ich brauche ja nicht…«

»Kein Anlaß, um deine Pläne zu ändern, Vince. Du kannst es selbstverständlich ausleihen. Ich werde dafür sorgen, daß Claire weiß, daß du kommst, und daß sie die Paddel für dich bereitlegt. Wenn du Hilfe beim Aufladen brauchst, werde ich dafür sorgen, daß Robby zu Hause ist und dir hilft, oder ich kann auch selbst zum Haus kommen und dir behilflich sein.«

»Nein, nein, ich werde einen meiner Jungs mitbringen.«

»Schön. Du weißt ja, wo es ist. Hinter der Garage.«

»Sicher.«

»Claire kann dir alles zeigen.«

Der Ausdruck auf Vinces Gesicht verriet deutlich seine Neugier, aber er besaß den Anstand, keine Fragen zu stellen. Als er davonging, wurde Tom bewußt, daß die Leute eine Scheidung – obwohl Scheidungen gang und gäbe waren – immer noch schrecklich fanden und sich unbehaglich fühlten, wenn sie davon erfuhren. Vielleicht wollte sich Vince nicht in Toms Privatangelegenheiten einmischen. Vielleicht wußte er nicht, was er sagen sollte. Tatsache blieb jedoch, daß er eine Barriere errichtet hatte, kaum daß er davon erfahren hatte, eine Barriere, die es früher nie gegeben hatte.

Vince war nicht der einzige, dem Tom an diesem Tag ein Geständnis machen mußte. Eine Schule von der Größe der HHH funktionierte ganz ähnlich wie eine kleine Gemeinde mit vielen wechselseitig voneinander abhängigen Abteilungen. Als ihr Rektor mußte Tom jederzeit erreichbar sein, falls es einen Notfall gab, oder einfach nur, um Fragen zu beantworten. Seine Stellung machte es notwendig, daß er die Telefonnummer seines Vaters an seine Stellvertreterin weitergab, seine Sekretärin, den Leiter des Jugendamtes, den Polizeichef, den Vorsitzenden des Schulausschusses, den Elternbeirat und nicht zuletzt an Cecil, den leitenden Hausmeister, der oft in den Abendstunden anrief, wenn seine Mannschaft den Hauptteil der Reinigungsarbeiten erledigte. Da alle diese Leute über die Situation im Bilde waren, dauerte es nicht lange, bis hier und da ein Wort durchsickerte und sich die Neuigkeit schließlich wie ein Lauffeuer in der gesamten Schule verbreitete.

Erin fing Chelsea zwischen zwei Unterrichtsstunden ab. »Ist es wahr, Chelsea?« fragte Erin mit großen Augen. »Alle sagen, deine Mam und dein Paps lassen sich scheiden.«

»Sie lassen sich *nicht* scheiden!«

»Aber Susie Randolph hat mir erzählt, Jeff Morehouse hätte ihr erzählt, daß dein Vater ausgezogen ist.« Chelseas Kampf, ihre Tränen zurückzuhalten, bestätigte das Gerücht. Erin wurde augenblicklich mitfühlend. »Ach, Chels, du armes Ding. O Gott, wie schrecklich. Wo ist er hingegangen?«

»Zu meinem Großvater.«

»Warum?«

Chelseas Gesicht fiel förmlich in sich zusammen. »Ach Erin, ich muß es einfach jemandem erzählen. Ich kann es nicht länger für mich behalten.« Ihre Tränen begannen zu fließen, noch bevor die Worte heraus waren. Die Mädchen verließen das Gebäude und setzten sich in Chelseas Wagen, und Chelsea erzählte ihrer Freundin alles und beschwor sie dann, niemandem etwas davon zu sagen.

»Mein lieber Schwan«, flüsterte Erin verdattert. »Kent Arens ist also dein Bruder ... wow ...« Nach einer Pause fügte sie hinzu: »Ich wette, du fühlst dich echt beschissen.«

Die Mädchen umarmten sich, und Chelsea schluchzte, und Erin fragte, ob Chelsea glaubte, daß ihr Vater jemals nach Hause zurückziehen würde, was Chelsea noch heftiger schluchzen ließ. Sie schwänzten die gesamte sechste Stunde und einen Teil der siebten, und als sie endlich soweit waren, wieder ins Gebäude zurückzukehren, sah Chelseas Gesicht so rot und verschwollen aus, daß sie mit einem Blick in den Rückspiegel erklärte: »Mit dem verheulten Gesicht kann ich mich unmöglich blicken lassen.«

»Vielleicht solltest du das Cheerleading-Training heute abend besser ausfallen lassen, und morgen wirst du dich schon wieder besser fühlen. Du wirst auch besser aussehen.«

»Aber was sagen wir den Lehrern der sechsten und siebten Stunde?«

Erin, in ihrer Beziehung zu Chelsea gewöhnlich nicht diejenige, die den Ton angab, wurde plötzlich zur Führerin. »Komm mit«, befahl sie, öffnete die Wagentür und marschierte geradewegs zu Toms Büro.

»Nein, Erin, ich werde nicht da reingehen! Und ich werde auch nicht mit meinem Vater reden!«

»Warum nicht? Er wird uns eine Entschuldigung ausstellen.«

»Nein! Er bringt mich um, wenn er herausbekommt, daß ich den Unterricht geschwänzt habe!«

»Das wird er so oder so herausfinden. Nun komm schon, Chels, was du da sagst, ergibt nicht viel Sinn.«

»Aber er und Mam erlauben uns nie, wegen irgend etwas den Unterricht zu schwänzen. Du weißt das! Wenn es etwas bei uns zu Hause gibt, was sie niemals durchgehen lassen, dann das!« Chelsea weigerte sich, das Hauptbüro zu betreten.

»Okay, mir soll's egal sein, wenn du nicht reingehen willst. Ich gehe.« Erin ließ Chelsea auf dem Korridor stehen und marschierte entschlossen in das vordere Büro. Dora Mae ließ sie geradewegs in Toms Büro gehen.

»Hallo, Mr. Gardner«, sagte sie an der Tür. »Chelsea und ich haben draußen in ihrem Wagen gesessen und geredet. Sie hat mir gesagt, was zu Hause los ist, und sie hat sehr geweint, aber sie möchte nicht hier hereinkommen und Ihnen sagen, daß wir zwei Kurse geschwänzt haben. Würden Sie uns eine Entschuldigung für unser Fehlen ausstellen?«

»Wo ist sie?«

»Draußen auf dem Gang. Sie sagte, Sie würden sie umbringen, wenn Sie dahinterkämen, aber ich glaube das nicht, weil Sie wissen, worüber wir gesprochen haben.«

Tom erhob sich rasch und eilte auf den Korridor, mit Erin auf den Fersen.

Chelsea stand hinter einer Ecke im Flur, wo sie durch die Glaswände nicht gesehen werden konnte. Als sie ihren Vater auf sich zukommen sah, füllten sich ihre Augen erneut mit Tränen. Als er sie umarmte, klammerte sie sich an ihn. »Ach, Paps, es tut mir so leid, daß ich alles erzählt habe, aber ich mußte einfach mit jemandem reden. Es tut mir leid... wirkl –«

»Pssst. Ist schon in Ordnung, Liebes.«

Erin fühlte sich ausgesprochen fehl am Platz, als sie beobachtete, wie sich ihr Rektor und ihre beste Freundin umarmten, während er seine Tränen zurückzuhalten versuchte und sie an seiner Schulter schluchzte.

»Ich verstehe«, murmelte Tom und streichelte Chelseas Haar. »Es ist ein harter Tag für uns alle.«

Eine Schülerin kam aus dem Hauptbüro und starrte mit offenem Mund auf die Szene, als sie vorbeiging.

»Komm«, sagte Tom. »Laß uns in mein Büro gehen. Du auch, Erin.«

»Ich kann da nicht reingehen, so wie ich aussehe!« jammerte Chelsea. »All die Sekretärinnen werden mich sehen.«

»Du bist nicht die erste Schülerin, die weinend hereinkommt.« Er reichte ihr sein Taschentuch aus seiner Hüfttasche. »Trockne dir die Augen. Ich möchte mit dir reden.«

Er schob die Mädchen in sein Büro und schloß die Tür hinter ihnen. »Setzt euch, ihr zwei.«

Sie saßen vor seinem Schreibtisch, und Tom hockte sich auf eine Kante. »Jetzt hört zu. Ich werde euch eine Entschuldigung ausstellen, weil ich verstehe, daß es heute alles einfach etwas zuviel für dich war, Liebes. Aber du kannst keine weiteren Stunden ausfallen lassen. Ich weiß, das ist ziemlich viel verlangt, aber ich möchte, daß du dich mir zuliebe ehrlich bemühst.«

Chelsea nickte, die Augen gesenkt und voller Tränen, während sie Toms Taschentuch über ihren Daumen straffzog.

»Weil es zu nichts Gutem führt, wenn du anfängst, in deinen Zensuren nachzulassen. Wir haben auch so schon genug Probleme.«

Wieder nickte Chelsea stumm.

»Erin, du hast richtig gehandelt, als du heute zu mir gekommen bist, aber in Zukunft werde ich dir keine Entschuldigungen ausstellen können, wenn du wieder den Unterricht schwänzt.«

»Klar, Mr. Gardner.«

»Und jetzt möchte ich, daß ihr beide etwas für mich tut. Ich möchte, daß ihr zu Mrs. Roxbury geht und euch einen Termin für ein Gespräch mit ihr holt.« Mrs. Roxbury war die Beratungs- und Vertrauenslehrerin für die Junior-Klassen. »Chelsea, je eher du mir ihr sprichst, desto besser für dich. Erin, es könnte sicher hilfreich sein, wenn du dich auch mit ihr unterhältst, weil du eine von Chealses Vertrauenspersonen sein wirst, und es ist wichtig, daß du verstehst, was sie im Moment durchmacht.«

»Okay… klar«, murmelte Erin.

»Seid ihr beide einverstanden, wenn ich zu Mrs. Roxbury gehe und sie bitte, gleich herzukommen?«

Beide Mädchen nickten.

»Okay, ich bin sofort wieder da.«

Als Tom hinausging, flüsterte Erin: »Ehrlich, Chelsea, dein Vater ist so nett, daß ich einfach nicht begreife, wie deine Mutter ihn jemals rauswerfen konnte.«

»Ich weiß«, erwiderte Chelsea traurig. »Sie macht einfach alles kaputt.«

Mrs. Roxbury, eine Frau Mitte Vierzig mit einer randlosen Brille und einem raspelkurzen Haarschnitt, kam herein und nahm die Mädchen mit in ihr Büro. Im Hinausgehen warf Chelsea einen letzten Blick auf Tom und sagte leise, mit einem wehmütigen Lächeln: »Danke, Paps.«

Er rang sich ihr zuliebe ein Lächeln ab, und sie verschwand durch die Tür.

Drei Minuten später kehrte Lynn Roxbury zurück, um Tom mit düsterer Miene an seinem Schreibtisch sitzen und auf die Fotos auf seinem Fensterbrett starren zu sehen.

»Tom?« sagte sie ruhig.

Er ließ seinen Blick zur Tür zurückschweifen. »Danke, Lynn. Ich weiß es zu schätzen, daß du sie dazwischengeschoben hast.«

»Nichts zu danken. Ich habe einen Termin für morgen mit ihnen ausgemacht.« Sie verschränkte die Arme und lehnte sich gegen den Türrahmen. »Ich habe auch Zeit für dich, wenn du das Bedürfnis hast, dich auszusprechen. Es hat heute eine Menge Getratsche in der Schule gegeben, deshalb kann ich mir gut vorstellen, warum Chelseas Augen so gerötet waren und du so aussiehst, als hättest du deinen besten Freund verloren. Ich glaube, das hast du wirklich.«

Er seufzte und rieb sich müde über die Augen, während er seinen Schreibtischstuhl in scharfem Winkel zurückkippte. »Ach, Lynn… Scheiße, um meinen Sohn zu zitieren.«

Sie schloß diskret die Tür. »Das höre ich sehr häufig in meinem Job.«

»Es ist ein höllischer Monat bei uns zu Hause gewesen.«

»Ich glaube nicht, daß ich das extra betonen muß, aber alles, was du beschließt, mir anzuvertrauen, wird selbstverständlich unter uns bleiben. Ich kann mir vorstellen, daß dies besonders schwer für Claire und dich ist, da ihr beide im selben Gebäude arbeitet.«

»Es ist die reinste Hölle.«

Sie wartete, und wieder murmelte Tom: »Scheiße.«

»Ich habe im Moment nur ein paar Minuten Zeit.« Sie nahm auf dem Stuhl Platz, auf dem Erin gesessen hatte.

Tom lehnte sich vor, die Unterarme auf den Schreibtisch gestützt, die Schultern gekrümmt. »Ich will die Situation kurz zusammenfassen. Claire und ich haben uns auf ihren Wunsch hin getrennt. Ich lebe im Moment bei meinem Vater in seinem Blockhaus am See, und die Kinder leben bei Claire im Haus. Der Grund für unsere Trennung reicht weit in meine Vergangenheit zurück, und er wird dich wahrscheinlich umhauen. Es hat mit dem neuen Schüler hier zu tun, Kent Arens. Ich habe vor kurzem erfahren, daß er mein Sohn ist.«

Lynn saß da, einen Finger auf die Lippen gelegt, sagte jedoch nichts. Tom fuhr fort: »Ich wußte nicht das geringste von seiner Existenz, bis er hier ins Büro kam, um sich zum Unterricht anzumelden. Ich hatte keinerlei Kontakt mehr zu seiner Mutter, deshalb habe ich es nie gewußt, aber wie sich herausstellte, wurde er im selben Jahr wie Robby geboren. Meine Indiskretion war ein one-night stand in der Nacht meiner Junggesellenabschiedsparty. Claire glaubt, ich hätte wieder eine Affäre mit Kents Mutter, was aber nicht der Fall ist. Trotzdem hat sie mich verlassen.«

Es sagte eine Menge über die Wucht des Schlags aus, den diese Enthüllung ihr versetzte, daß Lynn nicht in der Lage war, ihre Erschrockenheit zu verbergen.

»O Tom, nein! Ihr beide wart die letzten, von denen ich jemals angenommen hätte, daß ihnen so etwas passieren würde!«

Er spreizte die Hände und ließ sie hilflos sinken. »Das habe ich auch geglaubt.« Eine Weile sprach keiner von ihnen. Schließlich sagte er: »Ich liebe sie so unendlich. Ich will diese Trennung überhaupt nicht.«

»Glaubst du, Claire wird wieder einlenken?«

»Ich weiß es nicht. Diese Sache hat eine Seite an ihr zum Vorschein gebracht, die ich nie zuvor an ihr gesehen habe. Sie benimmt sich fast furchtlos, fast... ich weiß nicht, wie ich es anders nennen soll als aggressiv. Und sie ist absolut davon überzeugt, daß sie für eine Weile von mir fort muß.«

»Die Schlüsselworte sind *für eine Weile*.«

»Das hoffe ich. Gott, Lynn, das hoffe ich doch.«

Lynn Roxbury sah immer noch verblüfft von der Neuigkeit aus. »Tom, es tut mir leid, daß ich nicht länger mit dir sprechen kann, aber ich habe gleich einen Termin. Nach dem Unterricht können wir uns gern weiter unterhalten. Ich bin heute gegen halb fünf fertig.«

Tom erhob sich. »Gleich nach der Schule habe ich eine Besprechung im Distriktbüro, deshalb werde ich leider beschäftigt sein, aber danke, daß du mir jetzt zugehört hast. Es hat mir schon geholfen.«

Er ging um seinen Schreibtisch herum, und sie drückte mitfühlend seinen Arm. »Wirst du zurechtkommen?«

Er schenkte ihr ein schwaches Lächeln. »Sicher.«

Aber es wurde ein schwieriger Tag für Tom. Es wollte ihm einfach nicht gelingen, sich auf seine Arbeit zu konzentrieren. Immer wieder schweiften seine Gedanken ab – hauptsächlich zu Claire.

Einmal schaute er auf und sah sie durch seine offene Tür hindurch im äußeren Büro mit Dora Mae sprechen. Seine Reaktion war so rasch und verzehrend wie Leidenschaft, eine verzweifelte Sehnsucht, sie möge sich zu ihm umdrehen und ihn ansehen, ihm wenigstens soviel zugestehen. Sie wußte, seine Tür stand offen, wußte, daß er höchstwahrscheinlich an seinem Schreibtisch saß.

Aber sie verließ das Büro wieder, ohne ihm auch nur diesen winzigen Trost zu schenken, und ihre Zurückweisung schmerzte mehr als alles andere, woran er sich erinnern konnte.

In der Mittagspause sah er sie wieder, wie sie durch die Cafeteria ging auf ihrem Weg zum Lunchraum der Lehrer. Sie war in Begleitung von Nancy Halliday, unterhielt sich mit ihr, und sie schaute flüchtig zu Tom hinüber, der in der Mitte des Raums unter dem runden Oberlicht stand und die Schüler beaufsichtigte.

Sein Herz hämmerte so heftig, daß ihm fast schwindelig wurde. Aber Claire wandte gleichgültig wieder den Blick ab und war im nächsten Moment durch die Tür verschwunden.

Tom zwang sich, sich von ihr fernzuhalten bis zu der Pause zwischen den letzten beiden Stunden dieses Tages. Dann marschierte er zu ihrem Raum, wartete im Gang, während die Jungen und Mädchen zur Tür hinausdrängten, wobei er unbewußt den Sitz seiner Krawatte überprüfte, bevor er den Raum betrat.

Claire saß an ihrem Tisch, der der Tür gegenüberstand, und suchte etwas in einer der unteren Schubladen. Als er sie erblickte, fühlte er, wie Röte über seinen Hals und sein Gesicht kroch, fühlte die ganze Kettenreaktion wieder von vorn anfangen, gepaart mit einer Empfindung, die ohne Zweifel sexueller Natur war. Er wurde wütend auf sie, weil sie ihn zwang, dies hier durchzumachen. Er wollte diese Trennung nicht, verdammt noch mal!

»Claire?« sagte er, und sie schaute auf, eine Hand noch zwischen den Heftern.

»Hallo, Tom.«

»Ich, äh...« Er räusperte sich. »Ich habe Vince Conti gesagt, er könne an einem Abend in dieser Woche zu uns kommen und sich unser Kanu ausleihen. Er möchte es für die Entenjagd benutzen. Weißt du, wo die Paddel sind?«

»Ja.«

»Würdest du sie Vince geben, wenn er kommt?«

»Sicher.«

»Er wird dir noch Bescheid sagen, wann er kommt.«

»In Ordnung.«

»Es ist schon ein paar Wochen her, daß ich ihm gesagt habe, er könnte es sich ausleihen. Ich habe nicht angenommen, daß er dich damit belästigen müßte, um... du weißt schon. Du hast an den meisten Abenden Proben für die Schulaufführung.«

»Ist schon in Ordnung, Tom. Wir werden das irgendwie regeln.«

Als er steif auf seinem Platz an der Tür stehenblieb, fast demütig und mit hektisch geröteten Wangen, fragte sie kühl: »Gibt es sonst noch etwas, Tom?«

Plötzlich ärgerte es ihn gewaltig, wie irgendein Vasall zu Füßen einer hochherrschaftlichen Prinzessin behandelt zu werden, und er platzte wütend heraus: »Ja, es gibt noch eine ganze Menge mehr!« Er marschierte auf sie zu. »Claire, wie kannst du so verdammt kalt sein? Ich habe es nicht verdient, so behandelt zu werden!«

Wieder beugte sie sich zu den Heften in der Schublade herunter. »Keine Privatangelegenheiten im Klassenraum, Tom. Hast du das vergessen?«

Er stand vor ihrem Tisch und stützte die Hände auf die Tischplatte, brachte sein Gesicht dicht an ihres heran. »Claire, ich will diese Trennung nicht!«

Sie nahm einen Hefter aus der Metallschublade und knallte sie zu. Zwei Schüler kamen herein, lachend und redend, und Claire rollte ihren Schreibtischstuhl rückwärts.

»Nicht hier, Tom«, ermahnte sie ihn ruhig. »Nicht jetzt.«

Er richtete sich langsam wieder auf, mit vor Ärger hochrotem Gesicht, und er erkannte, daß es ein Fehler gewesen war, hierherzukommen. Kein Mann brauchte so etwas mitten an einem Arbeitstag! Mitten in seinem Leben!

»Ich möchte nach Hause zurückkommen.« Er dämpfte seine Stimme, damit ihn die Schüler nicht hörten.

»Ich werde dafür sorgen, daß Vince die Paddel bekommt«, sagte sie und entließ ihn damit so unmißverständlich, als hätte sie nach einer Tischglocke gegriffen und zum Ende der Stunde geläutet, wie die Lehrer in vergangenen Zeiten.

Tom blieb keine andere Wahl, als kehrtzumachen und sich durch die hereinströmenden Schüler einen Weg zur Tür zu bahnen.

13. KAPITEL

Das Gerücht kursierte auch im Umkleideraum beim Footballtraining an diesem Tag: Mr. Gardner läßt sich scheiden.

Kent Arens hörte es von einem Jungen names Bruce Abernathy, der – soweit Kent wußte – nicht einmal ein Freund von Robby war. Also, woher wollte er dann so genau Bescheid wissen? Kent ging zu Jeff Morehouse und fragte ihn, ob er etwas über die Sache wüßte.

»Ja, Robbys Vater ist ausgezogen.«

»Wollen sie sich scheiden lassen?«

»Das weiß Robby nicht. Er sagt, seine Mam hätte seinen Vater rausgeschmissen, weil er eine Affäre mit einer anderen hätte.«

Nein! hätte Kent am liebsten gerufen. Nein, nicht die beiden! Nicht die Familie, die so glücklich war!

Als er Zeit hatte, sich von dem ersten Schock zu erholen, explodierte eine weitere Bombe in seinem Kopf. Angenommen, das mit der Affäre stimmte und diese andere Frau war seine Mutter? Der Gedanke verursachte ihm Übelkeit.

In diesem Moment erkannte er, daß er die Gardners als Idealbild einer Familie betrachtet hatte: Irgendwo in dieser Welt der Einelternfamilien und verkorksten Werte gab es eine Einheit von vier Menschen, die all den Verrat der modernen Zeit überlebt hatten, um fest zusammenzuhalten und einander zu lieben. Sie waren ihm unantastbar erschienen, und obwohl er, Kent, Chelsea um ihren Vater beneidet hatte, hatte er ihn ihr nie wegnehmen wollen. Und wenn seine Mutter an diesem Schlamassel beteiligt war, wie konnte er sie dann noch weiter respektieren?

Er ließ sich auf eine Bank fallen, halb bekleidet und erschüttert, schlang seine Hände um die Knie und kämpfte mit einem ganzen Bündel neuer Emotionen. Im Umkleideraum herrschte lautes Stimmengemurmel, und als es plötzlich verstummte, schaute Kent auf, um zu sehen, daß Robby Gardner hereingekommen war. Niemand sagte ein Wort. Niemand rührte sich. Die Stille war schrecklich und angefüllt mit dem Widerhall von Klatsch, der schon den ganzen Tag über heiß diskutiert worden war.

Gardner blickte Arens an. Arens erwiderte den Blick ruhig.

Dann ging Robby weiter zu seinem Schließfach.

Aber etwas hatte sich verändert an seinem Gang. Die Dreistigkeit war verschwunden, die Sorglosigkeit. Als er sich an seinen schweigenden Teamkameraden vorbeidrängte, folgten ihm ihre wissenden Blicke. Einige Augen hatten einen mitleidigen Ausdruck, andere einen fragenden. Einige waren verlegen, als er seine Schließfachtür öffnete, seine Jacke aufhängte und sich ohne die üblichen Witze umzuziehen begann.

Kent unterdrückte den Drang, aufzustehen und zu Robby zu

gehen, ihm eine Hand auf die Schulter zu legen und zu sagen: Es tut mir leid. Irgendwie war diese seine, Kents, Schuld; er wurde dieses Gefühl einfach nicht los, obwohl ihm die Vernunft ganz klar sagte, daß seine Existenz auf der Tat von zwei anderen Menschen beruhte, nichts, was er gewollt oder herbeigeführt hatte. Trotzdem, er war geboren worden, richtig? Und es schien, als hätten seine Mutter und Mr. Gardner wieder eine Affäre miteinander angefangen, und all dies hatte einen Keil zwischen Robbys und Chelseas Eltern getrieben.

Sicherlich war eine gewisse Schuld mit diesen Tatsachen verbunden.

Das Team fuhr fort, seine Köpfe durch Trainingspullover zu stecken und Schließfachtüren zuzuknallen, bis sie schließlich einer nach dem anderen auf das Footballfeld hinausjoggten und das harte Klappern ihrer metallverstärkten Schuhsohlen allmählich verstummte. Robby, der die Mannschaft gewöhnlich anführte, blieb zurück.

Kent drehte den Kopf, um ihn über die gesamte Länge der Bank hinweg anzusehen. Robby stand mit dem Gesicht zu seinem offenen Schließfach, hielt den Kopf gesenkt, während er seinen Pullover über die Schulterpolster zog.

Kent bewegte sich auf ihn zu... blieb zögernd hinter ihm stehen, seinen Helm in der Hand.

»Hey, Gardner?« sagte Kent.

Schließlich drehte Robby sich herum. Sie standen wie angewurzelt da, in ihren rot-weißen Trainingsanzügen, hielten ihre Schuhe und Helme in der Hand, während sie sich fragten, wie um alles in der Welt sie den Morast von Emotionen bewältigen sollten, der ihnen in so kurzer Zeit aufgezwungen worden war.

Der Trainer kam aus seinem Büro, öffnete den Mund, um ihnen zu befehlen, sich endlich in Trab zu setzen, überlegte es sich anders und ließ sie in Ruhe. Er ging fort, seine metallverstärkten Schuhe klackten laut auf dem Zementfußboden, überließ die beiden Jungen der lastenden Stille, die nur vom Tröpfeln eines Brausekopfes auf der anderen Seite einer gekachelten Wand unterbrochen wurde.

Sie standen da, getrennt durch die niedrige Bank und den Unterschied ihrer Geburtsrechte. Kent hatte erwartet, Zorn auf Robbys Gesicht zu sehen. Statt dessen sah er nur Traurigkeit.

»Ich habe das mit deiner Mutter und deinem Vater gehört«, sagte Kent. »Es tut mir leid.«

»Ja.« Robby senkte den Kopf und blickte auf den Boden, für den Fall, daß irgendwelche verräterischen Tränen in seinen Augen aufstiegen. Es kamen keine Tränen, aber Kent sah die Anstrengung, die es Robby kostete, sie zurückzuhalten, so deutlich, als hätten seine eigenen Augen gebrannt.

Er streckte den Arm über die Bank aus und legte seinem Halbbruder zum allerersten Mal eine Hand auf die Schulter... in einer einzigen flüchtigen Berührung.

»Das ist mein Ernst. Es tut mir wirklich leid«, sagte er freundlich.

Robby starrte nur auf die Bank, unfähig, den Kopf zu heben.

Dann zog Kent seine Hand zurück und wandte sich zur Tür um, um seinem Halbbruder Zeit zu lassen, sich wieder zu fangen.

Kent ging an diesem Abend vom Training nach Hause, so wütend auf seine Mutter, wie er es noch nie zuvor in seinem Leben gewesen war. Als er ins Haus stürmte, kam sie gerade die Kellertreppe herauf, mit einem Stapel gefalteter Handtücher im Arm.

»Ich möchte mit dir reden, Mam!« bellte er.

»Das ist ja eine nette Begrüßung.«

»Was geht zwischen dir und Mr. Gardner vor?«

Monica erstarrte einen Moment mitten in der Bewegung und setzte dann ihren Weg zum Wäscheschrank fort, während Kent lauernd hinter ihr herlief. »Hast du eine Affäre mit ihm?«

»Ganz bestimmt *nicht*!«

»Warum sagen dann alle in der Schule, du hättest was mit ihm? Und warum hat Mr. Gardner seine Frau verlassen?«

Sie fuhr herum, die Handtücher immer noch in der Hand. »Er hat sie verlassen?«

»Ja, hat er! Und alle in der Schule zerreißen sich das Maul darüber! Irgendein Typ im Umkleideraum sagte, seine Frau hätte ihn rausgeworfen, weil er eine Affäre hätte.«

»Nun, wenn er eine hat, dann jedenfalls nicht mit mir.«

Kent betrachtete seine Mutter eindringlich. Sie sagte die Wahrheit. Er seufzte und trat wieder einen Schritt zurück. »Mann, ist das eine Erleichterung, Mama!«

»Nun, ich bin froh, daß du mir glaubst. Dann kannst du jetzt vielleicht aufhören, mich anzuschreien.«

»He, tut mir leid.«

Sie legte die Handtücher in den Schrank. »Glaubst du, daß es wahr ist? Daß Tom seine Frau verlassen hat?«

»Sieht ganz so aus. Ich habe Jeff gefragt, und Jeff sagte, es stimmte, und er müßte es wissen. Er ist schon seit ewigen Zeiten Robbys bester Freund.«

Sie hakte Kent unter und führte ihn zurück in den vorderen Teil des Hauses. »Du bist anscheinend sehr aufgebracht darüber.«

»Ich... ja... ja, ich schätze, das bin ich.«

»Obwohl ich nichts damit zu tun habe?«

Er warf ihr einen vorwurfsvollen Blick zu.

»Gegenwärtig nichts damit zu tun habe«, gab sie zu.

»Ich bin sauer, Mam. Du brauchst Robby Gardner nur anzuschauen, um zu sehen, daß er sich echt mies fühlt. Ich nehme an, Chelsea geht es genauso. Sie liebt ihren Vater wirklich, Mama. Wie sie über ihn gesprochen hat, das war irgendwie... na ja, irgendwie anders, verstehst du? Die Art, wie Kids selten über ihre Eltern reden. Und ich habe heute im Umkleideraum nur einen Blick auf Robby geworfen, und...« Sie waren in der Küche angekommen, und Kent ließ sich auf einen Hocker neben der Anrichte fallen. »Ich weiß nicht. Der Ausdruck auf seinem Gesicht war schrecklich. Ich wußte nicht, was ich zu ihm sagen sollte.«

»Was hast du gesagt?«

»Daß es mir leid tut.«

Sie hatte den Küchenschrank geöffnet, um etwas Hackfleisch und eine halbe Zwiebel in einem Plastikbeutel herauszunehmen. Sie legte sie auf den Tisch und ging zu Kent.

»Mir tut es auch leid«, sagte sie.

Sie nahmen gemeinsam Anteil, er auf der Kante des hohen Hockers sitzend, sie danebenstehend, betroffen über die Neuigkeit, daß eine Familie zerbrochen war, und gleichzeitig von einem obskuren Schuldgefühl erfüllt. Aber sie konnten die Vergangenheit nicht ändern. Monica nahm eine Bratpfanne aus dem Schrank und machte sich an die Zubereitung des Abendessens.

»Mama?« sagte Kent, immer noch bedrückt und in sich gekehrt.

Sie schaute ihn über die Schulter an. »Was?«

»Was würdest du davon halten, wenn ich… also… wenn ich versuchen würde, sein Freund zu werden oder so was?«

Monica mußte erst eine Weile darüber nachdenken. Sie ging zur Spüle und zog das Holzbrett daneben hervor, öffnete das Paket Hackfleisch und begann, Hamburger daraus zu formen. »Ich schätze, ich habe keine Möglichkeit, dich davon abzuhalten.« Das klatschende Geräusch ihrer Hände auf dem Fleisch erfüllte den Raum.

»Dann findest du die Idee also nicht gut?«

»Das habe ich nicht gesagt.«

Aber etwas an der Art, wie sie das Hackfleisch bearbeitete, sagte ihm, daß sie sich irgendwie von seiner Frage bedroht fühlte.

»Er ist mein Halbbruder. Heute, als ich ihn angesehen habe, habe ich zum ersten Mal richtig darüber nachgedacht. Mein Halbbruder. Du mußt zugeben, daß das ziemlich eindrucksvoll ist, Mama.«

Sie kehrte ihm den Rücken zu und schaltete eine Herdplatte ein, öffnete eine Schranktür und fand eine Flasche Öl, goß etwas davon in die Pfanne und gab keine Antwort.

»Ich dachte, ich könnte vielleicht auf irgendeine Weise helfen. Ich weiß zwar nicht, wie, aber ich bin der Grund, warum sie sich getrennt haben. Wenn es nicht deshalb ist, weil du eine Affäre mit ihm hast, dann ist es meinetwegen.«

Monica fuhr herum, leicht verärgert. »Es ist nicht *deine* Verantwortung, und du bist sicherlich nicht an irgend etwas schuld, und wenn du dir diese Idee in den Kopf gesetzt hast, dann kannst du sie dir ebensogut gleich wieder aus dem Kopf schlagen!«

»Okay, und wer ist dann dafür verantwortlich?«

»Er! Tom!«

»Ich soll also einfach danebenstehen und zuschauen, wie ihre Familie auseinanderbricht, und nichts dagegen tun?«

»Du hast es vorhin selbst gesagt – was kannst du schon tun?«

»Ich kann Robbys Freund sein.«

»Bist du sicher, daß er das will?«

»Nein«, erwiderte Kent kläglich.

»Dann sei vorsichtig.«

»Vorsichtig? Wie meinst du das?«

»Daß du nicht selbst dabei verletzt wirst.«

»Mama, ich bin bereits verletzt. Du scheinst das nicht zu begreifen. Dieser ganze Schlamassel tut mir echt weh! Ich möchte meinen Vater kennenlernen, aber wenn ich jedesmal, wenn ich ihn sehen möchte, einen Riesenbogen um seine Kinder schlagen muß – okay, wäre es da nicht viel einfacher, ich würde versuchen, mich mit ihnen anzufreunden?«

Sie legte einen Hamburger in die Pfanne, der Fettspritzer und Rauch aufsteigen ließ. Es fiel ihr ungeheuer schwer, ihren Segen dazu zu geben, daß ihr Sohn in Tom Gardners Lager Freundschaften schloß.

»Hast du Angst, ich könnte die Seiten wechseln oder so was, Mam?« Er trat zu ihr und legte ihr beschwichtigend einen Arm um die Schultern. »Du solltest mich eigentlich besser kennen. Du bist meine Mutter, und daran wird sich niemals etwas ändern, auch nicht, wenn ich die Gardners kennenlerne. Aber ich muß das einfach tun, verstehst du das nicht?«

»Doch.« Sie wirbelte herum und umarmte ihn fest, um ihn nicht den verdächtigen Glanz in ihren Augen sehen zu lassen. »Ich verstehe das durchaus. Deshalb hat Tom darauf bestanden, daß ich dir sage, daß er dein Vater ist. Aber ich fürchte mich davor, dich zu verlieren.«

»An die Gardners? Nun komm schon, Mam, das ergibt doch überhaupt keinen Sinn. Warum solltest du mich verlieren?«

Sie schniefte und lächelte über ihre eigene Dummheit. »Ich weiß nicht. Es ist so ein Durcheinander: du und sie, du und ich, er und ich, und er und du.« Sie löste sich aus seinen Armen, um die Hamburger in der Pfanne umzudrehen, ließ ihn stehen, ein Handgelenk immer noch über ihre Schulter gelegt. Kent schaute schweigend zu, wie sie die Hamburger wendete und dann Zwiebelringe schnitt, um sie in die Pfanne neben das Fleisch zu geben. Das Aroma verstärkte sich, und Kent zog seine Mutter ein wenig fester an seine Seite.

»Junge, Junge, es ist wirklich die Hölle, erwachsen zu werden, nicht, Mam?«

Sie lächelte, stocherte mit der Messerspitze in den Zwiebeln und sagte dann: »Das kann man wohl sagen.«

»Ich sag dir was...« Er nahm das Messer und schob ebenfalls die Zwiebelringe hin und her. »Nur damit du dich nicht bedroht oder ausgeschlossen fühlst. Ich werde zurückkommen und dir über alles berichten. Ich werde dir sagen, wann ich sie sehe und worüber wir sprechen. Und ich erzähle dir auch, wie wir alle miteinander zurechtkommen. Auf diese Weise wirst du nicht denken, ich würde irgendwie von dir weggelockt. Na, was meinst du dazu?«

»Ich hätte auf jeden Fall von dir erwartet, daß du mir davon erzählst.«

»Na ja, okay, aber so kannst du dir ganz sicher sein.«

»In Ordnung, abgemacht. Wie wär's, wenn du jetzt ein paar Brötchen mit Butter bestreichst?«

»Klar.«

»Und zwei Teller auf den Tisch stellst.«

»Sicher.«

»Und das Glas mit den Mixed Pickles.«

»Ja, ja, ja.« Als Kent sich abwandte, um ihr zu helfen, drehte Monica sich herum, um ihn zu beobachten, und während die Hamburger in der Pfanne brutzelten und die Zwiebeln garten und Kent mit dem Rücken zu ihr Brötchen mit Butter bestrich, erkannte sie, daß es dumm von ihr gewesen war, sich von seinem Wunsch, Toms Kindern näherzukommen, bedroht zu fühlen.

Sie hatte einen zu guten Jungen aufgezogen, um ihn wegen einer solchen Sache zu verlieren. Sie hatte ihre Sache so gut gemacht, daß er *ihr* beibrachte, daß Liebe nicht von Konkurrenzdenken geprägt sein mußte.

Bei den Proben für die Schulaufführung an diesem Abend schaute Claire auf ihre Uhr, klatschte in die Hände und rief über das Geschnatter auf der Bühne hinweg: »Okay, Leute, es ist zehn Uhr, machen wir Schluß für heute. Sorgt dafür, daß alle Requisiten weggeschlossen sind! Arbeitet weiter an eurem Text, und ich sehe euch dann morgen abend wieder!«

Neben ihr rief John Handelman: »He, Sam, du wirst eine Kopie von den Beleuchtungsanweisungen machen und sie Doug geben, ja?«

»Alles klar!« rief der Junge zurück.

»Gut. Ein Wort an die Malertruppe: Denkt daran, morgen abend alte Klamotten zu tragen. Der Kunstkurs hat die Kulissen skizziert, und wir werden die Flächen ausmalen!«

Ein vielstimmiger Chor von »Gute Nacht« und »Bye, bis morgen« schallte zu dem Paar auf der Bühne hinauf. Die Stimmen der Schüler verhallten nach und nach, bis Stille in der Aula herrschte.

»Ich werde die Lichter ausmachen«, sagte John und strebte in die Kulisse.

Einen Moment später verlöschten die Scheinwerfer an der Decke, ließen Claire im Dunkeln stehen. Sie bahnte sich einen Weg zum rückwärigen Teil der Bühne, wo eine einzige trübe Lampe verschwommen graue Streifen auf den Boden zwischen die Vorhänge warf. Ein paar Klappstühle standen unordentlich neben einer rohgezimmerten Holzkiste; auf einen der Sitze hatte Claire ihren Blazer geworfen. Müde beugte sie sich vor, um ihr Textbuch und die Notizen in einen Leinenbeutel zu stopfen, zusammen mit einigen Stoffproben und einem Buch über historische Kostüme. Sie richtete sich seufzend wieder auf, griff nach ihrem Blazer und schlüpfte hinein.

»Müde?«

Sie drehte sich um. John stand hinter ihr, ebenfalls dabei, sein Jackett anzuziehen.

»Total erledigt.«

»Wir haben heute abend ja auch hart gearbeitet.«

»Ja, wir haben einiges geschafft.« Sie griff nach ihrem Beutel, und er legte seine Hand auf ihren Arm.

»Claire«, sagte er. »Könnten wir eine Minute reden?«

Sie ließ den Beutel auf dem Stuhlsitz liegen. »Sicher.«

»Es sind heute ein Menge Gerüchte an der Schule im Umlauf gewesen. Statt herumzurätseln, ob sie wahr sind, habe ich beschlossen, geradeheraus zu fragen. Sind sie wahr?«

»Vielleicht solltest du mir sagen, was du gehört hast, John.«

»Daß du Tom verlassen hast.«

»Das ist wahr.«

»Für immer?«

»Das weiß ich noch nicht.«

»Die Klatschmäuler behaupten, er hätte eine Affäre.»

»Er hat eine gehabt. Er sagt, es wäre vorbei.«

»Und wie gehst du damit um?«

»Ich bin verletzt. Völlig durcheinander. Ich bin wütend. Ich weiß nicht, ob ich ihm glauben soll oder nicht.«

Er musterte sie eine Weile schweigend. Ihre Gesichter wirkten wie Masken in einer Tragödie, die Augen lediglich Höhlen in dem schwachen Licht der winzigen Lampe hinter ihnen.

»Ihr habt dem Kollegium einen gewaltigen Schock versetzt, weißt du.«

»Ja, das haben wir wohl.«

»Alle sagen, sie hätten niemals gedacht, daß es ausgerechnet dir und Tom passieren würde.«

»Das habe ich auch nicht gedacht, aber es *ist* passiert.«

»Brauchst du eine Schulter zum Ausweinen?«

Claire nahm ihren Beutel und ging langsam in Richtung Ausgang. John schlenderte neben ihr her. »Du bietest mir eine an?«

»Jawohl, Ma'am. Das tue ich ganz sicher.«

Sie wußte schon seit Jahren, daß er sich zu ihr hingezogen fühlte, war aber dennoch überrascht, wie schnell er Avancen machte. Sie war zu lange verheiratet gewesen, um diese Situation als angenehm zu empfinden.

»John, es ist doch erst vorgestern passiert. Ich weiß ja noch nicht mal, ob ich weinen oder schreien soll.«

»Also, du kannst auch an meiner Schulter schreien, wenn du das Bedürfnis hast.«

»Danke. Ich werd's mir merken.«

Am Bühnenausgang schaltete er die letzte Lampe aus und ließ Claire als erste hinausgehen. Es war eine klare Herbstnacht, komplett mit funkelnden Sternen und dem Geruch welkender Blätter. Als sie über den Parkplatz gingen, hielt Claire reichlich Abstand zu John.

»Hör zu«, sagte er, »du wirst einen Freund brauchen. Ich biete dir nur meine Dienste an, mehr nicht, okay?«

»Okay«, erwiderte sie erleichtert. Er begleitete sie zu ihrem Wagen und wartete, während sie die Tür aufschloß und einstieg.

»Gute Nacht – und danke.«

»Bis morgen«, sagte er und drückte die Tür mit beiden Händen ins Schloß.

Sie sah, daß er ihr nachschaute, als sie davonfuhr. Ihr Herz hämmerte in einer Art und Weise, die an Furcht grenzte. John Handelman würde ihr nicht weh tun. Warum reagierte sie so verängstigt? Weil sie nicht erwartet hatte, daß sie durch die Bekanntgabe ihrer Trennung augenblicklich zum Köder für andere Männer wurde. Sie wollte keine neue Beziehung, verdammt noch mal! Sie wollte ihre Wunden heilen. Wie konnte John es wagen, sich so an sie heranzumachen?

Zu Hause waren Robbys und Chelseas Zimmer dunkel und leer. Claire polterte in ihrem Schlafzimmer herum, verärgert, daß die Kinder noch nicht einmal eine Nachricht hinterlassen hatten. Sie kehrten zusammen gegen halb elf zurück.

»In Ordnung, ihr zwei, wo seid ihr gewesen?«

»Bei Erin«, antwortete Chelsea.

»Bei Jeff«, erklärte Robby.

»Ihr habt um zehn zu Hause zu sein! Oder habt ihr das vergessen?«

»Na schön, und jetzt ist es halb elf. Was soll der Aufstand«, murmelte Chelsea und trottete zu ihrem Zimmer.

»Du kommst sofort hierher, mein Fräulein!«

Sie kam mit Leidensmiene zurück. »Was?«

»Es ändert sich nichts, auch wenn dein Vater nicht mehr hier ist. Du bist spätestens um zehn zu Hause und um elf im Bett, wenn am nächsten Morgen die Schule ist, ist das klar?«

»Warum sollen wir zu Hause sein, wenn sonst keiner hier ist?«

»Weil wir Regeln in diesem Haus haben, deshalb.«

»Ich hasse es, hier im Haus zu sein ohne Papa.«

»Es nicht anders als zu der Zeit, als er noch hier wohnte und abends bei einer Besprechung in der Schule war.«

»Doch, es ist anders. Es ist trübsinnig! Und du bist jeden Abend bei den Schulproben, also werde ich zu Erin gehen.«

»Du gibst mir die Schuld an allem, nicht wahr?«

»Na ja, du bist diejenige, die ihn rausgeworfen hat.«

Robby hatte die ganze Zeit danebengestanden und nichts gesagt.

»Robby?« drängte Claire.

Er trat von einem Fuß auf den anderen und sah unbehaglich drein. »Ich verstehe nicht, warum du darauf bestanden hast, daß er geht. Ihr hättet doch auch hier mit euren Problemen fertig werden können. Ich meine... verdammt, es geht ihm ziemlich mies. Man brauchte ihn doch heute nur anzusehen, um das zu merken.«

Claire unterdrückte ihren Drang, ihre Ungeduld herauszuschreien, und traf eine rasche Entscheidung. »Kommt mit, ihr zwei.« Sie nahm sie mit in ihr Schlafzimmer und wies sie an, sich auf die Bettkante zu setzen, während sie selbst sich auf eine Truhe aus Zedernholz unter dem Fenster hockte. »Robby, du hast gesagt, du verstehst nicht, warum ich Papa nicht weiter hier wohnen lassen konnte. Schön, ich werde es dir erklären, und ich werde es dir so aufrichtig sagen, wie ich kann, weil ich glaube, daß du alt genug bist, es zu hören. Dein Vater und ich sind immer noch sehr sexuelle Wesen, und es war ein Teil unserer Ehe, den ich – wir – sehr genossen haben. Als ich herausfand, daß er eine Woche vor unserer Hochzeit Sex mit einer anderen Frau gehabt hatte, fühlte ich mich betrogen und verraten. Ich fühle mich auch jetzt noch verraten. Dann kamen einige andere Dinge ans Licht, die mich auf den Gedanken gebracht haben, daß immer noch etwas zwischen ihm und dieser anderen Frau ist. Ich werde mich nicht weiter darüber auslassen, weil ich euch nicht gegen euren Vater aufbringen will. Aber für mich bestehen immer noch gewisse Zweifel an seiner Treue, und solange ich ihm nicht voll und ganz vertrauen kann, kann ich nicht mit ihm leben. Ihr denkt vielleicht, das ist altmodisch nach heutigen Maßstäben, aber das ist mir gleichgültig. Ein Versprechen ist ein Versprechen, und ich kann und werde nicht als Ehefrau leben, die ihren Mann mit seiner Geliebten teilt.

Und dann gibt es da noch den sehr realen, lebenden Beweis seines Verrats. Kent Arens. Ich sehe ihn jeden Tag im Unterricht, und was glaubt ihr wohl, wie mir zumute ist, wenn er zur Tür hereinkommt? Glaubt ihr, es schmerzte mich nicht jedesmal wieder von neuem? Glaubt ihr, ich könnte eurem Vater einfach verzeihen, daß er euch beide in die peinliche Lage bringt, zusammen mit eurem unehelichen Halbbruder dieselbe Schule zu besuchen? Wenn es nicht so tragisch wäre, wäre es beinahe lächerlich – wir alle fünf in dem Schulgebäude, wie wir uns ständig über den Weg laufen und so tun, als wären wir eine große, glückliche Familie.

Euer Vater ist auch Kents Vater, und es tut mir leid, aber ich kann diese Tatsache nur sehr schwer verdauen. Und sicherlich habt ihr schon gemerkt, daß sich alle in der Schule die Mäuler zerrissen haben. Es hat sich heute wie ein Lauffeuer in der Schule verbreitet. Ich hasse es, daß ihr beide all dem Getratsche und Geklatsche ausgesetzt seid. Daß wir alle *drei* dies durchmachen müssen.

Ich weiß, ihr vermißt euren Vater. Ihr glaubt es vielleicht nicht, aber mir fehlt er auch. Man bleibt nicht achtzehn Jahre lang mit einem Mann verheiratet, ohne ihn zu vermissen, wenn er fort ist. Aber ich leide unter dem, was vorgefallen ist.« Claire legte eine Hand auf ihr Herz und beugte sich ernst vor. »Ich leide sehr darunter, und wenn ich eine gewisse Zeit brauche, um über den Schmerz hinwegzukommen, dann erwarte ich, daß ihr mich versteht und mir nicht vorwerft, diejenige zu sein, die unsere Trennung verursacht hat.«

Sie lehnte sich auf der Truhe zurück und atmete tief durch. Die Kinder hockten schweigend und mit betretenen Gesichtern auf der Bettkante. Die Atmosphäre im Zimmer war von einer so tiefen Traurigkeit erfüllt, daß sie sich wie ein bleiernes Gewicht auf sie zu legen schien. Claire begriff, daß sie die einzige war, die die Traurigkeit vertreiben konnte. »Kommt her, ihr zwei…« Sie öffnete weit die Arme. »Kommt her und umarmt mich. Ich brauche jetzt wirklich dringend eine Umarmung. Wir alle.«

Sie kamen zu ihr. Sie umarmten ihre Mutter. Lösten sich nur zögernd aus ihren Armen, geplagt von der Erkenntnis, daß es zwei unterschiedliche Standpunkte bei dieser Auseinandersetzung gab und ihre Mutter ebenfalls ein Anrecht auf ihr Verständnis hatte.

»Ich liebe euch«, murmelte Claire, einen Arm um jedes Kind geschlungen.

»Ich liebe dich auch«, sagten beide.

»Und euer Vater liebt euch. Vergeßt das niemals. Ganz gleich, was passiert, er liebt euch, und es war niemals seine Absicht, euch zu verletzen.«

»Das wissen wir«, sagte Robby.

»Na gut, dann…« Sie schob sie sanft von sich. »Es ist ein schlimmer Tag gewesen, und wir sind alle müde. Ich glaube, es wird Zeit, daß wir etwas Schlaf bekommen.«

Eine Viertelstunde später lag Claire zwischen den Laken in ihrem und Toms Bett ausgestreckt, während Tränen aus ihren Augenwinkeln tropften. Sie vermißte ihn. O Gott, er fehlte ihr so schrecklich! Und sie verfluchte ihn dafür, sie zu dieser störrischen, abwehrbereiten Frau gemacht zu haben, die ihm gezeigt hatte, daß sie ohne ihn leben konnte und würde! Er behauptete, es wäre nichts mehr zwischen ihm und Monica Arens, aber warum hatte Ruth sie dann zusammen gesehen? Warum hatte seine Stimme dann so emotional geklungen, als er mit ihr telefonierte? Es schmerzte sie sehr, nach all den Jahren absoluten Vertrauens nicht mehr in der Lage zu sein, ihm Glauben zu schenken. Und es schmerzte noch mehr, sich vorzustellen, wie er mit einer Frau Sex hatte.

Aber die Bilder von Tom und der anderen stiegen vor ihrem inneren Auge auf und ließen sich nicht verdrängen. Sie kamen jeden Abend wieder, wenn Claire sich in dieses Bett legte, wo sie und Tom intim gewesen waren, wo die Knitterfalten auf seinem Kopfkissen noch immer schwach zu sehen waren und den Laken noch immer sein Geruch anhaftete. Und wenn sie allein lebte, bis sie hundert war, sie würde sich niemals daran gewöhnen, daß Tom nicht mehr die andere Hälfte des Bettes einnahm, daß sie seine warme, atmende Nähe nicht mehr spürte.

Manchmal schlichen sich Rachegedanken ein, obwohl Claire nicht die Absicht hatte, es Tom in irgendeiner Form heimzuzahlen. *In Ordnung, du hast vielleicht eine Geliebte, Tom Gardner, aber bilde dir nur nicht ein, du wärst der einzige, der noch etwas Sex-Appeal hätte. Ich brauch nämlich nur mit den Fingern zu schnippen, und John Handelman wäre in Null Komma nichts hier in diesem Bett neben mir!*

Danach fühlte sie sich schuldig, als dächte sie tatsächlich daran, Ehebruch zu begehen, obwohl es nur eine leere Drohung gewesen war.

Einer von ihnen mußte zu ihrem Treueversprechen stehen – um der Kinder willen –, und wenn Tom es nicht getan hatte, dann würde sie es tun. Schließlich brauchten Kinder Rollenvorbilder, und sie war zum Teil auch deshalb so von Tom enttäuscht, weil er mit seiner Untreue ein so schlechtes Beispiel vor den Kindern abgegeben hatte.

Am Morgen würden ihre Augen wieder rot und verschwollen aussehen … zur Hölle mit ihm, weil er auch daran schuld hatte … und weil er sie zwang, ohne ihn zu leben, was sie haßte … und weil er sie zum Gegenstand des Schulklatsches machte … und zum Ziel von John Handelmans Annäherungsversuchen …

Sie vermißte Tom noch immer schmerzlich, als sie schließlich in Schlaf versank.

Am folgenden Morgen wußte Claire gleich in dem Moment, als Kent Arens in ihren Klassenraum kam, daß er von ihrer Trennung von Tom gehört hatte. Bisher war er immer reserviert und wachsam gewesen. Heute schien er sie mit einer finsteren Intensität zu mustern, die sie selbst dann noch spürte, wenn sie ihm den Rücken zukehrte.

Sie hätte Tom den Jungen in einen anderen Kurs stecken lassen sollen. Es war so schwierig, dem unehelichen Kind ihres Ehemannes gegenüber objektiv zu bleiben – von freundlich ganz zu schweigen. Man merkte ihr deutlich an, daß Kent ihr Mißfallen erregte. Sie rief ihn niemals im Unterricht auf, ließ nie ihren Blick auf ihm ruhen oder grüßte ihn, wenn er an ihrer Tür vorbeiging. Wenn sich ihre Blicke kreuzten, lächelte keiner von ihnen. Sie fühlte sich schrecklich, ihn auf diese Weise zu behandeln, aber seine Arbeit blieb beispielhaft, sein Zensurendurchschnitt eine glatte Zwei, und so tat sie ihr Verhalten mit tausend Ausreden ab und unterdrückte ihre Schuldgefühle. An diesem Dienstag, als die fünfte Stunde endete und die Schüler hinausdrängten, blieb Kent auf seinem Platz sitzen. Claire gab vor, ihn nicht zu bemerken, während sie Papiere ordnete und im Klassenbuch nachschaute, aber seine Anwesenheit war nur sehr schwer zu übersehen. Er erhob sich langsam von seinem Stuhl, durchquerte den Raum und baute sich direkt vor ihrem Tisch auf.

»Ich habe das von Ihnen und Mr. Gardner gehört«, begann er.

Sie schenkte ihm einen lieblosen Blick. »So, hast du das?«

Er stand locker da, in Jeans und einem blaßgelben Pullover mit V-Ausschnitt, und sah Tom so verdammt ähnlich.

»Ich nehme an, es ist meine Schuld«, sagte er.

Ihr Herz schmolz, als er sie offen und ehrlich anschaute, eine Schuld auf sich nahm, die nicht seine war.

»Nein, natürlich nicht.«

»Warum behandeln Sie mich dann, als wäre ich Luft?«

Sie errötete. »Es tut mir leid, Kent. Mir war nicht bewußt, daß ich das getan habe.«

»Ich glaube, Sie tun das absichtlich, um mich dafür zu bestrafen, daß ich auf dieser Schule bin.«

Seine Bemerkung traf pfeilgerade in ihr Gewissen, und sie sank kraftlos auf ihren Stuhl, als hätte es ihr einen körperlichen Schlag versetzt. Sie hatte Mühe zu atmen und zitterte innerlich.

»Du bist ihm so unglaublich ähnlich«, flüsterte sie.

»Bin ich das? Das wußte ich gar nicht.«

»Er würde sich genauso energisch behaupten, wenn er in dieser Situation wäre. Ich bewundere dich dafür.«

»Warum haben Sie ihn dann verlassen?«

»Wirklich Kent, ich glaube nicht, daß dich das etwas angeht.«

»Wenn es nicht meine Angelegenheit ist, wessen dann? Dies wäre nicht passiert, wenn ich nicht in diesen Schulbezirk gezogen wäre. Oder irre ich mich?«

Sie blickten sich mehrere Sekunden lang unverwandt in die Augen, bevor Claire leise zugab: »Nein, du irrst dich nicht.«

»Also, wenn Sie nicht mich bestrafen, wen dann? Ihn? Wenn es das ist, was Sie damit bezwecken, dann sollten Sie wissen, daß Ihre Kinder ebenfalls leiden. Und ich sehe einfach keinen Sinn darin. Ich bin ohne Vater aufgewachsen, deshalb weiß ich, was das für ein Gefühl ist. Ihre Kinder haben einen, und Sie nehmen ihnen den Vater weg. Tut mir leid, Mrs. Gardner, aber ich glaube nicht, daß das richtig ist. Chelsea hat mir einmal gesagt, wie sehr sie ihn liebt, und gestern im Umkleideraum konnten alle sehen, daß Robby sich bereits anders benimmt. Er hat die Mannschaft noch nicht mal zum Training nach draußen geführt.«

»Ich habe gestern abend mit den Kindern gesprochen. Ich denke, sie verstehen meine Gründe, warum ich Tom verlassen habe.«

»Glauben Sie, daß er eine Affäre mit meiner Mutter hat, oder was? Ich habe sie gefragt, und sie sagt, es wäre absolut nichts zwischen ihnen. Warum befragen Sie nicht auch Ihren Mann dazu?«

Claire war so verdattert, daß sie keine Antwort fand. Wie kam sie eigentlich dazu, die intimen Details ihrer Ehe mit einem ihrer Schüler zu diskutieren?

»Ich glaube, du nimmst dir ein bißchen viel heraus, Kent.«

Seine Miene wurde eisig, und er wich einen Schritt zurück, ein Bild überforderter Höflichkeit.

»In Ordnung, dann entschuldige ich mich, und ich werde gehen.« Er machte auf dem Absatz kehrt und marschierte zur Tür, beherrschter als jeder andere Siebzehnjährige, der ihr begegnet war. Großer Gott, hatte er keine Angst vor Vergeltung? Der durchschnittliche High-School-Schüler hätte nicht den Mut gehabt, einem Lehrer so die Meinung zu sagen. Das Bemerkenswerte daran war, daß er es mit großem Respekt getan hatte, der gleichen Art von Respekt, die sie und Tom immer bewahrt hatten, wenn es Auseinandersetzungen zwischen ihnen gegeben hatte. Als Claire Kents Rücken um die Ecke verschwinden sah, mußte sie sich widerwillig ihren Respekt vor ihm eingestehen.

Bis zum Ende der Woche waren weitere Einzelheiten durchgesickert, und jeder an der HHH wußte inzwischen, daß Kent Arens der uneheliche Sohn des Rektors war.

Kent wurde angestarrt.

Robby und Chelsea wurden mit Fragen bestürmt.

Claire bemerkte sofort, wie plötzlich alle schwiegen, wenn sie einen Raum betrat.

Tom hatte einige Gespräche mit Lynn Roxbury geführt, die ihm geraten hatte, sich nicht darum zu kümmern, was die Leute dachten; er müßte als erstes seine Beziehung zu Kent auf irgendeine konkrete Weise festigen, bevor er mit seinem Leben fortfahren konnte.

Er schickte eine Nachricht in Kents Klassenraum, und diesmal erschien Kent innerhalb von fünf Minuten an seiner Bürotür. Als sie allein waren, standen sie beide eine Weile reglos da und blickten einander an, noch immer nicht ganz an die Idee gewöhnt, daß sie Vater und Sohn waren. Es war ein wertvollerer Moment als bisher, denn ihm fehlte etwas von den Komplikationen und der Heimlichtuerei, die ihre vorangegangenen Begegnungen überschattet hatten. Sie konnten sich jetzt gegenseitig offen mustern, Augen, Körperbau, Muskulatur und Haarfarbe studieren, ohne schockiert über ihre Ähnlichkeit zurückzuschrecken.

»Wir sehen uns wirklich enorm ähnlich, nicht?« meinte Tom.

Kent nickte kaum merklich. Er starrte immer noch seinen Vater an, der um seinen Schreibtisch herumgekommen war und kaum vier Schritte von ihm entfernt stand. Faszination vibrierte zwischen ihnen.

»Alle in der Schule wissen jetzt darüber Bescheid«, sagte Kent.

»Stört dich das?«

»Zuerst schon. Jetzt ... jetzt bin ich irgendwie stolz darauf.«

Toms Herz machte einen winzigen Hüpfer vor Überraschung.

»Irgendwann demnächst würde ich dir gerne Bilder von mir zeigen, als ich in deinem Alter war.«

Kent nickte. »Die würde ich gern sehen.«

Wieder breitete sich Schweigen zwischen ihnen aus, während sie an Möglichkeiten dachten, die verlorene Zeit wieder aufzuholen, und sich fragten, ob sie vielleicht eine Zukunft als Vater und Sohn aufbauen könnten.

»Mein Vater würde dich gern kennenlernen«, sagte Tom in die Stille heinein.

»Ich ...« Kent schluckte hart. »Ich würde ihn auch gern kennenlernen.«

»Ich lebe jetzt bei ihm.«

»Ja, ich weiß. Tut mir leid, daß ich das verursacht habe.«

»Hast du nicht, das habe ich selbst verursacht. Aber das ist mein Problem, und ich werde schon irgendwie damit fertig werden. Jedenfalls, Vater und ich haben überlegt, ob du dieses Wochenende zum Blockhaus rauskommen könntest. Vielleicht am Samstag.«

Kents Gesicht überzog sich mit Röte. »Klar. Ich ... hey, also wirklich, das wäre super!«

»Du könntest auch Onkel Clyde kennenlernen, wenn du möchtest.«

»Klar.« Kent lächelte jetzt breit.

»Onkel Clyde und Vater haben ständig ihre Reibereien, und man weiß nie so recht, was dabei herauskommt, deshalb warne ich dich im voraus. Du mußt sie einfach mit Humor nehmen.«

Kent sah ehrfurchtsvoll aus, fast benommen. »Ich kann's einfach nicht glauben, daß ich tatsächlich meinen Großvater kennenlernen werde.«

»Er ist ein großartiger alter Knabe. Du wirst ihn mögen. Ich tu's ganz sicher.«

Kent lächelte nur in einem fort.

»Na schön«, sagte Tom. »Ich will dich jetzt auch nicht länger vom Unterricht abhalten. Soll ich dich am Samstag im Wagen mitnehmen? Ich könnte dich abholen, wenn du willst.«

»Nein, ich glaube, Mam wird mir ihren Wagen leihen.«

»In Ordnung. Sagen wir … um zwei Uhr?«

»Zwei paßt mir prima.«

»Warte noch eine Minute.« Tom kehrte an seinen Schreibtisch zurück. »Ich werde dir den Weg aufzeichnen.«

Während er Linien mit einem Bleistift auf das Papier warf, war er sich bewußt, daß Kent ebenfalls um seinen Schreibtisch herumgekommen war, um direkt neben ihm zu stehen. »Hier an dieser Stelle mußt du nach einer Reihe von Kiefern Ausschau halten, und wenn du hier abbiegst, fahr geradewegs bis zu der Sackgasse hoch. Vaters Blockhaus steht ungefähr hundert Meter weiter die Straße hinauf. Es ist ein kleines Blockhaus, und du wirst meinen roten Wagen an der Hintertür neben seinem Pickup parken sehen.«

Tom richtete sich auf und reichte Kent den Zettel.

»Danke. Um zwei Uhr … ich werde pünktlich sein.« Er faltete das Papier zusammen. Einmal. Zweimal. Dreimal, völlig unnötig. Es gab nichts mehr, was im Moment noch zu besprechen gewesen wäre. Sie standen dicht nebeneinander, fasziniert und gebannt von der Möglichkeit, einander zu berühren, wohl wissend, daß sie eine Schwelle überschreiten würden, die ihre Beziehung für immer verändern würde, wenn sie es täten. Ihre Augen verrieten, was sie fühlten, wie sie sich sehnten … und gleichzeitig fürchteten … und dem Moment mit klopfendem Herzen entgegensahen.

Und dann streckte Tom die Arme nach Kent aus, und er kam, und sie umarmten einander, Herz an Herz. Sie standen ruhig da, hielten einander fest, von einer Woge von Emotionen überrollt.

Daß sie sich gefunden hatten, wurde zu einem Wunder, einem Geschenk, das sie vom Leben nicht erwartet hatten. In diesem Augenblick fühlten sie sich reich vom Leben beschenkt, gesegnet.

Als sie sich voneinander lösten und sich anblickten, sahen sie Tränen in den Augen des anderen schimmern.

Tom berührte das Gesicht seines Sohnes, ein flüchtiges Streichen einer Handfläche über eine Wange, während Kents Arme langsam von seines Vaters Seiten herabglitten. Er versuchte zu sprechen. Vergeblich. Kein Lächeln schlich sich in diesem Augenblick ein, kein Wort zerstörte seine Perfektion. Sie traten zurück, Tom ließ seine Hand sinken, und Kent verließ das Büro in der Art von Schweigen, die man gewöhnlich für Tempel reservierte.

14. KAPITEL

Am Samstag morgen sagte Tom: »Komm, Vater, laß uns etwas Ordnung im Haus schaffen.«

»Wozu?« Wesleys Blick schweifte über den vollgestopften Zeitschriftenständer, die hochaufgetürmten Stapel alter Zeitungen, die schmuddeligen, schief sitzenden Schonbezüge und die katastrophale Küchenspüle. Gerümpel, wohin das Auge blickte, und nichts davon sauber.

»Ich weiß nicht, wie du in diesem Saustall leben kannst.«

»Kümmert mich überhaupt nicht.«

»Ich weiß, Vater, aber könnten wir die Zimmer wenigstens einmal ein bißchen präsentabel herrichten?«

»Na gut, wie du willst.« Wesley hievte sich aus seinem Küchenstuhl hoch. »Was soll ich tun?«

»Nur eines. Wirf alles weg, was du in den letzten sechs Monaten nicht mehr angerührt hast, und anschließend geh bitte unter die Dusche und zieh dir saubere Kleider an. Den Rest erledige ich.«

Wesley blickte an seinem Khakihemd und den ausgebeulten

Hosen hinunter. Dann schaute er zu Tom auf. *Was gibt es denn an den Sachen hier auszusetzen?* stand ihm deutlich lesbar ins Gesicht geschrieben. Er schaute erneut an sich herab, kratzte etwas getrocknetes Eigelb von seiner Hemdbrust und gab ein Schnauben von sich, das alles hätte bedeuten können. Dann machte er sich daran, Zeitungen auszusortieren.

Clyde kam um Viertel vor zwei herüber, tipptopp in Schale. Im Gegensatz zu seinem Bruder legte er viel Wert auf sein Äußeres und war stolz darauf, sich wie ein Dandy zu kleiden. Er warf einen einzigen Blick auf Wesley und sagte: »Pest und Hölle, seht euch den Kerl an! Tom, gib mir ein Taschenmesser, damit ich dieses Datum in die Wand einritzen kann!«

»Halt einfach deine Klappe, Clyde, bevor ich sie für dich zumache!«

Clyde schnaubte nur verächtlich. »Was hast du mit ihm anstellen müssen, Tom, ihn mit Handschellen an die Dusche fesseln? Bei Gott, du bist ja richtig blank geschrubbt, Wesley. Wenn du deine Karten richtig ausspielst, nehme ich dich hinterher mit ins Freudenhaus.«

Kent erschien um Punkt zwei Uhr. Er fuhr mit dem Lexus vor und stieg aus, um von allen drei Männern begrüßt zu werden, die an der Hintertreppe warteten.

Tom ging ihm entgegen. Wieder gab es diesen unbehaglichen Augenblick zwischen ihnen, wie zu Anfang ihrer Beziehung, bevor sie sich umarmt hatten, angefüllt mit Unsicherheit auf beiden Seiten.

»Hallo, Kent.«

»Hallo, Sir.«

»Nun … du bist superpünktlich.«

»Ja, Sir.«

Nach einer verlegenen Pause sagte Tom: »Na, dann komm … ich will dich mit meinem Vater bekannt machen.« Er schob den Jungen vorwärts bis zum Fuß der Treppe, spürte einen plötzlichen Stich der Unentschiedenheit, wie er die beiden vorstellen sollte. Am Ende beschloß er, auf jede Erwähnung ihrer Blutsverwandtschaft zu verzichten und den Dingen ihren Lauf zu lassen.

»Kent, dies ist mein Vater Wesley Gardner und mein Onkel Clyde Gardner. Vater, Onkel Clyde, dies ist mein Sohn Kent Arens.« *Mein Sohn Kent Arens.* Die Wirkung dieser ersten Erklärung war weitaus gewaltiger, als Tom erwartet hatte. Mein Sohn, mein Sohn, mein Sohn... Glückseligkeit durchflutete ihn, als er die Begegnung zwischen seinem Vater und dem Jungen beobachtete.

Wesley streckte den Arm aus, um Kent die Hand zu schütteln, hielt ihn dann jedoch auf Armeslänge von sich ab, lächelte in sein Gesicht und ließ seinen Blick prüfend von ihm zu Tom und wieder zurück schweifen.

»Jawohl!« rief er. »Du bist Toms Junge, und ob du das bist! Und ich will verdammt sein, wenn du nicht auch ein bißchen von deiner Großmutter hast. Ich kann es an deinem Mund sehen. Stimmt das nicht, Clyde? Hat er nicht Annes Mund?«

Kent lächelte scheu. Dann fing er an zu schmunzeln, und als er schließlich Clyde die Hand reichte, waren die schlimmsten Momente überstanden.

»So, dann komm mal mit ins Haus, ich will dir zeigen, wo ich lebe.« Wesley ging voraus. »Dein Vater hat mich heute morgen herumgescheucht, um hier sauberzumachen und den Fischgeruch loszuwerden. Ich weiß ja nicht, wie du darüber denkst, aber ich finde nichts Schlimmes daran, wenn es ein bißchen nach Fisch riecht. Macht das Haus gemütlicher. Angelst du gern, mein Junge?«

»Ich hab's noch nie ausprobiert.«

»Noch nie ausprobiert! Na, dem werden wir abhelfen, was, Clyde? Dieses Jahr ist es schon zu spät, aber im nächsten Sommern, wenn die Saison anfängt, wart's nur ab! Ich habe deinem Vater die erste Angelrute in die Hand gedrückt, da war er noch so klein, daß er mir noch nicht mal bis zu den Hämorrhoiden reichte, und eins muß man ihm lassen, der Junge verstand was vom Angeln! Mit dir fangen wir ein bißchen spät an, aber vielleicht wird ja noch ein tüchtiger Angler aus dir. Hast du schon mal eine Fenwick-Rute gesehen, Kent?«

»Nein, Sir, noch nie.«

»Die beste Angelrute weit und…« Wesley unterbrach sich und fuhr zu Kent herum, funkelte den Jungen mit vorgetäuschter Entrüstung an. »›Sir‹? Ich höre wohl nicht richtig! Nennt mich der Junge doch ›Sir‹! Ich weiß ja nicht, was mit dir ist, aber ich fühle mich heute ziemlich glücklich. Hab gerade einen neuen Enkel gefunden, und wenn's dir recht ist, möchte ich gern mit ›Großvater‹ angesprochen werden, wie es meine restlichen Enkel tun. Willst du es mal versuchen?«

Kent mußte einfach grinsen. Es war schwer, bei einem liebenswerten alten Schwätzer wie Wesley ernst zu bleiben. »Großvater«, sagte er.

»Schon besser. Und jetzt komm hierher. Ich werde dir meine Fenwick Goldwing zeigen. Hab gerade eine neue Angelrolle dranmontiert. Ist ein Whisker-Modell, weißt du.«

Clyde mischte sich ein. »Hör du nur auf ihn, und dein Hirn wird prompt verkorkst. Er bildet sich ein, er hätte die beste Angelrute der Welt, aber meine ist besser. Ich habe eine G. Loomis mit einer Shimano Stradic zweitausend, und du kannst ihn ja mal fragen, wessen Rute in diesem Sommer den fettesten Karpfen gefangen hat. Na los, frag ihn!«

Kent ging sofort auf ihre Faxen ein. »Wessen Rute hat den fettesten Karpfen gefangen, Großvater?« fragte er.

Wesley funkelte seinen Bruder ärgerlich an. »Verdammt noch mal, Clyde, du hast deinen Fisch an dieser rostigen alten Waage aufgehängt, die sie wahrscheinlich schon in grauer Vorzeit benutzt haben, um den Wal zu wiegen, der Jonas verschluckt hat!«

»Sie ist alt, aber immer noch genau.« Clyde grinste.

»Sag ihm, wessen Rute den größten Northern gefangen hat!«

»Hey, wartet einen Moment«, fiel Kent ein. »Was ist ein Northern? Was ist ein Karpfen?«

Beide Männer starrten ihn mit äußerster Verblüffung an. »*Was ist ein Karpfen!*« riefen beide wie aus einem Mund. Sie blickten Kent an, dann schüttelten sie verständnislos die Köpfe. Ihr Ausdruck schien zu besagen: *Armes zurückgebliebenes Kind.* Wesley stieß einen tiefen Seufzer aus. »Junge, Junge, da haben wir uns aber ein ganz schönes Stück Arbeit aufgehalst«, sagte er und hob die Hand, um eine Anglerkappe abzunehmen, die nicht da war, in der Absicht, sich den Kopf darunter zu kratzen. »Junge, Junge, Junge.«

Sie hatten einen fabelhaften Tag. Kent erfuhr wesentlich mehr über seinen Großvater und Großonkel als über seinen Vater. Er saß auf dem mit Schonbezügen bedeckten Sofa und hörte zu, wie die beiden ihm von der Zeit erzählten, als sie noch Jungen in Alexandria, Minnesota, waren und ihre Familie eine Ferienpension geleitet hatte. Kent erfuhr, daß sie im Sommer auf einem unfertigen Dachboden über einem Schuppen geschlafen hatten, und nachts pinkelten sie in ein Marmeladenglas, das sie unter ihrem Bett aufbewahrten, bis ihre Mutter die Gläser einmal beim Saubermachen fand und sie zwang, einen Haufen hineinzulegen und das Glas zwei Wochen lang unverschlossen stehenzulassen, bevor sie es wegwerfen durften. Es war ein heißer Sommer gewesen. Gegen Nachmittag herrschten fünfunddreißig Grad Hitze auf dem Dachboden, und bevor die zwei Wochen herum waren, hatten Wesley und Clyde ihrer Mutter geschworen, sie würden niemals wieder in ein Glas unter ihrem Bett pinkeln, sondern lieber den langen Weg den Pfad hinunter bis zur Rückseite des Hauses machen, selbst mitten in der von Moskitoschwärmen erfüllten Nacht.

Damals hatten die beiden einen Freund, den sie Sweaty nannten, und Sweaty war nicht gerade der hellste, aber er war so viel älter als der Rest der Mitschüler, daß er bereits in der sechsten Klasse stolzer Besitzer eines Führerscheins war. Old Sweaty war mächtig beliebt bei den noch nicht motorisierten Jungen. Ein paar von ihnen – darunter auch Wesley und Clyde – gurkten in Sweatys Wagen herum, stahlen Wassermelonen und schoben Limburger Käse in Auspuffrohre, steckten Schlangen in die Briefkästen der Leute, klebten Zehncentmünzen auf Bürgersteigen fest und füllten Zucker in Salzstreuer in der Imbißstube. Sie schlugen sich lachend auf die Schenkel bei der Erinnerung an die Halloween-Feste, als sie Papiertüten mit Hundekot gefüllt hatten, sie vor den Haustüren der Leute angezündet und geklingelt hatten und dann davongerannt waren.Und einmal stahlen sie einen riesigen BH und Unterhosen von der Wäscheleine ihrer Englischlehrerin, einer gewissen Mrs. Fabrini, und zogen sie am Fahnenmast der Schule auf.

»Jesus! Weißt du noch, wie fett sie war?«

Clyde tat, als wöge er in jeder Hand eine prall gefüllte Einkaufstüte. »Solche Dinger! Wie zwei einjährige Schweine in einem Leinensack.«

»Und hier auch!« Wesley schlug sich auf das Hinterteil.

»Junge, Junge, und als der Wind ihre Unterhosen am Fahnenmast aufblähte, sind die Physiklehrer mit ihren Klassen auf den Schulhof rausgegangen, weil sie dachten, wir hätten eine Sonnenfinsternis!«

»Und erinnerst du dich noch an ihren Schnurrbart?«

»Und ob ich mich erinnere! Sie rasierte sich häufiger als die Jungs in der Junior-Klasse. Tatsache, ich glaube, viele von ihnen waren neidisch auf Mrs. Fabrini. Ich natürlich nicht. Ich weiß noch, daß ich zu der Zeit schon einen ziemlich dichten Bart hatte.« Clyde rieb sich übers Kinn. »Die Mädchen haben mich damals schon ziemlich interessiert beäugt.«

»Na klar, sicher. Ich nehme an, zu der Zeit bist du auch schon ins Freudenhaus gegangen.«

Clyde grinste nur selbstzufrieden. »Neidisch, Wesley?«

»Pah!« Wesley lehnte sich auf seinem Küchentisch zurück, blähte seinen Brustkorb auf und kratzte ihn mit beiden Händen. »Den Tag möchte ich erleben, an dem ich neidisch auf einen Haufen Lügen von einem Mann bin, dessen Blutdruck viermal höher ist als sein Intelligenzquotient.«

Tom ließ die beiden weiterreden, während er Kents Gesicht beobachtete, gelegentlich seinen Blick auffing und ein verstohlenes Lächeln der Belustigung mit ihm tauschte. Bei der Erwähnung des Freudenhauses schaute der Junge ein wenig betreten drein, aber er war intelligent genug, um sich zu denken, daß dies ein immer wiederkehrender Refrain zwischen den beiden alten Männern war. Nachdem sie mit ihrer Prahlerei fertig waren, holte Wesley einige Fotoalben aus dem Schrank und zeigte Kent Bilder von Tom als kleinem Jungen.

»Dies hier ist dein Vater, gleich nachdem wir ihn aus dem Krankenhaus nach Hause geholt hatten. Ich weiß noch, wie er ständig diese Koliken hatte und deine Großmutter nachts mit ihm zur Toilette mußte. Hier ist ein Bild von ihm mit dem kleinen Nachbarsmädchen Sherry Johnson. Sie spielten früher immer zusammen im Garten, und ich habe sie zusammen zum Schwimmunterricht mitgenommen. Schien allerdings, als wäre dein Vater schon als Schwimmer zur Welt gekommen. Hat er dir erzählt, daß er bereits als Schüler ausgebildeter Rettungsschwimmer war? Und das hier« – Wesleys schwielige Fingerspitze klopfte auf die Seite des Fotoalbums – »daran erinnere ich mich, als wär's erst gestern gewesen.« Die Fotorückschau ging weiter durch Toms High-School-Footballbilder über seine Collegeabschlußfeier bis hin zu seinem Hochzeitstag.

Die Alben lagen immer noch auf dem Küchentisch ausgebreitet, als draußen eine Autohupe ertönte und alle zur Hintertür schauten. Sie hatte ein Fenster mit einer schlaffen, rot-weiß-karierten Gardine, durch das in diesem Moment vier Leute sichtbar wurden, die gerade aus einem roten Ford Bronco ausstiegen.

»Ich freß 'nen Besen, wenn das nicht Ryan und die Kinder sind«, sagte Wesley, während er von seinem Stuhl aufstand und zur Tür ging. »Sieht allerdings nicht so aus, als wäre Connie mitgekommen.«

Er öffnete die Tür und rief: »Na sieh mal einer an, wer da kommt!«

Ein Chor von Stimmen antwortete ihm. »Hallo, Großvater!« und »Hallo Vater.«

Tom erhob sich ebenfalls, mit einem leisen Gefühl des Unbehagens im Magen. Damit hatte er nicht gerechnet – daß sein älterer Bruder und die Kinder auftauchen würden, die nichts von Kent wußten. Sie lebten eineinhalb Fahrstunden weiter nördlich in St. Cloud, deshalb sah Tom sie nicht sehr häufig, es sei denn, sie hätten eine Zusammenkunft geplant.

Dann geschah alles auf einmal. Die vier Neuankömmlinge drängten ins Haus, Kent stand wie in Zeitlupe von seinem Platz auf und warf Tom einen fragenden Blick zu; Clyde erhob sich, um Hände zu schütteln und Rücken zu tätscheln, und Ryan entdeckte seinen jüngeren Bruder.

»Also, ich will verdammt sein. Dachte, ich müßte zu deinem Haus fahren, um dich zu finden.«

Sie tauschten einen Händedruck und klopften sich gegenseitig voller Zuneigung auf die Schulter. »Tja, heute ist dein Glückstag, großer Bruder«, meinte Tom lächelnd. »Wo ist Connie?«

»Bei einer großen Antiquitätenausstellung mit ihrer Schwester. Ich hab einfach die Kinder in den Wagen geladen und gesagt: ›Kommt, laßt uns Großvater besuchen.‹« Er warf einen neugierigen Blick auf Kent, während er Tom fragte: »Wo ist Claire?«

»Zu Hause.«

»Die Kinder auch?«

»Ja.«

»Geht es ihnen gut?«

»Ja, alle wohlauf.«

»Und wer ist das?« Ryan wandte seine Aufmerksamkeit schließlich Kent zu. Ryan war das etwas größere, etwas rauhbeiniger wirkende Ebenbild von Tom, schon leicht ergraut an den Schläfen, mit breitem Brustkorb und Brille.

»Das ...« Tom trat neben Kent. »Das erfordert einige Erklärungen.« Sicherlich hatte ihm das Schicksal diese Gelegenheit aus gutem Grund geliefert. Er legte eine Hand auf Kents Schulter. »Was ich mit Freuden tun werde, wenn du damit einverstanden bist, Kent.«

Kent blickte geradewegs in die Augen seines Vaters, als er antwortete: »Ja, Sir.« Die Faszination des Jungen angesichts dieser unerwarteten Goldmine von Verwandten war unverkennbar: ein richtiger Onkel ... und Vettern und Kusinen – gleich drei auf einmal! –, die ihm altersmäßig so nahestanden, daß sie vielleicht Freunde würden, wenn alles gutging.

Tom drückte seine Schulter und erklärte mit starker, resoluter Stimme, in der keinerlei Entschuldigung mitschwang: »Dies ist mein Sohn Kent Arens.«

Es wurde so still im Zimmer, daß man das Moos am Familienstammbaum hätte wachsen hören können. Niemand rührte sich.

Niemand atmete. Bis Ryan seine Bestürzung unterdrückte, eine Pranke von der Größe eines Boxhandschuhs ausstreckte und Kent die Hand schüttelte, während Tom die Vorstellung übernahm.

»Kent, dies ist dein Onkel Ryan.«

»Freut mich, Sie kennenzulernen, Sir.«

»Und deine Kusinen Allison und Erica, und dein Vetter Brent.«

Sie starrten sich gegenseitig schweigend an. Einige Gesichter erröteten. Die beiden älteren Männer schauten wachsam zu, schätzten Reaktionen ab.

Schließlich rief Wesley: »He, will denn keiner was sagen?«

Die Mädchen murmelten: »Hallo«, dann tauschten die Jungen der Form halber einen Händedruck. Erica, die Fünfzehnjährige, die Kent immer noch mit offenem Mund anstarrte, hauchte: »He, Mann, das ist... ich meine, wo hast du all die Jahre gesteckt?«

Ein paar von den Umstehenden grinsten, und die allgemeine Anspannung löste sich etwas. »Ich habe mit meiner Mutter in Austin, Texas, gelebt«, erwiderte Kent.

Wieder blickten alle verlegen drein, deshalb sagte Tom rasch: »Setzt euch, Leute, und Kent und ich werden euch alles darüber erzählen. Es gibt keine Geheimnisse mehr. Alle in der Schule wissen Bescheid und alle in der Familie – mit Ausnahme von Connie natürlich, aber ihr könnt es ihr ja sagen, wenn ihr nach Hause kommt. Es passiert schließlich nicht jeden Tag, daß man einen neuen Verwandten findet, deshalb können wir diese Beziehung auch ebensogut richtig beginnen – mit der Wahrheit. Vater, du solltest vielleicht noch eine Kanne Kaffee kochen.«

Alle setzten sich, und Tom erzählte ihnen die ungeschönte Wahrheit, ohne etwas auszulassen. Hin und wieder fügte Kent Einzelheiten hinzu, während er Blicke mit Tom tauschte oder seinen Blick über die anderen schweifen ließ, immer noch erstaunt über diese Fülle von Verwandten, nachdem er ein Leben lang so gut wie keine gehabt hatte. Sie tranken Kaffee und Ingwerbier und aßen im Laden gekauften Rührkuchen, und Kent tauschte persönliche Trivialitäten mit Brent, der in seinem letzten Collegejahr an der Universität von Minnesota in Duluth studierte und Sprachtherapeut werden wollte. Allison war neunzehn und arbeitete in einer Bank. Erica schien unfähig, ihr Erstaunen über Kents Existenz zu überwinden, und jedesmal, wenn sie mit ihm sprach, begann sie zu stottern und wurde rot.

Ryan und Tom fanden erst später am Nachmittag eine Gelegenheit, sich eine Weile ungestört zu unterhalten, als es bereits dunkel wurde und für Ryan und die Kinder fast wieder Zeit war, nach Hause zu fahren.

»Komm einen Moment mit nach draußen«, sagte Ryan, und die beiden Brüder zogen ihre Jacketts an und gingen hinaus in die frostige Oktoberdämmerung. Seite an Seite lehnten sie gegen den kalten Kotflügel von Ryans Wagen und blickten zu den grauen, tiefhängenden Wolken hoch, die wie Wellblech in der Schneise zwischen den Kiefern aufgestapelt waren. Ein Stockentenpaar watschelte schnatternd vorbei. Windböen wirbelten auf der Lichtung neben dem Blockhaus, zogen an ihren Haaren und zerzausten das lange, ausgedörrte Gras neben der ungepflegten Auffahrt. Manchmal glaubten sie, Schneeflocken auf ihren Gesichtern zu spüren, konnten sie jedoch gegen den bleigrauen Himmel nicht sehen.

»Warum hast du nicht angerufen?« begann Ryan.

»Ich wußte nicht, was ich sagen sollte.«

»Zum Teufel, ich bin dein Bruder. Du brauchst dir nicht erst lange zu überlegen, was du sagen sollst, das weißt du doch.«

»Ja, ich weiß.« Tom hatte den Kopf gesenkt und starrte auf die Spitzen seiner Schuhe.

»Du hast Claire verlassen«, sagte der ältere Bruder mit Nachdruck.

»Nein, sie hat mich verlassen. Es ist nur eine Formsache, daß ich derjenige bin, der ausgezogen ist.«

»Ich kann es einfach nicht glauben.« Ryan klang, als stände er unter Schock.

»Ich auch nicht.«

»Ich dachte immer, ihr zwei wärt so glücklich miteinander,

daß nichts euch trennen könnte! Jesus, Connie und ich streiten uns viel öfter als ihr.«

Sie standen eine Weile schweigend da, fühlten sich so düster und trist wie der Tag, während jeder die Traurigkeit des anderen spürte. Schließlich legte Ryan einen Arm um Toms Schultern.

»Und? Wie geht es dir? Kommst du einigermaßen zurecht?«

Tom zuckte die Achseln und verschränkte die Arme vor der Brust. »Bei Vater zu wohnen ist Scheiße.«

»Ja, das kann ich mir vorstellen.«

»Ich werde mir eine Wohnung suchen müssen. Der Schmutz und die Unordnung hier treiben mich zum Wahnsinn.«

»Hast du Möbel?«

»Nein.«

»Was wirst du dann tun, mit jemandem zusammenleben?«

»Nein, nichts in der Art.«

»Es ist also nichts zwischen dir und dieser Frau?«

»Nein, überhaupt nichts.«

»Das ist gut. Zumindest hast du nicht auch noch die Komplikation. Wirst du versuchen, wieder mit Claire zusammenzukommen, oder was?«

»Wenn sie ebenfalls den Versuch unternimmt. Bisher hat sie keinen Deut nachgegeben. Sie will mich noch nicht mal in der Nähe haben. Sie sagt, sie braucht Zeit und Abstand, müßte sich über verschiedenes klarwerden und über die Enttäuschung hinwegkommen.«

»Was meinst du, wie lange wird es dauern?«

Tom seufzte, hob sein Gesicht dem Himmel entgegen und schloß einen Moment die Augen. »Zum Teufel, das weiß ich nicht. Ich werde einfach nicht aus ihr schlau.«

Ryan verstärkte seinen Griff um Toms Schultern. »Tja, wer wird schon aus Frauen schlau?« Nach einer Weile fragte er: »Was kann ich für dich tun? Sag es, und ich tu's.«

»Es gibt nichts, was du tun könntest.«

»Ich habe ein paar alte Möbel, einen Liegesessel, der nicht in Brendas Zimmer im Studentenwohnheim paßte, und ein paar alte Resopaltische.«

»Danke für dein Angebot, aber ich werde mir wahrscheinlich welche mieten. Nichts, was zu sehr auf Dauerzustand hinausläuft, verstehst du?« Dauerzustand oder nicht, es klang trotzdem ziemlich bedrückend in ihren Ohren. »Ich habe es bis jetzt nur aufgeschoben, weil es reichlich einsam sein wird, allein zu leben, besonders wenn die Ferien kommen. Vater ist nicht der Sauberste, aber er ist zumindest jemand, mit dem ich reden kann. Und Onkel Clyde kommt jeden Tag herüber, und die beiden quatschen dummes Zeug und kabbeln sich. Du weißt ja, wie sie sind.«

»Ja.« Ryan schmunzelte. »So waren sie schon immer.«

Wieder flog eine Schar Enten vorbei. In glücklicheren Zeiten hätte einer der Brüder gesagt: »Stockenten« oder »Krickenten«, doch heute schauten sie den grüngold gefiederten Vögeln nur nach und sagten nichts. Als das sirrende Geräusch schlagender Flügel in der Ferne verhallt war, meinte Ryan: »Ich weiß, wie sehr du Claire liebst. Dies muß die Hölle für dich sein.«

»Die reine, unverfälschte Hölle auf Erden.«

Ryan drückte tröstend Toms Schultern. »Der Junge ist mächtig beeindruckend, das muß ich schon sagen.«

»Ja, nicht wahr? Ich muß zugeben, seine Mutter hat ihre Sache wirklich gut gemacht und ihn zu einem prächtigen Burschen erzogen.«

»Hör zu, möchtest du, daß ich mit Claire rede?«

»Ich bin mir nicht sicher, wozu das gut sein sollte.«

»Ich kann es doch wenigstens versuchen.«

»Ja, ich schätze, versuchen kannst du's.«

»Ich werde sie irgendwann nächste Woche anrufen. Falls ich sonst noch etwas für dich tun kann, brauchst du es nur zu sagen.«

»Na ja, ich brauche vielleicht einen Ort, wo ich Thanksgiving verbringen kann.«

»Du kommst natürlich zu uns.«

Beide fielen in Schweigen. Ryan blickte auf das Rechteck von Licht, das durch das Fenster des Blockhauses schimmerte. »Tja, ich denke, wir sollten uns langsam auf den Heimweg machen. Connie wird inzwischen wieder zu Hause sein, und wir haben noch eine Fahrt von eineinhalb Stunden vor uns.«

»Ja, vermutlich ...«

Tom stieß sich vom Wagen ab. Ryan desgleichen. Sie konnten mühelos die Anzahl von Malen zählen, die sie sich herzlich umarmt hatten. Sie taten es jetzt; die Traurigkeit einer zerbrochenen Ehe brachte sie einander nahe und das Wissen, daß die Zukunft noch mehr Traurigkeit für Tom bereithielt.

»Hör zu, kleiner Bruder. Du rufst mich an, wenn du mich brauchst, okay?«

»Sicher.« Tom wich zurück und wandte sich heftig blinzelnd zum Haus um. Sie schlenderten nebeneinander auf den Hintereingang zu. Auf der Treppe drehte Tom sich um, eine Hand auf dem Türgriff. »Und noch etwas. Falls du Claire anzurufen versuchst ... sie hat jeden Abend Proben für die Schulaufführung, deshalb rufst du besser spät an, okay?«

»Klar, mach ich.«

»Und ruf mich anschließend an, ja? Erzähl mir, was sie gesagt hat.«

»Das werde ich.«

Wieder legte Ryan eine Hand auf die Schulter seines Bruders. Sie glitt ab, als Tom sich umwandte, um ins Haus zu gehen, langsam und ohne seine gewohnte Vitalität.

Zehn Minuten später stand Tom an der Haustür und schaute zu, wie die beiden Autos zurücksetzten und wendeten. Er hob grüßend eine Hand, als sie davonfuhren. Die Dunkelheit war inzwischen hereingebrochen, und er dachte an Ryan, der jetzt zu Connie nach Hause zurückkehrte, dachte daran, wie sie bald gemeinsam mit den Kindern um den Abendbrottisch herumsitzen und aufgeregt erzählen würden. Er stellte sich sein eigenes Zuhause vor, ohne sich selbst: Claire, Robby und Chelsea, bedrückt und schweigsam. Er malte sich aus, wie Kent zu seiner Mutter nach Hause fuhr und ihr von dem Großvater und Großonkel, dem Onkel, dem Vetter und den Kusinen erzählte, mit denen er den Nachmittag verbracht hatte. Hinter ihm hatten die beiden alten Männer die Tür geschlossen und waren wahrscheinlich gerade dabei, die Spielkarten herauszukramen und sich auf einen langen Abend einzurichten, um sich über ungezählten Runden

Canasta oder Cribbage in die Haare zu geraten. Es hatte schon viele traurige Augenblicke gegeben seit dem Tag, an dem er Claire von Kent erzählt hatte, aber keiner schien so traurig wie heute, während sich alle anderen in eine Welt zurückzogen, die hauptsächlich paarweise funktionierte. Selbst die Enten, die über ihn hinwegflogen, taten es paarweise. Und hier stand er, Tom, einsam und allein, während der Herbst Kraft für den bevorstehenden Winter sammelte.

Er ging ins Haus und stellte fest, daß er richtig vermutet hatte. Das Cribbage-Brett lag bereits auf dem Tisch, und sein Vater kam gerade aus dem Bad. Onkel Clyde holte ein paar Dosen Bier aus dem Kühlschrank.

»Ich fahre noch eine Weile weg«, sagte Tom.

»Wohin?« wollte sein Vater wissen.

»Zum Drugstore, um ein paar Hustenbonbons zu besorgen.«

Wesleys Ausdruck besagte, daß er nicht von gestern war. »In Ordnung«, gab Tom nach, leicht verärgert, weil er sich den beiden erklären mußte. »Ich nehme nicht an, daß du mir glauben würdest, wenn ich sagte, ich wollte ins Freudenhaus.«

»Ganz bestimmt nicht.«

»Na schön, ich habe vor, mit Claire zu reden.«

»Das kaufe ich dir sofort ab! Viel Glück, mein Junge.«

Tom war sich ganz und gar nicht sicher, was er fühlte, als er nach Hause fuhr. Furcht, ja, und Hoffnung. Eine beträchtliche Portion Selbstmitleid und eine gewaltige Unsicherheit, die völlig ungewohnt für ihn war. Immer wieder dachte er: *Was, wenn ich es noch schlimmer mache? Was, wenn sie jemanden bei sich hat? Ob sie John Handelman zu sich einladen würde? Würde sie das wirklich tun? Was, wenn ich die Kinder erneut aufrege? Was, wenn sie weint, mich anschreit, sofort zu verschwinden?*

Manchmal stieg ein Schwall von Zorn in ihm auf, und es fühlte sich gut an; schließlich hatte er alles Menschenmögliche getan, um Claire wegen seiner vergangenen Fehler um Verzeihung zu bitten, und sie legte zuviel Nachdruck auf eine einzige törichte Nacht seines Lebens und nicht genug auf die achtzehn glücklichen Ehejahre, die seitdem vergangen waren.

Es war schon ein verdammt eigenartiges Gefühl, vor seiner eigenen Haustür zu stehen und sich zu fragen, ob er anklopfen müßte, bevor er hineinging. Er hatte dieses Haus bezahlt, verflucht noch mal! Er hatte genau diese Tür eigenhändig gestrichen und den Türgriff ausgetauscht, als die Zuhaltung durchgerostet gewesen war. Der Schlüssel dafür steckte in seiner Tasche. Und trotzdem sollte er anklopfen?

Kam überhaupt nicht in Frage.

Tom marschierte schnurstracks in die Diele. Die Küche war leer, die Lampe über dem Tisch brannte. Irgendwo im oberen Stock spielte ein Radio.

Er ging zum Fuß der Treppe und sah Licht aus dem Schlafzimmer am anderen Ende des Flurs schimmern.

»Claire?« rief er.

Nach einer Pause ertönte ihre Stimme: »Ich bin im Schlafzimmer!«

Langsam stieg er die Treppe hinauf, ging an den offenen Türen von Robbys und Chelseas Zimmern vorbei, die dunkel und leer waren, und blieb zögernd an der letzten Tür zur Rechten stehen.

Claire stand vor dem Spiegel, damit beschäftigt, einen Ohrring zu befestigen. Sie trug hochhackige Pumps, einen dunkelblauen Rock und eine pastellfarbene Bluse mit Blumenmuster, die Tom noch nie zuvor gesehen hatte. Das Zimmer duftete nach dem Estée-Lauder-Parfüm, das sie seit Jahren benutzte.

»Hallo«, sagte er und wartete.

»Hallo«, gab sie zurück, griff nach dem zweiten Ohrring und legte den Kopf auf die Seite, während sie ihn befestigte.

»Wo sind die Kinder?«

»Robby hat eine Verabredung. Chelsea ist bei Merilee.«

»Merilee Sand?« Merilee war ein Mädchen, das weder Tom noch Claire sonderlich mochten. »Sie verbringt neuerdings sehr viel Zeit bei Merilee, nicht?«

»Ich achte darauf, daß sie pünktlich wieder zu Hause ist.«

»Was ist mit Erin?«

»Chelsea hat sich in letzter Zeit kaum noch mit ihr getroffen.«

Tom blieb in der Tür stehen, die Füße gespreizt. Als er Claire beobachtete, wie sie sich näher zum Spiegel beugte und beide Ohrringe in ihre Ohrläppchen drehte, fühlte er die ersten Anzeichen von Erregung und fragte sich, was er dagegen tun sollte.

»Und wohin gehst du?« wollte er wissen.

»Ich gehe zu einer Vorstellung ins Guthrie. Mit Nancy Halliday.«

»Bist du sicher?«

Sie ging zu ihrem Nachttisch und zog eine Schublade heraus, wählte eine lange goldene Kette aus, die Tom ihr zum fünfzehnten Hochzeitstag geschenkt hatte. »Was soll das nun wieder heißen?« fragte sie, als sie zum Spiegel zurückkehrte und die Kette über den Kopf zog.

»Du sprühst dich mit Parfüm ein und trägst hochhackige Pumps, um mit Nancy auszugehen?«

»Nein, ich sprühe mich mit Parfüm ein und trage hochhackige Pumps, um in ein Theater zu gehen, wo eine Menge elegant angezogener Leute zu finden sind.« Sie schaute in den Spiegel, während sie die Kette arrangierte, bis sie flach über ihrer Bluse lag.

»Wen willst du hier eigentlich für dumm verkaufen? Ich bin auch schon mal im Guthrie gewesen. Die Hälfte der Leute, die man dort antrifft, sehen aus wie übriggebliebene Hippies aus den sechziger Jahren. Die Frauen tragen schwarze Strumpfhosen und schlabbrige, ausgebeulte Pullover, und die Männer laufen in Cordhosen herum, die schlimmer sind als alles, was mein Vater jemals trägt!«

»Mach dich nicht lächerlich, Tom.« Sie eilte ins Bad, um das Licht und das Radio auszuschalten.

»Hör zu, Claire!« Tom machte zwei Schritte in den Raum hinein und zeigte auf den Boden zu ihren Füßen. »Wir leben getrennt, aber wir sind nicht geschieden! Das gibt dir nicht das Recht, mit anderen Männern auszugehen!«

»Ich gehe nicht mit anderen Männern aus! Ich gehe ins Theater mit Nancy Halliday.«

»Und wo ist ihr Mann?«

»Zu Hause. Er geht nicht gern ins Theater.«

»Und wo ist John Handelman?«

Claire funkelte ihn wütend an und errötete. Als sie ihren Fehler erkannte, wandte sie sich hastig zum Schrank um, um ihre Kostümjacke vom Bügel zu reißen.

»Tja, da habe ich wohl den Nagel auf den Kopf getroffen, was, Mrs. Gardner?« Tom war mit drei langen Schritten bei ihr, packte ihren Arm und zog sie zu sich herum, während ihre halb angezogene Jacke von einem Arm herabbaumelte. »So, und jetzt hörst du mir zu!« brüllte er, zitternd vor Wut. »Seit zehn Jahren beobachte ich, wie dieser Mann dir schöne Augen macht, sich in den Pausen an deiner Tür herumdrückt und wie ein verdammter Geier auf seine Chance wartet. Nachdem jetzt allgemein bekannt ist, daß wir uns getrennt haben, und er jeden Abend bei den Proben mit dir zusammen ist, bildet er sich vermutlich ein, er hätte freie Bahn, stimmt's? *Nur über meine Leiche, Claire!* Du bist immer noch meine Frau, und wenn John Handelman dir auch nur einen Schritt zu nahe tritt, lasse ich den verdammten Hurensohn kastrieren!«

Sie riß sich aus seinem Griff frei und massierte ihren Arm. »Wage es nicht, mich anzubrüllen, Tom Gardner! Nicht, wenn du dastehst und mir genau das vorwirfst, was *du* getan hast, nur damit du dich gerechtfertigt fühlen kannst! John Handelman und ich führen gemeinsam Regie bei einer Aufführung, aber ansonsten tue ich *nichts* mit ihm, absolut nichts!«

»Willst du etwa abstreiten, daß er ständig an der Tür zu deinem Klassenraum herumhängt und Annäherungsversuche macht, seit dem Tag, als er ein Auge auf dich geworfen hat?«

»Nein!«

»Weil es die Wahrheit ist!«

»Ich habe ihn niemals ermutigt! Nie!«

»Ach, nun komm schon, Claire«, erwiderte er verächtlich, »für wie blöde hältst du mich? Ich komme mit einem unehelichen Sohn an, und dein Ego ist zutiefst verletzt, und John Handelman lungert jeden Abend nach den Proben in den Kulissen herum und sabbert auf seine Schuhe, während er dich anschmachtet, und du glaubst, ich kaufe dir ab, daß du ihn nicht ermutigst?«

Sie schob ihren Arm wütend in die Kostümjacke und knallte die Kleiderschranktür zu. »Ist mir völlig egal, was du mir abkaufst und was nicht. Und wenn du das nächste Mal in dieses Haus kommst, klopfst du gefälligst an!«

»Den Teufel werde ich tun!« Er riß sie an den Schultern zurück, bevor sie die Tür erreicht hatte, und drängte sie gewaltsam zum Bett. Drei stolpernde Schritte, und sie lag auf dem Rücken unter ihm.

»Verflucht, Tom, geh runter von mir!« Sie kämpfte eine verlorene Schlacht gegen seine überlegene Kraft, und er hatte in Sekundenschnelle ihre Handgelenke gepackt und hielt sie rechts und links von ihrem Kopf fest.

»Claire... Claire...« Seine eben noch zornige Stimme ging in ein Flehen über. »Warum tust du das? Ich liebe dich. Ich bin nicht hierhergekommen, um mit dir zu streiten.« Er machte Anstalten, sie zu küssen, aber sie drehte hastig den Kopf weg.

»Nicht? Dann hast du aber eine verdammt gute Imitation geliefert!«

»Claire, bitte« – er legte eine Hand unter ihr Kinn und zwang ihren Kopf herum – »sieh mich an.«

Sie tat es nicht. In den Winkeln ihrer geschlossenen Augen standen Tränen.

»Ich bin hier, weil ich dich bitten wollte, mich wieder nach Hause kommen zu lassen. Bitte, Claire. Ich kann nicht länger bei Vater leben. Es funktioniert einfach nicht, und mir ist klargeworden, daß ich mir ein Apartment suchen muß, und bald haben wir schon den Monatsersten, aber bevor ich entsprechende Schritte unternehme...« Er hielt inne, in der Hoffnung, daß sie Mitleid für ihn fühlen würde, aber sie weigerte sich immer noch, die Augen zu öffnen. »Bitte, Claire... ich möchte nicht ganz allein in irgendeinem gottverlassenen Einzimmerapartment hausen. Ich möchte mit dir und den Kindern hier in diesem Haus leben, wo ich hingehöre.«

Sie bedeckte ihr Gesicht mit ihrer freien Hand und stieß einen abgrundtiefen Schluchzer aus. »Zur Hölle mit dir, Tom...« Sie versuchte, sich auf die Seite zu rollen, und er ließ sie los, hob sich in der entgegengesetzten Richtung von ihrem Körper und stützte sich auf einen Ellenbogen, während sie sich von ihm wegdrehte. »Du hast keine Vorstellung davon, wie sehr du mich verletzt hast, nicht?«

»Nein, Claire, die habe ich vermutlich nicht. Mein Fehltritt liegt so ewig lange zurück, daß ich nicht begreife, wie du dich jetzt noch derart darüber aufregen kannst.«

Sie drehte den Kopf, um ihn wütend anzufunkeln. »Du bist von mir zu ihr gegangen und dann wieder zu mir, innerhalb von drei Tagen! Ich habe in meinem Tagebuch nachgelesen, und früher habe ich immer festgehalten, wann wir uns geliebt haben. Von mir zu ihr und wieder zu mir – zack, zack, zack! – wußtest du das, Tom?«

Er wußte es nicht mehr. Seine Erinnerung an jene Zeit war nur sehr verschwommen.

»Ich war deine Verlobte«, fuhr Claire fort, ließ ihrem Schmerz freien Lauf. »Ich erwartete dein Baby, und ich dachte ... ich dachte, mein Körper wäre dieses heilige Gefäß für dich. Ihn dir zu schenken war für mich wie ... wie an einem heiligen Akt teilzunehmen. Ich liebte dich so unendlich. Hatte dich schon beinahe vom ersten Moment an geliebt, als wir zusammen ausgingen. Du warst schlicht und einfach ein Gott für mich. Jetzt ist mir mein Fehler klar. Es war mein Ruin, daß ich dich als eine Art Abgott betrachtet habe, denn als du von deinem Sockel gestürzt bist, bist du in meinen Augen in tausend Stücke zersprungen.

Und jetzt werde ich Tag für Tag mit deinem unehelichen Sohn konfrontiert, und nicht nur mit ihm, sondern auch mit dem Klatsch und der Neugier der anderen und – ja, ich gebe es durchaus zu – auch mit den Annäherungsversuchen von John Handelman, die ausgesprochen peinlich für mich sind, weil ich nicht so recht weiß, wie ich damit umgehen soll. Glaubst du, das ist es, was ich will, Tom? Glaubst du das?«

Er hatte die ganze Zeit in ihr Gesicht hinuntergeblickt. Je länger sie sprach, desto deutlicher erkannte er, daß seine Probleme nicht gelöst würden, indem er ins Haus stürmte und Claire aufs

Bett warf. Er ließ sich auf den Rücken fallen und legte einen Arm über die Augen.

»Ich wünschte mir, die Dinge wären wieder so, wie sie waren«, sagte Claire ruhig. »Leider weiß ich, daß es nie wieder wie früher sein wird. Es gibt Augenblicke, da hasse ich dich für das, was du uns antust.«

Er schluckte hart. Sein Verlangen war verebbt, war einer schmerzlichen Sehnsucht gewichen, einer Angst, daß er trivialisiert hatte, was sie durchmachte, und mit dem Verlust von Claire und seinen Kindern dafür würde zahlen müssen.

Sie rutschte an den Rand des Bettes und setzte sich auf, mit dem Rücken zu Tom. Er lag auf der zerknüllten Bettdecke, verbarg sich hinter seinem Arm, weil er Angst vor dem hatte, was er vielleicht in ihrem Gesicht lesen würde, wenn er die Frage stellte, vor der ihm so grauste. »Willst du die Scheidung, Claire? Ist es das, was du willst?«

Sie seufzte und saß so lange schweigend und unbeweglich da, daß er schließlich seinen Arm sinken ließ.

»Ich weiß es nicht«, erwiderte sie leise, so leise, daß er das Ausmaß der Gefahr erkannte, in die ihre Ehe geraten war. Er lag da und musterte Claires Rücken, während Liebe und Schmerz und Furcht einen dicken Kloß in seiner Kehle bildeten. Er hatte ihr Haar durcheinandergebracht. Es hatte in weichen, eleganten Wellen gelegen, als er hereingekommen war, und jetzt war es platt gegen ihren Kopf gedrückt, wie ein benutztes Kopfkissen.

Er setzte sich auf, stützte sich auf eine Hand, seine Schulter dicht hinter ihrer, damit sie sein Gesicht nicht sehen konnte. Er berührte ihr Haar, versuchte, ihre Frisur zu ordnen, aber vergeblich.

»Claire, es tut mir leid.«

Obwohl sie keine Antwort gab, wußte er, sie glaubte ihm. Das Schmerzliche an der Sache war, daß sie ihm nicht verzeihen konnte.

»Wir müssen unsere Probleme irgendwie in den Griff bekommen«, sagte er. »Ist dir das klar?«

»Ja.«

»Wirst du mit mir zur Eheberatung gehen?«

Sie saß schweigend da, starrte auf ihre Knie. Dann nickte sie, als hätte sie aufgegeben, und er schloß die Augen, unterdrückte einen Seufzer der Erleichterung und ließ sein Kinn auf die Brust sinken.

»Aber ich denke, du solltest dir besser das Apartment nehmen, Tom.«

Er schlug überrascht die Augen auf. »Jetzt? Vor den Ferien? Bitte, Claire...«

»Nimm das Apartment, Tom.« Sie stand vom Bett auf und ging ins Bad, um sich zu kämmen und ihr Make-up aufzufrischen. Tom ließ sich wieder auf den Rücken fallen und lag da, starrte an die Decke, wo das Lampenlicht einen schrägen Streifen warf und übergroße Schatten hinter jeden winzigen Knoten der Textilbespannung malte. Claire ließ Wasser laufen, drehte den Hahn wieder zu. Leise Geräusche waren zu hören, während sie mit ihren Kosmetika hantierte – eine Puderdose wurde geöffnet und wieder zugeknipst; eine Mascarabürste fiel in eine Schublade, die Schublade wurde zugeschoben. Ein Schnüffeln von Claire, dann das Rascheln eines Papiertaschentuchs, das aus einer Schachtel gezogen wurde. Obwohl Tom immer noch an die Decke starrte, wußte er es, als sie in der Tür zum Bad stand und ihn anschaute.

»Ich muß jetzt gehen«, sagte sie ruhig.

Seine Eingeweide zogen sich vor Furcht zusammen. Er hatte geglaubt, sie wäre nicht mehr in der Stimmung zum Ausgehen nach dieser emotionalen Tortur, der er sie beide gerade unterworfen hatte. Aber sie war unerschütterlich in ihrem Versuch, ohne ihn weiterzumachen, zumindest für eine Weile.

Tom blieb, wo er war. »Ich möchte noch ein bißchen hierbleiben, wenn du damit einverstanden bist.«

»Solange du verschwunden bist, wenn ich wieder nach Hause komme.«

»Keine Sorge, ich werde rechtzeitig gehen.«

»Na gut. Soll ich das Licht anlassen?«

»Nein, du kannst es ausmachen.«

Sie knipste das Badezimmerlicht aus, ging aus dem Zimmer und löschte das Licht im Flur, ohne zu wissen, wie sehr ihre verspätete Rücksicht ihn schmerzte. Sie ging ohne ein weiteres Wort die Treppe hinunter, und als sie die unterste Stufe erreicht hatte, schaltete sie die Treppenbeleuchtung aus und ließ Tom in völliger Dunkelheit zurück.

15. KAPITEL

Eltern-Lehrer-Konferenzen würden die Schulwochen verkürzen und für beträchtlichen Unterrichtsausfall sorgen, deshalb hatte Claire die Proben am Montag, Dienstag und Mittwoch um eine weitere Stunde verlängert. Sie hatten alle hart gearbeitet, und die Jungen und Mädchen nahmen es ohne zu murren hin, daß sie zusätzliche Zeit in der Schule verbringen mußten. Sie waren jedoch glücklich über die Aussicht, anschließend vier Tage probenfrei zu haben. Die Kulissen waren mit Hilfe des Kunstkurses fertiggestellt worden, und die Dekoration versprach, außerordentlich überzeugend auszusehen. Ein paar Mütter hatten sich angeboten, die Kostüme zu nähen, und die Arbeit ging recht flott voran. Eintrittskarten waren gedruckt worden, und die Lokalzeitung hatte einen Fotoreporter geschickt, der ein paar gute Aufnahmen für einen Artikel über das gesamte Projekt gemacht hatte. Der Bericht war in der heutigen Ausgabe erschienen und hatte allen Mitwirkenden reichlich Stoff geliefert, um damit vor ihren Freunden anzugeben. Die allgemeine Stimmung war fröhlich und optimistisch, als die Proben um elf Uhr an diesem Mittwoch abend endeten.

Es war für Claire und John zur Gewohnheit geworden, zusammen zu ihren Autos hinauszugehen. Der Parkplatz lag um diese späte Stunde verlassen da. Ausgefranste weiße Wolken zogen über einen blassen Halbmond hinweg und verdeckten für einen Moment seinen Widerschein auf den Dächern der beiden Wagen, die nicht weit voneinander entfernt parkten.

»Gute Nacht, John«, sagte Claire, als sie ihn bei seinem Wagen stehenließ und rasch weiter zu ihrem strebte.

»Gute Nacht.«

Sie schloß gerade die Tür auf, als er plötzlich an ihrer Schulter sagte: »Hast du es eilig, nach Hause zu kommen, Claire?«

Sie wirbelte herum, eine Hand auf ihr Herz gepreßt.

»Um Himmels willen, John, du hast mich zu Tode erschreckt.«

»Entschuldige, das wollte ich nicht. Könnte ich dich zu einer Tasse Kaffee einladen?«

»Um diese späte Uhrzeit?«

»Okay, wie wäre es dann mit einer Cola?« Als sie zögerte, fügte er schmeichelnd hinzu: »Oder mit einem Glas Milch?… Mineralwasser?«

»Ich glaube nicht, John. Es ist schon nach elf, und morgen wird wieder ein langer Tag. Du weißt, wie Konferenzen sind. Morgen abend um diese Zeit werde ich heiser und griesgrämig sein.«

»Dann ist es besser, wir gönnen uns den Drink jetzt, meinst du nicht?« Als sie immer noch zögerte, sagte er: »Ich bin einfach noch so aufgekratzt heute abend. Alles ist so gut gelaufen, und die Kinder machen so prima mit. Ich genieße die Arbeit an dieser Aufführung wirklich sehr, und ich möchte die Stimmung einfach noch ein bißchen verlängern. Was meinst du – nur eine halbe Stunde, okay?«

»Nein, John, tut mir leid, es geht nicht.«

»Hast du immer noch Angst, ich würde Annäherungsversuche machen?«

»Wann habe ich jemals gesagt, ich hätte Angst?«

»Das brauchst du nicht zu sagen. Ich sehe es dir an.«

»Oh, ich… das war mir nicht bewußt.«

»Du bist förmlich vor Schreck zusammengezuckt, als ich hinter dir stand.«

Es stimmte.

»Claire, ich weiß, du bist dir meiner Gegenwart sehr bewußt. Ein Mann spürt so etwas.«

»Bitte, John, ich muß jetzt gehen.« Sie beugte sich vor, als wollte sie ihren Wagen aufschließen, aber er faßte behutsam nach ihrem Arm und drehte sie zu sich herum.

»Würdest du mir vielleicht sagen, wie die Dinge zwischen dir und Tom stehen, Claire?«

Sie seufzte und lehnte sich müde gegen die Wagentür. »Wir leben getrennt. Er wohnt bei seinem Vater, aber er wird sich bald ein Apartment suchen. Ich habe mich einverstanden erklärt, gemeinsam mit ihm zur Eheberatung zu gehen.«

»Liebst du ihn noch?«

Niemand hatte sie das gefragt, seit sie Tom verlassen hatte. Es war ein gutes Gefühl, darüber nachzudenken und die richtige Antwort zu finden.

»Ja, John. Ich liebe ihn immer noch.«

John beugte sich vor, stützte seine Handflächen zu beiden Seiten ihrer Schultern auf das Wagendach und heftete Claire auf diese Weise locker an der Stelle fest.

»Nun, ich werde kein Risiko eingehen und dir etwas anvertrauen, von dem ich hoffe, daß es deine Meinung über mich ändern wird. Vielleicht überlegst du es dir dann noch einmal. Als ich zuerst an diese Schule kam, hatte ich gerade eine Beziehung hinter mir, die mich völlig am Boden zerstört hatte. Ich war mit einer Frau verlobt gewesen, die eine Affäre mit einem anderen hatte und mir meinen Ring zurückgab. Ich hatte sie zusammen im Bett erwischt in der Wohnung, die Sally und ich teilten. Mein Selbstwertgefühl war so ziemlich auf den absoluten Nullpunkt gesunken, als ich dich kennenlernte. Aber du hast mich ermutigt, darüber zu sprechen, und du sagtest, was sie getan hätte, wäre mehr als verwerflich, und ich dürfte mich davon nicht niederdrücken lassen. Weißt du noch, wie du mir immer wieder tröstlich gesagt hast, sie wäre nicht die einzige auf der Welt, und nur weil mich eine Frau wie ein Stück Dreck behandelt hätte, bedeutete das nicht, daß alle anderen sich auch so aufführen würden? Wir beide standen in den Pausen immer auf dem Flur, und ich schwöre zu Gott, ich bin fast verrückt geworden, während ich darauf gewartet habe, daß es endlich zum Ende der Stunde klingelt, damit ich zur Tür rauslaufen und dich sehen konnte. Alles, woran ich denken konnte, war, dich wiederzusehen, mit dir zu reden, weil alles, was du über Beziehungen und Liebe und Hingabe sagtest, genauso war, wie ich es mir wünschte, und du hast mir so viele wichtige Lektionen erteilt.«

Seine Stimme wurde eindringlicher. »Damals habe ich mich in dich verliebt, Claire, vor all den Jahren... wie lange ist das jetzt her? Zehn, elf Jahre? Ich verliebte mich in dich und mußte zusehen, wie ihr, du und Tom, euch auf dem Korridor zugelächelt habt, und das Herz tat mir weh, weil ich dir nicht sagen konnte, was ich für dich fühlte.

Ich habe mich immer anständig verhalten, Claire. Ich habe kein einziges Mal etwas über meine Gefühle für dich verlauten lassen. Ich hätte dich nicht auf diese Weise entehrt – weil es für mich einer Entehrung gleichgekommen wäre, anzudeuten, daß du für meine Avancen empfänglich sein könntest.

Aber jetzt haben sich die Dinge geändert. In Ordnung, du sagst, du liebst ihn immer noch, aber ihr lebt getrennt, und ich habe darauf gewartet, eine Frau kennenzulernen, die es mit dir aufnehmen kann, aber ich habe keine getroffen, die dir gleichkommt. Und hier bin ich nun, ergreife die einzige Chance, die ich vielleicht in meinem ganzen Leben habe, um dir offen und ehrlich zu sagen, was ich fühle.

Ich liebe dich, Claire. Ich liebe dich schon sehr, sehr lange, und wenn es irgendeine Chance auf der Welt für mich gibt, dann ist meinem alten Herz zumute, als würdest du ihm das Leben retten, wenn du es mir gleich hier und jetzt offen sagst.«

»Ach, John...« Sie hatte ja keine Vorstellung von der Tiefe seiner Gefühle gehabt. »Das wußte ich nicht.»

»Ich hab's dir ja gesagt, Claire, ich wollte nicht, daß du es weißt. Ich bin nicht die Sorte Mann, der eine glücklich verheiratete Frau zu verführen versuchen würde.«

»Aber verstehst du denn nicht, John? Glücklich oder nicht, ich bin immer noch verheiratet.«

»Aber es gibt einige mildernde Umstände, nicht wahr?«

»Nicht wirklich. Nicht, wo es um Treueversprechen geht.«

Er musterte sie aus kürzester Entfernung im Mondlicht, ihre Gesichter so nahe, daß der Schatten seines Kopfes auf ihr Kinn fiel. »Was, wenn ich dich küssen würde?«

»Es würde unsere berufliche Beziehung komplizieren.«

»Na und? Für mich ist sie schon seit über zehn Jahren kompliziert. Wärst du böse, wenn ich dich küssen würde?«

»Ich muß jetzt gehen, John.« Sie machte eine Bewegung, als wollte sie sich von der Wagentür lösen, aber er blieb unbeirrt stehen und engte sie ein.

»Wärst du böse? Denn wenn du verärgert reagierst, werde ich es nicht riskieren.«

Claire lachte nervös. »John Handelman, du weißt ganz genau, was du tust, stimmt's? Ich bin nicht aus Holz geschnitzt. Ich bin durchaus empfänglich für Schmeicheleien und Komplimente, besonders, wenn sie von einer aufrichtigen Erklärung über Gefühle begleitet sind. Wenn du meinst, ich reagiere nicht auf dich, dann darfst du noch einmal raten. Aber ich kann nicht ja sagen. Ich bin verheiratet.«

»Du hast dich von deinem Mann getrennt.«

»Wir sind nicht gesetzlich getrennt.«

»Nur gefühlsmäßig.« Er ließ ihr Zeit, darauf zu antworten. Als Claire schwieg, drängte er. »Ist es das, Claire?«

Sie überlegte einen Moment, verwirrt und verlockt von ihm. »Vielleicht… ja. Ich weiß es nicht. Gute Nacht, John. Ich muß jetzt wirklich nach Hause.«

»Gute Nacht, Claire. Du kannst mir an dem hier nicht die Schuld geben«, murmelte er, als er den Kopf beugte und sie küßte. Sie legte ihre Hände auf seine Schultern, um ihn wegzustoßen, aber sie blieben dort liegen, ohne ihm Widerstand zu leisten. Sie bog sich zurück, wollte ihm ausweichen, beteiligte sich nur wenig an dem Kontakt ihrer beider Münder, fühlte jedoch, wie sich sein Körper von der Taille abwärts an ihren preßte. Er trug Jeans und eine kurze Jacke, Claire einen langen Mantel, der offen stand. Sein Mund war warm und ausgesprochen überzeugend, seine Lippen leicht geöffnet, und der Schock, die Zunge eines anderen Mannes zu fühlen, ließ sie zurückweichen, denn zu ihrem großen

Erstaunen genoß sie das Gefühl. Sehr sogar. John war ein anständiger, attraktiver Mann, den sie immer gern gehabt, mit dem sie in all den Jahren gut zusammengearbeitet hatte. Nichts, was er jemals gesagt oder getan hatte, hatte sie abgestoßen oder verärgert. Er hatte ihr seine Liebe gestanden und einen einzigen Kuß gestohlen, den sie ihm verbal abgeschlagen hatte.

Sie wich zurück und zwang ihn, den Kuß zu beenden, aber er senkte den Kopf noch tiefer und flüsterte heiser: »Nur noch einen, komm schon, Claire, einen Kuß, an dem du ein bißchen mehr teilnimmst. Nur einen, weil ich weiß, es wird der einzige sein, den ich jemals bekommen werde. Komm schon, Claire, gib mir wenigstens soviel... einen einzigen Kuß... bitte... Claire, süße Claire... ich habe so lange von dir geträumt...«

Er ließ seine Hände unter ihren Mantel gleiten und preßte sich mit seinem Körper an sie, an allen Stellen, die zählten, schob eine Hand zwischen ihren Schulterblättern hinauf, bis er ihren Nacken umschlingen konnte, und drängte sie, den Kopf ein wenig zu neigen. Claire gab nach, und ihre Lippen verschmolzen miteinander. John hatte volle, weiche Lippen, ganz und gar nicht abstoßend, und er wußte, wie er sie benutzen mußte. Er – ebenso wie Claire selbst – genoß alles Dramatische und hatte ein Gespür dafür, Dramatik nutzbringend einzusetzen, wenn der Zeitpunkt richtig war.

Und der Zeitpunkt war richtig, dort in der mondbeschienenen Herbstnacht auf dem dunklen, menschenleeren Parkplatz, während nächtliche Stille sie einhüllte.

Claire erlag der Zärtlichkeit des Kusses, seiner tiefen Verlockung und den noch tieferen Gefahren, reagierte mit eigenen Liebkosungen auf Johns Drängen. Und was John Handelman betraf, so entschied er, wenn dies der eine und einzige Kuß sein sollte, den er jemals mit ihr teilen würde, dann würde er die Gelegenheit voll auskosten, und er folgte der Art der Natur, beugte die Knie und streichelte ihren Körper mit sanften Bewegungen, wie warmer Sommerwind, der über ein wogendes Meer von Grashalmen streicht, wieder und wieder, bis Claire sich ihm entgegenbäumte und leise stöhnte.

Was macht Verrat aus? fragte Claire sich flüchtig, selbst während sie den Kuß genoß. Sie wußte, daß es nicht richtig war, was sie tat, aber sie war so einsam gewesen und hatte sich so nach Küssen gesehnt. Vielleicht hatte Tom dies mit Kent Arens' Mutter in den letzten Wochen getan, und wenn es so war, verdiente sie, Claire, dann nicht eine kleine Entschädigung? Es konnte tatsächlich so leicht passieren, das wußte sie jetzt, begann in reiner Unschuld und endete in unschuldigem Ehebruch. Aber sie wollte nichts damit zu tun haben. Und sie würde auch nicht beschämt den Kopf senken, weil sie sich einen Moment lang hingegeben hatte, der Versuchung erlegen war.

»Hör auf, John.« Sie wich zurück und stieß gegen seine Arme. »Es ist genug.« Sehr zu ihrer Bestürzung atmeten sie beide heftig, und in ihrem Innern hatte sich Glut ausgebreitet, was bewies, daß Keuschheit ihren Preis hatte. Sein warmer Arm streifte über ihr Haar, wehte eine Haarsträhne über ihre Schläfe im weißen Licht der Nacht. Er legte seine Lippen behutsam auf ihre Stirn.

»Wir werden das nie wieder tun«, sagte sie. »Das ist ein Versprechen. Und ich möchte, daß du es auch versprichst.«

»Nicht bei deinem Leben.«

»Tom sagte, er würde dich kastrieren, wenn du mich anfaßt.«

Er löste sich etwas von ihr und hob ihr Kinn mit einem Finger zu sich hoch. »Dann hast du also von mir gesprochen. Du wußtest es.«

»Nein.« Sie wand sich aus seiner Berührung. »Ich habe nicht von dir angefangen. Tom hat den Verdacht gehabt, das ist alles.«

»Was hat er gesagt?«

Sie spreizte beide Hände, um weitere Fragen abzuwehren. »Nein. Hör auf damit. Ich werde ihn nicht mit dir diskutieren oder noch mehr von seinen Gefühlen preisgeben. Ich habe schon genug angerichtet. Bitte verzeih mir.«

»Ich soll dir *verzeihen*?«

»Ja. Ich hätte nicht zulassen dürfen, daß dies hier passiert. Es bedeutet nichts. Ich möchte meine Ehe retten, sie nicht ruinieren. Es tut mir leid, John, es tut mir aufrichtig leid. So, und jetzt muß ich gehen. Bitte, laß uns beide morgen versuchen, dies zu vergessen.« Als sie Anstalten machte, ihre Wagentür zu öffnen, tat John es für sie. Ein Teil ihres Ichs erwartete, daß er sie aufzuhalten versuchte, vielleicht sogar versuchen würde, diese höchst unkluge Begegnung, auf die sie sich eingelassen hatte, weiter voranzutreiben. Er stand jedoch zu seinem Wort und trat zurück, nachdem sie ihm den einen geforderten Kuß gewährt hatte, wartete schweigend, während sie hinter das Lenkrad glitt und den Zündschlüssel ins Schloß steckte. Als sie den Motor anließ, schlug er die Tür zu, dann trat er beiseite und hob zum Abschied eine Hand, als sie davonfuhr.

Claire fuhr nach Hause in einem Zustand der Erregung, gemischt mit Schuldgefühlen, und legte sich allein in ihr kaltes, leeres Bett. Sie war so wütend auf Tom, daß sie schluchzte und sich diagonal über seine Hälfte des Bettes ausstreckte, ihre Brüste auf seinem Kopfkissen, und gleichzeitig fehlte er ihr so sehr, daß sie am liebsten schnurstracks zu Wesleys Haus gefahren wäre und Tom windelweich geschlagen hätte, weil es seine Schuld war, daß sie in dieser Sackgasse gelandet waren.

Nachdem sie sich lange Zeit schlaflos hin- und hergewälzt und geweint hatte, rief sie Tom um halb zwei in der Nacht von dem Apparat in der Küche aus an, eine Hauslänge von den schlafenden Kindern entfernt, in der Hoffung, der alte Mann schliefe fester und wäre weiter vom Telefon entfernt als Tom.

Es dauerte fünf Klingelzeichen lang, bis Tom den Hörer abnahm, und weitere drei Sekunden, bevor er sich meldete. Er räusperte sich und murmelte schlaftrunken: »Hallo?«

»Tom?«

Eine lange Pause, dann: »Claire?« – hoffnungsvoll, aber mit einer Stimme, die immer noch nicht ganz wach war.

»Ich konnte nicht schlafen. Ich habe nachgedacht.«

Er wartete.

»Wir müssen diesen Termin beim Eheberater sofort festmachen.«

»In Ordnung. Bei welchem? Ich habe eine Liste von Beratungsstellen in der Schule.«

»Dann such eine aus. Irgendeine.«

»Meinst du, wir sollten beim ersten Mal zusammen hingehen? Oder besser getrennt?«

»Das weiß ich nicht.«

»Dann zusammen«, entschied er.

»Ich weiß nicht. Vielleicht wird uns der Berater empfehlen, was besser ist.«

»Ich habe eine bessere Idee. Ich komme sofort zu dir und krieche zu dir ins Bett, dann brauchen wir morgen keine Eheberatung mehr.«

»Ach, Tom, begreifst du denn nicht, daß das unsere Probleme nicht lösen wird?«

»Warum hast du mich dann mitten in der Nacht angerufen?«

»Weil du mir fehlst, verdammt noch mal!«

»Claire, weinst du etwa?«

»Ja, ich weine!«

Sein Puls fing an zu rasen bei ihrem Eingeständnis. »Bitte laß mich zu dir kommen, Claire. Bitte.«

»Tom, ich habe solche Angst. Ich... ich kenne mich selbst nicht mehr. Ich verstehe mich selbst nicht mehr.«

Er hockte auf dem wackligen Fußschemel aus Kunstleder, der die Klaviernoten seiner Mutter enthielt, hielt einen altmodischen schwarzen Telefonhörer mit der einen Hand und seine Stirn mit der anderen.

»Claire, liebst du mich?«

»Ja!« Ihre Stimme klang verzweifelt.

»Und ich liebe dich. Warum müssen wir das hier durchmachen?«

»Weil ich dir nicht verziehen habe und ich mir nicht sicher bin, ob ich es jemals kann. Begreifst du denn nicht, daß ich es dir immer wieder vorhalten werde, bis ich in der Lage bin, dir zu verzeihen? O Gott, ich weiß es nicht...« Sie klang völlig erschöpft. »Ich habe heute abend etwas getan, was...«

Er geriet sofort in Rage und richtete sich argwöhnisch auf.

»Was hast du getan?«

»Siehst du? Du bist schon wütend auf mich, und dabei habe ich dir noch gar nicht gesagt, was es ist.«

»Du bist mit John Handelman zusammen gewesen, richtig?«

»Laß dir einfach einen Termin bei der Eheberatung geben, je eher desto besser.«

»Was hast du mit ihm gemacht?«

»Tom, ich möchte jetzt nicht darauf eingehen.Es ist fast zwei Uhr nachts, und ich muß morgen zehn Stunden lang Konferenzen durchstehen.«

»Verdammt, Claire! Du rufst mich um zwei Uhr morgens an und erklärst mir, du wärst mit einem anderen Mann zusammen gewesen, und dann sagst *du*, du wolltest jetzt nicht darauf eingehen!«

Wesley kam im Dunkeln aus seinem Schlafzimmer geschlurft und murmelte: »Was soll das Geschrei? Was ist denn eigentlich los?«

»Geh wieder ins Bett, Vater!«

»Du sprichst mit Claire?«

»Ja, und jetzt geh wieder ins Bett!«

Wesley tat es. Und schloß die Tür hinter sich.

»Mist, jetzt haben wir deinen Vater aufgeweckt«, sagte Claire bedauernd.

»Das ist wirklich ein schmutziger Trick, den du da abziehst, Claire, weißt du das? Na schön, ich habe also vor achtzehn Jahren einen kleinen Seitensprung riskiert, aber du streust noch Salz auf die Wunde, und du weißt es auch!« Sein Zorn schwoll noch mehr an, sein Gebrüll wurde ungezügelt. »Du willst einen Eheberater aufsuchen, ja? Dann sieh zu, daß du deinen eigenen gottverdammten Termin ausmachst! Und halte morgen nach John Handelmans Eiern auf deinem Lunchtablett Ausschau!«

Tom knallte den Hörer auf die Gabel und schoß raketengleich von seinem Schemel hoch, stand da wie ein Samurai, während er auf den schwarzen See hinausstarrte, blieb volle siebenundzwanzig Sekunden lang wie erstarrt dort stehen, bevor er in sein Zimmer marschierte und seine Aktentasche mit zitternden Fingern nach dem Notizbuch durchsuchte, in dem sich John Handelmans Telefonnummer befand. Er ließ das Licht an und marschierte zurück zum Telefon, regte sich noch zusätzlich auf, weil sein Vater einen uralten Apparat mit Drehscheibe besaß, bei dem das Wählen einer simplen Telefonnummer bald eine Viertelstunde zu dauern schien. *Warum zum Teufel kann der alte Knacker nicht mit der Zeit gehen und sich ein Tastentelefon zulegen?* Handelman nahm nach dem siebten Klingeln ab.

»Handelman? Hier ist Tom Gardner! Lassen Sie gefälligst Ihre schmierigen Pfoten von meiner Frau, sonst sorge ich dafür, daß Sie so blitzschnell aus diesem Schulbezirk verschwinden, daß Sie einen Raketenkopf brauchen, um wieder hereinzukommen. Haben Sie verstanden?«

John Handelman brauchte einen Moment, um richtig wach zu werden und zu begreifen, was los war. »Nun«, sagte er schließlich ungerührt, »das hat ja nicht lange gedauert.«

»Haben Sie mich verstanden, Handelman?«

»Ich habe Sie verstanden.«

»Und Sie halten sich in den Pausen von ihrer Tür fern, ist das auch klar?«

»Ist mir klar. Sonst noch was?«

»Ja. Konzentrieren Sie sich auf die Proben für die Aufführung, statt Spielchen mit meiner Frau auszuprobieren! Wenn Sie so scharf auf eine Frau sind, dann suchen Sie sich eine eigene!«

Tom knallte den Hörer so heftig auf die Gabel, daß er heruntersprang und polternd auf die Tischplatte fiel. Er knallte ihn noch fester zurück. Dann saß er lange Zeit auf der Plastikottomane und hielt sich mit beiden Händen den Kopf, während die Saumkante seiner kurzen Unterhosen in sein Hinterteil zu schneiden begann und seine nackten Oberschenkel an dem Plastikbezug klebten. Er zog sich wie in Zeitlupe von dem Sofa hoch, löste seine Haut mit einem Geräusch wie raschelndes Papier von dem Kunststoff.

Pest und Hölle, dachte er, während er wie ein alter Mann ins Bett zurückschlurfte. Sollen sie doch allesamt zur Hölle fahren. Wann würde Claire endlich zur Vernunft kommen?

Tom schlief sehr unruhig in dieser Nacht und wachte am Morgen mit hämmernden Kopfschmerzen auf. Zu allem Überfluß drehte er auch noch die Dusche auf, um festzustellen, daß der uralte Durchlauferhitzer seines Vaters defekt war. Er wusch sich in dem eiskalten Wasserstrahl und fuhr zur Schule, immer noch fröstelnd und in übelster Laune, hervorgerufen durch den Claire-Handelman-Vorfall, während er darüber nachgrübelte, was dabei wohl im einzelnen geschehen war.

Die Lehrer hatten eine einstündige Vorbereitungszeit, bevor die Konferenzen anfingen, und so goß sich Tom einen Becher dampfenden Kaffees ein und nahm ihn mit hinauf in Claires Raum.

Als er eintrat, stand sie an einem Arbeitstisch, mit dem Rücken zu ihm, und stapelte Schnellhefter in einen Karton. Erst als Tom die Tür hinter sich schloß, warf sie einen Blick über ihre Schulter zurück.

»Mach die Tür wieder auf.«

»Du hast gesagt, du willst nicht, daß die gesamte Schule die schmutzigen Einzelheiten unserer Auseinandersetzungen mitbekommt.«

»Nicht im Schulgebäude, Tom! Und jetzt mach die Tür wieder auf!«

»Ich will wissen, was du mit ihm getan hast.«

»Tom… *nicht jetzt!*«

»Du rufst mich mitten in der Nacht an und –«

Sie wirbelte herum und starrte ihn ärgerlich an. »Hör zu! Ich habe drei volle Tage anstrengender Gespräche mit Eltern vor mir, und deshalb warne ich dich: Wenn du mich jetzt zum Heulen bringst und mein Make-up ruinierst, dann werde ich etwas mit John Handelmans Eiern tun, was dir gar nicht gefallen wird, wenn ich sie auf meinem Lunchtablett finde! Und jetzt verschwinde von hier!«

»Claire, du bist immer noch meine Frau!«

Sie zeigte mit einem zitternden Finger auf die Tür. Ihre Stimme wurde drohend. *»Verschwinde… von… hier!«*

Sie hatte recht. Ihr Arbeitsplatz war ein völlig ungeeigneter Ort, um ihren Kampf weiter auszutragen. Tom machte auf dem Absatz kehrt, riß die Tür auf und stürmte hinaus.

Die Konferenzen an der HHH verliefen immer nach demselben Schema: Alle Lehrer saßen an Tischen, die im Halbkreis an den Wänden der Sporthalle entlang aufgereiht waren, und die Eltern bewegten sich frei hin und her, stellten sich in der kürzesten Warteschlange an, bis sie alle Lehrer gesprochen hatten, die sie aufsuchen wollten. Es gab zwischendurch immer wieder Pausen, kurze Zeitspannen, wenn einige Lehrer von niemandem in Anspruch genommen wurden, aber die meiste Zeit herrschte ein reges Kommen und Gehen in der Halle, während Eltern hin- und hergingen, die Namensschilder an den Wänden musterten oder kurz stehenblieben, um mit anderen Eltern zu sprechen, bevor sie sich in eine der Schlangen einreihten, die sich oft vier oder fünf Personen lang in das allgemeine Gedränge in der Mitte der Halle hinein erstreckte.

Es war kurz vor zwölf Uhr des ersten Konferenztages, als Claire eine kurze Pause einlegte, weil niemand sie zu sprechen wünschte, ihren Stuhl zurückschob und sich streckte. Ihre Streckbewegung endete abrupt, als sie Tom direkt neben der Eingangstür stehen und mit Monica Arens sprechen sah.

Das Blut schoß in Claires Hals und Gesicht. Sosehr sie sich auch bemühte, sie schaffte es nicht, ihren Blick von den beiden abzuwenden. Monica hatte sich in der Zwischenzeit eine Frisur zugelegt, die ihrem Gesicht wesentlich mehr schmeichelte. Sie trug ein elegantes braunes Kostüm mit einer goldenen Anstecknadel am Revers, die genau zu ihren Ohrringen paßte. Irgend jemand hatte Claire einmal gesagt, wenn Leute eine Affäre anfingen, legten sie plötzlich gesteigerten Wert auf ihr Äußeres.

Claire konnte nicht aufhören, die beiden anzustarren.

Tom stand zunächst in seiner *Rektorhaltung* da: Arme verschränkt, Füße flach auf dem Boden, Knie geschlossen, in der Taille leicht rückwärts gebeugt. Monica sagte etwas, und er schmunzelte, schob sein offenstehendes Jackett zurück, stützte die Hände in die Hüften und nahm insgesamt eine entspanntere Haltung ein. Er blickte in Monicas Gesicht und erwiderte etwas. Und beide lachten fröhlich.

Sie *lachten!*

Dann wurde ihr Ausdruck wie auf Befehl wieder ernst, und sie tauschten einen Blick, den Claire nicht auf Toms Gesicht sehen konnte, nur auf Monicas. Wenn Monica keine verliebte Frau war, dann würde Claire *alles* auf ihrem nächsten Lunchtablett essen!

Plötzlich schweifte Monicas Blick in Claires Richtung, und Claire beugte sich hastig über ihren Tisch, gab vor, beschäftigt zu sein, während sie in den Heftern in dem Karton auf dem Boden herumkramte.

Sie zog Kents Hefter heraus, schlug ihn auf ihrem Schoß auf und überflog seinen Inhalt, wohl wissend, daß Monica Arens durch das Gewimmel in der Halle auf ihren Tisch zusteuerte.

Ihre Gegenwart war eine überwältigende Bedrohung für Claire, diese Frau, die Geschlechtsverkehr mit Tom hatte, die eine Woche vor seiner Hochzeit mit ihm im Bett gewesen war, deren Körper seinen Samen empfangen hatte, während Claire bereits mit seinem Baby schwanger gewesen war, und die erst einen Moment zuvor auf der anderen Seite der Halle bei ihm gestanden und mit ihm gelacht hatte.

»Hallo«, sagte eine Stimme, und Claire fürchtete sich davor, aufzublicken. Als sie es endlich tat, fand sie die Frau, die vor ihr stand, gelassen und scheinbar nicht im geringsten eingeschüchtert durch dieses Treffen. »Ich bin Monica Arens, Kents Mutter.« Sie streckte die Hand aus, sah attraktiver aus, als Claire sie in Erinnerung hatte. Sie hatte Make-up aufgetragen, das ihren Mund voller und ihre Augen größer erschienen ließ. Ihr Haar war auf dem Oberkopf leicht gelockt und bauschig und fiel in einem täuschend schlichten Stufenschnitt zu beiden Seiten herab, umrahmte ihr Gesicht, ohne es wirklich zu berühren, wie ein zarter Schleier aus Queen-Anne-Spitze. Ihr Kostüm war teuer und hatte einen erstklassigen Sitz, ihr Schmuck geschmackvoll schlicht.

»Hallo«, erwiderte Claire und tauschte einen bewußt schlaffen Händedruck mit ihrer Nemesis. Monica nahm Platz und sagte nichts weiter.

Claire räusperte sich und legte Kents Hefter auf den Tisch. »Also…« Sie hatte eine Zeitlang Rhetorikunterricht erteilt und schob jedes Jahr eine Unterrichtseinheit über freies Sprechen in ihren Englischkurs ein. Wie viele Male hatte sie ihren Schülern eingetrichtert, niemals einen wie auch immer gearteten Dialog mit dem Wort *also* zu beginnen? Und doch saß sie hier und tat genau das, wie ein stotternder Idiot. Sie räusperte sich und wiederholte ihren Fehler. »Also... Kent ist sicherlich ein guter Schüler... ähem...«

Sie machten weiter auf dieser holprigen Straße, während die eine von ihnen nervös schwafelte und die andere aufmerksam zuhörte und gelegentlich eine intuitive, kluge Frage einwarf.

Keine von beiden sagte jemals: Mein Sohn macht eine emotionale Hölle durch, seit er weiß, wer sein Vater ist.

Oder: Ihr Sohn wollte mich belehren, wie ich meine Ehe retten kann.

Oder: Mein Sohn hat letztes Wochenende seinen Großvater und andere Verwandte kennengelernt.

Oder: Meine Ehe geht in die Brüche. Ihretwegen.

Sie berieten sich lediglich miteinander – eine Lehrerin und eine Mutter bei einer Konferenz, zwei Simulanten, die sich gegenseitig die Stichworte lieferten.

Aber am Ende ihres Gesprächs reichten sie sich nicht die Hand. Und als Monica aufstand und neben dem metallenen Klappstuhl stehenblieb, krampfte die Anspannung einen Moment lang ihre Eingeweide zusammen. Sie holte Luft, als wollte sie etwas sagen, und Claire wartete nervös. Das Schweigen wurde unbehaglich, und schließlich sagte Claire erneut: »Also...« und dachte bei sich: *Du redegewandte Schlange, du!*

Der Bann war gebrochen, und Monica trat einen Schritt zurück, klemmte sich ihre Tasche unter den Arm und sagte: »Auf Wiedersehen. Und vielen Dank.«

»Ja... auf Wiedersehen.«

Ein anderes Elternpaar wartete auf Claire, doch selbst als sie sich setzten, starrte sie Monica nach, wie sich diese einen Weg durch die Menge bahnte, und ließ dann ihren Blick zu Tom schweifen, der immer noch am Eingang zur Sporthalle stand. Er hatte Claire und Monica die ganze Zeit intensiv beobachtet.

Als sich ihre Blicke trafen, begann er, sich auf Claire zuzubewegen, doch ganz gleich, welche Lüge er in petto hatte, sie konnte warten: Claire wandte ihre Aufmerksamkeit den Eltern zu, die vor ihrem Tisch Platz genommen hatten.

Tom kam jedoch ohne zu zögern näher, nahm sich die Freiheit, um den Tisch herumzugehen, wo seine Frau saß. »Entschuldigen Sie bitte«, sagte er und stützte eine Hand auf die Tischplatte, die andere auf die Rückenlehne von Claires Stuhl, während er sich so zu ihr herabbeugte, daß seine Schulter eine Barriere zwischen ihr und den Eltern bildete.

»Nächste Woche Freitag, siebzehn Uhr bei Family Networking. Der Name des Beraters ist Mr. Gaintner.«

»Ich dachte, du hättest gesagt, ich sollte mich selbst um eine Beratung kümmern.« Sie behielt ganz bewußt eine ausdruckslose Miene bei. Sein Gesicht war ihrem näher, als es seit Wochen gewesen war. Sie verspürte das dringende Bedürfnis, eine Hand darauf zu legen und ihn so brüsk zurückzustoßen, daß sein knackiges Hinterteil unliebsame Bekanntschaft mit dem Fußboden machte.

»Ich hab's mir eben anders überlegt. Du bist heute sehr beschäftigt. Ich dachte, da könnte ich das ebensogut selbst regeln.«

»Konntest du keinen früheren Termin bekommen?«

Er zuckte die Achseln. »Was soll ich sagen? Die Welt ist ein verkorkster Ort. Es gibt Unmengen von Leuten, die alle möglichen Dinge anstellen, um ihr Leben durcheinanderzubringen.«

Seine Leichtfertigkeit ärgerte sie maßlos. »Will er uns beide sehen?«

Tom nickte, richtete sich lässig auf und ging davon.

Er hatte einen Mann konsultiert! Zur Hölle mit seinen manipulierenden Tricks – einen Mann! Er wußte sehr gut, daß sie eine *Beraterin* vorzog, nach all den Diskussionen, die sie über dieses Thema geführt hatten! Frauen waren jederzeit bessere Berater als Männer. Männer konnten sich nicht erlauben, Tränen zu zeigen. Sie wahrten Distanz, statt ihr Gegenüber tröstend in den Arm zu nehmen, obwohl selbst Claire zugeben mußte, daß Männer durchaus Grund zu der Befürchtung hatten, wegen sexueller

Belästigung angezeigt zu werden in dem heutigen prozeßsüchtigen Klima. Jeder Lehrer, den sie kannte, hatte Angst davor, Schülerinnen zu berühren, und sei es auch nur an der Schulter. Trotzdem wußte Tom, daß Claire Beraterinnen grundsätzlich vorzog.

Aber er hatte einen Mann konsultiert.

Sie war wütend und abgelenkt für den Rest des Nachmittags und Abends, während sie zuschaute, wie die Zeiger der Uhr quälend langsam auf neun Uhr zukrochen, und Halspastillen lutschte und fühlte, wie ihre Stimme immer heiserer wurde von all dem Reden, Reden, Reden. Ihr geschätzter Rektor hatte sie alle gewarnt, daß keine Lehrkraft ihren Tisch vor Punkt neun Uhr verlassen dürfte, und nichts lag Claire Gardner ferner, als sich den Zorn »Seiner Königlichen Hoheit« zuzuziehen!

Um neun Uhr knallte sie den Deckel auf ihren Karton mit Heftern, klemmte ihn sich unter den Arm und beeilte sich, Joan Berlatsky zu finden, bevor diese das Gebäude verließ. Claire erwischte sie in ihrem Büro, wo Joan gerade in ihren Mantel schlüpfte.

»Joan, kannst du eine Minute für mich erübrigen, bitte?«

Joan warf einen Blick auf die Uhr und unterdrückte einen Seufzer. »Sicher.« Sie ließ sich in ihren Sessel fallen.

»Ich will dich nicht ausnutzen, aber ich brauche einen Rat.«

»Willst du die Tür schließen?« Beide wußten, daß Tom sehr gut jeden Moment vorbeikommen konnte auf seinem Weg in sein eigenes Büro.

Claire schloß die Tür und hockte sich auf die Kante eines Besucherstuhls. »Ich nehme an, du weißt, daß Tom und ich getrennt leben, und du weißt sicher auch, warum.«

»Ja, das weiß ich, Claire. Es tut mir wirklich leid.«

»Du weißt, daß Kent Arens sein Sohn ist?«

Joan nickte.

»Ich muß ein Geständnis ablegen. Aber zuerst laß mich zu meiner eigenen Verteidigung sagen, daß ich eine gute Lehrerin bin. Meine Schüler und ihr Wohl liegen mir sehr am Herzen, aber heute abend habe ich etwas getan, was ich noch nie zuvor getan habe. Ich habe es vermieden, über etwas zu sprechen, was mit einem Elternteil hätte besprochen werden müssen. Weißt du, ich hatte eine Unterredung mit Kents Mutter.«

Joan lehnte sich in ihrem Stuhl zurück und verschränkte ihre Hände. Ihre miteinander verflochtenen Finger ruhten an ihren Lippen, während sie Claire mit einem leisen Stirnrunzeln betrachtete.

»Tom hat mir vor Wochen vorgeschlagen, Kent in einen anderen Englischkurs zu stecken, aber ich habe den einzigen Kurs, der mit dem Honours Degree abschließt, deshalb habe ich störrisch darauf bestanden, daß Kent in meiner Klasse bleibt. Jetzt ... also, jetzt sind die Dinge reichlich kompliziert geworden, und die Beziehungen zwischen uns allen haben sich geändert. Ich werde einfach das Gefühl nicht los, daß es den Jungen wesentlich mehr bekümmert, als er nach außen hin zeigt. Ich hätte aufrichtig mit seiner Mutter darüber sprechen sollen, aber ich konnte es einfach nicht. Kents Zensurendurchschnitt ist eine glatte Zwei, und ich habe mir selbst eingeredet, da seine Zensuren in keiner Weise gelitten haben, brauchte ich nichts Persönliches während der Konferenz zur Sprache zu bringen. Ich weiß, es war feige von mir, und ich weiß, daß ich dich hier als Beichtvater benutze, aber ... nun ... weißt du, ich glaube ... das heißt, *manchmal* glaube ich, daß Tom eine Affäre mit Kents Mutter hat. Da, bitte. Großer Gott, ich hab's gesagt. Ich bin es endlich losgeworden.«

Joan saß noch da wie zuvor, überlegte, blickte Claire stirnrunzelnd an, klopfte mit den Fingerspitzen gegen ihre Lippen. Schließlich stellte sie einige sachdienliche Fragen, und die Antworten lieferten die notwendigen Hintergrundinformationen.

»... und jetzt hat er einen Termin bei einem Eheberater ausgemacht. Joan, ich weiß, er hat es getan, um einen Mann auf seiner Seite zu haben, und dabei wollte ich eine Frau!«

»Hast du ihm das gesagt?«

»Nein, aber er weiß es!«

Joan tat nicht mehr, als die Haltung ihrer Arme zu verändern. Es war auch für sie ein langer, anstrengender Tag gewesen. Sie hatte seit neun Uhr an diesem Morgen mit dummen Eltern und halsstarrigen Teenagern gesprochen. Sie hatte Kopfschmerzen von den flackernden Neonröhren in der Sporthalle und war bedrückt über einige der wirklich mitleiderregenden Situationen, die sie heute zu klären versucht hatte. Sie wollte nach Hause gehen, sich der Länge nach auf ihr Bett fallen lassen und bis ins nächste Jahrhundert schlafen. Und dann kam diese normalerweise so ausgeglichene, freundliche, liebevoll besorgte Frau, die ihre Ehe wegwarf und ihre Familie zerstörte, weil sie nicht durch den roten Dunst ihrer eigenen Eifersucht sehen konnte. Claire Gardner war eine gebildete Frau, die ihren Anteil an Psychologiekursen absolviert hatte, aber eine Collegeausbildung garantierte nicht unbedingt gesunden Menschenverstand, und manchmal hatte Joan gründlich die Nase voll von diesen Lehrern, die eigentlich mehr davon haben sollten. Joan Berlatsky – Gott segne ihr müdes Therapeutenherz! – war für heute restlos bedient!

»Claire, hör nur, wie du redest. Wie viele Male hast du gelesen oder gehört, daß die Ursache der meisten Beziehungsprobleme ein Mangel an Kommunikation ist? Wenn du eine Beraterin vorziehst, dann hättest du das sagen müssen. Du gibst Tom die Schuld, weil du wegen einer völlig anderen Sache wütend auf ihn bist. Frag jeden x-beliebigen Scheidungsanwalt – genau auf diese Weise kommen die ganz großen Kräche ins Rollen. Willst du deine Ehe retten?«

Claires Zurückzucken sagte sehr deutlich, daß sie nicht damit gerechnet hatte, Joan würde ihre Argumente auf diese Weise entkräften.

»Ja«, erwiderte sie kläglich. »Zumindest glaube ich, daß ich das will.«

»Nun, du benimmst dich aber ganz sicher nicht so. Ich kenne Tom seit zwölf Jahren, und in all dieser Zeit habe ich ihn niemals etwas anderes als Lob über dich äußern hören. Ich bin bei Besprechungen und in Komitees mit ihm zusammen, denen du nicht angehörst. Was er hinter deinem Rücken sagt, würde dich wahrscheinlich vor Freude erröten lassen. Dieser Mann liebt dich, und er liebt seine Kinder, und ich kann beim besten Willen kein Verständnis für das aufbringen, was du sie alle durchmachen läßt, weil ich nicht der Ansicht bin, daß du irgendeinen Grund dafür hast. Tom hat vor achtzehn Jahren einen Fehler begangen und hat dich dafür um Verzeihung gebeten, und ganz gleich, was du ihm jetzt vorwirfst, es beruht alles nur auf Vermutungen und Indizienbeweisen. Ich glaube nicht, daß er eine Affäre hat, weil ich weiß, wie sehr er dich liebt. Es ist dir peinlich, daß du seinem Sohn Tag für Tag gegenübertreten mußt, während die gesamte Schule weiß, wer Kent ist, aber – Herrgott noch mal, was ist daran so schlimm? Dann wissen wir es eben. Na und? Wir akzeptieren es. Der Junge ist unser Schüler, und wir würden nicht auf die Idee kommen, ihn zu ächten. Oder Tom, was das betrifft. Du bist die einzige, die das tut. Und dabei zerstörst du deine eigene Familie. Ich klinge im Moment wahrscheinlich nicht wie eine neutrale Beraterin, denn das bin ich in diesem Fall auch nicht. Ich lehne deine Bitte ab, noch weiter über diese Sache mit mir zu reden, weil dies – ganz offen gesagt – ein Fall ist, wo ich Partei ergriffen habe, und ich bin nicht auf deiner Seite. Ich bin ganz eindeutig auf Toms Seite, weil ich eine zerbrochene Familie und vier unglückliche Menschen für dich voraussehe, wenn du so weitermachst wie bisher. Tom ist unglücklich. Die Kinder sind unglücklich. Und ich nehme an, du bist es wahrscheinlich auch. Und jetzt bin ich müde, ich habe den ganzen Tag lang geredet, und ich möchte nach Hause und schlafen.«

Joan stand auf, beendete die Unterhaltung abrupt. Sie ging zur Tür, öffnete sie und knipste das Licht aus – tatsächlich sehr unhöflich –, während Claire versuchte, sich wieder zu fassen, und erkennen mußte, daß sie gründlich ausgescholten und hinausgeworfen worden war.

Joan bückte sich und schloß die Tür hinter ihnen ab, dann ging sie voraus zu der Glastür. Dort drehte sie sich noch einmal um und blickte an den Schreibtischen der Sekretärinnen vorbei zu der Stelle, wo Toms Bürobeleuchtung durch seine offene Tür fiel und einen hellen Streifen auf dem blauen Teppichboden bildete.

»Tom, bist du noch da?« rief sie.

Er erschien sofort in seiner Tür.

»Ja, Joan, du brauchst die äußere Tür nicht abzuschließen.«

»In Ordnung. Dann gute Nacht.«

»Gute Nacht.«

Er sagte nichts zu Claire, und sie sagte nichts zu ihm. Aber ihre Blicke trafen sich quer durch das verlassene Büro, und ihr Stolz hielt sie zurück.

Claire dachte: *Ach, Tom, ich weiß, ich sollte genau das tun, was Joan gesagt hat.*

Und Tom dachte: *Weißt du, was du tun kannst, Claire? Du kannst dich geradewegs zu John Handelman begeben, wenn du mit ihm im Bett gewesen bist, weil ich dich ganz sicher nicht zurückhaben will.*

16. KAPITEL

Um halb neun an diesem Abend hinterließ Chelsea eine Nachricht auf dem Küchentisch. Sie lautete: *»Liebe Mama, Drake Emerson hat angerufen und mich eingeladen, mit ihm und ein paar von seinen Freunden ins Mississippi Live zu gehen. Ich habe zugesagt, weil ich morgen nicht zur Schule muß und ausschlafen kann. Ich weiß, ich hätte Dich zuerst fragen sollen, aber ich konnte Dich nicht erreichen, weil Du Konferenzen hattest. Bis morgen früh. Alles Liebe, Chels.«*

Chelsea warf einen letzten prüfenden Blick in den Badezimmerspiegel, legte noch eine Schicht Lipgloss auf, machte einen Schmollmund vor dem Spiegel und knipste das Licht aus. Dann trat sie in die offene Tür von Robbys Zimmer.

»Ich bin in einer Minute verschwunden. Was machst du heute abend?«

Er wandte sich zur Tür und musterte seine Schwester kritisch von oben bis unten. Sie trug schwarze Leggings und ein Netz-Top über einem knappen schwarzen Ding, das ihren Bauch freiließ, so ähnlich wie die engen Stretchtops, die die Aerobictänzerinnen im Fernsehen trugen. Ihr Haar stand in wilden, krausen Locken um ihren Kopf herum ab, ihre Augen waren zu stark geschminkt, und ihr Lippenstift war leuchtend rot und glänzend statt puderrosa und matt, die Farbe, die sie früher immer benutzt hatte. Ihre Ohrringe waren groß und baumelten klirrend an ihren Ohrläppchen; Robby hatte sie noch nie zuvor an ihr gesehen.

»Ich gehe ins Kino, mit Brenda«, erklärte er. »In die Spätvorstellung. Sie muß bis neun Uhr arbeiten. Willst du in *dem* Aufzug ausgehen?«

Chelsea blickte flüchtig an sich herab, dann warf sie trotzig den Kopf zurück. »Sicher. Alle Mädchen ziehen sich dort so an.«

»Du hättest Mam fragen sollen, ob du ins Mississippi darfst.«

»Das konnte ich ja nicht. Sie ist in der Sporthalle, und dort gibt es keine Telefone. Oder hast du das vergessen?«

»Dann hättest du zu ihr gehen sollen. Und du hättest ihr sagen sollen, daß du mit Drake Emerson ausgehst.«

»Wieso? Was gibt es denn gegen Drake einzuwenden?«

»Du weißt genau, was mit Drake los ist. Er hat keinen sonderlich guten Ruf.«

»Hör zu, er hat mich wie ein Gentleman angerufen, und er hat sehr höflich mit mir am Telefon gesprochen. Und überhaupt – wenn Typen wie er eine Chance bekommen, zu beweisen, daß sie in Ordnung sind, dann werden sie sich auch anständig aufführen. Ich kann mich nicht erinnern, daß Mam und Paps jemals erwähnt hätten, daß er ins Büro gerufen worden wäre oder so was.«

»Geht von deinen anderen Freunden noch jemand mit?«

»Meine anderen Freunde sind tödliche Langweiler. Wir machen immer nur dasselbe, und ich schätze, dies ist eine gute Chance, neue Freunde kennenzulernen.«

»Mam würde das nicht gefallen. Paps auch nicht.«

Chelseas Miene verhärtete sich: »Tja, vielleicht interessiert mich ihre Meinung nicht! Haben sie uns gefragt, ob es uns gefallen hat, was *sie* getan haben? Außerdem sind sie nicht hier. Wie kann ich sie dann um Erlaubnis fragen?«

»Chelsea, ich glaube nicht, daß du in den Klamotten herumlaufen solltest.«

Chelsea verdrehte genervt die Augen und machte auf dem Absatz kehrt. Ihr Abschiedskommentar war den ganzen Flur hinunter zu hören: »Weißt du, Bruderherz, ich verzichte dankend auf deine Belehrungen.«

Sie zog ihre Jacke über und machte sich bereit, zur Tür hinauszuschlüpfen, sobald es klingelte, damit Drake nicht ins Haus kommen mußte. Sie wollte Robby keine Gelegenheit geben, Drake einer umfassenden Inquisition zu unterziehen, als wäre er ihr Vater oder so etwas.

Wie sich herausstellte, kam Drake zu spät, und Robby hatte bereits das Haus verlassen, als der Wagen in die Einfahrt bog, um Chelsea abzuholen. Sie rannte hinaus, um Drake auf dem Gehweg vor dem Haus zu treffen.

»Hey, wie läuft's denn so, Baby?« begrüßte er sie.

»Gut. Ich kann es kaum erwarten, diese Disco zu sehen.«

»Wenn du mal richtig die Sau rauslassen willst, ist es genau der Ort dafür.«

Sie tat den winzigen Anflug von Bedenken mit einem Achselzucken ab und sagte sich, daß sie schließlich nichts Verbotenes vorhatte. Sie wollte nichts weiter als ein bißchen harmlosen Spaß an diesem Abend haben.

Der Wagen, der in der Einfahrt wartete, war in einem so erbärmlichen Zustand, daß Chelsea nicht sicher war, ob er es den ganzen Weg bis in die Innenstadt von Minneapolis schaffen würde. Jemand namens Church saß am Lenkrad, und neben ihm saßen Merilee und Esmond, den Chelsea noch nie getroffen hatte; er war dreiundzwanzig, wie Merilee ihr erklärt hatte. In der Dunkelheit konnte Chelsea die drei Gestalten auf dem Vordersitz kaum erkennen. Die ganze Fahrt über blieben sie schemenhafte Silhouetten, umrahmt von dem grünlichen Licht des Armaturenbretts. Chelsea saß im Fond des Wagens zwischen Drake und einem Mädchen aus Robbys Klasse, einer gewissen Sue Strong. Sue war eine Herumtreiberin, die – so wurde allgemein gemunkelt – eine Schlange auf dem Po eintätowiert hatte und einmal mit nackten Brüsten im Heizungskeller der Schule mit einem Jungen erwischt worden war, der ein Jahr zuvor die

Schule abgebrochen hatte. Chelsea hatte Sues Namen bei mehr als einer Gelegenheit zu Hause am Abendbrottisch gehört, und es war nichts Positives gewesen.

»Hi, Sue«, sagte Chelsea, als Drake sie miteinander bekannt machte.

Sue blies Zigarettenrauch zum Dach des Wagens hoch und fragte: »Du bist die Tochter des Rektors?«

»Ja.«

»Das ist wirklich cool, Drake«, rief Sue. »Ihr Alter hat mir mehr als einmal den Arsch aufgerissen wegen irgend so 'nem Scheiß, der nicht sein Bier war. So 'n Mist, Mann, daß wir die mitschleppen müssen.«

Chelsea fühlte, wie sich ihr Magen zusammenzog, aber Drake schlang einen Arm um ihre Schultern und preßte sie an sich, während er in ihre Augen grinste.

»Hey, Sue, paß auf, was du sagst. Sie ist nicht an solches Gerede gewöhnt, stimmt's, Süße?«

Chelsea lächelte steif und roch den Ledergeruch von Drakes Jacke. Die Beleuchtung am Armaturenbrett hob seine dunklen Augen und sein schiefes Lächeln hervor. Er sagte all die richtigen Dinge, aber in seinem Grinsen lag etwas Anzügliches, als hätte jedes Wort, das er sprach, noch eine andere Bedeutung. »Kümmere dich nicht um sie«, flüsterte Drake dicht an Chelseas Ohr, damit Sue nicht mithören konnte. »Sie und Esmond haben heute abend an allem was auszusetzen, das ist alles. Aber wir werden unheimlich viel Spaß haben, du und ich. Der Laden wird deine Welt echt ins Wanken bringen. Es wird dir gefallen.«

Er hatte recht. Das Mississippi Live erschütterte Chelseas Welt wirklich bis in die Grundfesten. In Riverplace gelegen, einem historischen Bezirk in der Innenstadt von Minneapolis am Ufer des Mississippi, war es ein gigantischer Tanzpalast, der Traum eines Musikfans, das Entzücken eines Rockers und ein Sturmangriff gegen die Sinne, noch bevor man einen Fuß hineingesetzt hatte. Als sie den Hof an der Vorderseite des Gebäudes überquerten, hörte Chelsea das Stampfen der Musik durch die Glaswand. Sie konnte Bewegung und Lichter ausmachen, noch bevor sie durch die Tür gingen. Im Inneren verstärkte sich das Dröhnen und Hämmern und pulsierte in ihrem Magen. Die Menge wilder Tänzer wurde von Jugendlichen um die Zwanzig dominiert. Direkt hinter der Eingangstür war ein junger Mann in einem Gyroskop festgeschnallt, Arme und Beine steif ausgestreckt wie auf einer Zeichnung von Michelangelo, während er wie ein Strandball kreiselte, der einen Wasserfall hinunterschwimmt. Die Kreiselvorrichtung stand in der Mitte zwischen zwei stählernen Wendeltreppen, die zu einer offenen Galerie hinaufführte. Sowohl die Galerie als auch die beiden Treppen waren gedrängt voll mit Jugendlichen, jedes Augenpaar fasziniert auf die wirbelnde menschliche Gestalt geheftet.

Chelsea folgte Drake die Treppe hinauf. Im zweiten Stock verschmolz der hämmernde Rhythmus aus dem Erdgeschoß mit der Musik der Karaoke-Show, wo ein hektischer Ansager für Stimmung sorgte, während ein junger Mann »Soul Survivor« sang und die Worte über eine Reihe von Großbuchstaben an der Decke flimmerten. Um die Karaoke-Bühne drängte sich eine andere Art von Publikum, und die Kundschaft wechselte ständig, bewegte sich langsam weiter, schob sich seitwärts durch das Gewimmel auf dem Weg zur nächsten Attraktion. Drake und Chelsea wandten sich nach links und betraten eine schwarze Höhle, wo ein DJ in einer Glaskabine saß und Rap-Musik aus Lautsprecherboxen röhrte, während zuckende Lichtstrahlen eine Ansammlung von Tänzern in unzusammenhängende Bewegungsfragmente auf der Tanzfläche verwandelte. Ein Mädchen trug ein hautenges, taillenfreies Top, einen wadenlangen Rock aus ausgefranstem Sackleinen und Springerstiefel. Ein Junge trug schwarz-rote Lederhosen mit einem Muster auf beiden Beinen, das an Haifischzähne erinnerte. Ein Tänzer trug Hosenträger, eine verspiegelte Sonnenbrille und einen mit Silberpailletten besetzten Zylinder. Während er herumwirbelte, schien sein Hut in dem stroboskopischen Licht fünfmal pro Sekunde von seinem Kopf zu schweben.

Die Musik schmerzte in Chelseas Ohren, verursachte ein Druckgefühl in ihrer Brust, als würde sie implodieren.

Drake legte seine Lippen an ihr Ohr. »Willst du was trinken?«

»Eine Cola!« schrie Chelsea zurück.

Er grinste sie an, als er sich abwandte. Sie schaute ihm nach, während er sich einen Weg zur Bar bahnte. Seine Hosen saßen so eng, daß sie annahm, es müßte ihm die Blutzufuhr abschnüren. Er hatte derbe Stiefel an den Füßen, ähnlich denen eines Bergsteigers. Seine nach unten schmaler werdende taillenlange Jacke hatte Reißverschlüsse an der Vorderseite und an den Ärmeln.

An der Bar wurde er offensichtlich nach seinem Ausweis gefragt, denn er zog eine Brieftasche aus seiner Jacke und zeigte flüchtig etwas, was ein gefälschter Personalausweis sein mußte, bevor der Barkeeper begann, einen Drink zu mixen.

Eine Minute später kehrte Drake mit zwei Plastikbechern zurück und reichte Chelsea einen. Sie schrie »Danke«, nippte vorsichtig daran und stellte zu ihrer Erleichterung fest, daß es reine Coca-Cola war. Fasziniert drehte sie sich wieder zur Tanzfläche um. Niemand hier schien die Stühle zu benutzen, es sei denn, um gelegentlich einen Fuß darauf zu stützen. Ein paar Meter entfernt tanzte ein Pärchen neben seinem Tisch, übte anscheinend neue Tanzschritte ein. Niemand schenkte ihnen die geringste Aufmerksamkeit. Nach ein paar Minuten nahm Drake Chelsea den Becher aus der Hand und stellte ihn ab, dann führte er sie auf die Tanzfläche. Sie tanzte, bis der Schweiß ihren BH durchtränkte und ihr Haar an ihrem heißen Nacken klebte. Sie berührte Drake kein einziges Mal beim Tanzen, obwohl sie sich fühlte, als wäre sie an den meisten erogenen Zonen ihres Körpers von ihm berührt worden. Er hatte einen sehnigen, kraftvollen Körper, der sich geschmeidig wie Rauchkringel bewegte, und eine Art, sie mit Blicken zu verschlingen, daß sie sich sexy und gewagt vorkam.

Bald schlenderten sie zu einer anderen Tanzfläche weiter, einer anderen Bar, gefolgt von einer weiteren und noch einer, bis sie fünf ausprobiert hatten. Sie tanzten auf den meisten, bestellten sich Drinks an den meisten Bars. Auf der letzten Tanzfläche wurde Country-Musik gespielt, und die Leute tanzten eng umschlungen. Ein paillettenbesetzter Cowboystiefel drehte sich langsam an der Decke und warf glitzernde Lichtfunken auf die Tänzer darunter. Die Musik wechselte zu einem langsamen Song, und Drake murmelte: »Komm, Baby, einmal noch.« Er schlang seine Arme um Chelseas Taille, preßte sich mit seinem Unterkörper an sie und ließ seine Hand tief über ihr Rückgrat hinabgleiten, wo er sie mit seinen Fingerspitzen im Rhythmus der Musik massierte. Sie griff hinter sich und schob seine Hand wieder hinauf.

»Was ist los?« Er grinste auf sie herab und drängte seine Hüften noch fester an sie. »Hast du noch nie so getanzt?«

»Nicht da, wo mich jemand sehen konnte.«

»Und was hast du da gemacht, wo dich keiner sehen konnte?«

»Mmmm...« Sie lächelte aufreizend und warf den Kopf in den Nacken.

»Entspann dich, Baby. Ist ein gutes Gefühl, wenn du's zuläßt.« Er ergriff ihre Arme und hob sie über seine Schulter, hielt sie dort fest, bis Chelsea sie um seinen Hals schlang. Dann strich er mit den Händen bis zu ihren Hüften hinunter, packte sie und zog sie an seinen Unterleib. Von der Taille an abwärts konnte Chelsea fühlen, wie sich Knochen und Fleisch in ihren Körper drückten und ein Muster zu hinterlassen schienen wie Fossilien in Lehm, während Drake sich unaufhörlich an ihr bewegte, sie umschlungen hielt, seinen Unterleib an sie preßte und gelegentlich seinen rechten Schenkel zwischen ihre Beine drängte. Seine rechte Hand wanderte höher, glitt unter das Netztop und streichelte das nackte Fleisch über ihrem Taillenbund. Er spreizte die Finger breit, bis sein Daumen unter das elastische Rückenband ihres BHs rutschte.

Chelsea dachte an die Geheimnisse, die Erin über ihren Sex mit Rick preisgegeben hatte. Sie dachte an ihre Eltern. *Hey, Mam und Paps, was haltet ihr von dem hier, na? Euer braves kleines Mädchen ist gar nicht mehr so brav, stimmt's?*

Über ihr warf der paillettenbesetzte Cowboystiefel glitzernde Tupfen auf die Tänzer. Ein Schwindelgefühl erfaßte sie, und sie schloß die Augen: »Hast du etwas in meinen Drink getan, Drake?«

»Vertraust du mir nicht?«

»Hast du was reingetan?«

»Nur ein bißchen Rum. Du konntest ihn noch nicht mal schmecken, richtig?«

»Ich habe gesagt, ich wollte Cola pur.«

»Okay, kein Rum mehr. Von jetzt ab nur noch Cola pur.«

»Aber ich glaube, ich bin vielleicht schon betrunken. Ich weiß nicht. Ich habe mich noch nie so gefühlt wie jetzt.«

»Dir wird doch nicht übel, oder?«

»Nein, mir ist nur schwindelig.«

»Laß einfach die Augen offen, dann gibt sich der Schwindel wieder.«

»Drake, du hättest das nicht tun sollen. Ich darf keinen Alkohol trinken.«

»Tut mir leid, ich dachte nur, du wolltest dich vielleicht auch so super amüsieren wie wir anderen. Ein kleiner Drink macht einen irgendwie lockerer, nimmt einem die Hemmungen, und es macht einfach mehr Spaß, so zu tanzen wie jetzt.« Dieses Mal ließ er beide Hände über ihren Po gleiten. Aber bei der Art, wie sich Drake unablässig hin- und herwiegte und sie langsam herumschwenkte, war es ein gutes Gefühl, sich dicht an ihn zu schmiegen und Halt an ihm zu finden, während ihre Welt immer beschwipster wurde. Ihr Körper paßte sich mit überraschender Mühelosigkeit an, und ganz gleich, wohin Drake sich bewegte, ihr Fleisch schien ihm bereitwillig zu folgen. Über seine Schulter sah Chelsea eine Reihe von anderen Pärchen genau auf die gleiche Weise tanzen – deshalb nahm sie an, daß es an einem Ort wie diesem wohl einfach so üblich war.

»Drake, mir wird echt schwindelig. Ich glaube, ich sollte besser nach Hause gehen.«

»Hey, es ist doch noch so früh.«

»Wie spät ist es?« Über seine Schulter versuchte sie, ihre Armbanduhr abzulesen, aber die Ziffern weigerten sich, ein deutliches Bild zu ergeben.

Seine Hände glitten von ihrem Po, als er einen Blick auf seine Uhr warf. »Mitternacht. Ein paar Minuten danach.«

»Ich muß um eins zu Hause sein. Ich muß jetzt wirklich gehen.« Es war das erste Mal, daß sie offen rebellierte.

»In Ordnung, wie du willst. Komm, dann wollen wir uns mal auf die Suche nach den anderen machen.«

Es dauerte eine ganze Weile, die anderen vier zusammenzutrommeln, und bis sie schließlich zu ihrem Wagen strebten, war es bereits Viertel nach eins, und Chelsea wußte, sie würde niemals rechtzeitig zu Hause sein.

Draußen fühle sich die kalte Nachtluft erfrischend und kräftigend an, aber als sie auf dem Rücksitz Platz nahmen und der Wagen sich in Bewegung setzte, begann sich alles um Chelsea zu drehen. Sie legte ihren Kopf gegen die Lehne zurück und fühlte sich, als wäre sie in einen Versandkarton gesteckt und ein Fließband hinuntergeschickt worden. Auf dem Rücksitz quetschten sich vier Leute, und sie saß zwischen Drake und der Tür. Er küßte sie im selben Moment, als er eine Hand in ihre Jacke und unter ihr Netz-Top gleiten ließ. Es war etwas völlig anderes, als der Kuß, den sie mit Kent getauscht hatte. Bei weitem nicht so unschuldig. Plötzlich schoß ihr der Gedanke durch den Kopf, daß die Schuldgefühle, die sie wegen dieses einen Kusses mit ihrem Halbbruder gequält hatten, töricht und unangebracht gewesen waren. Dies hier war etwas, weswegen sie sich wirklich schuldig fühlen konnte – und würde … morgen. Drake küßte sie wild, schob seine Zunge tief in ihren Mund, während er mit einer Hand unter ihren BH glitt, dann ihren Rücken hinunter, wo er sie bereits auf der Tanzfläche berührt hatte, und sie wenig später zwischen den Beinen streichelte.

»Hör auf, Drake«, flüsterte sie, tödlich verlegen, weil etwas noch Schlimmeres auf der anderen Seite des Rücksitzes vor sich zu gehen schien. Sue und Esmond hatten sich offensichtlich wieder vertragen.

»Hey, nun komm schon, es passiert schon nichts.«

»Nein, hör auf damit!«

»Hast du schon mal einen Jungen gefühlt?« Er ergriff ihre Hand, schob sie zwischen seine Beine und drückte ihre Handfläche fest gegen seine Erektion. »Wette, das hast du noch nicht.

Mach ruhig, Kleine, erforsch mich. So fühlt sich ein Junge an, siehst du? Heiß... hart... nein, nein!« Er drehte ihren Kopf wieder zu sich herum, als Chelsea versuchte, an ihm vorbei zu den anderen Insassen des Wagens hinüberzuspähen. »Mach dir keine Gedanken um die beiden. Die können uns nicht sehen. Haben genug mit sich selbst zu tun.«

»Drake, laß das!«

»Wette, du bist immer ein anständiges kleines Mädchen gewesen, wie? Hast immer getan, was deine Mama und dein Papa dir gesagt haben. Und heute abend hast du entschieden, mal das auszuprobieren, was die schlimmen kleinen Mädchen tun, und ich wette, es macht dir echt Spaß, stimmt's? He, hat dich schon mal jemand hier geküßt?« Er bewegte sich so schnell, daß sie sich nicht wehren konnte – schob blitzschnell ihr Stretchtop hoch und beugte den Kopf, und im nächsten Moment umschlossen seine Lippen ihre Brustspitze.

Chelsea fing an zu weinen, versuchte mit beiden Händen, seinen Kopf wegzustoßen, voller Angst, ihr würde übel werden, weil sich ihr Magen umzudrehen begann, und wenn sie sich auf den Boden des Wagens übergeben müßte, würde sie vor Verlegenheit sterben!

Drake hob den Kopf, legte seinen Daumen auf die Stelle, wo eben noch sein Mund gewesen war, und beschrieb sanfte Kreise auf ihrem feuchten Fleisch.

»Das macht dich geil, was? Ist überhaupt nichts Schlimmes dabei; hey, Mann, alle tun's!«

»Drake, ich glaube, mir wird schlecht. Sag Church, er soll sofort anhalten.«

»Scheiße«, knurrte er angewidert. »Hey, Church, fahr rechts ran. Chelsea muß kotzen.«

Und sie kotzte, weiß Gott! Niemals in ihrem Leben würde sie den Augenblick vergessen, wie sie sich am Rand irgendeiner Schnellstraße in das mit Rauhreif bedeckte Gras erbrach, während Autos vorbeiflitzten und das Pärchen auf dem Rücksitz ungeniert bumste, als wäre dies das Paradies und sie wären die einzigen Menschen im ganzen Universum.

Aufs äußerste beschämt und verlegen kroch Chelsea wieder auf den Rücksitz, wo Drake zumindest seine Hände von ihr ließ und darauf verzichtete, sie weiter zu betatschen. Statt dessen drehte er sich eine übel riechende Zigarette und zündete sie an.

»Willst du einen Joint, Kleine?« fragte er, als der Wagen ekelerregend zu stinken begann.

»Nein, danke.«

»Hast du auch noch nie ausprobiert, wie?«

Chelsea schlang die Arme fest um ihren Körper und starrte zum Fenster hinaus durch einen Tränenschleier, der die Straßenbeleuchtung in vielzackige Sterne verwandelte. Sie dachte an ihre wirklichen Freunde und versuchte zu begreifen, warum sie sich in letzter Zeit kaum noch mit ihnen getroffen hatte und warum sie sich ausgerechnet Drake Emerson ausgesucht hatte, denn es war die Wahrheit – *sie* hatte ihn auf sich aufmerksam gemacht und ein bißchen mit ihm geflirtet. Es hatte nicht lange gedauert, bis er sie gefragt hatte, ob sie mit ihm ausgehen wollte. Aber er war so ein schmieriger Typ, und sie vermißte Erin so sehr. Ganz plötzlich sehnte sie sich danach, in Erins Zimmer auf dem Bett zu hocken und Popcorn in sich hineinzustopfen und stundenlang mit ihrer Freundin zu reden oder neue Frisuren auszuprobieren.

Zu Hause brannte Licht in der Küche, und Drake ließ sie allein den Weg zum Haus hinaufgehen. Als sie an der Tür angekommen war, rief er: »He, prüde Torte! Du mußt lernen, ein bißchen mehr zu relaxen. Wenn du's mal wieder probieren willst, sag mir einfach Bescheid.«

Die Haustür ging auf, und ihre Mutter stand vor ihr.

»Komm sofort herein, mein Fräulein!«

In dem kalten Licht der Küche konnte sich Chelsea Claires scharfem Blick nicht entziehen.

»Wo um alles in der Welt bist du gewesen? Weißt du nicht, daß es halb zwei in der Nacht ist?«

»Na und?«

»Wir hatten ausgemacht, daß du um ein Uhr zu Hause bist! Und wir haben Regeln darüber, wohin du gehst und mit wem!

Robby hat gesagt, du wärst mit Drake Emerson ausgegangen. Stimmt das?«

Chelsea weigerte sich, ihre Mutter anzusehen. Sie stand mit offener Jacke da, ihre Lippen zu einem schmalen, trotzigen Strich zusammengepreßt. Claire ergriff Chelseas Kinn und hob energisch ihr Gesicht zu sich hoch. »Wie bist du überhaupt angezogen? Und wonach riechst du? Chelsea, hast du getrunken?«

»Das geht dich überhaupt nichts an!« Chelsea riß sich los und flitzte ihn ihr Zimmer.

Claire stand in der leeren Küche, und Furcht schnürte ihr die Kehle zu, während der üble Geruch von Chelseas Atem wie eine Wolke in der Luft hing. Lieber Gott, nicht Chelsea! Nicht ihre liebe Tochter, die ihr niemals Anlaß zur Sorge gegeben hatte, die sich immer vernünftige, ordentliche Freunde gesucht hatte und pünktlich zu Hause gewesen war und an gesunden Aktivitäten teilgenommen hatte, die so anständig und ehrlich gewesen war, wie es sich Eltern nur wünschen konnten. Es schien noch nicht einmal dasselbe Mädchen gewesen zu sein, das gerade zur Küche hereingekommen war. Dieses Mädchen hier war wie eine Hure angezogen und war in Gesellschaft eines Jungen gewesen, dessen Schulschwänzerei, Drogenkonsum und erbärmliche Schulberichte ihn zu einem Objekt der Verachtung machten, wann immer sein Name in Kollegenkreisen fiel. Nach Chelseas Kleidung und Benehmen zu urteilen, nahm Claire an, daß zumindest die Möglichkeit bestand, daß sie Sex mit Drake Emerson gehabt hatte. *Aids, Schwangerschaft* – die Ängste schossen durch ihren Kopf, gefolgt von traurigen Geschichten über andere Mädchen aus der Schule, so vielen, daß Claire sich schon fast daran gewöhnt hatte. Aber wenn es um die eigene Tochter ging, wenn man den Fehler bei sich selbst suchen mußte, dann war das eine andere Sache.

Claire hatte einen instinktiven Gedanken, als sie in der Küche stand, eine Hand auf den Mund gepreßt und Tränen in den Augen: *Tom, ich brauche dich.*

Aber Tom war nicht da. Sie selbst hatte ihn hinausgeworfen, weil sie ihm die Betrügereien der Vergangenheit nicht verzeihen konnte. Jetzt schienen jene Betrügereien weniger schwerwiegend angesichts Chelseas Trotz und der realen Gefahr, in die sie sich heute abend gebracht zu haben schien. Lieber Gott, wenn Tom doch jetzt hier wäre, wenn sie ihre Hand in seine gleiten lassen und den festen Druck seiner Finger spüren könnte, ihm zuflüstern könnte: »Tom, was sollen wir jetzt tun?« Schließlich passierten diese Dinge den Kindern anderer Leute, nicht den eigenen! Aber es war zwanzig vor zwei in der Nacht, und Tom hatte einen ebensolangen Tag hinter sich wie Claire. Bis sie ihn angerufen hatte und er vom Blockhaus seines Vaters hierher gefahren war, wäre es schon nach zwei Uhr, und sie beide mußten morgen unbedingt in der Schule sein, weil wieder den ganzen Tag lang Elterngespräche stattfanden, mußten sogar sehr früh dort sein, um an Konferenzen über ihre eigenen Kinder teilzunehmen.

Und so mußte sich Claire allein mit dieser Sache befassen.

Sie knipste die Küchenlampe aus und eilte in den oberen Stock. Robby schlief hinter seiner geschlossenen Zimmertür, und Chelsea war im Bad. Claire klopfte leise an und wartete, hörte, wie der Wasserhahn lief und abgedreht wurde, hörte das Quietschen der Plastikseifenschale auf der Marmorplatte des Frisiertisches. Sie klopfte noch einmal – »Chelsea?« – und öffnete die Tür, ließ sie aufschwingen, während sie stehenblieb, wo sie war, die Arme vor der Brust verschränkt und ihr Gewicht gegen den Türrahmen gestützt. Chelsea stand über das Waschbecken gebeugt und schrubbte ihr Gesicht.

»Chelsea?« sagte Claire ruhig, innerlich voller Angst, weil sie nicht wußte, was sie sagen, fragen, tun sollte; kein Handbuch über Kindererziehung hatte sie auf einen Moment wie diesen vorbereitet: »Warum?«

Chelsea zog den Stöpsel aus dem Becken, ließ das Wasser ablaufen und vergrub ihr Gesicht in einem Handtuch. Claire wartete, bis Chelseas Augen wieder sichtbar wurden und unverwandt in den Spiegel starrten, als wäre sie allein im Raum.

»Ist es wegen Papa und mir?«

Chelsea ließ die Hände sinken. Sie stand eine Weile wie erstarrt da, bevor sie flüsterte: »Ich weiß es nicht.« Das Wasser tropfte aus dem Hahn, der schon vor Tagen repariert worden wäre, hätte Tom zu Hause gewohnt. Ansonsten war es totenstill im Raum.

Tom, Tom, ich weiß nicht, was ich sagen soll.

»Hast du heute abend getrunken?«

Chelseas Mund und Kinn zitterten. Sie ließ den Kopf hängen. Sie nickte, während sich ihre Augen mit Tränen füllten.

»Hast du irgendwelche Drogen genommen?«

Chelsea schüttelte langsam den Kopf.

»Hast du irgend etwas Sexuelles mit ihm gemacht?«

»Nein, Mama, das habe ich nicht!« Chelseas bittende Augen richteten sich auf Claire. Ihr Gesicht wirkte wieder mädchenhaft, obwohl es von einer wilden Prostituiertenmähne eingerahmt war. »Ehrlich nicht, Mama.«

»Ich glaube dir.«

»Wirst du Papa davon erzählen?«

»Ja, das werde ich, Chelsea. Ich muß es tun. Ich weiß nicht, wie ich allein damit fertig werden soll. Wir haben dir verboten, in solche Lokale zu gehen. Du bist viel zu spät nach Hause gekommen, und du hast Alkohol getrunken. Er muß es wissen.«

»Wird er dann wieder nach Hause kommen?«

Wenn es einen Moment gab, in dem Claire vollständig das Herz brach, dann in diesem. Als sie im Badezimmer stand und sah, wie Tränen aus den Augen ihrer traurigen, bemitleidenswerten, fehlgeleiteten Tochter kullerten, da fühlte Claire in ihren eigenen Augen Tränen brennen. »Hast du es deshalb getan?« fragte sie sanft. »Damit Papa wieder nach Hause kommen würde?«

Ein Schluchzer stieg aus Chelseas Kehle auf, als sie herumwirbelte und sich in die Arme ihrer Mutter warf, sich heftig an sie klammerte und gebrochen hervorstieß: »Ich weiß es nicht, Mama, vielleicht ha-habe ich es deshalb getan, aber es ist so schrecklich h... hier ohne ihn. Würdest du ihm bitte sagen, daß er wieder zu-zurückkommen und bei uns leben kann? Bitte, Mama. Nichts ist mehr wie früher ohne ihn, und ich hasse es hier im Haus, und du bist auch nicht m-mehr w-wie früher, und ich weiß einfach nicht, warum du uns das antust!«

Schuld, Furcht und Liebe. Alles drei Kräfte, die einen unglaublichen Druck auf Claire ausübten. Sie litt auf eine Weise, wie sie es niemals zuvor erlebt hatte. Während sie Chelsea in ihren Armen hielt und erkannte, welch verzweifelte Maßnahmen ihre Tochter zu riskieren bereit war, um ihre Familie wieder zu vereinen, begriff Claire, daß sie am Rande von weitaus mehr standen als nur der Auflösung einer Ehe. Sie streichelte Chelseas Haar mit ungeschickten, verzweifelten Bewegungen, während sie sie zu trösten versuchte.

»Papa und ich haben uns darauf geeinigt, einen Eheberater aufzusuchen. Wir werden anfangen, daran zu arbeiten.«

»W… wirklich?« Chelsea hob schniefend den Kopf.

»Ja, der erste Termin ist bereits für nächste Woche ausgemacht.«

»Heißt das, Papa wird jetzt wieder nach Hause zurückkommen?«

»Nein, Liebes, nicht jetzt sofort.«

»Aber… aber warum nicht?« Wieder schniefte Chelsea vernehmlich. »Wenn du wieder mit ihm zusammenkommen willst, warum schiebst du es dann hinaus?«

Claire griff nach einem Taschentuch und reichte es Chelsea, die sich damit ihr Gesicht abwischte und sich dann die Nase putzte. »Weil es da noch Dinge gibt, die wir erst klären müssen.«

»Was für Dinge?«

»Kent Arens zum Beispiel.«

»Und Mr. Handelman?«

»Mr. Handelman?«

»Ein paar von den Kids in der Schule sagen, du gehst mit Mr. Handelman aus.«

»Das ist ja wirklich lächerlich! Ich gehe *nicht* mit ihm aus!«

»Aber du verbringst viel Zeit mit ihm bei den Proben, und er ist in dich verliebt, stimmt's?«

Claire wurde verlegen und fühlte, wie sie errötete.

»Oh, Mama, bitte sag nicht, daß es wahr ist!« jammerte Chelsea. »Zwischen euch beiden läuft tatsächlich etwas, stimmt's? O Gott, Mama, wie konntest du nur!«

»Ich habe dir schon einmal gesagt, zwischen Mr. Handelman und mir ist nichts! Und wie kommt es eigentlich, daß sich die Unterhaltung jetzt um mich dreht? Wir haben von dir gesprochen und von deinem offenkundigen Verstoß gegen sämtliche Regeln hier im Haus. Ich muß dich dafür bestrafen, du weißt das, Chelsea, nicht wahr?«

»Ja, ich weiß.«

»Aber ich...« Claire hob eine Hand an die Stirn und rieb sie mit vier Fingerspitzen. »Ich bin einfach nicht darauf vorbereitet, mich allein damit zu befassen. Ich werde mit deinem Vater darüber sprechen müssen. Du wirst morgen nicht das Haus verlassen, und der Wagen ist erst einmal tabu für dich. Ich möchte, daß du mir deine Schlüssel gibst.«

»In Ordnung, Mutter«, antwortete Chelsea sanftmütig und ging in ihr Zimmer, um sie zu holen. Claire trocknete sich die Augen und fühlte, wie ihre Liebe für Chelsea in ihrem Inneren aufwallte und ihre schmerzende Kehle zuschnürte, obwohl ihre Enttäuschung Panik in ihr aufstiegen ließ. Sie fühlte sich einsam und verlassen, unsicher im Hinblick auf Dutzende von Dingen, die jetzt ihr Leben zu bestimmen schienen: Tom, die Kinder, Kent, Monica, die Schulaufführung und ihr unkluges Benehmen mit John Handelman, Chelseas Vorwürfe und ihre Enttäuschung über ihre Mutter.

Schuldbewußtsein und das Gefühl, als Mutter versagt zu haben, lasteten schwer auf Claire, als sie auf dem Flur stand und sich wünschte, Tom wäre hier, und gleichzeitig voller Reue an die vergangenen zwei Monate dachte. Schließlich wischte sie sich die Tränen aus den Augen und ging zu Chelseas Zimmertür, um die Schlüssel einzukassieren. Als Chelsea sie in ihre Hand legte, schien die plötzliche Fügsamkeit des Mädchens das traurigste Postscriptum dieses katastrophalen Tages zu sein, und Claire erkannte, daß nur noch eine lebenwichtige Sache zu sagen übrig blieb, eine Sache, die sie ebenso dringend hören mußte wie Chelsea.

»Chelsea, du weißt, daß ich dich liebe, nicht wahr?«

»Ich schätze, ja.« Chelsea konnte ihre Mutter nicht ansehen.

»Aber manchmal habe ich mich das in letzter Zeit wirklich gefragt.«

»Ich liebe dich sehr. Aber Eltern sind nicht unfehlbar. Manchmal tun wir das Falsche, obwohl wir überzeugt sind, das Richtige zu tun. Manchmal ist es dasselbe wie bei Kindern, nicht?«

Chelsea nickte düster, weigerte sich, den Kopf zu heben. Sie und Claire standen in der Tür, in mattes, ockerfarbenes Licht von einer kleinen Nachttischlampe gehüllt, umgeben von den Habseligkeiten aus Chelseas Kindheit, unter die sich im Laufe der letzten zwei Jahre das äußere Drum und Dran einer jungen Frau gemischt hatten: Rollschuhpompoms und Lippenstifte auf demselben Frisiertisch, Puppen und Nylonstrümpfe auf demselben Schaukelstuhl, ein herzförmiger Schmuckkasten unter einem Poster von Rod Stewart. Als sie dort in der Dunkelheit der frühen Morgenstunden standen, fühlten beide die Traurigkeit, die die Zeit des Erwachsenwerdens manchmal auf eine Mutter und eine Tochter ausübt.

Es war spät; sie waren beide erschöpft. Claire konzentrierte ihren umherschweifenden Blick wieder auf Chelsea und seufzte, als wollte sie ihrer beider Gedanken unterstreichen.

»Also... könnte ich eine Umarmung haben?«

Chelsea gewährte sie ihr bereitwillig.

»Ich hab dich lieb«, sagte Claire.

»Ich hab dich auch lieb.«

»Räum dein Zimmer auf und sorg dafür, daß du morgen deine Wäsche bügelst. Ich sehe dich dann, wenn ich gegen Viertel nach sechs wieder nach Hause komme. Dann werden wir in Ruhe über alles sprechen, ja?«

Chelsea nickte, ohne aufzuschauen.

Am folgenden Morgen war ein Block Konferenzzeit für jene Lehrer reserviert worden, deren Kinder die HHH besuchten. Tom und Claire waren für die Zeit zwischen acht und halb neun vorgesehen, um mit den Lehrern von Robby und Chelsea zu sprechen.

Claire hatte noch eine Viertelstunde Zeit, als sie das Schulgebäude betrat. In Toms Büro brannte Licht, obwohl der Empfangsbereich dunkel und leer war. Er arbeitete an seinem Schreibtisch, als Claire in der Tür stehenblieb. Offensichtlich war er sich ihrer Gegenwart nicht bewußt, während er weiter in irgendwelchen Akten las, in einen blaugrauen Anzug gekleidet, den sie immer besonders gemocht hatte, und eine elegante Krawatte, die sie ihm letztes Jahr bei Dayton's zum Vatertag gekauft hatte. Er hatte einen schlanken, wohlproportionierten Körper, wie geschaffen für gut sitzende Kleidung. Als sie ihn jetzt betrachtete, wie er dort saß – modisch gekleidet und gepflegt –, hatte sein Anblick immer noch die Macht, sie zu erregen. Gestern, als sie ihn quer durch die Halle mit Monica Arens beobachtet hatte, hatte ein mächtiger Ansturm von Eifersucht sie fast blind gemacht.

Worüber mochten sie gelacht haben? Wie viele andere Male hatten sie sich so unterhalten und miteinander gelacht? Waren sie manchmal mit Kent zusammen, damit Tom den Jungen kennenlernen konnte? Hatte Tom bei jenen Treffen auch Monica besser kennengelernt? Das Bild der drei, fröhlich vereint, brachte einen scharfen körperlichen Schmerz für Claire mit sich und die Erkenntnis, daß sie niemals aufgehört hatte, Tom zu lieben.

»Tom?« sagte sie, und er blickte auf. Es fehlten das Lächeln und der sehnsüchtige Ausdruck, den sie zu erwarten gelernt hatte, seit sie ihn aufgefordert hatte, das Haus zu verlassen.

»Du bist fünfzehn Minuten zu früh dran.«

»Ich weiß. Kann ich trotzdem hereinkommen?«

»Ich arbeite gerade an einer Kostenaufstellung, die dringend fertig werden muß.«

»Es ist wichtig.«

Er ließ verärgert seinen Stift fallen. »Na schön.«

Sie schloß die Tür und setzte sich auf einen der Besucherstühle. »Warum fühle ich mich nur wie eine deiner Schülerinnen, die mit einem Verweis hierhergeschickt wurde?«

»Vielleicht, weil du wegen irgend etwas schuldig bist, Claire.«

»Das bin ich nicht, aber darüber reden wir später. Ich muß mit dir über Chelsea sprechen.«

»Was ist mit ihr?«

Sie erzählte ihm die ganze Geschichte, während sie beobachtete, wie sein Gesicht einen immer besorgteren Ausdruck annahm.

»O Gott«, murmelte er, als sie geendet hatte.

Sie saßen eine Zeitlang schweigend da, teilten eine gemeinsame Schuld. Dann schloß Tom die Augen, lehnte sich in seinem Stuhl zurück und flüsterte: »Drake Emerson. Ausgerechnet.« Er schluckte einmal so vernehmlich, daß Claire es von ihrem Platz aus hören konnte. »Glaubst du, sie sagt die Wahrheit, wenn sie behauptet, sie hätte nichts Sexuelles mit ihm angestellt?«

»Ich weiß es nicht.«

»Ach Gott, Claire, was, wenn sie Verkehr mit ihm hatte? Wer weiß, was sie sich dabei eingefangen haben könnte?«

Beide dachten an die Vielzahl von Möglichkeiten.

»Ich nehme an, wir können nicht mehr tun, als ihr glauben«, sagte Claire.

»Und die Trinkerei...«

»Ich weiß...«, sagte sie leise und fiel dann wieder in bedrücktes Schweigen. Er sah sehr traurig aus, und seine Augen schimmerten feucht.

»Ich erinnere mich noch an die Zeit kurz nach Chelseas Geburt«, sagte Tom, »wie wir auf dem Bett gelegen haben mit ihr zwischen uns und ihre winzigen Fußsohlen geküßt haben.«

Sie saßen da, getrennt durch einen Schreibtisch, sehnten sich danach, aufeinander zuzugehen, zu halten und gehalten zu werden, zueinander hingezogen durch die gemeinsame Liebe für ihre Kinder und den Ruf ihres Gewissens, alles wieder in Ordnung zu bringen. Aber jeder fühlte sich von dem anderen tief verletzt. Jeder hatte Angst. Und so blieben sie, wo sie waren. Claire hatte ebenfalls Tränen in den Augen und stand von ihrem Stuhl auf, um ans Fenster zu treten und über die Galerie von Familienfotos hinweg nach draußen zu starren. Es war fast November. Der Himmel sah aus, als würde es bald schneien, und das Gras auf dem Footballfeld hatte sich braun verfärbt.

Mit dem Rücken zu Tom trocknete sie sich die Augen und drehte sich dann erneut zu ihm um. »Ich wußte nicht, was genau ich tun sollte, deshalb habe ich ihr gesagt, sie hätte heute Hausarrest, bis wir beide miteinander gesprochen haben, und ich habe mir von ihr die Autoschlüssel aushändigen lassen.«

»Glaubst du, daß das richtig ist – sie zu bestrafen?«

»Ich weiß es nicht. Sie hat schließlich die Regeln gebrochen.«

»Vielleicht sind wir diejenigen, die die Regeln gebrochen haben, Claire.«

Ihre Blicke trafen sich und hielten einander fest. Ihr gegenseitiges Verlangen hatte sich um das Zehnfache verstärkt, seit sie in seinem Büro zusammen waren.

»Hast du es mit Monica getan?« fragte sie leise.

»Nein. Nicht in den letzten achtzehn Jahren. Hast du es mit Handelman getan?«

»Nein.«

»Warum kann ich dir nicht glauben? Die ganze Schule spricht davon, daß ihr beide jeden Abend bei den Proben miteinander flirtet und daß eure beiden Autos immer als letzte auf dem Parkplatz übrig bleiben.«

»Und warum kann ich dir nicht glauben? Ich habe dich gestern mit ihr beobachtet, als sie in die Sporthalle kam, und ihr habt zusammen gelacht wie alte Freunde, und es ist ganz offensichtlich, daß irgend etwas neuen Schwung in ihr Leben bringt. Sie sieht völlig verändert aus.«

»Was soll ich dazu sagen?« Tom hob beide Hände und ließ sie wieder sinken, dann schob er seinen Stuhl zurück und erhob sich. Die Barrieren der Abwehr waren wieder zwischen ihnen errichtet, fest an Ort und Stelle. »Ich nehme an, das werden wir wohl bei der Eheberatung klären müssen. Wir müssen jetzt gehen, sonst kommen wir zu spät.«

»Was ist mit Chelsea?«

»Ich werde mit ihr reden.«

»Ohne mich?«

»Was immer dir am liebsten ist.« Seine Höflichkeit verletzte sie, als sie sein Büro verließen. Sie vermißte die Berührung seiner

Hand auf ihrem Rücken, so wie er es früher immer getan hatte. Sie vermißte die Vorfreude darauf, ihm in den Korridoren zu begegnen und intime Scherze mit ihm auszutauschen, mit Stimmen, die zu gedämpft waren, als daß andere sie hören konnten. Sie vermißte seine Küsse und sein Liebesspiel, sein tröstliches Gewicht auf der anderen Seite des Bettes in der Nacht, vermißte es, auf das Motorengeräusch seines Wagens zu lauschen, wenn er in die Garage fuhr. Sie vermißte es, das fröhliche Lachen ihrer Kinder im Haus zu hören und sie alle um den Abendbrottisch sitzen zu sehen, während sie von den Ereignissen ihres Tages berichteten.

Sie vermißte das Gefühl, glücklich zu sein.

Während sie zu ihrer ersten Besprechung gingen, meinte Tom: »Ich möchte dir noch sagen, daß Kent bei Vater zu Besuch gewesen ist. Er hat alle kennengelernt, sogar Ryan und die Kinder. Ich dachte, er sollte die Chance haben, sie alle kennenzulernen.«

O Gott, was habe ich getan! dachte Claire, verblüfft über eine Woge von Reue. Ryan hatte diese Woche versucht, sie telefonisch zu erreichen, aber sie hatte ihn nicht zurückgerufen.

»Außerdem habe ich ein Apartment gefunden, in das ich einziehen werde. Sobald ich eine Telefonnummer habe, werde ich sie dir mitteilen.«

Claires Schock und Bestürzung verdoppelten sich, als sie erkannte, daß er den Spieß plötzlich umgekehrt hatte: Sie hatte Tom hinausgeworfen, um ihren Schmerz auszudrücken; hatte sich geweigert, ihm zu verzeihen und mit ihm darauf hinzuarbeiten, ihre Beziehung zu heilen, hatte ihm jeden äußerlichen Beweis von Zuneigung vorenthalten.

Und so hatte er sich an andere gewandt, um diese Zuneigung zu bekommen, an seinen neu gefundenen Sohn und wahrscheinlich an die Mutter dieses Sohnes, die auf diese Aufmerksamkeit auf höchst beeindruckende Weise zu reagieren schien. Und jetzt legte er sich ein Apartment zu.

Wenn nicht, um sein eigenes Leben zu führen, aus welchem Grund sonst?

Claire nahm vor dem ersten Lehrer Platz, und ihn ihrem Inneren herrschte ein solcher Gefühlstumult, daß sie Mühe hatte, ihre Tränen zu unterdrücken. Als hätte die erste halbe Stunde im Schulgebäude nicht schon genug erschreckende Neuigkeiten gebracht, so brachten die Gespräche mit Chelseas Lehrern weiteren Kummer. Die meisten von ihnen berichteten, daß Chelsea in ihren Leistungen deutlich nachgelassen hatte, des öfteren vergessen hatte, Hausaufgaben zu machen, und mehrfach den Unterricht geschwänzt hatte.

Tom und Claire standen danach im Flur, schockiert und verstört.

»Alles das… weil wir uns getrennt haben?« sagte Claire tonlos.

Ihre Blicke trafen sich – furchtsame Augen gestanden sich ein, daß sie alles getan hatten, um dies herbeizuführen, und sich die Katastrophe letzten Endes selbst zuzuschreiben hatten.

»Du hast nicht gewußt, daß sie ihre Hausaufgaben vernachlässigt hat?« fragte er.

»Nein, ich… ich nehme an, ich bin mit den Proben und allem beschäftigt gewesen. Und… nun ja, ich…« Ihr Geständnis brach ab.

»Und ich bin nicht so oft hergekommen, wie ich hätte kommen müssen.«

Alles in ihnen drängte danach, sich zu umarmen, sich zu berühren, mehr zu tun als nur dazustehen mit ihrer Schuld und der Sehnsucht, ihre Gefühle zu offenbaren. Aber sie waren genau an dem Verkehrsknotenpunkt stehengeblieben, wo Eltern zur Halle hinein- und hinausströmten. Büroangestellte standen ganz in der Nähe, um die Eltern zu begrüßen, die gerade ankamen. Und außerdem hatten Tom und Claire Gardner jene eiserne Regel über Vertraulichkeiten im Schulgebäude.

Aber wenn es etwas gab, was sie miteinander verband, dann die Tatsache, daß sie ihre Kinder liebten und alles tun würden, was nötig war, um sie richtig aufzuziehen.

»Ich komme mit dir nach Hause, wenn die Konferenzen zu Ende sind«, sagte Tom mit plötzlicher Entschlossenheit.

»Ja«, sagte sie und fühlte, wie ihr Herz mit einem Ruck zu neuem Leben erwachte. »Das solltest du wohl besser tun.«

Aber keiner von ihnen wagte eine Vermutung darüber anzustellen, ob er damit meinte: *nach Hause, um für immer zu bleiben.*

17. KAPITEL

An diesem Samstag morgen, dem letzten Konferenztag, stand Robby spät auf und wusch sein Footballtrikot – Claire hatte ihm schon vor Jahren beigebracht, es selbst zu tun –, weil er es abgeben mußte. Die Senators hatten ihr letztes Spiel verloren und damit alle Chancen verwirkt, an den staatlichen Turnieren teilzunehmen.

Ende der Spielsaison, Ende seiner High-School-Footballkarriere. Der Gedanke ließ Robby bedrückt und untröstlich im Haus herumschlurfen.

Am Nachmittag entschied er schließlich, sein Trikot zur Schule zu bringen und eine Weile im Gewichtsraum zu trainieren. Zu Hause war es einfach zu deprimierend. Chelsea hatte Hausarrest und den ganzen Tag kaum den Kopf zu ihrer Zimmertür hinausgestreckt. Seine Mutter würde erst nach sechs von den Konferenzen zurückkommen, und sein Vater war ein Geächteter in diesem Haus. Zum Teufel, er war nur ein paarmal hiergewesen, seit er bei Großvater lebte, und Mam hatte sich ihm gegenüber jedesmal so biestig benommen, daß er nicht lange geblieben war.

Es war die Hölle für Robby, jedesmal das gequälte Gesicht seines Vaters zu sehen, wenn er wieder wegfuhr. Selbst in der Schule war er nicht mehr der alte. Früher war er immer so heiter und gelassen gewesen. Manchmal fühlte Robby eine derartige Wut auf seine Mutter, daß er sie am liebsten angeschrien und gefragt hätte, was zum Teufel es denn jetzt noch ausmachte, wenn Paps ihr untreu gewesen war, bevor sie geheiratet hatten. Schließlich war es vor ihrer Ehe gewesen. Wozu also jetzt noch dieser

Aufstand? Verdammt, Robby mußte sich eingestehen, daß er sich sogar an die Tatsache gewöhnt hatte, daß Kent Arens sein Halbbruder war. Die Kids in der Schule hatten aufgehört, sich die Mäuler darüber zu zerreißen, und es löcherte ihn auch keiner mehr mit neugierigen Fragen.

Die Wahrheit war, daß Arens sich als wirklich netter Kerl entpuppt hatte. Er war sogar ziemlich respektvoll gegenüber der Tatsache gewesen, daß sie beide denselben Vater hatten. Er hatte eine zurückhaltende, unaufdringliche Art an sich, kümmerte sich nur um das, worum sie sich bei ihren Spielen kümmern sollten, tat, was Trainer Gorman sagte, und hielt ihre persönlichen Differenzen aus der Sache heraus. Außerdem hatte der Trainer recht: Kent war ein guter Spieler.

Es fiel Robby schwer, sich davon abzuhalten, Ähnlichkeiten zwischen sich selbst und Arens zu bemerken, was ihre sportlichen Fähigkeiten anging. Die hatten sie ohne Zweifel von ihrem Vater geerbt, und manchmal, wenn Robby den Ball an Kent abgab oder ihm einen kurzen Paß zuwarf, war es fast, als sähe er seinen Vater den Ball fangen und damit wegrennen. Jene Augenblicke ließen eine höchst seltsame Rührung in Robby aufsteigen und ihm die Kehle zuschnüren, fast wie Liebe.

Manchmal, besonders dann, wenn er nachts nicht schlafen konnte, dachte Robby über Kents Leben nach und fragte sich, was das wohl für ein Gefühl für ihn gewesen war, nicht zu wissen, wer sein Vater war. Robby hatte seine Kindheitserinnerungen an sich vorbeiziehen lassen und sich vorgestellt, er würde Kent erzählen, wie es war, mit Tom Gardner als Vater aufzuwachsen. Wenn er es tat, dann könnte er Kent vielleicht auf irgendeine Weise dafür entschädigen, daß er nicht dagewesen war, um es aus erster Hand zu erleben.

Manchmal gab Robby sich Phantasien hin, wie er und Kent dasselbe College besuchten, dort zusammen Football spielten, in denselben Lokalen herumhingen und zusammen zum Wochenende nach Hause fuhren. Wenn sie älter würden, sich verheirateten und Kinder hätten – wow, das wäre ein Hammer, was? Ihre Kinder würden Vettern und Kusinen ersten Grades sein!

Die Erkenntnis brachte es jedesmal wieder mit sich, daß sich ein dicker Kloß in Robbys Kehle bildete.

Alle diese Dinge waren ihm durch den Kopf gegangen an diesem Samstag nachmittag, als er auf dem Weg zur Schule war, um seine Uniform abzugeben. Sie beschäftigten ihn immer noch, als er die Treppe zum Umkleideraum hinuntersprintete, die Tür aufriß und sie zischend hinter sich zufallen hörte. Ausnahmsweise einmal war das Büro des Trainers dunkel, die Tür abgeschlossen. Die langen Holzbänke wirkten kahl. Jemand hatte eine einzelne Lampe an der Decke angelassen. Sie sandte ein paar triste Strahlen aus dem Innern ihres Metallgehäuses, doch der gesamte Raum verbreitete eine bedrückende Nachsaison-Stimmung mit seinen durchdringend muffigen Gerüchen, die Erinnerungen an den Schweiß und die Kameradschaft heraufbeschworen, die sie hier miteinander geteilt hatten. In der Ecke neben dem Büro standen drei große blaue Plastiktonnen, die Schilder mit der krakeligen Handschrift des Trainers trugen: *Uniformen, Schienbeinschützer, Schulterpolster*. Robbys Gummisohlen quietschten, als er über den Zementfußboden ging und sein Trikot und den Rest der Ausrüstung in die entsprechenden Behälter warf.

Er drehte sich herum... und blieb wie angewurzelt stehen.

Da stand Kent Arens am anderen Ende der Bank. Ebenso überrascht wie Robby. Und ebenso vorsichtig.

Beide zermarterten sich das Hirn nach einer passenden Bemerkung.

Robby sprach als erster. »Hallo.«

»Hallo.«

»Ich wußte nicht, daß du hier warst.«

Kent zeigte mit dem Daumen über seine Schulter. »Ich war im Waschraum.«

Wieder breitete sich Schweigen aus, während sie überlegten, was sie sagen sollten.

»Willst du deine Ausrüstung abgeben?« fragte Robby.

»Ja. Und du?«

»Ich auch.«

»Scheiße, daß die Saison zu Ende ist.«

»Das kannst du laut sagen.«

Sie waren mit ihrem Latein am Ende und wußten nicht, wo sie hinschauen sollten.

»Also...« Sie waren gezwungen, aneinander vorbeizugehen, um zu ihren jeweiligen Schließfächern zu kommen, und taten es, indem sie sorgsam darauf achteten, auf verschiedenen Seiten der Bank zu bleiben. Sie kramten an ihren Schließfächern herum, nahmen Dinge heraus, stopften sie in ihre Rucksäcke, ohne sich ein einziges Mal anzusehen. Ein lautes Klappern sagte Robby, daß Kent seine Schulterpolster in eine Tonne geworfen hatte, und er lehnte sich kaum merklich zurück, um an seiner Schließfachtür vorbeizuspähen und zu beobachten, wie Kent zurückkam. Ihre Blicke trafen sich, und Robbys Kopf verschwand wieder in den Tiefen seines Schließfaches.

Dann kam Kent herbeigeschlendert und blieb hinter Robby stehen. »Könnte ich einen Moment mit dir reden?«

Blut schien heftig in Robbys Hals und Wangen zu pulsieren, ganz ähnlich wie an dem Tag, als er zum ersten Mal ein Mädchen geküßt hatte, das gleiche schreckliche, erregende, furchtsame, hoffnungsvolle, angsteinflößende Bedürfnis, sich dieser Sache zu stellen, es endlich hinter sich zu haben, damit er mit dem nächsten Schritt in seinem Leben fortfahren konnte.

»Klar«, sagte er und versuchte, gelassen zu klingen, während er seinen Kopf aus dem Fach herauszog, sich jedoch mit einer Hand an der offenen Tür abstützte, weil er sich nicht sicher war, ob seine wackeligen Knie sein Gewicht tragen würden.

Kent schwang ein Bein über die Bank und setzte sich rittlings darauf. »Warum setzt du dich nicht?« fragte er.

Aber Auge in Auge neben Kent zu sitzen war immer noch ein Problem für Robby. »Nein, ich... ich stehe hier sehr gut. Worum geht es denn?«

Kent blickte zu ihm auf und erklärte: »Ich habe unseren Großvater kennengelernt.«

Die immense Erleichterung, auf ihre gemeinsame Verwandtschaft anzuspielen, und dazu noch in so umsichtiger Weise, ließ

Robbys Knie schließlich doch weich werden. Er hockte sich gute zwei Meter von Kent entfernt auf die Bank und blickte seinem Halbbruder unverwandt in die Augen.

»Wie?« fragte er ruhig.

»Dein Vater hat mich mit hinausgenommen und uns miteinander bekannt gemacht.«

»Wann?«

»Vor zwei Wochen. Ich habe auch unseren Onkel Ryan kennengelernt und seine drei Kinder.«

Sie brauchten eine Weile, um sich an die Idee zu gewöhnen, daß dies ihre gemeinsamen Verwandten waren, während sie sich mehr und mehr mit der Vorstellung anfreundeten, eine eigene Beziehung aufzubauen.

Aber beide hatten Angst davor, den ersten Schritt in dieser Richtung zu tun.

Schließlich fragte Robby: »Und? Was hast du gedacht?«

Kent schüttelte verwundert den Kopf. »Es war schon irgendwie sehr beeindruckend.«

Sie saßen eine Weile schweigend da und hingen ihren Gedanken nach, malten sich die Begegnungen aus.

»Es ist seltsam«, gestand Robby, »aber ich habe auf meinem Weg hierher über dasselbe nachgedacht, über meinen Vetter und meine Kusinen, und daß du sie nie kennengelernt hast, nie die Gelegenheit hattest, ein bißchen Zeit mit ihnen bei Großvater und Großmutter zu verbringen, so wie ich es getan habe, und ich fand es irgendwie sehr schade, daß dir all das entgangen ist.«

»Das hast du gedacht? Wirklich?«

Robby zuckte die Achseln. »Das war ein echt schöner Teil meiner Kindheit. Ich schätze, es ist mir gar nicht bewußt gewesen, bis ich daran dachte, daß du so was nie gehabt hast.«

»Ich habe keine anderen Großeltern mehr. Früher, als ich klein war, lebten sie noch, aber ich erinnere mich nicht sehr gut an sie. Ich habe eine Tante hier in der Gegend, und sie hat zwei Kinder, aber sie sind praktisch Fremde für mich. Ich hätte niemals damit gerechnet, einen Großvater zu finden, als wir hierhergezogen sind. Er ist unheimlich nett.«

»Ja, das ist er, nicht? Er wohnt manchmal bei uns, wenn meine Eltern allein irgendwo hinfahren. Zumindest... haben sie das früher getan. Sie sind nicht mehr... na ja, du weißt schon... sie leben nicht mehr zusammen.« Robbys Stimme brach, und sein Blick heftete sich auf das blank polierte Holz.

»Ich schätze, der Grund dafür ist, daß meine Mutter und ich hierhergezogen sind.«

Robby zuckte die Achseln. Mit der Spitze eines Zeigefingers rieb er über einen helleren Streifen des goldbraunen Hartholzes, hinauf und hinunter, hinauf und hinunter, bis die Feuchtigkeit seiner Haut eine Fläche von der Größe eines Holzspatels stumpf gemacht hatte. »Ich weiß nicht. Meine Mutter ist irgendwie durchgedreht, verstehst du? Sie hat ihn rausgeworfen, und er ist zu Großvater gezogen, und Chelsea ist total verkorkst und hat angefangen, mit irgendwelchen üblen Typen herumzuhängen, und... ich weiß nicht, unsere Familie ist im Moment einfach vollkommen kaputt.«

»Das tut mir leid.«

»Ja... okay, es ist wirklich nicht deine Schuld.«

»Ich habe aber das Gefühl, als wäre ich schuld daran.«

»Unsinn... es ist nur...« Robby stellte fest, daß er nicht in der Lage war, seine Gefühle auszudrücken. Er hörte auf, über das Holz zu reiben, und saß reglos da, starrte auf die blinde Stelle. Schließlich blickte er zu seinem Halbbruder auf. »Hey, kann ich dich was fragen?«

»Sicher.«

»Du wirst nicht sauer werden?«

»Es ist eine ganze Menge nötig, um mich in Rage zu bringen.«

»Ach ja?« Um Robbys Mundwinkel spielte die Andeutung eines ironischen Lächelns. »So wie an dem Tag, als du in unser Haus reingeplatzt bist?«

»Ach das. Tut mir leid. Ich bin irgendwie ausgerastet.«

»Ja, das haben wir gemerkt.«

»Ich wußte, ich hätte das nicht tun sollen, aber finde *du* mal heraus, wer dein Vater ist, und dann wollen wir mal sehen, wie *du* reagierst.«

»Okay, wahrscheinlich hast du recht. Ist so ähnlich, als bekäme man eins mit 'nem Knüppel auf den Schädel, stimmt's?«

Zum ersten Mal spiegelte sich die Andeutung eines Grinsens in ihren Blicken wider, und das Schweigen zwischen ihnen verlor etwas an Unbehagen. Diesmal dehnte es sich lange aus, bevor Kent wieder auf das ursprüngliche Thema ihrer Unterhaltung zurückkam.

»Und? Was wolltest du mich fragen?«

»Das, äh… es fällt mir schwer, das zu sagen.«

»Dies ist alles nicht so leicht zu sagen. Sag es trotzdem.«

Robby holte tief Luft und nahm seinen gesamten Mut zusammen. »Na gut. Glaubst du, mein Vater und deine Mutter haben eine Affäre?«

Zu Robbys großer Überraschung war Kent nicht beleidigt. Er antwortete offen: »Das glaube ich nicht. Ich würde es wissen, wenn sie eine Affäre hätten.«

»Meine Mutter ist überzeugt, daß sie was miteinander haben. Deshalb hat sie Paps aufgefordert, auszuziehen.«

»Ehrlich, ich glaube wirklich nicht, daß zwischen den beiden was läuft.«

»Ist er… ich meine, ist er manchmal bei euch zu Hause oder so?«

»Nein. Er war nur einmal da, soweit ich weiß, und das war damals, als ihm zum ersten Mal der Verdacht kam, wer ich war, und er zu uns kam, um meine Mutter nach mir zu fragen.«

»Du glaubst also nicht, daß sie zusammen ausgehen oder… oder sich heimlich treffen oder so?«

»Nein. Tatsache ist, daß meine Mutter kaum Verabredungen hat. Alles, wofür sie lebt, ist ihr Beruf. Und für mich natürlich. Sie ist eine von diesen Leistungstypen, die voll auf ihre Arbeit abfahren.«

»Dann hat meine Mutter also gar keinen Grund für ihre Eifersucht und ihre Wut?«

»Na ja, ich bin schließlich auch noch da. Sie ist nicht allzu glücklich darüber, daß ich an dieser Schule aufgekreuzt bin, das kann ich dir sagen.«

»Das war ich zuerst auch nicht, aber ich bin darüber weggekommen. Warum kann sie's nicht?«

»Du bist drüber weggekommen?«

Wieder das Achselzucken. »Ich schätze schon. Du hast es mir nie unter die Nase gerieben oder so, und gegen Ende der Saison sind wir zwei ziemlich gut auf dem Footballfeld klargekommen, und ich weiß nicht... wahrscheinlich bin ich einfach ein bißchen erwachsener geworden, und ich habe angefangen, mich an deine Stelle zu versetzen. Ich schätze, wenn ich du wäre, würde ich auch gern meinen Vater und meinen Großvater kennenlernen. Ich meine, wer würde das nicht wollen?«

Sie saßen da, ließen das gänzlich neue Gefühl auf sich einwirken, offen miteinander zu sein, planten sogar schon in eine Zukunft hinein, in der sie möglicherweise gute Freunde werden könnten, vielleicht auch mehr als gute Freunde.

Kent versuchte, das auszusprechen, was ihnen beiden durch den Kopf ging. »Glaubst du, wir könnten jemals... ich weiß nicht... vielleicht irgendwas zusammen unternehmen? Nicht direkt wie Brüder, aber...«

»Du meinst, du würdest das wollen?«

»Vielleicht.« Und nach einer Pause: »Doch, ich glaube, das würde ich. Ganz sicher. Aber deiner Mutter würde das wahrscheinlich nicht passen.«

»Meine Mutter müßte sich eben daran gewöhnen.«

»Deiner Schwester würde es ganz sicher nicht gefallen.»

»Hey, hör zu, sie hat dich unheimlich gemocht, als sie dich zuerst kennenlernte. Ich weiß nicht, was passiert ist, aber für sie warst du der Größte.«

»Ich will dir sagen, was passiert ist. Ich habe sie einmal geküßt. Genau das ist passiert.«

»Du hast sie geküßt!«

Kent spreizte die Hände. »Herrgott, ich wußte ja nicht, daß wir verwandt sind! Wie hätte ich das denn wissen sollen! Ich mochte sie. Sie ist hübsch und intelligent und war sehr nett zu mir, und wir haben uns echt gut verstanden, und eines Abends nach einem Footballmatch habe ich sie nach Hause gebracht und zum

Abschied geküßt. Seit wir wissen, daß wir verwandt sind, können wir uns nicht mal mehr *ansehen*, wenn wir uns irgendwo in der Schule über den Weg laufen, geschweige denn, daß wir den Nerv haben, stehenzubleiben und miteinander zu reden. Es ist, als würde jeder vor dem anderen die Flucht ergreifen. Verdammt, ich weiß nicht...« Er starrte düster auf sein rechtes Knie.

Robby starrte ihn mit offenem Mund an, dann flüsterte er bestürzt: »Du hast sie geküßt. Wahnsinn!«

»Ja«, erwiderte Kent, als könnte er seine eigene Dummheit nicht glauben.

Nach einem Moment hatte Robby sich von seinem Schock erholt und fragte: »Und das ist alles?«

»Was meinst du mit, ›das ist alles‹? Das reicht doch wohl!«

»Na ja, wenn das alles ist, was du getan hast, he, ich meine, es war schlicht und einfach ein Irrtum, nicht?«

»Natürlich war's das, aber seitdem habe ich eine Heidenangst davor, mit ihr zu sprechen. Ich meine, welcher Perverse küßt schon seine Schwester?«

»Ach, nun komm schon, du bist kein Perverser.«

»Na ja, vielleicht nicht, aber ich komme mir so dämlich vor. Dumm ist, daß ich sie ehrlich gemocht habe. Ich meine, nicht nur so als Freundin, sondern als wirkliche Partnerin. Wir haben über alle möglichen Dinge gesprochen, die für uns wichtig waren, und ich fand es schon super, daß ich gerade erst hierhergezogen war und auf Anhieb eine Freundin wie sie gefunden hatte. Du wirst es nicht glauben, aber eines der Dinge, über die wir geredet haben, war dein Vater. *Unser* Vater sollte ich wohl sagen. Kannst du dir vorstellen, daß ich einmal vor Chelsea zugegeben habe, daß ich neidisch auf sie wäre, weil sie Mr. Gardner als Vater hat? Ziemliche Ironie, was?«

Sie grübelten eine Weile vor sich hin, versuchten, die Bruchstücke ihrer beider Leben zu einem schlüssigen Bild zusammenzufügen.

Schließlich hob Robby den Kopf und fragte: »Was glaubst du, was würde wohl passieren, wenn du mit mir nach Hause kommst?«

Kent wich erschrocken zurück. »O nein! Das lassen wir lieber!«

»He, Moment mal, warte.« Robby streckte beschwichtigend die Hand aus. »Ich muß dir was über Chelsea sagen. Sie ist total ausgeflippt, seit Paps ausgezogen ist, und sie hat angefangen, einige seltsamen Dinge zu tun, die mir echt angst machen. Sie trifft sich kaum noch mit Erin, statt dessen läuft sie mit dieser Skandalnudel namens Merilee herum und trägt wilde Klamotten und hängt ganz allgemein mit ein paar ziemlich verkommenen Typen herum. Gestern abend ist sie ins Mississippi Drive mit Drake Emerson gegangen.«

»Drake Emerson! Du meinst diesen Kiffer mit all den Reißverschlüssen?«

»Genau den. Und sie hat auch nicht um Erlaubnis gefragt, sie ist einfach abgehauen und erst mitten in der Nacht wieder nach Hause gekommen. Du hättest mal ihr radikales Outfit sehen sollen! Und getrunken hatte sie auch. Meine Mutter war stocksauer. Ich konnte das Geschrei bis in mein Zimmer hören. Jedenfalls ... glaubst du ... ach, Scheiße, ich weiß nicht ... dies ergibt vielleicht nicht viel Sinn, aber Chelsea hat dich auch sehr gemocht, das weiß ich hundertprozentig, und wenn du vielleicht mit ihr reden und ihr sagen würdest, daß du wieder mit ihr befreundet sein möchtest ... ich meine, wenn wir drei uns irgendwie zusammentun würden, könnten wir dieses Chaos vielleicht wieder in den Griff bekommen.«

»Wenn ich mit dir nach Hause komme und deine Mutter findet es heraus, werden wir überhaupt nichts in den Griff bekommen. Es wird die Sache nur noch schlimmer machen.«

»Sie hat heute den ganzen Tag Konferenzen. Sie wird nicht dahinterkommen. Und ich glaube nicht, daß Chelsea es ihr sagen würde. Sie ist einfach ...« Robby gingen die Worte aus, und er seufzte tief und blickte Kent bedrückt an. »Ich hab echt Angst, ich geb's offen zu. Sie hat sich enorm verändert, seit Mam und Paps sich getrennt haben. Ich schätze, sie hat auch Angst, und dies ist ihre Art, es zu zeigen. Ehrlich, ich werde einfach nicht aus Mädchen schlau, das kann ich dir sagen. Aber ich habe in den letzten Wochen über etwas anderes nachgedacht. Über uns, uns drei – dich und mich und Chelsea – und wie es für uns sein könnte. Ich meine, wir haben alle denselben Vater, richtig? Okay, und wie wollen wir das jetzt weiter handhaben? Wollen wir den Rest unseres Lebens so tun, als wären wir nicht miteinander verwandt? Oder wollen wir uns der Sache stellen und das Beste daraus machen? Das habe ich mich gefragt. Und ich habe auch gedacht: Was ist mit uns? Warum geht es nur immer um das, was Mam will? Was ist mit dem, was ich will? Und was Chelsea will? Und was Paps will? Ich glaube nämlich, er möchte, daß wir alle wieder eine Familie sind. Er hat nur solche Angst und fühlt sich so schuldbewußt, daß er nicht das Richtige tut. Und ich weiß ja nicht genau, was du willst, aber wenn du uns kennenlernen möchtest, dann könnten wir vielleicht gleich heute damit anfangen und Chelsea mit einbeziehen. Was sagst du dazu?«

Kent wußte nicht, was er sagen sollte. Er saß mit gespreizten Knien da, die Hände auf die Schenkel gestützt, erstaunt und sprachlos über diese Unterhaltung.

»Glaubst du, Chelsea würde mit mir reden?«

»Warum nicht? Wenn du dir Sorgen gemacht hast, weil du sie geküßt hast, dann hat sie sich wahrscheinlich auch Sorgen gemacht, und sie wird froh sein, sich mit dir auszusprechen und die Sache abzuhaken.«

»Und du bist sicher, daß deine Mutter nicht nach Hause kommen wird?«

»Nicht in den nächsten eineinhalb Stunden oder so. Die Konferenzen hören nicht vor sechs Uhr auf, und Paps achtet streng darauf, daß die Lehrer ganz bis zum Schluß bleiben.«

»Was ist mit ihm?«

»Ach was, er bleibt immer im Gebäude, solange es geöffnet ist. Außerdem habe ich dir ja schon erzählt, daß er nur noch selten nach Hause kommt.«

Kent überlegte sich die Sache in weniger als fünf Sekunden. »Okay, laß uns gehen.«

Die beiden schlossen ihre Schließfachtüren und verließen gemeinsam den Raum.

Kent hatte endlich einen eigenen Wagen bekommen. Er folgte Robby, parkte am Ende der Einfahrt und marschierte auf das Haus zu.

»Mann, das wird Chels glatt umhauen!« sagte Robby lächelnd, als er Kent hineinließ.

Chelsea war nirgendwo im Erdgeschoß, deshalb forderte Robby Kent auf, ihm zu folgen, und ging die Treppe hinauf. Er klopfte an die geschlossene Tür von Chelseas Zimmer, und sie rief giftig: »Was ist?«

»Kann ich reinkommen?«

»Was willst du?«

»Ich habe hier jemanden mitgebracht, der mit dir reden möchte. Kann ich reinkommen?«

»Ist mir scheißegal! Dann komm doch rein!«

Er drehte den Knauf, versetzte der Tür einen Stoß und ließ sie aufschwingen. Das Zimmer war peinlich sauber. Chelsea saß auf dem Fußboden, faltete Kleidungsstücke und legte einen Stapel Socken auf das ordentlich gemachte Bett. Ihr Haar war gewaschen und noch feucht, fiel in natürlichen Locken auf ihre Schultern herab, und sie trug einen blauen Anzug aus Sweatshirtstoff und dicke weiße Socken an den Füßen. Ihr Gesicht wies keinerlei Make-up auf.

»Und? Wen hast du denn angeschleppt?« fragte sie spitz.

Robby trat zurück, und Kent nahm seinen Platz an der Tür ein. »Ich bin's.«

Ihre Hände hielten mitten in ihrer Beschäftigung inne, ein passendes Paar Socken aufzurollen. Entsetzen breitete sich auf ihrem Gesicht aus, unmittelbar gefolgt von tiefer Röte.

»Was tust *du* denn hier?«

Er stand in der offenen Tür, kam sich wie ein ungeschickter Trampel vor, verbarg seine Verlegenheit jedoch so gut er konnte. Chelsea sah nur einen lässigen jungen Mann, dem es überhaupt nicht unangenehm zu sein schien, ihr offen gegenüberzutreten, während Robby unauffällig zurückwich und hinter seiner eigenen Zimmertür verschwand.

»Ich hab gehört, du hast Hausarrest«, begann Kent.

»Stimmt. Weil ich getrunken habe und zu spät nach Hause gekommen bin.«

»Das klingt aber nicht nach etwas, was du tun würdest.«

»Tja, ich hab's aber getan.« Sie rollte die Socken zusammen und legte sie aufs Bett, eine Spur von Arroganz in ihrer Miene.

»Robby sagt, du rebellierst gegen dieses ganze Durcheinander, in das ich und deine Familie verwickelt sind. Stimmt das?«

Sie fand zwei weitere Socken und konzentrierte ihre Aufmerksamkeit darauf. »Kann schon sein. Ich hab's wirklich nicht analysiert.«

»Eine erstklassige Methode, ein nettes Mädchen wie dich zu verderben.«

»Seit wann seid du und Robby so dicke Kumpel?«

»Wir haben uns erst heute im Umkleideraum ausgesprochen. Ich habe ihm erzählt, was zwischen mir und dir passiert ist.«

»Von dem Kuß!« Sie blickte erschrocken auf. »O Gott, wie konntest du nur!«

Kent kam in den Raum und hockte sich im Schneidersitz ihr gegenüber auf den Fußboden, mit einem Stapel ungefalteter Wäsche zwischen ihnen. »Hör zu, Chelsea, wir sind keine kleinen Kinder mehr, aber ich finde, wir beide haben uns ziemlich kindisch wegen dieser Sache aufgeführt. Robby und ich sind der Meinung, es wird Zeit, daß wir anfangen, uns gegenseitig kennenzulernen, und das können wir erst, wenn wir diesen dummen Kuß abgehakt haben. Schließlich war es doch nichts weiter als eine nette kleine Geste, daß wir uns mögen, stimmt's? Ich kann es vergessen, wenn du es kannst, und von dort aus weitermachen.«

»Aber du hast es meinem Bruder erzählt!«

»Er hat es sogar ziemlich gelassen genommen, und wir haben ganz ruhig und vernünftig darüber gesprochen. Das ist wesentlich mehr, als du und ich getan haben .«

»Aber er wird mich damit aufziehen.«

»Nein, das glaube ich nicht. Er möchte, daß wir alle Freunde werden und gemeinsam versuchen, deine Mutter und deinen Vater dazu zu bringen, in dieser ganzen Angelegenheit endlich klarzusehen. Er glaubt, wenn wir drei eine geeinte Front präsentieren, könnten wir deine Mutter vielleicht davon überzeugen, daß nichts zwischen meiner Mutter und deinem Vater läuft. Was meinst du?«

»Läuft denn was zwischen den beiden?« Sie hatte ihre Beschäftigung wieder unterbrochen. Ihre verlegene Röte war verblaßt, als sie Kents nüchternem Blick begegnete.

»Nein. Ich wüßte es, wenn die beiden eine Affäre hätten.«

»Bist du sicher?«

»Ja, ich bin mir sicher.«

»Würde sie das meiner Mutter sagen?«

»Ihr sagen?«

»Ja, würde sie hierherkommen und es ihr sagen?«

»Ich weiß nicht.«

»Weil das die einzige Möglichkeit ist, die mir einfällt, um meine Mutter zu überreden, meinen Vater wieder nach Hause kommen zu lassen – wenn deine Mutter hierherkommt und meiner Mam auf den Kopf zusagt, daß sie keine Affäre mit Paps hat.«

Kent schnappte überrascht nach Luft. »Wow!«

»Es würde doch funktionieren, nicht?« Sie warf die Arme hoch und schlug sich mit beiden Händen an die Schläfen. »Was rede ich denn da? Du kennst meine Mutter ja überhaupt nicht! Woher sollst du wissen, ob es funktionieren würde? Aber ich glaube, es müßte klappen, wenn deine Mutter dazu bereit wäre. Wie ist sie denn so?«

Kent überlegte einen Moment. »Sie ist ziemlich vernünftig. Und ich glaube, es bedrückt sie, daß sich deine Eltern getrennt haben, weil wir hierhergezogen sind. Sie wollte niemals, daß das passiert.«

»Du meinst also, sie würde es tun?«

»Wir könnten sie ja fragen.«

»Gleich jetzt?« Als Kent keine Antwort gab, fuhr Chelsea hastig fort: »Heute ist Samstag. Sie arbeitet doch heute nicht, oder?«

»Samstags arbeitet sie immer zu Hause … aber ich dachte, du hättest Hausarrest?«

Chelsea rappelte sich hoch, ganz aus dem Häuschen vor Aufregung. »Du glaubst doch nicht, ich würde mich von einer solchen Kleinigkeit von dem Versuch abhalten lassen, meine Eltern wieder zusammenzubringen, oder?« Sie trat über seine Beine hinweg und flitzte zu Robbys Zimmer, und Kent schwang auf seinem Hosenboden herum und schaute ihr nach, wie sie durch die Tür verschwand.

»He, Chelsea, warte!«

Sie steckte ihren Kopf wieder zur Tür hinein. »Seit der ersten Schulwoche habe ich gewartet und gewartet, aber nichts hat meine Mutter wieder zur Vernunft kommen lassen. Und jetzt warte ich keine Sekunde länger! Robbiii!« Sie riß seine Zimmertür auf, ohne anzuklopfen. »Ich habe eine Idee, Robby!«

Sie fuhren in beiden Wagen und kamen in weniger als fünfzehn Minunten vor Kents Einfahrt an. Als sie ausstiegen, schaute Chelsea zu dem Haus hinauf und murmelte: »Wow, *hier* wohnst du also?«

»Mein Zimmer ist das da oben.« Er zeigte in die entsprechende Richtung. »Und dort ist Mams Zimmer.« In dem Raum brannte Licht. »Sie ist zu Hause.«

Als sie gemeinsam auf das Haus zugingen, dachte Chelsea unaufhörlich: *Wahnsinn! Er ist wirklich mein Bruder!* Was für eine unglaubliche Vorstellung, daß sie in der Lage sein würden, eine Beziehung aufzubauen, wenn alles so lief, wie sie es sich erhoffte.

Im Inneren des Hauses war alles neu und frisch und harmonisch aufeinander abgestimmt. Kent zeigte auf einen Garderobenständer aus Messing im Eingangsbereich und sagte: »Ihr könnt dort eure Jacken aufhängen, wenn ihr wollt.« Dann hob er seine Stimme und rief: »Mutter?«

Ihre Stimme ertönte aus dem oberen Stockwerk. »Hallo, mein Schatz, ich komme gleich! Ich glaube, wir sollten heute zum Essen ausgehen und feiern. Ich habe heute eines meiner beiden großen Probleme mit dem elektronischen Schalter gelöst, und die Berichte über dich bei der gestrigen Schulkonferenz waren so großartig, daß... oh!« Monica erschien an einem Geländer auf halber Höhe über ihnen. »Ich wußte ja nicht, daß du Freunde mitgebracht hast.«

»Sie sind mehr als Freunde, Mama. Sie sind meine Schwester und mein Bruder.«

»Oh!« rief sie leise und preßte eine Hand auf ihr Herz.

»Kann ich sie raufbringen und dir vorstellen?«

Monica erholte sich bewundernswert schnell von dem Schock, ließ ihre Hand sinken und strich damit über das Geländer, als sie auf sie zukam. »Natürlich.«

»Kommt mit«, sagte Kent energisch.

Robby und Chelsea folgten ihm und trafen auf dem obersten Treppenabsatz mit der Frau zusammen, die über diese plötzliche Vorstellung ebenso durcheinander zu sein schien wie sie.

»Mama, ich möchte dir Chelsea und Robby Gardner vorstellen.«

»Hallo«, sagte sie und schüttelte den beiden die Hand.

»Sie haben ein tolles Haus«, sagte Chelsea, während sie bewundernd ihren Blick umherschweifen ließ.

»Danke«, erwiderte Monica, ohne recht zu wissen, was sie sagen sollte. Sie warf ihrem Sohn einen hilfesuchenden Blick zu.

»Also…« Sie lächelte nervös. »Dies ist einfach so… so unerwartet.«

»Ich weiß. Tut mir leid, daß wir dich nicht vorgewarnt haben, Mama, aber es hat sich zufällig so ergeben. Ich bin Robby heute im Umkleideraum begegnet, und er und ich haben angefangen, über alles zu reden, und da waren noch ein paar Dinge, die ich Chelsea sagen mußte, und dann haben wir alle beschlossen, daß es an der Zeit ist, daß wir uns richtig kennenlernen, und ich bin mit Robby nach Hause gegangen, und… na ja, und jetzt sind wir hier. Aber…« Er drehte sich zu Chelsea um. »Es gibt da was Spezielles, worüber wir gern reden würden. Willst du sie fragen oder soll ich es tun?«

Bevor sie antworten konnte, mischte Monica sich ein. »Bitte, Kinder… kommt herein und setzt euch doch. Laßt mich schnell ein paar Lampen einschalten…« Sie beschäftigte sich damit, Lichter im Wohnzimmer anzuknipsen, und als der Raum zum

Leben erwachte, fanden die Teenager Plätze auf dem elfenbeinfarbenen Sofa mit seinem Arrangement loser pastellfarbener Seidenkissen. »Kann ich euch etwas zu trinken anbieten? Eine Cola? Mineralwasser?«

»Nein, danke«, sagten sie einstimmig, und schließlich fand Monica einen geeigneten Platz zum Niederlassen, wählte einen Sessel, der sie alle auf drei Seiten um einen quadratischen Glastisch herum plazierte. Sie tauschten ihre Blicke über eine Möwe aus Keramik hinweg, die auf einem Messingbein stand.

»So«, begann Monica. »Ihr habt also eine Art Waffenstillstand geschlossen.«

»Ja«, erwiderte Chelsea, da Monicas prüfender Blick in diesem Moment auf sie fiel. Sie betrachtete Robby als nächsten, musterte ihn offen, befriedigte ihre Neugier, ohne diese Tatsache zu verbergen.

»Es ist ein merkwürdiger Augenblick für mich«, gestand Monica ehrlich, »euch zum ersten Mal zu sehen und zu wissen, daß ihr Kents Halbgeschwister seid. Nehmt es mir bitte nicht übel, wenn ich ein bißchen schockiert und durcheinander bin. Das bin ich nämlich.«

»Ich schätze, das sind wir auch.« Chelsea sprach für alle, während sie ihren Blick zu den beiden Jungen schweifen ließ, als wollte sie sich ihrer Zustimmung versichern, als ihre Sprecherin zu fungieren.

»Ihr seid den ganzen Tag zusammen gewesen?« wollte Monica wissen.

»Nein, nur eine Stunde oder so. Die Jungs ein bißchen länger.«

»Nun, ich merke, daß ihr alle ein bißchen nervös seid und auf meine Reaktion wartet.« Sie blickte Kent an. »Ich habe versucht, mich auf den Tag vorzubereiten, an dem dies geschehen würde, doch es ist mir nie so recht gelungen. Ich möchte euch jedoch die Befangenheit nehmen, indem ich von Anfang an klarstelle, daß ich glaube, dies mußte einfach passieren, und daß ich es auch durchaus für gut halte.«

Sie wandte sich an Robby und Chelsea, die nebeneinander auf dem Sofa saßen. »Als ich zuerst hierherkam und erfuhr, daß Tom hier lebte und Rektor an Kents neuer Schule war, fühlte ich mich irgendwie bedroht. Vielleicht dachte ich, ich würde Kent verlieren, wenn Tom den wahren Sachverhalt herausfände. Wenn ich genauer darüber nachdenke, gibt es kein *vielleicht* an der Sache – ich hatte wirklich Angst, Kent zu verlieren. Aber Kent hat mir klargemacht, daß es unfair von mir war, ihm noch weitere Informationen über seinen Vater vorzuenthalten oder zu versuchen, die beiden voneinander fernzuhalten. Mit der Zeit habe ich erkannt, daß das gleiche auch in bezug auf euch beide gilt.«

Wieder ließ sie ihren Blick zu Kent schweifen. Er ruhte liebevoll auf seinem Gesicht. »Er ist ein Einzelkind, und das kann eine einsame Sache sein.« Zu Robby und Chelsea gewandt fuhr sie fort: »Eure Existenz, obwohl sie ein Schock für uns war, könnte sich als ein Geschenk herausstellen, das wir nicht unbedingt in diesem Leben zu finden erwartet hatten. Besonders Kent nicht. Seit wir hierhergezogen sind, habe ich viel Zeit damit verbracht, über seine Zukunft nachzudenken, mir die Tage vorzustellen, wenn ich alt sein werde und er allein zurückbleibt. Sicher, er wird eines Tages eine Ehefrau haben – wie ich hoffe – und Kinder. Aber ihr…« – sie hielt einen Moment inne – »seine Schwester und sein Bruder… ihr beide werdet das Geschenk sein, das ich ihm nicht machen konnte. Deshalb beruhigt euch. Ich werde keinen Tobsuchtsanfall bekommen oder euch die kalte Schulter zeigen, weil ihr unangekündigt gekommen seid. Ganz im Gegenteil. Ich denke, es ist höchste Zeit, daß wir uns kennenlernen.«

Alle entspannten sich sichtlich, sanken gegen die Polster zurück, und die Jugendlichen tauschten einen schnellen Blick der Erleichterung.

Kent sagte: »Ich glaube, ich brauche jetzt doch was zu trinken. Sonst noch jemand?«

Während er in die Küche ging und die Getränke holte, leistete Monica Chelsea und Robby Gesellschaft, und erst, als sie alle ein Glas in der Hand hielten, lehnte sie sich zurück, schlug die Beine übereinander und fragte: »Und was war das, was ihr mich fragen wolltet?«

Chelsea und Kent tauschten einen Blick, der besagte: *Du zuerst.*

»Nun?« Monica legte den Kopf schief. »Wer sagt es mir nun?«

»Ich werd's sagen«, meinte Kent und rutschte auf seinem Sitz nach vorn.

»Nein, laß mich«, warf Chelsea ein. »Sie ist meine Mutter, und es war meine Idee.«

Monica sah, daß das Gesicht des Mädchens vor Nervosität rote Flecken aufwies. Sie hielt ihr Glas mit beiden Händen umklammert.

Jetzt mischte Robby sich ein. »Ich gehöre auch dazu«, erklärte er energisch. »Ich werde fragen. Ms. Arens, wir müssen die Wahrheit wissen – ob Sie eine Affäre mit unserem Vater haben.«

»Eine Af –« Monicas Erschrockenheit und Überraschung waren unmißverständlich und überzeugend. »Eine Affäre mit eurem Vater? Um Himmels willen, nein!«

Robby stieß einen leisen Pfiff aus. »Mann, ist das eine Erleichterung.«

Chelsea übernahm, sprudelte die Worte nonstop heraus, aus Angst, ihr Mut könnte sie auf halbem Weg wieder verlassen. »Wissen Sie, meine Mutter glaubt, Sie hätten eine Affäre mit Paps, und sie hat von ihm verlangt, daß er auszieht, und er wohnt jetzt bei meinem Großvater, und unsere Familie geht dabei einfach vor die Hunde, und es gibt nur eine Möglichkeit, um meiner Mutter wieder den Kopf zurechtzurücken, und die wäre, wenn Sie zu uns kommen und meiner Mam geradewegs ins Gesicht sagen würden, daß Sie und Paps nichts weiter miteinander tun, als über Kent zu reden! Ich meine, ich verstehe ja, daß Sie das wahrscheinlich ab und zu tun müssen. Er ist schließlich Ihr gemeinsamer Sohn… und es ist genauso mit uns dreien hier« – sie machte eine Handbewegung, die ihre beiden Brüder mit einschloß – »wir sind verwandt, und es ist absolut schwachsinnig, so zu tun, als wären wir's nicht. Wie Kent schon sagte, bei einigen Dingen haben wir uns ziemlich kindisch benommen, aber wenn Sie einfach zu uns kommen würden – bitte! – und ihr sagen würden, daß sie unsere Familie für nichts und wieder nichts zerstört, nimmt sie Paps vielleicht wieder zurück, und alles wird wieder in Ordnung kommen. Würden Sie das tun?«

Chelseas Wangen glühten vor Eifer, ihr Gesicht war so leuchtend vor Hoffnung, daß Monica nicht anders konnte, als gerührt über ihren Mut zu sein. Dennoch, als die einzige offiziell Erwachsene der Gruppe mußte sie ihnen die Risiken eines solchen Unternehmens klarmachen.

»Deine Mutter wird es möglicherweise nicht schätzen, wenn ich in ihre Domäne eindringe.«

»Aber Sie verstehen ja nicht! Meine Mutter hat bei dieser Sache von Anfang an ihren Kopf durchgesetzt, und niemand hat sie aufhalten können. Die ganze Zeit ist es nur nach dem gegangen, was *sie* wollte, aber sie irrt sich! Sie liegt völlig falsch!«

Monica dachte einen Moment darüber nach, dann wandte sie sich an ihren Sohn. »Kent?«

»Ich bin mit Chelsea einer Meinung. Ich finde, es ist einen Versuch wert.«

»Du hast nicht das Gefühl, ich könnte deine zukünftige Beziehung mit Tom dadurch gefährden?«

»Er ist nur einer von den dreien. Ich muß auch an Chelsea und Robby denken.«

»Du willst also, daß ich mit Mrs. Gardner spreche?«

»Ja, Mama, das will ich.«

»Und du, Robby?«

»Wir wissen einfach kein anderes Mittel mehr, Ms. Arens.«

Sie preßte ihre Hand auf ihr Herz, holte tief Luft und schloß einen Moment die Augen. »Du lieber Himmel«, murmelte sie und öffnete wieder die Augen. »Ich gebe offen zu, der Gedanke daran erschreckt mich zu Tode. Was, wenn die Sache ins Auge geht. Was, wenn sie nur noch wütender auf ihn wird?«

Die drei Jugendlichen blickten sich gegenseitig ratlos an. Keiner hatte eine Antwort. Der Ausdruck ihrer Gesichter wechselte von hoffnungsvoll zu bedrückt.

»Hört zu, ich mache euch einen Vorschlag.« Monica stellte ihr Glas ab und beugte sich vor. »Ich werde tun, worum ihr mich bittet, unter zwei Bedingungen. Erstens, daß ich nicht bei euch zu Hause mit eurer Mutter spreche. Wie man es auch immer betrachtet, es wäre ein Eindringen in ihr Territorium, und es ist ganz klar, daß sie beleidigt darauf reagieren würde. Und zweitens, daß wir beide allein sind, wenn ich mit ihr spreche. Einverstanden?«

Robby und Chelsea beratschlagten sich mit einem Blick und erwiderten wie aus einem Mund: »Einverstanden.« Chelsea fügte hinzu: »Aber werden Sie es gleich jetzt tun? Heute abend noch? Weil Paps dann vielleicht am Wochenende schon wieder zu Hause einziehen kann, wenn es klappt. Wissen Sie, er hat nämlich ein Apartment gemietet und will morgen schon einziehen, was Mam noch nicht einmal weiß – das glaube ich jedenfalls nicht –, aber uns hat er's erzählt. Das ist einer der Gründe, warum ich Hausarrest habe.«

»Du hast Hausarrest?« wiederholte Monica, die versuchte, mit Chelseas Erklärungen Schritt zu halten.

»Ach, das ist wieder eine ganz andere Geschichte, aber ich bin so sauer geworden, als ich herausfand, daß mein Paps ein Apartment mieten wollte, daß ich etwas ziemlich Dummes angestellt habe, und sie sind dahintergekommen, und ich habe dafür Hausarrest bekonmmen, deshalb sollte ich jetzt eigentlich zu Hause sein, und wenn Sie nicht zu uns kommen und mit Mam sprechen, werde ich echt Schwierigkeiten kriegen, wenn sie nach Hause zurückkehrt und merkt, daß ich ihr wieder nicht gehorcht habe.«

Monica faßte sich an die Stirn. »So langsam komme ich nicht mehr mit. Ist deine Mutter jetzt zu Hause?«

Chelsea schaute auf ihre Uhr. »Sie wird jetzt bald kommen. Kurz nach sechs, wenn die Konferenzen vorbei sind.«

Monica erhob sich. »Dann laßt uns bis sechs Uhr warten und dann zu eurem Haus fahren, und ich kann auf der Straße in meinem Wagen warten, während ihr hineingeht und sie bittet, herauszukommen und mit mir zu sprechen. Was meint ihr dazu?«

»Was ist mit Kent?«

»Kent bleibt hier. Es ist wirklich nicht nötig, daß sie sieht, wie er dort herumhängt, um das Ganze noch schlimmer zu machen. Wenn ihr sie mit Kent konfrontieren wollt, dann könnt ihr das später tun, wenn ich nicht dabei bin und sie sich an die Idee gewöhnt hat, euren Vater zurückzunehmen.«

»Einverstanden, Kent?« fragte Robby.

»Klar. Wir können ja anschließend telefonieren.«

Kurz nach sechs gingen sie alle die Treppe ins Entree hinunter und schlüpften in Jacken und Mäntel. Monica öffnete eine Seitentür, die in die Garage führte, und meinte: »Ich fahre meinen Wagen heraus und folge euch dann.«

Einen Moment später war das Rumpeln des automatischen Türöffners durch die Wand zu hören, und das Garagentor hob sich. Die drei jungen Leute standen zögernd an der Haustür, sehnten sich danach, die Hand nach den anderen auszustrecken, und wagten es doch nicht, voller Angst, es wäre noch zu früh, während sich jeder von ihnen wünschte, die anderen würden den ersten Schritt tun.

»Na ja, dann... viel Glück«, sagte Kent.

»Danke«, erwiderte Robby.

»Ja, danke«, fügte Chelsea hinzu.

»Meine Mutter wird die Sache schon gut machen, keine Sorge.«

Auf der anderen Seite der Tür knallte eine Wagentür zu, und der Motor wurde angelassen.

»He, hört zu. Ich rufe euch später noch an, okay?« fragte Kent.

»Ja, klar.«

Dort in dem Vorraum des warmen Hauses, wo endlich gegenseitiges Verständnis aufzukommen begann, waren sie nahe daran, aufrichtige Zuneigung füreinander zu fühlen, während ihre gemeinsamen Gene sie drängten, die Schranken niederzureißen, die sie schon zu viele Jahre voneinander getrennt hatten. Jedem schoß der Gedanke durch den Kopf, zu fragen: *Wäre es okay, wenn ich dich umarme?*, aber Schüchternheit hielt sie zurück.

»Ich wünschte...«, begann Kent und brach gleich wieder ab.

»Ja, ich weiß«, sagte Chelsea, die seinen Gedanken teilte. »Aber es ist noch nicht zu spät, nicht?«

»Quatsch«, warf Robby ein. »Es ist nicht zu spät. Wir fangen doch gerade erst an.«

Dann lächelte einer von ihnen. Und ein anderer lächelte. Und bald lächelte alle drei... und dann lachten sie... und die Jungen umarmten sich als erste und klopften sich gegenseitig auf den Rücken, und vielleicht schimmerten ein paar Tränen in ihren Augen, denn sie hätten in diesem Moment kein Wort herausgebracht, selbst wenn ihr Leben davon abgehangen hätte. Sie lösten sich, und Chelseas und Kents Umarmung war vorsichtiger und zurückhaltender. Aber sie fand statt, und sie heilte, und sie öffnete die Türen zu einem wundervollen Ausblick und zukünftigen Möglichkeiten.

»Viel Glück«, flüsterte Kent an Chelseas Ohr, bevor er sie losließ.

»Danke.«

Dann öffnete er die Tür und stand mit den Händen in den Taschen da, während die kalte Abendluft ins Haus hereinströmte, doch Kent kümmerte sich nicht um die Gänsehaut, die sie über seine Arme prickeln ließ, als er zuschaute, wie sein Bruder und seine Schwester in ihren Wagen stiegen, winkten und dann vor seiner Mutter herfuhren. Er ging nicht eher ins Haus zurück, bis er Robby leicht auf die Hupe drücken hörte. Seine eigene Hand blieb zum Abschiedsgruß erhoben, noch lange, nachdem Robby oder Chelsea sie möglicherweise sehen konnten.

18. KAPITEL

Claire hatte zugestimmt, sich mit Tom um sechs Uhr in seinem Büro zu treffen, und als sie sich näherte, war er bereits dabei, abzuschließen.

»Und wie ist dein Tag gelaufen?« fragte sie mit rauher Stimme.

Er zog seinen Schlüssel aus der Tür und drehte sich zu ihr um. »Scheint diesmal kein guter Tag gewesen zu sein.«

»Ein schrecklicher. Ich bin ganz heiser vom vielen Reden.« Sie faßte sich an die Kehle, dann schlang sie ihre Arme um den Stapel von Konferenzunterlagen, den sie trug.

»Hast du etwas Honig in deinen Tee getan?«

»Noch mehr, und ich fange an zu summen und bekomme Flügel.«

Sie gingen zum Haupteingang, und Tom stieß die Tür auf, indem er sich mit den Hüften gegen den klappernden Metallgriff lehnte, und ließ Claire vor sich in die Nacht hinaustreten. »Nicht der beste Tag, um nach Hause zu gehen und einem der Kinder die Leviten zu lesen.«

»Ist es das, was wir tun werden?« fragte Claire. »Ihr die Leviten lesen?«

»Ich weiß es nicht. Ich bin mir noch nicht darüber klargeworden, was wir tun sollen.«

»Ich auch nicht.« Ihre Schritte waren im Gleichklang, als sie Seite an Seite zu ihren Autos gingen. Sie hatten schon früher Augenblicke wie diese erlebt, wenn ihr Instinkt versagt hatte und sie angestrengt nach der besten Methode suchten, um mit ihren Kindern fertig zu werden. So viele Jahre hindurch war es ihnen gelungen, sich durchzuwursteln und eine Lösungsmöglichkeit zu finden, die für sie alle vier funktionierte.

»Ich denke, als erstes müssen wir mit ihr reden und sie ihre Gefühle offen äußern lassen«, sagte Tom.

»Ja, wahrscheinlich.«

»Und sie wird *uns* die Schuld geben, das weißt du.«

»Ja, ich weiß.«

»Und sie hat recht. Es ist in der Hauptsache unser Fehler.«

»Ja, das weiß ich auch.«

Die Dunkelheit war früh hereingebrochen, die Temperaturen waren gesunken, und der Wind hatte aufgefrischt. Die leere Flaggleine schlug klappernd gegen den Fahnenmast. Ihre Wagen parkten auf zwei verschiedenen Seiten des Gebäudes. Sie blieben auf dem Gehweg vor Toms Wagen stehen.

»Claire, wegen John Handelman ...«

Sie fuhr herum und blickte zu ihm auf. »Bitte, Tom, ich kann mich jetzt nicht damit befassen. Ich muß als erstes diese Sache mit Chelsea aus der Welt schaffen. Vielleicht später heute abend, nachdem wir mit ihr gesprochen haben. Dann könnten wir beide vielleicht irgendwo hingehen, wo es ruhig ist, und uns darüber unterhalten.«

Neue Hoffnung ergriff Besitz von seinem Herzen. »Könnten wir eine feste Verabredung daraus machen?«

»Ja, falls ich dann noch genug Stimme übrig habe, um zu sprechen.«

Er stand da, die Wagenschlüssel in der Hand, während der Wind am Saum seines Mantels zerrte und ihm das Haar ins Gesicht wehte, und alles in ihm hoffte verzweifelt auf ein Ende dieser Trennung. »In Ordnung. Ich folge dir dann nach Hause, okay?«

»Okay.«

Sie bewegte sich auf ihr Auto zu.

»Claire?« rief er ihr nach.

Sie blieb stehen und drehte sich um, überrascht, ein Grinsen auf seinem Gesicht zu sehen.

»Ich weiß, dir tut der Hals weh, aber deine Stimme klingt ziemlich sexy so.«

Er stieg in seinen Wagen, ließ sie stehen, um ein schwaches Lächeln um ihre Mundwinkel spielen zu sehen, bevor sie sich abwandte und den Gehweg hinuntereilte.

Als Tom und Claire zu Hause ankamen, war der Wagen der Kinder aus der Einfahrt verschwunden. Claire fuhr in die Garage, Tom ließ seinen Wagen draußen stehen. Sie wartete an der Haustür, und als er auf sie zukam, empfanden beide die Eigentümlichkeit geänderter Routine – jahrelang hatte Tom seinen Wagen in der Garage neben ihrem abgestellt, wo die jetzt leere Box fast so traurig aussah wie seine leere Hälfte des Bettes.

Sie gingen gemeinsam ins Haus, wie sie es so viele Jahre zuvor getan hatten. In der Küche und in der Diele brannte Licht, aber das Haus war so still. Claire legte ihre Konferenzunterlagen auf dem Küchenschrank ab und hängte ihren Mantel in den Garderobenschrank im Flur, während Tom an der Küchenspüle stehenblieb, um einen Schluck Wasser zu trinken. Claire begrüßte das Geräusch der zuklappenden Schranktür und das Rauschen des Wasserhahns, als sie zum Fuß der Treppe ging und hinaufrief: »Chelsea?«

Keine Antwort.

»Chelsea?« rief sie eine Idee lauter und reckte den Hals.

Sie murmelte etwas vor sich hin und eilte die Treppe hinauf. Die Zimmertüren beider Kinder standen offen, die Lichter waren an. Als Claire in Chelseas Tür stehenblieb, fand sie das Zimmer ordentlich aufgeräumt vor, mit ein paar Stapeln sauberer Socken und Unterwäsche auf dem frisch gemachten Bett und dem Rest der ungefalteten Wäsche in einem Haufen auf dem Fußboden. Zu jeder anderen Zeit hätte Claire angenommen, Chelsea wäre irgendwo anders im Haus, aber heute setzte das leere, stille Haus ihre Füße in Bewegung. Sie rannte um die Ecke in Robbys leeres Zimmer.

»Robby?«

Ein kurzes Zögern, dann flog sie die Treppe hinunter und rief laut: »Tom, sind die Kinder irgendwo da unten?« Ihr Herz begann zu hämmern.

Er erschien am Fuß der Treppe und spähte hinauf. »Nein. Sind sie nicht da oben?«

»Nein. In beiden Zimmern brennt Licht, und die Hälfte von Chelseas Wäsche liegt mitten auf dem Fußboden.«

»Was!« Er runzelte die Stirn und stürmte die Treppe hinauf, während Claire hinuntereilte.

»Tom, sie hatte Hausarrest! Sie würde nicht aus dem Haus gehen, ohne eine Nachricht zu hinterlassen. Und Robby auch nicht!« Er nahm zwei Stufen auf einmal und schoß an ihr vorbei. Sie sah seine wehenden Rockschöße erst in einem Zimmer verschwinden, dann im anderen, bevor er zurückkehrte und wieder ins Erdgeschoß hinunterraste, während er eine Frage über seine Schulter stellte.

»Haben sie irgendwas darüber gesagt, was sie heute abend vorhaben?«

»Nein, nichts.« Claire folgte ihm in die Küche, wo er die Tür zum Keller öffnete und in die Dunkelheit hinunterspähte. Als nächstes ging er ins Wohnzimmer und stand dort lange Zeit, einen besorgten Ausdruck auf dem Gesicht, um dann langsam seinen Blick durch den Raum schweifen zu lassen, als suchte er einen verlorenen Ohrring.

»Tja, sie sind nicht hier«, sagte er, als er in die Küche zurückkam. »Vielleicht sind sie weggefahren, um etwas zu essen.«

»Nicht ohne eine Nachricht zu hinterlassen. Sie wußten, daß die Konferenzen um sechs zu Ende waren. Und außerdem, wenn ich Hausarrest sage, dann meine ich auch Hausarrest. Ich glaube einfach nicht, daß sich Chelsea meinen Anweisungen widersetzen würde.«

»Es gibt wahrscheinlich eine vollkommen logische Erklärung.«

Sie kannte Tom zu gut: Er spielte seine eigenen Ängste herunter, um sie davor zu bewahren, in Panik zu geraten.

»Tom...«, sagte sie unsicher.

Er wandte sich ab, wahrscheinlich, um sein Gesicht zu verbergen, verriet sich jedoch, indem er eine Faust um die andere schlang und mit den Fingerknöcheln knackte. Er täuschte Ruhe und Gelassenheit vor, als er zum Vorderfenster hinausblickte, in der Hoffnung, den Nova in die Einfahrt biegen zu sehen.

»Tom, ich mache mir Sorgen... Was, wenn sie –«

Er wirbelte zu ihr herum. »Es gibt überhaupt keinen Anlaß zur Besorgnis, Claire. Du darfst keine voreiligen Schlüsse ziehen.«

»Aber sie hat die Hälfte der Wäsche ungefaltet liegenlassen, und überall im Haus brennt Licht. Wenn du gesehen hättest, wie sie gestern abend angezogen war, dann wüßtest du, in welcher seelischen Verfassung sie ist.«

Sie schauten einander an, sehnten sich danach, beruhigt zu werden und zu beruhigen wie in der Vergangenheit, jeder von ihnen zögerlich, den ersten Schritt zu tun. Aber die Macht der Gewohnheit – wenn nicht das Bedürfnis – überwältigte sie schließlich.

»Claire«, murmelte er und machte den ersten Schritt.

Und sie machte den zweiten.

Plötzlich lag sie in seinen Armen, in diesem tröstlichen Hafen, wo Liebe neue Hoffnungen aufkeimen und das Furchtbare weniger furchtbar erscheinen ließ. Es gab keine Küsse, nur ein gegenseitiges Umklammern und den Austausch von Kraft, während Claire ihr Gesicht fest an den glatten Stoff seines Mantelkragens und die energische Linie von Toms Kinn preßte. Mit klopfendem Herzen hielten sie einander umschlungen, dort in der Küche, die ohne Tom niemals ein Zuhause gewesen zu sein schien, um deren verlassenen Tisch ein Häufchen unglücklicher Menschen gesessen hatte, niemals eine richtige Familie, seit Tom nicht mehr dazugehörte. Eine Weile klammerten sie sich einfach aneinander fest und fühlten, wie die ersten zerrissenen Fäden ihrer Beziehung wieder zusammenzuwachsen begannen. Ihre Herzen waren von Angst um ihre Kinder erfüllt und von der Hoffnung für sich selbst, während sie sich nach all diesen langen Wochen zum ersten Mal wieder berührten.

Ihre Tochter, die Friedensstifterin, hatte versucht, diese Abrüstung zustande zu bringen, und glaubte, sie hätte versagt. Wo war sie hingelaufen und mit wem?

»Ich habe sie im Stich gelassen, Tom«, flüsterte Claire trostlos.

»Nein, Claire, nein«, beschwichtigte er sie. »Jetzt ist nicht die Zeit, um dir selbst Vorwürfe zu machen. Was wir jetzt tun müssen, ist, sie zu finden. Und Robby ebenfalls.« Er löste sich behutsam von ihr und hielt sie an beiden Armen fest. »Hast du irgendeine Idee, wo sie sein könnten?«

»Nein, Tom. Ich habe hin und her überlegt, aber ich...«

Genau in dem Moment schwenkten Scheinwerfer in die Einfahrt, und ein Auto fuhr in halsbrecherischer Geschwindigkeit vor. Es kam mit quietschenden Reifen hinter Toms Wagen zum Stehen, gerade als Tom das Fenster erreichte, um hinauszuschauen. »Gott sei Dank, sie sind wieder da! Sieht allerdings aus, als hätten sie noch jemanden mitgebracht... es sind zwei Autos gekommen.« Ein weiterer Wagen hatte am Fuß der Auffahrt angehalten. Die Außenbeleuchtung an der Garage ließ den Lack an der Seite des zweiten Wagens in grellem Blau aufleuchten. »Was zum Teufel ist da...« murmelte Tom stirnrunzelnd.

»Wer ist es denn?«

»Ich bin mir nicht sicher, aber ich glaube, es ist Kent.«

Tom ließ die Gardine fallen, als Autotüren zuklappten und Stimmen ertönten, gedämpft durch die Wand. Einen Moment später kamen Robby und Chelsea ins Haus gestürmt und blieben atemlos stehen.

»Wo seid ihr gewesen?« donnerte Tom.

Statt ihm zu antworten, richtete Chelsea ihren Blick auf Claire. »Wir haben uns mit jemandem unterhalten, mit dem du unbedingt sprechen solltest, Mama.«

»Wer?« fragte Claire verwirrt.

»Komm einfach mit uns hinaus, bitte, Mama«, bettelte Chelsea.

»Wer ist denn da draußen?«

Robby mischte sich ein, und die Verzweiflung verlieh seiner Stimme einen scharfen Unterton. »Würdest du vielleicht *ein einziges Mal* in deinem Leben die Kontrolle abgeben und tun, worum wir dich bitten, Mutter?«

Völlig verdutzt starrte Claire zuerst ihren Sohn an, dann ihre Tochter. Angespanntes Schweigen breitete sich aus, bevor Chelsea mit sanfter, erstickter Stimme bat: »Bitte, Mama, wir möchten, daß du nach draußen gehst. Am Ende der Einfahrt wartet jemand auf dich. Würdest du das für uns tun, Mama?«

»Wer ist es?«

Mit einem Schimmer von Tränen in den Augen appellierte Chelsea an ihren Vater. »Papa, würdest du bitte dafür sorgen, daß sie es tut? Weil wir nämlich nicht mehr wissen, was wir noch machen sollen, und dies ist unser letzter Versuch.«

Tom drehte sich zu Claire um, verwirrt, aber bereit, sie aufzufordern, dem Wunsch der Kinder nachzukommen, weil auch er der Ansicht war, daß sie mehr Rücksicht auf die Gefühle der Kinder nehmen mußte, wenn ihre Ehe weiter bestehen und ihre Familie gedeihen sollte. Und da es Kent war, der dort draußen wartete, mußte sie eine Art Waffenstillstand mit ihm schließen, nicht wahr? Denn Tom hatte den festen Entschluß gefaßt, seinen Sohn regelmäßig zu sehen und ihm von jetzt an ein guter Vater zu sein.

»Claire?« sagte er schlicht.

Sie sah den finsteren Appell in seinem Blick und drehte sich zu ihren Kindern um, bemerkte die Hoffnung in ihren Augen, ihre flehenden, eindringlichen Mienen und erkannte plötzlich, daß ihre Bitte von großer Bedeutung für sie alle und daß dies nicht der geeignete Zeitpunkt war, ihnen eine Strafpredigt zu halten, weil sie ihre Anweisungen mißachtet hatten. Wenn sie und Tom wieder zusammenkommen wollten, dann schien, was immer sie dort draußen erwartete, ein Schritt zu sein, den sie in dieser Richtung unternehmen mußte.

»In Ordnung«, sagte sie und sah die kollektive Erleichterung auf den Gesichtern der drei, bevor sie in ihren Mantel schlüpfte und ohne ein weiteres Wort hinausging.

Die Garagenlichter warfen einen goldenen Pfad die Einfahrt hinunter und spiegelten sich im Seitenblech des blauen Lexus. *Nein*, dachte Claire. *Bitte nicht, ich schaffe das hier nicht!* Aber sie zwang ihre Füße, sie an den beiden geparkten Wagen vorbeizutragen und weiter zu dem Auto, dessen bloßer Anblick einen Schwall von Wut und Eifersucht in ihr heraufbeschworen hatte, wann immer sie es in den vergangenen zwei Monaten auf dem Schulparkplatz gesehen hatte.

Als Claire den halben Weg zurückgelegt hatte, ging die Fahrertür auf, und jemand stieg aus. Es war Monica Arens, und sie stand da und wartete, während sie Claire über das Wagendach hinweg musterte.

Claire blieb fünfzehn Schritte von ihr entfernt wie angewurzelt stehen.

»Bitte gehen Sie nicht wieder ins Haus zurück«, sagte Monica.

»Ich hatte nicht damit gerechnet, daß Sie es sind. Ich dachte, es wäre Ihr Sohn.«

»Ich weiß. Tut mir leid, wenn dies ein Schock für Sie ist. Könnten wir uns unterhalten?«

Unsicherheit bäumte sich auf und hielt Claire in ihrem unseligen Griff fest: Diese Frau war eine Woche vor ihrer Hochzeit mit Tom intim gewesen. Er hatte sie geschwängert, während Claire bereits schwanger von ihm gewesen war, und diese Tatsache hatte immer noch die Macht, Claire einzuschüchtern. Aber sie erinnerte sich an das Flehen in Toms Gesicht und den Gesichtern der Kinder, als sie sie baten, dies hier mitzumachen. Jetzt galt es, Mut zu beweisen. Die Zukunft ihrer Familie lag eindeutig in ihrer Hand.

»Ja, ich nehme an, es ist an der Zeit, nicht?« sagte Claire.

»Möchten Sie in meinen Wagen einsteigen? Es ist wärmer dort drinnen.«

Nein, das wollte Claire wirklich nicht, doch sie gab nach. »In Ordnung«, sagte sie und stieg ein.

Im Innern des Wagens schuf die Armaturenbrettbeleuchtung eine schwach aquamarinblaue Intimität. Claire fühlte sich in der Falle gefangen und vor Furcht wie gelähmt, während sie Monica Arens anblickte, entschlossen, sie nicht zu mögen, obwohl sie gezwungen war, ihre Abneigung zu verbergen.

»Ich hätte es vorgezogen, mich anderswo als ausgerechnet in meinem Wagen mit Ihnen zu unterhalten«, begann Monica, »aber die Kinder haben darauf bestanden. Ich dachte, es wäre besser, wenn wir uns auf neutralem Boden treffen, aber ... wie ich schon sagte, es war nicht meine Entscheidung.«

»Nein, dies ... ist schon in Ordnung.«

»Ich bin mir nicht sicher, was sie Ihnen dort drinnen gesagt haben.«

»Nichts. Sie haben nur gesagt, daß draußen jemand wartet, der mich sprechen möchte.«

»Es tut mir wirklich leid, Sie so zu überfallen. Wahrscheinlich war es ein Schock für Sie, als Sie mich haben aussteigen sehen.«

Claire stieß ein heiseres, nervöses Lachen aus. »Ja, ich schätze, so könnte man es sagen.«

»Nun, lassen Sie mich mit der Erklärung anfangen, daß unsere Kinder heute nachmittag zu mir kamen und mich darum baten, dies zu tun. Alle unsere Kinder – Robby, Chelsea und Kent.«

»Zusammen?« gab Claire überrascht zurück.

»Ja, zusammen. Es scheint, als hätten sie sich ausgesprochen und entschieden, das Beste aus der Tatsache zu machen, daß sie

Halbgeschwister sind, und sie sind offensichtlich der Ansicht, je eher sie sich kennenlernen, desto besser. Sie haben einen Teil des Nachmittags zusammen hier in Ihrem Haus verbracht. Ich weiß nicht, ob Sie sich dessen bewußt sind oder nicht.«

»Nein«, sagte Claire tonlos. »Ich... ich wußte nichts von alledem.«

»Also, nachdem sie von hier aufgebrochen sind, kamen sie zu mir und baten mich, hierherzukommen und mit Ihnen zu sprechen. Ich gebe zu, zuerst bin ich vor der Idee zurückgeschreckt, aber sie waren sehr aufrichtig und sehr überzeugend... tja, und jetzt bin ich hier, nicht glücklicher darüber, als Sie es sind. Aber ich bin trotzdem gekommen.«

Claire war überrascht über die Offenheit der Frau. Etwas von ihrer Abwehrbereitschaft schmolz dahin, als sie erkannte, daß Monicas Gefühle den ihren ähnlich waren.

Monica holte tief Luft und fuhr fort. »Es wäre vermutlich am einfachsten, wenn ich Ihnen ohne Umschweife sagen würde, daß ich von Ihrer Trennung von Tom weiß. Ich weiß, daß Sie sich getrennt haben, kurz nachdem ich in die Stadt gezogen bin.«

In dem schwachen Licht des Armaturenbretts fühlte Claire, wie sie rot wurde: Niemals hatte ihr Stolz so sehr unter der Tatsache gelitten, daß ihre Ehe gefährdet war, als in diesem Moment, als sie es vor dieser Frau zugeben mußte.

»Ja, das ist richtig, aber wir werden ab der nächsten Woche regelmäßig zur Eheberatung gehen.«

»Das ist gut. Aber wenn Sie es tun, sollten Sie genau wissen, wie die Dinge zwischen mir und Tom stehen. Es ist absolut nichts zwischen uns, und sie müssen mir das glauben. Die Wahrheit ist, daß niemals etwas zwischen uns war. Die Nacht, die wir zusammen ins Bett gegangen sind, war ein one-night stand, schlicht und einfach. Ich habe keine Entschuldigung dafür, und auch Tom hat keine Rechtfertigung. Aber wenn Sie die Vergangenheit oder sonst irgend etwas, von dem Sie fälschlicherweise annehmen, daß es zwischen Tom und mir passiert, *jetzt* als unüberwindliches Hindernis für Ihre Ehe ansehen, dann machen Sie den größten Fehler Ihres Lebens.«

Erleichterung überrollte Claire wie ein gigantischer Brecher. Sie taumelte innerlich immer noch unter seiner Nachwirkung, als Monica hastig fortfuhr: »Sie können mich alles fragen, was Sie wissen wollen über die Male, die ich mit Tom gesprochen habe, seit wir hierhergezogen sind, und ich werde Ihnen absolut wahrheitsgemäß antworten. Was möchten Sie wissen? Ob ich ihn jemals gesehen habe? Ja, das habe ich. Wo? In meinem Haus, was eine völlig willkürliche Wahl war. Alles, was wir jemals getan haben, ist, über Kent zu sprechen und was das Beste für alle Beteiligten wäre.«

Claires Herz hämmerte so heftig, daß ihr gesamter Kopf pulsierte, aber sie ergriff die Gelegenheit, eine Einzelheit zu klären, die ihr unentwegt zu schaffen gemacht hatte, seit sie davon erfahren hatte. »Meine Nachbarin sagte mir, sie hätte Sie mit Tom in einem geparkten Wagen vor einem Restaurant gesehen, ungefähr zu der Zeit, als die Schule wieder angefangen hat.«

»Ja, das ist richtig. Es war einer von jenen Tagen, als wir beide in dem unerträglichen emotionalen Wirrwarr gefangen waren, entscheiden zu müssen, ob Sie und Ihre Familie von Kents Identität erfahren sollten oder nicht. Vielleicht war es nicht sehr klug von uns, uns dort zu treffen, aber zu der Zeit waren wir einzig und allein damit beschäftigt, herauszufinden, wie wir mit dem Durcheinander fertig werden sollten, das wir geschaffen hatten. Wenn Sie jemandem die Schuld daran geben wollen, dann können Sie sie mir zuschieben. Ich habe vor Jahren einen Riesenfehler gemacht, als ich es vorzog, Tom nichts davon zu sagen, daß ich schwanger war oder daß Kent zur Welt gekommen war. Inzwischen, in den Jahren danach, sind wir alle aufgeklärter geworden, und wir wissen jetzt, daß die Frau nicht das alleinige Vorrecht hat zu entscheiden, ob ein Mann Rechte auf sein Kind hat oder nicht, wenn es unehelich geboren wurde. Aber damals wurden diese Dinge oft vertuscht, und viele Väter hatten nie die Wahl über die Art der Rolle, die sie bei der Erziehung ihrer Kinder spielen würden. Ich habe einen Fehler gemacht. Lassen Sie es mich noch einmal sagen und Sie um Verzeihung bitten – und Tom und Kent ebenfalls. Wenn ich die Wahrheit nicht verborgen hätte, wäre diese Trennung zwischen Ihnen und Tom niemals geschehen, und Ihre Familie wäre immer noch vereint.«

Tränen schossen in Claires Augen. Beschämt über die Vorstellung, Monica könnte sie sehen, drehte Claire den Kopf weg und starrte zum Beifahrerfenster hinaus. »Ich weiß nicht, was ich erwartet habe, als ich Sie neben dem Wagen stehen sah, aber ich nehme an, ein Teil von mir dachte immer noch, Sie würden mir vielleicht mitteilen, daß Sie ... na ja, daß Sie und Tom sich lieben und ich ... daß ich ihn freigeben sollte.«

»Nein, niemals.« Monica streckte die Hand aus und berührte Claire leicht am Ärmel ihres Mantels. »Bitte glauben Sie mir. Wenn ich ihn liebte, würde ich genau das sagen, weil es nun einmal meinem Charakter entspricht. Ich gebe niemals klein bei.« Sie zog ihre Hand zurück und rückte etwas herum auf ihrem Sitz, betrachtete Claires Profil in dem matt erleuchteten Viereck von Fenster hinter ihr.

»Da ist noch etwas, was ich Ihnen sagen muß, und es ist der schwerste Teil von allem. Ich sage es aus zwei Gründen – weil Sie es hören sollten und weil ich es nach all diesen Jahren aussprechen muß.« Monica legte eine winzige Pause ein, bevor sie fortfuhr. »Was wir in jener Nacht getan haben, der Nacht von Toms Junggesellenabschiedsparty, war falsch. Ich wußte es damals, und ich gebe es offen zu. Ich rate Ihnen nur: Messen Sie dem Vorfall nicht allzuviel Bedeutung bei, nach all diesen Jahren. Ich weiß, das ist ziemlich viel verlangt, aber es steht eine Menge auf dem Spiel. Versuchen Sie zu bedenken, daß Tom jung und desillusioniert war und unter enormem seelischen Streß stand, weil er heiraten mußte. Aber ich werde Ihnen sagen, was Sie bisher wahrscheinlich nicht gewußt haben. Als ich hierherzog, erzählte Tom mir, wie sehr er Sie liebt, und daß sein Leben von Jahr zu Jahr besser geworden ist, seit er mit Ihnen verheiratet ist.« Monicas Stimme verblaßte zu einem ernsten, eindringlichen Flüstern. »Ihr Mann liebt sie sehr, Mrs. Gardner. Ich glaube, Sie haben ihm das Herz mit dieser erzwungenen Trennung gebrochen. Sie haben zwei wundervolle Kinder, die sich sehnsüchtig wünschen, daß ihre Mutter und ihr Vater wieder zusammenkommen.

Würden Sie Tom bitte wieder zurücknehmen und einen neuen Anfang mit ihm wagen?«

Claire hob ihre tränenfeuchten Augen zu Monica, die mit ihrem Appell fortfuhr.

»Es gibt heute so viele Familien, die in die Brüche gehen, so viele Einelternfamilien wie meine. Ich brauche Ihnen das wirklich nicht zu sagen, da Sie ja täglich damit in der Schule zu tun haben. Aber obwohl es nichts gibt, was ich mir vorzuwerfen hätte oder wofür ich mich entschuldigen müßte, soweit es meine mütterliche Fürsorge betrifft, so ist mir doch klar, daß Familien wie Ihre immer noch die beste Art sind. Das bleibt der wahre amerikanische Traum – aber er veraltet. Wenn ich die Vergangenheit mit Tom hätte, die Sie haben, und zwei wundervolle Kinder und all jene guten Jahre hinter mir, dann würde ich kämpfen, um meinen Ehemann zu behalten, und ihn nicht wegwerfen. So. Jetzt habe ich meine Argumente vorgetragen. Machen Sie damit, was Sie wollen.«

In der folgenden Stille saßen beide Frauen reglos da, erschüttert durch diese Enthüllung der Seelen. Claire fand ein Papiertaschentuch in ihrer Manteltasche und benutzte es, dann starrte sie schweigend in ihren Schoß, ließ ihre Emotionen ihren phantastischen Tanz vollführen – Erleichterung und Dankbarkeit und ein beträchtliches Maß an Respekt für die Frau neben ihr; Hoffnung und gewaltiger Aufruhr der Gefühle, als sie an den Moment dachte, wenn sie wieder nach Hause gehen und Tom erneut gegenübertreten würde. Schließlich stieß sie einen tiefen Seufzer aus und wandte sich um, um ihre Sitznachbarin zu mustern. »Wissen Sie, ich war immer darauf vorbereitet, Sie nicht zu mögen.«

»Das ist verständlich.«

»Während der Konferenzen gestern habe ich versucht, etwas an Ihnen auszusetzen, aber ich konnte nichts finden. Es hat mich regelrecht geärgert, daß ich nichts an Ihnen auszusetzen fand. Ich wünschte mir, daß Sie …« Claire zuckte die Achseln. »Ich weiß nicht … vielleicht, daß Sie irgendwelche Eigenschaften hätten. Daß Sie unhöflich wären oder töricht oder überheblich, damit ich Sie kritisieren könnte. Jetzt verstehe ich jedoch, warum Kent der Junge ist, der er ist.«

»Danke.«

»Vielleicht sollten wir über ihn sprechen.«

»Wenn Sie es wollen.«

»Wir hätten es bei den Konferenzen tun sollen, und ich wußte es.«

»Aber das hätte unsere Eltern-Lehrer-Beziehung beeinträchtigt, nicht wahr?«

»Ja, aber das ist keine Entschuldigung.«

»Ach, seien Sie nicht so streng mit sich selbst. Wir unterhalten uns ja jetzt, und das ist es, was zählt.«

Claire überdachte Monicas Bemerkung. »Tatsächlich haben wir unsere Sache gestern gut gemacht, wenn man bedenkt, was unter der Oberfläche vor sich ging, nicht?«

»Ja, das stimmt.« Wären sie Freundinnen gewesen, wäre dieses Geständnis von einem Grinsen begleitet gewesen. So wie die Dinge lagen, wußten sie, daß sie niemals Freunde sein würden. Aber sie konnten auf eine andere Weise Verbündete sein.

»Was Kent betrifft ...«

»Es ist schwer für Sie, ihn zu akzeptieren, das ist mir völlig klar.«

»Aber ich muß es. Ich weiß das.«

»Ja, Ihren Kindern zuliebe.«

»Und Tom zuliebe.«

»Ja, und Toms wegen. Ich weiß, alle drei Kinder wollen es, und ich glaube, Tom auch. Sie wissen wahrscheinlich, daß er sich mit Kent getroffen hat, seit Sie beide getrennt leben. Sie versuchen, eine Art Vater-Sohn-Beziehung aufzubauen. Aber es wird Zeit brauchen.«

»Zeit und Kooperation von meiner Seite aus, das wollen Sie doch damit sagen, nicht?«

»Mmmm ... nun ja ... ja.«

Wieder breitete sich Schweigen aus. Am Ende fühlte Claire sich recht ungezwungen in Monicas Gesellschaft. »Ich werde Ihnen etwas sagen, was ich selbst Tom noch nicht gesagt habe.

Ich hatte viel Zeit, darüber nachzudenken, wie ich es handhaben würde, wenn ich jemals wieder mit ihm zusammenkomme, und mir ist aufgegangen, daß dieses Schuljahr wirklich nur ein kleiner Zeitraum ist im Vergleich zu den Jahren, die wir in der Zukunft haben werden. Wenn das Schuljahr erst einmal zu Ende ist und Kent aufs College überwechselt, wird es mir wahrscheinlich leichter fallen, objektiv mit ihm zu sein. Und ich werde Sie nicht belügen und behaupten, daß die Wünsche meiner Kinder keine Rolle spielen, denn das tun sie. Wenn sie ihren Bruder kennenlernen wollen – wäre es da nicht anmaßend von mir, mich ihnen in den Weg zu stellen?«

»Wollen Sie damit sagen, daß Kent willkommen in Ihrem Haus wäre?«

Es dauerte eine Weile, bis Claire mit einer Antwort herausrückte. »Ach, Monica, jetzt bringen Sie mich aber wirklich in Verlegenheit.«

»Na schön, dann streichen Sie die Frage. Lassen Sie sich Zeit.«

»Zeit ... ja. Gute alte Zeit. Sie heilt tatsächlich alle Wunden, nicht wahr?«

»Ich denke schon, wenn Sie es zulassen.«

»Ich schätze, es ist nur fair, Sie zu fragen – wie war Ihnen zumute, als meine Kinder in Ihr Haus kamen?«

»Ich war fassungslos. Dann, nachdem ich Gelegenheit hatte, mich an die Vorstellung zu gewöhnen, schien es nicht mehr so bedrohlich, besonders angesichts der Tatsache, daß alle drei Kinder bereits beschlossen hatten, so oder so Freunde zu werden, ganz gleich, was ihre Eltern dazu sagen würden. Und übrigens, da Sie mir ein Kompliment über meinen Sohn gemacht haben, möchte ich Ihnen auch eines machen. Ihre Kinder sind wirklich sehr nett.«

»Danke.«

»Dann ... dann bleibt es uns jetzt überlassen, die sprichwörtliche Friedenspfeife miteinander zu rauchen.«

»Und was würde es uns schon bringen, wenn wir's nicht tun? Wir würden uns nur selbst schaden.«

»Genau.«

Claire stieß einen tiefen Seufzer aus: Sie fühlte sich zunehmend besser.

»Diese letzten beiden Tage werde ich so schnell nicht vergessen, das können Sie mir glauben. Ist Ihnen klar, daß es nur knapp vierundzwanzig Stunden her ist, daß Sie vor meinem Tisch in der Sporthalle mit einer schicken neuen Frisur und einem raffinierten neuen Make-up standen und ich einen Blick auf Sie warf und dachte: *Wenn diese Frau nicht in meinen Mann verliebt ist, dann fresse ich mein Zensurenbuch?*«

»Was um alles in der Welt hat meine Frisur damit zu tun?«

»Es ist verrückt. Irgend jemand hat mir einmal erklärt, daß man immer merkt, wenn eine Frau frisch verliebt ist, weil sie sich eine neue Frisur zulegt und plötzlich attraktiver als sonst aussieht.«

»Ich habe mir eine neue Frisur zugelegt, weil ich etwas emotionalen Auftrieb brauchte. Die Atmosphäre war auch bei uns zu Hause ziemlich angespannt. Ich muß zugeben, es ist wirklich ein gutes Gefühl, mit Ihnen über all dies gesprochen zu haben. Und wenn Sie jetzt vielleicht noch sagen, daß Sie ins Haus gehen und Ihre Beziehung zu Tom wieder ins Lot bringen werden, dann werde ich als sehr zufriedene Frau nach Hause fahren.«

»Natürlich werde ich mich mit Tom wieder aussöhnen.«

»Gut.« Monica schenkte ihr zum ersten Mal ein Lächeln, während ihr Blick entspannt auf Claire ruhte.

Claire lächelte ebenfalls. »Danke, Monica.«

»Bedanken Sie sich bei unseren Kindern. Sie waren wesentlich mutiger als ich. Ich mußte mich von ihnen leiten lassen, um endlich das Richtige zu tun.«

Es war schwierig, eine passende Abschiedsbemerkung zu finden. Claire legte ihre Hand auf den Türgriff und blickte zu der anderen Frau zurück. »Okay, dann auf in den Kampf.« Sie öffnete die Tür.

»Viel Glück.«

»Danke. Und Ihnen auch viel Glück. Und das meine ich wirklich.«

Ihrer beider Lächeln zeigte einen Anflug von echtem Bedauern, jetzt, wo sie sich trennten. Beiden ging auf, daß sie tatsächlich gute Freundinnen geworden wären, hätten sie sich unter anderen Umständen kennengelernt, denn im Laufe dieses kurzen Treffens hatten sie jeder eine Eigenschaft an dem anderen festgestellt, die ihren Respekt verdiente; eine Furchtlosigkeit, von Verletzlichkeit gemildert, die sie zu starken, zu tiefem Verständnis fähigen Frauen machte.

»Passen Sie auf sich auf«, sagte Monica, und Claire schlug die Tür zu.

Claire blieb nicht stehen, um dem davonfahrenden Wagen nachzuschauen, sondern wandte sich zum Haus um, wo die drei wichtigsten Menschen auf der Welt darauf warteten, daß sie zu ihnen zurückkehrte und ihr Leben wieder in Ordnung brachte. Raschelnde Herbstblätter tanzten in einer Windböe auf dem Rasen. Die Sterne waren hinter den Wolken hervorgekommen, und Claire erinnerte sich daran, daß morgen Halloween war. Sie hatte es versäumt, einen Kürbis auszuhöhlen und ihn vor die Haustür zu stellen; sie hatte auch nicht den Windsack mit dem aufgemalten Skelett hervorgeholt, der gewöhnlich von den kahlen Ästen der Eiche herabbaumelte, oder getrocknete Maisblätter besorgt, um den Lampenmast damit zu schmücken, so wie es alle in der Straße um diese Jahreszeit taten – Dinge, die sie und Tom immer gemeinsam getan hatten.

Nun ja, vielleicht morgen, dachte sie. Denn morgen würden sie zusammen aufwachen.

Bitte, Gott.

Im Inneren des Hauses war Tom damit beschäftigt, das Abendessen vorzubereiten. Claire schlug das Aroma von Sandwiches entgegen, die auf einer gußeisernen Platte bräunten, und das Klappern von Geschirr und Bestecken. In dem Moment, als sie die Küche betrat, verstummten sämtliche Geräusche. Tom drehte sich zu ihr um, ein Handtuch in der Hand. Die Kinder hielten mitten in ihrer Tätigkeit des Tischdeckens inne.

Tom sprach als erster. »Ich hoffe, es ist in Ordnung, daß ich angefangen habe, ein paar gegrillte Käsesandwiches zu machen.«

»Natürlich. Das ist schön.«

»Ich konnte nichts anderes im Haus finden.«

»Ich nehme an, ich habe in letzter Zeit nicht viel gekocht. Ich habe irgendwie die Lust daran verloren.«

Sie sprachen mit der Atemlosigkeit eines Mannes und einer Frau, die sich behutsam vortasteten, getrennt durch eine ganze Küchenlänge, aber völlig ineinander versunken und wie gebannt von der Gegenwart des anderen. Die Kinder hätten auf dem Mars sein können, so wenig Aufmerksamkeit bekamen sie von ihren Eltern. Auf Claires Wangen erschienen rote Flecken. Tom hatte sein Jackett abgelegt, und unter dem eng anliegenden weißen Hemd war deutlich zu sehen, wie sich seine Brust in mühsamen Atemzügen hob und senkte. Schließlich räusperte er sich und verlagerte sein Gewicht, als ginge ihm erst jetzt auf, wie lange er und Claire sich schweigend angestarrt hatten.

» Äh ... Kinder ...« Er schaute sie bittend an. »Würdet ihr eure Mutter und mich vielleicht für einen Moment entschuldigen?«

»Klar«, sagte Chelsea lammfromm und stellte sehr vorsichtig einen Stapel Teller auf dem Tisch ab.

»Klar«, sekundierte Robby und legte seine Handvoll Bestecke ab.

Sie verließen den Raum wie zwei gehorsame Diener, fast auf Zehenspitzen. Die Küche blieb still, bis auf das leise Brutzeln der Sandwiches auf der Grillplatte und den Lauten von zwei Menschen, die ihre Atmung zu kontrollieren versuchten.

Claire stand knapp zwei Schritte hinter der Tür, immer noch in ihrem Mantel. Tom wartete mit dem Herd im Rücken, während er unbewußt das kleine Frotteehandtuch fester umklammerte.

»Was hat sie gesagt?« fragte er schließlich, mit der Stimme eines Preisboxers, der gerade einen Schlag in die Nieren bekommen hat.

»Sie hat im wesentlichen gesagt, daß ich eine verdammte Idiotin gewesen bin.«

Ohne hinzuschauen ließ Tom das Handtuch auf die emaillierte Herdmulde hinter sich fallen, doch Claire war diejenige, die auf ihn zugerannt kam, sich geradewegs in seine Arme stürzte und ihn dabei hart gegen den Griff der Backofentür drückte. Sie küßten sich auf die Art, wie Einwanderer sich küßten, die Ozeane und Kontinente durchquert, Entbehrung und Trennung ertragen hatten, um wieder vereint zu sein. Die Umarmung war von wortloser Verheißung erfüllt und dem Druck mühsam zurückgehaltener Tränen.

Als der Kuß endete, preßte Claire Tom mit beiden Armen an sich und blickte blinzelnd zu ihm auf, während ihre Tränen silberne Spuren auf ihren Wangen hinterließen. »Oh, Tom, es tut mir so leid. Es tut mir so unendlich leid.«

»Mir auch.«

»Aber du hast es schon vor langer Zeit gesagt, und ich wollte dir nicht glauben.«

»Glaubst du mir jetzt?«

»Ja! Ich glaube dir nicht nur, ich sehe jetzt auch, wie sehr ich im Irrtum war. Lieber Gott, ich hätte diese Familie beinahe für immer auseinandergerissen.«

»Ach, Claire«, flüsterte er und schloß die Augen.

Sie schmiegte ihre Stirn an die vertraute Wölbung seines Kiefers. »Bitte verzeih mir«, flüsterte sie, während ihre Tränen seine Hemdbrust durchnäßten.

Sie fühlte, wie er hart schluckte, spürte seine Unfähigkeit, in diesem Moment zu sprechen, nachdem er so lange im Bann der Furcht hatte leben müssen.

»Bitte verzeih mir, Liebling«, flüsterte sie.

Sie standen da und hielten sich umschlungen, eine Ewigkeit lang, so schien es, während das Haus um sie herum still Wache hielt, als wäre diese Wiedervereinigung ein Sakrament. »Ich dachte, ich würde alles verlieren, wofür ich so hart gearbeitet hatte«, flüsterte Tom, »dich, die Kinder, unser Zuhause, alles, was ich liebte. Ich hatte so schreckliche Angst, Claire.«

»Es tut mir so unendlich leid, daß ich dich das habe durchmachen lassen.«

»Das Problem war, daß ich wußte, daß, wenn es passieren würde, es meine eigene Schuld gewesen wäre.«

»Nein, nein, ich habe ebensoviel schuld daran, vielleicht sogar noch mehr, weil ich dir nicht für etwas verzeihen konnte, was vor so langer Zeit passiert ist. Ach, Tom, ich liebe dich so sehr, und es ist ein so einsames und undankbares Gefühl, so störrisch zu sein, wie ich es gewesen bin.«

Ihre Lippen verschmolzen miteinander, und Tom ließ seine Arme in ihren Mantel gleiten, um sie der Länge nach an seinen Körper zu pressen. Seine Hände ergriffen Besitz von ihr, wo immer sie wollten, und ihre folgten seinem Beispiel. Mehrere glückliche Minuten später unterbrach Claire ihr Idyll, um dicht an seinen Lippen zu murmeln: »Ich glaube, da verbrennt etwas.«

Tom hob den Kopf und riß mit einem schnellen Sprung das Sandwichrost von der heißen Herdplatte. »Verdammt!« Er schaltete die Platte ab. Beißender Qualm stieg von vier ruinierten Sandwiches auf.

Claire spähte um ihn herum und inspizierte den Schaden. »Die haben wir prima hinbekommen, was?«

»Und im Kühlschrank sieht es aus, als wären wir im Urlaub gewesen. Ich weiß nicht, was wir essen sollen.« Tom wandte sich halb um, warf die verkohlten Sandwiches in den Mülleimer und legte das Sandwichrost in die Spüle. Und die ganze Zeit klammerte sich Claire wie eine Klette an ihn, ließ ihn sich bewegen, aber nicht zu weit weg.

»Ich habe eine Idee«, sagte sie, als er damit fertig war, sie vor einem Brand zu retten, und seine Aufmerksamkeit wieder auf Claire konzentrierte. »Warum schicken wir die Kinder nicht los, um schnell ein paar Hamburger zu holen?«

Er verschränkte seine Finger über ihrem Po und drückte sich mit den Hüften an sie. »Ich habe eine bessere Idee. Warum schicken wir die Kinder nicht los und sagen ihnen, sie sollen sich viel Zeit auf ihrem Weg lassen?«

Sie biß ihn ins Kinn und grinste ihn herausfordernd an. »Warum sich mit ein paar Hamburgern zufriedengeben? Wie wär's, wenn wir sie ein fünfgängiges Menü holen lassen?«

»Zum Teufel, wenn wir schon mal dabei sind… wie wär's mit einem fünfgängigen Menü von Kincaid's?«

Kincaid's war in Bloomington, ungefähr eine halbe Autostunde entfernt. Es war das exklusivste Restaurant in den beiden Partnerstädten und erforderte eine saftige Wartezeit, wenn man nicht vorbestellt hatte. Tom und Claire sprachen schon seit über drei Jahren davon, dort zu essen, waren aber bisher nie dazu gekommen.

»Ich nehme an, das wäre zu leicht durchschaubar, nicht?« gestand Tom.

Claire zuckte die Achseln. »Chelsea würde grinsen.«

»Und Robby würde von unserem Angebot Gebrauch machen, und es würde uns wahrscheinlich hundert Dollar kosten.«

»Wie sollen wir sie dann aus dem Haus bekommen?«

»Kein Problem.« Er schlang einen Arm um ihren Hals und zog sie mit sich zum Fuß der Treppe, wo er die Stimme erhob und hinaufrief: »Hey, ihr zwei, kommt ihr mal eben runter?«

Sie erschienen in Rekordzeit, rasten die Treppe in halsbrecherischer Geschwindigkeit herunter, nahmen die letzten beiden Stufen in einem Satz und blieben erwartungsvoll vor ihrem Vater stehen, der seinen Arm lässig um den Hals ihrer Mutter geschlungen hatte.

»Mama und ich möchten eine Weile allein sein«, erklärte Tom. »Besteht vielleicht irgendeine Chance, daß ihr euch bestechen laßt und zum Essen in die Stadt fahrt?«

Chelseas Augen leuchteten auf, und sie blickte ihren Bruder triumphierend und freudig erregt an. »He, na klar!«

»Wieviel kriegen wir?« wollte Robby wissen.

Tom zog seinen Arm von Claires Schultern zurück und ballte eine Hand zur Faust. Robby krümmte sich vornüber, um seinen Magen zu schützen, bevor ihn der spielerische Boxhieb traf.

»Du kleiner Blutsauger«, sagte Tom. »Ich habe deiner Mutter gesagt, daß uns dies eine hübsche Summe kosten würde.«

»Verdammt, Paps, ich bin doch nicht blöde. Ich erkenne einen verletzbaren Typen, wenn ich einen vor mir habe, und ich weiß, wann ich ihm seinen letzten Cent abknöpfen muß.«

Tom zog seine Brieftasche heraus und gab den Kindern dreißig Dollar. »Ich sag euch was. Fahrt los und eßt eine Kleinigkeit und dann geht irgendwo ins Kino. Wir wollen euch nicht vor zehn Uhr wieder hierhaben… einverstanden?«

»Klar, Paps.«

»Klar, Paps.« Chelsea schaute ihre Mutter zweifelnd an. »Aber ich dachte, ich hätte Hausarrest.«

»Darüber unterhalten wir uns später«, erwiderte Claire, »nachdem Papa und ich Gelegenheit hatten, uns auszusprechen, okay?«

Chelsea nickte geduldig.

Claire küßte Chelsea auf die Wange, drückte Robby flüchtig an sich, dann gingen die Kinder.

Kaum war die Tür hinter ihnen zugeknallt, da wurde es wieder still in der Küche. Der Geruch der verbrannten Käsesandwiches hing in der Luft. Claire und Tom blickten sich mit geröteten, erhitzten Wangen an.

»Was möchtest du zuerst tun, reden oder ins Bett gehen?« fragte Tom ohne Umschweife.

Sie wollte ins Bett. Gott, sie hatte ihn nicht mehr so sehnsüchtig begehrt seit der aufgezwungenen Abstinenz in der Zeit ihrer ersten Verabredungen. Aber jetzt, wo sie allein waren, fürchtete sie sich vor der weiten Strecke, die sie noch zwischen Sex und endgültiger Versöhnung zurücklegen mußten.

»Das überlasse ich dir«, erwiderte sie. »Ich glaube, ich werde weinen, wenn wir reden – nur damit du Bescheid weißt.«

Er blieb, wo er war, sein Gesicht immer noch lebhaft gerötet, obwohl er sein Verlangen bezwang und dem Gespräch Vorrang einräumte. »Es gibt nur noch eines, was ich wissen will. Was hast du mit John Handelman getan?«

»Ich habe ihn geküßt. Einmal. Das war alles.«

»In Ordnung«, sagte er, ohne weiter in sie einzudringen. »Dann haben wir das hinter uns. Vergessen.«

»Obwohl ich noch drei weitere Wochen gemeinsamer Proben mit John hinter mich bringen muß.«

»Ich vertraue dir.«

»Ich vertraue dir auch«, erklärte sie. »Es tut mir leid, daß ich so lange gebraucht habe, um das zu erkennen.«

»Monica hat dir gesagt, daß nichts zwischen uns ist?«

»Ja, und noch mehr – daß niemals etwas zwischen euch war. Und sie hat mir auch gesagt, daß du ihr bei eurem ersten Gespräch über Kent erzählt hast, jedes Jahr unserer Ehe wäre glücklicher als das vorangegangene gewesen.«

»Es ist wahr. Bis zu diesem Jahr.«

»Kannst du trotzdem verstehen, wie schlimm es für mich war, von Kent zu erfahren? Wie es meine Sicherheit untergraben hat?«

»Ja, Claire, das kann ich verstehen. Ganz gleich, was du von mir gedacht hast, ich war niemals gefühllos und unempfindlich gegenüber deinem Schmerz, aber ich wußte nicht, was ich dagegen hätte tun können. Ich konnte die Vergangenheit nicht ungeschehen machen.«

»Ich nehme an, das ist es, was ich von dir erwartet habe, nicht? Obwohl ich wußte, daß es unmöglich war.«

»Erwartest du das vielleicht immer noch von mir? Das kann ich nämlich nicht. Außerdem spielt Kent eine wichtige Rolle in meinen Plänen für die Zukunft. Du kannst es ebensogut gleich erfahren, Claire. Er ist mein Sohn, und ich habe von jetzt an vor, immer für ihn da zu sein, als sein Vater. Wenn du damit nicht umgehen kannst, Claire, dann solltest du das besser gleich sagen.«

Ihre Lippen zitterten, als sie mit gebrochener Stimme flüsterte: »Tom, kann ich bitte zu dir kommen und dich umarmen? W-weil ich nicht glaube, daß ich dies durchstehe, ohne deine Arme um mich zu fühlen.«

Sie kamen sich auf halbem Weg entgegen, trafen sich ohne die Hingabe und Selbstvergessenheit von vor wenigen Augenblicken. Claire trat in seine lockere Umarmung und fühlte seine Hände um ihre Taille gleiten und seinen Kopf auf ihre Schulter senken. Sie schmiegte ihr Gesicht an seine Hemdbrust und schlang ihre Arme um seinen Rücken. Kaum hatten sie sich berührt, da schossen Claire die Tränen in die Augen. Tom wußte es. Er verstand es. Er hielt sie einfach an sich gedrückt und ließ die Heilung ihren Fortgang nehmen.

So blieben sie eine Weile ruhig stehen, schmiegten sich dankbar aneinander, legten in Gedanken Versprechen ab, dachten an Beständigkeit und an die Vergangenheit, die vergeben und vergessen werden mußte, wenn sie es gemeinsam schaffen wollten. Und an die Zukunft, die ein paar neue Falten bringen würde.

Als Claire schließlich sprach, klang ihre Stimme wieder etwas ruhiger. »Die Kinder waren heute zusammen ... hier in unserem Haus, alle drei. Haben sie dir davon erzählt?«

Unter ihrer Wange fühlte sie Toms Herz plötzlich heftig klopfen. »Nein, das haben sie nicht«, flüsterte er.

»Und später in Monicas Haus haben sie entschieden, daß es an der Zeit für sie ist, sich richtig kennenzulernen.«

Er schloß die Augen und kämpfte gegen die Tränen an, die in seinen Augen brannten.

»Oh, Claire, ich kann es nicht glauben«, flüsterte er überwältigt.

»Wenn Robby und Chelsea bereit sind, Kent zu akzeptieren, wie kann ich da hinter ihnen zurückstehen?«

»Ist das dein Ernst, Claire?« Er wich zurück, um forschend in ihr Gesicht zu sehen mit seinen glänzenden, tränenfeuchten Augen und schimmernden Lippen, leicht geschwollen vom Weinen in Monicas Wagen.

»Ich werde es versuchen, Tom. Es wird seine Zeit dauern, bis ich mich ganz ungezwungen in Kents Gegenwart benehmen kann, aber ich werde mich nach besten Kräften bemühen, das verspreche ich dir.«

Er hob beide Hände, um ihr das Haar zurückzustreichen und ihr Gesicht zu halten, während seine Daumen auf ihren Wangenknochen ruhten. »Du hast mir zwei eigene Kinder geschenkt, und ich liebe dich, weil du ihnen eine gute Mutter bist, deshalb versteh bitte nicht falsch, was ich jetzt sagen werde ... aber, Claire, du hast mir niemals ein größeres Geschenk gemacht als mit dem, was du eben gesagt hast.«

»Warum habe ich so lange gebraucht, um mich dazu durchzuringen?« fragte sie mit zitternder Stimme. »Warum habe ich unserer Familie so viel Kummer und Leid aufgebürdet?«

Er lehnte seine Stirn an ihre. »Weil du ein menschliches Wesen bist und Angst hattest und weil Liebe nicht perfekt ist. Wir können jemanden sehr innig lieben und trotzdem Fehler machen, die den anderen verletzen.«

»Es tut mir so leid, daß ich dir weh getan habe«, flüsterte sie.

»Und mir tut es leid, daß ich dir Kummer verursacht habe. Wir sollten einfach aus dem lernen, was wir durchgemacht haben, und ich glaube, das haben wir bereits.«

»Ja, das denke ich auch.«

Er drückte einen zärtlichen Kuß auf ihre Stirn. Die Themen von zweitrangiger Bedeutung – was sie wegen Chelsea unternehmen sollten, wann Tom wieder nach Hause ziehen würde, wie sie ihre Zukunft mit der ihrer Kinder verschmelzen würden – konnten bis später warten. Jetzt ging es darum, Frieden zu schließen, Liebe wiederherzustellen.

»Ich habe dich so vermißt«, flüsterte Claire. »Das Haus war die Hölle ohne dich. Die Mahlzeiten waren einfach schrecklich, und wenn der Wecker morgens klingelte und du nicht da warst, um dich im Bett herumzudrehen, und wenn ich abends von der Schule nach Hause kam und wußte, daß du nicht hinter mir in die Garage fahren würdest… und als Chelsea zu rebellieren begann… ach, Tom, da brauchte ich dich so sehr, dich und deine Kraft, aber d-du warst nicht da, und ich… ich verstand mich selbst nicht mehr… und…«

»Ruhig, ganz ruhig, Claire. Nicht weinen, es ist ja vorbei.« Er schlang seine Arme fest um ihren Körper und wiegte sie tröstend hin und her, während sie sich an seinen Hals klammerte. »Wir sind wieder zusammen, und so wird es auch bleiben. Chelsea wird sich wieder fangen, sobald sie sieht, daß wir uns wieder einig sind. Sie wird dies alles ohne Schaden überstehen, wart's nur ab. Und jetzt komm, Claire« – er löste sanft ihre Arme von seinem Hals und zog sie mit sich – »laß uns ins Bett gehen.«

Als sie die Treppe mit ihm hinaufging, sagte sie: »Tut mir leid, daß ich wieder heulen mußte. Ich habe unsere schöne Stimmung ruiniert.«

»Ich glaube, ich weiß eine Methode, um dich wieder glücklich zu machen, und außerdem haben wir jetzt all die vielen Tränen hinter uns, deshalb wird es von jetzt an nur noch besser werden. Komm, Liebling, bring mich zu unserem eigenen, behaglichen Bett in unser eigenes, sauberes Schlafzimmer, wo ich mich nicht zu fragen brauche, wie lange es her ist, seit die Wäsche gewechselt wurde.«

Sie gehorchte mit einem Grinsen und rieb ihr Gesicht an seiner Hand, um ihre Augen zu trocknen.

»Ich wußte, du konntest unmöglich auf Dauer bei deinem Vater wohnen, aber ich hatte schreckliche Angst davor, daß du in ein eigenes Apartment ziehen würdest, denn was, wenn es dir dort super gefallen würde? Vielleicht würdest du feststellen, daß es sehr angenehm ist, wenn keine Rockmusik durch die Wände dröhnt und sich keine Teenager am Abendbrottisch in die Haare geraten und keine Schrottautos repariert werden müssen und dich keine Ehefrau mit ihrem Fön weckt, wenn du am Morgen gern noch zehn Minuten friedlich geschlafen hättest.«

»Machst du Witze? Du hast gerade das beschrieben, was mich am glücklichsten macht. Man nennt es Familienleben, und ohne all das war ich ein einsamer, verlorener Mann.«

»Und ich war eine einsame Frau.«

Sie waren in ihrem Schlafzimmer angekommen. Claire löste sich aus seinem Arm, um eine Lampe anzuknipsen, während Tom die Tür schloß. Dann trat er ans Bett, stützte sich mit einem Knie auf die Matratze, ließ sich fallen und rollte sich mit weit ausgestreckten Armen auf den Rücken. »Ahhh...«, seufzte er und schloß die Augen, als er die vertraute Weichheit unter sich spürte. Claire betrachtete ihn, wie er so ausgestreckt dalag, sein Haar dunkel gegen die helle Decke. Vor vielen Tagen hatte sie sich gefragt, was sie erwarten sollte, wenn und falls dieser Moment kam, und in ihrer Phantasie hatte es sich so ganz anders als jetzt abgespielt. Sie hatten sich wilde Leidenschaft ausgemalt, ein gegenseitiges Zurückfordern, klar und deutlich. Statt dessen fiel Tom auf die Matratze zurück wie jemand, der völlig erschöpft war.

Aber seine Augenlider zuckten.

Und plötzlich traf sie die Erkenntnis: Sie hatte ihn tief verletzt, indem sie ihn wieder und wieder zurückgewiesen hatte. Es gab immer noch so vieles, was sie wiedergutmachen mußte.

Sie legte ihre Kleider ab, während sie ihn beobachtete und wußte, daß er auf das seidige Rascheln ihrer Unterwäsche horchte.

Nackt ging sie zu ihm, stützte sich mit einem Knie auf das Bett und beugte sich zu ihm herab, eine Hand auf jeder Seite seines Kopfes.

»Tom«, flüsterte sie. »Mach die Augen auf.«

Er tat es, und sie sah die plötzliche Unsicherheit in seinem Blick.

»Tom... ich liebe dich. Trotz allem, was wir durchgemacht haben, habe ich niemals aufgehört, dich zu lieben, niemals aufgehört, dich zu wollen... noch nicht einmal, als ich dich abgewiesen habe.«

Sie beugte den Kopf, und er öffnete den Mund, um ihre Lippen zu empfangen, obwohl er noch genauso reglos dalag wie zuvor, wie ein Leichnam, der an den Strand gespült wurde. Sie küßte seine zuckenden Augenlider, drückte ihre Lippen darauf – erst auf das eine, dann auf das andere – küßte seinen Nasenrücken, seine Schläfen rechts und links und den winzigen Wirbel an seinem Haaransatz, der sie so sehr an seinen anderen Sohn erinnerte. Und dann noch einmal seinen Mund, mit unendlicher Zärtlichkeit.

»Ganz egal, was passiert«, flüsterte sie eindringlich, »du darfst niemals glauben, daß ich dich zurückgestoßen habe, weil ich dich nicht begehrt habe. Ich wollte andere Dinge beweisen. Sie hatten nichts mit dem hier zu tun, Tom, absolut nichts.«

Sie berührte ihn, wo keine andere Frau jemals das Recht haben würde, ihn zu berühren, und seine Arme, die noch einen Moment zuvor schlaff auf der Decke geruht hatten, wurden Instrumente der Leidenschaft, zogen sie in eine feste Umarmung, in der zu liegen sie sich all diese qualvollen Wochen hindurch gesehnt hatte. Von irgendwo aus der Vergangenheit kehrten all die Erinnerungen und Versprechen zurück, die sie sich gegeben hatten, um sie zu zwingen, sich die Hand zu reichen und ihrem Getrenntsein ein Ende zu bereiten. Zwischen zerwühlten Laken, mit ineinander verschlungenen Gliedern erneuerten sie Versprechen, die sie sich vor Jahren gemacht hatten, ließen all die gute, starke, wundervolle sexuelle Hingabe wieder aufleben, um die seelische Bindung zu verstärken, die niemals aufgehört hatte zu existieren.

Als ihre Körper miteinander vereint waren und Toms Augenlider nicht länger zuckten, sondern offen waren, und seine Ängste und Unsicherheit nicht länger zwischen ihnen standen, sondern in die Flucht geschlagen waren, bewegte sich Claire über ihm, sie, die Angreiferin, die Suchende, die zurückforderte, was sie von sich gewiesen hatte.

»Das hat mir so gefehlt«, murmelte sie, ihre Stimme rauh vor Leidenschaft, ihre Bewegungen beharrlich und ungebrochen. Er schloß die Augen und öffnete den Mund, und sie verflocht ihre Finger mit seinen und drückte seine Hände tief in die Matratze.

Bald entrang sich seiner Kehle ein tiefer Laut, und sein Körper bäumte sich ein letztes Mal auf, wie von einer mächtigen Welle angehoben, und er erschauerte in ihrem Schoß, und seine Finger schlossen sich fest um ihre Hände.

Er murmelte leise ihren Namen – »Claire« – und sie wußte, daß er ihr verziehen hatte. Und später rollte er sie auf den Rücken und führte sie Pfade entlang, die sie unzählige Male zuvor gegangen waren, in der Unschuld und Unwissenheit ihrer Jugend und der aufgeklärten Gewißheit ihrer späteren Jahre – Pfade, die Claire zu einem ekstatischen Schrei führten und einer darauffolgenden Reglosigkeit und vollkommener Erfüllung für sie beide.

Danach seufzten sie wie aus einem Munde: zwei Amen am Ende eines Gebets. Sie schwelgten in der Vertrautheit von trägen, erschöpften Gliedern, nicht länger ineinander verschlungen, sondern ruhig auf den zerwühlten Laken liegend, wo immer der Zufall sie plaziert hatte. Mit geschlossenen Augen lagen sie da, während ihr Atem wie ein sanfter Hauch über das Gesicht des anderen strich.

Ihre Hand ruhte zufällig in der Nähe seiner Haare. Sie zupfte ein paarmal daran, ließ sie durch ihre Finger gleiten, als würde sie einen Faden knoten.

Dann öffnete Claire die Augen und murmelte: »Es tut so unendlich gut, hier zu sein, es hinter mir zu haben, dich wieder bei mir zu spüren.«

Tom schlug ebenfalls die Augen auf. »Ich möchte niemals im Leben wieder so etwas durchmachen müssen.«

»Das wirst du auch nicht. Wir werden von jetzt an offen über alles reden, ganz gleich, was uns bedrückt. Das verspreche ich dir.«

Sie lagen Seite an Seite, musterten sich gegenseitig, schweigend und zufrieden.

»Eines Tages«, sagte sie, »wenn wir alt sind… glaubst du, daß wir dann in der Lage sind, auf diese Zeit zurückzublicken und über unsere eigene Dummheit zu lachen?«

Er überlegte einen Moment, bevor er antwortete. »Nein, das glaube ich nicht. Was wir durchgemacht haben, war nicht töricht. Es hat uns beide geschmerzt. Es besteht sogar die Möglichkeit, daß der Schmerz niemals ganz nachlassen wird und wir bis in alle Ewigkeit einen Rest davon in uns tragen werden. Aber wenn es so ist, dann wird uns dieser Schmerz daran erinnern, wie nahe wir daran waren, uns zu verlieren, und niemals wieder den gleichen Fehler zu machen.«

»Das werde ich nicht. Ich verspreche es.«

»Ich werde es auch nicht.«

Sie wurden langsam schläfrig. Draußen auf der Straße bellte irgendwo leise ein Hund. Eine Strecke weiter entfernt am Eagle Lake holten zwei alte Männer ihr Damebrett heraus und bereiteten sich auf einen langen Abend gegenseitiger Beleidigungen und Frozzeleien vor. Irgendwo am anderen Ende der Stadt klingelten ein Junge und ein Mädchen an der Haustür ihres Halbbruders, und als er aufmachte, riefen sie jubelnd: »Es hat geklappt!« Und als seine Mutter hinter ihm erschien: »Danke, Ms. Arens! Vielen Dank!«

Auf dem Ehebett fuhr plötzlich ein leiser Ruck durch Toms Glieder, als er in Schlaf versank.

Claires Augen öffneten sich. »Liebling?« murmelte sie.

»Hm?« Seine Lider blieben geschlossen.

»Du wirst es nicht glauben, aber ich mochte Monica wirklich. Sie ist eine phantastische Frau.«

Toms Augen flogen auf.

Claires schlossen sich.

Aber um ihre Lippen spielte ein winziges Lächeln.

DANK

Ich möchte Tom Cole danken, seiner Ehefrau Joanne und Tochter Jennifer für ihre Hilfe bei diesem Buch. Mein Dank gilt auch Marcia Aubineau und Jon und Julene Swenson. Toms Hilfe war mir besonders wertvoll, und ich habe seine Bereitschaft, Auszüge des Manuskripts zu lesen und Vorschläge zu unterbreiten, wirklich geschätzt. Es ist lediglich ein Zufall, daß ich den Namen Tom für meinen Protagonisten gewählt hatte, lange bevor ich Tom Cole kennenlernte. Sowohl mein Held als auch seine Familie, seine Schule und seine Vergangenheit sind völlig frei erfunden.

Sandra Brown

Die Zeugin

Roman. 530 Seiten

Auf der Flucht: eine Frau und ihr Baby.
Ihre Verfolger: eine Gruppe
rachsüchtiger Männer und das FBI.
Ein Alptraum,
der wie ein Märchen begann ...

In diesem grandiosen Psychothriller über eine Frau in tödlicher Gefahr entfaltet Sandra Brown meisterhaft ihr Puzzle aus raffinierten Rückblenden und subtilen Andeutungen – Hochspannung von der ersten Seite bis zum explosiven Schluß.

»Sandra Browns aufregendster Roman!«
(USA Today)

Blanvalet

Diana Gabaldon

Die geliehene Zeit

Roman. 979 Seiten

Zwanzig Jahre lang hat Claire Randall ihr Geheimnis bewahrt. Doch nun kehrt sie mit ihrer Tochter Brianna nach Schottland zurück. Und mitten in den Highlands, auf einem geheimnisvollen alten Friedhof, schlägt für sie die Stunde der Wahrheit ...

Die geliehene Zeit – der zweite Band aus Diana Gabaldons großer historischer Highland-Saga – wurde von Lesern und Kritikern wiederum enthusiastisch gefeiert. »Prall, üppig, lustvoll, kühn – und absolut süchtigmachend!« *(Berliner Zeitung)*